KB162704

을유세계문학전집 · 109

마담 보바리

마담 보바리

MADAME BOVARY

귀스타브 플로베르 지음 · 진인혜 옮김

❀ 을유문화사

옮긴이 진인혜

연세대학교 불어불문학과를 졸업하고 동 대학원에서 플로베르의 작품 연구로 석사와 박사 학위를 받았으며, 파리 4대학에서 D.E.A.(박사과정 수료)를 취득했다. 연세대학교, 충남대학교, 배재대학교에 출강하고 배재대학교 학술연구교수를 역임했으며, 현재 목원대학교 조교수로 재직 중이다. 저서로는 『프랑스 리얼리즘』(단독 저서) 및 『축제와 문화적 본질』, 『축제 정책과 지역현황』, 『유럽의 문화통합』, 『프랑스 문학에서 만난 여성들』, 『문자, 매체, 도시』(공저) 등이 있고, 옮긴 책으로는 플로베르의 작품 『부바르와 페퀴셰』, 『통상 관념 사전』, 『감정교육』과 플로베르의 전기 『플로베르』를 비롯해서 『말로센 말로센』, 『티아니 이야기』, 『해바라기 소녀』, 『잉카』, 『루소, 장 자크를 심판하다-대화』, 『고독한 산책자의 몽상, 말제르브에게 보내는 편지 외』 등 다수가 있다.

을유세계문학전집 109
마담 보바리

발행일·2021년 1월 25일 초판 1쇄
지은이·귀스타브 플로베르 | 옮긴이·진인혜
펴낸이·정무영 | 펴낸곳·(주)을유문화사
창립일·1945년 12월 1일 | 주소·서울시 마포구 서교동 469-48
전화·02-733-8153 | FAX·02-732-9154 | 홈페이지·www.eulyoo.co.kr
ISBN 978-89-324-0502-5 04860 978-89-324-0330-4(세트)

차례

파리 변호사협회 회원이고
전 국회의장이며
전 내무부 장관인
마리 앙투안 쥘 세나르에게[*]

친애하는, 그리고 저명한 친구여,

이 책의 서두에, 헌사보다 앞서 귀하의 이름을 새겨 넣도록 허락해 주십시오. 이 책이 출판될 수 있었던 것은 무엇보다 귀하 덕분이기 때문입니다. 귀하의 훌륭한 변론을 거치면서 제 작품은 저 자신을 위해 예기치 못한 권위 같은 것을 얻었습니다. 그러니 여기 제 감사의 표시를 받아 주십시오. 아무리 감사드려도 귀하의 유창한 변론과 헌신에는 결코 미치지 못할 것입니다.

귀스타브 플로베르

파리, 1857년 4월 12일

제1부

I

우리가 자습하고 있을 때, 교장 선생님이 들어오셨다. 그리고 그 뒤를 따라 사복 차림의 한 **신입생**과 커다란 책상을 든 사환이 들어왔다. 자고 있던 학생들은 잠에서 깼고, 모두 공부를 하다가 깜짝 놀란 듯 일어섰다.

교장 선생님은 우리에게 다시 앉으라고 손짓한 후, 자습 감독 선생님을 돌아보며 작은 소리로 말씀하셨다.

"로제 씨, 여기 이 학생을 맡아 주시오. 5학년'으로 들어왔는데, 학업과 품행이 양호하면 제 나이에 걸맞은 **상급반**으로 보내도록 하지요."

문 뒤 구석에 서 있어 잘 보이지는 않았지만, 열다섯 살쯤 되어 보이는 시골뜨기 **신입생**은 우리 모두보다 키가 컸다. 머리카락은 마을 성가대원처럼 이마 위에서 일직선으로 잘려 있고, 공손하면서도 매우 거북해하는 태도였다. 어깨가 넓은 것도 아니었는데 까만색 단추가 달린 녹색 천의 정장 웃옷은 겨드랑이 부분이 꽉 끼는 듯했고, 맨살로 지내는 것에 길든 붉은 손목이 트인 소맷부리 사이로 드러나 보였다. 푸른색 양말을 신은 두 다리는 멜빵으로 바싹 당겨 입은 누르스름한 바지 밑으로 나와 있었다. 그리고 징을 박아 튼튼하지만 잘 닦지 않은 구두를 신고 있었다.

우리는 수업 내용을 암송하기 시작했다. 그는 감히 다리를 꼬거나 팔꿈치에 기대지도 못한 채 마치 설교를 듣는 것처럼 주의 깊게 귀를 기울였다. 두 시에 종이 울렸을 때, 자습 감독 선생님이 우리와 함께 줄을 서라고 그에게 알려 줘야 할 정도였다.

우리는 교실에 들어갈 때 두 손이 자유롭도록 모자를 바닥에 던지는 습관이 있었다. 문턱을 넘어서자마자 벽에 대고 후려치듯이 엄청난 먼지를 일으키며 의자 밑으로 모자를 내던져야 했다. 그것이 학생들 사이에서 **유행**이었다.

그러나 그런 행동 방식을 눈여겨보지 못해서였는지 아니면 감히 따라 할 용기가 없어서였는지, 기도가 끝났을 때도 **신입생**은 여전히 두 무릎 위에 모자를 올려놓고 있었다. 그것은 털모자, 창기병 모자, 중산모, 수달피 모자, 무명 모자의 요소가 모두 섞여 있는 혼합형 모자였는데, 말이 없는 그 추한 꼬락서니가 어떤 멍청이의 얼굴처럼 심층적인 표현력을 보여 주는 그런 한심한 물건 중 하나였다. 받침살로 불룩하게 부풀린 타원형의 그 모자는 우선 세 개의 둥근 테로 시작되었다. 그다음에는 붉은색 띠로 분리된 벨벳과 토끼털의 마름모꼴 무늬가 번갈아 이어진 뒤 자루 같은 것이 붙어 있었다. 끝부분이 판지로 만든 다각형 모양으로 된 자루에는 복잡한 장식 끈으로 자수가 잔뜩 놓여 있었고, 가늘고 기다란 끈 끝에 금실로 만든 작은 가로막대가 술 장식처럼 매달려 있었다. 모자는 새것이어서 챙이 반짝거렸다.

"일어서요." 선생님이 말했다.

그가 일어서자 모자가 떨어졌다. 교실 안의 모두가 웃기 시작했다.

그는 몸을 굽혀 모자를 주웠다. 옆에 있던 아이가 팔꿈치로 쳐서 모자를 다시 떨어뜨리자 그는 또다시 주웠다.

"그 투구 좀 저리 치워요." 재치 있는 사람이었던 선생님이 말했다.

학생들이 폭소를 터뜨리자, 가엾은 소년은 너무 당황해 모자를 손에 들고 있어야 할지 바닥에 내버려 둬야 할지, 아니면 머리에 써야 할지 알 수가 없었다. 그는 다시 자리에 앉아 무릎 위에 모자를 올려놓았다.

"일어나서 이름을 말해 보세요." 선생님이 다시 말했다.

신입생은 잘 알아들을 수 없는 빠른 목소리로 뭐라고 이름을 댔다.

"다시!"

마찬가지로 너무 빨라서 잘 알아들을 수 없는 음절이 반 아이들의 야유에 뒤덮인 채 들렸다.

"더 크게! 더 크게!" 선생님이 소리쳤다.

그러자 **신입생**은 단단히 결심하고 입을 엄청 크게 벌리더니 마치 누군가를 부르는 것처럼 목이 터져라 소리를 내질렀다.

샤르보바리.

대번에 소동이 벌어졌다. 그 소동은 터져 나오는 날카로운 목소리(모두 고함을 치고, 소리를 지르고, 발을 구르며 **"샤르보바리! 샤르보바리!"** 하고 되풀이했다)와 함께 점점 고조되며 **크레센도**로 올라가더니, 아주 어렵게 진정되면서 따로따로 떨어진 목소리가 되어 잦아들었다. 그리고 참았던 웃음이 잘 꺼지지 않은 폭죽처럼 여기저기 터져 나오는 좌석의 줄에서는 이따금 소동이 갑자기 다시 시작되곤 했다.

그러나 벌로 숙제를 잔뜩 주겠다는 으름장에 교실 안의 질서가 차츰 회복되자, 선생님은 이름을 다시 발음하게 해서 받아 적으며 철자를 확인하고 다시 읽혀 본 끝에 마침내 샤를 보바리라는 이름을 알아냈다. 그리고 그 즉시 그 가엾은 녀석에게 교단 밑의 벌서는 의자에 가서 앉으라고 명령했다. 그는 몸을 움직이기 시작했으나 가려다 말고 머뭇거렸다.

"뭘 찾나요?" 선생님이 물었다.

"제 모……." **신입생**은 불안한 시선으로 주위를 돌아보며 우물쭈물 말했다.

"반 전체 시 5백 줄이다!"라고 외친 화난 목소리가 *Quos ego*(내가 너희를)'처럼 다시 시작되려는 광풍을 잠재웠다. 화가 난 선생님이 계속 말했다. "조용히들 하라고!" 그리고 모자 속에서 꺼낸 손수건으로 이마를 닦으며 다시 말했다. "**신입생**, 너는 *ridiculus sum*(나는 우스꽝스러운 자입니다)을 스무 번 써서 내도록."

그런 뒤 좀 더 부드러운 목소리로 말했다.

"아! 그 모자는 어디 있을 거예요. 누가 훔쳐 가지는 않았으니까!"

모두 다시 조용해졌다. 모두 책상 위로 머리를 숙였고, **신입생**은 두 시간 동안 줄곧 모범적인 자세로 있었다. 이따금 펜촉에 긁힌 종이 알갱이가 얼굴로 튀는데도, 그는 손으로 얼굴을 닦고는 눈을 내리간 채 꼼짝도 하지 않았다.

저녁에 자습실에서, 그는 토시를 책상에서 꺼낸 다음 자질구레한 소지품을 정리하고 종이에 정성스럽게 줄을 그었다. 우리는 그가 모든 단어를 사전에서 찾고 몹시 힘들게 애쓰면서 성실하게 공부하는 것을 보았다. 아마도 그가 하급반으로 내려가지 않은 건 그 열성 덕분이었을 것이다. 그는 문법 규칙은 그런대로 알고 있었으나 표현이 전혀 세련되지 않았기 때문이다. 그의 부모가 돈을 아끼느라 최대한 늦게까지 그를 학교에 보내지 않아, 마을 신부가 그에게 라틴어 기초를 가르쳐 주었던 것이다.

그의 아버지 샤를 드니 바르톨로메 보바리 씨는 예전에 외과 전문 군의관 보조였는데, 1812년경 어떤 징병 사건에 연루되어 군대를 떠날 수밖에 없었다. 그러자 그는 자신의 신체적 이점을 이용해 그의 외모에 반한 어떤 메리야스 판매 상인의 딸이 갖다 바치는 6만 프랑의 지참금을 움켜쥐었다. 미남에다 허풍선이이고, 요란하게 박차 소리를 내고 다니며, 콧수염에 덧붙여 구레나룻을 기르고, 언제나 손가락에 반지를 잔뜩 긴 채 화려한 빛깔의 옷을 입고 다니는 그는 외판원처럼 쉽게 쾌활해지는 성격에 호남아 용모를 갖추고 있었다. 일단 결혼하자 그는 2~3년 동안 아내의 재산으로 살면서 좋은 음식을 먹고 늦게 일어나고 커다란 도자기 파이프로 담배를 피우고 저녁에는 공연을 본 뒤에야 귀가하고 카페를 드나들었다. 그런데 장인이 죽고 나자 유산이 별로 없었다. 이에 화가 난 그는 **제조업**에 뛰어들었다가 손해를 보았고, 그 후에는 농촌으로 물러나 **농사**를 지으려고 했다. 그러나 면직물 제조나 농사나 아는 게 없기는 마찬가지였고, 말은 밭갈이에 보내는 대신 타고 다녔고, 능금주는 파는 대신 병에 담아 자기가 마셨고, 닭장에서 제일 큰 닭을 잡아 먹었으며, 돼지기름으로는 사냥용 신발을 닦곤 했다. 그리하여 머지않아 모든 투자 활동을 포기하는 게 낫다는 것을 깨달았다.

그는 연 2백 프랑을 조건으로 코 지방과 피카르디 지방의 경계에 있는 한 마을에서 절반은 농장 건물이고 절반은 주택으로 이루어진 집을 한 채 찾아내어 세를 얻었다. 우울해하고 회한에 시달리면서 하늘을 원망하고 모든 사람을 시기하던 그는 마흔다섯 살이 되면서부터 사람들에게 환멸을 느껴 조용히 살기로 결심했다면서 아예 두문불출했다.

일찍이 그에게 홀딱 반했던 그의 아내는 그를 사랑해 비굴할 정도로 복종했지만 그럴수록 그는 아내에게서 더 멀어졌다. 예전에는 쾌활하고 외향적이며 매우 상냥하던 그녀는 늙어 가면서 (변질된 포도주가 식초가 되듯이) 성질이 까다로워지고 푸념이 많아지고 신경질적으로 변했다. 그녀는 남편이 마을의 방탕한 모든 여자를 쫓아다녀도, 온갖 나쁜 곳을 돌아다니다 싫증나서 술 냄새를 풍기며 저녁에 집으로 돌아와도, 처음에는 불평

한마디 하지 못한 채 괴로워하기만 했다! 그러다가 자존심이 고개를 들었다. 그러자 그녀는 입을 다물었고, 말없이 견디며 분노를 삼켰다. 그리고 그 분노를 죽을 때까지 마음속에 간직했다. 그녀는 끊임없이 여러 용무를 해결하고 일 처리를 했다. 소송 대리인도 찾아가고 재판장도 찾아갔으며, 어음의 만기일을 기억하고는 기한 연장을 받아 내기도 했다. 그리고 집에서는 다리미질과 바느질과 빨래를 하고, 일꾼을 감독하고, 그들의 장부를 청산해 주었다. 그러는 동안 아무것도 걱정하지 않은 채 줄곧 뿌루퉁해서 졸다가 깨어나면 그녀에게 싫은 소리만 해 대는 남자는 난롯가에서 계속 담배를 피우면서 재에 침을 뱉곤 했다.

그녀는 아이를 갖게 되자 유모에게 맡길 수밖에 없었다. 부모의 품으로 돌아온 아기는 왕자처럼 애지중지 키워졌다. 어머니는 아이에게 잼만 먹여 키우려고 한 반면, 아버지는 아이가 신발도 안 신고 뛰어다니게 내버려 두었다. 그리고 철학자인 체하면서 짐승의 새끼처럼 벌거벗고 다녀도 건강하게 잘 지낼 수 있다는 말까지 했다. 어머니의 성향과 반대로 아버지는 남자다운 유년기가 이상적이라는 생각을 가지고 있었다. 그래서 그 이상에 따라 아들을 양육하려고 애쓰면서, 스파르타식으로 엄하게 키워 좋은 체격을 만들어 주고 싶어 했다. 그는 아들을 냉방에서 재우기도 하고, 럼주를 벌컥벌컥 마시는 것과 예배 행렬이 지나갈 때 욕하는 것을 가르치기도 했다. 그러나 천성이 순한 아이는 아버지의 노력에 잘 따라 주지 못했다. 어머니가 늘 아이를 데리고 다녔다. 그녀는 아이에게 마분지를 오려 주기도 하고, 여러 가지 이야기도 해 주고, 서글프면서도 재미있는 농담과 달콤한 수다가 가득 찬 끝없는 독백으로 아이와 이야기를 나누었다. 고립된 삶을 살아가는 그녀는 흩어지고 부서져 버린 자신의 모든 허영심을 아이의 두뇌에 걸었다. 그녀는 높은 지위를 꿈꾸었고, 키가 크고 잘생기고 재기발랄한 아들이 토목기사나 법관으로 자리 잡은 모습이 벌써부터 눈에 선했다. 그녀는 아들에게 글 읽기를 가르쳤고, 심지어 집에 있는 낡은 피아노로 두세 곡의 연가를 부르도록 가르치기도 했다. 그러나 문예에 거의 관심이 없는 보바리 씨는 그 모든 것을 **쓸데없는 짓**이라고 여겼다! 도대체 그들은 아들을 공립학교에 보내 직장을 구해 주거나 사업 자금을 대줄 만한 뭐가 있기나 한가? 게다가 **남자란 배짱만 있으면 항상 세상에서 성공할 수 있는 법**이다. 보바리 부인은 입술을 깨물었고, 아이는 마을을 떠돌아다녔다.

아이는 농부들을 따라다니기도 하고, 흙덩어리를 던져 까마귀를 쫓기도 했다. 도랑을 따라 열려 있는 오디를 따먹고, 긴 막대기로 칠면조를 지키고, 수확물을 말리고, 숲속을 뛰어다니고, 비가 오는 날이면 성당 현관에서 돌 차기를 하며 놀았다. 그리고 축제일에는 성당지기를 졸라 대신 종을 치면서 굵은 밧줄에 온몸으로 매달려 허공으로 날아오르는 것을 느껴 보기도 했다.

그리하여 아이는 떡갈나무처럼 자랐고, 억센 손과 좋은 혈색을 갖게 되었다.

열두 살이 되자, 어머니는 아이의 교육을 시작해도 좋다는 허락을 얻어 냈다. 그녀는 그 일을 신부에게 맡겼다. 그러나 수업 시간이 너무 짧고 아이도 잘 따라 하지 못해 별 소용이 없었다. 수업은 세례식과 장례식 사이 비는 시간에 제의실에서 선 채로 대충대충 진행되었다. 또는 **삼종 기도**가 끝난 뒤 신부가 외출하지 않을 때면 학생을 불러오게 했다. 신부의 방으로 올라가서 자리를 잡으면, 날벌레와 불나방들이 촛불 주위에서 맴돌았다. 날은 더웠고, 아이는 잠이 들곤 했다. 그러면 신부도 두 손을 배 위에 올려놓은 채 졸다가 곧 입을 벌리고 코를 골았다. 어떤 때는 근처에 사는 환자에게 임종 전 영성체를 해 주고 돌아오던 신부가 들판에서 장난치고 있는 샤를을 알아보고 불러서 15분 동안 설교를 한 뒤 그 기회를 이용해 나무 밑에서 동사 변화를 연습시키기도 했다. 비가 오거나 아는 사람이 지나가면 수업은 중단되었다. 게다가 신부는 늘 샤를에게 만족해했고, 심지어 기억력이 좋은 **소년**이라는 말까지 했다.

샤를은 그 정도로 그칠 수 없었다. 부인은 열성적이었다. 남편은 창피해서, 아니 귀찮아서 별 반대 없이 물러섰다. 그리고 1년을 더 기다려 아이는 첫영성체를 했다.

다시 여섯 달이 지나갔다. 그리고 이듬해, 샤를은 드디어 루앙 중학교에 들어가게 되었다. 10월 말, 생로맹 장이 설 즈음 아버지가 직접 아이를 데리고 학교에 갔다.

우리 중 누구라도 지금 와서 그에 대해 뭔가 기억하기란 불가능할 것이다. 그는 온순한 성격의 소년으로, 쉬는 시간에는 놀고 자습실에서는 공부했으며, 수업 시간에는 잘 듣고 공동 침실에서는 잘 자고 구내식당에서는 잘 먹었다. 그의 보증인은 강트리 거리의 철물 도매상이었는데, 한 달에 한 번 일요일에 가게 문을 닫은 후 그를 데리고 나가 항구에서 배들을 보며 산책한 다음 일곱 시가 되자마자 식사 전에 학교로 다시 데려다주었다. 매주 목요일 저녁에, 그는 붉은 잉크로 어머니에게 긴 편지를 써서 세 개의 봉인용 빵으로 붙였다. 그리고 역사 공책으로 복습을 하거나 자습실에 굴러다니는 **아나카르시스'**에 관한 낡은 책을 읽었다. 산책할 때는 자신처럼 시골 출신인 사환과 이야기를 나누었다.

열심히 공부한 덕분에 그는 항상 반에서 중간 정도는 유지했다. 심지어 한번은 박물학 과목에서 차석을 하기도 했다. 그러나 3학년 말에, 그의 부모는 그가 혼자서 대학 입학 자격 시험까지 해낼 수 있을 거라 확신하고 그에게 의학 공부를 시키기 위해 중학교를 그만두게 했다.

어머니는 오드로베크 거리의 아는 염색업자 집 5층에 방 하나를 얻어 주었다. 그녀는 아들의 하숙을 위한 계약을 맺고, 가구와 책상 하나와 의자 두 개를 마련했다. 또 낡은 벚나무 침대를 집에서 가져오고, 가엾은 아이가 따뜻하게 지내도록 땔나무와 함께 작은 주물 난로도 하나 샀다. 그리고 일주일 뒤, 이제부터는 혼자 지내야 하니 잘 처신해야 한다고 수없이 충고를 하고는 돌아갔다.

그는 게시판에서 강의 과목을 읽자 정신이 아찔해졌다. 위생학과 약물학은 차치하고 해부학 강의, 병리학 강의, 생리학 강의, 약학, 화학, 식물학, 임상학, 치료학 등 그 어원도 알 수 없는 모든 과목명이 엄숙한 어둠으로 가득 찬 성전의 문들처럼 보였다.

그는 아무것도 이해할 수 없었다. 열심히 귀를 기울여도 소용없고 알아들을 수가 없었다. 그래도 그는 공부를 했고, 공책을 제본했고, 모든 강의를 수강했으며, 단 한 번도 회진에 빠지지 않았다. 마치 연자방아를 돌리는 말이 자신이 뭔가 빻고 있다는 사실도 모르면서 두 눈이 가려진 채 제자리에서 빙빙 돌듯이, 그는 자질구레한 일과를 수행했다.

경비를 절약하려고 그의 어머니는 화덕에 구운 송아지 고기 한 덩어리를 매주 인편으로 그에게 보냈고, 그는 아침에 병원에서 돌아오면 구두 바닥으로 벽을 두드리면서 그것으로 식사를 했다. 그런 뒤 강의실로, 계단 교실로, 자선 병원으로 뛰어다녀야 했고, 온갖 골목길을 거쳐 집으로 돌아왔다. 저녁에는 주인집에서 초라한 식사를 한 뒤 방으로 올라가 벌겋게 달아오른 난로 앞에서 김이 나는 젖은 옷을 입은 채 다시 공부를 시작했다.

날씨가 좋은 여름날 저녁, 훈훈한 거리에 인적이 끊기고 하녀들이 문간에서 배드민턴을 하는 시간이면 그는 창문을 열고 팔꿈치를 괴었다. 루앙의 이 동네를 작고 더러운 베네치아처럼 만들어 주는 강물이 노란색, 보라색, 혹은 푸른색을 띠며 그의 눈밑 저 아래에서 다리와 철책들 사이로 흐르고 있었다. 노동자들이 물가에 쭈그리고 앉아 강물에 팔을 씻고 있었다. 여기저기 다락방 꼭대기에서 삐져나온 장대 위에서는 무명 실타래들이 바람에 마르고 있었다. 맞은편으로는 지붕들 너머로 맑은 하늘이 커다랗게 펼쳐져 있고 붉은 해가 기울고 있었다. 저곳에 있으면 얼마나 기분이 좋을까! 너도밤나무 아래는 얼마나 시원할까! 그는 들판의 기분 좋은 냄새를 들이마시려고 콧구멍을 벌름거렸지만, 그 냄새는 그에게까지 전해지지 않았다.

그는 수척해졌고, 키가 커졌다. 그리고 얼굴에는 뭔가 서글픈 표정이 드리워져 흡사 매력적으로 보였다.

자연히 그는 태만해지면서 자신이 했던 모든 결심에서 벗어나게 되었다. 한번은 회진에 빠졌고, 다음 날은 강의를 빼먹었으며, 차츰 게으름에 맛들면서 더 이상 강의에 가지 않았다.

그는 도미노 게임에 열을 올리며 술집에 드나드는 습관이 생겼다. 매일 저녁 더러운 도박장에 틀어박혀 까만 점이 표시된 작은 양 뼈 패를 대리석 탁자 위에서 두드리는 것이 그에게는 스스로에 대한 평가를 높여 주고 자유를 실천하는 귀중한 행위처럼 보였다. 그것은 세상에 입문하는 것이요, 금지된 쾌락에 접근하는 것 같았다. 그는 들어가면서 문고리에 손을 올려놓을 때면 거의 관능적인 기쁨을 느꼈다. 그리하여 그의 마음속에서 억눌려 있던 많은 것이 부풀어 올라 밖으로 드러났다. 그는 유행가를 외워 만나는 사람들에게 불러 주었고, 베랑제*에게 열광했으며, 펀치 만드는 것을 배웠고, 마침내 여자를 알게 되었다.

이러한 준비 작업 덕분에 그는 일반의(一般醫) 시험에 완전히 실패했다. 그날 저녁, 집에서는 그의 성공을 축하해 주려고 사람들이 그를 기다리고 있었다!

그는 걸어서 길을 떠나 마을 입구 근처에서 멈추었다. 그리고 어머니를 불러 달라고 하여 모든 것을 실토했다. 어머니는 그의 실패를 시험관들의 부당함 탓으로 돌리면서 그를 용서했고, 상황 정리를 맡아 아들이 어느 정도 마음을 다잡게 해 주었다. 보바리 씨는 5년 후에야 진실을 알게 되었지만, 이미 오래된 일이라서 받아들였다. 게다가 자신에게서 태어난 녀석이 바보라고 생각할 수는 없었던 것이다.

샤를은 다시 공부를 시작했고, 끊임없이 시험 준비를 하면서 모든 질문을 다 외워 버려 꽤 좋은 성적으로 합격했다. 그의 어머니에게는 얼마나 대단한 날이었겠는가! 큰 잔치가 열렸다.

어디에서 개업을 할까? 토스트 거기에는 늙은 의사 한 명밖에 없었다. 오래전부터 보바리 부인은 그가 죽기를 기다리고 있었다. 그리고 그가 아직 짐을 싸지도 않았는데 샤를은 그의 후임자로 맞은편에 자리를 잡았다.

그러나 아들을 키워서 의학 공부를 시키고 개업할 장소인 토스트를 찾아준 것으로 할 일이 끝나는 것이 아니었다. 아들에게는 아내가 필요했다. 어머니는 아들에게 아내도 찾아 주었다. 마흔다섯 살 나이에 1천2백 리브르의 연금이 있는 디에프에 사는 한 집달리의 과부였다.

비록 못생기고 장작개비처럼 말랐으며 마치 봄에 새싹이 나듯 부스럼이 났지만, 뒤뷔크 부인에게는 선택할 결혼 상대가 결코 부족하지 않았다. 어머니는 목적을 이루기 위해 그들 모두를 제거해야 했는데, 특히 사제들이 지지하는 한 돼지고기 장수의 계략을 아주 능숙한 솜씨로 물리쳤다.

샤를은 결혼을 통해 보다 나은 조건이 될 것으로 어렴풋이 짐작해 더 자유롭게 행동하고 돈도 마음대로 쓸 수 있으리라 상상했다. 그러나 아내가 주인이었다. 그는 사람들 앞에서 이런 말을 해야 하고 저런 말은 하면 안 되었으며, 금요일마다 금욕을 해야 했고, 아내가 원하는 대로 옷을 입고 아내가 시키는 대로 치료비를 내지 않은 환자를 들볶아야 했다. 그녀는 남편의 편지를 뜯어 보았고, 그의 행동을 감시했으며, 여자 환자가 오면 그가 진찰실에서 진료하는 것을 칸막이 너머로 엿들었다.

그녀에게는 매일 아침 초콜릿과 끝없는 배려가 필요했다. 그녀는 끊임없이 기운이 없다, 가슴이 아프다, 기분이 안 좋다면서 투덜댔다. 발소리를 거슬려 했고, 남편이 밖에 나가면 외로워서 견딜 수 없다 하고 곁에 가까이 가면 필시 자기가 죽었는지 보러 오는 것이라고 했다. 저녁에 샤를이 돌아오면, 그녀는 침대 시트 밑에서 가늘고 긴 두 팔을 꺼내 그의 목에 감고 그를 침대 가장자리에 앉힌 다음 자신의 괴로움을 말하기 시작했다. 그가 그녀에게 소홀히 한다거나 다른 여자를 사랑하고 있다는 것이었다! 그녀가 불행해질 거라는 말도 들었다고 했다. 그리고 건강에 좋은 물약과 더 많은 사랑을 요구하면서 끝내곤 했다.

II

어느 날 밤 열한 시경, 그들은 바로 문 앞에서 말이 멈추는 소리에 잠에서 깼다. 하녀가 다락방의 천창을 열고 그 아래 길에서 있는 남자와 한동안 이야기를 나누었다. 그는 의사를 데려오라는 편지를 가지고 온 것이었다. **나스타지**는 추워서 떨며 계단을 내려가 자물쇠와 빗장을 차례로 열었다. 남자는 말을 버려둔 채 하녀를 뒤따라 그녀 뒤로 불쑥 들어왔다. 그는 회색 술이 달린 모직 모자 안에서 헝겊에 싸인 편지 한 통을 꺼내 샤를에게 조심스럽게 건넸다. 샤를은 베개에 팔꿈치를 괴고 편지를 읽었다. 나스타지는 침대 옆에서 등불을 들고 있었고, 부인은 수줍은 듯 벽을 향해 돌아누워 등을 보이고 있었다.

푸른색의 작은 밀랍 봉인이 찍힌 그 편지는 즉시 베르토 농가로 와서 부러진 다리를 치료해 달라고 보바리 씨에게 간청하는 내용이었다. 그런데 토스트에서 베르토까지는 롱그빌과 생빅토르를 지나는 지름길로 가도 24킬로미터는 족히 되었다. 게다가 어두운 밤이었다. 젊은 보바리 부인은 남편에게 사고가 날까 봐 걱정했다. 그래서 마부가 앞서가기로 하고 샤를은 세 시간 뒤 달이 뜨면 출발하기로 했다. 그리고 그에게 농가로 가는 길을 안내해 주고 앞에서 울타리 문을 열 수 있도록 아이 하나가 마중 나오기로 했다.

새벽 네 시경, 샤를은 외투로 몸을 감싸고 베르토를 향해 길을 나섰다. 여전히 따스한 잠에 취한 그는 말의 평온한 발걸음에 몸을 맡긴 채 흔들거리고 있었다. 밭고랑 가장자리에 파 놓은 가시나무로 둘러싸인 구덩이 앞에서 말이 저절로 걸음을 멈출 때면 샤를은 깜짝 놀라 잠에서 깼고, 부러진 다리를 떠올리며 자신이 알고 있는 모든 골절상에 대한 기억을 되살리려고 애썼다. 더는 비가 내리지 않았다. 날이 밝아 오기 시작했고, 잎이 떨어진 사과나무 가지 위에서는 새들이 아침 찬바람에 작은 깃털을 곤두세운 채 꼼짝도 하지 않았다. 평평한 들판이 까마득히 펼쳐지고, 음산한 색조의 하늘 저 멀리 지평선까지 뻗어 있는 그 거대한 회색 표면에 농가 주위의 나무숲이 띄엄띄엄 검보라색 반점을 찍어 놓고 있었다. 샤를은 이따금 눈을 떴다가 정신이 나른해지면서 저절로 다시 졸음이 밀려 와 곧 일종의 반수면 상태에 빠져들었다. 그러자 조금 전의 감각이 옛 추억과 뒤섞이고 자기 자신의 모습이 이중으로 느껴져, 학생인 동시에 기혼자인 것 같고 조금 전처럼 침대 속에 누워 있는가 하면 옛날처럼 수술실을 가로질러 가고 있는 것 같았다. 그의 머릿속에서는 찜질하는 따스한 냄새가 아침 이슬의 신선한 냄새와 뒤섞였고, 병원 침대들의 가로막대 위에서 굴러가는 쇠고리 소리와 잠자는 아내의 숨소리가 들렸다……. 바송빌을 지나가는데 도랑 가 풀밭에 어린 소년이 앉아 있는 것이 보였다.

"의사 선생님이세요?" 아이가 물었다.

샤를이 대답하자, 아이는 나막신을 두 손에 들고 앞장서서 달리기 시작했다.

의사는 길을 가는 동안 안내하는 아이의 말을 통해 루오 씨가 가장 부유한 농부 중 한 사람이라는 것을 알게 되었다. 루오 씨는 전날 저녁 이웃집에서 열린 **왕뽑기 놀이**[*]에 다녀오다 다리가 부러졌고, 그의 아내는 2년 전에 죽고 **딸**만 하나 있었는데, 그 딸이 그를 도와 살림을 맡아 하고 있었다.

길의 바퀴 자국이 더 깊어졌다. 베르토에 가까워진 것이다. 그때 사내아이가 울타리에 난 구멍으로 기어 들어가 사라지더니, 마당 끝에 다시 나타나 살문을 열어 주었다. 축축한 풀밭 위에서 말이 미끄러지듯 움직였고, 샤를은 나뭇가지 아래로 지나가느라 몸을 굽혔다. 개집에서는 집 지키는 개들이 사슬 끈을 팽팽하게 잡아당기며 짖어 댔다. 그가 베르토 농장 안으로 들어가자, 말은 겁이 나서 크게 한 걸음 비켜섰다.

훌륭한 외관의 농장이었다. 마구간에서 새 꼴 시렁 안의 먹이를 조용히 먹고 있는 살찐 경작용 말들이 열린 문 너머로 보였다. 건물들을 따라 널따랗게 펼쳐진 퇴비에서 김이 올라오고, 그 위로 코 지방의 농장 안마당에는 사치스러워 보이는 공작 대여섯 마리가 암탉과 칠면조들 사이에서 모이를 쪼고 있었다. 양우리는 길고 곳간은 높았으며, 그 벽들은 손바닥처럼 매끄러웠다. 헛간에는 채찍, 목 끈, 마구 장비 일체를 갖춘 커다란 짐수레두 대와 쟁기 넉 대가 있었고, 마구에 달린 푸른색 양털은 지붕밑에서 떨어지는 미세한 먼지에 더럽혀 있었다. 오르막으로 경사진 마당에는 간격을 두고 대칭을 이루면서 나무가 심어져 있고, 늪 근처에서는 거위 떼가 신나게 꽥꽥거리는 소리가 울려퍼졌다.

장식 밑단이 3단이나 달린 푸른색 메리노 양모 옷을 입은 젊은 여자가 문간에 나와서 보바리 씨를 맞아 불이 활활 타고 있는 부엌으로 안내했다. 주변에는 크고 작은 여러 개의 냄비 안에서 일꾼들의 아침 식사가 끓고 있고, 벽난로 안에서는 젖은 옷들이 마르고 있었다. 하나같이 크기가 거대한 삽, 부집게, 풀무 주둥이가 광택을 낸 강철처럼 반짝거렸다. 한편 길게 벽을 차지하고 있는 수많은 취사도구 위에서는 난로의 밝은 불꽃이 유리창 너머로 들어오는 새벽 햇살과 어우러지며 불규칙하게 어른거렸다.

샤를은 환자를 보려고 2층으로 올라갔다. 환자는 취침용 면모자를 멀리 던져 둔 채 침대에 누워 이불 속에서 땀을 흘리고 있었다. 쉰 살의 키가 작고 뚱뚱한 남자로, 흰 피부에 눈은 파랗고 앞머리가 벗겨졌으며 귀걸이를 하고 있었다. 그의 옆 의자 위에는 커다란 브랜디 병이 놓여 있었는데, 그는 기운을 차리기 위해 이따금 그것을 마시고 있었다. 그러나 의사를 보자마자 그의 흥분이 진정되면서 열두 시간 동안 욕설을 내뱉던 것과 달리 힘없이 신음을 내기 시작했다.

골절은 어떤 합병증도 일으킬 염려가 없는 간단한 것이었다. 샤를은 이보다 더 손쉬운 경우를 바랄 수 없었을 것이다. 그래서 그는 부상자의 침상 옆에서 그의 스승들이 취하던 태도를 떠올리며 온갖 좋은 말로 환자를 격려했다. 그런 말은 말하자면 외과적인 애무로, 외과용 메스에 바르는 기름과 같은 것이다. 부목을 마련하기 위해 수레 창고로 판자 묶음을 찾으러 갔다. 샤를은 그중 하나를 골라 토막을 낸 후 유리 조각으로 반들반들하게 다듬었다. 그러는 동안 하녀는 시트를 찢어 붕대를 만들고 에마 양은 작은 쿠션을 만들려고 했다. 그녀가 반짇고리를 찾는 데 시간이 오래 걸리자, 그녀의 아버지가 짜증을 냈다. 그녀는 아무 대꾸도 하지 않았다. 그녀는 바느질을 하면서 여러 번 손가락을 바늘에 찔렸고, 그러면 손가락을 입으로 가져가 빨곤 했다.

샤를은 그녀의 손톱이 하얀 것에 놀랐다. 반짝반짝 윤이 나는 손톱은 끝이 뾰족하고 디에프산 상아 세공품보다 더 깨끗했으며 아몬드 모양으로 다듬어져 있었다. 그러나 손은 예쁘지 않았다. 그다지 하얗지 않은 것 같았고 손마디가 다소 거칠었다. 또 손이 너무 길고 윤곽선의 굴곡이 부드럽지 못했다. 그녀에게서 아름다운 곳은 눈이었다. 눈은 갈색인데도 눈썹 때문에 검게 보였고, 시선은 천진하면서도 대담하게 상대를 똑바로 향했다.

붕대를 다 감고 나자, 루오 씨가 직접 의사에게 **한술 뜨고** 가라고 권했다.

샤를은 1층의 방으로 내려갔다. 터키인들의 모습이 그려진 인도 사라사로 꾸민 닫집이 달린 침대 발치에 은잔과 함께 두 벌의 수저가 작은 탁자 위에 놓여 있었다. 창문과 마주한 높다란 떡갈나무 장롱에서는 붓꽃 냄새와 습기 찬 시트 냄새가 새어 나왔다. 바닥 구석구석에는 밀 자루가 가지런히 세워져 있었다. 세 개의 돌계단으로 올라가는 가까운 곳간이 꽉 차서 넣지 못하고 남은 것이었다. 방 안 장식으로는, 습기 찬 벽에 생기는 초석(硝石) 밑으로 녹색 페인트가 벗겨져 나간 벽 한가운데 못에 검은색 연필로 그린 미네르바의 머리가 금박 장식 액자에 담겨 걸려 있었다. 그림 하단에는 고딕체 글씨로 '사랑하는 아빠에게'라고 씌어 있었다.

우선 환자에 대한 이야기를 했고, 다음에는 날씨, 대단한 추위, 밤에 들판을 뛰어다니는 늑대에 대한 이야기가 나왔다. 루오 양은 시골에 통 재미를 느끼지 못하고 있었다. 그녀가 거의 혼자서 농가의 살림을 맡아하는 지금은 특히 그랬다. 방이 서늘해 그녀는 식사를 하면서 몸을 떨었는데, 그 때문에 말없이 있을 때면 습관적으로 깨물곤 하는 도톰한 입술의 속살이 살짝 드러나 보였다.

접힌 하얀 옷깃 위로 그녀의 목이 나와 있었다. 머리카락은 두 개골의 굴곡을 따라 살짝 이어지는 가르마에 의해 머리 한복판에서 나뉘었는데, 어찌나 매끄러운지 가르마 양쪽의 검은 머릿단이 각각 하나의 덩어리인 것 같았다. 그리고 귀 끝을 살짝 드러내면서, 관자놀이 쪽으로 물결 모양을 이루더니 뒤에서 풍성한 쪽 찐 머리로 합쳐졌다. 시골 의사는 그런 머리 모양을 난생 처음 보았다. 그녀의 뺨은 장밋빛이었다. 그녀는 마치 남자처럼 블라우스의 두 단추 사이에 귀갑(龜甲) 테의 코안경을 걸치고 있었다.

샤를이 루오 노인에게 작별 인사를 하러 올라갔다가 떠나기 전에 다시 방으로 들어갔을 때, 그녀는 창문에 이마를 대고 서서 강낭콩의 버팀대가 바람에 쓰러져 있는 뜰을 바라보고 있었다. 그녀가 뒤를 돌아보았다.

"찾으시는 게 있으세요?" 그녀가 물었다.

"제 채찍요." 그가 대답했다.

그리고 그는 침대 위, 문 뒤, 의자 밑을 샅샅이 살피기 시작했다. 채찍은 곡식 자루와 벽 사이 바닥에 떨어져 있었다. 에마 양이 그것을 발견하고 밀 자루 위로 몸을 굽혔다. 샤를은 여성에 대한 친절을 보이느라 서둘러 똑같은 동작으로 팔을 뻗었다. 그러자 자기 밑에서 몸을 굽히고 있는 젊은 여자의 등에 가슴이 닿는 것이 느껴졌다. 그녀는 온통 새빨개진 얼굴로 몸을 일으키더니 어깨 너머로 그를 바라보며 소 힘줄로 된 채찍을 건네주었다.

그는 약속한 사흘 뒤가 아니라 바로 다음 날 베르토에 다시 갔다. 그리고 이따금 착각한 척 예기치 않은 방문을 하는 것 말고도 규칙적으로 일주일에 두 번씩 찾아갔다.

게다가 모든 게 순조로웠다. 정석대로 회복이 진행되어 46일 후 자신의 **누추한 집**에서 혼자 걷기를 시도하는 루오 노인을 보자 사람들은 보바리 씨를 대단한 능력자로 생각하기 시작했다. 루오 노인은 이브토나 심지어 루앙의 일류 의사라 하더라도 이보다 더 잘 치료하지는 못했을 거라고 말하곤 했다.

샤를은 자기가 왜 즐거이 베르토에 가는지 스스로 물어보려고 하지 않았다. 설사 그런 생각을 했다 하더라도 아마 증세의 심각함이나 기대하는 수익 때문에 열의를 보이는 것이라고 여겼을 것이다. 하지만 따분한 그의 일과에서 농장 방문이 매력적이고 이례적인 일이 된 것이 과연 그 때문이었을까? 그날이 되면 그는 아침 일찍 일어나 빠른 속도로 출발해 말을 몰았고, 말에서 내리면 풀밭에서 발을 닦았고, 들어가기 전에는 검은 장갑을 끼었다. 그는 마당에 도착하는 자신의 모습, 어깨에 밀려 돌아가는 사립문의 감촉, 담장 위에서 우는 수탉, 마중 나오는 하인 들이 좋았다. 헛간과 마구간이 좋았고, 생명의 은인이라고 부르며 그의 손바닥을 치는 루오 노인이 좋았고, 깨끗하게 닦인 부엌 타일 위를 걷는 에마 양의 작은 나막신이 좋았다. 신발 굽이 높아서 그녀의 키가 약간 더 커 보였다. 그녀가 앞서 걸을 때면 나무로 된 신발 안창이 얼른 들려 올라가며 반장화의 가죽에 부딪혀 둔탁한 소리를 내곤 했다.

그녀는 언제나 현관 층계의 첫 번째 계단까지 그를 배웅했다. 아직 말이 당도하지 않았을 때는 그냥 거기에 서 있었다. 작별 인사는 이미 했으니 더 이상 서로 할 말이 없었다. 신선한 공기가 그녀를 감싸면서 목덜미의 삐져나온 짧은 머리카락을 어지러이 들어 올리기도 하고 혹은 허리에서 앞치마의 끈을 흔들어 기다란 띠처럼 꿈틀거리게 했다. 한번은 해빙기인 까닭에 마당에 있는 나무들의 껍질에서 물기가 배어 나오고 건물 지붕에서 눈이 녹아내렸다. 그녀는 문턱에 서 있다가 양산을 가지고 와서 펼쳤다. 비둘기 목털처럼 영롱한 빛깔의 비단 양산에 햇빛이 스며들어 그녀의 하얀 얼굴에 하늘거리는 그림자를 드리웠다. 그녀는 그 밑의 따스한 열기 속에서 미소를 지었고, 펼쳐진 양산의 물결무늬 위로 물방울이 똑똑 떨어지는 소리가 들렸다.

샤를이 베르토에 드나들던 초기에 아내인 보바리 부인은 환자에 대해 꼬박꼬박 물었고, 심지어 자신이 가지고 있는 복식부기 장부에 루오 씨를 위한 새 페이지를 마련하기도 했다. 그러나 그에게 딸이 있다는 것을 알게 되자 그녀는 정보를 수집했다. 그리하여 우르술라 수녀회 수도원에서 자란 루오 양은 이른바 **훌륭한 교육**을 받았고 그 결과 댄스, 지리, 데생은 물론 자수도 놓을 줄 알며 피아노도 칠 줄 안다는 사실을 알아냈다. 기가 막힐 노릇이었다!

'그 여자를 보러 갈 때면 그토록 얼굴에 희색이 돌았던 것도, 비를 맞아 못 쓰게 될 위험을 무릅쓰면서 새 조끼를 입던 것도 다 그 때문이었군? 아! 그 여자! 그 여자……'

그녀는 본능적으로 그 여자를 미워했다. 처음에는 빗대어 말함으로써 마음을 달랬지만, 샤를은 알아든지 못했다. 그다음에는 사소한 잔소리를 해 댔지만, 샤를은 큰 소동이 일어날까 봐 그냥 흘려들었다. 마지막으로 단도직입적으로 욕설을 퍼부어 대자 샤를은 대꾸할 말이 없었다. 루오 씨도 다 나았고 그 사람들은 아직 치료비도 내지 않았는데 도대체 왜 자꾸 베르토에 가는 걸까? 아! 그건 거기에 **한 사람**, 말 상대가 되는 어떤 사람, 수도 잘 놓고 재능도 있는 사람이 있기 때문이야. 그가 좋아하는 건 바로 그런 거야. 도시 아가씨들이 필요했던 거지! 그녀는 계속했다.

"루오 영감의 딸이라, 도시 아가씨라고! 쳇, 천만에! 저들의 할아비는 목동이었고, 사촌 하나는 말싸움을 하다가 폭력을 휘두르는 바람에 중죄 재판소에 회부될 뻔했는걸. 그렇게 허세를 부릴 필요도, 백작 부인처럼 비단옷을 입고 일요일에 성당에 나타날 필요도 없단 말이야. 게다가 그 한심한 영감은 작년에 유채만 없었다면 체납금도 못 내 쩔쩔맸을 거면서!"

샤를은 지친 나머지 베르토에 가는 것을 그만두었다. 엘로이즈가 사랑의 감정이 세차게 폭발하는 가운데 흐느껴 울고 수없이 키스를 퍼부은 다음 그에게 두 번 다시 그곳에 가지 않겠다고 성서에 손을 얹고 맹세하게 만들었던 것이다. 그리하여 그는 복종했다. 그러나 그의 대담한 욕망은 굴욕적인 행동에 반항했고, 일종의 순진한 위선적 논리에 따라 그는 그녀를 보지 못하게 금지당함으로써 그녀를 사랑할 권리를 얻게 되었다고 생각했다. 게다가 과부였던 아내는 비쩍 말랐고, 이빨은 길쭉했으며, 끝자락이 어깨뼈 사이로 늘어지는 조그만 검은 숄을 사시사철 걸치고 있었다. 그녀의 딱딱한 허리는 칼이 칼집에 박힌 듯 옷에 꽉끼여 있고, 옷이 너무 짧아서 회색 양말 위로 교차시켜 묶어 놓은 넓은 구두 리본과 함께 발목이 드러나 보였다.

샤를의 어머니는 가끔 그들을 보러 왔지만, 며칠만 지나면 며느리가 날카롭게 날을 세우고 그녀를 자극했다. 그러면 두 자루의 칼처럼 그녀들은 그를 제물 삼아 잔소리와 참견을 해 댔다. 그렇게 많이 먹으면 안 된다! 왜 항상 누구든 찾아오는 사람에게 술을 대접하는 것이냐? 플란넬 내복을 입지 않으려 하다니, 웬 고집이람!

어느 이른 봄, 뒤뷔크 미망인의 돈을 맡아 관리하던 앵구빌의 한 공증인이 사무실의 돈을 몽땅 가지고 물때를 이용해 배를 타고 도망친 사건이 발생했다. 사실 엘로이즈는 아직 6천 프랑에 달하는 선박 주식 외에도 생프랑수아 거리에 있는 집을 소유하고 있었다. 그러나 그토록 요란하게 떠들어 대던 그 모든 재산 중에서 가구 몇 가지와 허름한 옷 몇 벌을 제외하면 집 안에 들여온 것이 아무것도 없었다. 상황을 분명히 밝힐 필요가 있었다. 디에프의 집은 기둥뿌리까지 저당 잡혀 있었고, 공증인에게 맡겨 두었던 것이 무엇이었는지는 오직 하느님만 알 수 있는 일이었으며, 선박의 주식은 1천 에퀴*를 넘지 못했다. 그러니까 거짓말을 한 것이었다. 그 여자가 말이다! 보바리 부친은 격분해서 의자를 길바닥에 내던져 부수면서, 가죽값도 안 되는 마구를 매단 그따위 말라빠진 말한테 붙여 주는 바람에 아들을 불행하게 만들었다며 아내를 비난했다. 그들 부부가 토스트에 왔다. 해명이 이어졌고, 격렬한 언쟁이 벌어졌다. 엘로이즈는 울면서 남편 품으로 달려들어 부모에게서 보호해 달라고 애원했다. 샤를은 아내 편을 들어 주려고 했다. 그러자 부모는 화를 내고 가 버렸다.

그러나 그 일이 **타격이 되고 말았다.** 일주일 후 그녀는 마당에서 빨래를 널다가 피를 토했다. 그리고 다음 날 샤를이 창문의 커튼을 치려고 등을 돌리는 동안, 그녀는 "아! 아이구!" 하고 한숨을 내쉬더니 기절했다. 그녀는 죽어 있었다! 얼마나 경악할 일인가!

묘지에서 모든 일이 끝나고, 샤를은 집으로 돌아왔다. 아래층에는 아무도 없었다. 그가 2층 침실로 올라가자 아직도 침대 발치에 걸려 있는 그녀의 옷이 보였다. 그는 책상에 기댄 채 저녁까지 괴로운 몽상에 잠겨 있었다. 어쨌든 그녀는 그를 사랑했었다.

III

어느 날 아침, 루오 노인이 샤를에게 다리 치료비를 가지고 왔다. 40수*짜리 주화로 75프랑과 칠면조 한 마리였다. 그는 샤를의 불행한 소식을 알고 있어 성심껏 위로했다. 그가 샤를의 어깨를 두드리면서 말했다.

"그 심정 내가 잘 알지요! 나도 당신과 같은 처지였으니까! 불쌍한 아내를 잃었을 때, 난 혼자 있고 싶어서 들로 나가곤 했어요. 나무 아래 쓰러져 울었고, 하느님을 부르면서 어리석은 말을 해댔지요. 배 속에 벌레들이 우글거리는 채로 나뭇가지에 걸려 있는 두더지가 보였는데, 나도 그 두더지처럼 되고 싶었어요. 그러니까 죽고 싶었디고요. 다른 사람들은 지금쯤 꼭 껴안을 착하고 귀여운 아내와 함께 있을 거라는 생각을 하면서 몽둥이로 땅바닥을 힘껏 쳤어요. 거의 미칠 지경이었고, 음식도 먹지 못했어요. 믿지 않으시겠지만, 카페에 가는 생각만 해도 구역질이 났지요. 그런데 아주 서서히, 하루 또 하루가 가고, 겨울이 지나 봄이 오고, 여름에 이어 가을이 오고, 조금씩 조금씩 천천히 나아지더군요. 사라졌달까, 떠났달까, 아니 가라앉았다고 해야겠군요. 여기 가슴 밑바닥에 뭐랄까…… 뭔가 묵직한 것이 언제나 남아 있으니까요! 하지만 그건 우리 모두의 운명이니 자포자기해서는 안 됩니다. 다른 사람이 죽었다고 죽고 싶어 한다는 것은……. 기운을 차려야 해요, 보바리 씨. 다 지나갈 거예요! 우리 집에 놀러 오세요. 우리 딸은 가끔 당신 생각을 해요. 잘 아실 거예요. 딸아이는 당신이 자기를 잊었을 거라고 말한답니다. 이제 곧 봄이에요. 기분 전환도 할 겸 토끼 서식지에 가서 토끼 사냥이나 합시다.”

샤를은 그의 충고를 따랐다. 그는 베르토에 다시 갔다. 모든 것이 어제 그대로, 즉 다섯 달 전 그대로였다. 배나무에는 벌써 꽃이 피었고, 루오 노인은 이제 서서 왔다 갔다 하고 있어 농장을 더 활기차게 만들어 주었다.

괴로운 상황인 것을 감안해 의사에게 최대한 예의 바르게 대하는 것이 의무라고 생각한 루오 노인은 샤를에게 제발 모자를 그대로 쓰고 있으라고 하고 마치 환자를 대하듯 나직한 소리로 말했다. 그리고 심지어 그를 위해 작은 크림 단지나 삶은 배처럼 다른 것들보다 좀 더 가벼운 음식을 준비해 두지 않았다고 화를 내는 척까지 했다. 그는 여러 가지 이야기를 했다. 샤를은 자신도 모르게 웃고 있는 것을 깨닫고 놀랐다. 그러나 아내의 기억이 문득 되살아나면 침울해졌다. 커피가 나오자, 그는 더 이상 아내 생각을 하지 않았다.

그는 혼자 사는 데 익숙해짐에 따라 아내 생각을 덜 하게 되었다. 자유롭게 사는 새로운 즐거움으로 인해 곧 고독이 견딜 만해졌다. 그는 이제 식사 시간도 바꿀 수 있었고, 이유를 말하지 않고도 드나들 수 있었으며, 피곤할 때는 침대에 사지를 쭉 뻗고 대자로 누울 수도 있었다. 그래서 그는 자기 몸을 아끼고 소중히 여겼으며 사람들이 건네는 위로를 받아들였다. 다른 한편으로 아내의 죽음은 직업상 그에게 적지 않은 도움이 되었다. 한 달 동안 사람들이 "가엾은 젊은이! 얼마나 불행한 일인가!"라는 말을 되풀이했다. 이렇게 그의 이름이 알려진 덕분에 환자가 늘었던 것이다. 게다가 그는 이제 마음대로 베르토에 갔다. 그는 어떤 막연한 희망, 어렴풋한 행복을 느꼈다. 거울 앞에서 구레나룻에 빗질을 하면서 그는 자신의 얼굴이 더 밝아진 것을 발견했다.

어느 날 그가 세 시쯤 도착하자, 모두 밭에 나가고 없었다. 그는 부엌으로 들어갔지만 처음에는 에마가 있는 것을 알아차리지 못했다. 덧문이 닫혀 있었기 때문이다. 덧문의 문살 틈으로 햇빛이 들어와 바닥 타일 위로 가느다란 줄무늬들이 길게 이어지며 가구 모서리에 부딪혀 부서지고 천장에서 떨리고 있었다. 식탁 위에서는 파리들이 마시다 놓아둔 유리잔을 따라 기어 올라가거나 바닥에 남은 사과주에 빠져 붕붕거리고 있었다. 벽난로 굴뚝을 통해 내리비치는 햇빛에 난로 뚜껑의 그을음이 벨벳처럼 보였고 차갑게 식은 재가 푸르스름하게 보였다. 에마는 창문과 난로 사이에서 바느질을 하고 있었다. 숄을 걸치지 않아 맨살이 드러난 그녀의 어깨 위에 작은 땀방울들이 보였다.

시골 풍습에 따라 그녀는 그에게 마실 것을 권했다. 그가 사양하자 그녀는 계속 권했고, 마침내 웃으면서 자기와 함께 리쾨르주를 한 잔 마시자고 제안했다. 그녀는 찬장에서 퀴라소 병을 꺼내 오고 작은 유리잔 두 개를 집어다 하나는 가득 채우고 다른 하나에는 아주 살짝만 따랐다. 그리고 건배를 한 다음, 잔을 입으로 가져갔다. 잔이 거의 비어 그녀는 술을 마시기 위해 몸을 뒤로 젖혔다. 머리를 뒤로 젖힌 채 입술을 앞으로 내밀고 목을 길게 늘여도 아무것도 느껴지지 않자, 그녀는 웃으면서 예쁜 이빨 사이로 혀끝을 내밀어 잔 바닥을 날름날름 핥았다.

그녀는 다시 자리에 앉아 바느질감을 집었다. 하얀 면양말을 깁는 중이었다. 그녀는 고개를 숙인 채 일했고, 아무 말도 하지 않았다. 샤를도 말이 없었다. 바람이 문 밑으로 들어와 타일 위의 먼지를 살짝 밀어냈다. 그는 먼지가 굴러다니는 것을 바라보고 있었다. 그에게는 오직 머릿속에서 나는 고동 소리와 저 멀리 안마당에서 알을 낳는 암탉의 울음소리밖에 들리지 않았다. 에마는 이따금 손바닥을 뺨에 갖다 대어 열을 식혔고, 그런 뒤에는 그 손바닥을 장작 받침대의 쇠 손잡이에 다시 식히곤 했다.

그녀는 이번 계절이 시작되면서부터 현기증이 난다고 불평을 했고, 해수욕이 효과가 있을지 물었다. 그녀는 수도원 이야기를, 샤를은 중등학교 이야기를 시작해 말이 이어졌다. 그들은 그녀의 방으로 올라갔다. 그녀는 옛날에 쓰던 음악 공책, 상으로 받은 작은 책들, 장롱 밑에 처박아 두었던 떡갈나무 잎사귀로 만든 관을 그에게 보여 주었다. 또 어머니와 묘지에 대한 이야기도 했고, 심지어 정원에 있는 화단을 가리키면서 매달 첫 금요일에 꽃을 꺾어 어머니의 무덤에 갖다 놓는다고도 했다. 그러나 그들이 고용한 정원사는 그런 사실을 전혀 몰랐으니, 얼마나 일을 제대로 안 하는 것인가! 그녀는 적어도 겨울 동안만이라도 도시에 가서 살았으면 좋겠다고 했다. 어쩌면 맑은 날이 길게 계속되는 여름에 시골이 훨씬 더 따분할지도 모르지만. 말하는 내용에 따라 그녀의 목소리는 맑기도 하고 날카롭기도 했으며, 갑자기 우수에 잠기면서 길게 늘어지던 억양이 혼잣말을 할 때처럼 거의 중얼거리는 소리로 마무리되기도 했다. 그녀는 어떤 때는 천진난만한 눈을 뜨면서 쾌활해졌다가 눈을 가늘게 뜨면서 권태에 잠긴 시선으로 갈피를 잡을 수 없는 생각에 빠져들곤 했다.

저녁에 집으로 돌아오면서 샤를은 그녀가 말했던 문장을 하나하나 다시 떠올려 되새기며 그 의미를 완전하게 파악하려고 애썼다. 아직 그녀를 알지 못했던 시기에 그녀가 살아온 생애를 알기 위해서였다. 그러나 그녀를 처음 만났을 때의 모습이나 조금 전 헤어진 모습 외에는 머릿속에 전혀 그려지지 않았다. 그는 그녀가 앞으로 어떻게 될지, 결혼은 할지, 한다면 누구와 할지 생각해 보았다. 아아! 루오 노인은 부자고, 그녀는…… 그토록 미인인데! 그런데 에마의 모습이 계속 눈앞에 보였고, 팽이가 돌아가는 것 같은 단조로운 소리가 "하지만 네가 결혼한다면! 네가 결혼한다면!" 하고 귀에서 윙윙거렸다. 그는 밤에 잠을 이룰 수가 없었다. 목구멍이 조이고 갈증이 났다. 그는 일어나서 병째로 물을 마시고 창문을 열었다. 하늘에는 별이 가득했고, 따스한 바람이 스치고 지나갔다. 멀리서 개들이 짖고 있었다. 그는 베르토 쪽으로 고개를 돌렸다.

어쨌든 손해 볼 건 없다는 생각에 샤를은 기회가 오면 청혼하리라 마음먹었다. 그러나 기회가 올 때마다 적절한 말을 찾아내지 못하면 어쩌나 하는 두려움에 입술이 붙어 버렸다.

집안에 별로 도움도 안 되는 딸을 치워 주겠다는데 루오 노인이 싫어하지는 않았으리라. 그는 농사를 짓기에는 딸이 너무 똑똑하다고 생각해 마음속으로 딸을 용서하고 있었다. 백만장자가 한 번도 나온 적 없는 것을 보면 농사는 하늘의 저주를 받은 직업이었다. 노인은 농사로 재산을 모으기는커녕 해마다 손해만 보고 있었다. 그는 직업적인 술책을 즐길 수 있는 매매에는 뛰어난 반면, 농장의 내부 관리를 포함해 농사일 자체에는 어느 누구보다 적합하지 못한 사람이었기 때문이다. 그는 주머니에서 쉽사리 손을 꺼내려 하지 않았고, 잘 먹고 따뜻하게 지내고 잘 자기를 위해 생활과 관계된 것이라면 뭐든 지출을 아끼지 않았다. 그는 진한 사과주, 핏물이 보일 정도로 살짝 익힌 양 넓적다리 고기, 브랜디를 넣어 오랫동안 휘저은 **글로리아 커피**를 좋아했다. 그는 혼자 부엌의 난로 앞에서, 마치 연극에서처럼 음식을 다 차려서 가져다주는 작은 식탁에서 식사를 하곤 했다.

그래서 샤를이 자기 딸 옆에서 두 볼이 붉어지는 것을 보고 조만간 딸에게 청혼이 들어올 것으로 짐작한 루오 노인은 미리 그 문제를 심사숙고해 보았다. 샤를은 좀 **볼품없어** 보여 그가 바라던 사윗감은 아니었다. 그러나 품행이 바르고 검소하며 교육을 많이 받은 사람이라고 들었다. 그리고 아마도 지참금에 대해 지나치게 따지지 않을 것 같았다. 그런데 루오 노인은 **자신의 재산** 중에서 8만 9천 제곱미터를 팔지 않으면 안 되었고, 석공과 마구상에게도 빚이 많았으며, 포도 압착기의 굴대도 교체해야 해서 이렇게 생각했다.

'딸을 달라고 하면, 줘야지.'

성 미카엘 축일 때, 샤를은 베르토에서 사흘을 보냈다. 15분씩 15분씩 주저하느라 마지막 날도 앞선 이틀과 마찬가지로 흘러가고 말았다. 루오 노인이 그를 배웅하러 나왔다. 그들은 움푹 파인 길을 걸었고, 헤어질 때가 되었다. 이제야말로 기회였다. 샤를은 울타리 모퉁이에 이를 때까지 참고 있다가 그곳을 지나치자 마침내 중얼거렸다.

"루오 씨, 드릴 말씀이 있는데요."

그들은 걸음을 멈췄다. 샤를은 잠자코 있었다.

"이야기해 보세요! 내가 아무것도 모를 것 같아요?" 루오 노인이 빙그레 웃으면서 말했다.

"루오 영감님…… 루오 영감님……." 샤를이 말을 더듬었다.

농장주가 말을 이었다.

"나야 더 바랄 게 없지요. 아마 딸아이도 나와 같은 생각이겠지만, 그래도 본인 의견을 물어봐야 해요. 그러니 그만 돌아가세요. 나도 집으로 돌아가겠어요. 만약 좋다고 하면, 잘 들어요, 남들 눈도 있으니 다시 돌아올 필요는 없어요. 게다가 그러면 딸아이도 지나치게 동요할 테고. 하지만 당신이 애가 타지 않도록 내가 창의 덧문을 벽 쪽으로 활짝 열어젖히리다. 울타리 위로 몸을 굽히면 뒤쪽에서 볼 수 있을 거예요."

그리고 그는 멀어져 갔다.

샤를은 나무에 말을 맸다. 그러고는 오솔길로 달려가 기다렸다. 30분이 지난 다음, 그는 시계를 보면서 19분을 세었다. 갑자기 뭔가 벽에 부딪히는 소리가 났다. 덧문이 젖혀 있고 문의 걸쇠가 여전히 흔들리고 있었다.

다음 날 아홉 시부터 그는 농장에 갔다. 그가 들어가자 에마는 태연한 척 웃으려고 애쓰면서도 얼굴을 붉혔다. 루오 노인이 미래의 사위를 껴안았다. 이해가 걸려 있는 문제들에 대한 논의는 뒤로 미루었다. 하기야 시간적인 여유는 있었다. 샤를이 탈상하기 전까지는, 다시 말해 이듬해 봄까지는 예의상 결혼을 할 수가 없으니까 말이다.

그렇게 기다림 속에서 겨울이 지나갔다. 루오 양은 혼수 준비에 몰두했다. 그중 일부는 루앙에 주문했고, 속옷과 취침용 모자는 유행하는 도안을 빌려다 그녀가 직접 만들었다. 샤를은 농장을 방문할 때면 결혼식 준비에 대한 이야기를 나누었다. 어떤 방에서 피로연을 할 것인지, 음식은 얼마나 준비할지, 전식으로는 무엇이 좋을지.

반대로 에마는 횃불을 밝혀 놓고 자정에 결혼식을 하고 싶어 했다. 그러나 루오 노인은 그런 생각을 도무지 이해할 수 없었다. 결국 결혼식에는 43명의 하객이 와서 열여섯 시간이나 식탁에 앉아 있었으며, 잔치는 다음 날 다시 시작되었고 그 뒤로도 며칠간 좀 더 계속되었다.

IV

손님들은 말 한 마리가 *끄*는 소형 이륜마차, 긴 좌석이 달린 이륜 장식 마차, 덮개가 없는 낡은 2인승 마차, 가죽 커튼이 달린 합승 마차 등 갖가지 마차를 타고 일찍부터 도착했다. 그리고 가장 가까운 마을의 청년들은 몹시 덜컹거리면서 속보로 달리는 짐수레를 타고 왔는데, 넘어지지 않으려고 두 손으로 수레 난간을 짚은 채 줄지어 나란히 서 있었다. 고데르빌, 노르망빌, 카니 등 40킬로미터나 떨어진 먼 곳에서도 왔다. 양가 친척들도 모두 초대되었다. 사이가 틀어졌던 친구들과도 화해했고, 오랫동안 만나지 못했던 친지들에게도 편지를 보냈다.

이따금 울타리 뒤에서 채찍 소리가 들렸다. 그러면 곧 살문이 열렸고, 이륜마차가 들어왔다. 마차는 현관의 첫 번째 계단까지 빠르게 질주해 갑자기 멈춰 선 다음 사람들을 쏟아 놓았다. 그들은 무릎을 문지르고 기지개를 켜면서 마차의 사방에서 나왔다. 헝겊 모자를 쓴 부인들은 도시풍 옷을 입고 금 시곗줄을 둘렀으며, 허리띠 안에 양 끝을 포개어 넣은 짧은 망토나 뒤로 목이 드러나 보이도록 등에서 핀으로 고정시킨 화려한 색깔의 작은 숄을 걸치고 있었다. 아빠들과 비슷한 복장을 한 개구쟁이 아이들은 새 옷 때문에(심지어 이날 난생처음 장화를 신은 아이도 많았다) 거북해 보였다. 그 아이들 옆으로 첫영성체 때 입었던 하얀 원피스를 이번 기회에 길게 늘여 입은 열대여섯 살가량의 키 큰 여자아이가 말 한마디 없이 서 있는 것이 보였다. 아마도 개구쟁이들의 사촌이거나 누나인 것 같았는데, 머리에는 장미 포마드를 바른 채 얼굴을 붉히고 어쩔 줄 몰라 하며 장갑을 더럽힐까 봐 잔뜩 겁을 내고 있었다. 모든 마차를 말에서 풀어 놓을 만큼 마구간지기가 많지 않아 신사들이 소매를 걷어붙이고 직접 그 일을 했다. 그들은 각자 서로 다른 사회적 지위에 따라 연미복, 프록코트, 보통 저고리, 약식 예복 저고리 등을 입고 있었다. 온 가족이 소중히 여기는 것으로, 큰 행사가 있을 때만 장롱에서 나오는 멋진 연미복, 바람에 펄럭이는 커다란 옷자락과 원통형 옷깃과 자루처럼 큰 주머니가 있는 프록코트, 대개 챙이 달리고 구리 테로 둘러싸인 모자와 함께 입는 두툼한 천의 저고리, 한 쌍의 눈알처럼 두 개의 단추가 등에 바싹 붙어 달려 있고 목수가 도끼로 단번에 옷자락을 잘라 낸 것처럼 매우 짧은 예복 저고리였다. 또 몇몇 사람은(그러나 이 사람들은 분명 식탁의 말석에서 식사를 할 테지만) 행사용 작업복, 즉 옷깃이 어깨 위로 젖혀지고 등에는 잔주름이 잡혀 있으며 바느질로 만든 허리띠로 허리의 제일 아랫부분을 묶은 옷을 입고 있었다.

그리고 와이셔츠들은 갑옷처럼 가슴이 불룩 나와 있었다! 모두 새로 머리를 짧게 깎아 귀가 머리에서 튀어나와 있었고, 수염도 아주 짧게 깎았다. 심지어 새벽 일찍 일어난 몇몇 사람은 면도할 때 잘 보이지 않는 바람에 코 밑에 비스듬한 칼자국이 나 있거나 턱을 따라 내려가면서 3프랑짜리 은화만 한 크기로 벗겨진 살가죽이 오는 동안 찬바람에 염증을 일으켜 희색이 만면한 넓고 하얀 얼굴마다 분홍빛 반점으로 얼룩져 있었다.

면사무소는 농장에서 2킬로미터 떨어진 곳에 있어 사람들은 걸어서 갔다가 성당에서 식이 끝나자 다시 걸어서 돌아왔다. 처음에는 하나의 색 리본처럼 쭉 이어진 행렬이 푸른 밀밭 사이로 꼬불꼬불하게 난 좁은 오솔길을 따라 들판에서 굽이치더니, 곧 길게 늘어지면서 여러 무더기로 끊어져 이야기하느라 꾸물거렸다. 스크롤*에 리본 장식이 달린 바이올린을 든 악사가 제일 앞장서서 갔다. 그다음에 신랑 신부가 따르고, 친척과 친구들이 순서 없이 되는대로 뒤를 이었다. 그리고 아이들은 귀리 이삭에서 방울 모양의 꽃을 따거나 눈에 띄지 않게 자기들끼리 노느라 뒤처져 있었다. 에마의 드레스는 너무 길어 밑자락이 약간 땅에 끌렸다. 그녀는 이따금 옷을 잡아당기기 위해 걸음을 멈추었다. 그럴 때면 그녀는 장갑 낀 손가락으로 엉겅퀴 잔가지와 거친 잡초를 우아하게 떼어 냈고, 그동안 샤를은 빈손으로 그녀의 동작이 끝나기를 기다렸다. 루오 노인은 새 실크 모자에 소매 장식이 손톱까지 덮이는 검은색 예복을 입고 안사돈인 보바리 부인과 팔짱을 끼고 있었다. 그저 군복처럼 재단해 단추를 한 줄 단 프록코트를 입고 온 보바리 부친은 그곳에 모인 사람들을 마음속으로 경멸하며 금발의 시골 처녀에게 술집에서 수작을 부리듯 찬사를 늘어놓고 있었다. 처녀는 인사를 하더니 얼굴이 빨개져서 어떻게 대답해야 할지 몰라 했다. 결혼식의 다른 하객들은 자기들의 사업 이야기를 하거나 미리부터 즐거움에 들떠 등 뒤에서 서로 장난을 치고 있었다. 그리고 귀를 기울여 보면, 들판에서 계속 연주하는 악사의 바이올린 소리가 여전히 들려왔다. 악사는 사람들이 뒤로 멀리 처져 있는 것을 알아차리면 멈춰 서서 숨을 돌리고 소리가 더 잘 나도록 한참 동안 활에 송진을 발랐다. 그런 다음 스스로 박자를 잘 맞추기 위해 바이올린 손잡이를 번갈아 올렸다 내렸다 하면서 다시 걷기 시작했다. 악기 소리에 멀리서 작은 새들이 날아갔다.

식탁은 짐수레들을 넣어 두는 헛간에 차려져 있었다. 식탁 위에는 소 허리 고기 네 덩이, 닭고기 프리카세* 여섯 개, 냄비에 담긴 송아지 고기, 양의 넓적다리 고기 세 덩이가 있었고, 한가운데 참소리쟁이 잎을 넣은 순대 네 개를 곁들인 예쁜 새끼돼지 구이가 놓여 있었다. 식탁 모퉁이에는 증류주가 담긴 물병들이 세워져 있었다. 병에 담긴 부드러운 사과주는 병마개 주변으로 거품을 잔뜩 내뿜고, 모든 잔에 미리 포도주가 가득 채워져 있었다. 노란 크림이 담긴 커다란 접시들은 식탁이 조금만 충격을 받아도 저절로 흔들렸는데, 그 고른 표면에 작은 사탕과자를 이용해 아라베스크 글씨체로 신혼부부의 이니셜이 그려져 있었다. 파이와 누가를 위해 이브토에서 과자 제조인을 불러왔다. 그는 이 지방에서 처음 개업했기 때문에 여러모로 신경을 썼다. 그가 디저트로 피에스몽테'를 직접 가져오자 탄성이 터져 나왔다. 우선 제일 밑에는 푸른색의 네모난 마분지로 회랑과 기둥을 갖춘 신전 모양이 있고, 그 주변으로는 황금색 종이 별이 총총히 박힌 벽감 안에 작은 석고상들이 늘어서 있었다. 이어서 둘째 단에는 사부아 지방의 케이크로 만든 탑이 세워져 있고, 설탕에 절인 안젤리카, 아몬드, 건포도, 오렌지 조각으로 만든 작은 요새들로 둘러싸여 있었다. 그리고 끝으로 제일 위쪽의 평평한 곳은 녹색의 평원이었는데, 거기에는 잼으로 된 바위와 호수, 개암 열매 껍질로 만든 배들이 있고, 초콜릿 그네를 타고 있는 작은 사랑의 신이 보였다. 그네의 양쪽 기둥은 꼭대기에 둥근 공 모양 대신에 장미꽃 봉오리 생화가 장식되어 있었다.

사람들은 저녁이 될 때까지 먹었다. 앉아 있기 피곤하면 마당에 가서 거닐거나 헛간에서 병마개 놀이를 한 뒤 다시 식탁으로 돌아왔다. 막판에는 몇몇 사람이 잠들어 코를 골았다. 그러나 커피가 나오자 모두 다시 활기를 찾았다. 그래서 노래를 시작했고, 묘기를 부렸으며, 무거운 것을 들거나 엄지손가락 밑으로 지나가는 놀이를 했고, 짐수레를 어깨로 들어 올리려고도 했으며, 상스러운 농담을 하고 여자들을 껴안았다. 저녁이 되어 돌아가려고 할 때는 콧구멍까지 차도록 귀리를 잔뜩 먹은 말들이 끌채 사이로 들어가는 데 애를 먹었다. 말들이 뒷발질을 하고 뒷발로 일어서는 바람에 마구가 부서지자 주인들은 욕을 하거나 웃어 댔다. 밤새도록 이 고장의 도로에서는 달빛 아래 미친 듯이 전속력으로 달리는 짐수레들이 배수로 안으로 뛰어들고, 높은 자갈 더미 위로 뛰어오르고, 비탈길을 기어 올라갔다. 그러면 여자들은 고삐를 붙잡으려고 마차 문 밖으로 몸을 굽히곤 했다.

베르토에 남은 사람들은 부엌에서 밤새도록 술을 마셨다. 아이들은 긴 의자 밑에서 잠이 들었다.

신부는 사람들이 관례적인 짓궂은 장난을 하지 않게 해 달라고 아버지에게 간청했었다. 그런데 생선 도매상을 하는 한 사촌이(결혼 선물로 가자미 두 마리를 가져오기까지 했다) 열쇠 구멍을 통해 입으로 물을 뿜어 넣으려고 했다. 때마침 루오 노인이 와서 말렸고, 사위가 근엄한 신분이니 그런 무례한 장난을 하면 안 된다고 설명했다. 사촌은 그런 이유에 마지못해 물러섰다. 그는 마음속으로 루오 노인이 거만하다고 비난하면서 한쪽 구석으로 가서 네댓 명의 다른 손님과 어울렸다. 우연하게도 이 손님들 역시 식탁에 여러 번 연거푸 맛없는 고기가 나온 탓에 푸대접을 받았다고 여기고 집주인에 대해 수군댔고, 그가 망해 버렸으면 좋겠다고 넌지시 돌려 말하고 있었다.

보바리 모친은 하루 종일 입을 다물고 있었다. 며느리의 옷차림에 대해서도 잔치 준비에 대해서도 그녀의 의견을 묻지 않은 터라, 그녀는 일찌감치 자리를 떴다. 그런데 남편은 그녀를 뒤따라 들어가지 않고 생빅토르에서 시가를 사 오게 하여 날이 밝을 때까지 피우면서 키르슈'를 넣은 그로그'주를 마셨다. 그것은 시골에서 잘 알려지지 않은 칵테일이어서 한층 더 존경받을 수 있는 일이라고 여긴 것이다.

샤를은 농담을 잘하는 성격이 아니어서 축하연에서 빛을 발하지 못했다. 수프가 나올 때부터 사람들이 작정하고 그에게 던진 신랄한 말, 짓궂은 말, 이중의 뜻을 지닌 단어, 칭찬, 외설적인 말에 그는 형편없는 대답만 했다.

반면, 다음 날이 되자 그는 딴사람처럼 보였다. 전날에는 그가 오히려 처녀처럼 여겨졌었는데 말이다. 신부는 뭔가 짐작할 만한 것을 아무것도 드러내 보이지 않았다. 가장 약삭빠른 사람들도 뭐라 대꾸해야 할지 몰라 했고, 그녀가 옆으로 지나갈 때면 잔뜩 긴장해 그녀를 쳐다보기만 했다. 그러나 샤를은 아무것도 감추지 않았다. 그는 그녀를 아내라고 부르며 친밀하게 말을 놓았고, 누구에게든 그녀가 어디 있는지 물으며 사방으로 찾아다녔으며, 종종 그녀를 마당으로 데리고 가기도 했다. 그러면 그가 마당에서 아내의 허리에 팔을 두르고 그녀에게 반쯤 몸을 기울인 채 블라우스의 가슴 장식 레이스를 머리로 구기면서 계속 걸어가는 모습이 멀리서 나무 사이로 보였다.

결혼식 이틀 뒤, 부부는 떠났다. 환자 때문에 샤를이 더는 자리를 비울 수 없었던 것이다. 루오 노인은 자기 마차로 두 사람을 데려다주게 했고, 직접 바송빌까지 따라왔다. 거기서 그는 마지막으로 딸을 껴안은 뒤 마차에서 내려 되돌아갔다. 그는 백 보쯤 걷다가 걸음을 멈추고, 먼지 속에서 바퀴가 굴러가며 멀어지는 마차를 바라본 채 큰 한숨을 내쉬었다. 그리고 자신의 결혼식, 지나가 버린 시절, 아내의 첫 임신을 떠올렸다. 장인 집에서 자신의 집으로 아내를 데려올 때 그도 무척이나 즐거웠었다. 크리스마스 무렵이었고 들판이 온통 하얗게 눈으로 덮여 있어, 아내를 말 잔등에 태우고 눈 위를 종종걸음으로 걸어왔다. 아내는 한 팔로 그를 붙잡았고, 다른 팔에는 바구니를 걸치고 있었다. 그녀가 쓰고 있던 코 지방 머리쓰개의 기다란 레이스가 바람에 나부끼면서 때로는 그의 입술 위를 스치고 지나갔고, 그가 고개를 돌리면 바로 옆 그의 어깨 위로 헝겊 모자의 금박 테 아래에서 조용히 미소 짓고 있는 그녀의 자그마한 분홍빛 얼굴이 보였다. 손을 녹이려고 그녀는 이따금 그의 가슴 속으로 손을 집어넣었다. 그 모든 것이 얼마나 오래된 옛일인가! 아들이 살아 있었다면 지금 서른 살이 되었을 텐데! 그는 뒤를 돌아보았지만, 길 위에는 아무것도 보이지 않았다. 텅 빈 집처럼 서글픈 느낌이 들었다. 축하연의 술기운으로 몽롱해진 머릿속에서 다정한 추억과 우울한 생각이 뒤섞이자, 그는 성당 쪽을 한번 돌아보고 싶은 욕구를 잠시 느꼈다. 그러나 그 광경을 보면 훨씬 더 서글퍼질 것 같은 두려움에 곧장 집으로 돌아갔다.

샤를 부부는 여섯 시쯤 토스트에 도착했다. 이웃 사람들이 의사의 새 아내를 보려고 창가로 몰려들었다.

늙은 하녀가 나타나서 인사를 하더니, 저녁 준비가 아직 안 되었다고 용서를 구하면서 기다리는 동안 부인은 집을 한번 둘러보라고 권했다.

V

벽돌로 된 정면은 길 혹은 보다 정확히 말해 도로와 나란히 면해 있었다. 문 뒤에는 작은 깃이 달린 외투, 말고삐, 챙 달린 검은 가죽 모자가 걸려 있고, 한쪽 구석 바닥에는 아직도 마른 진흙으로 덮인 각반 한 켤레가 놓여 있었다. 오른쪽으로는 식당 겸 거실로 쓰이는 방이 있었다. 윗부분에 연한 꽃무늬 장식이 있는 밝은 노란색 벽지가 제대로 펴지지 않은 바탕천 위에서 전체적으로 흔들거리고 있었다. 붉은 장식 줄로 가장자리를 두른 흰 옥양목 커튼이 창문들을 따라 서로 교차되며 드리워져 있고, 벽난로의 좁은 선반 위에는 은도금한 두 개의 촛대 사이에서 히포크라테스 얼굴 장식이 있는 추시계가 타워형 유리 용기 밑에서 반짝이고 있었다. 복도의 다른 한쪽에 샤를의 진찰실이 있었다. 폭이 여섯 걸음쯤 되는 작은 방으로, 책상 하나와 의자 세 개, 사무실용 안락의자 하나가 놓여 있었다. 붙어 있는 페이지*는 여전히 잘리지 않고 그대로 있었지만 여기저기 계속 팔리는 동안 표지가 낡아 버린 **의학 사전** 한 질이 전나무 책장의 선반 여섯 개를 거의 다 채우고 있었다. 진찰실에서는 진찰을 하는 동안 벽을 통해 녹인 버터 냄새가 흘러 들어왔고, 마찬가지로 부엌에서는 진찰실에서 환자들이 기침을 하고 증상을 이야기하는 소리가 들렸다. 그다음에는 마구간이 있는 마당으로 직접 통하는 허름한 큰방이 있었다. 화덕이 있는 그 방은 장작이나 포도주 저장소 혹은 물건을 넣어 두는 창고로 쓰였는데, 고철, 빈 술통, 못 쓰는 농기구 들과 용도를 알 수 없는 많은 물건이 먼지를 뒤집어쓴 채 가득 들어차 있었다.

폭보다 길이가 더 긴 정원은 과수장의 살구나무들로 뒤덮인 두 개의 흙담 사이로 가시나무 울타리까지 뻗어 있고, 울타리 너머로는 밭이 이어졌다. 정원 한가운데에는 석반석으로 만든 해시계가 석판 위에 놓여 있고, 볼품없는 들장미나무가 심어진 네 개의 화단이 더 쓸모 있는 네모난 채소밭을 대칭으로 둘러싸고 있었다. 제일 안쪽에는 가문비나무들 밑으로 기도서를 읽는 사제의 석고상이 있었다.

에마는 방으로 올라갔다. 첫 번째 방에는 가구가 전혀 없었지만, 부부 침실인 두 번째 방에는 붉은 휘장이 드리워진 알코브* 안에 마호가니 침대가 놓여 있었다. 조개껍데기로 만든 상자 하나가 서랍장을 장식하고 있었고, 창문 옆의 책상 위에는 하얀색 비단 리본으로 묶은 오렌지꽃 다발이 물병에 꽂혀 있었다. 그것은 신부의 꽃다발, 전처의 꽃다발이었다! 그녀는 그것을 바라보왔다. 샤를이 이를 눈치채고 꽃다발을 집어 다락방으로 가져갔다. 그동안 에마는 안락의자에 앉아(사람들이 그녀 주위에 그녀의 짐을 갖다 놓고 있었다) 마분지 상자에 담긴 자신의 결혼 꽃다발을 생각했고, 몽상에 잠긴 채 만약 혹시라도 자신이 죽게 된다면 그것은 어떻게 될까 자문해 보았다.

처음 며칠 동안 그녀는 집 안을 어떻게 바꿀지 궁리하느라 여념이 없었다. 촛대의 유리 덮개를 없애고, 벽지를 새로 바르고, 계단을 다시 칠하고, 정원에는 해시계 주위로 벤치를 만들게 했다. 심지어 물고기를 기르는 분수 연못을 만들려면 어떻게 해야 하는지 묻기도 했다. 그리고 남편은 그녀가 마차를 타고 산책하는 것을 좋아한다는 것을 알고 **보크 마차**'를 중고로 구해 왔다. 거기에 새 초롱과 누비 가죽 흙받이를 달고 나니 흡사 틸버리 마차처럼 보였다.

그래서 그는 행복했고 세상만사 아무 걱정이 없었다. 마주 앉아서 하는 식사, 저녁에 대로를 거니는 산책, 머리를 매만지는 그녀의 손동작, 창문 문고리에 걸려 있는 그녀의 밀짚모자, 그 밖에 샤를로서는 기쁨을 느낄 수 있으리라고 한 번도 생각해 보지 않았던 다른 많은 것이 이제는 그의 끝없는 행복을 이루고 있었다. 아침이면 침대 위에서 베개를 베고 나란히 누워 면 모자에 비스듬히 날린 귀덮개에 반쯤 가려진 그녀의 금빛 뺨 위의 솜털 사이로 햇살이 비치는 것을 바라보곤 했다. 그렇게 가까이서 보니, 그녀의 눈이 더 커 보였다. 잠이 깨면서 연거푸 여러 번 눈을 깜빡일 때 특히 그랬다. 그늘진 부분은 까맣고 햇볕을 받은 검푸른 그녀의 눈은 연속되는 여러 층의 색깔들로 이루어진 것 같았는데, 맨 아래는 더 진한 색이고 에나멜 같은 표면으로 올라오면서 점점 색이 밝아졌다. 샤를의 눈은 그 깊은 심연 속으로 빠져들었고, 그의 머리에 쓴 머릿수건과 반쯤 풀어 헤친 셔츠 윗부분, 그리고 어깨까지 그 속에 조그맣게 비쳐 보였다. 그는 일어났다. 그녀는 그가 나가는 것을 보려고 창가로 가서, 헐렁한 실내복 차림으로 창턱의 두 제라늄 화분 사이에서 팔꿈치를 괴고 있었다. 샤를은 길에서 표지석 위에 발을 올려놓고 박차를 채웠다. 그녀는 위에서 그에게 계속 말하면서 입으로 꽃이나 잎을 떼어 그를 향해 불어 보냈다. 그러면 그것은 새처럼 공중에서 반원을 그리고 흩날리면서 떠 있다가 문 앞에서 꼼짝 않고 있는 늙은 흰색 암말의 부스스한 갈기에 걸린 후 떨어졌다. 샤를은 말에서 그녀에게 키스를 보냈다. 그녀는 손짓으로 화답한 후 창문을 닫았고, 그는 출발했다. 그러면 그는 기다란 리본처럼 끝없이 펼쳐진 먼지투성이 대로에서, 나무들이 휘어져 아케이드를 이루고 있는 움푹 파인 길에서, 밀이 무릎까지 올라오는 오솔길에서, 어깨 위로 햇볕이 내리쬐는 가운데 콧구멍으로 아침 공기를 들이마시며 가슴에는 간밤의 행복을 가득 품은 채 평온한 정신과 만족한 몸으로, 마치 저녁 식사 후에 소화되고 있는 송로버섯의 맛을 여전히 반추하는 사람처럼 자신의 행복을 되새기며 길을 갔다.

지금까지 그의 삶에서 좋은 일이 뭐가 있었던가? 중학교 시절이었을까? 그 시절 그는 높은 담 안에 갇혀 지냈고, 반에서는 토시 안에 과자를 넣어 가지고 면회실에 찾아오는 어머니를 둔 친구들, 더 부유하거나 더 힘이 센 그 친구들이 그의 억양을 놀리고 그의 옷차림을 조롱하는 가운데 홀로 지냈었다. 그보다 더 나중, 의학 공부를 할 때였을까? 그의 정부가 된 어떤 키 작은 여직공에게 춤추러 가자고 할 돈조차 전혀 없던 시절이었다. 그다음에는 침대에서도 발이 얼음장처럼 차갑던 과부와 14개월 동안 살았다. 그러나 이제 그는 사랑하는 예쁜 아내를 평생 갖게 된 것이다. 그에게 있어서 세상은 그녀가 입은 치마의 부드러운 테두리를 벗어나지 않았다. 그는 그녀에 대한 자신의 사랑이 부족하다고 자책했고, 그녀를 다시 보고 싶어서 서둘러 집으로 돌아가 두근거리는 가슴으로 계단을 올라갔다. 에마는 침실에서 화장을 하고 있었다. 그가 발소리를 내지 않고 다가가서 그녀의 등에 키스를 하면 그녀는 소리를 질렀다.

그는 그녀의 빗, 반지들, 숄을 계속 만지고 싶어서 견딜 수가 없었다. 때때로 그는 그녀의 두 뺨에 요란하게 열렬한 키스를 하기도 하고, 손가락 끝에서부터 어깨까지 맨살을 드러낸 팔을 따라 올라가며 연달아 가벼운 키스를 하기도 했다. 그러면 그녀는 매달리는 어린아이에게 하듯이 미소를 짓기도 하고 귀찮아하기도 하면서 그를 밀어냈다.

결혼하기 전에 그녀는 자신이 사랑에 빠졌다고 생각했다. 그러나 그 사랑에서 당연히 생겨나야 할 행복이 찾아오지 않자, 자신이 잘못 생각한 것이 틀림없다고 생각했다. 그리고 에마는 책에서 그토록 아름답게 보였던 **행복, 정열, 도취**와 같은 말들이 실제 생활에서는 정확히 어떤 의미인지 알고 싶었다.

VI

그녀는 『폴과 비르지니』를 읽고, 대나무 오두막집, 흑인 도밍고, 강아지 피델, 그리고 특히 종탑보다 더 높은 커다란 나무에 올라가 빨간 열매를 따다 주거나 맨발로 모래밭을 달려가서 새둥지를 가져다주는 착한 동생의 다정한 우정을 꿈꾸었다.

그녀가 열세 살 때, 아버지는 그녀를 수도원에 넣기 위해 직접 도시로 데리고 갔다. 그들은 생제르베 지역의 한 여관에 묵었는데, 라 발리에르 양의 이야기를 그림으로 나타낸 접시들이 저녁 식사에 나왔다. 전설에 대한 설명은 칼자국으로 군데군데 잘려 나갔는데 한결같이 종교, 세련된 감정, 궁정의 화려함을 찬양하는 내용이었다.

처음에 그녀는 수도원이 지루하기는커녕 수녀들과 지내는 것이 즐거웠다. 수녀들은 그녀를 즐겁게 해 주기 위해 식당에서 긴 복도를 지나 들어가는 예배당에 데려가곤 했다. 그녀는 휴식

시간에도 별로 놀지 않았고, 교리 문답을 잘 이해해 보좌 신부의 어려운 질문에 언제나 대답하는 것은 그녀였다. 그래서 교실의 따뜻한 분위기를 결코 벗어나지 않은 채 구리 십자가가 달린 묵주를 들고 있는 창백한 안색의 그 여자들과 지내면서, 그녀는 제단의 향냄새와 시원한 성수반과 반짝이는 촛불에서 발산되는 신비로운 무기력 상태에 기분 좋게 잠겨 있었다. 미사 순서를 따라가는 대신 책 속에서 푸른색 테두리를 두른 경건한 삽화들을 바라보면서 병든 양, 뾰족한 화살에 찔린 성스러운 심장, 혹은 십자가를 지고 걸어가다 쓰러지는 가엾은 예수의 모습을 좋아했다. 고행을 하고자 하루종일 아무것도 먹지 않고 지내려 하기도 하고, 뭔가 실행할 서약을 머릿속으로 찾아보기도 했다.

고해성사를 하러 가면, 그녀는 어둠 속에 무릎을 꿇고 두 손을 모은 채 창살에 얼굴을 대고 신부가 속삭이는 소리를 들으면서 그곳에 좀 더 오래 머물기 위해 사소한 죄를 지어냈다. 설교에서 자주 나오는 약혼자, 남편, 천상의 애인, 영원한 결혼과 같은 비유는 그녀의 마음속 깊은 곳에서 뜻하지 않은 감미로움을 불러일으켰다.

저녁에 기도하기 전에는 자습실에서 종교적인 책을 읽었다. 평일에는 성스러운 이야기의 요약본이나 프레시누스 사제*의 『강연』을 읽었고, 일요일에는 기분 전환 삼아 『기독교의 정수』* 몇 구절을 읽었다. 처음에 지상과 영원의 모든 메아리로 되풀이되는 낭만적 우수가 담긴 탄식의 울림을 얼마나 열심히 들었던가! 만약 그녀가 어느 상점가의 가게 뒷방에서 유년 시절을 보냈다면, 대개 작가들의 표현을 통해서야 비로소 우리에게 전해지는 자연의 서정적 물결에 어쩌면 마음을 활짝 열었을 것이다. 그러나 그녀는 시골을 너무나 잘 알고 있었다. 가축의 울음소리, 소젖 짜기, 쟁기질을 잘 알았던 것이다. 조용한 광경에 익숙한 그녀는 오히려 변화무쌍한 것에 관심이 갔다. 바다는 오로지 폭풍 때문에 좋았고, 초목은 폐허 속에 듬성듬성 있을 때만 좋았다. 그녀는 무엇에서든 뭔가 개인적인 이득을 끌어내지 않으면 안 되었다. 그래서 마음속의 욕구를 즉각 채워 주지 않는 모든 것을 무익하다며 거부했다. 예술적이기보다는 감상적인 기질이었고, 풍경이 아니라 감동을 찾았기 때문이다.

수도원에는 매달 와서 일주일 동안 속옷과 침구를 손질해 주는 노처녀가 있었다. 대혁명 때 몰락한 옛 귀족 가문 출신이라서 대주교의 보호를 받고 있던 그녀는 식당에서 수녀들과 같은 식탁에서 식사를 했고, 식사 후에는 다시 일하러 올라가기 전에 그녀들과 잠시 잡담을 나누곤 했다. 기숙 생활을 하는 학생들은 종종 자습실을 빠져나와 그녀를 찾아갔다. 그녀는 지나간 옛 연가를 외우고 있어 바느질을 하면서 나지막한 목소리로 그런 노래들을 불러 주었다. 또 여러 이야기를 해 주거나 세상 소식을 알려 주었고, 시내의 심부름도 해 주었으며, 언제나 앞치마 주머니에 가지고 있는 소설책을 상급생들에게 몰래 빌려주기도 했다. 그리고 그녀 자신도 일하는 사이사이 그 책의 긴 장(章)들을 열중해서 읽곤 했다. 그것은 사랑, 사랑하는 남녀, 외딴 별장에서 기절하는 핍박받은 귀부인, 역참마다 살해당하는 마부, 페이지마다 지쳐 죽는 말, 음산한 숲, 마음의 동요, 맹세, 흐느낌, 눈물과 키스, 달빛에 보이는 조각배, 숲속의 밤꾀꼬리, 사자처럼 용맹하고 어린 양처럼 온순하고 더할 나위 없이 덕성스럽고 언제나 옷을 잘 차려입고 물항아리처럼 눈물을 펑펑 쏟는 **신사들**에 관한 내용뿐이었다. 그리하여 에마는 열다섯 살 때 여섯 달 동안 낡은 책 대여점의 먼지로 손을 더럽혔다. 그 후에는 월터 스콧을 통해 역사물에 열중했고 궤짝, 위병 대기실, 음유 시인을 동경했다. 그녀는 오래된 저택에서 허리가 기다란 드레스를 입은 성주 부인처럼 살고 싶었다. 그래서 그 여자들처럼 클로버 무늬 모양의 아치 밑에서 돌 위에 팔꿈치를 대고 턱을 손으로 괸 채 들판 저 끝에서 하얀 깃털을 단 기사가 검정 말을 타고 달려오는 것을 바라보며 세월을 보내고 싶었다. 그즈음 그녀는 메리 스튜어트*를 숭배했고, 유명하거나 불운했던 여자들에 대해 열렬한 경의를 표했다. 그녀에게 잔 다르크, 엘로이즈*, 아녜스 소렐*, 아름다운 페로니에르*, 클레망스 이조르* 같은 여자들은 역사라는 어둡고 광대한 공간에서 혜성처럼 뚜렷이 드러나는 존재였다. 또한 그 공간에는 여기저기에, 그러나 서로 아무런 연관도 없이 더 어둠 속에 파묻힌 채 떡갈나무 아래의 성왕 루이*, 죽어 가는 베야르*, 루이 11세의 몇 가지 잔인한 행동, 성 바르톨로메오 대학살*의 모습 약간, 베아른 사람*의 깃털 장식, 그리고 또 루이 14세를 찬양하는 그림이 그려진 접시들의 기억이 두드러져 보였다.

음악 시간에 그녀가 부르는 서정적인 노래에는 황금 날개를 단 작은 천사, 성모, 석호(潟湖), 곤돌라 뱃사공 같은 것들만 나왔는데, 이 온화한 노래들은 보잘것없는 가사와 경박한 곡조를 통해 감상적 현실에 대한 매혹적인 환상을 어렴풋이 느끼게 해주었다. 몇몇 친구는 새해 선물로 받은 호화로운 장정의 선물용 화집을 수도원에 가져오기도 했다. 그것은 숨겨 두어야 하는 난처한 물건이었는데, 그들은 공동 침실에서 그것을 보았다. 에마는 멋진 비단 표지를 조심스럽게 만지면서, 대개는 백작이나 자작으로 작품 아래쪽에 서명이 있는 낯선 작가들의 이름을 경탄에 빠진 눈길로 뚫어지게 바라보았다.

그녀가 몸을 떨면서 그림을 보호하는 얇은 종이를 입김으로 들어 올리면 종이는 반으로 접히면서 올라가다가 페이지 위로 천천히 다시 떨어졌다. 그것은 발코니의 난간 뒤에서 짧은 망토를 입은 한 청년이 하얀 옷을 입고 허리에 작은 주머니를 찬 아가씨를 품에 꼭 껴안고 있는 그림이었다. 혹은 구불구불한 금발의 영국 귀부인들을 그린 익명의 초상화들이었는데, 초상화 속 귀부인들은 동그란 밀짚모자를 쓰고 맑고 큰 눈으로 똑바로 쳐다보고 있었다. 공원 한가운데를 미끄러지듯 움직이는 마차 안에 길게 누워 있는 귀부인들의 모습도 보였는데, 하얀 반바지를 입은 소년 마부 둘이 빠른 속도로 몰고 있는 마차 앞에서는 사냥개 한 마리가 껑충껑충 뛰고 있었다. 개봉된 편지를 옆에 두고 소파에서 몽상에 잠긴 채 검은 커튼에 반쯤 가려진 창문 너머로 달을 바라보고 있는 귀부인들도 있었다. 순진한 귀부인들은 눈물이 묻은 뺨으로 고딕식 새장의 창살 사이로 멧비둘기에게 입을 맞추기도 하고, 머리를 어깨 위로 기울인 채 미소 지으면서 끝이 뾰족하게 쳐들린 구두처럼 뾰족한 손가락을 모아 데이지꽃의 꽃잎을 뜯고 있었다. 그리고 정자 아래에서 무희의 팔에 안겨 황홀경에 취한 채 긴 담뱃대를 물고 있는 술탄, 자우르*, 터키 검, 그리스 모자가 그려진 그림도 있었다. 특히 아름다운 고장의 아련한 풍경들에는 종종 종려나무와 전나무, 오른쪽에 호랑이, 왼쪽에 사자, 저 멀리 지평선에는 타타르 회교 사원의 첨탑, 앞쪽에는 로마 제국의 폐허, 그 뒤로는 웅크린 낙타들이 공존하고 있었다. 이 모든 것은 잘 정돈된 원시림에 둘러싸여 있었고, 햇살이 길게 수직으로 내리비치며 어른대는 수면에는 잿빛 강철색 배경 위에 군데군데 헤엄치는 백조들이 마치 할퀸 자국처럼 하얗게 보였다.

에마의 머리 위로 벽에 걸려 있는 켕케식 램프가 이런 세계의 모든 그림을 비추었고, 고요한 공동 침실에서 아직도 대로를 달리는 늦은 삯마차의 바퀴 소리가 멀리서 들리는 가운데 그 그림들이 그녀의 눈앞에서 차례로 지나갔다.

어머니가 돌아가셨을 때, 그녀는 처음 며칠 동안 몹시 울었다. 그녀는 고인의 머리카락으로 추모 그림을 만들게 했고, 베르토에 보낸 편지에는 인생에 대한 슬픈 성찰을 잔뜩 늘어놓으면서 나중에 자기도 어머니와 같은 무덤에 묻어 달라고 부탁했다. 딸이 병들었다고 생각한 루오 노인은 딸을 보러 갔다. 창백한 존재라는 그 희귀한 이상, 평범한 사람들은 결코 도달할 수 없는 그 이상에 자신은 단숨에 이르렀다고 느끼자 에마는 내심 만족했다. 그래서 그녀는 라마르틴의 곡절 속으로 빠져들었고, 호수 위의 하프 소리, 죽어 가는 백조의 모든 노래, 낙엽이 떨어지는 모든 소리, 승천하는 청순한 처녀들의 이야기, 골짜기에서 이야기하는 신의 목소리에 귀를 기울였다. 그리고 그런 것에 싫증이 났지만 인정하고 싶지 않았던 그녀는 습관적으로, 나중에는 허영심에 의해 계속했고, 결국 마음이 진정된 것을 느끼고 스스로 놀랐다. 그녀의 이마 위에 주름살이 없는 것처럼 그녀의 마음에는 슬픔도 없었던 것이다.

그녀의 소명 의식을 철석같이 믿고 있던 수녀들은 루오 양이 자신들이 배려해 줄 수 있는 범위를 벗어나는 것 같아 무척 놀랐다. 사실 수녀들이 그녀에게 기도와 묵상과 9일 기도와 설교를 아낌없이 베풀었고, 성자와 순교자들에게 바쳐야 할 존경심을 충분히 강조했으며, 육체의 정숙함과 영혼의 구원을 위한 훌륭한 충고를 수없이 해, 그녀는 고삐가 당겨진 말과 같은 처지가 되고 말았다. 그래서 그녀는 갑자기 멈춰 섰고, 그녀의 입에서 재갈이 빠져 버린 것이다. 꽃 때문에 교회를, 연애 시의 가사 때문에 음악을, 정열적인 자극 때문에 문학을 사랑했던 그녀의 정신은 열광에 빠져 있으면서도 현실적이어서 신앙의 신비 앞에서 반감을 느꼈고, 마찬가지로 그녀의 기질과 상반되는 규율에 대해 한층 더 화가 났다. 아버지가 그녀를 기숙사에서 퇴거시킬 때, 사람들은 그녀가 떠나는 것을 보면서 조금도 애석해하지 않았다. 심지어 수도원장은 그녀가 최근 들어 수도원 전체에 불손하게 굴었다고 생각하고 있었다.

집으로 돌아온 에마는 처음에는 일꾼들에게 명령을 내리는 것이 즐거웠지만, 곧 시골이 싫어져 수도원을 그리워했다. 샤를이 베르토에 처음 왔을 때, 그녀는 더 이상 배울 것도 없고 아무 것도 느낄 것이 없다고 여기며 환멸에 깊이 빠져 있었다.

그런데 새로운 상황에 대한 불안, 혹은 어쩌면 그 남자의 존재가 야기하는 자극은 시(詩) 속의 찬란한 하늘을 날아다니는 장밋빛 깃털의 커다란 새와 같은 존재로 그때까지 여겨졌던 저 경이로운 정열을 마침내 자신도 갖게 되었다고 믿게 하기에 충분했다. 그러나 이제 자신의 고요한 생활이 그동안 꿈꿔 왔던 행복이라고는 생각할 수 없었다.

VII

그녀는 그래도 이것이 자신의 인생에서 가장 아름다운 나날, 소위 밀월이라고 때때로 생각했다. 그 감미로움을 맛보기 위해서는, 결혼 직후의 나날을 더 기분 좋은 게으름 속에서 보낼 수 있는 낭랑한 이름의 고장으로 갔어야 했다! 푸른 비단 커튼을 드리운 역마차 의자에 앉아, 염소의 방울 소리와 희미한 폭포 소리에 섞여 산속에서 메아리치는 마부의 노래를 들으며 가파른 비탈길을 천천히 올라간다. 해가 저물 때는 만(灣)의 해변에서 레몬나무의 향기를 들이마시고, 저녁에는 별장의 테라스에서 단둘이 서로의 손가락을 깍지 낀 채 별을 바라보며 앞날의 계획을 세운다. 어떤 토양에 고유한 식물이 다른 곳에서는 잘 자라지 못하는 것처럼, 분명 행복을 가져다주는 곳이 이 땅에 따로 있을 것만 같았다. 어째서 그녀는 옷자락이 길게 늘어진 검은 벨벳 양복을 입고 부드러운 장화에 끝이 뾰족한 모자를 쓰고 소매 장식을 단 남편과 함께 스위스 산장의 발코니에 팔꿈치를 괴거나 스코틀랜드의 별장에서 슬픔을 달랠 수 없단 말인가!

아마도 그녀는 그 모든 것에 대해 누군가에게 속내 이야기를 하고 싶었을 것이다. 그러나 구름처럼 변화무쌍하고 바람처럼 소용돌이치는, 뭔지 알 수 없는 이 불안을 뭐라고 말한단 말인가? 그녀에게는 적당한 말이 없었고, 따라서 기회도 용기도 없었다.

그렇지만 만약 샤를이 원했다면, 그런 짐작이라도 했다면, 그의 눈길이 단 한 번이라도 그녀의 생각에 닿았더라면, 과수장의 무르익은 과일이 손만 대면 떨어지듯이 그녀의 마음속에서 돌연 걷잡을 수 없이 많은 것이 쏟아져 나왔으리라. 그러나 그들의 생활이 점점 더 밀접해짐에 따라 내면의 거리가 생겨 그녀를 그에게서 갈라놓았다.

샤를의 대화는 거리의 보도처럼 단조로웠고, 그의 말 속에는 누구나 할 수 있는 뻔한 생각들이 감동도, 웃음도, 몽상도 자아내지 못한 채 평상복 차림으로 연이어 지나갔다. 그는 루앙에 사는 동안 파리의 배우들을 보러 극장에 가고 싶다는 호기심을 한 번도 가져 본 적이 없다고 말했다. 그는 수영도, 검술도, 총을 쏠 줄도 몰랐고, 어느 날 그녀가 소설을 읽다가 마주친 승마 용어도 설명해 주지 못했다.

그와 반대로 남자란 모든 것을 알아야 하고, 다양한 활동에 뛰어나며, 정열적인 에너지로 세련된 생활을 하며 모든 신비로 상대를 이끌어야 하지 않는가? 그러나 그는 아무것도 가르쳐 줄 것이 없었고, 아는 것도 바라는 것도 없었다. 그는 그녀가 행복하다고 믿었다. 그런데 그녀는 너무도 확고한 그 평온함, 그 태연자약한 우둔함, 그녀가 그에게 주는 그 행복에 대해 그를 원망하고 있었다.

그녀는 이따금 그림을 그렸다. 그러면 샤를에게는 그곳에 가만히 서서, 그녀가 자신의 작품을 더 잘 보려고 눈을 깜빡이면서 도화지 위로 몸을 구부리거나 엄지손가락으로 빵조각을 둥글게 만드는 모습을 바라보는 것이 큰 즐거움이었다. 피아노에 대해 말하자면, 그녀의 손가락이 건반 위를 빨리 움직일수록 그는 더 많이 경탄했다. 그녀는 침착하게 건반을 두드렸고, 높은 음부터 낮은음에 이르기까지 중단 없이 전 음역을 훑었다. 그리하여 그녀가 뒤흔드는 낡은 악기는 현이 떨리면서 창문이 열려 있을 때는 마을 끝까지 그 소리가 들렸고, 맨머리에 얇은 운동화를 신고 대로를 지나가던 집달리의 서기가 자주 걸음을 멈추고 손에 서류를 든 채 그 소리를 듣곤 했다.

한편 에마는 집안일도 잘 처리했다. 그녀는 청구서 냄새가 나지 않는 표현으로 잘 다듬어진 편지를 써서 환자들에게 왕진료 계산서를 보냈다. 일요일에 이웃을 저녁 식사에 초대하면 그녀는 멋진 요리를 내놓을 줄 알았고, 포도 잎사귀 위에 서양자두를 솜씨 좋게 피라미드 모양으로 올려놓았으며, 잼 단지를 접시에 뒤집어서 내놓았다. 심지어 디저트를 위해 입가심용 물그릇을 사야겠다는 말도 했다. 이런 모든 것으로 인해 보바리는 반사적으로 많은 존경을 받게 되었다.

샤를은 그런 아내를 소유하고 있다는 것 때문에 마침내 자기 자신을 더욱 높이 평가하게 되었다. 그는 그녀가 연필로 그린 작은 스케치 두 장을 매우 넓은 액자에 넣어 기다란 초록색 끈으로 거실 벽지 위에 매달아 놓고 자랑스럽게 보여 주곤 했다. 미사에서 돌아오는 사람들 눈에는 자수로 장식된 예쁜 실내화를 신고 문간에 있는 그의 모습이 보였다.

그는 때때로 늦게, 열 시나 자정에 귀가하기도 했다. 그러면 먹을 것을 달라고 했는데, 하녀가 자고 있었기 때문에 에마가 차려 주었다. 그는 더 편하게 식사하려고 프록코트를 벗었다. 그리고 자기가 만난 모든 사람, 왕진 갔던 마을, 써 준 처방전에 대해 하나하나 이야기했고, 스스로 만족해서 남은 스튜를 마저 먹고 치즈 껍질을 벗기고 사과를 와작와작 씹어 먹고 물병을 비웠다. 그런 뒤 침대로 가서 등을 대고 누워 코를 골았다.

그는 면 모자를 쓰고 자는 습관을 오랫동안 가지고 있었기 때문에, 머릿수건이 귀에 붙어 있지 않았다. 그래서 아침이면 그의 머리카락은 얼굴 위에 엉망으로 헝클어져 있었고, 밤사이 끈이 풀어진 베개에서 나온 솜털 때문에 하얗게 되어 있곤 했다. 그는 항상 튼튼한 장화를 신었는데, 장화는 발의 윗부분에 두꺼운 주름 두 줄이 발목을 향해 비스듬히 나 있었고 발등의 나머지 부분은 마치 나무 발을 끼워 넣은 듯이 팽팽하게 일직선으로 당겨져 있었다. 그는 **시골에서는 그걸로 충분하다**고 말하곤 했다.

그의 어머니는 그런 그의 절약 정신을 칭찬했다. 그녀는 자기 집에 다소 사나운 돌풍이 불자 예전처럼 아들을 보러 왔던 것이다. 그런데 보바리 노부인은 며느리가 마음에 들지 않는 것 같았다. 그녀는 며느리의 **방식이 그들 형편에는 너무 과하다고** 생각했다. 나무나 설탕이나 초가 **대갓집 살림처럼 금방 없어졌고**, 부엌에서 타고 있는 숯불은 스물다섯 접시를 요리하기에도 충분한 양이었다! 그녀는 자신의 속옷을 옷장 안에 정리해 넣은 후, 푸줏간 주인이 고기를 가져올 때는 잘 감시해야 한다고 며느리에게 가르쳤다. 에마는 그런 가르침을 받았고, 노부인은 아낌없이 가르침을 주었다. '며늘아'라는 말과 '어머님'이라는 말이 가늘게 떨리는 입술에서 하루 종일 오갔는데, 각자 부드러운 말을 하고 있었지만 목소리는 화가 나서 떨리고 있었다.

뒤뷔크 부인이 며느리이던 시절, 노부인은 아들이 여전히 자기를 더 좋아한다고 느낄 수 있었다. 그러나 이제는 에마에 대한 샤를의 사랑이 자신의 애정을 저버리는 것이요, 자신에게 속한 것에 대한 침범으로 여겨졌다. 그래서 그녀는 파산한 사람이 자신의 옛집에서 식탁에 앉아 있는 사람들을 유리창 너머로 바라보는 것처럼 아들의 행복을 슬픈 침묵 속에서 지켜보았다. 그녀는 추억을 빙자해 자신의 고생과 희생을 아들에게 상기시켰고, 그것을 에마의 소홀함과 비교하면서 그런 여자를 그토록 외곬으로 열렬히 좋아하는 것은 지각없는 일이라고 결론을 내렸다.

샤를은 뭐라고 대답해야 할지 알 수가 없었다. 그는 어머니를 존중했고, 아내도 한없이 사랑했다. 그는 어머니의 판단이 틀리지 않다고 생각했지만, 아내도 나무랄 데가 없다고 생각했다.

노부인이 떠난 뒤, 그는 어머니에게서 들었던 것 중 가장 하찮은 지적 사항 한두 가지를 똑같은 표현으로 조심스럽게 말해 보았다. 에마는 단 한 마디로 그가 틀렸다는 것을 증명하면서 그를 환자들에게로 쫓아 보냈다.

그런데 그녀는 자신이 옳다고 믿는 이론에 따라 사랑을 느껴 보고 싶었다. 그래서 달빛 아래 정원에서 외우고 있는 모든 열정적인 시구를 암송했고, 한숨을 지으면서 우수 어린 아다지오를 그에게 노래해 주었다. 그러나 그런 뒤에도 그녀는 자신이 전과 똑같이 차분하다고 느꼈고, 샤를은 더 사랑에 빠진 것 같지도 않고 마음이 더 동요한 것 같지도 않았다.

이렇게 잠시 그의 심장에 부싯돌로 불을 댕겨 보았지만 불꽃이 튀지 않자, 자신이 경험하지 않은 것은 이해하지 못할 뿐만 아니라 상투적인 형태로 표현되지 않은 것은 모두 믿지 못하는 그녀는 샤를의 열정에 더 이상 대단한 것이 없다고 쉽사리 단정해 버렸다. 감정 표현도 규칙적인 것이 되어 그는 일정한 시간에 그녀에게 키스했다. 그것은 다른 여러 가지 습관 중 하나였고, 단조로운 저녁 식사 후에 뭐가 나올지 미리 예측되는 디저트와도 같았다.

의사에게 폐렴 치료를 받고 나은 한 사냥터지기가 이탈리아산 작은 그레이하운드 한 마리를 부인에게 갖다준 적이 있었다. 그녀는 그 강아지를 데리고 산책을 했다. 잠시라도 혼자 있기 위해서, 그리고 먼지투성이 길과 늘 똑같은 정원을 더 이상 보지 않으려고 이따금 그렇게 외출했다.

그녀는 들판 쪽으로 담장 모퉁이에 버려진 작은 집이 근처에 있는 반빌의 너도밤나무 숲까지 갔다. 넓은 도랑 안에는 잡초들 사이로 잎이 날카로운 키 큰 갈대들이 있었다.

그녀는 지난번에 왔을 때와 달라진 것이 없는지 보려고 우선 주변을 둘러보았다. 디기탈리스와 향꽃무, 커다란 돌들을 둘러싸고 있는 쐐기풀 다발, 세 개의 창문을 따라 길게 덮인 이끼가 똑같은 자리에 그대로 있었다. 늘 닫혀 있는 창의 덧문은 삭아서 떨어질 듯 녹슨 쇠막대 위에 걸려 있었다. 그레이하운드가 들판에서 원을 그리며 돌기도 하고, 노랑나비를 쫓아가며 짖기도 하고, 밀밭 가장자리의 개양귀비를 물어뜯으며 들쥐 사냥을 하기도 하는 것처럼, 처음에는 그녀의 상념도 목적 없이 떠돌았다. 그러다가 생각이 조금씩 고정되자, 에마는 잔디에 앉아 양산 끝으로 잔디를 콕콕 찌르면서 같은 말을 되풀이했다.

"맙소사, 내가 왜 결혼했을까?"

그녀는 다른 우연의 조합으로 다른 남자를 만날 방법이 없었을까 자문해 보았다. 그리고 일어나지 않은 그 사건들, 그 다른 생활, 알지 못하는 그 남편은 어땠을까 상상해 보려고 애썼다. 확실히 그 누구도 저 남자와 닮지는 않았다. 남편은 미남이고 재치 있고 기품 있고 매력적인 사람일 수도 있었다. 수도원의 옛 친구들이 결혼한 남자들은 틀림없이 그런 사람들이리라. 그 친구들은 지금 무엇을 하고 있을까? 도시에서, 거리의 소음과 극장의 웅성거림과 무도회의 광채를 즐기며 가슴이 부풀고 관능이 피어나는 생활을 하고 있겠지. 그런데 그녀는, 그녀의 삶은 천창이 북쪽으로 나 있는 다락방처럼 싸늘했고, 말 없는 거미와도 같은 권태가 그녀의 마음 구석구석 그늘 속에서 거미줄을 치고 있었다. 그녀는 작은 관을 받기 위해 연단 위로 올라갔던 상장 수여식 날을 회상했다. 땋아 늘인 머리에 하얀 원피스를 입고 발등이 보이는 비단 신발을 신은 그녀의 모습이 귀여워서, 그녀가 자기 자리로 돌아올 때 신사들은 그녀를 칭찬하느라고 몸을 숙였다. 마당에는 사륜마차가 가득 차 있었고, 사람들이 마차의 창문 너머로 그녀에게 작별 인사를 했으며, 음악 선생님은 바이올린 케이스를 들고 지나가며 인사를 했다. 그 모든 것이 얼마나 까마득한 옛일인가! 얼마나 까마득한 옛일인가!

그녀는 잘리를 불러 무릎 위에 앉히고 날씬하고 기다란 머리를 손가락으로 쓰다듬으면서 말했다.

"자, 주인한테 뽀뽀해야지, 슬픔 없는 녀석아."

그리고 그녀는 천천히 하품을 하는 날씬한 동물의 우수 어린 표정을 바라보다가 측은한 생각이 들어 그 동물을 자기 자신과 비교하면서 마치 괴로워하는 사람을 위로하듯이 큰 소리로 말을 건넸다.

때때로 돌풍이 불어왔다. 코 지방의 고원지대 전체를 단숨에 휩쓸면서 들판 멀리까지 소금기 머금은 냉기를 전해 주는 바닷바람이었다. 등심초가 땅에 닿을 듯이 휘어지면서 씩씩거렸고, 너도밤나무 잎사귀들이 빠르게 떨리며 살랑거리는 소리를 내는가 하면 나무 꼭대기는 줄곧 흔들리면서 깊은 신음을 냈다. 에마는 어깨 위로 숄을 바싹 여미고 일어섰다.

가로수길에서는 나뭇잎 때문에 약해진 초록빛 햇살이 그녀의 발밑에서 부드럽게 바스락거리며 깔려 있는 이끼를 비추고 있었다. 해가 지고 있었다. 나뭇가지 사이로 보이는 하늘이 붉게 물들어 있었고, 일직선으로 심어진 나무의 똑같이 생긴 몸통들은 황금빛을 배경으로 뚜렷이 드러나는 갈색 열주(列柱) 같았다. 그녀는 문득 무서워져 잘리를 불러 큰길로 해서 서둘러 토스트로 돌아왔다. 그리고 안락의자에 주저앉아 저녁 내내 아무 말도 하지 않았다.

그런데 9월 말경, 그녀의 삶에 예외적인 일이 발생했다. 보비에사르의 앙데르빌리에 후작 집에 초대를 받은 것이다.

왕정복고 시절 대신을 지낸 후작은 정계에 복귀하고자 하원에 입후보할 준비를 오래전부터 하고 있었다. 겨울에는 많은 사람에게 장작을 나누어 주었고, 자기 지역을 위해 도로를 건설해 달라고 언제나 열심히 도의회에 요청했다. 더위가 한창일 때, 그의 입안에 종기가 났는데 샤를이 적절하게 칼로 째서 기적처럼 가라앉혀 주었다. 시술 비용을 지불하기 위해 토스트로 보냈던 집사가 저녁에 돌아와서 의사 집의 작은 정원에서 멋진 벚꽃나무를 보았다고 말했다. 그런데 보비에사르에서는 벚꽃나무가 잘 자라지 않는 터라 후작은 보바리에게 꺾꽂이 가지를 몇 개 부탁했고, 그에 대해 직접 감사를 표해야 한다고 생각해 찾아왔다. 그때 후작은 에마를 보게 되었고, 그녀의 몸매가 예쁘고 시골 여자 같지 않게 예의를 갖추어 인사한다고 생각했다. 그리하여 후작의 저택에서는 이 젊은 부부를 초대하는 것이 과도한 호의를 베푸는 것도, 실수를 저지르는 것도 아니라고 생각했다.

어느 수요일 세 시에, 보바리 부부는 그들의 **보크 마차**에 올라타고 보비에사르를 향해 출발했다. 마차 뒤에는 커다란 여행 가방을 매달고, 모자 상자는 흙받이 앞에 놓았다. 샤를은 그 외에도 다리 사이에 마분지 상자 하나를 끼고 있었다.

그들은 해가 질 무렵, 마차들을 비추기 위해 정원에 초롱불을 켜기 시작할 때 도착했다.

VIII

저택은 이탈리아식 최신 건물로, 앞으로 돌출된 양쪽 옆면과 세 개의 층계를 갖추고 광대한 잔디밭 끝에 늘어서 있었다. 잔디밭에서는 일정한 간격을 두고 커다란 나무들로 조성된 작은 숲 사이에서 암소 몇 마리가 풀을 뜯고 있었고 진달래, 고광나무, 까마귀밥나무 등의 관목 화단이 모랫길의 곡선을 따라 들쑥날쑥 초록색 더미를 불룩 내밀고 있었다. 다리 밑으로는 하천이 흐르고 있었다. 안개 너머로 풀밭에 여기저기 흩어져 있는 초가지붕의 건물들이 보였고, 풀밭 가장자리에는 나무숲으로 뒤덮인 언덕 두 개가 완만한 경사를 이루고 있었으며, 뒤쪽 숲속에는 헐린 고성의 잔해인 창고와 마구간들이 두 줄로 평행선을 이루며 그대로 남아 있었다.

샤를의 **보크마차**가 중앙 층계 앞에서 멈추자 하인들이 나타났고, 후작이 다가와서 의사의 아내에게 팔을 내밀며 현관으로 안내했다.

현관에는 대리석 타일이 깔려 있고, 천장이 아주 높아 발소리와 사람들의 목소리가 성당 안에서처럼 울렸다. 맞은편에는 위로 올라가는 곧은 계단이 있고, 왼쪽에는 정원을 면하고 있는 회랑이 당구실로 이어졌다. 당구실에서 상아 공이 부딪치는 소리가 문에서부터 들렸다. 에마는 거실로 가려고 당구실을 가로지르다 진지한 모습의 남자들이 모두 훈장을 달고 넥타이를 턱밑까지 높이 맨 채 큐를 밀면서 조용히 미소 짓는 것을 보았다. 벽 장식 판의 거무칙칙한 판자 위에는 커다란 황금색 액자가 있었고, 액자의 테두리 아래에 검은 글씨로 이름이 씌어 있었다. 그녀는 읽어 보았다. '장앙투안 당데르빌리에 디베르봉빌, 라 보비에사르 백작이며 라 프레네 남작, 1587년 10월 20일 쿠트라 전투에서 전사.' 또 다른 액자 밑에는 '장앙투안앙리기 당데르빌리에 드 라 보비에사르, 프랑스 해군 사령관이며 생미셸 훈장 수훈자, 1692년 5월 29일 라 우그생바스트 전투에서 부상, 1693년 1월 23일 라 보비에사르에서 사망'이라고 씌어 있었다. 그 뒤로 이어지는 것들은 잘 알아볼 수 없었다. 당구대의 녹색 융단 위에서 약해진 램프의 불빛이 방 안에 그늘을 드리웠기 때문이다. 불빛은 수평으로 늘어선 그림들을 갈색으로 물들이면서 그림에 부딪혀 니스칠이 터진 금틈을 따라 가느다란 선으로 부서졌다. 그리고 금테를 두른 커다란 검은 사각형들 여기저기에서 창백한 이마, 응시하는 두 눈, 붉은 제복의 희뿌연 어깨 위로 늘어진 가발, 살찐 장딴지 윗부분의 양말대님용 고리처럼 그림의 더 밝은 부분들이 도드라졌다.

후작이 거실 문을 열었다. 부인 중 한 명(바로 후작 부인이었다)이 일어나더니 에마를 마중해 자기 옆의 2인용 안락의자에 앉히고 마치 오래전부터 아는 사이인 것처럼 다정하게 이야기하기 시작했다. 어깨가 아름답고 매부리코에 길게 끌리는 목소리를 지닌 마흔 살가량의 여자였는데, 그날 저녁에는 뒤로 늘어지는 세모꼴의 간단한 레이스 수건을 밤색 머리 위에 쓰고 있었다. 옆에는 등받이가 긴 의자에 금발의 젊은 여자가 앉아 있었다. 예복의 단춧구멍에 작은 꽃을 한 송이씩 꽂은 신사들은 벽난로 주위에서 부인들과 이야기를 나누고 있었다.

일곱 시에 만찬이 시작되었다. 수가 더 많은 남자들이 현관에 차려진 첫 번째 식탁에 앉았고, 부인들은 후작 부부와 함께 식당에 차려진 두 번째 식탁에 앉았다.

에마는 안으로 들어가면서 꽃향기와 고급 리넨 냄새, 고기 냄새와 송로버섯 냄새가 뒤섞인 따뜻한 공기에 감싸이는 것을 느꼈다. 나뭇가지 모양의 촛대에 꽂힌 촛불들이 은제 접시 덮개 위로 불꽃을 길게 드리우고, 뿌옇게 수증기가 낀 다면체 유리 제품들이 창백한 빛을 서로 반사하고 있었다. 꽃다발이 식탁 끝에서 끝까지 줄지어 놓여 있었고, 테두리가 넓은 접시 안에는 주교의 모자 모양으로 접힌 냅킨의 벌어진 두 주름 사이에 각각 타원형의 조그만 빵이 담겨 있었다. 바닷가재의 붉은 집게발이 접시 밖으로 삐져나와 있었고, 성긴 바구니 안에는 이끼 위에 탐스러운 과일이 수북이 쌓여 있었다. 깃털이 그대로 있는 메추라기에서는 모락모락 김이 올라왔다. 비단 양말에 짧은 바지를 입고 흰 넥타이와 가슴 장식을 한 급사장은 재판관처럼 엄숙한 표정으로 잘 썰어 놓은 요리를 손님들의 어깨 사이로 내밀면서 손님이 선택하는 조각을 숟가락으로 단번에 덜어 주었다. 구리로 테두리를 장식한 커다란 도자기 난로 위에서는 턱까지 오는 옷을 걸친 여인상이 사람들로 가득한 방을 꼼짝 않고 바라보고 있었다.

보바리 부인은 몇몇 부인이 잔 속에 장갑을 넣지* 않는 것을 눈여겨보았다.

그런데 식탁 끝의 상석에서 그 모든 여자 한가운데 어떤 노인이 혼자 어린애처럼 냅킨을 등 뒤로 묶은 채 음식이 가득 담긴 접시 위로 몸을 구부리고 입에서 소스 방울을 뚝뚝 떨어뜨리면서 식사를 하고 있었다. 눈은 충혈되어 있고, 까만 리본으로 감싸인 짧은 머리꽁지가 달려 있었다. 그는 후작의 장인인 라베르디에르 노(老)공작으로, 보드뢰유에 있는 콩플랑 후작 집에서 사냥 모임이 있던 시절에는 아르투아 백작의 총애를 받았으며 쿠아니 씨와 로죙 씨 중간에 있던 마리앙투아네트 왕비의 애인이었다고도 했다. 그는 결투, 도박, 여자 유괴로 점철된 방탕하고 소란스러운 삶을 살면서 재산을 탕진하고, 온 집안을 경악하게 만든 인물이었다. 의자 뒤에서 하인 한 명이 그가 더듬거리면서 손가락으로 가리키는 요리들의 이름을 그의 귀에 대고 큰 소리로 말해 주었다. 에마의 눈길은 끊임없이 마치 특별하고 고귀한 그 무엇에 끌리듯 입술이 늘어진 그 노인에게로 저절로 끌렸다. 그는 궁정에서 살았고 왕비들의 침대에서 잤던 사람이다!

얼음에 채운 샴페인이 따라졌다. 에마는 입속에서 그 차가움을 느끼며 온몸을 떨었다. 그녀는 석류를 본 적도 없었고 파인애플을 먹어 본 적도 없었다. 설탕 가루까지도 다른 곳에서보다 더 하얗고 곱게 보였다.

이어서 부인들은 무도회를 위한 치장을 하기 위해 방으로 올라갔다.

에마는 첫 무대에 서는 여배우처럼 세심하게 정성을 다해 화장했다. 그녀는 미용사의 권고대로 머리를 정돈하고, 침대에 펼쳐 놓은 얇은 모직 드레스를 입었다. 샤를의 바지는 배가 꽉 끼었다.

"바지 대님 때문에 춤추기가 거북하겠는걸." 그가 말했다.

"춤을 춘다고요?" 에마가 물었다.

"응!"

"아니, 당신 정신 나갔군요! 사람들이 비웃어요, 그냥 제자리에 가만히 있어요. 게다가 의사에게는 그게 더 알맞아요." 그녀가 덧붙였다.

샤를은 잠자코 있었다. 그는 에마가 옷 입는 것을 기다리면서 이리저리 거닐었다.

그는 아내 등 뒤에서 두 촛대 사이의 거울 속 아내 모습을 바라보았다. 까만 눈이 더 까맣게 보였다. 귀 언저리에서 살짝 볼록해진 머리카락이 푸른빛으로 반짝였고, 틀어 올린 머리에 꽂힌 장미 한 송이가 잎사귀 끝에 인조 물방울을 매단 채 흔들거리는 줄기 위에서 파르르 떨리고 있었다. 그녀의 연한 사프란색 드레스는 녹색이 뒤섞인 작은 장미꽃 세 다발로 장식되어 있었다.

샤를이 다가가서 그녀의 어깨에 키스를 했다.

"저리 가요! 구겨지잖아요." 그녀가 말했다.

바이올린의 간주곡과 호른 소리가 들렸다. 그녀는 뛰어가고 싶은 것을 참으면서 계단을 내려갔다.

카드리유 춤이 시작되었다. 많은 사람이 들어서면서 서로 떠밀리기도 했다. 그녀는 문 근처의 긴 의자에 자리를 잡았다.

춤이 끝나자, 무도장 마루가 비면서 남자들이 무리 지어 서서 이야기를 나누고 제복을 입은 하인들은 커다란 쟁반을 가져왔다. 앉아 있는 여자들의 대열에서는 그림 부채가 팔랑거렸고, 미소 짓는 얼굴들이 꽃다발에 반쯤 가려져 있었으며, 황금 마개의 향수병들이 벌어진 손 안에서 맴돌고 있었다. 그 손에 낀 흰 장갑은 손톱의 형태를 드러내며 손목의 살을 조이고 있었다. 레이스 장식, 다이아몬드 브로치, 메달 장식이 달린 팔찌가 드레스 윗부분에서 흔들거리고, 가슴에서 반짝이고, 맨팔 위에서 살랑거리는 소리를 냈다. 이마에 찰싹 붙이고 목덜미에서 꼬부린 머리카락에는 물망초, 재스민, 석류꽃, 이삭 모양의 꽃, 수레국화가 왕관 모양, 포도송이 모양 또는 나뭇가지 모양으로 장식되어 있었다. 얼굴을 찌푸린 채 제자리에 조용히 앉아 있는 노부인들은 붉은 터번을 두르고 있었다.

파트너가 그녀의 손끝을 잡고 춤추는 대열로 들어서서 바이올린 활이 움직이기를 기다릴 때, 에마는 가슴이 조금 뛰었다.

그러나 흥분은 곧 사라졌다. 그녀는 오케스트라의 리듬에 몸을 맡긴 채 가볍게 목을 움직이면서 앞으로 미끄러져 나갔다. 때때로 다른 악기들이 조용할 때 혼자 연주하는 바이올린의 우아한 소리에 그녀의 입술에 미소가 떠올랐다. 옆방에서 테이블 융단 위에 금화가 쏟아지는 맑은 소리도 들렸다. 이어서 모든 악기가 다시 연주를 시작했고, 코넷의 낭랑한 소리가 터져 나왔다. 발들이 박자에 맞춰 움직이고, 치마들이 부풀어 오르면서 스치고, 손들이 서로 잡았다가 떨어지고, 똑같은 눈들이 시선을 떨구다가 다시 상대방의 눈을 똑바로 바라보았다.

스물다섯 살부터 마흔 살까지의 몇몇 남자가(열댓 명쯤) 춤추는 사람들 속으로 흩어지기도 하고 문간에서 이야기를 나누기도 했는데, 그들의 나이나 옷차림이나 얼굴은 달랐지만 뭔가 다른 사람들보다 돋보이게 하는 공통점이 있었다.

잘 제작된 그들의 옷은 더 부드러운 천으로 만들어진 것 같았고, 관자놀이 쪽에서 둥글게 말린 그들의 머리카락은 더 고급스러운 포마드로 윤기를 낸 것 같았다. 그들은 부자 특유의 안색을 지니고 있었는데, 도자기의 연한 색깔, 비단의 물결무늬, 아름다운 가구들의 니스 광택으로 인해 더 돋보이는 그 하얀 안색은 맛있는 음식으로 적절한 식이 요법을 해서 건강하게 유지되고 있었다. 그들의 목은 낮게 맨 넥타이 위에서 편안하게 움직였고, 접힌 옷깃 위로는 구레나룻이 길게 이어져 있었다. 그들은 커다랗게 이니셜을 수놓은 손수건으로 입술을 닦았는데, 거기서 감미로운 냄새가 났다. 초로의 신사들은 젊어 보이는 반면, 젊은이들의 얼굴에서는 뭔가 원숙한 느낌이 드러났다. 그들의 무심한 눈빛에는 날마다 열정을 충족시킨 데서 오는 평온함이 감돌았고, 온화한 품행 너머로 특유의 난폭함이 엿보였다. 그것은 혈통 좋은 말을 다루거나 화류계 여자들과 어울리는 것처럼, 물리적인 힘이 행사되고 허영심이 만족되면서도 어느 정도 손쉬운 일들을 정복하는 데서 생기는 난폭함이었다.

에마에게서 세 발짝 떨어진 곳에서, 푸른 옷을 입은 한 신사가 진주 세트로 치장한 창백한 얼굴의 젊은 여자와 이탈리아에 대해 이야기하고 있었다. 그들은 성 베드로 대성당의 기둥 굵기, 티볼리, 베수비오 화산, 바닷가 도시 카스텔라마레, 카신나무, 제노바의 장미, 달빛 아래의 콜로세움 등을 찬양했다. 에마는 다른 한 귀로는 이해할 수 없는 말들로 가득한 대화를 듣고 있었다. 그전 주에 **미스 아라벨**과 **로뮐뤼스**를 물리치고 영국의 도랑 건너뛰기 경기에서 2천 루이를 땄다고 하는 새파랗게 젊은 남자를 사람들이 둘러싸고 있었다. 어떤 사람은 자신의 경주마가 살쪘다고 불평했고, 또 어떤 사람은 자기 말의 이름이 잘못 인쇄된 것을 불평했다.

무도실의 공기가 탁하고 램프가 희미해졌다. 사람들은 당구실로 물러났다. 한 하인이 의자에 올라갔다가 유리창 두 개를 깨뜨렸다. 유리 깨지는 소리에 보바리 부인이 고개를 돌리자, 정원에서 농부들이 얼굴을 창문에 대고 들여다보는 모습이 보였다. 그러자 베르토의 기억이 떠올랐다. 농장, 질퍽한 늪, 사과나무 밑에 있는 작업복 차림의 아버지 모습이 눈앞에 보였다.

그리고 착유장에서 손가락으로 우유 항아리의 크림을 걷어 내는 자기 자신의 모습도 옛날 그대로 보였다. 그러나 현재가 발산하는 섬광 때문에 그때까지 그토록 선명했던 과거의 삶은 완전히 사라져 버렸고, 그녀는 자신이 정말 그런 삶을 살았는지 의심스럽게 생각될 정도였다. 그녀는 거기에 있었고, 무도회 주변으로는 그 이외의 모든 것을 뒤덮고 있는 어둠이 있을 뿐이었다. 그때 그녀는 마라스키노주가 첨가된 아이스크림을 먹고 있었는데, 은도금한 조가비 모양의 아이스크림 그릇을 왼손으로 든 채 숟가락을 입에 물고 눈을 반쯤 감았다.

그녀 옆에 있던 어떤 부인이 부채를 떨어뜨렸다. 춤추던 한 남자가 지나가고 있었다.

"저 소파 뒤에 있는 제 부채 좀 집어 주시면 좋겠는데요!" 부인이 말했다.

신사가 몸을 굽혔다. 그가 팔을 뻗는 동작을 하는 동안, 에마는 젊은 부인의 손이 그의 모자 안에 뭔가 세모로 접은 하얀 것을 던져 넣는 것을 보았다. 신사는 부채를 주워 정중하게 부인에게 건넸고, 그녀는 머리를 까딱해 감사 인사를 한 뒤 꽃다발 냄새를 맡기 시작했다.

스페인산 포도주와 라인산 포도주가 잔뜩 나오고, 새우와 아몬드 우유가 들어간 걸쭉하고 진한 수프, 트라팔가르 푸딩, 접시 속에서 흔들거리는 젤리를 곁들인 온갖 종류의 냉육들이 나온 야식이 끝난 뒤 마차들이 하나씩 하나씩 돌아가기 시작했다. 모슬린 커튼을 약간 젖히자, 마차의 등불이 어둠 속에서 미끄러지듯 움직이는 것이 보였다. 의자에 빈자리가 많아졌고, 게임을 하는 몇몇 사람이 아직 남아 있었다. 악사들은 손가락 끝을 혀로 식히고, 샤를은 문에 등을 기댄 채 졸고 있었다.

새벽 세 시에, 코티용 춤이 시작되었다. 에마는 왈츠를 출 줄 몰랐다. 모두가, 후작 부인과 앙데르빌리에 양까지도 왈츠를 추었다. 남은 사람들은 저택에서 묵을 손님 열두어 명뿐이었다.

그런데 왈츠를 추는 사람 중 친밀하게 **자작**이라고 불리는, 앞이 많이 벌어져 가슴이 끼어 보이는 조끼를 입은 사람이 두 번째로 또 보바리 부인에게 와서 자기가 리드하면 잘 출 수 있을 거라고 안심시키면서 춤을 청했다.

두 사람은 천천히 시작해서 점점 빨리 움직였다. 그들이 빙빙 돌자 주위의 모든 것이 돌았다. 램프도, 가구도, 벽도, 마루도 축을 중심으로 도는 원반처럼 빙빙 돌았다. 문 옆을 지나면서 에마의 드레스 밑자락이 남자의 바지에 감겼다. 두 사람의 다리가 서로의 다리 안으로 들어갔다. 그는 시선을 낮추어 그녀를 내려다보았고, 그녀는 눈을 들어 그를 올려다보았다. 그녀는 마비 상태에 사로잡힌 듯 멈춰 섰다. 그들은 다시 춤을 추기 시작했다. 자작은 더 빠른 동작으로 그녀를 이끌면서 회랑 끝으로 그녀와 함께 사라졌다. 거기서 숨이 가빠 넘어질 듯한 그녀는 잠시 남자의 가슴에 머리를 기대었다. 이어서 자작은 여전히 빙빙 돌면서, 그러나 좀 더 천천히 돌면서 그녀를 제자리로 데려다놓았다. 그녀는 벽에 기대어 몸을 뒤로 젖히고 두 눈에 손을 갖다 댔다.

그녀가 눈을 다시 떴을 때, 거실 한가운데에서 등걸이 없는 의자에 앉아 있는 한 부인 앞에 세 명의 남자가 왈츠를 추자고 무릎을 꿇고 있었다. 그 부인은 자작을 택했고, 바이올린 연주가 다시 시작되었다.

사람들이 그들을 바라보았다. 그들은 지나갔다가 다시 돌아오곤 했다. 여자는 몸을 움직이지 않으면서 턱을 숙이고, 남자는 줄곧 같은 자세로 몸을 뒤로 젖히고 팔꿈치를 둥글게 구부린 채 입을 앞으로 내밀고 있었다. 여자는 왈츠를 출 줄 알았던 것이다! 그들은 오랫동안 계속 춤을 추었고, 다른 사람들은 모두 지루해했다.

사람들은 잠시 더 이야기를 나누었다. 그리고 저택에 묵는 사람들은 작별 인사를, 아니 아침 인사를 한 뒤 침실로 갔다.

샤를은 무릎이 **몸속으로 들어가다시피** 한 자세로 난간을 붙잡고 기어갔다. 알지도 못하는 휘스트 카드놀이를 들여다보느라 다섯 시간 내내 테이블 앞에 서 있었던 것이다. 그래서 그는 장화를 벗자 만족해서 크게 한숨을 내쉬었다.

에마는 어깨에 숄을 두른 뒤, 창문을 열고 팔꿈치를 괴었다.

깜깜한 밤이었다. 빗방울이 떨어지고 있었다. 그녀는 눈꺼풀을 식혀 주는 축축한 바람을 들이마셨다. 무도회 음악이 여전히 귓가에서 윙윙거렸다. 그녀는 잠시 후면 두고 가야 할 이 사치스러운 생활의 환영을 더 연장하기 위해 깨어 있으려고 애썼다.

동이 트고 있었다. 그녀는 지난밤 눈여겨보았던 모든 사람의 방이 어디인지 짐작해 보려고 애쓰면서 저택의 창문들을 오랫동안 바라보았다. 그녀는 그들의 생활을 알고 싶었고 그 속으로 들어가 한데 어울리고 싶었다.

그런데 추워서 몸이 떨렸다. 그녀는 옷을 벗고, 침대 시트 속으로 들어가 자고 있는 샤를 곁에 몸을 웅크렸다.

아침 식사에는 사람이 많았다. 식사 시간은 10분쯤 걸렸는데, 주류가 아무것도 나오지 않아 의사는 놀랐다. 이어서 앙데르빌리에 양은 브리오슈 빵 조각을 작은 바구니에 모아서 정원의 연못에 있는 백조들에게 가져갔다. 그리고 사람들은 온실로 가서 산책을 했다. 온실에는 털이 곤두선 기이한 식물들이 피라미드 모양으로 층을 이루고 있었고, 그 위로는 뱀이 넘치도록 우글거리는 뱀 소굴처럼 서로 뒤엉킨 녹색의 긴 끈들을 가장자리로 늘어뜨린 화분들이 매달려 있었다. 맨 끝에 보이는 오렌지나무 온실은 저택의 부속 건물에 이르기까지 같은 지붕 아래 연결되어 있었다. 후작은 젊은 여자를 즐겁게 해 주려고 마구간으로 데려가 구경시켜 주었다. 바구니 모양의 꼴 시렁 위에는 도자기 판에 검은색으로 말들의 이름이 새겨져 있었다. 사람들이 혀 차는 소리를 내면서 옆으로 지나가자, 축사의 칸막이 안에서 말들이 저마다 몸을 분주히 움직였다. 마구실 바닥은 거실 마루판처럼 반짝여 보였다. 마차용 마구는 두 개의 나선형 기둥 가운데 세워져 있고 재갈, 채찍, 능자, 새갈 사슬 등은 벽을 따라 나란히 정돈되어 있었다.

그사이 샤를은 자신의 **보크 마차**에 말을 매어 달라고 하인에게 부탁하러 갔다. 현관 층계 앞에 마차가 당도하자, 모든 짐을 싣고 나서 보바리 부부는 후작과 후작 부인에게 정중하게 인사한 뒤 토스트로 다시 출발했다.

에마는 바퀴가 돌아가는 것을 말없이 바라보고 있었다. 샤를 은 의자 끄트머리에 앉아 두 팔을 벌린 채 마차를 몰았고, 작은 말은 자기 몸에 비해 너무 넓은 수레채 안에서 측대보*로 달리고 있었다. 늘어진 고삐 줄이 말 엉덩이에 부딪히며 땀에 젖고 있 었고, **보크 마차** 뒤에 묶어 놓은 상자는 차체에 규칙적으로 부딪 히고 있었다.

그들이 티부르빌 언덕에 이르렀을 때, 갑자기 궐련을 입에 물 고 말에 탄 사람들이 웃으면서 그들 앞을 지나갔다. 에마는 자 작을 본 것 같아 뒤를 돌아보았지만, 속보나 구보의 각각 다른 속도에 따라 오르락내리락하는 머리의 움직임만 지평선에 보 일 뿐이었다.

1킬로미터쯤 더 갔을 때, 말의 엉덩이 끈이 끊어져 줄로 이어 수선하기 위해 멈춰 서야 했다.

그런데 마구를 마지막으로 점검하던 샤를이 말의 다리 사이 땅바닥에서 뭔가를 발견했다. 그는 초록색 비단으로 가장자리 를 두르고 사륜마차의 문처럼 가운데 문장이 그려진 궐련 케이 스를 주웠다.

"안에 궐련도 두 개나 들어 있군. 오늘 저녁 먹은 뒤에 피워야 겠네." 그가 말했다.

"당신이 담배를 피운다고요?" 그녀가 물었다.

"가끔, 기회가 있으면."

그는 주운 물건을 주머니에 넣고, 조랑말에 채찍질을 했다.

그들이 집에 도착했을 때 저녁 식사가 준비되어 있지 않았다. 부인이 화를 내자, 나스타지가 무례하게 대꾸했다.

"나가요! 버르장머리 없긴. 썩 나가."

저녁 식사에는 양파 수프와 참소리쟁이를 곁들인 송아지 고기가 있었다. 에마 앞에 앉은 샤를은 행복한 태도로 두 손을 비비면서 말했다.

"집에 돌아오니 좋군!"

나스타지가 우는 소리가 들렸다. 그는 그 가엾은 아가씨를 약간 좋아하고 있었다. 예전 홀아비 시절 할 일 없는 저녁 시간에 그녀가 말 상대가 되어 주곤 했던 것이다. 그녀는 그의 첫 환자였고, 이 고장에서 가장 먼저 알게 된 사람이었다.

"정말로 저 여자를 내쫓은 거요?" 마침내 그가 말했다.

"네, 안 될 거 없잖아요?" 그녀가 대답했다.

그런 뒤 그들은 잠자리가 준비되는 동안 부엌에서 몸을 녹였다. 샤를이 담배를 피우기 시작했다. 그는 입술을 내밀고 담배를 피웠고, 계속 침을 뱉으면서 연기를 내뿜을 때마다 몸을 뒤로 뺐다.

"건강을 해치겠네요." 그녀가 경멸하듯 말했다.

그는 궐련을 내려놓고, 펌프로 달려가서 찬물을 한 잔 마셨다. 에마는 궐련 케이스를 집어서 장롱 속으로 급히 던졌다.

다음 날 하루는 너무 길었다! 그녀는 작은 정원을 거닐면서 똑같은 오솔길을 왔다 갔다 했고, 화단 앞, 과수장 앞, 신부의 석고상 앞에서 발길을 멈추고 너무도 익숙한 예전의 그 모든 것을 놀라서 바라보았다. 무도회는 벌써 너무도 먼 옛일처럼 느껴졌다! 대체 무엇이 그저께 아침과 오늘 저녁 사이를 이토록 멀리 떼어 놓았을까? 보비에사르에 갔던 일은 때때로 폭풍우가 하룻밤 사이 산속에 엄청난 균열을 파 놓듯이 그녀의 삶에 구멍 하나를 뚫어 놓고 말았다. 하지만 그녀는 체념하고, 아름다운 의상과 비단 구두까지도 서랍장 속에 소중하게 간직해 두었다. 비단 구두의 밑창은 마룻바닥의 미끌미끌한 초가 묻어 노랗게 물들어 있었는데, 그녀의 마음도 마찬가지였다. 부유함과 접촉한 탓에 지워지지 않을 뭔가가 그녀의 마음 위에 덧씌워진 것이다.

그리하여 그 무도회를 추억하는 것은 에마에게 하나의 일과가 되었다. 수요일이 돌아올 때마다 그녀는 눈을 뜨면서 생각했다. '아! 1주일 전에는…… 2주일 전에는…… 3주일 전에는 거기 있었는데!' 그리고 차츰 기억 속에서 사람들의 모습이 뒤섞였다. 그녀는 카드리유 춤의 곡조도 잊어버렸고, 하인들의 제복과 방의 모양도 더 이상 선명하게 떠오르지 않았다. 몇 가지 세부적인 것들은 사라졌지만, 아쉬움은 마음에 남았다.

IX

샤를이 외출하면, 그녀는 종종 장롱 속 개켜 놓은 속옷들 사이
에 넣어 둔 녹색 비단의 궐련 케이스를 꺼내 보곤 했다.

그녀는 그것을 바라보다가 뚜껑을 열고 마편초와 담배 냄새
가 뒤섞인 안감의 냄새를 맡기도 했다. 누구 것이었을까?……
자작의 것이었으리라. 아마도 애인한테 받은 선물이었을 테지.
아무에게도 보여 주지 않은 예쁜 자단나무 수틀로 부드러운 머
리카락이 구불구불한 머리를 숙이고 생각에 잠긴 채 오랜 시간
수를 놓았을 것이다. 사랑의 숨결이 바탕천의 올 사이로 지나갔
으리라. 바늘이 움직일 때마다 희망이나 추억이 새겨졌을 테니,
서로 얽힌 이 모든 명주실은 똑같은 정념이 소리 없이 이어진 것
이나 다름없었다. 그리고 어느 날 아침, 자작이 그것을 가지고
갔겠지. 이 물건이 넓은 벽난로 선반 위, 꽃병과 퐁파두르 시계
사이에 놓여 있을 때 그들은 무슨 이야기를 나눴을까? 그녀는

토스트에 있고 남자는 지금 저 멀리 파리에 있었다! 파리는 어떤 곳일까? 얼마나 굉장한 이름인가! 그녀는 스스로 즐거움을 느껴 보려고 작은 소리로 그 이름을 되뇌어 보았다. 그 이름은 성당의 큰 종처럼 그녀의 귓가에 울렸고, 포마드 통의 상표 위에 씌어 있는 이름조차 그녀의 눈에는 찬란히 불타오르는 것처럼 보였다.

밤에 생선 장수들이 짐수레를 타고 「마르졸렌」을 노래하면서 그녀의 창문 밑으로 지나갈 때면, 그녀는 잠에서 깨곤 했다. 그리고 마을을 벗어나 흙길로 들어서면서 점점 약해지는 쇠바퀴 소리에 귀를 기울였다.

'저들은 내일이면 거기에 있겠구나!' 하고 그녀는 생각했다.

그리고 머릿속으로 그들을 따라가며 언덕을 오르내리고 마을을 가로지르고 별빛이 빛나는 대로를 달렸다. 어느 정도 거리를 달리고 나면, 언제나 어떤 어렴풋한 장소에서 그녀의 꿈이 소멸되었다.

그녀는 파리 지도를 사서, 손가락 끝으로 지도 위를 짚으며 수도를 이리저리 돌아다녔다. 큰 거리를 올라가며 모퉁이마다, 길을 나타내는 선들 사이에서, 집을 표시하는 흰색 네모꼴 앞에서 멈추기도 했다. 그러다가 마침내 눈이 피로해져 눈을 감으면, 어둠 속에서 가스등이 바람에 흔들리고 극장의 회랑 앞에서 사륜마차의 발판이 요란한 소리를 내며 펼쳐지는 것이 보였다.

그녀는 여성신문 「코르베유」와 「살롱의 요정」을 구독했다. 개막 공연, 경마, 야회에 관한 기사를 하나도 빠뜨리지 않고 모조리 읽었고, 여가수의 데뷔나 상점 개업에 관심을 보였다. 새로운 유행, 솜씨 좋은 양장점 주소, 숲의 날이나 오페라의 날을 알게 되었고, 외젠 쉬의 소설에서 가구에 대한 묘사를 공부했다. 또한 개인적인 갈망을 상상으로 만족시키려고 발자크와 조르주 상드를 읽었다. 그녀는 식탁에까지 책을 가지고 와서, 샤를이 그녀에게 이야기하면서 식사하는 동안 책장을 넘기곤 했다. 책을 읽다 보면 늘 자작에 대한 기억이 되살아났다. 그녀는 자작과 작중 인물을 연관시켜 생각했다. 그러나 그를 중심으로 한 원은 점점 그의 주변으로 확대되었고, 그가 지니고 있던 후광은 그의 얼굴에서 떨어져 나와 더 멀리 퍼지면서 다른 꿈들을 환하게 비추었다.

그리하여 에마의 눈에는 바다보다 더 광막한 파리가 진홍빛 분위기 속에서 반짝이고 있었다. 그 소용돌이 속에서 흔들리는 수많은 삶은 몇 개의 부분으로 나뉘어 뚜렷이 구분되는 장면들로 분류되어 있었다. 에마에게는 그중 두세 가지밖에 보이지 않았지만, 그것들이 다른 것들을 모두 가리는 바람에 그것만으로 전 인류가 표현되는 것 같았다. 대사들의 세계에 사는 사람들은 벽면이 거울로 된 살롱에서 황금빛 술이 달린 벨벳 융단으로 뒤덮인 타원형 테이블 주위로 번쩍이는 마룻바닥 위를 걸어다녔다. 거기에는 옷자락이 길게 늘어지는 드레스, 엄청난 비밀, 미소 뒤에 감춰진 고뇌가 있었다. 그다음은 공작부인들의 세상이었다. 거기 사람들은 안색이 창백하고 네 시에 잠자리에서 일어났다. 가련한 천사인 여자들은 치마 밑에 영국산 고급 레이스를 장식하고 있었고, 하찮은 외모 뒤에 진가를 인정받지 못한 능력을 지니고 있는 남자들은 승마놀이로 말을 혹사시키고 바덴에 가서 여름철을 보냈으며 마침내 마흔 살쯤 되어 돈 많은 상속녀와 결혼했다. 자정 넘어 식사를 하는 레스토랑 특실에서는 환한 촛불 빛 속에서 문인과 여배우의 잡다한 무리가 웃고 있었다. 그들은 왕처럼 돈을 물 쓰듯 썼고, 이상적인 야망과 환상적인 망상으로 가득 차 있었다. 그것은 다른 모든 생활을 초월하는 것으로, 하늘과 땅 사이 격동 속에 있는 숭고한 그 무엇이었다. 그 밖의 모든 세상사는 정확한 장소도 없이, 마치 존재하지 않는 것처럼 사라져 버렸다. 게다가 가까운 곳에 있는 것일수록 그녀의 생각은 거기서 멀어졌다. 바로 옆에서 그녀를 둘러싸고 있는 모든 것, 지루한 시골, 어리석은 소시민들, 초라한 생활은 이 세상 속에서 하나의 예외, 그녀가 걸려든 특별한 우연인 것 같았다. 반면 저 너머에는 행복과 정열의 거대한 나라가 까마득히 펼쳐져 있었다. 그녀는 욕망에 사로잡혀 마음의 기쁨, 우아한 습관, 섬세한 감정을 사치의 쾌락과 혼동하고 있었다. 인도 식물에도 그러하듯 사랑에도 준비된 땅과 특수한 온도가 필요하지 않겠는가? 그러므로 달빛 아래에서의 한숨, 긴 포옹, 내맡긴 손 위로 흐르는 눈물, 육체의 모든 흥분과 사랑의 번민은 한가로움이 가득한 거대한 성채의 발코니, 두꺼운 융단과 화분이 가득한 화분대와 단상에 놓인 침대를 갖춘 비단 장막이 드리워진 규방과 떼어 놓을 수 없었고, 또한 보석의 광채나 하인들 제복의 어깨끈 장식과도 떼어 놓을 수 없는 것이었다.

아침마다 말의 털을 빗겨 주러 오는 마구간지기가 큼직한 나막신을 신고 복도를 지나갔다. 작업복에는 구멍이 뚫려 있었고, 맨발에 슬리퍼를 신고 있었다. 짧은 반바지 차림의 저런 마부에게 만족해야 하다니! 일이 끝나면 그는 하루종일 다시 나타나지 않았다. 샤를이 돌아오면 직접 말을 마구간에 넣고는 안장을 벗기고 고삐를 씌우기 때문이었다. 그러는 동안 하녀는 짚을 한 단 가져다 있는 힘껏 먹이통 안으로 던져 넣곤 했다.

나스타지를 대신해서(그녀는 결국 눈물을 펑펑 쏟으면서 토스트를 떠났다) 에마는 순하게 생긴 열네 살짜리 고아 여자아이를 고용했다. 그녀는 그 아이에게 무명 모자를 못 쓰게 했고, 3인칭을 사용해서 말할 것, 물컵을 접시에 받쳐 가져올 것, 방에 들어오기 전에 노크할 것, 다림질하기, 풀 먹이기, 주인마님 옷 입히기 등을 가르쳐 몸종으로 만들고 싶었다. 새 하녀는 쫓겨나지 않으려고 불평 없이 복종했다. 그리고 주인마님이 평소에 열쇠를 찬장에 내버려 두었기 때문에, 펠리시테는 매일 저녁 설탕을 조금씩 가져다가 기도를 끝낸 뒤 침대에서 혼자 먹곤 했다.

펠리시테는 이따금 오후에 길 건너편으로 가서 마부들과 이야기를 나누기도 했다. 주인마님은 위층 자기 방에 있었다.

에마는 활짝 벌어진 실내복을 입고 있어서 숄칼라 사이로 금단추 세 개가 달린 주름 속옷이 드러나 보였다. 허리띠는 실을 꼬아 만든 끈으로 굵은 술이 달려 있었고, 석류색 작은 실내화에는 발목까지 덮이는 넓은 리본 다발이 장식되어 있었다. 그녀는 편지 쓸 상대가 없으면서도 압지, 종이, 펜대, 봉투를 구입했고, 선반의 먼지를 털기도 하고, 거울을 들여다보기도 하고, 책을 한 권 집어 들고 있다가 행과 행 사이에서 몽상에 잠기는 바람에 책을 무릎 위로 떨어뜨리기도 했다. 그녀는 여행을 하거나 수도원으로 되돌아가 살고 싶었다. 죽어 버리고 싶은 동시에 파리에서 살고 싶었다.

샤를은 눈이 오나 비가 오나 지름길로 말을 타고 다녔다. 그는 농가의 식탁에서 오믈렛을 먹기도 하고, 축축한 침구 속에 손을 집어넣기도 하고, 사혈로 뿜어져 나오는 미지근한 피를 얼굴에 맞기도 하고, 헐떡거리는 소리에 귀를 기울이고 대야를 살펴보고 더러운 속옷을 수없이 걷어 올렸다. 그러나 매일 저녁 타오르는 난롯불, 차려진 식탁, 편안한 가구, 그리고 세련된 옷차림의 매력적인 아내를 볼 수 있었다. 어디서 나는 것인지도 알 수 없는, 혹은 셔츠에 향수를 뿌린 것이 바로 그녀의 피부가 아닌가 할 정도로 그녀에게선 싱그러운 향기가 났다.

그녀는 여러 가지 세심한 행동으로 그를 매혹시켰다. 때로는 새로운 방법으로 종이를 접어 초의 촛물받이를 만들거나 옷의 장식 밑단을 바꾸기도 했고, 또 때로는 하녀가 잘못 만든 보잘것없는 요리에 특이한 이름을 붙여 샤를이 기쁜 마음으로 남김없이 다 먹게 하기도 했다. 그녀는 루앙에서 장신구를 한 다발 시계에 달고 다니는 부인들을 보고 장신구를 사기도 했다. 벽난로 위에는 푸른색 유리로 된 커다란 꽃병 두 개를 놓고 싶어 했고, 시간이 좀 지나자 은 도금한 골무가 들어 있는 상아 반짇고리를 갖고 싶어 했다. 샤를은 그런 우아한 것들에 대해 잘 모르는 만큼 더욱더 그 매력에 현혹되었다. 그것은 그의 감각적 쾌락과 가정의 즐거움에 뭔가를 덧붙여 주었다. 마치 그의 삶의 작은 오솔길을 따라 모래처럼 뿌려진 금가루와도 같았다.

그는 건강했고 안색도 좋았다. 그리고 그의 명성은 완전히 확립되어 있었다. 거만하지 않아 시골 사람들은 그를 좋아했다. 그는 아이들을 귀여워했고 술집에는 전혀 드나들지 않았으며, 게다가 품행이 좋아 사람들에게 신뢰를 주었다. 그는 특히 카타르성 염증과 흉부 질환에서 성공을 거두고 있었다. 사실 샤를은 환자를 죽이게 될까 봐 몹시 두려워해 진정제 이외에는 처방하는 것이 거의 없었고, 이따금 구토제와 족욕 혹은 거머리 치료를 처방했다. 그가 외과술을 두려워하는 것은 아니었다. 사혈을 할 때는 말의 피를 뽑는 것처럼 듬뿍 뽑았고, **엄청난 악력**으로 이를 뺐다.

마침내 그는 **의학 소식을 알기 위해** 광고 전단지를 받아 두었던 새로운 잡지 『리슈 메디칼』의 정기 구독을 신청했다. 그는 저녁 식사 후에 그것을 조금 읽다가 방 안의 온기와 식곤증 때문에 5분 만에 잠들어 버렸다. 그리고 두 손으로 턱을 괴고 머리카락을 말갈기처럼 램프 밑에까지 늘어뜨린 채 그대로 있었다. 에마는 그 모습을 바라보면서 어깨를 으쓱했다. 적어도 책 속에 파묻혀 밤을 보내고 마침내 류머티즘이 생기는 나이인 예순 살이 되면 몸에 안 맞는 검정 양복에 줄줄이 훈장을 달고 있는 과묵하고 열정적인 남자를 왜 남편으로 갖지 못했던가? 그녀는 이제 자기 것이기도 한 이 보바리라는 이름이 유명해져서 서점에 진열되고 신문에도 자꾸 오르내려 프랑스 전역에 알려지기를 바랐다. 그러나 샤를은 야망이 없었다! 최근 진료에 동석했던 이브토의 어떤 의사가 바로 환자의 침대 맡, 친척들이 모여 있는 자리에서 그에게 약간 모욕을 준 일이 있었다. 저녁에 샤를이 그 일을 이야기하자, 에마는 그 동료에 대해 불같이 화를 냈다. 샤를은 거기에 감동했다. 그는 눈물을 글썽이면서 그녀의 이마에 키스를 했다. 그러나 그녀는 창피함에 화가 솟구쳐 그를 때려 주고 싶었다. 그녀는 복도로 가서 창문을 열고 마음을 가라앉히기 위해 신선한 공기를 들이마셨다.

"한심한 남자야! 정말 한심한 남자야!" 그녀는 입술을 깨물며 작은 소리로 말했다.

게다가 그녀는 남편에 대해 점점 더 짜증이 났다. 그는 나이가 들어 가면서 행동이 둔해졌다. 디저트를 먹을 때는 빈 병의 마개를 잘랐고, 식사 후에는 혀로 이빨 청소를 했으며, 수프를 먹을 때는 한 모금 넘길 때마다 꿀꺽꿀꺽 소리를 냈다. 그리고 살이 찌기 시작하면서 안 그래도 작은 눈이 광대뼈의 불룩한 살 때문에 관자놀이 쪽으로 치켜 올라간 듯 보였다.

때때로 에마는 내복의 빨간 끝자락을 조끼 안으로 집어넣어 주기도 하고, 넥타이를 고쳐 매 주기도 하고, 그가 끼려고 하는 색바랜 장갑을 빼앗아 한쪽으로 치워 버리기도 했다. 그러나 그것은 샤를이 생각하는 것처럼 그를 위한 것이 아니었다. 그것은 그녀 자신을 위한 것으로, 지나친 이기심과 신경질적인 짜증에 의한 행동이었다. 또 때때로 그녀는 자기가 읽은 것들, 예를 들어 소설이나 새로운 희곡의 한 대목 혹은 신문의 문화면에서 본 **상류 사회**의 일화 같은 것을 그에게 이야기하기도 했다. 어쨌든 샤를은 항상 귀를 열어 놓고 맞장구를 칠 준비가 되어 있는 사람이었기 때문이다. 그녀는 기르는 강아지한테도 속내 이야기를 털어놓곤 하지 않았던가! 벽난로의 장작에도, 시계추에도 그리했으리라.

그러나 그녀는 마음속 깊은 곳에서 어떤 사건이 일어나기를 기다리고 있었다. 조난당한 선원처럼, 그녀는 고독한 자신의 삶 위로 절망한 눈길을 던지면서 멀리 수평선의 안개 속에서 하얀 돛단배를 찾고 있었다. 그 우연이 어떤 것일지, 어떤 바람이 그녀에게까지 우연을 몰고 올지, 어떤 해안으로 그녀를 데려갈지, 작은 배일지 아니면 3층 갑판의 대형 선박일지, 고뇌를 싣고 있을지 아니면 출입구까지 행복이 한가득일지 그녀는 알 수 없었다. 그러나 매일 아침 잠에서 깨면 그날 그 우연이 찾아오기를 바라면서, 모든 소리에 귀를 기울이고 깜짝 놀라 일어서기도 하고 우연이 찾아오지 않은 것에 놀라곤 했다. 그리고 해가 지면 언제나 더 슬퍼져 내일이 오기를 바랐다.

다시 봄이 되었다. 배나무에 꽃이 피고 첫 더위가 시작될 때, 그녀는 가슴이 답답한 증상을 느꼈다.

7월이 시작되자, 그녀는 어쩌면 앙데르빌리에 후작이 보비에사르 무도회에 다시 초대할지도 모른다는 생각에 10월이 되려면 몇 주일이나 남았는지 손꼽아 세었다. 그러나 9월이 다 가도록 편지도 방문도 없었다.

그로 인한 실망에서 비롯된 우울증을 겪은 뒤, 그녀의 마음은 다시 허전해졌고 똑같은 나날의 연속이 다시 시작되었다.

그러니까 이제 셀 수 없을 만큼 무수한 나날이 언제나 똑같은 모습으로, 이렇게 열을 지어 이어질 뿐 아무것도 가져다주지 않는 것인가! 다른 사람들의 생활은 아무리 평범해도 적어도 어떤 사건이 일어날 기회는 있었다. 뜻밖의 사건이 때때로 수많은 우여곡절을 초래해 환경이 변하는 법이다. 그러나 그녀에게는 아무 일도 일어나지 않았고, 그건 신의 뜻이었다! 미래는 온통 깜깜한 복도였고, 그 끝에 있는 문은 꽉 닫혀 있었다.

그녀는 음악을 포기했다. 연주는 해서 뭐 한단 말인가? 누가 들어 주겠는가? 연주회에서 짧은 소매의 벨벳 드레스를 입고 에라르 피아노 앞에 앉아 가벼운 손가락으로 상아 건반을 두드리면서 황홀한 속삭임이 마치 미풍처럼 주변을 맴도는 것을 느낄 수도 없는 마당에, 지루하게 연습하는 수고를 할 필요는 없었다. 그녀는 스케치북과 자수틀을 장롱 속에 처박아 두었다. 무슨 소용이 있겠는가? 무슨 소용이? 바느질은 그녀를 짜증 나게 할 뿐이었다.

'책도 다 읽었어'라고 그녀는 생각했다.

그리고 그녀는 부젓가락을 빨갛게 달구거나 비가 내리는 것을 바라보면서 시간을 보냈다.

일요일에 저녁 미사 종소리가 울릴 때면 어찌나 슬펐는지! 그녀는 멍한 상태에서 갈라지는 종소리를 하나씩 하나씩 귀 기울여 들었다. 고양이 한 마리가 지붕 위를 천천히 걸으며 흐릿한 햇살에 등을 둥글게 구부리고 있었다. 대로에서는 바람이 불어 길게 먼지를 일으켰다. 이따금 멀리서 개가 짖었고, 종소리는 똑같은 간격으로 단조롭게 계속 울리다가 들판에서 사그라들었다.

그러는 동안 사람들이 성당에서 나왔다. 왁스로 닦은 나막신을 신은 여자들, 새 옷을 입은 농부들, 그들 앞에서 맨머리로 깡충깡충 뛰는 어린아이들, 모두가 집으로 돌아갔다. 그리고 언제나 똑같은 대여섯 명의 남자가 주막집 대문 앞에서 밤이 될 때까지 병마개 놀이를 했다.

겨울은 추웠다. 매일 아침 유리창에 성에가 끼었고, 그 창 너머로 들어오는 빛은 반투명 유리를 통해 들어오는 것처럼 희끄무레했는데, 때때로 하루 종일 변하지 않았다. 오후 네 시부터 램프를 켜야 했다.

날씨가 좋은 날이면 그녀는 정원으로 내려갔다. 이슬이 양배추 위에 은빛 레이스를 남겨 놓아 맑고 긴 선들이 포기에서 포기로 늘어져 있었다. 새 소리도 들리지 않았고, 밀짚으로 덮인 과수장도, 담장 위의 갓돌 밑으로 병든 뱀처럼 뻗어 있는 포도나무도 모든 것이 잠들어 있는 듯했다. 하지만 가까이 다가가면 수많은 발이 달린 쥐며느리가 기어다니는 것이 보였다. 산울타리 근처 가문비나무들 속에서 삼각모를 쓴 채 기도서를 읽고 있는 신부는 오른발이 떨어져 나갔고, 영하의 온도에 썩고 표면이 벗겨지는 바람에 얼굴에 하얀 버짐이 생겼다.

그녀는 다시 방으로 올라가 문을 닫고, 숯불을 들쑤셔 펼쳤다. 난로의 열기에 나른해지자 권태가 더 무겁게 짓누르는 것을 느졌다. 아래층에 내려가 하녀와 이야기라도 하면 좋으련만, 수치심 때문에 그러지 못했다.

날마다 같은 시간에 까만 비단 모자를 쓴 학교 선생은 자기 집 덧문을 열었고, 시골 순경은 윗옷에 검을 찬 채 지나갔다. 역참의 말들은 아침저녁으로 세 마리씩 무리 지어 길을 건너 늪으로 물을 마시러 갔다. 이따금 술집 문에 달린 종이 울렸고, 바람이 불 때면 이발소의 간판 노릇을 하는 작은 구리 대야들이 두 개의 가로막대 위에서 삐걱거리는 소리가 들렸다. 이 이발소에는 장식으로 낡은 패션 판화 한 장이 유리창에 붙어 있었고 밀랍으로 된 노란 머리카락의 부인 흉상이 있었다. 이발사 역시 앞길이 막힌 직업과 장래성 없는 미래를 한탄했고, 루앙과 같은 대도시에서 항구나 극장 근처에 가게를 내는 것을 꿈꾸면서 하루종일 면사무소부터 성당까지 어두운 얼굴로 왔다 갔다 하며 손님을 기다렸다. 보바리 부인이 눈을 들면, 그리스 모자를 귀까지 눌러쓰고 질긴 모직물 웃옷을 입은 그가 보초병처럼 언제나 거기에 있는 것이 보였다.

때때로 오후에는 방의 유리창 뒤로 한 남자의 얼굴이 나타나기도 했다. 검은 구레나룻을 기른 볕에 그을린 얼굴은 부드러운 미소를 천천히 지으며 하얀 이빨이 드러나도록 활짝 웃고 있었다. 곧 왈츠가 시작되었다. 조그만 살롱에서 오르간 소리에 맞춰 손가락만 한 크기의 남자 댄서들, 장밋빛 터번을 두른 여자들, 재킷을 입은 티롤 사람들, 검은 예복을 입은 원숭이들, 짧은 반바지를 입은 신사들이 안락의자, 장의자, 콘솔 사이로 빙글

빙글 돌아갔고, 금종이 끈으로 모서리를 이어 붙인 거울 조각들 속에서 그 모습이 반복되었다. 남자는 좌우로 창문 쪽을 바라보면서 크랭크 핸들을 작동시켰다. 이따금 그는 누런 침을 멀리 경계석까지 내뱉으면서, 딱딱한 멜빵 때문에 어깨가 아파서 무릎으로 악기를 받치곤 했다. 때로는 구슬프고 느릿느릿한 음악이, 또 때로는 흥겹고 빠른 음악이 아라베스크 무늬의 구리 창살 밑에 쳐 놓은 장밋빛 호박단 커튼 너머로 웅웅거리며 상자에서 새어 나왔다. 그것은 다른 곳의 연극 무대 위에서 연주되는 곡조였고, 살롱에서 노래하거나 저녁에 휘황찬란한 샹들리에 밑에서 춤추며 듣는 곡조로서, 에마에게까지 전해지는 사교계의 메아리였다. 그녀의 머릿속에서는 사라반드 춤곡이 끝없이 펼쳐졌고, 꽃무늬 융단 위에서 춤추는 무희처럼 그녀의 생각도 곡조를 따라 뛰어오르고 꿈에서 꿈으로, 슬픔에서 슬픔으로 요동쳤다. 남자는 모자로 동전을 받고 나자, 푸른색 모직의 낡은 덮개를 씌운 다음 악기를 등에 메고 무거운 걸음으로 멀어져 갔다. 그녀는 그가 떠나가는 것을 바라보았다.

그녀가 특히 견디기 힘든 것은 식사 시간이었다. 1층의 작은 식당에서는 난로에서 연기가 나고, 문은 삐걱거리고, 벽에서는 습기가 배어 나오고, 타일 바닥도 축축했다. 생활의 모든 쓴맛이 그녀의 접시 위에 차려진 것 같았고, 삶은 고기에서 나는 김을 보면 그녀의 영혼 밑바닥에서 구역질로 인한 또 다른 입김 같은 것이 솟아올랐다. 샤를은 오래도록 먹었다. 그래서 그녀는 개암을 몇 개 씹거나 팔꿈치를 괸 채 나이프 끝으로 밀랍 입힌 식탁보에 금을 그으며 부질없이 시간을 보내곤 했다.

이제 그녀는 집안일을 전혀 돌보지 않았다. 보바리 노부인은 사순절의 며칠을 토스트에서 보내려고 왔다가 그런 변화를 보고 몹시 놀랐다. 사실 전에는 그토록 깔끔하고 섬세하던 그녀가 이제는 온종일 옷도 제대로 갖춰 입지 않은 채 지냈고, 회색 면양말을 신었으며, 촛불로 주변을 밝혔다. 그녀는 부자가 아니라서 절약해야 한다고 되풀이하면서, 자기는 아주 만족한다, 매우 행복하다, 토스트가 정말 마음에 든다는 말을 덧붙이고 여러 가지 새로운 이야기를 해서 시어머니의 입을 다물게 했다. 하기야 에마는 시어머니의 충고를 들을 것 같지도 않았다. 한번은 보바리 노부인이 하인들의 신앙을 주인이 감독해야 한다고 주장했다가 그녀가 어찌나 화난 눈초리와 차가운 미소로 대꾸하는지 더 이상 참견하지 않았다.

에마는 까다롭고 변덕스러워졌다. 자기를 위해 음식을 만들게 하고는 손도 대지 않았고, 어떤 날은 아무것도 넣지 않은 우유만 마시는가 하면 또 다음 날은 차를 열두 잔이나 마시기도 했다. 종종 밖에 나가지 않겠다고 고집을 부리다가도 나중에는 숨이 답답해서 창문을 열고 가벼운 옷을 입었다. 하녀를 심하게 꾸짖고는 선물을 주거나 이웃집으로 놀러 가라고 내보내기도 했고, 마찬가지로 이따금 가난한 사람들에게 지갑 속의 은화를 몽땅 털어 주기도 했다. 하지만 아버지들의 손에 박힌 못과 같은 뭔가를 마음속에 항상 가지고 있는 시골 출신 사람들이 대부분 그렇듯이, 그녀는 전혀 다정하지 않았고 남의 감정을 잘 이해하지도 못했다.

2월 말경, 루오 노인이 완치된 일을 기념해 멋진 칠면조 한 마리를 직접 가지고 와서 토스트에 사흘간 머물렀다. 샤를은 환자를 보러 가야 해서 에마가 그를 상대했다. 그는 방에서 담배를 피우고, 난로의 장작 받침대 위에 침을 뱉었으며, 농사일, 송아지, 암소, 가금, 마을 의회에 대한 이야기를 했다. 그래서 그가 돌아갈 때 그녀는 문을 닫으며 만족감을 느꼈고, 그런 느낌에 자기 스스로도 놀랐다. 게다가 그녀는 이제 무엇에 대해서건, 누구에 대해서건 더 이상 경멸을 감추지 않았다. 그리고 때때로 기이한 의견을 표현하기 시작하며 사람들이 인정하는 것은 비난하고 사악하거나 부도덕한 것들을 인정하는 바람에 남편의 눈이 휘둥그레졌다.

이런 비참한 생활이 영원히 계속되는 것일까? 거기서 벗어나지 못하는 것일까? 하지만 그녀는 행복하게 살고 있는 다른 어떤 여자들보다 못할 것이 없었다! 그녀는 보비에사르에서 몸매도 더 둔하고 행동도 더 보잘것없는 공작부인들을 보았다. 그래서 그녀는 하느님의 불공평함을 증오했고, 벽에 머리를 기댄 채울었다. 그녀는 떠들썩한 생활, 가면무도회의 밤, 방자한 쾌락, 자신이 경험하지 못했지만 틀림없이 그런 것들이 가져다줄 격정을 선망했다.

그녀는 얼굴이 창백해지고 가슴이 두근거렸다. 샤를은 그녀에게 쥐오줌풀과 장뇌욕을 처방했다. 그런데 무슨 방법을 시도하건 그녀를 더욱 짜증 나게 하는 것 같았다.

어떤 때는 며칠 동안 열에 들떠 정신없이 떠들어 대다가, 그런 흥분이 가라앉으면 갑자기 무기력 상태에 빠져 말도 하지 않고 움직이지도 않았다. 그럴 때는 두 팔에 오드콜로뉴 한 병을 뿌려 주면 기력이 회복되었다.

그녀가 끊임없이 토스트에 대해 불평했기 때문에, 샤를은 병의 원인이 어쩌면 풍토적인 영향 때문일지도 모른다고 생각했다. 그런 생각에 집중하다 보니, 그는 다른 곳으로 가서 개업하는 것을 진지하게 고려하게 되었다.

그러자 그때부터 그녀는 야위기 위해 식초를 마시고, 마른 잔기침을 해 대더니 완전히 식욕을 잃어버렸다.

4년간의 체류로 **자리가 잡히기 시작한** 시점에 토스트를 떠난다는 것은 샤를로선 가슴 아픈 일이었다. 그러나 그래야 한다면! 그는 아내를 루앙으로 데려가서 옛 스승에게 보였다. 그녀의 병은 신경 질환으로, 공기를 바꿔야 한다고 했다.

여기저기 수소문한 끝에, 샤를은 뇌샤텔 지역에 용빌라베이라는 큰 마을이 있는데 폴란드 망명자인 그곳의 의사가 1주일 전에 서둘러 떠났다는 사실을 알아냈다. 그래서 그는 그곳 약사에게 편지를 보내 인구, 가장 가까운 개업의와의 거리, 전임자의 연간 수입 등을 알아보았다. 만족할 만한 대답이 돌아오자, 그는 에마의 건강이 좋아지지 않는다면 봄쯤 이사하기로 결심했다.

어느 날, 이사에 대비해 서랍 안을 정리하다가 그녀는 뭔가에 손가락이 찔렸다. 그녀의 결혼 꽃다발을 묶은 철삿줄이었다. 오렌지 꽃봉오리는 먼지로 누렇게 되었고, 은색으로 테두리를 두른 새틴 리본은 가장자리가 풀려 있었다. 그녀는 그것을 불 속으로 던졌다. 그것은 마른 지푸라기보다 더 빨리 불이 붙더니, 재 위에서 빨간 덤불과 같은 것이 되었다가 천천히 무너져 내렸다. 그녀는 그것이 불타는 것을 바라보았다. 조그만 마분지 열매들이 터지고 놋쇠줄이 뒤틀리고 장식줄이 녹아내렸다. 딱딱하게 오므라든 종이 꽃부리는 난로 판을 따라가며 검은 나비처럼 흔들거리더니 마침내 굴뚝을 통해 날아가 버렸다.

3월에 토스트를 떠날 때, 보바리 부인은 임신 중이었다.

제2부

I

　용빌라베이(지금은 그 흔적도 남아 있지 않지만 옛 카푸친 수
도원 때문에 붙은 이름)는 루앙에서 32킬로미터쯤 떨어진 마을
로, 아브빌 도로와 보베 도로 사이, 리욀강이 지나가는 분지 안
쪽에 있다. 이 작은 강은 하구 근처에서 물레방아 세 개를 돌리
고 난 후 앙델강과 합쳐지는데, 송어가 좀 있어서 일요일이면
사내아이들이 낚시를 즐긴다.

　라부아시에르에서 대로를 벗어나 평탄한 길을 계속 따라가
서 뢰 언덕 꼭대기까지 가면 분지가 보인다. 그곳을 가로지르는
강은 뚜렷하게 다른 모습의 두 지역으로 나누어 놓는데, 왼쪽은
온통 목초지이고 오른쪽은 경작지다. 초원은 울룩불룩 튀어나
온 낮은 언덕들 밑으로 길게 이어지다가 그 뒤쪽으로 브레 지방
의 방목지와 연결된다. 반면 동쪽으로는 평야가 완만한 오르막
을 이루면서 점점 넓어져 황금빛 밀밭이 까마득하게 펼쳐져 있

다. 풀밭 가장자리를 흐르는 강은 하얀 줄무늬로 초원의 색깔과 밭이랑의 색깔을 나누어 놓는다. 그래서 들판은 가장자리가 은색 줄로 장식되고 녹색의 벨벳 깃이 달린 커다란 망토를 펼쳐 놓은 것처럼 보인다.

그곳에 도착하면 지평선 끝에 아르게유 숲의 떡갈나무들과 생장 언덕의 가파른 경사면을 마주하게 된다. 경사면에는 위에서 아래로 길고 불규칙한 붉은 줄이 그어져 있는데, 그것은 빗물의 흔적이다. 산의 회색 바탕과 뚜렷이 구분되는 가느다란 줄의 불그스레한 색조는 저 너머 주변 지역에서 흐르는 철분이 함유된 수많은 샘물에서 비롯된 것이다.

이곳은 노르망디, 피카르디, 일드프랑스의 경계에 있는 혼종의 고장으로, 풍경에 별다른 특색이 없듯이 언어에도 특별한 억양이 없다. 이 지역을 통틀어 가장 품질이 나쁜 뇌샤텔 치즈가 생산되는 곳도 바로 이곳이다. 한편 모래와 자갈이 많은 이곳의 푸석푸석한 땅을 기름지게 하려면 많은 퇴비가 필요하기 때문에 농사짓는 데 비용이 많이 든다.

1835년까지 용빌에 이르는 통행 가능한 도로는 하나도 없었다. 그러나 그 무렵 아브빌 도로와 아미앵 도로를 이어 주고 때때로 루앙에서 플랑드르로 가는 짐 마차꾼들도 이용할 수 있는 **지방 도로**가 건설되었다. 그러나 **새로운 출구**에도 불구하고 용빌라베이는 여전히 진전이 없다. 사람들은 농사를 개선하는 대신 아무리 그 가치가 떨어져도 여전히 목장을 고집해, 게으른 마을은 자연히 평야에서 벗어나 강 쪽으로 계속 확장되었다. 그래서 멀리서 보면, 마을은 물가에서 낮잠 자는 소치기 목동처럼 기슭을 따라 길게 누워 있는 듯이 보인다.

언덕 밑에서 다리를 지나면 어린 사시나무들이 심어진 둑길이 시작되고, 그 길은 고장의 첫 집들에 이르기까지 일직선으로 이어진다. 산울타리로 둘러싸인 집들은 마당 한가운데 서 있는데, 마당에는 포도 압착실, 짐수레 창고, 브랜디 제조실 등의 건물들이 사다리, 장대, 낫이 나뭇가지에 걸려 있는 무성한 나무들 아래로 여기저기 흩어져 있다. 초가지붕은 눈 위까지 내려쓴 털모자처럼 나지막한 창문의 거의 3분의 1까지 내려와 있고, 투박하고 볼록한 창유리는 병 밑바닥처럼 가운데 혹이 나 있다. 검은 받침대가 대각선으로 가로지르는 석고 벽에는 군데군데 야윈 배나무가 매달리듯 바싹 붙어 있고, 1층 출입구에는 사과주에 적신 흑빵 부스러기를 쪼아 먹으려고 문턱으로 오는 병아리들을 막기 위해 작은 회전문이 설치되어 있다. 그렇지만 마당들이 점점 좁아지고 집과 집 사이가 점점 가까워지면서 산울타리는 사라진다. 어떤 창문 밑에는 고사리 한 묶음이 빗자루 끝에 매달려 흔들거린다. 제철공의 대장간이 있고 그다음에는 수레 만드는 목수 집이 나오는데, 두세 채의 새 수레가 집 밖으로 길을 점거하고 있다. 이어서 울타리 너머로 입에 손가락을 갖다 대고 있는 규피드상으로 장식된 원형의 잔디밭 저편에 하얀 집이 한 채 나타난다. 돌계단 양 끝에는 무쇠 단지가 하나씩 놓여 있고, 문에서는 방패꼴 간판이 반짝인다. 마을에서 제일 좋은 공증인의 집이다.

성당은 길 건너편으로 스무 발짝쯤 떨어진 광장 입구에 있다. 성당 주변의 작은 묘지는 팔꿈치를 기댈 만한 높이의 담으로 둘러싸여 있는데, 무덤들이 어찌나 빽빽하게 들어차 있는지 바닥과 거의 같은 높이인 낡은 묘석들이 마치 연속적으로 깔려 있는 포석처럼 보인다. 그래서 그곳의 풀은 저절로 규칙적인 초록색 사각형을 그려 놓고 있다. 성당은 샤를 10세 치하 만년에 새로 개축되었다. 목조 궁륭이 위에서부터 썩기 시작해 그 푸른색 여기저기가 검게 패어 있다. 문 위로는 파이프오르간이 있어야 할 자리에 남자들을 위한 주랑이 있는데, 그곳의 나선형 계단은 나막신을 신고 밟으면 요란한 소리를 낸다.

무늬 없는 채색 유리를 통해 들어오는 대낮의 햇살이 벽 옆으로 줄지어 놓인 긴 의자들을 비스듬히 비추고, 긴 의자 위에는 군데군데 밀짚 방석이 못으로 고정되어 있는데 그 밑에 굵은 글씨로 '아무개 씨 좌석'이라고 씌어 있다. 조금 멀리 내부 공간이 좁아지는 곳에는 고해실이 작은 성모상과 나란히 짝을 이루고 있다. 성모상은 비단옷을 입고 은빛 별들이 가득 박힌 망사 베일을 쓰고 있으며 샌드위치제도'의 우상처럼 두 볼이 붉게 칠해져 있다. 마지막으로 **내무 대신이 기증한 성가족** 모사화가 네 개의 촛대 사이에서 주 제단을 내려다보며 안쪽 깊숙한 곳을 장식하고 있다. 전나무로 된 성가대석은 색을 칠하지 않은 원목 그대로다.

중앙 시장은 스무 개가량의 기둥 위에 기와지붕을 덮은 곳인데, 그것만으로도 용빌 대광장의 거의 절반을 차지한다. **어떤 파**

리 건축가의 설계로 지어진 면사무소는 그리스 신전 같은 양식으로, 약사의 집 옆 모퉁이에 있다. 면사무소 1층에는 세 개의 이오니아 양식 기둥이 있고 2층에는 아치형 회랑이 있는데, 회랑 끝의 삼각 면에는 한 발은 프랑스 헌장에 걸치고 다른 한 발로는 정의의 저울을 붙들고 있는 갈리아 수탉* 한 마리가 한가득 그려져 있다.

그러나 가장 눈길을 끄는 것은 **황금 사자** 여관 맞은편에 있는 오메 씨 약국이다! 켕케식 램프에 불이 켜지고 진열대에 장식해 놓은 붉은색과 초록색 표본병들이 멀리 땅바닥에 그 두 가지 색깔의 빛을 길게 늘이는 저녁때가 주로 그렇다. 그럴 때면 그 불빛들 너머로 마치 벵골 불꽃* 속에 있는 것처럼 책상에 팔꿈치를 괴고 있는 약사의 그림자가 어렴풋이 보인다. 그의 집에는 위에서 아래까지 영국식 서체, 둥글게 구부린 서체, 인쇄체로 쓰인 광고문들이 덕지덕지 붙어 있다. '비시, 셀츠, 바레주의 광천수, 정화제 시럽, 라스파유 약, 아랍 분말, 다르세 정제, 르뇨 연고, 붕대, 욕용제, 건강 초콜릿 등.' 그리고 가게의 폭 전체를 다 차지하는 간판에는 금색 글자로 **오메 약사**라고 씌어 있다. 가게 안에는 카운터 위에 고정시켜 놓은 커다란 저울 뒤에 유리문 위쪽으로 **조제실**이라는 글자가 펼쳐져 있고, 유리문의 중간 높이에는 검은색 바탕에 금색 글자로 **오메**가 또 한 번 반복되어 있다.

그 밖에는 용빌에서 볼 만한 게 아무것도 없다. 소총의 사정거리쯤 되는 길이의 (하나밖에 없는) 도로는 양쪽 가장자리에 상점이 몇 개 있고 길모퉁이에서 갑자기 끊긴다. 그 도로를 오른쪽에 남겨 두고 생장 언덕 밑을 따라가면 곧 묘지가 나온다.

콜레라가 유행했을 때 묘지를 넓히기 위해 한쪽 담을 허물고 옆에 있는 땅 1만 2천 제곱미터를 사들였다. 그러나 무덤들은 예전처럼 계속 문 쪽으로 밀집되는 바람에, 이 새로운 부분은 거의 비어 있다. 무덤 파는 인부와 성당지기를 겸하고 있는(그렇게 해서 본당의 사망자들로부터 이중의 이익을 취한다) 관리인은 빈 땅을 이용해 감자를 심었다. 그런데 해가 갈수록 그의 작은 밭은 점점 좁아지고, 전염병이 발생하면 사망자가 늘어나는 것을 기뻐해야 할지 무덤이 늘어나는 것을 슬퍼해야 할지 그는 알 수가 없었다.

"자네는 죽은 사람들을 먹고사는군, 레스티부두아!" 드디어 어느 날 신부가 그에게 말했다.

이 음산한 말을 듣고 그는 생각에 잠겼고 한동안 감자 재배를 중단했다. 그러나 지금도 여전히 그는 감자 재배를 계속하고 있고, 심지어 감자가 저절로 난다고 태연하게 주장한다.

지금부터 이야기하려는 사건이 일어난 이후에도 사실 용빌에는 변한 것이 아무것도 없다. 양철로 만든 삼색기는 여전히 성당의 종탑 꼭대기에서 돌아가고, 유행품 상점에서는 인도 사라사 깃발 두 개가 여전히 바람에 펄럭인다. 하얀 부싯깃 덩어리 같은 약사의 태아 표본은 지저분한 알코올 속에서 점점 썩어 가고, 여관 대문 위에서는 비를 맞아 탈색된 낡은 황금 사자가 여전히 행인들에게 곱슬곱슬한 강아지털을 보여 주고 있다.

보바리 부부가 용빌에 도착하기로 되어 있는 날 저녁, 이 여관의 여주인인 과부 르프랑수아 부인은 몹시 분주하게 냄비를 저으며 구슬땀을 흘리고 있었다. 다음 날은 마을의 장날이었다. 미리미리 고기를 자르고 닭 내장을 비우고 수프와 커피를 만들어 놓아야 했다. 게다가 하숙인들의 식사 및 의사 부부와 그들 하녀의 식사도 준비해야 했다. 당구실에서는 웃음소리가 터져 나왔고, 작은 방에서는 세 명의 제분업자가 브랜디를 가져오라고 불러 댔다. 장작은 불타고, 숯불은 탁탁 소리를 냈으며, 부엌의 긴 탁자 위에서는 생양고기 덩어리들 사이에서 산더미같이 쌓인 접시들이 시금치 다지는 도마의 진동에 따라 흔들리고 있었다. 가금 사육장에서는 목을 따려는 하녀에게 쫓기는 가금들의 비명 소리가 들렸다.

녹색 가죽 실내화를 신고 천연두 자국이 조금 있는 얼굴에 금색 술이 달린 벨벳 모자를 쓴 한 남자가 벽난로에 등을 대고 불을 쬐고 있었다. 그의 얼굴에는 자기 자신에 대한 만족감밖에 보이지 않았다. 머리 위에 매달린 버드나무 새장 안의 방울새만큼이나 인생살이가 태평한 태도였다. 그가 바로 약사였다.

"아르테미즈!" 여관의 여주인이 소리쳤다. "장작 좀 패고, 물병 채우고, 브랜디 좀 가져와, 빨리! 오시는 손님들에게 어떤 디저트를 내놓아야 하는지라도 알면 좋을 텐데! 맙소사! 당구실에서 이삿짐 나르는 일꾼들이 또 소란을 피우기 시작했네! 짐수레는 대문 밑에 그대로 놔두고 말이야! **제비**가 도착하면서 들이받을 수도 있는데! 폴리트를 불러 짐수레 좀 치우라고 해!…… 오메 씨, 글쎄 저자들은 아침부터 열다섯 판이나 당구를 치고 사과주를 여덟 병이나 마셨답니다!…… 저러다간 당구대 융단을 찢어 놓겠어요." 그녀는 거품 떠내는 국자를 손에 든 채 그들을 멀리 바라보며 말을 계속했다.

"대단한 일도 아니네요. 다른 것을 하나 더 사면 되잖아요." 오메 씨가 대답했다.

"당구대를 하나 더요?" 과부가 소리쳤다.

"저런 건 이제 못 써요, 르프랑수아 부인. 여러 번 말하지만, 당신은 잘못하는 거예요! 정말 잘못하는 거라고요! 이제는 당구 애호가들이 좁은 포켓과 무거운 큐를 좋아해요. 더 이상 옛날식 당구는 안 친다고요. 모든 게 변했어요! 시대를 따라가야하는 법입니다! 텔리에를 보세요, 오히려……."

화가 나서 여주인의 얼굴이 빨개졌다. 약사가 덧붙였다.

"당신이 뭐라든, 그 집 당구대가 당신네 것보다 더 예뻐요. 그리고 예를 들어 폴란드나 리옹의 수재민들을 위한 자선 경기를 계획하는 생각도 했으니……."

"그런 거지 같은 자들 하나도 겁 안 나요!" 여주인이 살찐 어깨를 으쓱하며 말을 끊었다. "자! 자! 오메 씨, **황금 사자**가 살아 있는 한, 손님들은 올 거예요. 우린 가진 돈이 많다고요, 그자들과 달리! 오히려 조만간 어느 날 아침 **카페 프랑세**가 문 닫고 덧문에 꼴 좋은 게시문이 붙어 있는 걸 보게 될걸요!…… 내 당구대를 바꾸라니." 그녀는 혼잣말을 하듯이 계속했다. "빨래 널기에도 너무 좋고, 사냥철에는 그 위에다 손님을 여섯 명까지 재우기도 했는걸!…… 그런데 느림보 이베르는 아직도 안 오네!"

"손님들 저녁 식사 때문에 그 사람을 기다리나요?" 약사가 물었다.

"기다린다고요? 그러면 비네 씨는요! 여섯 시 땡 치면 들어올 테니, 두고 보세요. 그 사람만큼 정확한 사람은 이 세상에 없거든요. 작은 방에 항상 그 사람의 자리가 있어야 해요! 그 사람은 죽어도 다른 자리에서는 식사를 안 해요! 그리고 얼마나 까다롭게 구는지! 사과주에 대해서도 얼마나 요구가 많은지 몰라요! 레옹 씨랑 달라요. 레옹 씨는 이따금 일곱 시에, 심지어 일곱 시 반에 오기도 하지요. 그는 자기가 뭘 먹든 신경 쓰지 않아요. 참 좋은 청년이죠! 절대 큰 소리 내는 일도 없고."

"교육받은 사람과 기병 출신인 세무 관리 사이에는 당연히 많은 차이가 있지요."

여섯 시가 울렸다. 비네가 들어왔다.

그는 비쩍 마른 몸 주위에 저절로 일직선으로 내려오는 푸른 프록코트를 입고 양쪽 덮개를 머리 꼭대기에서 끈으로 묶은 가죽 챙모자를 쓰고 있었는데, 치켜올린 챙 밑으로 모자를 쓰는 습관 때문에 움푹 팬 대머리 앞이마가 보였다. 검은 나사 조끼에 모피 칼라와 회색 바지를 입고, 사시사철 신고 다니는 잘 닦은 장화는 튀어나온 엄지발가락 때문에 양쪽이 똑같이 볼록했다. 턱의 윤곽을 따라 돌면서 윤기 없는 기다란 얼굴을 화단의 가장자리처럼 에워싸고 있는 금빛 수염은 털 한 가닥 비어져 나오지 않도록 단정하게 다듬어져 있고, 작은 눈에 매부리코였다. 그는 모든 종류의 카드놀이를 잘했고, 훌륭한 사냥꾼이었으며,

글씨도 잘 썼다. 그리고 집에 녹로를 가지고 있어 예술가적인 시샘과 소시민적인 이기심에서 그것을 돌려 냅킨 고리 만드는 걸 즐겨, 그 냅킨 고리가 집 안에 가득했다.

그는 작은 방으로 향했다. 그러나 우선 거기 있던 세 명의 제분업자를 내보내야 했다. 식탁을 차리는 내내 비네는 난로 옆 자기 자리에 말없이 앉아 있었다. 이어서 그가 문을 닫고 늘 그러듯 모자를 벗었다.

"인사 좀 한다고 혀가 닳지는 않을 텐데!" 여주인과 둘만 남게 되자, 약사가 말했다.

"저 사람은 절대로 말을 많이 하지 않아요. 지난주에는 직물 행상 두 명이 왔는데, 재치 넘치는 사람들이라서 저녁에 재미있는 얘기를 어찌나 잘하던지 나는 웃느라 눈물이 다 났어요. 그런데 저 사람은 마치 청어처럼 말 한마디 하지 않고 가만히 있더라고요." 그녀가 대답했다.

"그래요, 상상력도 없고, 재치도 없고, 사교성이라곤 전혀 없죠!" 약사가 말했다.

"그래도 능력은 있다던데요." 여주인이 이의를 제기했다.

"능력요?" 오메 씨가 대꾸했다. "저 사람이! 능력? 카드놀이 할 때는 그럴지도 모르지." 그가 좀 더 침착한 어조로 덧붙였다.

그러고는 다시 말했다.

"아! 거래처가 아주 많은 상인이나 법률가, 의사, 약사와 같은 사람들이 너무 몰두하다 보니 괴팍해지고 무뚝뚝해지는 것은 이해할 수 있어요. 이야기 속에도 그런 경우가 나오잖아요! 하지만 적어도 그들은 뭔가를 생각하고 있기 때문이에요. 예를 들어 나도 라벨을 쓰려고 책상 위에서 펜을 찾다가 나중에 귀에 꽂고 있는 걸 발견한 적이 얼마나 여러 번인지 모른답니다!"

그러는 동안 르프랑수아 부인은 문턱으로 가서 **제비**가 도착하지 않는지 바라보았다. 그녀는 몸을 떨었다. 검은 옷을 입은 한 남자가 불쑥 부엌으로 들어왔다. 희미한 석양빛에 그의 붉은 얼굴과 건장한 체격을 알아볼 수 있었다.

"뭐 도와드릴까요, 신부님? 뭐 좀 드시겠어요? 카시스주 한 모금, 아니면 포도주 한 잔 드시겠어요?" 여관의 여주인이 벽난로 위에서 양초와 함께 줄 맞춰 정돈해 놓은 구리 촛대 하나를 잡으면서 물었다.

성직자는 매우 정중하게 거절했다. 그는 지난번에 에른몽 수도원에 두고 온 우산을 찾으러 온 것이었다. 그것을 저녁에 사제관으로 보내 달라고 르프랑수아 부인에게 부탁한 뒤, 그는 **저녁 기도 종소리**가 울리는 성당으로 가려고 밖으로 나갔다.

약사는 광장에서 신부의 구두 소리가 더 이상 들리지 않자, 조금 전 신부의 행동이 몹시 무례했다고 말했다. 그는 시원한 음료를 거절하는 것이 가장 가증스러운 위선인 것 같다고 했다. 신부들이란 모두 사람들이 안 보는 데서는 흥청망청 먹고 마시면서 십일조를 지키는 시절로 되돌아가려고 한다는 것이었다.

여주인은 신부를 변호했다.

"하지만 신부님은 당신 같은 사람 네 명쯤은 무릎 위에 올려놓고 꺾을 수 있을걸요. 작년에 우리 일꾼들이 밀짚을 들여올 때 신부님이 도와주셨는데, 한 번에 여섯 단이나 나르셨어요. 그만큼 힘이 세다고요!"

"브라보! 그럼 그런 체질의 건장한 남자들한테 딸들을 고해하러 보내세요! 내가 만약 통치자라면 한 달에 한 번 신부들의 피를 뽑게 하겠어요. 그래요, 르프랑수아 부인, 치안과 풍속을 위해 매달 정맥 절개를 하는 거예요." 약사가 말했다.

"입 다물어요, 오메 씨! 불경한 사람 같으니! 당신은 종교가 없는 사람이군요!"

약사가 대답했다.

"내게도 종교가 있습니다, 내 나름의 종교 말이에요. 심지어 허식과 속임수로 무장한 그 누구보다 내가 더 종교적이라고요! 오히려 나는 신을 숭배합니다! 나는 지고의 존재, 창조주, 그게 뭐가 되었든 상관없지만, 아무튼 우리를 여기 이곳에 살게 하여 시민과 가장으로서의 의무를 다하게 하는 창조주를 믿습니다. 하지만 성당에 가서 은접시에 입을 맞추고 우리보다 더 잘 먹고 사는 많은 위선자를 내 주머닛돈으로 부유하게 해 줄 필요는 없지요! 숲속에서도, 밭에서도, 심지어 옛날 사람들처럼 창공을 바라보면서도 신을 숭배할 수는 있으니까요. 나의 신은 소크라테스, 프랭클린, 볼테르, 베랑제가 경배하는 신입니다! 나는 **사부아 보좌 신부의 신앙 고백**˚과 89년의 불멸의 원칙을 지지합니다! 그래서 나는 손에 지팡이를 들고 화단을 산책하거나, 친구들을 고래 배 속에서 머물게 하거나, 비명을 지르며 죽었다가 사흘 후에 다시 살아나거나 하는 하느님의 사람은 인정하지 않습니다. 그 자체가 불합리한 데다가 물리학의 모든 법칙에 완전히 어긋나거든요. 덧붙여 말하자면, 그건 신부들이 늘 뻔뻔스러운 무지 속에 빠져 있었고 그 무지 속에 민중도 파묻으려고 한다는 것을 입증해 주는 거예요."

그는 입을 다물고 주위에 청중이 있는지 눈으로 살폈다. 흥분한 나머지 약사는 자기가 시의회에서 한창 연설 중인 듯 잠시 착각했기 때문이다. 그러나 여관 여주인은 이미 듣고 있지 않았다. 그녀는 멀리서 들리는 바퀴 소리에 귀를 기울이고 있었다. 느슨해진 편자가 땅을 치는 소리에 뒤섞인 마차 소리가 분명히 들리더니, 마침내 **제비**가 문 앞에서 멈췄다.

그것은 커다란 바퀴 두 개가 노란 상자를 받치고 있는 모양의 마차였는데, 바퀴가 덮개 높이까지 올라와서 승객들은 길을 내다보지도 못한 채 어깨만 더럽혔다. 마차 문이 닫혀 있을 때는 좁은 여닫이창의 작은 유리가 창틀 속에서 흔들렸고, 소나기가 쏟아져도 완전히 닦이지 않을 만큼 케케묵은 먼지 속에 여기저기 진흙 얼룩이 있었다. 게다가 가운데 말을 앞장세우고 뒤에서 두 마리 말을 나란히 세워 세 마리 말이 끄는 이 마차는 언덕을 내려갈 땐 덜컹거리면서 바닥이 땅에 닿았다.

용빌 주민 몇 명이 광장에 도착했다. 그들이 모두 동시에 말하며 소식을 묻고 설명을 요구하고 광주리를 달라고 하는 바람에, 이베르는 누구한테 대답해야 할지 알 수가 없었다. 마을 사람들의 시내 심부름을 해 주는 사람이 바로 그였다. 그는 여러 상점에 들러 구두 상인에게는 두루마리 가죽을, 제철공에게는 고철을, 자기 여주인에게는 청어 한 상자를 가져다주었고, 모자 가게의 모자와 이발소의 머리채도 가져왔다. 그리고 그는 마을에 돌아오면 도로를 따라가면서 짐꾸러미를 배달했다. 말들이 저 혼자 길을 가는 동안, 그는 자리에 선 채로 목청껏 소리를 지르며 마당의 담장 너머로 짐꾸러미를 던지곤 했다.

뜻하지 않은 사건이 생겨 오늘은 늦어졌다. 보바리 부인의 강아지가 들판으로 도망친 것이었다. 사람들은 15분 넘게 휘파람을 불며 강아지를 찾아다녔다. 이베르도 얼핏 개를 본 것 같은 생각이 자꾸 들어서 왔던 길을 2킬로미터나 되돌아갔다. 그러나 가던 길을 계속 가야 했다. 에마는 울기도 하고 화를 내기도 하면서, 이 불행에 대해 샤를을 원망했다. 마차 안에 함께 타고 있던 옷감 상인 뢰뢰 씨는 잃어버린 개가 오랜 세월이 지난 뒤 주인을 알아보는 예를 잔뜩 들면서 그녀를 위로하려고 애썼다. 그는 콘스탄티노플에서 파리까지 돌아온 개도 있다는 얘기를 들었다고 했다. 또 어떤 개는 직선거리로 2백 킬로미터를 달리고 강을 네 개나 헤엄쳐 건넜다고 했다. 그리고 자신의 아버지가 기르던 복슬개는 12년 동안 행방불명되었다가 어느 날 저녁 시내로 저녁 식사를 하러 갔을 때 갑자기 길에서 아버지의 등으로 뛰어올랐다는 말도 했다.

II

에마가 제일 먼저 내리고, 그다음에 펠리시테, 뢰뢰 씨, 유모가 내렸다. 날이 어두워지자마자 한쪽 구석에서 완전히 잠들어버린 샤를은 깨워야 했다.

오메가 자기소개를 했다. 그는 부인에게 경의를 표하고 남편에게 인사한 다음, 뭔가 도움을 드릴 수 있어서 기쁘다고 말했다. 그리고 아내가 집에 없어서 초대도 받지 않고 왔다고 다정한 태도로 덧붙였다.

보바리 부인은 부엌에 들어서자 벽난로로 다가갔다. 그녀는 두 손가락 끝으로 무릎 높이에서 옷자락을 잡아 발목까지 치켜든 다음, 빙글빙글 돌아가고 있는 양고기 넓적다리 위로 까만 반장화를 신은 발을 불꽃 쪽으로 내밀었다. 불은 그녀가 입은 옷의 올과 하얀 피부의 고른 털구멍과 심지어 이따금 깜빡거리는 눈꺼풀까지 강렬한 빛으로 파고들면서 그녀의 전신을 환하게 비추었다. 반쯤 열린 문으로 들어오는 바람결에 따라 크고 붉은 색깔이 그녀 위로 스치고 지나갔다.

벽난로 반대편에서 금발의 한 청년이 말없이 그녀를 바라보고 있었다.

기요맹 씨의 사무실에서 서기로 일하는 레옹 뒤퓌 씨(그가 바로 **황금 사자**의 두 번째 단골이었다)는 용빌 생활이 너무 따분했기 때문에 저녁나절 같이 이야기할 수 있는 여행자가 여관에 오지 않을까 하는 기대에 식사 시간을 종종 뒤로 미루곤 했다. 일과가 끝나고 나면 그는 무엇을 해야 할지 몰라 정확한 시간에 도착해 수프를 먹을 때부터 치즈를 먹을 때까지 비네와 마주 앉아 있어야 했다. 그래서 그는 새로 오는 손님들과 함께 저녁 식사를 하지 않겠느냐는 여주인의 제안을 기쁜 마음으로 받아들였다. 사람들은 르프랑수아 부인이 네 사람분의 식기를 화려하게 차려 놓은 큰 방으로 들어갔다.

오메는 코감기에 걸릴까 봐 그리스 모자를 그대로 쓰고 있겠다고 양해를 구했다.

그리고 그는 옆의 여자를 돌아보며 말했다.

"부인께선 아마 좀 피곤하시겠죠? 저 **제비**가 무지막지하게 흔들리니까요!"

"정말 그래요. 하지만 어디로든 움직인다는 건 언제나 재미있는 일이에요. 저는 장소 바꾸는 걸 좋아해요." 에마가 대답했다.

"같은 장소에 못 박혀 사는 건 정말 따분한 일이지요!" 서기가 한숨을 내쉬었다.

"나처럼 늘 말을 타고 다녀야 한다면……." 샤를이 말했다.

"하지만 그보다 더 기분 좋은 일은 없을 것 같아요." 레옹이 보바리 부인을 향해 말하면서 덧붙였다. "그렇게 할 수만 있다면요."

"게다가 우리 고장에서는 의료 행위에 종사하는 것이 그리 힘들지 않습니다. 도로 상태가 좋아 이륜마차를 타고 다닐 수 있고 대체로 농부들 살림이 넉넉해 치료비도 잘 내거든요. 의학적인 관점에서 말씀드리자면, 장염, 기관지염, 간 질환 등의 일상적인 질병 외에 가끔 수확기에 간헐적으로 나타나는 열병이 있습니다만, 뭐 그리 심각한 것은 아니고 특별히 주의할 것은 전혀 없습니다. 연주창이 심한 경우가 아니라면 말이에요. 그건 틀림없이 우리 고장 농가들의 한심스러운 위생 상태에서 비롯되는 것이겠지요. 아! 보바리 선생도 많은 편견과 싸워야 할 겁니다. 선생의 모든 학문적 노력이 날마다 완고한 인습과 부딪칠 거예요. 당연히 의사나 약사를 찾아가야 하는데 아직도 9일 기도나 성유물이나 신부에게 의지하고 있으니까요. 그렇지만 사실 기후는 나쁘지 않습니다. 심지어 우리 고장에는 아흔 살이 넘은 노인도 몇 사람 있어요. 온도계가(제가 관측해 봤는데요) 겨울에는 섭씨 4도까지 내려가고, 한창 더울 때는 25도, 기껏해야 30도를 넘지 않아요. 그러니까 최고 온도가 열씨* 24도, 달리 말해 (영국식 단위로는) 화씨 54도, 그 이상은 안 올라가지요! 사실 우리 고장은 한편으로는 아르게유 숲이 북풍을 막아 주고 다른 한편으로는 생장 언덕이 서풍을 막아 주고 있습니다. 그러나 이 열기는 강에서 배출되는 수증기와 들판의 수많은 가축 때문인데, 아시다시피 가축들이 다량의 암모니아를 발산하잖아요. 즉 질소, 수소, 산소 말입니다(아니, 질소와 수소뿐이군요). 이 열기가 지면의 부식토에서 기화 물질을 빨아들이고 여러 가지 온갖 발산물과 혼합해, 말하자면 그것들을 하나의 다발로 모으는데, 이때 대기 중에 전기가 퍼져 있으면 그 전기와 저절로 결합해 결국에는 열대지방에서처럼 유독 가스를 발생시킬 수 있습니다. 그런데 이 열기는 그것이 밀려오는 쪽, 아니 밀려온다고 여겨지는 쪽, 즉 남쪽에서 남동풍에 의해 때마침 약해지고, 센강을 지나면서 저절로 식는 바람에 때로는 돌연 러시아 미풍처럼 우리에게 이르게 되지요!" 약사가 말했다.

"적어도 근처에 산책할 곳은 있겠죠?" 보바리 부인이 청년에게 계속 말했다.

"오! 거의 없어요. 언덕 꼭대기 숲 언저리에 방목장이라고 불리는 곳이 한 군데 있습니다. 저는 일요일이면 가끔 책을 가지고 그곳에 가서 지는 해를 바라보지요." 그가 대답했다.

"저는 지는 해처럼 멋진 것은 없다고 생각해요. 특히 바닷가에서요." 그녀가 대꾸했다.

"오! 저는 바다를 너무 좋아합니다." 레옹 씨가 말했다.

"그리고 바라보다 보면 영혼이 고양되고 무한이나 이상 같은 것을 생각하게 되는 그 끝없이 넓은 공간에서는 정신이 더 자유롭게 유랑할 것 같지 않나요?" 보바리 부인이 응수했다.

"산의 경치도 마찬가집니다. 작년에 스위스 여행을 한 사촌이 한 명 있는데, 그의 말로는 호수의 시적인 정취, 폭포의 매력,

빙하의 장엄한 인상은 상상도 할 수 없답니다. 급류를 가로질러 뻗어 있는 믿을 수 없을 만큼 큰 소나무들과 절벽 위에 매달린 오두막집을 볼 수 있고, 구름이 살짝 걷힐 때는 계곡 전체가 천 길 발밑에 보인다는군요. 그런 광경을 보면 분명 열광하게 되어 기도하고 싶어지고 황홀경에 빠지겠지요! 그래서 저는 자신의 상상력을 더 잘 자극시키려고 웅장한 경치 앞에 가서 피아노를 연주하곤 했다는 그 유명한 음악가의 얘기가 놀랍지 않습니다." 레옹이 다시 말했다.

"음악을 연주하세요?" 그녀가 물었다.

"아뇨, 하지만 아주 좋아합니다." 그가 대답했다.

"아! 그 말을 곧이듣지 마세요, 보바리 부인." 오메가 접시 위로 몸을 굽히며 말을 가로막았다. "그건 순전히 겸손의 말입니다. 뭐야, 이 사람! 아니! 저번 날 방에서 **수호천사**를 훌륭하게 불렀잖아요. 조제실에서 들었거든요. 배우처럼 잘하던데."

사실 레옹은 약사의 집에 세 들어 살고 있었다. 광장에 면해 있는 3층의 작은 방이었다. 그는 집주인의 칭찬에 얼굴이 빨개졌는데, 집주인은 벌써 의사를 향해 몸을 돌리고 용빌의 주요 인물을 하나씩 열거하고 있었다. 그는 여러 가지 일화를 이야기해 주고 정보도 알려 주었다. 공증인의 재산은 정확히 알 수 없다거나 잘난 체를 많이 하는 **튀바슈네가 있다**는 내용이었다.

에마가 다시 말했다.

"어떤 음악을 좋아하세요?"

"아! 독일 음악입니다. 꿈꾸게 해 주는 음악이죠."

"이탈리아 극단은 보셨어요?"

"아직 못 봤습니다. 하지만 내년에는 보게 되겠죠. 법학 공부를 끝내기 위해 파리에 갈 생각이거든요."

"도망간 저 불쌍한 야노다에 대해 남편분께도 말씀드렸습니다만, 그가 터무니없이 과다한 지출을 한 덕분에 부인께서는 용빌에서 제일 안락한 집 중 하나에서 사는 생활을 향유하게 되었습니다. 의사에게 특히 편리한 점은 **오솔길**로 난 문이 있어서 사람들 눈에 띄지 않고 출입할 수 있다는 것입니다. 게다가 이 집은 집안일에 편리한 것이 모두 갖춰져 있지요. 세탁실, 조리대가 있는 부엌, 가족 거실, 과일 저장실 등. 그런 것에 돈을 아끼지 않는 친구였죠! 정원 끝의 물가에는 여름에 맥주를 마시려고 일부러 덩굴시렁도 만들어 놓았답니다. 만약 부인께서 원예를 좋아하신다면……." 약사가 말했다.

"아내는 그런 것에 관심 없어요. 운동을 아무리 권해도 항상 방 안에서 책 읽는 걸 더 좋아하죠." 샤를이 말했다.

"저하고 같군요. 사실 바람이 유리창을 두드리고 램프가 불타는 저녁에 책을 가지고 난롯가에 있는 것보다 더 좋은 게 있을까요?" 레옹이 대꾸했다.

"그렇지요?" 그녀가 검은 눈을 크게 뜨고 그를 바라보면서 말했다.

"아무것도 생각하지 않고 시간이 흘러가죠. 눈앞에 보이는 듯한 여러 나라를 움직이지 않은 채 돌아다니고, 생각은 허구의 이야기와 결합되어 상세한 묘사 속에서 즐기기도 하고 사건의 윤곽을 뒤쫓기도 하지요. 등장인물과 하나가 되어 마치 자기 자신이 그들의 의상을 입고 가슴이 두근거리는 것 같아요." 그가 계속했다.

"맞아요! 맞아요!" 그녀가 말했다.

"예전에 가졌던 막연한 생각, 멀리서 되살아나는 어떤 모호한 이미지, 그리고 자신의 가장 섬세한 감정에 대한 완벽한 설명 같은 것을 책 속에서 이따금 만나 본 적 없으세요?" 레옹이 다시 말했다.

"그런 적 있어요." 그녀가 대답했다.

"그래서 저는 특히 시인을 좋아합니다. 시가 산문보다 더 감동적이고 눈물을 더 잘 자아낸다고 생각해요." 그가 말했다.

"그렇지만 결국은 진력이 나게 돼요. 그래서 저는 요즘 오히려 단숨에 이어지면서 두려움을 느끼게 하는 이야기를 좋아해요. 현실에서 볼 수 있는 평범한 주인공이나 미적지근한 감정은 싫어요." 에마가 말을 이었다.

"사실 그런 작품들은 감동을 주지도 못하고 예술의 진정한 목적에서 벗어난다고 생각합니다. 인생의 환멸 속에서 상상으로라도 고귀한 성격, 순수한 애정, 행복의 장면으로 옮겨 갈 수 있다는 것은 정말 기분 좋은 일이지요. 세상에서 멀리 떨어져 여기 살고 있는 저 같은 사람에게 그건 유일한 기분 전환이랍니다. 용빌에서는 즐길 수단이 거의 없거든요!" 서기가 지적했다.

"아마 토스트와 비슷한가 보군요. 그래서 저는 늘 도서 대여점에 회원 가입을 했었어요." 에마가 응수했다.

"만약 부인께서 제게 그럴 수 있는 영광을 베풀어 주신다면, 최고 저자들의 책을 모아 놓은 제 서재를 자유롭게 사용하시도록 해 드리겠습니다. 볼테르, 루소, 들릴, 월터 스콧, 『연재물의 메아리』 등이 있고, 그 외에도 여러 가지 정기 간행물을 받아 보고 있습니다. 그중 「루앙의 등대」는 뷔시, 포르주, 뇌샤텔, 용빌, 그리고 인근 지역의 통신원이라는 이점이 있어서 날마다 받고 있지요." 마지막 말을 들은 약사가 말했다.

사람들은 두 시간 반 전부터 식탁에 앉아 있었다. 하녀 아르테미즈는 헝겊 실내화를 타일 바닥 위에서 무기력하게 끌면서 접시들을 하나씩 가져왔고, 모든 것을 잊어버리고 아무것도 알아듣지 못했으며, 끊임없이 당구실 문을 반쯤 열어 두어 문고리 끝이 벽에 부딪히곤 했다.

레옹은 이야기를 하면서 자기도 모르게 한 발을 보바리 부인이 앉아 있는 의자 받침대에 올려놓고 있었다. 그녀는 푸른색 작은 비단 넥타이를 매고 있었는데, 그 때문에 둥근 가두리 장식을 한 흰 삼베 옷깃이 마치 주름 장식깃처럼 곧게 세워져 있었다. 그래서 그녀의 머리가 움직이는 것에 따라 얼굴 밑부분이 옷깃 안에 묻히기도 하고 살짝 나오기도 했다. 샤를과 약사가 담소를 나누는 동안, 두 사람은 이런 식으로 가까이 붙어 앉아 막연한 대화 속으로 빠져들었다. 그 대화에서는 우연한 말들이 언제나 서로 공감한다는 불변의 중심으로 귀착되곤 했다. 파리의 공연, 소설의 제목, 새로운 카드리유 춤, 그들이 알지 못하는 사교계, 그녀가 살았던 토스트, 지금 그들이 있는 용빌 등, 그들은 식사가 끝날 때까지 모든 것을 검토했고 모든 것에 대해 말했다.

커피가 나오자, 펠리시테는 새집 침실의 잠자리를 준비하러 갔고 손님들도 곧 자리를 떴다. 르프랑수아 부인은 재만 남은 난롯가에서 졸고 있었고, 마구간지기는 보바리 부부를 그들 집으로 안내하기 위해 손에 등불을 들고 기다리고 있었다. 빨간 머리카락에 지푸라기가 묻어 있는 그는 왼쪽 다리를 절었다. 그가 다른 손으로 신부의 우산을 집어 들자 모두 걷기 시작했다.

마을은 잠들어 있었다. 중앙 시장의 기둥들이 커다란 그림자를 길게 드리우고 있었다. 땅은 여름밤처럼 온통 잿빛이었다.

그런데 의사의 집은 여관에서 50보쯤 떨어진 곳에 있었기 때문에 곧 작별 인사를 해야 했고, 일행은 흩어졌다.

에마는 현관에 들어서자마자 석고의 냉기가 축축한 빨래처럼 어깨를 짓누르는 것을 느꼈다. 벽은 새것이었는데 나무 층계가 삐걱거렸다. 2층 침실에는 커튼 없는 창문을 통해 희뿌연 빛이 들어왔다. 나무들의 꼭대기가 어렴풋이 보였고, 더 멀리에는 강의 흐름을 따라 달빛 아래 피어오르는 안개 속에 반쯤 잠긴 목초지가 보였다. 방 한가운데에는 옷장 서랍, 병, 커튼 걸이, 금칠한 막대기, 의자 위의 매트리스, 마룻바닥의 대야가 뒤죽박죽으로 놓여 있었다. 가구를 날라 온 두 남자가 아무렇게나 거기에 두고 간 것이었다.

그녀가 미지의 장소에서 잠을 자는 것은 이번이 네 번째였다. 첫 번째는 수도원에 들어가던 날이었고, 두 번째는 토스트에 도착했던 날, 세 번째는 보비에사르, 네 번째가 바로 오늘이었다.

그것은 매번 그녀의 삶에서 새로운 국면의 시작과도 같았다. 그녀는 장소가 다른데 똑같은 일이 다시 일어날 수는 없다고 생각했다. 지금까지 살아온 부분이 나빴으니 아마도 앞으로 살아갈 부분은 더 나으리라.

III

다음 날 잠에서 깬 그녀는 광장에 있는 서기를 보았다. 그녀는 실내복 차림이었다. 그가 고개를 들어 그녀에게 인사를 했다. 그녀는 급히 머리를 끄덕여 인사하고 창문을 닫았다.

레옹은 저녁 여섯 시가 되기를 온종일 기다렸다. 그러나 여관에 들어서자, 식탁에 앉아 있는 비네 씨밖에 볼 수 없었다.

전날 밤의 식사는 레옹에게 대단한 사건이었다. 그때까지 그는 두 시간 동안 계속해서 **숙녀**와 이야기를 해 본 적이 없었다. 예전 같으면 그토록 잘 말하지 못했을 그 많은 이야기를 어떻게 그런 멋진 말로 그녀에게 표현할 수 있었을까? 평소에 그는 소심했고, 수줍어하는 동시에 뭔가 숨기는 듯한 조심스러운 태도를 지니고 있었다. 용빌 사람들은 그의 품행이 **훌륭하다**고 생각하고 있었다. 그는 사려 깊은 사람들의 말을 귀담아들었고, 젊은 사람으로서는 놀랍게도 정치에 열을 올리지 않는 것 같았다.

그리고 여러 가지 재능이 있어 수채화도 그렸고 악보도 읽을 줄 알았으며, 저녁 식사 후에 카드놀이를 하지 않을 때면 즐겨 문학에 몰두했다. 오메 씨는 그가 교육받은 사람이라서 그를 존중했고, 오메 부인은 그의 호의 때문에 그를 좋아했다. 언제나 더러운 몰골에 몹시 버릇없고 제 엄마처럼 약간 둔감한 오메네 아이들을 그가 종종 정원에서 데리고 놀아 주었기 때문이다. 그들 부부는 아이들을 돌보도록 하녀 이외에 쥐스탱이라는 약국 조수를 두고 있었는데, 자비를 베푸는 마음으로 집 안에 들인 오메 씨의 먼 친척인 쥐스탱은 하인 노릇도 동시에 하고 있었다.

약사는 제일 좋은 이웃과 같은 태도를 보였다. 그는 보바리 부인에게 생필품 상인들에 대한 정보를 알려 주었고, 자신이 거래하는 사과주 장수를 일부러 오게 하여 직접 술맛을 보고 지하실에 술통이 잘 놓이도록 신경을 써 주었다. 또한 많은 양의 버터를 싸게 구입하려면 어떻게 해야 하는지도 알려 주었고, 성당 관리인 레스티부두아와의 계약도 체결해 주었다. 레스티부두아는 성당과 묘지에 관한 일 외에도 용빌 주요 집들의 정원을 시간 계약 혹은 1년 계약으로 사람들의 취향에 맞게 가꾸어 주고 있었다.

남을 돌봐 주고 싶은 마음만으로 약사가 그토록 아첨에 가까운 친절을 베푸는 것은 아니었다. 거기에는 한 가지 속셈이 있었다.

그는 면허가 없는 모든 개인에게 의료 행위를 금지하는 혁명력 11년 풍월' 19일의 법률 제1조를 위반한 일이 있었다. 그래서 익명의 밀고에 의해 루앙으로, 특별실의 검사장 앞으로 소환당했었다. 어깨에 흰 담비 가죽의 띠를 두르고 머리에는 법관모를 쓴 법복 차림의 법관은 선 채로 그를 맞았다. 법정이 열리기 전 아침 시간이었다. 복도에서는 지나가는 헌병들의 견고한 장화 소리가 들렸고, 멀리서 커다란 자물쇠가 채워지는 것 같은 소리도 들렸다. 금방이라도 졸도할 것처럼 약사의 귀가 윙윙거렸다. 지하 감옥, 눈물 흘리는 가족, 매각되는 약국, 흩어져 있는 약병들이 눈앞에 보였다. 그는 정신을 차리기 위해 카페로 들어가서 탄산수와 함께 럼주 한 잔을 마셔야만 했다.

이 경고의 기억이 차츰 희미해지자, 그는 예전처럼 가게 뒷방에서 하찮은 진찰을 계속하고 있었다. 그러나 면장이 그에게 앙심을 품고 동료 약사들이 그를 시기하고 있어 모든 것이 겁나지 않을 수 없었다. 그러니 보바리 씨에게 친절을 베풀어 자신에게 호감을 갖게 만듦으로써, 그가 감사하는 마음을 갖게 되어 나중에 뭔가 눈치채더라도 아무 말 하지 못하게 하려는 것이었다. 그래서 오메는 매일 아침 **신문**을 그에게 가져다주었고, 오후에는 종종 약국을 잠시 비우고 의사에게 가서 이야기를 나누기도 했다.

샤를은 환자가 없어서 우울했다. 그는 오랜 시간 말없이 앉아 있기도 했고, 진찰실에 들어가 잠을 자거나 아내가 바느질하는 것을 바라보기도 했다. 기분 전환을 위해 그는 집에서 일꾼처럼 일했다. 심지어 페인트공들이 두고 간 남은 페인트로 다락방을 칠하기도 했다. 그러나 돈 문제가 걱정이었다. 토스트의 집수리, 아내의 몸치장, 이사에 너무 많은 돈을 쓰는 바람에 3천 에퀴가 넘는 지참금이 2년 만에 다 없어진 것이다. 게다가 토스트에서 용빌로 옮겨 오는 동안 어찌나 많은 물건이 망가지거나 없어졌는지! 짐수레가 너무 심하게 흔들린 탓에 켕캉푸아 보도 위에 떨어져 산산조각 난 신부의 석고상은 차치하고라도!

한 가지 기분 좋은 걱정거리, 즉 아내의 임신이 그의 기분을 달래 주었다. 산달이 다가옴에 따라 그는 아내를 더욱 소중히 여겼다. 그것은 또 하나의 육체적 관계가 확립되는 것이었고, 보다 복합적으로 결합된 감정이 지속되는 것과 같았다. 아내의 둔한 행동과 코르셋을 하지 않은 허리 위에서 그녀의 상체가 나른하게 돌아가는 것을 멀리서 볼 때, 얼굴을 마주한 채 마음 편히 그녀를 바라볼 때, 그리고 안락의자에 앉아 있는 그녀가 피곤한 자세를 취할 때면 그는 행복함을 억누를 수가 없었다. 그는 일어나서 그녀에게 키스를 했고, 두 손으로 얼굴을 어루만지며 귀여운 엄마라고 불렀고, 춤을 추게 하려고도 했고, 반은 웃고 반은 울면서 머릿속에 떠오르는 온갖 다정한 농담을 건넸다. 아기가 태어난다는 생각을 하면 그는 너무 기뻤다. 이제 그에게 부족한 것은 아무것도 없었다. 그는 인간의 삶을 속속들이 다 알고서 인생이라는 테이블에 평온하게 팔꿈치를 괴고 앉아 있는 것 같았다.

에마는 처음에는 몹시 놀랐다가 엄마가 된다는 것이 어떤 것인지 궁금해서 빨리 아기를 낳고 싶었다. 그러나 원하는 만큼 소비할 수 없어서 장밋빛 비단 커튼이 달린 쪽배 모양의 요람과 수놓은 아기 모자를 살 수 없게 되자 기분이 상해 출산 준비물을 포기하고 아무런 선택도 검토도 하지 않은 채 마을의 바느질하는 여자에게 한꺼번에 맡겨 버렸다. 그리하여 그녀는 모정을 샘솟게 하는 그런 준비 절차를 즐기지 못했고, 그로 인해 그녀의 애정은 시작부터 다소 약해지고 말았다.

그렇지만 샤를이 식사 때마다 아기 이야기를 하는 바람에 곧 그녀도 계속해서 그 생각을 하게 되었다.

그녀는 아들을 갖고 싶었다. 튼튼한 갈색 머리의 사내아이를 낳으면, 조르주라고 부르리라. 사내아이를 갖는다는 생각을 하니 과거 자신의 모든 무력감에 대해 앙갚음할 수 있을 것 같은 희망을 느꼈다. 남자는 적어도 자유롭다. 여러 열정과 여러 나라를 두루 섭렵할 수 있고, 장애를 뚫고 나가 가장 멀리 있는 행복도 맛볼 수 있다. 그러나 여자는 끊임없이 금지당한다. 무기력한 동시에 유순한 여자는 법률의 구속과 함께 육체적인 나약함이라는 불리한 점을 갖고 있다. 여자의 의지는 끈으로 묶여 있는 모자의 베일과 같아 사방에서 불어오는 바람에 펄럭이는데, 언제나 어떤 욕망에 이끌리지만 체면이 발목을 잡는다.

그녀는 어느 일요일 새벽 여섯 시쯤, 해가 뜰 무렵에 해산했다.

"딸이야!" 샤를이 말했다.

그녀는 고개를 돌리고 기절했다.

거의 곧바로 오메 부인이 **황금 사자**의 여주인 르프랑수아와 함께 달려와서 그녀에게 키스를 했다. 약사는 신중한 사람이라 반쯤 열린 문틈으로 임시로 간단히 축하 인사만 건넸다. 그는 아기를 살펴보더니, 아기의 신체가 건강하다고 했다.

산후조리를 하는 동안, 그녀는 딸의 이름을 짓느라 골몰했다. 우선 클라라, 루이자, 아망다, 아탈라와 같이 이탈리아식으로 끝나는 이름을 모두 검토했다. 그녀는 갈쉥드라는 이름이 꽤 마음에 들었고, 이죄나 레오카디는 훨씬 더 마음에 들었다. 샤를은 아기에게 엄마와 같은 이름을 붙여 주고 싶어 했으나, 에마는 반대했다. 그들은 달력을 처음부터 끝까지 훑어보고, 다른 사람들의 의견을 구하기도 했다.

"일전에 레옹 씨와 얘기를 나누었는데, 마들렌˙이라는 이름을 선택하지 않는 것에 놀라더군요. 요즘 그 이름이 한창 유행이거든요." 약사가 말했다.

그러나 보바리 노부인은 그런 죄 많은 이름에 대해 몹시 반대했다. 오메 씨는 위인, 유명한 사건, 또는 고귀한 관념을 상기시키는 이름들을 선호해 자기 아이 네 명의 이름도 그런 방식으로 지었다. 그리하여 나폴레옹은 영광을, 프랑클랭은 자유를 나타내는 것이었고, 이르마는 아마도 낭만주의에 대한 양보였을 테지만 아탈리˙는 프랑스 연극사상 불멸의 걸작에 바치는 경의였다. 그의 철학적 신념이 예술에 대한 감탄을 방해하지는 않았고, 그의 내면에 있는 사상가적 기질이 감수성을 억누른 것은 아니기 때문이다. 그는 상상력과 광신을 구별하고 그 차이를 밝힐 줄 알았다. 예를 들어 그는 이 비극에 대해 사상은 비난했지만 문체에는 감탄했다. 발상은 몹시 싫어했지만 모든 디테일에는 박수를 보냈고, 등장인물에 대해서는 격분하면서도 그들의 대사에는 열광했다. 그는 훌륭한 문장을 읽을 때는 감격했지만, 사이비 성직자들이 거기서 자기네 장사에 유리한 점을 끌어낼 것을 생각하면 몹시 애석했다. 그는 자신도 어찌할 수 없는 이 감정의 혼란 속에서 라신에게 두 손으로 직접 월계관을 씌워주고 싶기도 하고 동시에 그와 15분 이상 토론을 벌이고 싶기도 했다.

마침내 에마는 보비에사르 저택에서 후작 부인이 어떤 젊은 여자를 베르트라고 부르던 것이 생각나서, 곧 그 이름으로 정했다. 루오 노인이 올 수 없어 오메 씨에게 대부가 되어 달라고 부탁했다. 그는 자기 약국의 온갖 제품을 선물로 주었다. 즉 대추 여섯 상자, 아랍 분말이 가득 담긴 병, 마시멜로 세 상자, 그리고 벽장에서 찾아낸 막대 얼음사탕 여섯 개였다. 의식을 치르는 날 저녁에는 만찬이 있었다. 신부도 왔고, 사람들은 활기가 넘쳤다. 리쾨르주가 나올 때쯤 오메 씨가 「선량한 사람들의 하느님」을 노래했다. 레옹 씨는 뱃노래를, 대모인 보바리 노부인은 제정 시대의 연가를 불렀다. 마침내 부친 보바리 씨는 아이를 데리고 내려오게 하여 샴페인 한 잔을 아이의 머리 위에 부으면서 세례를 주기 시작했다. 첫 성사에 대한 이와 같은 조롱에 부르니지앵 신부는 분개했다. 보바리 부친이 **신들의 전쟁**을 예로 들며 응수하자, 신부는 가려고 했다. 부인들이 애원하고 오메가 끼어들어 신부를 다시 자리에 앉힐 수 있었다. 신부는 반쯤 마시고 남아 있던 커피 반 잔을 조용히 다시 마셨다.

부친 보바리 씨는 용빌에서 한 달을 더 머물렀다. 그는 아침이면 광장에서 담배를 피우면서 은색 장식 줄이 달린 멋진 경찰모를 써서 주민들을 현혹시켰다. 또한 브랜디를 많이 마시는 습관이 있어 종종 하녀를 **황금 사자**에 보내 술을 사 오게 하고는 아들 앞으로 달아 놓곤 했다. 그리고 머플러에서 향기가 나게 하려고 며느리의 화장수를 모조리 써 버렸다.

그러나 며느리는 그와 함께 있는 것을 싫어하지 않았다. 그는 세상을 두루 다녀 본 사람이었다. 그래서 베를린, 빈, 스트라스부르, 장교로 지내던 시절, 관계했던 정부들, 자신이 주최한 성대한 오찬에 대해 이야기해 주었다. 게다가 그는 친절한 태도를 보였고, 심지어 때때로 계단이나 정원에서 그녀의 허리를 안으면서 이렇게 외치기도 했다.

"샤를, 조심해!"

그러자 보바리 노부인은 아들의 행복을 위해 두려움을 느꼈고, 남편이 결국 젊은 며느리의 사고방식에 부도덕한 영향을 미칠까 봐 걱정되어 서둘러 떠날 것을 재촉했다. 어쩌면 더 심각한 불안도 느꼈을 것이다. 보바리 씨는 아무것도 존중하는 것이 없는 인간이었던 것이다.

어느 날, 에마는 목수의 아내를 유모로 삼아 그 집에 맡겨 놓은 딸이 갑자기 보고 싶어졌다. 그래서 산후 6주간의 근신이 지났는지 안 지났는지 달력을 들여다보지도 않은 채, 마을 끝 언덕 아래의 대로와 목초지 사이에 있는 롤레의 집으로 향했다.

정오였다. 집들은 덧문이 닫혀 있었고, 푸른 하늘의 따가운 햇빛 아래 반짝이는 슬레이트 지붕들은 박공 꼭대기에서 불꽃을 튀기는 것 같았다. 무거운 바람이 불었다. 에마는 걸어가면서 기운이 없어지는 것을 느꼈다. 보도의 자갈만 밟아도 아팠다. 그녀는 집으로 돌아갈까 아니면 어디 좀 들어가서 앉을까 망설였다.

그때 레옹 씨가 서류 묶음을 팔 밑에 끼고 옆집 문에서 나왔다. 그는 그녀에게 다가와 인사를 한 뒤, 뢰뢰의 가게 앞에 불쑥 튀어나와 있는 회색 천막 밑의 그늘로 들어섰다.

보바리 부인은 아이를 보러 가는 길인데 피로해지기 시작했다고 말했다.

"혹시……." 레옹이 말하면서 감히 다음 말을 잇지 못했다.

"어디 볼 일이 있으세요?" 그녀가 물었다.

그리고 서기가 대답하자 그녀는 같이 가 달라고 부탁했다. 그날 저녁으로 그 일은 용빌 전체에 알려졌고, 면장의 아내인 튀바슈 부인은 **보바리 부인이 평판이 나빠질 처신을 했다**고 하녀 앞에서 단언했다.

유모 집에 가려면, 도로를 지나 묘지로 가는 것처럼 왼쪽으로 꺾어진 뒤 작은 집들과 마당들 사이의 쥐똥나무가 가장자리에 심어진 작은 오솔길을 따라가야 했다. 쥐똥나무에는 꽃이 피어 있었고, 개불알풀, 들장미, 쐐기풀, 관목 덤불에서 튀어나온 가벼운 나무딸기도 꽃을 피우고 있었다. 산울타리의 구멍을 통해 **오두막집** 안에서 퇴비 더미 위에 있는 돼지나 끈에 매인 채 뿔을 나무 기둥에 비비대는 암소들이 보였다. 두 사람은 나란히 서서 천천히 걸어갔다. 그녀는 그에게 몸을 기대고 있었고, 그는 그녀와 보조를 맞추려고 발걸음을 늦추었다. 그들 앞에는 파리 떼가 더운 공기 속에서 붕붕거리며 날고 있었다.

그들은 그늘을 드리우고 있는 오래된 호두나무를 보고 유모 집을 알아보았다. 갈색 기와를 얹은 야트막한 집에는 줄로 엮은 양파가 다락방의 천창 밖 아래로 매달려 있었다. 가시나무 울타리에 기대어 세워 놓은 나뭇단들이 네모난 상추밭, 라벤더 화단, 지주 위로 올라가는 꽃 핀 완두콩 덩굴들을 둘러싸고 있었다. 더러운 물이 풀밭 위 여기저기로 흘렀다. 그 주변에는 분간하기 어려운 각종 누더기, 뜨개 양말, 빨간 옥양목 재킷이 있었고, 두꺼운 천의 커다란 시트가 산울타리 위로 길게 펼쳐져 있었다. 살문 여는 소리가 나자, 유모가 젖을 빨고 있는 어린애를 한 손으로 안고 나타났다. 다른 한 손으로는 얼굴에 부스럼이 잔뜩 난 초라한 몰골의 허약한 아이 하나를 붙들고 있었다. 루앙의 양품점 집 아들인데, 부모가 장사하느라 너무 바빠 시골에 맡겨 놓은 것이었다.

"들어오세요. 댁의 아기는 저기서 자고 있어요." 그녀가 말했다.

집에 하나밖에 없는 1층 침실에는 안쪽으로 커튼 없는 넓은 침대가 벽에 붙어 있고, 밀가루 반죽 통이 창가를 차지하고 있었다. 창문의 유리창은 태양 모양의 파란 종이로 깨진 부분이 땜질되어 있었다. 문 뒤 모서리에는 번쩍거리는 징을 박은 장화가 빨래판 밑에 나란히 놓여 있었고, 그 옆으로 기름이 가득 든 병이 하나 있었는데 병 주둥이에 깃털이 꽂혀 있었다. 『마티외 랑스베르그』* 한 권이 발화석(發火石), 양초 토막, 부싯깃 조각과 함께 먼지투성이 벽난로 위에서 나뒹굴고 있었다. 끝으로 이 방에서 제일 쓸모없는 물건은 트럼펫을 불고 있는 명성의 여신이었다. 아마도 향수 회사의 전단지에서 오려 낸 그림 같았는데, 나막신에 박은 못으로 벽에 걸려 있었다.

에마의 아기는 바닥에 놓인 버드나무 요람 안에서 자고 있었다. 그녀는 포대기째로 아기를 안고 몸을 좌우로 흔들면서 조용히 노래를 부르기 시작했다.

레옹은 방 안을 왔다 갔다 했다. 난징산 직물 옷을 입은 이 아름다운 부인이 이런 궁핍한 곳 한가운데 있는 모습이 그에게는 기이하게 보였다. 보바리 부인이 얼굴을 붉혔다. 레옹은 자기 눈이 아마도 뭔가 무례를 범했나 생각하며 고개를 돌렸다. 이어서 그녀는 자신의 옷깃에 젖을 토한 아기를 다시 눕혔다. 유모가 얼른 다가와 닦으면서 잘 보이지 않을 거라고 단언했다.

"저는 늘 겪는 일인걸요. 그래서 계속 아기 씻기는 일에만 매달려 있답니다! 그러니 제가 필요할 때 비누 좀 가져다 쓸 수 있도록 카뮈 잡화점에 말해 주시겠어요? 그러면 부인께도 더 편리할 거예요, 제가 귀찮게 해 드리지 않아도 되고요." 그녀가 말했다.

"좋아요, 좋아! 잘 있어요, 롤레 아줌마!" 에마가 말했다.

그리고 그녀는 문지방에 발을 닦으며 밖으로 나왔다.

유모는 마당 끝까지 따라 나오면서 밤중에 일어나야 하는 어려움에 대해 이야기했다.

"때때로 너무 지쳐 의자 위에서 잠들기도 한답니다. 그러니

최소한 가루 커피 5백 그램만이라도 주시면 좋겠어요. 그거면 한 달은 먹을 텐데, 아침에 우유를 타서 마실게요."

유모의 감사 인사를 받은 뒤 보바리 부인은 떠났다. 그런데 그녀가 오솔길로 조금 갔을 때, 나막신 소리가 들려서 뒤를 돌아보니 유모였다!

"무슨 일이에요?"

그러자 이 시골 여자는 그녀를 느릅나무 뒤 한쪽으로 끌고 가서 자기 남편에 대해 이야기하기 시작했다. 남편의 직업과 1년에 6프랑을 대장이…….

"빨리 용건을 말해요." 에마가 말했다.

"그래서요! 제가 혼자서 커피 마시는 것을 보면 남편이 서운해할까 봐 걱정이에요. 부인도 아시다시피 남자들이란…….." 유모는 말끝마다 한숨을 내쉬며 말했다.

"준다니까요, 주겠다고요! 정말 귀찮게 하는군요!" 에마가 되풀이했다.

"아아! 부인, 남편이 부상 후유증으로 가슴에 끔찍한 경련을 일으키거든요. 사과주 때문에 몸이 약해진다는 말까지 한답니다."

"빨리 말하라니까, 롤레 아줌마!"

"그러니까요," 유모는 상반신을 굽혀 절하면서 말을 이었다. "너무 지나친 부탁이 아니라면…….." 그녀는 다시 한번 머리를 숙였다. "언제라도 좋으니까," 그리고 간청하는 눈빛으로 마침내 말했다. "브랜디 한 병만요. 그걸로 아기 발을 닦아 줄게요. 혓바닥처럼 부드러운 발을요."

유모에게서 벗어난 에마는 다시 레옹의 팔을 잡았다. 그녀는 한동안 빠른 걸음으로 걷다가 걸음을 늦추었다. 앞을 보고 있던 그녀의 시선이 청년의 어깨에서 멈추었다. 그의 프록코트에 검은색 벨벳 깃이 달려 있었고, 그 위로 단정하게 빗은 밤색의 곧은 머리카락이 내려뜨려져 있었다. 그녀는 용빌에 사는 어느 누구보다 더 길게 다듬어진 그의 손톱을 눈여겨보았다. 손톱을 손질하는 것은 서기의 중요한 일과 중 하나였다. 그래서 그는 손톱 손질용 주머니칼을 따로 필통 속에 가지고 있었다.

그들은 강가를 따라 용빌로 돌아왔다. 더운 계절에는 더 넓어지는 둑길이 정원의 담장을 밑까지 드러나게 했고, 정원에는 강으로 내려가는 몇 단의 계단이 있었다. 보기에도 차갑고 빠른 강물이 소리 없이 흐르고 있었다. 가늘고 기다란 풀들이 강물의 흐름에 떠밀리는 대로 한꺼번에 휘어져 있었는데, 마치 버려진 초록색 머리카락이 투명한 물속에 펼쳐져 있는 것 같았다. 이따금 등심초 끝이나 수련 잎사귀 위에서 가느다란 다리가 달린 곤충 한 마리가 기어가기도 하고 가만히 머물러 있기도 했다. 부서지면서 잇달아 이어지는 물결의 작고 파란 물방울들을 햇살이 비추고, 가지를 쳐 낸 오래된 버드나무의 잿빛 껍질이 물속에 비쳐 보였다. 그 너머로는 온 사방의 목초지가 텅 비어 있는 듯했다. 농장의 식사 시간이었다. 걸어가는 두 남녀의 귀에는 오솔길의 지면을 밟는 자신들의 규칙적인 발소리, 서로 주고받는 말소리, 에마 주위에서 사각거리며 옷이 스치는 소리밖에 들리지 않았다.

깨진 병 조각이 갓돌처럼 박혀 있는 정원의 담벼락은 온실 유리처럼 뜨거웠다. 벽돌 사이에 무아재비가 돋아나 있었는데, 보바리 부인이 지나가면서 펼친 양산 끝으로 건드리자 시든 꽃들이 노란 가루가 되어 떨어졌다. 또 어떤 때는 밖으로 늘어진 인동덩굴과 참으아리의 가지가 양산 가장자리의 술 장식에 엉켜 잠시 비단 위에서 끌려가기도 했다.

그들은 곧 루앙 극장에서 공연하기로 되어 있는 스페인 무용단에 대해 이야기했다.

"보러 가실 건가요?" 그녀가 물었다.

"갈 수 있다면요." 그가 대답했다.

그 밖에 다른 할 말은 없을까? 그렇지만 그들의 눈은 더욱 진지한 이야기로 가득 차 있었다. 평범한 말을 찾으려고 애쓰는 동안에도 두 사람은 똑같은 번민이 밀려드는 것을 느꼈다. 그것은 계속되는 영혼의 깊은 속삭임과 같은 것으로, 음성의 속삭임을 압도했다. 이 새로운 감미로움에 놀란 그들은 그 감각에 대해 서로 이야기하거나 그 원인을 찾아볼 생각을 하지 못했다. 미래의 행복은 열대의 해안처럼 그 앞에 놓인 광대한 공간 위로 태생적인 부드러움, 즉 향기로운 미풍을 쏘아 보내므로, 사람들은 보이지 않는 수평선에 대해서는 신경도 쓰지 않은 채 그것에 도취되어 잠들게 마련이다.

어떤 곳은 짐승의 발자국 때문에 땅이 패어 있어, 진흙탕 속에 드문드문 박혀 있는 초록색의 커다란 돌 위로 걸어야 했다. 종종 그녀는 어디에 발을 놓아야 할지 살피느라 잠시 걸음을 멈추곤 했다. 그럴 때면 흔들리는 돌 위에서 팔꿈치를 공중으로 쳐 들고 허리를 굽힌 채 망설이는 시선으로 비틀거리면서, 물웅덩 이에 넘어질까 봐 겁을 내며 웃었다.

그들이 그녀의 집 정원 앞에 이르자, 보바리 부인은 작은 살문 을 밀고 계단을 뛰어 올라가 사라졌다.

레옹은 사무실로 돌아갔다. 주인은 부재중이었다. 그는 서류 를 흘끗 보고 깃털 펜을 깎더니, 결국 모자를 집어 들고 밖으로 나왔다.

그는 아르게유 언덕 꼭대기의 숲 입구에 있는 방목장으로 가 서, 전나무 아래에 누워 손가락 사이로 하늘을 바라보았다.

"따분하네! 정말 따분해!" 그가 혼잣말을 했다.

그는 이런 마을에서 오메를 친구로 삼고 기요맹 씨를 주인으 로 섬기며 사는 것을 한탄했다. 일에 매여 사는 기요맹 씨는 금 테 안경을 쓰고 하얀 넥타이 위로 붉은 구레나룻을 기르고 있었 는데, 딱딱한 영국식 태도를 취해 처음 한동안은 서기를 경탄시 켰지만 정신적인 섬세함에 대해서는 아무것도 이해하지 못했 다. 약사의 아내에 대해 말하자면, 양처럼 순하고, 자식들과 부 모와 친척을 애지중지하고, 남의 불행에 울고, 집안일은 되는대 로 내버려 두고, 코르셋을 싫어하는 노르망디 최고의 아내였다. 그러나 행동이 너무 느리고, 하는 말은 너무 지루하고, 너무 평 범한 외모에 화제도 몹시 제한적이어서, 비록 서른 살인 그녀와 스무 살인 그가 바로 옆방에서 잠을 자고 날마다 얘기를 나누긴 해도, 그는 그녀가 누군가에게 여자로 보일 수 있다거나 옷 이

외에 그녀에게 여자의 모습이 있다고는 전혀 생각해 본 적이 없었다.

그리고 또 누가 있을까? 비네, 몇몇 상인, 두세 명의 술집 주인, 신부, 마지막으로 면장인 튀바슈 씨와 그의 두 아들, 모두 돈 푼깨나 있고, 무뚝뚝하고, 둔하고, 직접 땅을 경작하고, 가족끼리 푸짐한 식사를 하고, 게다가 독실한 신자로서 도저히 견딜 수 없는 부류의 사람들이었다.

그러나 이 모든 얼굴의 진부한 배경 위로 에마의 모습은 외따로 뚜렷하게, 하지만 더 멀리서 드러났다. 그가 그녀와의 사이에 막연한 심연이 가로놓여 있다고 느끼는 탓이었다.

처음에 그는 약사와 함께 여러 번 그녀의 집을 찾았다. 샤를은 그를 맞이하면서 특별한 관심을 전혀 보이지 않았다. 레옹은 실례가 될지도 모른다는 두려움과 거의 불가능하다고 생각하면서도 친밀해지고 싶은 욕망 사이에서 어찌할 바를 모르고 있었다.

IV

첫 추위가 시작되자, 에마는 침실을 떠나 거실용 방으로 거처를 옮겼다. 천장이 낮은 기다란 방에는 벽난로 위에 가지가 무성한 산호가 거울에 기대어 진열되어 있었다. 그녀는 창문 옆 안락의자에 앉아 마을 사람들이 보도 위로 지나다니는 것을 바라보곤 했다.

레옹은 하루에 두 번 그의 사무실에서 **황금 사자**로 갔다. 멀리서부터 그가 오는 소리가 들리면, 에마는 귀를 기울이며 몸을 굽혔다. 청년은 언제나 똑같은 복장으로 고개 한 번 돌리지 않은 채 커튼 뒤로 미끄러지듯 사라졌다. 그러나 황혼 녘에 시작하다 만 자수를 무릎 위에 버려 둔 채 왼손으로 턱을 괴고 있다가 갑자기 그 그림자가 나타나면 그녀는 종종 몸을 떨었다. 그녀는 자리에서 일어나 저녁상을 차리라고 지시했다.

오메 씨는 저녁 식사 중에 찾아오곤 했다. 손에 그리스 모자를 들고 아무에게도 방해가 안 되도록 발소리를 죽인 채 "안녕하세요, 여러분!"이라고 항상 똑같은 말을 하면서 들어왔다. 이어서 식탁 옆 부부 사이에 자리를 잡고 앉으면, 의사에게 환자들의 소식을 물었고 의사는 진료비를 얼마나 받으면 되는지 그에게 문의했다. 그리고 **신문에 난** 기사에 대한 이야기를 나누었다. 그 시간이면 오메는 그것을 거의 다 외우고 있었다. 그래서 그는 신문 기자의 견해, 프랑스나 외국에서 일어난 개개의 재난에 대한 이야기와 함께 기사 내용을 전부 이야기해 주었다. 그러나 화제가 고갈되면, 그는 곧 눈앞에 보이는 음식에 대해 소견을 말하기 시작했다. 가끔 몸을 반쯤 일으킨 채로 부인에게 고기의 가장 연한 부분을 살짝 가리키기도 하고, 하녀를 향해 스튜 만드는 법이나 조미료의 위생에 대한 충고를 하기도 했다. 그리하여 향료, 고기 맛 양념, 즙, 젤라틴 같은 말을 감탄할 정도로 늘어놓았다. 하기야 그의 약국에 약병이 가득한 것 이상으로 머릿속이 요리법으로 가득 차 있는 오메는 잼, 식초, 달콤한 술을 만드는 데 뛰어났고, 최신 발명된 연료 절약형 온갖 조리기 및 치즈 보관법과 변질된 포도주 맛을 좋게 하는 법도 알고 있었다.

여덟 시에는 쥐스탱이 약국 문을 닫기 위해 그를 찾으러 오곤 했다. 그러면 오메 씨는 비웃는 눈초리로 그를 바라보았다. 특히 펠리시테가 옆에 있을 때는 더했다. 자기 조수가 의사의 집에 애착을 느끼고 있다는 것을 눈치챘던 것이다.

"저 녀석은 뭔가 다른 속셈이 있는 것 같아요. 제 생각에는 댁의 하녀를 좋아하는 게 분명해요!" 그가 말했다.

그러나 오메가 비난하는 그의 더 심각한 결점은 늘 사람들의 대화를 엿듣는 것이었다. 예컨대 일요일에, 널따란 광목 의자 커버를 등으로 끌어당겨 덮으며 안락의자에서 잠든 아이들을 데려가게 하려고 오메 부인이 그를 불러들이면 그는 좀처럼 거실에서 나가려고 하지 않았다.

약사 집의 저녁 모임에는 그다지 많은 사람이 모이지 않았다. 약사가 늘어놓는 험담과 정치적 견해 때문에 존경할 만한 여러 사람이 연달아 그와 멀어졌던 것이다. 서기는 빠짐없이 참석했다. 그는 초인종 소리가 들리자마자 보바리 부인을 맞으러 달려가 그녀의 숄을 받았고, 눈이 올 때면 그녀가 구두 위에 덧신고 오는 커다란 헝겊 덧신을 약국 책상 밑에 따로 놓아두었다.

먼저 31점 맞히기 카드놀이를 몇 판 한 다음, 오메 씨가 에마와 함께 에카르테 카드놀이를 했다. 레옹은 그녀의 뒤에서 훈수를 두었다. 그는 그녀의 의자 등받이에 손을 대고 서서 그녀의 쪽 찐 머리에 꽂혀 있는 빗살들을 바라보았다. 그녀가 카드를 던지려고 몸을 움직일 때마다 옷의 오른쪽이 위로 올라가곤 했다. 틀어 올린 그녀의 머리카락에서부터 등 위로 갈색의 그림자가 내려오다가 점점 희미해지더니 차츰 어둠 속으로 사라졌다. 그리고 주름이 가득 잡힌 그녀의 옷은 부풀어 오르며 의자 위 양쪽으로 늘어져 바닥에까지 펼쳐져 있었다. 이따금 레옹은 자신의 장화 바닥이 그 옷자락을 밟고 있는 것을 느끼고 마치 사람을 밟기라도 한 것처럼 놀라서 물러났다.

카드놀이가 끝나면, 약사와 의사는 도미노 게임을 했고 에마는 자리를 옮겨 탁자 위에 팔꿈치를 괴고 앉아 『일뤼스트라시옹』을 뒤적였다. 자신의 패션 잡지를 가져왔던 것이다. 레옹은 그녀 옆에 자리를 잡았다. 그들은 함께 삽화를 보았고, 먼저 읽은 사람은 페이지 끝에서 기다려 주었다. 종종 그녀는 그에게 시를 읊어 달라고 부탁하기도 했다. 레옹은 길게 끄는 목소리로 시를 낭송했고, 사랑을 표현하는 대목에서는 은밀하게 소리를 낮추었다. 그러나 도미노 게임을 하는 소리가 그의 귀에 거슬렸다. 오메 씨는 도미노 게임을 아주 잘해 샤를을 더블 식스로 크게 이겼다. 3백 점 내기가 다 끝나면, 두 사람은 난로 앞에 길게 누워 곧 잠이 들었다. 불은 재 속에서 꺼져 가고, 찻주전자는 비어 있었다. 레옹은 여전히 낭송을 하고, 에마는 마차를 탄 어릿광대나 평행봉을 든 줄타기 여자 곡예사가 얇은 천 위에 그려져 있는 램프 갓을 기계적으로 돌리면서 듣고 있었다. 레옹이 낭송을 멈추고 잠든 청중을 몸짓으로 가리키자, 그들은 나지막한 목소리로 이야기를 주고받았다. 듣는 사람이 없는 까닭에 그들의 대화는 한층 더 감미로운 것 같았다.

이렇게 두 사람 사이에는 일종의 연합이, 책과 연가의 끊임없는 교류가 확립되었다. 보바리 씨는 질투가 없는 사람이어서 그런 일에 전혀 동요하지 않았다.

그는 생일에 흥부에까지 일일이 숫자가 표시되고 파란색으로 칠해진 멋진 골상학 머리를 받았다. 그것은 서기의 배려였다. 그 밖에도 서기는 루앙에 가서 심부름을 해 줄 정도로 많은 배려를 베풀었다. 그리고 어떤 소설가의 책으로 인해 잎이 두꺼운 식물을 기르는 것이 유행하자, 레옹은 부인을 위해 그것을 사서 **제비** 안에서 그 단단한 가시에 손가락을 찔리면서도 무릎 위에 놓고 가져왔다.

에마는 화분을 올려놓기 위해 난간이 달린 선반 하나를 창문에 매달았다. 서기에게도 공중에 매달린 작은 정원이 있었다. 그래서 그들은 각자 창가에서 꽃을 돌보면서 서로의 모습을 보곤 했다.

마을의 창문 중 그보다 훨씬 더 자주 사람의 모습이 보이는 곳이 있었다. 일요일이면 아침부터 밤까지, 그리고 날씨가 좋은 오후마다 녹로 위로 몸을 굽히고 있는 비네 씨의 야윈 옆얼굴이 다락방의 채광창에 보였기 때문이다. 그럴 때면 녹로 돌아가는 단조로운 소리가 **황금 사자**에까지 들렸다.

어느 날 저녁, 집에 돌아온 레옹은 연한 바탕에 나뭇잎 무늬가 있는 벨벳과 양모로 된 양탄자를 방 안에서 발견하고 오메 부인, 오메 씨, 쥐스탱, 아이들, 식모를 불렀다. 그는 사무실 주인에게도 그 이야기를 했다. 모두가 그 양탄자에 대해 알고 싶어했다. 왜 의사 부인이 서기에게 그런 **후한 인심**을 베푼 것일까? 이상해 보였다. 결국 사람들은 그녀가 그의 **애인**이 틀림없다고 생각했다.

레옹이 그렇게 믿을 여지를 주기도 했다. 끊임없이 그녀의 매력과 재치에 대해 이야기했던 것이다. 그래서 한번은 비네가 아주 거칠게 이렇게 대꾸한 적도 있었다.

"그게 나랑 무슨 상관이오, 나는 그녀와 친분이 있는 사이도 아닌데!"

레옹은 자기 **마음을 고백할** 방법을 찾느라 골머리를 썩였다. 그리고 그녀의 기분을 상하게 할지도 모른다는 두려움과 너무도 소심한 자신에 대한 수치심 사이에서 늘 망설이면서 낙담과 욕망으로 눈물을 흘렸다. 이윽고 단단히 결심하고 편지를 썼다가 찢어 버리고, 시기를 미루고 또 미루었다. 몇 번이나 모든 것을 감행하리라는 계획으로 앞으로 나아갔지만, 에마 앞에만 가면 그런 결심이 곧 무너지고 말았다. 그리고 샤를이 갑자기 나타나 근처에 환자를 보러 같이 가자면서 **보크 마차**에 타라고 권하면, 그는 즉시 수락하며 부인에게 인사하고 나갔다. 어쨌든 그녀의 남편도 그녀의 일부분이 아니겠는가?

에마로 말하자면, 그녀는 자신이 그를 사랑하는지 아닌지 스스로에게 물어본 적이 없었다. 사랑이란 요란한 천둥과 번개와 함께 갑자기 찾아오는 것이라고 그녀는 생각하고 있었다. 인간의 삶을 기습해 뒤죽박죽으로 만들고 인간의 의지를 마치 나뭇잎처럼 통째로 날려 버리고 마음을 송두리째 심연으로 쓸어 가는 하늘의 폭풍우 같은 것이라고 말이다. 집 테라스에서 빗물받이 홈통이 막히면 빗물이 호수를 이룬다는 것을 그녀는 모르고 있었다. 그래서 그녀는 안심하고 있다가 돌연 벽에 금이 간 것을 발견하게 되었다.

V

2월 어느 일요일, 눈이 내리는 오후였다.

보바리 부부, 오메와 레옹은 함께 용빌에서 2킬로미터쯤 떨어진 계곡에 건설 중인 방적 공장을 보러 갔다. 약사는 운동을 시킨다면서 나폴레옹과 아탈리를 데려갔고, 쥐스탱이 어깨에 우산을 짊어진 채 그들을 따라갔다.

그러나 이보다 더 시시한 구경거리는 없었다. 모래와 자갈 더미 사이에 벌써 녹이 슨 톱니바퀴 몇 개가 뒤죽박죽 흩어져 있는 커다란 공터 한가운데에 작은 창문이 여러 개 뚫린 길쭉하고 네모난 건물이 하나 있었다. 그것은 아직 완성된 것도 아니어서 지붕의 대들보 받침대 사이로 하늘이 보였다. 박공의 들보에는 이삭이 섞인 밀짚 한 다발이 삼색 리본을 바람에 펄럭이며 매달려 있었다.

오메가 이야기하고 있었다. 그는 **일행**에게 이 건물의 장래 중요성에 대해 설명하고 판자의 강도와 벽의 두께를 계산하면서 비네 씨가 특별한 용도로 가지고 다니는 것과 같은 눈금자를 가지고 있지 않은 것을 몹시 애석해했다.

그의 팔짱을 끼고 있는 에마는 그의 어깨에 살짝 기댄 채, 멀리 안개 속에서 눈부신 창백한 빛을 발산하는 둥근 해를 바라보고 있었다. 그러나 고개를 돌리자 샤를이 거기에 있었다. 그는 챙 달린 모자를 눈썹 위로 눌러쓰고 두툼한 두 입술을 덜덜 떨고 있었는데, 그 때문에 얼굴이 더 멍청해 보였다. 심지어 그의 등, 그 태평한 등을 보기만 해도 짜증이 났다. 등을 덮고 있는 프록코트 위에 그 사람의 진부함이 온통 진열되어 있는 것 같았다.

이처럼 그녀가 짜증 속에서 일종의 비정상적인 쾌감을 맛보며 샤를을 바라보는 동안, 레옹이 한 발짝 다가왔다. 추위서 창백해진 그의 얼굴에는 한층 더 감미로운 우수가 서려 있는 것처럼 보였다. 넥타이와 목 사이로, 셔츠 깃이 약간 헐렁해서 피부가 드러나 보였다. 한쪽 귀 끝이 머리카락 밑으로 나와 있고, 구름을 향해 치켜뜬 크고 푸른 눈이 에마에게는 하늘이 비쳐 보이는 산속 호수보다 더 맑고 아름답게 느껴졌다.

"이 녀석!" 갑자기 약사가 소리를 질렀다.

그리고 그는 막 석회 더미로 뛰어들어 신발에 흰 칠을 하는 아들에게로 달려갔다. 호되게 야단을 맞은 나폴레옹이 울음을 터뜨리는 동안, 쥐스탱이 밀짚 뭉치로 아이의 신발을 닦았다. 그러나 칼이 필요했다. 샤를이 자기 것을 주었다.

"어머! 농부처럼 주머니에 칼을 가지고 다니네!" 그녀가 혼잣말을 했다.

서리가 내려 사람들은 용빌로 돌아왔다.

보바리 부인은 저녁에 이웃집에 가지 않았다. 샤를이 나가고 혼자라는 것을 느끼자, 비교가 다시 시작되었다. 그것은 거의 직접적인 감각처럼 선명했고, 추억 속의 사물이 그러하듯 주마등처럼 이어졌다. 침대에 누워 타오르는 환한 불꽃을 바라보는 그녀의 눈에 바로 저기에 있는 듯 레옹이 한 손으로는 가느다란 지팡이를 휘어지게 짚고 다른 한 손으로는 조용히 아이스크림 조각을 빨고 있는 아탈리를 붙잡고 서 있는 모습이 보였다. 그는 매력적이었다. 그녀는 그의 모습을 떨쳐 버릴 수가 없었다. 다른 날 보았던 그의 다른 모습, 그가 했던 말, 그의 목소리, 그 사람 전체를 떠올려 보았다. 그녀는 마치 키스를 하려는 듯 입술을 앞으로 내밀면서 되풀이했다.

"그래, 매력적이야! 매력적이야!…… 그가 혹시 사랑을 하고 있는 게 아닐까?" 그녀는 스스로에게 물었다. "그렇다면 누구를?…… 바로 나지!"

그러한 모든 증거가 한꺼번에 펼쳐지면서 그녀의 가슴이 뛰었다. 벽난로의 불꽃 때문에 천장에 즐거운 빛이 일렁거렸다. 그녀는 두 팔을 뻗으며 똑바로 누웠다.

그러자 끝없는 탄식이 시작되었다. "아! 만약 하늘이 원했다면! 어째서 안 된 걸까? 도대체 무엇이 방해한 걸까?……."

자정 무렵 샤를이 돌아왔을 때, 그녀는 자다가 깨는 척했다.

그리고 그가 옷을 벗으면서 소리를 내자, 그녀는 두통을 호소하면서 저녁 모임이 어땠냐고 무심한 어조로 물었다.

"레옹 씨는 일찍 올라갔어." 그가 말했다.

그녀는 미소를 짓지 않을 수 없었다. 그리고 새로운 환희로 마음이 가득 차서 잠이 들었다.

다음 날 해 질 무렵, 그녀는 유행품을 판매하는 뢰뢰의 방문을 받았다. 이 상인은 약삭빠른 인물이었다.

가스코뉴 태생이지만 노르망디 사람이 된 그는 남부 사람의 달변에다가 코 지방 특유의 교활함을 지니고 있었다. 수염이 없고 늘어진 그의 살 찐 얼굴은 맑은 감초즙을 바른 것 같았고, 하얀 머리카락 때문에 작고 검은 눈의 거친 광채가 훨씬 더 매섭게 보였다. 그가 예전에 무엇을 했는지는 아는 사람이 없었다. 행상인이었다는 사람도 있고 루토의 은행업자였다는 사람도 있었다. 확실한 것은 그가 비네조차 겁먹을 정도로 복잡한 계산을 암산으로 한다는 것이었다. 비굴할 정도로 공손한 그는 절을 하거나 초대하는 사람의 자세로 항상 허리를 반쯤 구부리고 있었다.

그는 주름 장식이 달린 모자를 문간에 벗어 놓은 뒤, 탁자 위에 초록색 마분지 상자를 내려놓고 우선 그때까지 부인의 신임을 얻지 못한 것에 대한 유감을 아주 예의 바르게 표현하기 시작했다. 자신의 가게처럼 초라한 상점은 **세련된 여성**의 주의를 끌 만한 것이 못 된다고 했다. 그는 세련된 여성이라는 말에 힘을 주었다. 하지만 그녀가 주문만 하면 된다고 했다. 그가 한 달에

네 번씩 정기적으로 시내에 나가기 때문에, 바느질용품이든 리넨 제품이든 모자나 유행하는 제품이든 그녀가 원하는 것을 책임지고 제공한다는 것이었다. 그는 최고의 상점들과도 거래하고 있었다. **트루아 프레르, 바르브 도르** 혹은 **그랑 소바주**에서 그에 대해 물어보면, 그곳 주인들이 모두 자기 주머니 속처럼 그를 잘 안다는 것이었다! 그래서 오늘은 흔치 않은 기회에 얻게 된 몇가지 물품을 부인에게 보여 드리려고 지나는 길에 들렀다고 했다. 그리고 그는 상자에서 수놓은 칼라 반 다스를 꺼냈다.

보바리 부인이 그것들을 살펴보았다.

"저는 필요한 게 없어요." 그녀가 말했다.

그러자 뢰뢰 씨는 알제리 스카프 세 장, 영국제 바늘 몇 갑, 밀짚 슬리퍼 한 켤레, 마지막으로 도형수들이 코코넛에 구멍을 뚫어 조각한 달걀받침 네 개를 세심하게 보여 주었다. 그리고 두 손을 탁자 위에 올려놓고 목을 길게 빼며 허리를 구부린 채, 그 물건들 사이를 막연하게 오가는 에마의 시선을 입을 벌리고 뒤쫓았다. 이따금 그는 먼지를 털어 내려는 듯 길게 펴놓은 비단 스카프를 손톱으로 톡 쳤다. 그러면 스카프들은 가벼운 소리를 내며 떨렸고, 옷감의 황금 장식들이 석양의 푸르스름한 빛을 받아 작은 별처럼 반짝였다.

"이런 건 얼마예요?"

"얼마 안 해요, 얼마 안 합니다. 하지만 급할 건 없지요. 부인이 원하실 때 주시면 돼요. 저희는 유대인이 아니거든요!" 그가 대답했다.

그녀는 잠시 생각하더니 결국 뢰뢰 씨의 제안을 거절했다. 그는 침착하게 대꾸했다.

"좋아요, 나중에는 이야기가 통할 겁니다. 저는 항상 부인네들하고는 합의가 잘되거든요. 마누라하고는 아니지만요!"

에마가 미소를 지었다.

"제가 걱정하는 것은 돈이 아니라는 것을 말씀드리고 싶었습니다……. 필요하시다면 제가 드릴 수도 있어요." 그가 농담을 한 후 사람 좋아 보이는 표정으로 다시 말했다.

그녀가 깜짝 놀라는 몸짓을 했다.

"아! 돈을 가지러 멀리 갈 필요도 없어요. 믿으셔도 됩니다!" 그가 작은 소리로 빠르게 말했다.

그리고 그는 당시 보바리 씨가 치료하고 있던 **카페 프랑세**의 주인 텔리에 노인의 소식을 묻기 시작했다.

"대체 어디가 안 좋답니까, 텔리에 노인은? 온 집안이 흔들릴 정도로 기침을 하더군요. 머지않아 그 양반한테 플란넬 속옷이 아니라 전나무 외투가 필요하게 되지 않을지 걱정이에요! 그 사람 젊었을 때 꽤 방탕한 생활을 했거든요! 그런 사람들은요, 부인, 규칙이라곤 조금도 없어요! 브랜디로 속을 다 태워 버린 거지요! 하지만 어쨌든 아는 사람이 가는 걸 보게 되는 건 애석한 일입니다."

그는 마분지 상자를 다시 닫으면서 그런 식으로 의사의 고객에 대해 이야기했다.

"아마도 날씨 때문 아닐까요?" 그가 찌푸린 얼굴로 유리창을 바라보며 말했다. "그런 병에 걸리는 이유 말이에요! 저도 몸이 좋지 않습니다. 등이 아파서 조만간 의사 선생님의 진찰을 받으러 와야 할 것 같아요. 그럼 안녕히 계십시오, 보바리 부인. 언제든 필요하시면 도와드리겠습니다!"

그러고 나서 그는 조용히 문을 닫았다.

에마는 저녁 식사를 쟁반에 받쳐 자기 방 난롯가로 가져오게 했다. 그녀는 오랫동안 식사를 했다. 전부 다 맛있는 것 같았다.

"내가 정말 현명하게 잘 처신했네!" 그녀는 스카프를 생각하면서 혼잣말을 했다.

계단에서 발소리가 들렸다. 레옹이었다. 그녀는 자리에서 일어나 서랍장 위에서 가장자리를 감칠 행줏감 더미 중 제일 위에 있는 것을 집었다. 그러고는 그가 들어섰을 때 일에 골몰한 척했다.

대화는 활기가 없었다. 보바리 부인은 매번 대화를 중단했고, 레옹 자신도 몹시 당황한 듯 그대로 있었다. 그는 벽난로 옆 낮은 의자에 앉아서 손가락으로 상아 반짇고리를 돌리고 있었다. 그녀는 바늘을 움직이면서 이따금 손톱으로 천에 주름을 잡곤 했다. 그녀는 아무 말도 하지 않았고, 그는 마치 그녀의 말에 사로잡힌 것처럼 그녀의 침묵에 사로잡혀 입을 다물고 있었다.

'딱한 사람이네!' 하고 그녀는 생각했다.

'나의 어떤 점이 마음에 안 드는 걸까?'라고 그는 자문했다.

하지만 마침내 레옹은 사무실 일 때문에 조만간 루앙에 가야 한다는 말을 했다.

"부인의 악보 구독이 만료되었는데, 제가 갱신해 드릴까요?"

"아뇨." 그녀가 대답했다.

"왜요?"

"왜냐하면……."

그녀는 입술을 오므리면서 한 바늘 꿰맨 회색 실을 길게 천천히 잡아당겼다.

레옹은 이 바느질 작업이 신경에 거슬렸다. 에마의 손가락 끝 살갗이 벗겨질 것 같았던 것이다. 여자의 환심을 사는 멋진 문구가 머릿속에 떠올랐지만, 그는 감히 말하지 못했다.

"그러면 그만두시는 건가요?" 그가 다시 말했다.

"뭘요?" 그녀가 급히 말했다. "음악요? 아! 뭐, 그래야죠! 집안 돌보랴, 남편 시중 들랴, 그보다 먼저 해야 할 일이 수없이 많거든요!"

그녀는 추시계를 쳐다보았다. 샤를의 귀가가 늦어지고 있었다. 그러자 그녀는 걱정하는 체하며 심지어 두세 번이나 이렇게 반복했다.

"남편은 정말 좋은 분이에요!"

서기는 보바리 씨에게 호감을 가지고 있었다. 그러나 남편에 대한 그런 애정 표현에 그는 놀라고 불쾌했다. 그래도 그는 칭찬을 이어 갔고, 모두가 특히 약사가 칭찬을 하더라고 했다.

"아! 참 선량한 분이에요." 에마가 대꾸했다.

"물론이죠." 서기가 대답했다.

그리고 그는 지나칠 정도로 아무렇게나 입은 옷차림이 평소 그들에게 웃음거리가 되었던 오메 부인에 대해 이야기하기 시작했다.

"그게 뭐 어때요?" 에마가 말을 끊었다. "훌륭한 주부는 몸치장에 신경 쓰지 않는 법이죠."

그리고 그녀는 다시 침묵에 빠졌다.

그다음 날들도 계속 마찬가지였다. 그녀의 말, 태도, 모든 것이 변했다. 집안일에 열심이고 성당에 빠짐없이 나가며 하녀를 보다 엄격하게 다루는 그녀의 모습을 볼 수 있었다.

그녀는 유모에게서 베르트를 찾아왔다. 손님들이 오면 펠리시테가 아이를 데리고 왔다. 그러면 보바리 부인은 아이의 옷을 벗겨 팔다리를 보여 주었다. 그녀는 아이들을 정말 좋아한다고, 자신의 위안이고 기쁨이요 열렬한 사랑의 대상이라고 했다. 그녀가 애정 표현에 서정적인 감정의 토로를 곁들이는 바람에, 용빌 사람이 아닌 다른 사람들이 들었다면 『노트르담 드 파리』의 사셰트를 떠올렸을 것이다.

샤를이 귀가하면, 그의 슬리퍼가 재 옆에서 데워지고 있는 것을 볼 수 있었다. 이제 더 이상 조끼의 안감이나 셔츠의 단추가 떨어져 있는 일은 없었다. 심지어 잠잘 때 쓰는 면 모자들이 옷장 안에 똑같은 높이로 정리되어 있는 것을 바라보는 즐거움도 있었다. 그녀는 더 이상 옛날처럼 정원을 산책하는 것을 싫어하지 않았다. 그가 제안하는 것에 항상 동의했고, 그 의도를 정확하게 파악하지 못하더라도 군소리 없이 복종했다. 저녁 식사 후 난롯가에서 두 손을 배 위에 올려놓고 두 발은 장작 받침대에 올려놓은 채 소화시키느라 벌게진 뺨에 행복에 겨워 눈이 축축해진 샤를과 함께 양탄자를 기어 다니는 아이와 안락의자의 등받이 너머로 남편의 이마에 키스하는 날씬한 아내를 볼 때면, 레옹은 속으로 생각했다.

'정말 미친 짓이지! 어떻게 저 여자에게 다가갈 수 있겠어?'

그리하여 그녀가 너무도 정숙하고 다가갈 수 없는 존재로 보인 까닭에 모든 희망이, 가장 막연한 희망마저 그의 마음속에서 사라져 버렸다.

그러나 그런 체념으로 인해 그는 그녀를 특별한 조건에 위치시키게 되었다. 그에게 그녀는 육체적인 특성을 벗어나는 존재였고, 그는 그런 면에서 아무것도 얻을 것이 없었다. 그의 마음속에서 그녀는 하늘로 날아올라 신격화되는 것처럼 경이롭게 계속 위로 올라가며 멀어져 갔다. 그것은 일상생활을 방해하지 않은 순수한 감정, 희귀하기 때문에 음미하며 즐기는 그런 감정으로, 소유하는 기쁨보다 잃어버리는 슬픔이 훨씬 더 큰 감정이었다.

에마는 야위어 갔다. 두 뺨은 창백해지고, 얼굴은 길쭉해졌다. 앞가르마를 탄 검은 머리, 커다란 눈, 곧은 콧날, 새와 같은 걸음걸이, 그리고 이제는 늘 말 없는 그녀의 모습은 닿을 듯 스쳐 지나가며 삶을 관통하는 것 같았고 뭔가 숭고한 운명의 막연한 표적을 이마에 새기고 있는 듯했다. 그녀는 너무 슬프고 차분하고 부드러운 동시에 또한 너무 신중해서 그녀 곁에 가면 성당에서 대리석의 냉기에 뒤섞인 꽃향기에 전율하듯 차가운 매력에 사로잡히는 것을 느끼곤 했다. 다른 사람들도 그런 매혹에서 벗어나지 못했다. 약사는 이렇게 말했다.

"능력이 대단한 여성이야. 군청 소재지에 가도 결코 빠지지 않겠는걸."

마을 여자들은 그녀의 검소함을, 환자들은 그녀의 친절함을, 가난한 사람들은 그녀의 자비로움을 칭찬했다.

그러나 그녀는 탐욕과 분노와 증오로 가득 차 있었다. 주름이 곧게 잡힌 옷은 혼란스러운 마음을 감추고 있었고, 너무도 정숙한 입술은 마음의 격동을 말하지 않고 있었다. 그녀는 레옹을 사랑하고 있었다. 그리고 상상 속에서 그의 모습을 마음껏 즐기기 위해 고독을 원했다. 그를 직접 보는 것은 그 명상의 쾌락에 방해가 되었다. 에마는 그의 발소리를 들으면 가슴이 뛰다가도 그가 눈앞에 나타나면 감동이 사라지고 오직 큰 놀라움만 남았다가 결국 슬픔으로 끝나고 말았다.

레옹은 절망해 그녀의 집에서 나올 때, 그녀가 길에 있는 그를 보려고 뒤따라 일어서는 것을 알지 못했다. 그녀는 그의 행동에 신경을 썼고 그의 얼굴을 살폈다. 그의 방을 찾아갈 핑계를 찾아내기 위해 그럴듯한 이야기를 지어내기도 했다. 약사의 아내는 그와 한 지붕 아래서 잠잘 수 있어 정말 행복할 것 같았다. 마치 장밋빛 발과 하얀 날개를 빗물받이 홈통에 적시러 오는 **황금 사자**의 비둘기들처럼, 그녀의 생각은 끊임없이 그 집으로 달려갔다. 그러나 에마는 자신의 사랑을 느끼면 느낄수록 겉으로 드러나지 않게 하려고, 그리고 약화시키려고 그 사랑을 억눌렀다.

그녀는 레옹이 그것을 눈치채 주기를 바랐다. 그리고 그렇게 되도록 도와줄 수 있는 우연이나 재난을 상상했다. 아마도 그녀를 가로막은 것은 게으름이나 공포였을 것이고, 부끄러움도 있었을 것이다. 그녀는 자신이 그를 너무 멀리 밀어내 시기를 놓치고 다 망쳐 버렸다고 생각했다. 그러다가 "나는 정숙해"라고 스스로 말하고는 체념한 포즈를 취하면서 거울 속의 자신을 바라보는 자긍심과 기쁨으로 자신이 치른다고 생각하는 희생에 대해 다소나마 위안을 받았다.

그럴 때면 육체적 욕망, 돈에 대한 탐욕, 열정에서 오는 우수가 모두 같은 고뇌 속에서 뒤섞였다. 그녀는 생각을 다른 데로 돌리기는커녕 고통에 열중하고 사방에서 고통의 기회를 찾으려고 애쓰면서 거기에 더욱 집착했다. 그녀는 음식이 잘못 차려졌다고 혹은 문이 꼭 닫히지 않았다고 화를 냈고, 자신이 갖지 못한 벨벳, 자신에게 부족한 행복, 너무 높은 꿈, 너무 좁은 집에 대해 한탄했다.

그녀를 더욱 화나게 하는 것은 샤를이 그녀의 괴로움을 짐작도 못 하는 듯하다는 것이었다. 그녀를 행복하게 해 주고 있다는 그의 확신이 그녀에게는 바보 같은 모욕 같았고, 그렇게 그가 안심하고 있는 것이 배은망덕으로 여겨졌다. 도대체 누구를 위해 정조를 지킨단 말인가? 모든 행복의 장애물이고 모든 불행의 원인이요, 사방에서 그녀를 조이고 있는 이 복잡한 벨트의 뾰족한 핀과 같은 존재가 바로 샤를 아니던가?

그래서 그녀는 자신의 권태에서 비롯되는 온갖 증오를 샤를

한 사람에게로 돌렸고, 증오를 줄이려는 모든 노력은 오히려 증오를 더 키우기만 했다. 그 소용 없는 수고가 다른 절망의 이유들과 합쳐져 그들 사이를 더 벌어지게 만들었기 때문이다. 자신에 대한 그의 친절도 반발심을 줄 뿐이었다. 보잘것없는 가정생활은 사치스러운 공상으로, 부부의 애정은 간통의 욕망으로 그녀를 몰고 갔다. 더 정당하게 미워하고 복수할 수 있도록 그녀는 샤를이 자기를 때려 주기를 바랐다. 그녀는 때때로 머릿속에 떠오르는 끔찍한 가정에 놀라곤 했다. 그리고 계속해서 미소를 지어야 했고, 그녀가 행복한 사람이라고 되풀이하는 것을 듣고 그런 척해야 했으며, 그렇게 믿도록 내버려 두어야 했다.

그렇지만 그녀는 그런 위선이 너무 싫었다. 레옹과 함께 어디론가 멀리 도망가서 새로운 운명을 시도해 보고 싶은 유혹이 그녀를 사로잡았다. 그러나 곧 그녀의 마음속에서는 어둠 가득한 막연한 심연이 열리곤 했다.

'게다가 그는 더 이상 나를 사랑하지도 않아. 어떻게 될까? 어떤 구원을, 어떤 위안을, 어떤 안식을 기대할 수 있을까?' 하고 그녀는 생각했다.

그녀는 낙심해 숨을 헐떡이며 꼼짝도 하지 않은 채 작은 소리로 흐느끼며 눈물을 흘렸다.

"왜 주인어른께 말씀드리지 않으세요?" 그녀가 발작을 일으켰을 때 방에 들어온 하녀가 물었다.

"신경이 예민해서 그래. 말씀드리지 마, 걱정하실 테니." 에마가 대답했다.

"아! 네. 마님은 게린과 똑같네요. 폴레의 어부 게랭 영감의 딸인데 제가 이 댁에 오기 전 디에프에서 알던 분이에요. 어찌나 슬픈 표정이던지, 그 아가씨가 문턱에 서 있는 걸 보면 그 집에 초상이 났다고 생각될 정도였어요. 소문에 의하면, 머릿속에 안개가 끼는 것 같은 병이라는데 의사도 신부도 어찌할 도리가 없었어요. 병세가 몹시 심할 때는 혼자 바닷가에 가곤 했는데, 종종 세관 관리가 순찰하다가 그 아가씨가 자갈 위에 엎드려 울고 있는 것을 보기도 했대요. 그런데 결혼한 뒤에는 다 나았다고 해요." 펠리시테가 다시 말했다.

"하지만 나는 결혼한 후에 생긴 병인걸." 에마가 대꾸했다.

VI

어느 날 저녁 그녀가 열린 창가에 앉아 성당지기 레스티부두 아가 회양목 가지 치는 걸 보고 있는데, 문득 **만종** 소리가 들렸다.

4월 초 앵초꽃이 필 무렵이었다. 훈훈한 바람이 가꾸어진 화단 위로 스쳐 가고, 정원은 여자들처럼 여름 축제를 위해 단장을 하는 듯한 계절이었다. 덩굴시렁의 받침대들 사이로 저 멀리 온 사방으로 풀밭 위에 구불구불하게 곡선을 그리는 강이 보였다. 나뭇가지에 걸린 섬세하고 얇은 천보다 더 창백하고 투명한 저녁 안개가 잎 떨어진 포플러들 사이로 지나가면서 나무들의 보랏빛 윤곽을 희미하게 만들고 있었다. 멀리서 가축들이 돌아다녔지만, 그 발소리도 울음소리도 들리지 않았다. 여전히 울리는 종소리만이 대기 중에 평화로운 탄식을 계속 퍼뜨리고 있었다.

반복되는 그 종소리에, 젊은 여자의 상념은 처녀 시절과 기숙

사 생활을 하던 때의 오래된 추억 속에서 방황했다. 그녀는 제단 위에 꽃이 가득한 꽃병들과 작은 기둥이 달린 감실 위로 솟아 나와 있던 커다란 촛대를 떠올렸다. 기도대 위에 몸을 숙인 수녀들의 빳빳한 두건이 군데군데 검은 반점을 이루는 하얀 베일들의 긴 행렬 속에 옛날처럼 다시 섞이고 싶었다. 일요일 미사 중에 그녀가 머리를 들면, 피어오르는 향의 푸르스름한 소용돌이 사이로 성모 마리아의 온화한 얼굴이 보였다. 그러면 그녀는 가슴이 뭉클해, 마치 돌풍 속에 빙빙 떠다니는 새의 깃털처럼 자신이 한없이 나약하고 버려진 존재처럼 느껴졌다. 그녀는 자신도 의식하지 못한 채 성당으로 향했다. 영혼이 온전히 몰두해 전 존재가 그 속에서 사라져 버릴 수만 있다면, 어떤 신앙이라도 받아들일 마음의 준비가 되어 있었다.

광장에서 그녀는 돌아오고 있는 레스티부두아를 만났다. 일당을 축내지 않으려고 그는 일을 멈추고 종을 친 후 다시 일하곤 했던 것이다. 그래서 **삼종 기도의 종소리**는 그의 편의에 맞춰 울리곤 했다. 하기야 종을 좀 일찍 치면 개구쟁이들에게 교리 문답 시간을 예고해 줄 수 있긴 했다.

벌써 도착한 몇몇 아이는 묘지의 포석 위에서 구슬치기를 하고 있었다. 또 어떤 아이들은 담장 위에 걸터앉아 다리를 흔들며 작은 울타리와 제일 마지막 무덤 사이에 돋아난 쐐기풀을 나막신으로 쓰러뜨리고 있었다. 녹색 공간은 오직 그곳뿐이었다. 나머지 부분은 온통 묘석들뿐이었고, 성구실에 빗자루가 있는데도 늘 가는 먼지로 덮여 있었다.

운동화를 신은 아이들은 놀이방인 양 거기서 뛰어다니고, 윙윙거리는 종소리 사이사이로 떠들썩한 아이들의 목소리가 들렸다. 종루 꼭대기에서 내려와 끝이 바닥에 끌리는 굵은 밧줄의 흔들림이 멈춰 감에 따라 종소리도 약해졌다. 제비들이 작은 소리를 내며 날렵하게 날아가면서 공기를 가르더니 빗물막이 기와 밑의 노란 둥지 안으로 재빨리 들어갔다. 성당 안 깊숙한 곳에 램프 불이 켜져 있었다. 매달린 컵 안에 심지를 박아 밤에 켜두는 등이었다. 멀리서 보니, 그 빛이 기름 위에서 흔들리는 희끄무레한 반점 같았다. 긴 햇살이 중앙 홀을 가로질러 지나가면서 양옆과 구석을 한층 더 어둡게 만들었다.

"신부님은 어디 계시니?" 보바리 부인이 지나치게 느슨한 구멍에 박힌 회전 장난감을 흔들며 노는 사내아이에게 물었다.

"곧 오실 거예요." 아이가 대답했다.

실제로 사제관의 문이 삐걱거리더니 부르니지앵 신부가 나타났다. 아이들이 무질서하게 성당 안으로 뛰어 들어갔다.

"이 개구쟁이들! 언제나 똑같은 꼴이네!" 성직자가 중얼거렸다.

그리고 발에 걸린, 너덜너덜해진 교리 문답서를 주우면서 말했다.

"소중히 여기는 게 아무것도 없다니까!"

그러나 보바리 부인을 보자 곧 "실례했습니다. 미처 알아뵙지 못했군요" 하고 말했다.

그는 교리 문답서를 주머니에 쑤셔 넣고 멈춰 서서 성구실의 무거운 열쇠를 두 손가락으로 계속 흔들어 댔다.

그의 얼굴 한복판을 비추는 저녁 햇살에 팔꿈치가 반들반들 하고 아래쪽은 실밥이 풀린 신부복의 색깔이 바래 보였다. 넓은 가슴에 일렬로 달린 작은 단추들을 따라 기름 얼룩과 담배 얼룩 이 있었는데, 붉은 피부의 짜글짜글한 주름들을 감싸고 있는 가 슴 장식에서 멀어질수록 얼룩이 더 많아졌다. 피부 여기저기에 는 누런 반점들이 희끗희끗한 수염의 뻣뻣한 털 속에 감춰져 있 었다. 그는 방금 식사를 한 탓에 가쁜 숨을 몰아쉬고 있었다.

"건강은 어떠십니까?" 그가 덧붙였다.

"안 좋아요, 고통받고 있습니다."

"저런! 저도 그렇습니다. 더위가 시작될 때는 몸이 몹시 약해 지지 않나요? 뭐, 할 수 없는 일이죠! 성 바오로가 말씀하셨듯 이, 우리는 고통받기 위해 태어난 것입니다. 그런데 보바리 씨 는 뭐라고 하던가요?" 성직자가 대꾸했다.

"그 사람이야!" 그녀는 경멸의 몸짓을 하며 말했다.

"아니! 아무런 처방도 안 해 주시던가요?" 신부가 몹시 놀라 서 물었다.

"아! 제게 필요한 것은 속세의 약이 아니에요." 에마가 말했다.

그런데 신부는 이따금 성당 안을 쳐다보곤 했다. 성당 안에서 는 개구쟁이들이 모두 무릎을 꿇은 채 서로 어깨를 밀치다가 카 드 쓰러뜨리기 놀이의 카드들처럼 쓰러지고 있었다.

"제가 알고 싶은 것은……." 그녀가 말을 이었다.

"기다려, 기다려, 리부데, 내가 가서 귀를 지져 줄 테다, 나쁜 녀석!" 성직자는 화난 목소리로 소리쳤다.

이어서 에마를 돌아보며 말했다.

"목수인 부데의 아들인데요, 사는 게 넉넉해지니까 부모가 아이를 버릇없게 키우고 있지요. 하지만 마음만 먹으면 빨리 배울 거예요. 머리가 좋거든요. 그래서 저는 가끔 농담으로 저 녀석을 리부데라고 부른답니다. (마롬에 가려면 지나야 하는 언덕 이름처럼 말이에요.) 심지어 몽 리부데'라고도 부르죠! 하하! 그건 리부데산이라는 뜻도 되잖아요! 저번 날에는 이 말장난을 주교님께 해 드렸더니 웃으시더군요……. 웃어 주셨단 말입니다. 참, 보바리 씨는 어떻게 지내시나요?"

그녀는 못 들은 것 같았다. 신부가 계속했다.

"물론 여전히 바쁘시겠지요? 우리는, 그러니까 그분과 저는 분명히 우리 교구에서 할 일이 제일 많은 두 사람이니까요. 그분은 육체의 의사이시고," 그는 너털웃음을 터뜨리면서 덧붙였다. "저는 영혼의 의사이지요!"

그녀는 애원하는 눈길로 신부를 뚫어지게 바라보았다.

"네…… 신부님은 모든 근심거리를 덜어 주시지요." 그녀가 말했다.

"아! 말씀 마십시오, 보바리 부인! 오늘 아침만 해도 **붓는 병**에 걸린 암소 때문에 바디오빌에 가야 했어요. 사람들은 저주받아서 그런 거라고 생각하고 있더군요. 그 집 암소들이 전부 무슨 영문인지는 모르지만……. 아, 실례합니다! 롱그마르, 부데! 젠장! 그만두지 못해!"

그리고 그는 단숨에 성당 안으로 달려갔다.

그때 개구쟁이들은 커다란 책상 주위에서 서로 밀치기도 하고, 성가대의 걸상 위로 기어오르거나 미사 경본을 펼치고 있었다. 또 살금살금 발소리를 죽이고 이제 막 고해실로 들어가려는 녀석들도 있었다. 그러나 신부가 갑자기 아이들 모두에게 따귀 세례를 퍼부었다. 그는 아이들 멱살을 잡아 바닥에서 들어 올렸다가 마치 그들을 그 자리에 꽂아 넣을 듯이 힘껏 성가대 돌바닥에 두 무릎을 꿇렸다.

"사실 농부들은 참 불쌍해요!" 그가 다시 에마 곁으로 돌아와서 커다란 옥양목 손수건의 한 귀퉁이를 이빨로 물고 펴면서 말했다.

"그들 말고도 불쌍한 사람들은 또 있어요." 그녀가 대답했다.

"물론이죠! 예를 들면 도시의 노동자들도 그렇지요."

"그런 사람들 말고……."

"미안합니다! 물론 불쌍한 어머니들도 알고 있죠. 정숙한 여성들로, 장담하건대 성녀라고 해도 좋을 여성들인데, 빵 한 조각도 없는 사람들 말이에요."

"하지만 신부님, 빵은 있어도 여전히 없는 게……." 에마가 다시 말했다(말하는 그녀의 입꼬리가 일그러졌다).

"겨울에 불이 없는 여자들도 있죠." 사제가 말했다.

"아! 그거야 아무려면 어때요?"

"뭐라고요! 아무려면 어떠냐고요? 제가 보기에 사람이란 등 따습고 배부르면…… 그러니까 결국……."

"아, 맙소사! 맙소사!" 그녀가 한숨을 쉬었다.

"어디가 불편하십니까? 혹시 소화가 안 되나요? 댁으로 돌아가서서 차를 좀 들도록 하세요, 보바리 부인. 그러면 기운이 나실 거예요. 아니면 흑설탕을 탄 냉수를 한 잔 드시든가."그가 걱정하는 태도로 다가서며 말했다.

"왜요?"

그녀는 마치 꿈에서 깨어나는 사람과 같은 태도를 보였다.

"부인께서 손으로 이마를 짚으시기에 현기증이 나는 줄 알았거든요."

이어서 갑자기 생각난 듯이 말했다.

"그런데 제게 뭔가 물어보셨죠? 그게 뭐였나요? 생각이 안 나네요."

"제가요? 아무것도 아니에요…… 아무것도……."에마가 되풀이했다.

주변을 두리번거리던 그녀의 시선이 신부복을 입은 노인에게로 천천히 내려갔다. 그들은 둘 다 아무 말 없이 서로의 얼굴을 마주 보고 있었다.

마침내 그가 말했다.

"그럼 보바리 부인, 실례하겠습니다. 하지만 아시다시피 의무가 우선이지요. 저 녀석들을 보내야 하거든요. 이제 곧 첫영성체인데, 또 당황하게 될까 봐 걱정입니다! 그래서 승천일부터 **어김없이** 수요일마다 한 시간 이상 저 애들을 붙잡아 두고 있어요. 저 한심한 녀석들을요! 저들을 주님의 길로 빨리 인도할수록 좋거든요. 게다가 주님께서 직접 독생자의 입을 통해 우리에게 권하신 일이기도 하지요……. 건강하세요, 부인. 남편분께도 인사 전해 주세요!"

그러고 나서 그는 문에서부터 무릎을 꿇어 절을 하며 성당 안으로 들어갔다.

에마는 그가 머리를 어깨 위로 약간 기울이고 반쯤 벌어진 두 손을 밖으로 내놓은 채 두 줄로 놓인 긴 의자들 사이를 무거운 발걸음으로 사라지는 것을 보았다.

이어서 그녀는 굴대 위의 조각상처럼 단번에 발꿈치를 휙 돌려 집으로 가는 길로 들어섰다. 그러나 신부의 굵은 목소리와 개구쟁이들의 낭랑한 목소리가 여전히 귀에 들리며 등 뒤에서 계속되었다.

"당신은 기독도 신자입니까?"

"네, 저는 기독교 신자입니다."

"기독교 신자란 무엇입니까?"

"그것은 세례를 받은……, 세례받은……, 세례받은 사람입니다."

그녀는 난간을 짚으며 계단을 올라가서 자기 방에 이르자 안락의자에 푹 쓰러졌다.

유리창의 희끄무레한 빛이 물결처럼 일렁이며 서서히 약해졌다. 제자리에 놓인 가구들이 더욱 꼼짝 안 하는 것처럼 보였고, 캄캄한 바닷속으로 빠지듯 어둠 속에 묻히는 것 같았다. 벽난로는 꺼져 있고, 추시계만 여전히 움직이고 있었다. 에마는 자신의 내부에서 너무도 많은 동요가 일고 있는데도, 사물들이 그토록 조용한 것에 막연히 놀랐다. 그런데 창문과 재봉대 사이에 있던 어린 베르트가 뜨개질로 짠 신발을 신고 뒤뚱거리며 엄마에게 다가가 엄마의 덧옷에 달린 리본 끝을 붙잡으려고 했다.

"저리 가!" 그녀가 손으로 아이를 밀쳐 내며 말했다.

딸아이는 곧 엄마의 무릎으로 더 바짝 다가오더니, 무릎에 팔을 짚고 크고 파란 눈을 들어 엄마를 쳐다보았다. 그런데 맑은 침이 아이의 입술에서 비단 덧옷 위로 흘러내렸다.

"저리 가라니까!" 젊은 여자는 몹시 짜증이 나서 다시 말했다.

그녀의 얼굴에 겁을 먹은 아이가 울기 시작했다.

"아, 참! 그러니까 저리 가라고!" 그녀가 팔꿈치로 아이를 떠밀며 말했다.

베르트가 서랍장 밑에 넘어져 구리 장식에 부딪히는 바람에, 뺨에 상처가 생겨 피가 났다. 보바리 부인은 황급히 달려가 아이를 일으키고 초인종 끈을 잡아당기다 끊어뜨리자 있는 힘을 다해 하녀를 불렀다. 그리고 자기 자신에게 욕을 퍼붓기 시작할 때, 샤를이 나타났다. 그는 저녁 식사 시간이 되어 돌아온 것이었다.

"이것 좀 봐요, 여보. 놀다가 바닥에 넘어져 다쳤어요." 에마가 그에게 태연한 목소리로 말했다.

샤를은 별거 아니라고 그녀를 안심시키고는 연고를 찾으러 갔다.

보바리 부인은 식당으로 내려가지 않았다. 혼자 남아서 아이를 돌보고 싶었던 것이다. 잠든 아이를 보고 있자니, 불안했던 마음이 차츰 사라졌다. 아무것도 아닌 일로 조금 전 당황했던 자기 자신이 너무 바보 같고 너무 착하다고 생각되었다. 실제로 베르트는 더 이상 흐느끼지 않았다. 이제는 아이의 호흡에 따라 무명 이불이 살짝 들썩였다. 굵은 눈물방울이 반쯤 감은 아이의 눈꺼풀 끝에 달려 있었고, 속눈썹 사이로 파리한 눈동자가 박혀 있는 것이 보였다. 뺨에는 팽팽한 피부 위에 반창고가 비스듬히 붙어 있었다.

'참 이상한 일이야, 이 아이는 어쩜 이리 못생겼을까!' 하고 에마는 생각했다.

밤 열한 시에 샤를이 약국(그는 저녁 식사 후에 남은 연고를 다시 갖다주러 약국에 갔었다)에서 돌아오니, 아내가 여전히 요람 옆에 서 있었다.

"괜찮다니까. 걱정하지 말아요, 여보. 그러다 당신이 병나겠어!" 그는 아내의 이마에 키스를 하며 말했다.

그는 약사의 집에 오랫동안 있었다. 그가 그다지 걱정하는 기색을 보이지 않았는데도, 오메 씨는 그를 안심시키고 **기운을 북돋아 주려고** 애썼다. 그래서 어린이들을 위협하는 여러 가지 위험과 하인들의 부주의에 대한 이야기를 나누었다. 오메 부인에게도 그런 경험이 있었다. 옛날에 식모가 그녀의 놀이옷에 숯불 한 사발을 떨어뜨리는 바람에 그 자국이 아직도 그녀의 가슴에 남아 있었다. 그래서 그들은 좋은 부모로서 여러 가지를 조심했다. 칼은 절대로 갈지 않았고, 방에는 밀랍을 입히지 않았다. 창문에는 쇠창살을, 창틀에는 튼튼한 받침대를 달았다. 오메의 아이들은 자유롭게 놀았지만 늘 뒤에 그들의 움직임을 지켜보는 사람이 따라다녔다. 감기만 조금 걸려도 아이들 아버지는 호흡기 질환 치료제를 잔뜩 먹였고, 아이들은 모두 네 살이 될 때까지 솜이 든 머리보호용 두건을 어김없이 쓰고 다녀야 했다. 사실 그것은 오메 부인의 강박관념 때문이었다. 그녀의 남편은 그런 압박을 가하면 지능 기관에 영향을 미칠지도 모른다는 불안에 내심 걱정하고 있었다. 그래서 그는 무심코 이런 말까지 하게 되었다.

"도대체 당신은 애들을 카리브족이나 보토쿠도족'으로 만들 작정이야?"

그러는 동안 샤를은 여러 번 대화를 중단시켜 보려고 애썼다.

"당신에게 할 이야기가 있는데요." 그는 앞서서 층계를 내려가기 시작하는 서기의 귀에 대고 나지막이 속삭였다.

'뭔가 눈치를 챈 걸까?' 하고 레옹은 생각했다. 그는 가슴이 두근거렸고 수많은 추측에 갈피를 잡을 수 없었다.

마침내 샤를이 문을 닫고 나서 고급 은판 사진의 가격이 얼마나 되는지 루앙에 가서 직접 알아봐 달라고 그에게 부탁했다. 그것은 아내를 위한 애정 어린 깜짝 선물로, 검은 예복을 입은 자신의 사진을 준비하려는 섬세한 배려였다. 그러나 그전에 **가격이 얼마나 하는지 알아 두고** 싶었던 것이다. 레옹은 거의 매주 시내에 나가므로 그런 부탁이 그에게 폐가 되지는 않을 터였다.

그런데 무슨 목적으로 시내에 가는 걸까? 오메는 그 점에 대해 **젊은이의 어떤 이야기**, 즉 연애를 의심하고 있었다. 그러나 그는 틀렸다. 레옹은 사랑을 쫓아다니는 것이 아니었다. 그는 그 어느 때보다 우울했다. 르프랑수아 부인은 그가 요즘 접시에 남기는 음식의 양을 보고 그것을 알아차렸다. 그녀는 좀 더 자세히 알고 싶어 세무 관리에게 물어보았지만, 비네는 거만한 어투로 자기는 **경찰한테 돈 받고 밀고나 하는 사람**이 아니라고 대답했다.

그렇지만 젊은 친구는 그의 눈에도 매우 이상해 보였다. 종종 레옹이 두 팔을 벌린 채 의자 위에서 몸을 뒤로 젖히고 막연하게 인생살이를 한탄했기 때문이다.

"기분 전환을 충분히 하지 못해서 그래요." 세무 관리가 말했다.

"어떤 기분 전환을 하나요?"

"내가 당신이라면 녹로를 하나 마련하겠소만!"

"하지만 저는 녹로를 돌릴 줄 모르는걸요." 서기가 대답했다.

"아! 그렇군!" 상대방은 만족과 경멸이 뒤섞인 태도로 턱을 쓰다듬으면서 말했다.

레옹은 소득 없는 사랑에 지쳐 있었다. 그리고 아무런 흥미도 희망도 없이 똑같은 생활을 반복하는 데서 오는 의기소침을 느끼기 시작하고 있었다. 그는 용빌과 용빌 사람들에게 너무 싫증이 나서 어떤 사람들이나 어떤 집들은 보기만 해도 참을 수 없을 만큼 짜증이 났다. 약사도 착하긴 하지만 그에게는 완전히 견딜 수 없는 사람이 되었다. 그렇지만 새로운 상황을 예상하면 유혹을 느끼는 동시에 두렵기도 했다.

이 두려움은 곧 조바심으로 바뀌었다. 그러자 파리가 저 멀리서 그를 위해 바람둥이 여자들의 웃음과 함께 가면무도회의 팡파르를 울려 댔다. 거기서 법률 공부를 마쳐야 하는데 왜 떠나지 못하는 것인가? 누가 못 가게 막는가? 그는 마음속으로 준비를 하기 시작했고, 할 일들을 미리 정리해 보았다. 머릿속으로 방에 가구도 들여놓았다. 파리에서 예술가의 삶을 살리라! 기타 레슨을 받아야지! 실내복, 바스크식 베레모, 파란 벨벳 실내화를 장만해야지! 심지어 그는 벽난로 위에 X형으로 걸어 놓은 펜싱 검과 그 위의 해골과 기타를 상상하며 벌써부터 감탄하고 있었다.

어려운 일은 어머니의 승낙을 받는 것이었다. 하지만 그보다 더 합당한 일은 없어 보였다. 심지어 그의 주인도 더 많이 발전할 수 있는 다른 사무실을 찾아보라고 권했다. 그래서 레옹은 절충안을 택해 루앙에서 보좌 서기 자리를 알아보았지만 찾지 못했고, 결국 어머니에게 길고 상세한 편지를 써서 즉시 파리에 가서 살아야 하는 이유를 설명했다. 어머니는 승낙했다.

그는 서두르지 않았다. 한 달 내내 날마다 이베르가 용빌에서 루앙으로, 루앙에서 용빌로 그를 위해 상자와 여행 가방과 짐꾸러미를 날라 주었다. 레옹은 옷을 장만하고 안락의자 세 개에 속을 채우고 갖가지 목도리를 사는 등 한마디로 세계 일주 여행을 위한 것 이상으로 준비를 하고도 일주일 또 일주일 출발을 미루었다. 그러다가 결국 방학 전에 시험을 치를 생각이라면 빨리 출발하라고 재촉하는 어머니의 두 번째 편지를 받았다.

작별 인사를 할 시간이 되자, 오메 부인은 눈물을 흘렸고 쥐스탱은 흐느껴 울었다. 오메는 강한 남자답게 감정을 드러내지 않았다. 그는 레옹을 자기 마차로 루앙에 데려다주기로 한 공증인의 집 울타리까지 친구의 외투를 직접 들어다 주겠다고 했다. 레옹에게는 간신히 보바리 씨에게 작별 인사를 할 시간밖에 없었다.

그는 층계 꼭대기에 이르자 숨이 몹시 가빠 멈춰 섰다. 그가 들어가자 보바리 부인이 급히 일어났다.

"또 접니다!" 레옹이 말했다.

"그런 줄 알았어요!"

그녀는 입술을 깨물었다. 그녀의 피부 밑으로 피가 밀려들면서 머리끝부터 목덜미까지 온통 장밋빛으로 물들였다. 그녀는 벽의 판자에 어깨를 기댄 채 서 있었다.

"의사 선생님은 안 계신가요?" 그가 다시 말했다.

"안 계세요."

그녀가 되풀이했다.

"안 계세요."

그러자 침묵이 흘렀다. 그들은 서로를 바라보았다. 그들의 생각이 똑같은 번민 속에 뒤섞이면서 두근거리는 두 개의 가슴처럼 서로 합쳐졌다.

"베르트에게 작별 키스를 하고 싶은데요." 레옹이 말했다.

에마는 층계를 몇 계단 내려가서 펠리시테를 불렀다.

레옹은 마치 모든 것을 뚫고 들어가 모두 가져갈 듯한 시선으로 벽과 선반과 벽난로를 훑으며 재빨리 주위를 둘러보았다.

그러나 에마가 되돌아왔고 하녀가 베르트를 데려왔다. 아이는 실 끝에 거꾸로 매달린 바람개비를 흔들고 있었다.

레옹은 아이의 목에 여러 번 입을 맞추었다.

"안녕, 아가야! 귀여운 아가, 안녕!" 그러고 나서 그는 아이를 어머니에게 돌려주었다.

"데리고 가." 그녀가 말했다.

다시 둘만 남았다.

보바리 부인은 등을 돌린 채 얼굴을 유리창에 대고 있었다. 레옹은 모자를 손에 들고 그것으로 허벅지를 가볍게 쳤다.

"비가 올 것 같은데요." 에마가 말했다.

"망토가 있어서 괜찮아요." 그가 대답했다.

"아!"

그녀는 턱을 숙이고 이마를 앞으로 내민 채 고개를 돌렸다. 빛이 대리석 위를 미끄러지듯 그녀의 이마 위에서 둥근 눈썹까지 미끄러지며 비추었다. 에마가 지평선 저 멀리 무엇을 바라보고 있는지, 마음속으로 무엇을 생각하고 있는지 알 수가 없었다.

"그럼 안녕히 계세요!" 그가 한숨을 내쉬었다.

그녀는 갑작스럽게 얼굴을 들었다.

"네, 안녕히…… 가세요!"

그들은 서로를 향해 다가갔다. 그가 손을 내밀자 그녀는 망설였다.

"그럼 영국식으로." 그녀는 웃으려고 애쓰는 동시에 자기 손을 내맡기며 말했다.

레옹은 손가락 사이로 그녀의 손의 감촉을 느꼈다. 자신의 전 존재가 그 축축한 손바닥 안으로 내려가는 것만 같았다.

이윽고 그는 손을 놓았다. 두 사람의 눈이 다시 마주친 뒤, 그는 사라졌다.

그는 중앙 시장에 이르자 걸음을 멈추고, 네 개의 초록색 덧문이 달린 그 하얀 집을 마지막으로 한 번 더 보기 위해 기둥 뒤에 몸을 숨겼다. 창문 뒤로 방 안에서 그림자가 보이는 것 같았다. 그러나 아무도 손대지 않았는데 저절로 그러는 것처럼 커튼이 커튼 걸이에서 벗겨지면서 비스듬한 긴 주름들이 천천히 움직이다가 단번에 모두 펼쳐졌다. 레옹은 석고벽처럼 꼼짝도 하지 않고 똑바로 서 있다가 달리기 시작했다.

멀리 도로 위에 주인의 이륜마차가 보였고, 옆에서 삼베로 된 덧옷을 입은 한 남자가 말을 붙들고 있었다. 오메와 기요맹 씨가 이야기를 나누고 있었다. 그를 기다리고 있는 것이었다.

"작별 키스를 해 주세요. 여기 당신 외투요. 추위 조심해요! 건강에 유의하고! 몸조심하세요!" 약사가 두 눈에 눈물을 글썽이며 말했다.

"자, 레옹, 타요!" 공증인이 말했다.

오메는 마차의 흙받이 위로 몸을 굽힌 채 흐느끼느라 끊기는 목소리로 두 마디 슬픈 인사를 건넸다.

"여행 잘해요!"

"안녕히 계세요. 이제 그만 가야죠!" 기요맹 씨가 대답했다.

그들은 출발했고, 오메는 집으로 돌아갔다.

보바리 부인은 정원으로 난 창문을 열고 구름을 바라보고 있었다.

구름은 루앙 쪽인 서쪽으로 몰려들더니 시커먼 소용돌이를 이루며 재빨리 흘러갔다. 그러자 그 뒤로 굵은 태양 광선이 마치 공중에 매달린 트로피의 황금 화살처럼 뻗어 나왔고, 비어 있는 하늘의 나머지 부분은 도자기 색깔처럼 하얬다. 그러나 돌풍이 불어 포플러 가지들이 휘어지고 갑자기 비가 내리면서 초록색 잎사귀에 부딪혀 탁탁 소리를 냈다. 이어서 해가 다시 나타나고, 암탉이 울고, 참새가 젖은 수풀에서 날개를 퍼덕이고, 모래 위의 물웅덩이가 붉은 아카시아 꽃잎을 싣고 흘렀다.

'아! 그는 이미 멀리 있겠지!' 그녀는 생각했다.

오메 씨가 여느 때와 다름없이 여섯 시 반, 식사 중에 찾아왔다.

"드디어 우리의 젊은 친구를 떠나보낸 건가요?" 그가 자리에 앉으면서 말했다.

"그런 것 같군요!" 의사가 대답했다.

그리고 앉은 채로 돌아보면서 말했다.

"댁에는 별일 없으시죠?"

"별일 없습니다. 다만 집사람이 오늘 오후에 좀 흥분했었죠. 아시다시피 여자들이란 아무것도 아닌 일로 마음이 흔들리잖아요! 제 아내는 특히 더 그렇습니다! 그런다고 화를 내면 안 되겠죠. 여자들의 신경 조직은 우리 남자들보다 훨씬 더 연약하니까요."

"가엾은 레옹! 파리에서 어떻게 살까!…… 잘 적응하겠지요?" 샤를이 말했다.

보바리 부인이 한숨을 쉬었다.

"그럼요! 요릿집의 멋진 파티! 가면무도회! 샴페인! 모든 것이 잘 굴러갈 거예요, 제가 장담하지요." 약사가 혀를 차면서 말했다.

"그 사람이 방탕하게 지내지는 않을 거라고 생각해요." 보바리가 이의를 제기했다.

"저도 그렇게 생각합니다!" 오메 씨가 재빨리 대꾸했다. "하지만 그 사람도 위선자 취급을 받지 않으려면 다른 사람들을 따라 해야 할 거예요. 당신은 카르티에 라탱에서 그 익살꾼들이 여배우들과 어울려 어떤 생활을 하는지 모르실 겁니다! 게다가 파리에서는 학생들이 아주 인기가 좋거든요. 뭔가 매력적인 재능만 있으면 최상류 사회에도 드나들 수 있고, 심지어 생제르맹의 귀부인들도 반하게 되지요. 그러면 아주 멋진 결혼을 할 기회가 주어지는 거예요."

"하지만 내가 걱정하는 것은 그가…… 거기서……." 의사가 말했다.

"맞는 말씀입니다." 약사가 말을 가로막았다. "어두운 이면이 있게 마련이지요! 파리에서는 항상 주머니를 손으로 단단히 쥐고 있어야 합니다. 예를 들어 당신이 공원에 있다고 합시다. 그러면 옷을 잘 차려입고 심지어 훈장까지 단, 외교관처럼 보이는 어떤 남자가 나타나지요. 그 사람은 당신에게 다가와 말을 걸면서 슬그머니 끼어들어 코담배를 권하거나 모자를 집어 주기도 합니다. 이어서 좀 더 친분을 맺게 되면 당신을 카페로 데려 가고, 시골 별장으로 초대하고, 술자리에서 온갖 사람을 소개해 주지요. 그러나 그건 십중팔구 당신의 주머니를 털거나 위험한 일에 당신을 끌어들이기 위한 수작일 뿐입니다."

"맞아요. 그러나 나는 특히 질병, 예를 들어 지방 학생들이 잘 걸리는 장티푸스를 걱정하고 있었어요." 샤를이 대답했다.

에마가 몸을 떨었다.

"음식의 변화와 그로 인해 비롯되는 전신의 기능 이상 때문이지요. 게다가 파리의 물은 또 어떻습니까! 음식점의 요리들도 모두 양념이 너무 강해 결국 피를 뜨겁게 하고, 어쨌든 좋은 가정식에 비할 수가 없지요. 저는 언제나 가정 요리를 좋아했습니다. 그게 더 건강에 좋으니까요! 그래서 루앙에서 약학을 공부할 때는 세 끼를 다 주는 하숙집에서 하숙했어요. 교수들과 같이 식사를 했지요." 약사가 계속했다.

그리고 그는 자신의 지론과 개인적으로 좋아하는 것을 계속해서 이야기했다. 그때 쥐스탱이 에그노그*를 만드는 것 때문에 그를 부르러 왔다.

"잠시도 쉴 틈이 없군! 언제나 사슬에 매여 있어! 단 1분도 외출할 수가 없단 말이야! 농사짓는 말처럼 피땀을 흘려야 한다니! 이 무슨 고역이람!" 그가 소리쳤다.

그리고 문턱에 이르자 그가 말했다.

"그런데 말이에요, 소식 들으셨어요?"

"무슨 소식요?"

오메가 눈썹을 치켜올리면서 매우 진지한 얼굴로 말을 이었다.

"십중팔구는 센앵페리외르 지역의 농사 공진회가 올해는 용빌라베이에서 열릴 거랍니다. 적어도 그런 소문이 돌고 있어요. 오늘 아침 신문에도 그에 대해 뭔가 언급이 있었고요. 그렇다면 우리 군으로서는 매우 중대한 일이 될 겁니다! 그러나 그 이야기는 나중에 합시다. 잘 보입니다, 감사합니다. 쥐스탱이 등불을 들고 있으니까요."

VII

다음 날은 에마에게 침울한 하루였다. 어두운 분위기가 모든 것을 감싸고 사물의 표면 위에서 막연히 떠도는 것 같았고, 겨울바람이 버려진 성안으로 불어닥치듯이 슬픔이 부드럽게 울부짖으며 그녀의 영혼 속으로 밀려들었다. 그것은 두 번 다시 돌아오지 않을 것에 대한 몽상, 뭔가 일을 끝내고 나면 매번 찾아오는 권태, 요컨대 익숙한 모든 동작이 중단되거나 길게 이어진 진동이 갑자기 멈출 때 오는 고통이었다.

보비에사르에서 돌아온 후 카드리유 춤이 머릿속에서 맴돌던 그때처럼, 그녀는 침울한 우수와 멍한 절망에 사로잡혔다. 레옹이 보다 크고 보다 아름답고 보다 감미롭고 보다 막연한 모습으로 다시 나타났다. 그는 비록 그녀와 헤어져 있어도 그녀를 떠나지 않고 거기에 있었던 것이다. 집의 담벼락이 그의 그림자를 간직하고 있는 것 같았다. 그녀는 그가 걸었던 그 양탄자, 그가 앉았던 그 빈 의자에서 눈을 뗄 수가 없었다. 강물은 여전히 흐르고 있었고, 미끄러운 강둑을 따라 잔물결을 천천히 밀어내고 있었다. 그들은 똑같은 물결의 속삭임을 들으며 이끼로 덮인 자갈돌을 밟으면서 여러 번 그곳을 산책했었다. 얼마나 기분 좋은 햇빛을 받았던가! 정원 깊숙한 그늘에서 단둘이 얼마나 행복한 오후를 보냈던가! 그는 모자를 벗고 마른 나무토막으로 만든 의자에 앉아 큰 소리로 책을 읽었었다. 초원의 상쾌한 바람에 책장과 덩굴시렁의 한련꽃이 떨리곤 했었다……. 아! 그는 떠났다. 그녀의 삶에서 유일한 매력이며 지고의 행복을 가져다줄 유일한 희망인 그가! 그 행복이 눈앞에 있을 때 어째서 붙잡지 못했던가! 행복이 달아나려 할 때 왜 두 손으로, 두 무릎으로 꽉 붙들지 못했을까? 그녀는 레옹을 사랑하지 않은 자기 자신을 저주했고, 그의 입술을 갈망했다. 그를 다시 만나러 달려가 그의 품에 몸을 던지면서 "저예요, 저는 당신 거예요!"라고 말하고 싶은 욕구가 그녀를 사로잡았다. 그러나 에마는 그런 행동이 어렵다는 것을 알기에 미리 움츠러들었다. 그리고 그녀의 욕망은 회한으로 인해 더 커지면서 더욱더 강해질 뿐이었다.

그때부터 레옹의 추억은 그녀의 권태에서 중심과 같은 것을 이루었다. 그것은 러시아의 대초원에서 여행자들이 눈 위에 버리고 간 모닥불보다 더 강하게 탁탁 소리를 내며 타올랐다. 그녀는 거기로 달려들어 그 옆에 쭈그리고 앉아서 꺼져 가는 그 불을 조심스럽게 뒤적거렸고, 불길을 활활 타오르게 할 수 있는 것을 온 사방에서 찾았다. 가장 오래된 어렴풋한 기억이나 지금 당장의 상황, 직접 겪은 일이나 상상한 일, 산산이 흩어지는 관능의 욕망, 죽은 나뭇가지처럼 바람에 꺾이는 행복의 계획, 자신의 헛된 정절, 무너진 희망, 외양간의 짚더미에 이르기까지 그녀는 모든 것을 긁어모으고 붙잡아 자신의 슬픔에 불을 붙이는 연료로 사용했다.

그러나 땔감이 저절로 떨어진 것인지 아니면 너무 많은 양의 땔감을 쌓아 올린 탓이지 불길은 사그라들었다. 사랑은 부재로 인해 조금씩 꺼져 갔고, 회한은 습관 속에서 약해졌다. 그리고 그녀의 창백한 하늘을 붉게 물들이던 그 불빛은 더 많은 어둠으로 뒤덮여 점차 사라졌다. 몽롱한 의식 속에서 그녀는 남편에 대한 혐오를 연인에 대한 동경으로, 불타오르는 증오를 따뜻한 애정으로 착각하기도 했다. 그러나 여전히 폭풍이 몰아쳤고 정열은 재가 되도록 다 타 버렸으며 아무런 구원도 오지 않고 해가 조금도 나타나지 않아, 온 사방이 깜깜한 밤이었다. 그녀는 몸속으로 파고드는 추위 속에서 길을 잃고 있었다.

그리하여 토스트에서와 같은 괴로운 나날이 다시 시작되었다. 그녀는 지금이 훨씬 더 불행하다고 생각했다. 슬픔을 경험했고, 그 슬픔이 끝나지 않으리라 확신하고 있었기 때문이다.

그토록 큰 희생을 감수한 여자라면 일시적 욕망에 따라 변덕을 좀 부려도 좋으리라. 그녀는 고딕식 기도대를 샀고, 손톱 손질용 레몬을 위해 한 달에 14프랑을 썼다. 푸른색 캐시미어 옷을 구입하려고 루앙으로 편지를 보냈고, 뢰뢰에게서 가장 아름다운 스카프를 골라 실내복의 허리에 맸다. 그리고 덧문을 닫은 채 손에 책을 한 권 들고 그런 이상한 옷차림으로 소파 위에 길게 누워 있었다.

그녀는 머리 모양도 자주 바꾸었다. 중국식으로 하기도 하고 부드러운 컬을 만들거나 땋은 머리를 하기도 했다. 또는 남자처럼 한쪽으로 가르마를 타고 밑에서 머리카락을 말기도 했다.

그녀는 이탈리아어를 배우고 싶어 여러 사전과 문법책과 많은 양의 백지를 샀다. 또 역사나 철학 등의 진지한 독서를 시도했다. 때때로 샤를은 밤중에 환자 때문에 그를 부르러 온 줄 알고 깜짝 놀라 잠에서 깨곤 했다.

"갑니다." 그가 우물우물 말했다.

그런데 그것은 에마가 램프를 다시 켜려고 성냥을 긋는 소리였다. 그러나 그녀의 독서는 시작만 해 놓고 장롱 속에 처박아 둔 자수와 마찬가지였다. 그녀는 책을 집어 들었다가 그만두고 다른 책으로 옮겨 가곤 했다.

그녀는 감정의 폭발을 일으키기도 했는데, 그럴 때 자칫하면 그녀를 부추겨 엉뚱한 행동을 하게 만들었다. 하루는 그녀가 남편에게 맞서 브랜디를 큰 컵으로 반 잔은 마실 수 있다고 우겼다. 그런데 샤를이 어리석게도 그럴 수 없을 거라고 말하자 그녀는 브랜디를 한 방울도 남김없이 들이켜 버렸다.

에마는 날아갈 듯 경쾌한 태도(용빌 여자들의 표현이었다)에도 불구하고 즐거워 보이지 않았다. 그녀는 노처녀나 권력을 상실한 야심가의 얼굴을 찌푸리게 하는 요지부동의 일그러진 표정을 언제나 입가에 달고 있었다. 그녀는 온몸이 창백했고 빨래처럼 하얗었다. 코의 피부는 콧구멍 쪽으로 당겨져 있었고, 멍한 눈으로 사람을 바라보았다. 관자놀이에서 흰 머리카락 세 개가 발견되자, 자신이 늙었다는 말을 많이 했다.

종종 기절하는 일도 있었다. 심지어 하루는 각혈까지 했다. 샤를이 불안감을 드러내며 지나치게 걱정하자, "아, 까짓것! 아무려면 어때요?" 하고 그녀는 대답했다.

샤를은 진찰실로 들어가 처박혔다. 그리고 사무용 의자에 앉아 탁자에 팔꿈치를 괴고 골상학 해골 밑에서 울었다.

그는 어머니에게 편지를 써서 와 달라고 부탁했다. 그들은 에마에 대해 오랫동안 의논했다.

어떻게 해야 할까? 그녀가 모든 치료를 거부하는 마당에 무엇을 할 것인가?

"네 아내에게 필요한 게 뭔지 아니? 강제로라도 일을 하게 해야 해, 손으로 하는 일 말이다! 만일 다른 사람들처럼 밥벌이를 해야 한다면 저런 우울증에 걸리지는 않았을 게다. 그런 건 머릿속에 온갖 잡념이 꽉 차 있고 하는 일 없이 지내기 때문에 생기는 거야." 보바리 노부인이 말을 이었다.

"하지만 집사람은 바빠요." 샤를이 말했다.

"아! 바쁘다고! 뭐 하느라? 소설책이나 고약한 책들, 종교를 반대하고 볼테르의 말을 빌려 신부님들을 조롱하는 책들을 읽느라고 말이지. 하지만 그러다가 크게 잘못될 수 있어. 얘야, 신앙심이 없는 사람은 언제나 결국 행실이 나빠지게 되는 법이란다."

그리하여 에마가 소설을 읽지 못하게 하기로 결정했다. 그 일은 쉽지 않을 것 같았다. 노부인이 그 일을 맡았다. 그녀는 루앙을 지나는 길에 도서 대여점에 직접 가서 에마가 구독을 그만둔다고 말하기로 했다. 만약 책방 주인이 그래도 해악을 끼치는 그 일을 계속하겠다고 고집을 부린다면 경찰에 알릴 권리가 있지 않겠는가?

시어머니와 며느리의 작별 인사는 무뚝뚝했다. 함께 지낸 3주 동안 두 여자는 식탁에서 마주할 때와 저녁에 잠자리에 들기 전에 건네는 의례적인 인사말이나 정보 전달 외에는 채 네 마디도 나누지 않았다.

보바리 노부인은 용빌의 장날인 어느 수요일에 떠났다.

아침부터 광장은 줄지어 늘어선 짐수레들로 혼잡했다. 짐수레들은 하나같이 뒷부분을 땅에 붙이고 끌채를 공중으로 향한 채 성당에서 여관까지 집들을 따라 늘어서 있었다. 반대편에는 말고삐나 끝자락이 바람에 펄럭이는 푸른색 리본 다발과 함께 면제품, 이불, 털양말 등을 파는 천막 막사가 있었다. 피라미드 모양으로 쌓아 놓은 계란과 끈적끈적한 지푸라기가 삐져나온 치즈 바구니 사이에 쇠로 만든 여러 가지 커다란 물건들이 땅바닥에 진열되어 있었다. 밀 탈곡기들 옆에는 납작한 닭장 안에서 꼬꼬댁거리는 암탉들이 창살 사이로 모가지를 내밀고 있었다. 움직이려고 하지 않은 채 같은 장소에 가득 모여 있는 군중 때문에 때로는 약국의 진열대가 부서질 뻔했다. 수요일마다 약국은 대만원을 이루곤 했는데, 사람들은 약을 사기 위해서가 아니라 진찰을 받기 위해서 몰려드는 것이었다. 그만큼 오메 선생의 명성은 근처 마을에서 유명했다. 그의 확고한 침착성이 시골 사람들을 매료시킨 것이다. 그들은 그를 다른 어떤 의사보다 더 훌륭한 의사로 여기고 있었다.

에마는 자기 방 창가에 팔꿈치를 괴고 있었다(그녀는 종종 그렇게 했다. 시골에서 창문은 극장과 산책을 대신했다). 그녀가 시골 사람들의 혼잡을 재미있게 바라보고 있을 때, 초록색 벨벳 프록코트를 입은 한 남자가 눈에 띄었다. 그는 견고한 각반을 차고 있으면서도 노란 장갑을 끼고 있었다. 그는 의사의 집을 향해 걸어오고 있었는데, 골똘히 생각하는 듯한 태도로 고개를 숙이고 걷는 한 농부가 그 뒤를 따라왔다.

"의사 선생님 좀 뵐 수 있을까요?" 그가 문턱에서 펠리시테와 이야기하고 있는 쥐스탱에게 물었다.

그러고는 쥐스탱을 그 집 하인으로 착각하고 말했다.

"로돌프 불랑제 드 라 위셰트가 왔다고 전해 주시오."

이 낯선 남자가 자기 이름에 드 라 위셰트라고 귀족 칭호를 덧붙인 것은 자신의 영지를 자랑하고 싶어서가 아니라 자기 자신을 더 잘 알리기 위해서였다. 사실 위셰트는 용빌 근처에 있는 영지로, 그는 얼마 전에 그곳의 성과 두 농장을 구입했다. 그는 그 농장을 직접 경작했지만 그다지 힘들여 고생하지는 않았다. 독신으로 지내는 그는 연수입이 **적어도 1만 5천 리브르**는 된다고 알려져 있었다!

샤를이 진찰실로 들어왔다. 불랑제 씨는 같이 온 사람을 소개했고, 그는 **온몸이 저리니** 피를 뽑아 달라고 했다.

"그러면 시원할 것 같아요." 그는 어떤 이유를 대도 막무가내였다.

그래서 보바리는 붕대와 대야를 가져오라고 한 다음, 쥐스탱에게 대야를 붙들고 있으라고 했다. 그리고 벌써 파랗게 질려 있는 시골뜨기에게 말했다.

"겁낼 것 없어요."

"네, 네, 계속하세요!" 상대방이 대답했다.

그리고 그는 허세를 부리는 태도로 굵은 팔을 내밀었다. 랜싯으로 찌르자 피가 솟구쳐 거울에 튀었다.

"대야를 더 가까이 가져와!" 샤를이 소리쳤다.

"어이구! 꼭 작은 분수가 솟아 나오는 것 같네! 내 피가 정말 빨갛군요! 이건 틀림없이 좋은 징조지요, 안 그래요?" 농부가 말했다.

"때때로 처음에는 아무것도 못 느끼다 기절하기도 합니다. 이 사람처럼 체격이 좋은 사람들이 특히 그렇죠." 의사가 다시 말했다.

그 말끝에, 시골뜨기는 손가락으로 돌리고 있던 작은 상자를 떨어뜨렸다. 어깨에 경련이 일어나 의자의 등받이가 삐걱거렸고, 그의 모자가 떨어졌다.

"이럴 줄 알았어요." 보바리가 손가락으로 정맥을 누르며 말했다.

쥐스탱의 손에서 대야가 떨리기 시작했다. 그의 무릎이 비틀거리고 얼굴이 창백해졌다.

"여보! 여보!" 샤를이 불렀다.

그녀가 단숨에 층계를 내려왔다.

"식초 좀! 아! 맙소사, 둘이 한꺼번에!" 그가 소리쳤다.

그는 당황해서 압박 붕대도 겨우 갖다 댔다.

"별일 아닙니다." 불랑제 씨가 쥐스탱을 두 팔로 안으면서 매우 침착하게 말했다.

그러고는 그를 탁자 위에 앉히고 등을 벽에 기대게 했다.

보바리 부인이 그의 넥타이를 풀기 시작했다. 셔츠의 끈에 매듭이 있어서 그녀는 잠시 소년의 목에 손가락을 집어넣고 가볍게 움직였다. 이어서 자신의 흰 삼베 손수건에 식초를 부어 그것으로 관자놀이를 조금씩 적시고 그 위로 조심스럽게 입김을 불었다.

마차꾼은 깨어났지만, 쥐스탱은 여전히 실신한 상태였다. 그의 눈동자는 우유 속에 잠긴 푸른 꽃처럼 핏기 없는 공막 속으로 사라졌다.

"이걸 안 보이게 치워야겠어." 샤를이 말했다.

보바리 부인이 탁자 밑으로 넣으려고 대야를 집어 들었다. 그녀가 몸을 굽히자 그녀의 옷(장식 밑단이 네 개 달린 노란 여름 옷으로 허리 부분이 길고 치마폭이 넓었다)이 진찰실 타일 바닥 위에 나팔 모양으로 벌어졌다. 그리고 몸을 굽힌 에마가 두 팔을 벌리면서 약간 비틀거리자, 부풀어 오른 치마폭이 상반신의 굴곡을 따라 군데군데 주저앉았다. 이어서 그녀가 물병을 가져와 설탕 조각을 녹이고 있을 때 약사가 들어왔다. 하녀가 그 소동 중에 그를 부르러 갔던 것이다. 약사는 조수가 눈을 뜨고 있는 것을 보자 한숨이 놓였다. 그리고 조수의 주위를 빙빙 돌면서 아래위로 훑어보았다.

"바보야! 정말 바보야! 영락없는 바보야! 어쨌든 피를 뽑는 게 대단한 일인가 보군! 아무것도 무서워하는 게 없는 녀석인데! 이 녀석은요, 아찔하게 높은 나무 꼭대기까지 올라가서 호두를 터는 다람쥐 같은 녀석이거든요. 아! 그래, 말 좀 해 봐, 네 자랑 좀 해 보라고! 그것도 나중에 약국을 하는 데 필요한 좋은 자질이야. 심각한 상황에서는 법정에 불려 가서 사법관들의 의식을 깨우쳐 주게 될 수도 있으니까. 하지만 냉정함을 잃지 말고 따지고 들고 남자다운 모습을 보여야 해. 안 그러면 바보 취급을 받는단 말이야!" 그가 말했다.

쥐스탱은 대답하지 않았다. 약사가 계속했다.

"누가 너한테 와 달라고 했어? 네 녀석은 언제나 이 댁 분들께 폐를 끼치고 있어! 게다가 수요일에는 특히 더 내 옆에 있어야 하잖아. 지금도 우리 집에는 손님이 스무 명이나 있단 말이야. 네가 걱정되어 만사를 제쳐 두고 온 거야. 자, 어서 가! 뛰어가! 가서 기다려, 약병들 조심하고!"

쥐스탱이 옷을 다시 차려입고 나가자, 잠시 기절에 대한 이야기가 나왔다. 보바리 부인은 한 번도 기절한 적이 없었다.

"여자분으로서는 놀라운 일이군요! 게다가 몹시 예민한 사람들이 있지요. 저는 결투를 할 때 권총을 장전하는 소리에 의식을 잃는 입회인도 보았으니까요." 불랑제 씨가 말했다.

"저는 남의 피를 보는 것은 아무렇지 않지만 제 피가 흐르는 것은 생각만 해도 기절할 것 같아요. 그것을 너무 골똘히 생각하게 된다면 말이에요." 약사가 말했다.

그러는 동안 불랑제 씨는 자기 하인에게 원하는 대로 해 줬으니 마음을 진정하라고 하면서 돌려보냈다.

"저자의 엉뚱한 바람 덕분에 선생님을 알게 되었네요." 그가 덧붙였다.

그는 이 말을 하면서 에마를 바라보았다.

그리고 탁자 구석에 3프랑을 올려놓은 뒤 건성으로 인사를 하고 가 버렸다.

그는 곧 강 반대편에 이르렀다(그것이 위셰트로 돌아가는 방향이었다). 에마는 그가 뭔가 골똘히 생각하는 사람처럼 이따금 발걸음을 늦추며 초원의 포플러 밑에서 걸어가는 모습을 보았다.

'아주 예쁜걸! 정말 예뻐, 그 의사 마누라 말이야! 예쁜 이빨, 검은 눈, 귀여운 발, 그리고 파리 여자 같은 태도. 그 여자는 대체 어디서 나타난 걸까? 그 뚱뚱한 녀석이 어디서 그런 여자를 찾아낸 거지?' 하고 그는 생각했다.

로돌프 불랑제 씨는 서른네 살이었다. 그는 거친 기질에 머리가 좋은 데다 여자들을 많이 사귀어 그 방면에 대해 훤히 알고 있었다. 그 여자는 예뻐 보였다. 그래서 그는 그녀와 그녀의 남편에 대한 공상에 잠겼다.

'그자는 아주 멍청한 것 같아. 틀림없이 그 여자는 진저리를 내고 있을 거야. 그자는 손톱도 더럽고 수염도 사흘은 안 깎았더군. 그자가 종종걸음을 치며 환자를 보러 다니는 동안 여자는 양말이나 깁고 있겠지. 따분하겠어! 도시에 살면서 저녁마다 폴카를 추고 싶을 텐데! 가엾은 여자! 도마 위의 잉어가 물을 찾으며 목말라하듯 그녀는 사랑에 목말라 있겠지. 달콤한 말 세 마디면 넘어오겠는걸, 장담해! 아주 상냥하겠는데! 매력적이야!…… 그래, 그런데 나중에 어떻게 떼어 버리지?'

그러자 앞일을 전망하며 예상되는 쾌락의 장애물들로 인해 대조적으로 현재의 정부가 생각났다. 그가 관계를 맺고 있던 루앙의 여배우였는데, 그 모습이 떠오르자 기억하는 것만으로도 싫증이 났다.

'아! 보바리 부인이 그 여자보다 훨씬 더 예뻐. 특히 더 싱싱해. 비르지니는 확실히 너무 뚱뚱해지기 시작했어. 그녀의 쾌락도 진절머리 나. 게다가 새우는 또 얼마나 좋아하는지!'

들판에는 아무도 없었다. 로돌프 주위에서는 풀이 그의 구두에 스치며 나는 규칙적인 소리와 멀리 귀리 밭에 숨어 있는 귀뚜라미의 울음소리밖에 들리지 않았다. 그는 조금 전에 보았던 것처럼 옷을 입고 진찰실에 있는 에마의 모습을 떠올렸다. 그리고 그녀의 옷을 벗겨 보았다.

"오! 갖고 말겠어!" 그는 지팡이로 앞에 있는 흙더미를 짓누르면서 소리쳤다.

그리고 곧 그 계획의 전략적인 측면을 검토하면서 자문해 보았다.

"어디서 만나지? 어떤 방법으로? 어린애가 늘 어깨 위에 매달려 있겠지. 하녀에 이웃 사람들에 남편에 온갖 귀찮은 일이 수두룩하네. 아, 제기랄! 시간깨나 걸리겠군!" 그가 말했다.

이어서 그는 다시 시작했다.

"그래도 그 여자의 눈은 송곳처럼 심장을 파고든단 말이야. 그리고 그 창백한 안색!…… 난 창백한 여자들을 엄청 좋아하는데!"

아르게유 언덕 꼭대기에서 그는 결심했다.

"이제 기회를 노리기만 하면 돼. 그래, 때때로 들르기도 하고, 사냥감이나 닭도 보내 줘야지. 필요하다면 피도 뽑으러 가고. 친구가 되어 그들 부부를 집에 초대하는 거야……. 아! 그렇지!" 그는 덧붙여 말했다. "곧 농사 공진회가 열리네. 그 여자도 거기 올 테니 보게 되겠지. 대담하게 시작하자. 그게 제일 확실하니까."

VIII

드디어 그 유명한 농사 공진회가 열렸다! 성대한 축제 날 아침부터 주민들은 모두 문간에서 그 준비에 대한 이야기를 나누었다. 면사무소 정면 박공은 담쟁이덩굴로 장식되었고, 목초지에는 연회를 위한 천막이 세워졌다. 광장 중앙의 성당 앞에 있는 구식 대포는 지사님의 도착과 상을 받는 농부들의 이름을 알릴 때 사용하기로 되어 있었다. 뷔시의 국민군(용빌에는 국민군이 없었다)이 와서 비네를 대장으로 하는 소방대와 합류했다. 이날 비네는 평소보다 훨씬 더 높은 깃을 달고 있었다. 제복을 입은 허리를 꽉 졸라맨 상반신이 어찌나 경직되고 굳어 있는지 강한 발걸음으로 절도 있게 박자에 맞춰 올라가는 두 다리로 그의 생명 있는 부분이 모두 내려와 있는 것 같았다. 세무 관리와 국민군 연대장 사이에는 경쟁심이 남아 있어, 각자 자신들의 능력을 보여 주기 위해 부하들을 따로 훈련

시키고 있었다. 그래서 붉은 견장과 검은 가슴받이가 번갈아 왔다 갔다 하는 것이 보였다. 그것은 끝나지 않고 계속 다시 시작되었다! 이처럼 화려한 군대의 전개는 일찍이 없었다! 몇몇 마을 사람은 전날부터 집을 청소했고, 반쯤 열려 있는 창문에는 삼색기가 걸려 있었다. 술집에는 어디나 사람들이 가득했다. 날씨가 좋아서 풀 먹인 모자, 금 십자가, 색색의 숄이 눈보다 더 하얗게 보이며 밝은 햇빛을 받아 반짝였고, 여기저기 얼룩덜룩하게 흩어져 있어 프로코트와 푸른 작업복들의 거무튀튀한 단조로운 색조에 생기를 불어넣어 주었다. 근처에 사는 농부의 아내들은 말에서 내리자 더러워질까 봐 옷자락을 걷어 올려 몸 주위에 고정시켰던 큰 핀을 뽑았다. 반면 남편들은 모자를 보호하느라 모자 위에 손수건을 올려놓고 손수건 한쪽을 입에 물고 있었다.

군중은 마을 양쪽 끝을 통해 대로에 도착했다. 그들은 골목에서, 오솔길에서, 집에서 쏟아져 나왔다. 이따금 축제를 보러 가려고 실로 짠 장갑을 끼고 집을 나서는 마을 여자들 뒤에서 문의 쇠고리 떨어지는 소리가 들리곤 했다. 특히 감탄을 자아내는 것은 세력가들이 자리할 연단의 양옆에 등불을 잔뜩 단채 세워져 있는 기다란 등불 받침대였다. 그 밖에 면사무소의 네 기둥에는 장대 같은 것이 네 개 세워져 있었는데, 각각 초록색 천에 금색 글씨로 장식된 깃발이 달려 있었다. 그중 하나에는 '상업을 위하여', 다른 하나에는 '농업을 위하여', 세 번째 깃발에는 '산업을 위하여', 네 번째 깃발에는 '예술을 위하여'라고 씌어 있었다.

그러나 모든 사람의 얼굴을 밝게 만드는 기쁨이 여관 주인 르프랑수아 부인을 우울하게 만드는 것 같았다. 그녀는 부엌 층계에 서서 입속으로 중얼거렸다.

"무슨 바보 같은 짓이람! 천막 막사라니, 정말 어리석기 짝이 없네! 지사님이 어릿광대처럼 저기 천막 아래에서 식사하는데 편안하리라고 생각하는 거야? 저따위 난장판을 만들어 놓고 지역을 위해 좋은 일을 한다고! 그렇다면 뇌샤텔에 가서 형편없는 요리사를 데려올 필요도 없었잖아! 누굴 위해서? 소몰이꾼을 위해서! 거지들을 위해서!"

약사가 지나갔다. 그는 검은 예복과 난징 직물로 된 바지에다 비버 가죽 구두를 신고 특이하게 높이가 낮은 모자를 쓰고 있었다.

"안녕하시오! 바빠서 실례합니다." 그가 말했다.

뚱뚱한 과부가 어디 가느냐고 묻자 그는 다시 말을 이었다.

"이상해 보이죠, 그렇죠? 나는 늘 조제실에 처박혀 있는 사람이니까요. 치즈 속에 처박혀 있는 쥐보다 더 말이에요."

"무슨 치즈라고요?" 여관 주인이 말했다.

"아뇨, 아무것도 아닙니다! 아무것도 아니에요! 르프랑수아 부인, 나는 그저 내가 언제나 집 안에 틀어박혀 지낸다는 것을 표현하고 싶었을 뿐입니다. 그런데 오늘은 상황이 상황인지라……." 오메가 다시 말했다.

"아! 저기에 가는 거예요?" 그녀는 경멸스러운 태도로 말했다.

"네, 저기에 가는 겁니다. 내가 자문위원회 일원 아닙니까?"
약사가 놀라서 대꾸했다.

르프랑수아 부인은 잠시 그를 쳐다보다가 미소를 지으며 대답했다.

"그건 얘기가 다르지요! 하지만 당신이 농사와 무슨 관계가 있죠? 당신이 농사일을 알아요?"

"물론 알죠. 나는 약사, 즉 화학자니까요! 화학은 말입니다, 르프랑수아 부인, 자연의 모든 물질의 상호 분자 작용에 대한 이해를 목적으로 하는 학문이라서 당연히 농업도 그 분야에 포함되거든요! 사실 비료의 성분, 액체의 발효, 가스의 분석, 습지대 악취의 영향, 이런 모든 것이 그야말로 화학이 아니면 대체 뭐란 말입니까?"

여관 주인은 아무 대답도 하지 않았다. 오메가 계속했다.

"농학자가 되려면 직접 땅을 경작하거나 닭을 키워 봤어야 한다고 생각하세요? 그보다는 오히려 관련된 물질의 구조, 지질학적인 지층, 대기의 작용, 토지와 광물과 물의 특성, 다양한 물체의 밀도와 그것들의 모세관 현상 등을 알아야 하는 겁니다! 그리고 건물의 건축, 동물 사료 주기, 인부들의 영양을 관리하고 지적하려면 위생학의 모든 원칙을 철저하게 터득해야 합니다! 식물학에도 통달해서 식물을 식별할 수 있어야 하고요. 르프랑수아 부인, 아시겠어요? 어떤 것이 몸에 좋고 어떤 것이 해로운지, 어떤 것이 비생산적인지, 어떤 것이 영양이 풍부한지, 여기 이것은 뽑아 버리고 저기 저것은 다시 씨를 뿌리는 것이 좋은지, 어떤 것을 번식시키고 어떤 것을 없애는 것이 좋은지 알수 있어야 하잖아요. 요컨대 진보를 보이려면 팸플릿이나 공공 서적을 통해 과학의 동향을 파악하고 있어야 하고 늘 열심히 공부해야 합니다……."

여관 주인은 **카페 프랑세**의 문에서 눈을 떼지 않고 있었다. 약사가 계속했다.

"우리 농부들이 화학자가 되기를, 아니 적어도 과학의 충고에 더 많이 귀 기울이기를 바랍니다! 그래서 나는요, 최근에 훌륭한 소책자를 하나 서술했습니다. 70페이지가 넘는 논문인데, 「능금주, 그 제조와 효능에 대하여, 이 주제에 대한 몇 가지 새로운 고찰과 함께」라는 제목이죠. 그 논문을 루앙 농학회에 보냈더니, 영광스럽게도 농학 부문 과수원예학분과 회원으로 받아들여졌지 뭡니까. 세상에! 만일 내 책이 대중에게 알려졌더라면……."

그러나 르프랑수아 부인이 다른 것에 정신이 팔려 있는 듯해 약사는 말을 멈췄다.

"저들 좀 보세요! 도저히 이해할 수가 없네! 저런 형편 없는 식당을!" 그녀가 말했다.

그리고 옷의 뜨개질 코가 가슴 위에서 당겨지도록 어깨를 으쓱하면서 노랫소리가 흘러나오는 경쟁자의 술집을 두 손으로 가리켰다.

"하기야 어차피 오래가지는 못해요. 1주일 안에 완전히 끝장나니까." 그녀가 덧붙였다.

오메가 깜짝 놀라 뒷걸음을 쳤다. 그녀는 계단을 세 개 내려가서 그의 귀에 대고 말했다.

"어머나! 모르셨어요? 이번 주에 저 집이 압류를 당한대요. 저 집이 팔리게 만든 사람은 바로 뢰뢰예요. 그가 어음으로 작살을 낸 거죠."

그리하여 여관 주인은 기요맹 씨의 하인인 테오도르에게서 들은 이야기를 하기 시작했다. 그녀는 텔리에를 몹시 싫어하면서도 뢰뢰를 비난했다. 감언이설로 속이는 비열한 사기꾼이라는 것이었다.

"아! 저런, 그자가 저기 중앙 시장에 있네요. 초록색 모자를 쓴 보바리 부인한테 인사를 하는데요. 부인은 불랑제 씨의 팔짱까지 끼고 있네요." 그녀가 말했다.

"보바리 부인이라고! 얼른 가서 인사해야겠군. 회랑 아래 울타리 안에 자리를 잡아 주면 좋아할지도 모르겠는데." 오메가 말했다.

그리고 좀 더 자세한 이야기를 해 주고 싶어서 그를 부르는 르프랑수아 부인의 소리는 들은 척도 하지 않고 약사는 빠른 걸음으로 멀어졌다. 그는 입가에 미소를 띠고 의젓한 자세로 걸으면서 좌우로 많은 사람에게 인사를 건넸는데, 그의 뒤로 바람에 펄럭이는 검은 예복의 커다란 옷자락 때문에 자리를 많이 차지하고 있었다.

로돌프는 멀리서 그를 알아보고 발걸음을 빨리했다. 그러나 보바리 부인이 숨차하자 그는 걸음을 늦추고 미소를 지으면서 거친 말투로 그녀에게 말했다.

"저 뚱보를 피하려고요. 아시죠, 약사 말이에요."

그녀가 팔꿈치로 그를 쿡 찔렀다.

'이건 무슨 뜻이지?' 그는 속으로 생각했다.

그리고 그는 계속 걸어가면서 그녀를 곁눈질로 살펴보았다.

그녀의 옆얼굴은 너무 평온해서 아무것도 알아낼 수가 없었다. 갈댓잎과 비슷한 연한 빛깔 리본이 달린 타원형 모자 속에서 햇살을 듬뿍 받은 옆얼굴이 뚜렷이 드러났다. 긴 속눈썹이 휘어진 그녀의 두 눈은 앞을 똑바로 보고 있었다. 그 눈은 크게 뜨여 있었지만 섬세한 피부 안에서 조용히 뛰고 있는 피 때문에 광대뼈 쪽으로 살짝 당겨진 듯 보였다. 두 콧구멍 사이의 경계 부분에는 장밋빛이 스며 있었다. 그녀는 머리를 어깨 위로 기울이고 있었고, 입술 사이로 하얀 치아의 진줏빛 끝부분이 보였다.

'이 여자가 나를 놀리는 건가?' 하고 로돌프는 생각했다.

그러나 에마의 그 몸짓은 조심하라는 경고일 뿐이었다. 뢰뢰 씨가 그들을 따라오고 있었기 때문이다. 그는 대화에 끼어들고 싶은 듯 이따금 그들에게 말을 걸었다.

"정말 멋진 날이군요! 모두 밖으로 나왔네요! 바람은 동쪽에서 불고요."

보바리 부인도 로돌프도 그에게 대꾸하지 않았지만, 그는 두 사람의 조그만 움직임에도 "뭐라고요?"라고 말하면서 다가와 손을 모자에 갖다 대곤 했다.

대장간 앞에 이르자, 로돌프는 울타리까지 큰길을 따라가는 대신 갑자기 보바리 부인을 잡아끌어 오솔길로 접어들면서 소리쳤다.

"안녕히 가세요, 뢰뢰 씨! 또 봅시다!"

"솜씨 좋게 따돌리셨군요!" 그녀가 웃으면서 말했다.

"뭐 하러 다른 사람이 끼어들게 내버려 두겠습니까? 오늘은 당신과 함께 있어서 행복한데……." 그가 다시 말했다.

에마가 얼굴을 붉혔다. 그는 그 말을 끝까지 다 하지 않았다. 그리고 화창한 날씨와 풀 위를 걷는 즐거움에 대해 말했다. 데이지가 몇 송이 피어 있었다.

"여기 예쁜 데이지가 있네요. 이걸로 사랑을 하고 있는 마을의 모든 여자에게 사랑점을 쳐 줘도 되겠는데요." 그가 말했다.

그리고 다시 덧붙였다.

"꺾을까요, 어떻게 생각하세요?"

"당신은 사랑을 하고 계신가요?" 그녀가 기침을 약간 하면서 말했다.

"글쎄요! 그럴 수도 있겠죠." 로돌프가 대답했다.

목초지에 사람들이 들어차기 시작했다. 커다란 양산을 쓰고 있거나 바구니를 들고 있거나 아이들을 데리고 있는 부인들과 자꾸 부딪쳤다. 이따금 시골 여자들의 긴 행렬 앞에서 길을 비켜 줘야 했다. 푸른 양말에 평평한 신발을 신고 은반지를 낀 하녀들이었는데, 그녀들 옆을 지나갈 때면 우유 냄새가 났다. 그녀들은 서로 손을 잡고 걷는 탓에 사시나무가 줄지어 있는 데부터 연회용 텐트가 있는 곳까지 풀밭을 길게 메우고 있었다. 그러나 이제 심사 시간이라서 말뚝에 기다란 밧줄을 매어 만들어 놓은 타원형 경기장 같은 곳으로 농부들이 차례차례 들어가고 있었다.

거기에는 가축들이 끈 쪽으로 코를 돌린 채 크기가 다른 엉덩이들을 내밀고 어수선하게 줄지어 있었다. 돼지들은 주둥이를 땅에 박은 채 졸고 있었다. 송아지들은 큰 소리로 울고, 양들은 매애매애 울고, 암소들은 무릎을 굽혀 잔디밭에 배를 깔고는 천천히 되새김질하면서 무거운 눈꺼풀을 껌뻑거리고 있었다. 암소들 주위에서는 날파리들이 윙윙거렸다. 소매를 걷어붙인 수레꾼들은 암말들 쪽으로 콧구멍을 벌린 채 울면서 뒷발로 일어서는 종마의 고삐를 붙잡고 있었다. 암말들이 목을 길게 빼고 갈기를 늘어뜨린 채 조용히 있는 동안, 망아지들은 어미 말의 그늘에서 쉬거나 이따금 젖을 빨러 오기도 했다. 이 모든 몸뚱이가 한데 모여 길게 일렁이는 위로, 바람이 불 때면 마치 파도처럼 솟아오르는 흰 갈기 혹은 튀어나온 뾰족한 뿔과 뛰어다니는 사람들의 머리가 보였다. 울타리 밖으로 백 보쯤 떨어진 곳에는 부리망이 씌워진 커다란 검정 황소 한 마리가 콧구멍에 쇠고리를 단 채 청동으로 만든 황소처럼 꼼짝도 하지 않고 있었다. 누더기를 입은 한 아이가 황소의 고삐를 잡고 있었다.

그러는 동안 심사위원들이 동물들의 두 줄 사이를 무거운 발걸음으로 걸어가면서 한 마리씩 검사하고 작은 소리로 서로 의논하곤 했다. 그들 중 더 중요하게 보이는 한 사람이 걸어가면서 카탈로그에 메모를 하고 있었다. 그가 바로 심사위원장인 드로즈레 드 라 팡빌 씨였다. 그는 로돌프를 알아보자마자 재빨리 다가와서 친절한 태도로 미소를 지으며 말했다.

"아니, 로돌프 씨, 우리를 못 본 척하시는 겁니까?"

로돌프는 그리 가려던 참이라고 반박했다. 그러나 심사위원장이 사라지자 다시 말했다.

"천만에, 안 갈 거예요. 저자와 함께 있는 것보다 당신과 함께 있는 것이 더 좋은걸요."

그리고 로돌프는 농사 공진회를 비웃으면서 보다 편하게 돌아다니기 위해 헌병에게 청색 증서를 내보였고, 멋진 **출품작** 앞에서는 이따금 걸음을 멈추기도 했다. 보바리 부인은 그런 것에 전혀 감탄하지 않았다. 그는 그것을 눈치채자 용빌의 부인들, 특히 그녀들의 옷차림에 대한 농담을 하기 시작했다. 그러고는 신경을 쓰지 못한 자신의 옷차림에 대해 변명했다. 그의 옷차림은 평범한 것과 세련된 것이 뒤섞여 부조화를 이루고 있었는데, 속인들은 보통 그런 것이 기이한 생활, 무질서한 감정, 예술의 강한 영향력, 그리고 항상 사회적 관습에 대한 상당한 경멸을 드러내는 것이라고 생각해 매력을 느끼기도 하고 화를 내기도 한다. 예를 들어 소매 끝에 주름이 잡힌 그의 흰 삼베 셔츠는 바람이 불면 회색 아마포 조끼가 벌어지면서 되는대로 부풀어 올랐고, 넓은 줄무늬 바지 발목에서는 번쩍거리는 가죽을 댄 난징 직물의 반장화가 드러나 보였다. 반장화는 어찌나 윤이 나는지 풀이 비쳐 보일 정도였다. 그는 한 손을 윗옷 주머니에 넣고 밀짚모자를 비스듬히 쓴 채 구두로 말똥을 짓이기고 있었다.

"게다가 시골에 살 때는……." 그가 덧붙였다.

"모든 게 보람이 없죠." 에마가 말했다.

"맞습니다! 이 사람들 중 옷맵시를 알아볼 줄 아는 사람이 단 한 사람도 없다는 것을 생각해 보세요!" 로돌프가 대꾸했다.

그리하여 그들은 보잘것없는 시골, 그로 인해 숨 막히는 생활, 그 속에서 잃어버린 꿈에 대해 이야기했다.

"그래서 저는 슬픔에 빠져……." 로돌프가 말했다.

"당신이요! 하지만 당신은 아주 쾌활한 분이라고 생각했는데요?" 그녀가 놀라서 말했다.

"아! 겉으로는 그렇지요. 사람들 앞에서는 얼굴에 농담을 잘하는 가면을 쓸 줄 아니까요. 하지만 달빛 아래서 무덤을 볼 때면 그 속에 잠들어 있는 사람들 틈에 끼이러 가는 게 더 낫지 않을까 하는 생각을 여러 번 했습니다……."

"어머나! 친구분들이 있잖아요? 친구분들 생각은 하지 않으시는군요." 그녀가 말했다.

"친구요? 어떤 친구 말입니까? 제게 친구가 있기나 한가요? 누가 저를 걱정해 줄까요?"

그는 이 마지막 말을 하면서 입술 사이로 휘파람 소리 같은 것을 곁들였다.

그러나 그들은 뒤쪽에서 산더미처럼 의자를 쌓아 올려 들고 오는 한 남자 때문에 서로 떨어져야 했다. 그 남자는 의자를 너무 많이 들고 있어 나막신 끝과 일직선으로 벌린 두 팔 끝밖에 안 보였다. 그는 많은 사람 속으로 성당의 의자를 날라 오는 묘지기 레스티부두아였다. 자신의 이익과 관련된 것이면 무엇이든 머리가 잘 돌아가는 그는 농사 공진회를 이용할 방법을 찾아낸 것이다. 그의 생각은 성공적인 결과를 가져다주었다. 찾는 사람이 많아 누구에게 먼저 가야 할지 알 수 없을 정도였기 때문이다. 사실 날씨가 더워 마을 사람들은 짚에서 향 냄새가 나는 그 의자를 앞다투어 가지려고 했고, 촛농으로 더럽혀진 커다란 등받이에 꽤 경건한 태도로 기대고 있었다.

보바리 부인이 로돌프의 팔을 다시 잡았다. 그는 혼잣말하는 것처럼 계속했다.

"그래요! 제게는 없는 것이 많았습니다! 늘 혼자였죠! 아! 만약 제게 인생의 목적이 있었다면, 진실한 사랑을 만났더라면, 누군가를 찾아냈더라면…… 오! 만약 그랬더라면 저는 제가 가진 모든 힘을 썼을 테고, 모든 것을 극복하고 모든 것을 부숴 버릴 수 있었을 텐데요!"

"하지만 당신은 동정을 받아야 할 분처럼 보이지 않아요." 에마가 말했다.

"아! 그렇게 생각하세요?" 로돌프가 말했다

"어쨌든…… 당신은 자유로우니까요." 그녀가 다시 말했다.

그리고 머뭇거리며 덧붙였다.

"부자시고요."

"비웃지 마십시오." 그가 대답했다.

그녀는 비웃는 것이 아니라고 단언했다. 그때 대포 소리가 울렸고, 곧 사람들이 서로 밀치면서 뒤죽박죽 마을로 향했다.

그것은 잘못 쏜 경보였다. 도지사가 아직 도착하지 않았던 것이다. 심사위원들은 개회를 해야 할지 더 기다려야 할지 몰라 몹시 당황하고 있었다.

드디어 광장 저 안쪽에서 비쩍 마른 두 마리 말이 이끄는 커다란 임대 사륜마차 한 대가 나타났다. 하얀 모자를 쓴 마부가 있는 힘을 다해 채찍을 후려치고 있었다. 비네가 겨우 시간에 맞춰 "무기 들어!" 하고 외쳤고, 연대장도 그를 따라 했다. 모두 총을 들러 달려갔다. 서두르느라 몇 사람은 칼라를 잊어버리고 안 달기도 했다. 그러나 도지사 행렬은 이런 당황스러운 상황을 알아차린 듯, 국민군과 소방대가 북을 울리고 부산하게 제자리걸음을 하면서 대열을 전개하는 바로 그 순간 짝을 이룬 두 마리 늙은 말이 가는 사슬 위에서 몸을 흔들면서 잰걸음으로 면사무소의 회랑 앞에 도착했다.

"정렬!" 비네가 소리쳤다.

"제자리에서! 좌로 나란히!" 연대장이 소리쳤다.

그리고 소총 고리가 부딪쳐 마치 구리 냄비가 층계에서 굴러떨어지는 듯한 소리를 내며 받들어총을 한 뒤, 모든 총이 다시 내려졌다.

그때 은색 수가 놓인 짧은 예복 차림의 한 신사가 마차에서 내리는 것이 보였다. 이마는 벗어지고 뒤통수에만 머리털이 있었으며 창백한 안색에 매우 온화해 보이는 남자였다. 두꺼운 눈꺼풀에 덮여 있는 몹시 큰 그의 두 눈은 군중을 바라보느라 반쯤 감기곤 했고, 그와 동시에 그는 뾰족한 코를 치켜들며 움푹 들어간 입가에 미소를 지었다. 그는 현장(懸章)을 두른 면장을 알아보고, 지사님은 못 오신다고 설명했다. 자신은 도청 참사관이라고 말한 뒤, 몇 마디 변명을 덧붙였다. 튀바슈가 공손하게 응대하자, 상대방은 송구스럽다고 했다. 그들은 그렇게 서로 마주 보며 이마가 거의 맞닿을 듯이 서 있었고, 그들 주위로는 심사위원들, 면의원들, 유지들, 국민군과 군중이 몰려 있었다. 참사관이 작고 검은 삼각모를 가슴에 대고 연신 인사를 하는 동안, 활처럼 몸을 구부린 튀바슈 역시 미소를 지으면서 더듬거리거나 말이 막히기도 하는 가운데 왕국에 대한 헌신을 맹세하고 용빌이 입은 영예를 강조했다.

여관 급사인 이폴리트가 와서 마부의 말고삐를 받아들고 안짱다리를 절룩거리면서 **황금 사자** 현관 처마 밑으로 말들을 끌고 갔다. 거기에는 많은 농부가 마차를 구경하려고 모여 있었다. 북이 울리고 대포 소리가 났다. 신사들이 연달아 연단 위로 올라가서 튀바슈 부인이 빌려준 붉은색 위트레흐트산 벨벳 안락의자에 앉았다.

그 사람들은 모두 서로 비슷한 모습이었다. 살갗이 늘어진 누런 얼굴은 햇볕에 약간 그을려 달콤한 능금주 같은 색깔이었고, 덥수룩한 구레나룻은 넓은 8자 매듭의 흰 넥타이로 받친 크고 단단한 칼라에서 삐져나와 있었다. 조끼는 모두 벨벳으로 숄칼라가 달려 있고, 회중시계마다 긴 리본 끝에 홍옥으로 만든 타원형의 도장 같은 것이 달려 있었다. 그리고 모두 두 손을 넓적다리 위에 올려놓고 조심스럽게 바지의 가랑이를 벌리고 있었는데, 광택을 없애지 않은 바지의 천이 튼튼한 장화의 가죽보다 더 눈부시게 빛났다.

상류층 부인들은 뒤쪽으로 현관 아래 기둥 사이에 자리를 잡은 반면, 대부분의 군중은 맞은편에 서 있거나 의자에 앉아 있었다. 사실 레스티부두아는 풀밭에서 의자를 모두 그곳으로 옮겨 놓았고, 심지어 또 다른 의자를 찾으러 줄곧 성당으로 달려가고 있었다. 그의 의자 대여 장사 때문에 어찌나 혼잡한지 연단의 작은 층계까지 가기가 몹시 힘들었다.

"저는요, 저기에다 베네치아식 기둥 두 개를 세웠어야 한다고 생각해요. 그리고 뭔가 약간 소박하면서도 멋진 새로운 장식품을 설치해 놓았더라면 대단히 눈길을 끌었을 거예요."(자기 자리로 가려고 지나가는 약사에게 말을 걸며) 뢰뢰 씨가 말했다.

"맞습니다. 하지만 어쩌겠습니까! 모든 게 면장의 머리에서 나온 것이잖아요. 저 한심한 튀바슈는 고상한 취향을 가진 인물이 아닌걸요. 소위 예술적 재능이라고는 전혀 없는 사람이에요." 오메가 대답했다.

그러는 동안 로돌프는 보바리 부인과 함께 면사무소 2층 **회의실**로 올라갔다. 회의실이 비어 있어서 그는 더 편하게 축제 구경을 즐기기에 딱 좋겠다고 말했다. 그가 국왕의 흉상 밑에 있는 타원형 테이블 주위에서 의자 세 개를 가져다 창가에 가까이 놓았고, 두 사람은 거기에 나란히 앉았다.

연단 위가 부산해지며 오랫동안 속삭임과 의논이 계속되었다. 드디어 참사관이 자리에서 일어섰다. 이제 그의 이름이 리외뱅이라는 것이 알려지자, 군중이 한 사람 한 사람 그의 이름을 되풀이했다. 그가 여러 장의 종이를 확인하고 더 잘 보려고 그 위에 눈을 가까이 갖다 대면서 연설을 시작했다.

〈신사 여러분,

우선(오늘 이 모임의 목적을 여러분께 말씀드리기에 앞서, 그리고 여러분도 모두 저와 똑같은 느낌이라고 확신합니다만), 상급 관청, 정부, 군주께 경의를 표하도록 허락해 주시기 바랍니다. 여러분, 공적인 번영이나 사적인 번영이나 어느 한 분야에도 소홀함이 없으시고 폭풍우가 휘몰아치는 바다와도 같은 끊임없는 위기 속에서도 국가라는 전차를 강경하고도 현명하게 이끄시며 전쟁과 마찬가지로 평화를 존중하게 하시고 공업, 상업, 농업, 미술을 모두 중히 여기게 하시는 우리의 최고 주권자, 경애하는 국왕께 말입니다.〉

"저는 조금 뒤로 물러나야겠습니다." 로돌프가 말했다.

"왜요?" 에마가 물었다.

그러나 그 순간, 참사관이 이상한 어조로 목소리를 높이며 낭독했다.

〈여러분, 이제 지금은 내란으로 우리의 공공 광장이 피로 물들던 시대도 아니고, 지주와 상인과 노동자까지도 저녁에 평화로운 잠자리에 들면서 갑자기 화제를 알리는 경보에 잠이 깰까 봐 벌벌 떨던 시대도 아니요, 가장 파괴적인 원칙이 대담하게도 사회의 토대를 전복시키던 시대도 아닙니다……〉

"저 밑에서 저를 알아볼 수도 있으니까요. 그렇게 되면 보름 동안은 변명을 하고 다녀야 할 겁니다. 제가 평판이 나빠서……." 로돌프가 대답했다.

"어머! 스스로 자신을 헐뜯으시네요!" 에마가 말했다.

"아뇨, 아뇨, 제 평판은 아주 고약해요. 정말입니다."

참사관이 계속했다.

〈그러나 여러분, 기억 속에서 그런 우울한 풍경을 쫓아 버리고 아름다운 우리 조국의 현 상황에 눈을 돌린다면 거기서 무엇이 보일까요? 사방에서 상업과 예술이 꽃을 피우고 있습니다. 사방에서 새로운 교통로가 생겨 국가의 새로운 동맥으로서 새로운 관계를 확립하고 있습니다. 우리의 주요 공업 중심지들은 활동을 재개했고, 보다 굳건해진 종교는 모든 사람의 마음에 미소를 보내고 있습니다. 우리의 항구에는 배가 가득하고 신용이 다시 살아나고 있습니다. 마침내 프랑스는 안도의 숨을 쉬고 있는 것입니다……〉

"하기야 어쩌면 세상 사람들의 관점으로 보면 맞는 말이겠죠?" 로돌프가 덧붙였다.

"어째서요?" 그녀가 말했다.

"아니! 끊임없이 고통받는 영혼이 있다는 걸 모르십니까? 그들에게는 꿈과 행동, 가장 순수한 열정과 가장 격렬한 쾌락이 번갈아 가며 필요한 것입니다. 그래서 온갖 종류의 일시적 욕망과 광기에 뛰어드는 거지요." 그가 말했다.

그러자 그녀는 특별한 나라들을 두루 돌아다닌 여행객을 바라보듯이 그를 바라보다가 대꾸했다.

"불쌍한 우리 여자들에게는 그런 기분 전환조차 없는걸요!"

"한심한 기분 전환이지요. 거기에서 행복을 찾을 수는 없으니까요."

"하지만 행복이라는 것을 과연 찾을 수 있을까요?" 그녀가 물었다.

"그럼요, 언젠가는 발견하게 되지요." 그가 대답했다.

〈그것은 이미 여러분이 알고 계시는 바입니다. 농민과 농촌 노동자 여러분, 완전한 문명 사업의 평화적 개척자이신 여러분! 진보적이고 도덕적인 여러분! 여러분은 정치적 폭풍우가 대기의 불안정보다 훨씬 더 위험하다는 것을 잘 알고 계신다는 말씀입니다……〉

"언젠가는 발견하게 됩니다." 로돌프가 되풀이했다. "언젠가, 갑자기, 절망하고 있을 때 말입니다. 그러면 지평선이 열리고, '자, 행복 여기 있어요!'라고 어떤 목소리가 외치는 것 같지요. 그러면 당신은 그 사람에게 당신의 지나온 삶을 이야기하고 그에게 모든 것을 주고 모든 것을 희생하고 싶은 욕구를 느끼게 됩니다! 설명할 필요도 없이 직감하게 되지요. 꿈속에서 서로 만났거든요. (그리고 그는 그녀를 바라보았다) 마침내 그가 여기에 있습니다. 그토록 찾았던 그 보석이 바로 여기, 당신 앞에요.

그는 빛을 발합니다. 반짝입니다. 그래도 아직 의심이 남아 감히 믿지 못합니다. 마치 어둠 속에서 밝은 빛으로 나온 것처럼 눈이 부셔 그대로 있는 것이지요."

이 말을 마치면서 로돌프는 자기 말에 몸짓을 곁들였다. 그는 현기증이 난 사람처럼 얼굴에 손을 갖다 댔다. 그리고 그 손을 에마의 손 위에 내려놓았다. 에마는 자기 손을 뺐다. 그런데 참사관은 여전히 읽고 있었다.

〈그것에 누가 놀라겠습니까, 여러분? 오직 너무도 맹목적이고, (저는 이렇게 말하는 것이 두렵지 않습니다) 지난 시대의 편견에 너무도 빠져 있어 농민의 정신을 아직도 이해하지 못하는 사람들뿐일 것입니다. 사실 농촌에서보다 더 많은 애국심, 공공의 대의에 대한 더 많은 헌신, 요컨대 더 큰 지성을 어디에서 찾아볼 수 있겠습니까? 여러분, 제가 여기서 말하는 지성은 한가한 사람들의 무의미한 장식에 불과한 피상적인 지성이 아니라 심오하고 절도 있는 지성을 말하는 것입니다. 무엇보다 유용한 목적을 추구하는 데 전념하고, 그리하여 각자의 행복과 공공의 개선과 국가의 유지에 이바지하는 그런 지성 말입니다. 그것은 법을 준수하고 의무를 이행함으로써 맺게 되는 결실…….〉

"아! 또 저 소리. 언제나 의무, 의무, 저는 저 말에 진저리가 납니다. 플란넬 조끼를 입고 다니는 늙은 얼간이들과 발 보온기와 묵주를 끼고 다니는 예수쟁이들이 계속 우리 귀에 대고 '의무! 의무!' 하고 노래를 부르잖아요. 아니! 젠장! 의무란 위대한 것을 느끼고 아름다운 것을 소중히 여기는 것이지, 사회의 온갖 관습과 그로 인해 강요되는 치욕을 받아들이는 것이 아닙니다." 로돌프가 말했다.

"그렇지만…… 그렇지만……." 보바리 부인이 반박했다.

"천만에요! 왜 정열을 비난해야 합니까? 정열은 이 땅에서 유일하게 아름다운 것 아닙니까? 영웅적인 행동, 예술적 영감, 시, 음악, 예술, 그 모든 것의 원천 아닙니까?"

"하지만 어느 정도는 세상의 여론을 따르고 그 도덕에 복종해야 해요." 에마가 말했다.

"아! 도덕에는 두 가지가 있지요. 하나는 편협하고 진부한 도덕, 인간들 사이의 도덕으로 끊임없이 변하고 너무나 큰 소리로 고함치는 도덕, 저기 보이는 저 바보들 집단처럼 낮은 곳에서 분주히 움직이는 세속적인 도덕입니다. 하지만 다른 하나는 영원한 것으로, 우리를 둘러싸고 있는 풍경과도 같이, 그리고 우리를 밝혀 주는 푸른 하늘과도 같이 우리 주변과 우리 위에 있는 것입니다." 로돌프가 응수했다.

리외뱅 씨는 조금 전 주머니에서 손수건을 꺼내 입을 닦은 뒤, 다시 말했다.

〈그리고 여러분, 제가 이 자리에서 여러분에게 농업의 효용성에 대해 일일이 증명할 필요가 있을까요? 도대체 누가 우리에게 필요한 것을 마련해 줍니까? 도대체 누가 우리의 식량을 공급해 줍니까? 바로 농민 아닙니까? 여러분, 농민이 비옥한 밭고랑에 부지런한 손으로 씨를 뿌려 밀을 싹 트게 하면, 그 밀이 기발한 기구를 이용해 가루로 빻아져 밀가루라는 이름으로 나온 뒤 도시로 운반되어 곧 빵집으로 가고 거기에서 가난한 자와 부유한 자 모두를 위한 양식으로 제조되는 것입니다. 우리의 옷을 위해 목장에서 수많은 가축을 기르는 사람 역시 농민 아닙니까? 만약 농민이 없다면 우리가 어떻게 옷을 입고 음식을 먹을 수 있겠습니까? 여러분, 실례를 찾으러 그리 멀리 갈 필요조차 없지 않습니까? 우리의 잠자리를 위한 폭신폭신한 베개와 동시에 우리의 식탁을 위한 맛있는 살코기와 달걀을 제공해 주는 우리 가금 사육장의 장식품, 그 하찮은 동물의 중요성을 종종 깊이 생각해 보지 않은 사람이 누가 있겠습니까? 그러나 잘 경작된 땅이 자비로운 어머니와도 같이 자기 자식들에게 아낌없이 주는 여러 가지 산물을 하나씩 차례로 열거하자면 끝이 없을 것입니다. 여기에는 포도나무가 있고, 저기에는 능금주를 담을 사과나무가 있습니다. 저쪽에는 유채, 더 멀리에는 치즈, 그리고 아마(亞麻)도 있지요. 여러분, 아마를 잊지 맙시다! 아마는 최근 몇 년간 상당히 증산되었으니, 여러분께서 특별히 주목해 주시기를 촉구합니다.〉

주목해 주기를 촉구할 필요는 없었다. 모든 군중이 마치 그의 말을 받아먹으려는 듯 입을 벌리고 있었기 때문이다. 튀바슈는 그의 옆에서 눈을 크게 뜨고 듣고 있었고, 드로즈레 씨는 이따금 조용히 눈을 감곤 했다. 조금 떨어진 곳에서는 약사가 아들 나폴레옹을 다리 사이에 앉힌 채 단 한 마디도 놓치지 않으려고 손을 둥글게 구부려 귀에 대고 있었다. 다른 심사위원들은 동의의 표시로 조끼 속에 파묻힌 턱을 천천히 끄덕이고 있었다. 소방대원들은 연단 밑에서 총검에 기대어 쉬고 있었는데, 비네는 팔꿈치를 내밀고 칼끝을 공중으로 향한 채 꼼짝도 하지 않았다. 그는 아마 듣고는 있었겠지만 코까지 내려온 철모의 차양 때문에 아무것도 보이지 않았을 것이다. 튀바슈 씨의 둘째 아들인 그의 부관의 철모는 더 꼴불견이었다. 그는 아주 커다란 철모를 쓰고 있어 그것이 머리 위에서 흔들리면서 인도 사라사 머플러 끝자락이 비죽 나와 있었기 때문이다. 그 철모 밑에서 그는 꼭 어린애 같은 부드러운 미소를 짓고 있었다. 땀이 줄줄 흐르는 작고 창백한 그의 얼굴에는 즐거움과 피로와 잠이 담겨 있었다.

광장은 집들이 늘어선 곳에 이르기까지 사람들로 꽉 차 있었다. 창문마다 팔꿈치를 괴고 있는 사람들이 보였고, 문에도 다 사람들이 서 있었다. 쥐스탱은 약국의 진열대 앞에서 눈앞의 광경을 바라보느라 완전히 정신이 나간 듯했다. 조용한데도 리외뱅 씨의 목소리는 공중에서 흩어져 잘 들리지 않았다. 그의 목소리는 군중의 의자 소리 때문에 군데군데 끊겨 토막 난 문장으로 들렸다. 게다가 갑자기 뒤에서 길게 우는 황소 울음소리 또는 길모퉁이에서 서로 화답하는 어린양들의 울음소리도 들렸다. 실제로 소몰이꾼과 양치기들이 거기까지 가축을 몰고 왔던 것이다. 짐승들은 주둥이 위로 늘어진 나뭇잎 몇 조각을 혀로 뜯으면서 이따금 큰 소리로 울어 댔다.

로돌프는 에마에게 가까이 다가가서 작은 소리로 빠르게 말했다.

"그런 세상의 음모에 분노를 느끼지 않으십니까? 세상이 비난하지 않는 감정이 하나라도 있습니까? 가장 고상한 본능, 가장 순수한 호의도 박해를 받고 중상을 당합니다. 마침내 가엾은 두 영혼이 만난다고 하더라도, 그 둘이 결합할 수 없도록 모든 게 조직되어 있습니다. 그래도 두 영혼은 애쓰고 날갯짓하면서 서로를 부를 겁니다. 오! 상관없습니다. 조만간, 반년 후든 10년 후든 그들은 하나가 되어 서로 사랑할 것입니다. 운명이 그렇게 시키는 것이고, 두 사람은 서로를 위해 태어난 것이니까요."

그는 두 팔을 포개어 무릎 위에 올려놓은 채, 그 자세로 에마를 향해 얼굴을 들고 가까이에서 뚫어지게 바라보았다. 그녀는 그의 눈 속에서 조그만 금빛 광선들이 검은 눈동자 주위로 퍼져 나가는 것을 알아볼 수 있었고, 심지어 그의 머리카락에 윤이 나게 바른 포마드 냄새도 맡을 수 있었다. 그러자 온몸의 맥이 풀리면서 보비에사르에서 함께 왈츠를 추었던 자작이 생각났다. 그의 수염에서도 이 머리카락처럼 바닐라와 레몬 냄새가 났었다. 그녀는 무의식적으로 그 냄새를 더 잘 맡아 보려고 두 눈을 살짝 감았다. 그러나 그녀가 의자 위에서 상체를 뒤로 젖히면서 눈을 감는 순간, 지평선 저 멀리 기다란 먼지 깃털을 뒤에 매달고 뢰 언덕을 천천히 내려가는 낡은 합승 마차 **제비**가 보였다. 레옹은 바로 저 노란 마차를 타고 그토록 자주 그녀 곁으로 돌아오곤 했고, 바로 저 길로 영원히 떠나 버렸던 것이다! 그녀는 맞은편 창가에 그의 모습이 보이는 것 같았다. 이어서 모든 것이 뒤섞이면서 구름이 지나갔다. 그녀는 아직도 샹들리에 불빛 아래에서 자작의 팔에 안겨 왈츠를 추며 빙빙 돌고 있는 것 같았고, 레옹이 멀지 않은 곳에서 금방 올 것만 같았는데…… 여전히 옆에서는 로돌프의 머리 냄새가 났다. 그 감미로운 감각 은 그렇게 과거의 욕망들 속으로 스며들었고, 과거의 욕망들은 한 줄기 바람에 날리는 모래알처럼 그녀의 영혼 위로 퍼지는 향 기의 교묘한 숨결 속에서 소용돌이치고 있었다. 그녀는 여러 번 콧구멍을 크게 벌려 기둥머리 주위를 감싸고 있는 담쟁이덩굴 의 싱그러운 냄새를 들이마셨다. 그녀는 장갑을 벗고 손을 닦았 다. 이어서 손수건으로 얼굴에 부채질을 하는 동안, 관자놀이의 맥박이 뛰는 소리 너머로 군중의 웅성거리는 소리와 단조로운 어조로 낭독하는 참사관의 목소리가 들렸다.

그가 말했다.

〈계속하십시오! 끈기 있게 지속하십시오! 인습의 암시에도 무 모한 경험주의의 지나치게 성급한 충고에도 귀를 기울이지 마십 시오! 특히 토질의 개량, 좋은 비료, 말, 소, 양, 돼지의 종자 개량 에 힘쓰십시오! 이 농사 공진회가 여러분에게 평화적인 경기장 이 되어 승자가 나가면서 패자에게 손을 내밀고 더 나은 성공에 대한 희망 속에서 함께 친구가 되기를 바랍니다! 그리고 여러분, 존경하는 종복 여러분! 오늘날에 이르기까지 어떤 정부도 그 고 된 노동을 존중해 준 적이 없었던 겸손한 하인 여러분, 여러분의 말 없는 미덕에 대한 보상을 받으러 오십시오. 이제부터는 국가 가 여러분에게서 눈을 떼지 않은 채 여러분을 격려하고 보호하며

여러분의 정당한 요구를 인정하고 여러분의 괴로운 희생의 짐을 최대한 덜어 줄 것임을 믿어 주십시오!〉

그리고 리외뱅 씨가 자리에 앉고 드로즈레 씨가 일어나 다른 연설을 시작했다. 그의 연설은 어쩌면 참사관의 연설만큼 화려하지는 않았지만 보다 실증적인 스타일, 즉 보다 전문적인 지식과 보다 수준 높은 고찰이 돋보였다. 따라서 정부에 대한 찬사는 줄었고, 종교와 농업이 더 많은 비중을 차지했다. 그의 연설은 그 둘의 관계와 그것들이 어떻게 항상 문명에 기여했는가를 보여 주었다. 로돌프는 보바리 부인과 함께 꿈, 예감, 자기(磁氣)에 대한 이야기를 나누고 있었다. 연설자는 사회의 기원으로 거슬러 올라가 인간이 숲속에서 도토리를 따 먹으며 살던 야만의 시대를 묘사하고 있었다. 이윽고 인간은 짐승 가죽을 버리고 직물 옷을 입었으며 밭을 갈고 포도나무를 심었다. 그것은 좋은 일이었을까, 이 발견에는 이점보다 불리한 점이 더 많지 않았을까? 드로즈레 씨는 이 문제를 제기했다. 로돌프는 자기로부터 차츰 친화력에 대한 화제로 옮겨 갔다. 심사위원장이 쟁기를 든 킨키나투스,* 양배추를 심은 디오클레티아누스 황제, 씨 뿌리기로 새해를 시작한 중국의 황제들을 언급하는 동안, 젊은 남자는 젊은 여자에게 저항할 수 없는 매력은 전생의 인연에서 비롯된다고 설명하고 있었다.

"그러니까 우리는, 우리는 왜 서로 알게 되었을까요? 어떤 우연에 의해서였을까요? 그것은 아마도 두 줄기 강물이 흘러가 하나로 합쳐지듯이 멀리 떨어져 있었어도 우리의 특별한 성향이 서로를 향해 떠밀었기 때문입니다." 그가 말했다.

그리고 그는 그녀의 손을 잡았다. 그녀는 손을 빼지 않았다.

심사위원장이 소리쳤다.

〈전체 경작 우수상!〉

"예를 들어 지난번에 제가 댁에 갔을 때……."

〈켕캉푸아의 비제 씨.〉

"당신과 이렇게 같이 있게 될 줄 알았겠습니까?"

〈70프랑!〉

"저는 백 번도 더 가려고 했습니다. 그런데 당신을 따라왔고 이렇게 남은 것입니다."

〈퇴비 상.〉

"오늘 저녁도, 내일도, 다른 날도, 아니 평생 이대로 있을 수 있다면 얼마나 좋을까요!"

〈아르게유의 카롱 씨에게 금메달!〉

"어떤 사람과 함께해도 이토록 완벽한 매혹을 느껴 본 적은 없었으니까요."

〈지브리생마르탱의 뱅 씨!〉

"그래서 저는 당신의 추억을 가져갈 것입니다."

〈메리노 숫양 상에는…….〉

"하지만 당신은 저를 잊으시겠지요. 저라는 존재는 그림자처럼 지나가 버리고 말 테지요."

〈노트르담의 블로 씨…….〉

"오! 아니에요, 제가 당신의 마음속에서, 당신의 삶에서 뭔가

가 될 수 있을까요?"

〈돼지 부문, **공동 수상**, 르에리세 씨와 퀼랑부르 씨, 60프랑!〉

로돌프는 그녀의 손을 움켜쥐고 있었다. 마치 사로잡힌 산비둘기가 날아가려고 하는 것처럼 파르르 떨고 있는 그녀의 뜨거운 손이 느껴졌다. 그러나 손을 빼려는 것인지 아니면 꽉 쥐고 있는 그 힘에 응답하려는 것인지, 그녀가 손가락을 움직였다. 그는 소리쳤다.

"오! 감사합니다! 저를 밀어내지 않으시는군요! 선량한 분이세요! 제가 당신 것임을 알고 계시네요! 당신을 보게, 가만히 바라보게 해 주세요!"

창문으로 한 줄기 바람이 불어와 테이블보에 주름이 일었다. 저 아래 광장에서는 농촌 여자들의 커다란 헝겊 모자가 파닥거리는 하얀 나비의 날개처럼 모두 쳐들렸다.

〈채유 종자의 깻묵 활용 상!〉 위원장이 계속했다.

그는 서둘렀다.

〈플랑드르 비료 상, 아마 재배 상, 배수 상, 장기 임대 상, 하인 근무 상.〉

로돌프는 더 이상 말하지 않았다. 두 사람은 서로를 바라보았다. 극도의 욕망으로 인해 그들의 메마른 입술이 떨렸다. 저절로 그들의 손가락이 부드럽게 서로 얽혔다.

〈사스토라게리에르의 카트린니케즈엘리자베트 르루, 같은 농장에 54년 근속 표창, 25프랑 상당의 은메달!〉

"카트린 르루, 어디 있어요?" 참사관이 되풀이했다.

그녀는 나오지 않았고, 수군대는 목소리들이 들렸다.

"나가!"

"싫어요."

"왼쪽으로!"

"겁내지 마!"

"어이구! 바보 같으니!"

"도대체 있기는 한 거예요?" 튀바슈가 소리쳤다.

"네!…… 여기 있어요!"

"그럼 앞으로 나와요!"

그러자 허름한 옷 속에 몸을 웅크린 듯한 자그마한 노파가 겁
먹은 태도로 연단 위로 다가가는 것이 보였다. 그녀는 나무창을
댄 두툼한 구두를 신고 허리에는 푸른색 큰 앞치마를 두르고 있
었다. 가장자리 장식이 없는 머리쓰개에 둘러싸인 야윈 얼굴은
시든 사과보다 더 쭈글쭈글했고, 붉은 웃옷의 소매 밖으로 마디
가 굵은 기다란 두 손이 드러나 있었다. 곳간의 먼지, 빨래의 잿
물, 양털의 기름기가 층층이 덮여 트고 거칠어진 두 손은 깨끗
한 물로 씻고 왔는데도 더러워 보였다. 그리고 일을 너무 많이
한 탓에 반쯤 펼쳐진 채로 있는 그 손은 스스로 그동안 겪은 수
많은 고통을 겸허하게 증언하려는 것 같았다. 뭔가 수도사와도
같은 완고함으로 인해 그녀의 얼굴 표정이 돋보였다. 어떤 슬픔
이나 감동에도 그 흐릿한 시선이 부드러워질 수는 없었다. 동물
들과 함께 어울려 지내다 보니, 그녀는 동물과도 같은 침묵과
평온함을 지니게 된 것이다. 그녀는 이토록 많은 사람 앞에 나

서는 것이 처음이었다. 깃발, 북, 검은 예복을 입은 신사들, 참사관의 훈장에 속으로 놀란 그녀는 앞으로 나가야 할지 도망쳐야 할지, 왜 군중이 자신을 떠미는지, 그리고 왜 심사위원들이 자신에게 미소를 짓고 있는지 알지 못한 채 꼼짝도 하지 않고 있었다. 그리하여 활짝 웃고 있는 그 부르주아들 앞에 반세기의 노예 생활이 서 있었다.

"가까이 오세요. 존경하는 카트린니케즈엘리자베트 르루!" 심사위원장의 손에서 수상자 명단을 받아들고 있는 참사관이 말했다.

서류와 노파를 차례로 살피면서 그는 아버지와 같은 말투로 다시 말했다.

"가까이 와요, 가까이!"

"당신 귀머거리요?" 뒤바슈가 의자에서 벌떡 일어나며 말했다. 그러고는 그녀의 귀에 대고 소리치기 시작했다.

"54년간 근속! 은메달! 25프랑! 당신을 위한 거예요."

이윽고 메달을 받은 그녀는 그것을 바라보았다. 그러자 그녀의 얼굴에 행복의 미소가 퍼졌다. 그녀가 돌아가면서 중얼거리는 소리가 들렸다.

"이걸 우리 마을 신부님께 드려야겠다. 미사를 올려 달래야지."

"대단한 광신이군요!" 약사가 공증인을 향해 몸을 굽히며 소리쳤다.

식이 끝났고, 군중은 흩어졌다. 이제 연설문도 낭독되었으므로 각자 자기 자리로 복귀했고 모든 것이 평소 모습으로 돌아갔다. 주인들은 하인들을 거칠게 다루었고, 하인들은 동물들을, 뿔 사이에 초록색 왕관을 쓰고 외양간으로 돌아가는 무심한 승리자들을 후려쳤다.

그러는 동안 국민군은 총검에 브리오슈 빵을 꿰어 들고 포도주병 바구니를 든 대대의 고수와 함께 면사무소 2층으로 올라갔다. 보바리 부인은 로돌프의 팔짱을 끼었고, 그는 그녀를 집까지 바래다주었다. 두 사람은 문 앞에서 헤어졌다. 그리고 그는 혼자 풀밭을 산책하면서 연회 시간을 기다렸다.

향연은 길고 시끄러웠고 서비스가 형편없었다. 사람이 너무 많아 팔꿈치도 움직이기 힘들었고, 의자로 사용된 좁은 판자들은 손님들의 무게로 부서질 뻔했다. 그들은 마음껏 먹었다. 각자 자기 몫을 잔뜩 먹었다. 모든 사람의 이마에서 땀이 흘렀고, 식탁 위로는 가을 아침 강물에 피어오르는 안개처럼 뿌연 김이 매달린 등불들 사이에서 떠돌고 있었다. 로돌프는 천막의 면포에 등을 기댄 채 너무 열심히 에마 생각을 하고 있어서 아무것도 들리지 않았다. 그의 뒤쪽 잔디 위에서는 하인들이 더러워진 접시를 쌓아 올리고 있었다. 옆에 있는 사람들이 말을 걸어도, 그는 대답하지 않았다. 그의 잔이 채워지고 소음이 점점 심해져도 그의 머릿속에는 침묵이 자리 잡고 있었다. 그는 그녀가 한 말, 그녀의 입술 모양을 생각하며 몽상에 잠겼다. 그녀의 얼굴이 마법의 거울에 비친 것처럼 군모의 강철판 위에서 빛나고 있었다. 그녀의 옷 주름들이 벽을 따라 흘러내렸고, 사랑의 나날이 미래의 전망 속에서 끝없이 펼쳐졌다.

저녁에 불꽃놀이를 할 때, 그는 그녀를 다시 만났다. 그러나 그녀는 남편과 오메 부부와 함께 있었다. 약사는 빗나간 불꽃의 위험에 대해 몹시 걱정했고, 매번 일행을 놔두고 비네에게 충고를 하러 가곤 했다.

튀바슈 씨 앞으로 보내진 불꽃놀이 재료들은 지나치게 조심하느라고 지하실에 보관되었었다. 그래서 습기가 찬 화약이 잘 불타오르지 않았고, 꼬리를 무는 용의 모습을 나타내야 할 가장 중요한 불꽃은 완전히 실패하고 말았다. 이따금 로만 캔들이라 불리는 빈약한 불꽃이 솟아오르면 입을 벌린 군중이 탄성을 질렀고, 어둠 속에서 허리에 간지럽힘을 당한 여자들의 비명이 그 탄성에 섞이곤 했다. 에마는 아무 말 없이 샤를의 어깨에 가만히 몸을 기대고 있었다. 그리고 턱을 치켜든 채 깜깜한 하늘로 솟아오르는 불꽃을 눈으로 따라갔다. 로돌프는 타고 있는 등잔의 희미한 빛 속에서 그녀를 바라보고 있었다.

등잔이 차츰 꺼져 갔고, 별들이 빛을 발했다. 빗방울이 떨어졌다. 그녀는 모자를 쓰지 않은 머리를 숄로 감쌌다.

그때 참사관의 마차가 여관에서 나왔다. 술에 취한 마부가 갑자기 졸자, 멀리서도 포장 위에 걸린 두 개의 등불 사이에서 마부의 육중한 몸이 말을 맨 줄의 흔들림에 따라 좌우로 흔들리는 것이 보였다.

"술주정꾼은 정말이지 엄벌에 처해야 해요! 매주 면사무소 문 앞의 **특별** 게시판에 한 주 동안 술에 취해 정신이 흐려진 사람들의 이름을 모두 써 붙이면 좋겠어요. 게다가 통계학적 관점에서 보면 명백한 연감 같은 것이 될 테니까 필요한 경우에……
아, 잠깐 실례하겠습니다." 약사가 말했다.

그는 소방대 대장 쪽으로 또 달려갔다.

대장은 집으로 돌아가고 있었다. 그는 녹로를 다시 돌리러 갈
참이었다.

"부하 중 한 사람을 보내거나 당신이 직접 가 보거나 하는 게
좋을 텐데요……." 오메가 그에게 말했다.

"그냥 내버려 두세요, 아무 일 없으니까!" 세무 관리가 대답
했다.

"안심하십시오. 비네 씨가 조치를 다 취해 놓았다고 제게 확
인해 주었습니다. 불티는 조금도 떨어지지 않을 겁니다. 펌프에
물도 가득 차 있고요. 이제 자러 갑시다." 약사가 일행 곁으로 되
돌아와서 말했다.

"정말 그래야겠어요! 어쨌든 축제 덕분에 멋진 하루였어요."
오메 부인이 크게 하품을 하면서 말했다.

로돌프가 부드러운 눈길로 나직하게 되풀이했다.

"그럼요! 네, 멋진 하루였죠!"

그들은 인사를 나누고 서로 헤어졌다.

이틀 뒤, 「루앙의 등대」에는 농사 공진회에 대한 기사가 크게
실렸다. 오메가 당장 그다음 날 열정적으로 작성한 기사였다.

〈그 꽃장식, 그 꽃, 그 화환이 왜 있었을까? 우리의 밭 위에 열
기를 뿌리는 뜨거운 태양 아래에서 성난 파도와 같은 군중은 어
디로 달려가는 것이었을까?〉

그런 뒤 그는 농부들의 상황에 대해 이야기했다. 물론 정부가 많은 일을 했지만 충분하지 않았다! 〈힘내라! 수많은 개혁이 반드시 필요하다. 그 개혁을 완수하자〉라고 그는 정부를 향해 부르짖었다. 그리고 그는 참사관이 입장하는 모습을 다루면서 〈우리 민병대의 용감한 태도〉, 〈우리 마을의 가장 활기찬 여자들〉, 〈그중 몇몇은 우리 불멸의 군대에서 살아남은 사람들로 힘찬 북소리를 들으면 아직도 가슴이 뛰는 것을 느끼는 노인들, 그곳에 있던 일종의 족장과 같은 존재〉인 머리가 벗어진 노인들도 잊지 않고 언급했다. 그는 최고 심사위원들 중 하나로 자기 자신을 예로 들고, 심지어 각주를 달아 약사인 오메 씨는 농학회에 능금주에 대한 논문을 제출했다는 것을 상기시키기도 했다. 상품 수여 장면에 이르러서는 수상자들의 기쁨을 열광적인 찬가와 같은 필치로 묘사했다. 〈아버지는 아들을, 형은 동생을, 남편은 아내를 부둥켜안았다. 적지 않은 사람들이 보잘것없는 메달을 자랑스럽게 내보였고, 아마도 그들은 살림 잘하는 아내 곁의 집으로 돌아가 눈물을 흘리면서 작은 초가집의 소박한 벽에 그것을 걸어 두었으리라.〉

〈여섯 시경, 리에자르 씨의 목장에서 열린 연회에는 축제의 주요 참가자들이 모였다. 내내 온정이 넘치는 분위기였고, 다양한 건배가 이어졌다. 리외뱅 씨는 군주를 위하여! 튀바슈 씨는 도지사를 위하여! 드로즈레 씨는 농업을 위하여! 오메 씨는 자매와도 같은 공업과 미술을 위하여! 르플리셰 씨는 개량을 위하여! 건배했다. 저녁에는 찬란한 불꽃이 갑자기 대기를 환하게 비추었다. 그야말로 진정한 만화경, 실제 오페라 무대 같았고, 한동안 우리의 작은 마을이 『천일야화』의 꿈 한가운데로 옮겨진 듯했다.〉

〈이 가족적인 모임을 방해하는 불상사는 한 건도 발생하지 않았다는 것을 밝혀 둔다.〉

그리고 그는 이렇게 덧붙였다.

〈다만 성직자의 불참이 눈에 띄었다. 아마도 성직자들은 진보를 다른 방식으로 이해하는 모양이다. 좋으실 대로, 로욜라*의 추종자들이여!〉

IX

여섯 주일이 지났다. 로돌프는 다시 오지 않았다. 그러다가 어느 날 저녁 드디어 그가 나타났다.

공진회 다음 날 그는 속으로 생각했다.

'너무 빨리 가지는 말자. 그건 어리석은 짓이야.'

그리고 주말에는 사냥을 떠났다.

사냥에서 돌아온 뒤에는 너무 늦었다고 생각하다가 이렇게 추론했다.

'하지만 만약 그녀가 첫날부터 내게 반한 거라면, 나를 다시 보고 싶은 초조함 때문에 한층 더 나를 사랑하게 되었을 거야. 그렇다면 계속해야지!'

그는 응접실에 들어서면서 에마의 얼굴이 창백해지는 것을 보고 자기 계산이 옳았음을 깨달았다.

그녀는 혼자 있었다. 날이 저물고 있었다. 유리창에 걸린 작은 모슬린 커튼 때문에 황혼의 어스름이 더 짙었고, 햇살을 받은 기압계의 금박이 들쑥날쑥한 산호 틈새로 거울 속에 불꽃을 펼쳐 놓고 있었다.

로돌프는 서 있었다. 에마는 그의 첫 인사말에 간신히 대답했다.

"일이 있었습니다. 아팠어요." 그가 말했다.

"많이 아팠어요?" 그녀가 소리쳤다.

"실은 그게 아니고!…… 다시는 오지 않으려고 했습니다." 로돌프가 그녀 곁의 의자에 앉으면서 말했다.

"왜요?"

"그 이유를 모르시겠어요?"

그는 그녀를 한 번 더 바라보았다. 하지만 그 시선이 하도 강렬해서 그녀는 얼굴을 붉히며 고개를 숙였다. 그가 다시 말했다.

"에마……."

"선생님!" 그녀가 조금 물러서면서 말했다.

"아! 보시다시피 제가 다시 오지 않으려고 했던 게 옳았어요. 그 이름, 제 영혼을 가득 채우고 있다가 저도 모르게 새어 나온 그 이름, 당신이 그 이름을 못 부르게 하시니까요! 보바리 부인!…… 그래요! 모두 당신을 그렇게 부르지요!…… 하지만 그건 당신 이름이 아니잖아요. 다른 남자의 이름이죠!" 그가 침울한 목소리로 대꾸했다.

그는 되풀이했다.

"다른 남자의!"

그리고 그는 두 손으로 얼굴을 가렸다.

"네, 저는 줄곧 당신을 생각하고 있었어요!…… 당신의 추억이 저를 절망으로 몰아넣습니다! 아! 미안합니다!…… 갈게요……. 안녕히!…… 저는 멀리 갈 거예요……. 당신이 제 소식을 듣지 못할 만큼 아주 멀리요!…… 그렇지만…… 오늘은…… 어떤 힘에 떠밀려 당신에게 온 건지 모르겠어요! 하늘의 뜻을 거부할 수는 없으니까요! 천사의 미소에 항거할 수는 없으니까요! 아름답고 매력적이고 사랑스러운 것에는 끌려가게 마련이지요."

에마는 난생처음 이런 말을 듣는 거였다. 마치 한증막에서 몸이 이완되는 사람처럼 그녀의 자존심이 이 뜨거운 말에 맥없이 전부 흩어져 버렸다.

"그러나 제가 다시 오지 않았어도, 당신을 볼 수 없었어도, 아! 적어도 당신을 둘러싸고 있는 것은 수없이 바라보았습니다. 밤이면 밤마다 일어나서 여기까지 왔고, 당신의 집을, 달빛 아래 반짝이는 지붕을, 당신의 창가에서 흔들리는 정원의 나무들을, 그리고 어둠 속 유리창 너머로 반짝이는 작은 램프의 불빛을 바라보곤 했어요. 아! 당신은 그토록 가깝고도 먼 곳에 초라하고 가련한 한 사람이 있었던 걸 모르셨겠죠……." 그가 계속했다.

그녀는 흐느껴 울면서 그를 향해 몸을 돌렸다.

"오! 당신은 좋은 분이세요!" 그녀가 말했다.

"아뇨. 당신을 사랑하고 있을 뿐입니다! 당신도 분명히 아시겠지요! 그렇다고 한마디만 해 주세요! 한마디만!"

로돌프는 어느새 의자에서 바닥으로 미끄러져 내려가 있었다. 그러나 부엌에서 나막신 소리가 들렸다. 그는 응접실 문이 닫혀 있지 않은 것을 알아차렸다.

"자비를 베푸시어 엉뚱한 소원 하나만 들어주십시오!" 그가 일어서면서 계속 말했다.

그것은 집을 둘러보는 것이었다. 그는 그녀의 집이 어떤 곳인지 알고 싶어 했다. 보바리 부인은 별로 어려운 일이 아니라고 생각했고, 두 사람은 일어섰다. 그때 샤를이 들어왔다.

"안녕하세요, 박사님." 로돌프가 그에게 말했다.

뜻하지 않은 이 박사님이라는 칭호에 기분이 좋아진 의사는 지나치리만치 친절하게 대해 주었고, 로돌프는 그걸 이용해 다소 정신을 차리고 말했다.

"부인께서 제게 건강에 대해 말씀하셨는데……."

샤를이 그의 말을 끊고 사실 자기도 걱정이 많다고 했다. 아내의 숨 막힘이 다시 시작되었다고 말이다. 그러자 로돌프는 승마를 해 보는 게 좋지 않겠냐고 물었다.

"물론이죠! 아주 좋죠, 최고죠!…… 좋은 생각이군요! 당신, 그러는 게 좋겠어."

그녀가 말이 없다고 반대하자, 로돌프가 말을 제공하겠다고 했다. 그녀는 그의 제안을 거절했고, 그는 더 강요하지 않았다. 그리고 다시 찾아올 구실을 만들어 두기 위해, 전에 피를 뽑았던 마차꾼이 여전히 현기증을 느낀다고 말했다.

"제가 댁에 한번 들르지요." 보바리가 말했다.

"아뇨, 아닙니다. 그자를 보내지요, 우리가 다시 오겠습니다. 그게 더 편하실 거예요."

"아! 그러면 좋지요. 감사합니다."

그리고 부부만 남게 되자 물었다.

"불랑제 씨의 그토록 친절한 제안을 왜 거절했소?"

그녀는 퉁명스러운 태도로 여러 가지 핑계를 대다가 결국에는 **어쩐지 이상해 보일 것 같아서** 그랬다고 말했다.

"아! 그런 건 상관없어! 건강이 제일이지! 당신이 잘못 생각한 거요!" 샤를이 제자리에서 한 바퀴 돌면서 말했다.

"아니! 승마복도 없는데 어떻게 말을 타라는 거예요?"

"하나 주문하면 되지!" 그가 대답했다.

승마복 때문에 그녀는 마음을 정했다.

옷이 마련되자, 샤를은 불랑제 씨에게 편지를 써서 아내는 언제든 따를 준비가 다 되었으니 그의 호의를 기대한다고 했다.

다음 날 정오에 로돌프는 승마용 말 두 필을 끌고 샤를의 집 앞에 도착했다. 말 한 필에는 양쪽 귀에 장밋빛 장식 술이 달려 있고 사슴 가죽으로 된 부인용 안장이 갖춰져 있었다.

로돌프는 그녀가 이런 것은 본 적이 없을 거라고 생각하면서 부드러운 가죽의 긴 장화를 신었다. 사실 그가 커다란 벨벳 의상에 하얀 실로 짠 바지를 입고 층계참에 나타났을 때, 에마는 그의 모습에 매혹되었다. 그녀는 준비를 마치고 그를 기다리고 있었다.

쥐스탱은 그녀를 보기 위해 약국에서 빠져나왔다. 약사도 일 손을 멈추었다. 그는 불랑제 씨에게 여러 가지 충고를 해 댔다.

"불행은 순식간에 일어납니다! 조심하세요! 말들이 혈기왕성한 것 같아서요!"

그녀의 머리 위에서 무슨 소리가 들렸다. 펠리시테가 어린 베르트를 달래느라 유리창을 두드리는 소리였다. 아이가 멀리서 키스를 보냈다. 엄마는 채찍 손잡이로 신호를 보내며 화답했다.

"산책 잘하세요! 특히 조심하시고요! 조심요!" 오메 씨가 소리쳤다.

그는 두 사람이 멀어지는 것을 바라보며 신문을 흔들었다.

에마의 말은 흙냄새를 맡자 달리기 시작했다. 로돌프는 그녀 옆에서 달렸다. 이따금 그들은 말을 주고받았다. 얼굴은 약간 숙이고 손을 위로 쳐들어 오른팔을 펼친 채, 그녀는 안장 위에서 흔들리는 규칙적인 움직임에 몸을 맡기고 있었다.

언덕 아래에 이르자, 로돌프는 고삐를 놓았다. 그들은 껑충 뛰어 함께 내달렸다. 꼭대기에 이르자 갑자기 말들이 멈췄고, 그녀의 크고 푸른 베일이 다시 늘어졌다.

10월 초순이었다. 들판에는 안개가 끼어 있었다. 안개는 구불구불한 언덕의 윤곽들 사이로 지평선에 길게 드리워지기도 했고, 더러는 조각조각 찢어져 위로 올라가다 사라졌다. 때때로 구름이 벌어진 틈으로 비치는 햇살 아래 멀리 용빌의 지붕들, 물가의 정원, 안마당, 담장, 성당의 종탑이 보였다. 에마는 눈을 가늘게 뜨고 자기 집을 찾아보았다. 자기가 살고 있는 그 초라한 마을이 그토록 작게 보인 적은 없었다. 그들이 있는 높은 언덕에서 보니, 골짜기 전체가 대기 속으로 증발하는 넓고 희뿌연 호수 같았다. 군데군데 숲을 이룬 나무들은 검은 바위처럼 튀어나와 있었고, 안개를 뚫고 비죽 나온 키 큰 포플러들의 행렬은 바람에 흔들리는 모래사장 같았다.

옆에는 잔디 위 전나무들 사이로 따뜻한 공기 중에 갈색의 빛이 떠돌고 있었다. 담뱃가루 같은 다갈색 흙 때문에 말발굽 소리가 부드러웠다. 말들은 걸어가면서 떨어져 있는 솔방울들을 편자 끝으로 걷어차 앞으로 밀어내곤 했다.

로돌프와 에마는 그렇게 숲 가장자리를 따라갔다. 그녀는 그의 시선을 피하기 위해 이따금 고개를 돌렸다. 그러면 줄지어 있는 전나무 몸통밖에 안 보였는데, 연속되는 그 행렬 때문에 좀 어지러워지곤 했다. 말들이 숨을 헐떡였고, 안장의 가죽이 삐걱거렸다.

그들이 숲속으로 들어가는 순간 해가 나왔다.

"하느님이 우리를 보호하시는군요!" 로돌프가 말했다.

"그래요?" 그녀가 말했다.

"앞으로 갑시다! 전진!" 그가 대꾸했다.

그는 혀를 찼다. 두 마리 말은 달리기 시작했다.

길가의 기다란 고사리들이 에마의 등자에 걸리자, 로돌프는 말을 타고 가면서 몸을 굽혀 고사리를 잡아 뜯었다. 또 어떤 때는 나뭇가지를 헤치기 위해 그녀 옆으로 지나가기도 했다. 그러면 에마는 그의 무릎이 자신의 다리를 스치는 것을 느끼곤 했다. 하늘이 파래졌고, 나뭇잎은 움직이지 않았다. 꽃이 만개한

히스로 뒤덮인 넓은 공간들이 있었고, 상보처럼 깔린 제비꽃과 우거진 나무들이 번갈아 나타나곤 했다. 나무들은 다양한 나뭇잎에 따라 회색, 갈색, 황금색을 이루고 있었다. 때때로 덤불 밑에서 날개가 파닥거리는 작은 소리, 또는 떡갈나무 숲에서 날아오르는 까마귀들의 부드럽고 목쉰 울음소리가 들리곤 했다.

그들은 말에서 내렸다. 로돌프가 말을 맸다. 그녀는 마차 바퀴 자국 사이에 자란 이끼를 밟으며 앞장서 갔다.

그러나 그녀의 옷이 너무 길어 뒷자락을 들어 올렸는데도 여전히 거추장스러웠다. 로돌프는 그녀 뒤에서 걸으면서 그 까만 옷자락과 까만 반장화 사이로 보이는 우아한 흰 양말을 바라보았다. 그는 그것이 그녀의 알몸의 일부처럼 느껴졌다.

그녀가 멈춰 섰다.

"피곤해요." 그녀가 말했다.

"자, 조금만 더 가요! 힘내요!" 그가 대꾸했다.

백 보쯤 더 가서 그녀는 또 멈춰 섰다. 그녀가 쓰고 있는 남자용 모자에서 허리 위로 비스듬히 내려온 베일 너머로, 마치 쪽빛 물결 속을 헤엄쳐 나온 것처럼 투명하고 푸르스름한 빛에 잠긴 그녀의 얼굴이 보였다.

"대체 어디로 가는 거예요?"

그는 아무런 대답도 하지 않았다. 그녀는 거친 숨을 헐떡였다. 로돌프는 주변을 둘러보며 콧수염을 물어뜯었다.

그들은 좀 더 넓은 장소에 이르렀다. 어린 나무들을 베어 놓은 곳이었다. 그들이 쓰러져 있는 나무 몸통에 걸터앉자, 로돌프는 그녀에게 자신의 사랑을 이야기하기 시작했다.

그는 처음부터 찬사로 그녀를 겁나게 만들지 않았다. 그는 침착하고 진지했으며 우울해했다.

에마는 고개를 숙인 채 발끝으로 땅바닥의 나무 부스러기를 휘저으면서 그의 이야기를 들었다.

그러나 "이제 우리는 공동의 운명 아닐까요?"라는 말에는 이렇게 대답했다.

"아뇨! 잘 아시잖아요. 그건 불가능한 일이에요."

그녀는 돌아가려고 일어섰다. 그가 그녀의 팔목을 잡았다. 그녀는 멈춰 섰다. 그리고 다정하고 축축한 눈빛으로 잠시 그를 바라보다가 재빨리 말했다.

"아! 이제 그런 얘기는 그만해요……. 말은 어디 있죠? 돌아가요."

그는 난처하고 화가 난 태도를 보였다. 그녀가 되풀이했다.

"말이 어디 있어요? 어디 있냐고요?"

그러자 그는 야릇한 미소를 지으며 시선을 고정한 채 이를 악물고 두 팔을 벌리면서 앞으로 다가갔다. 그녀는 떨면서 뒤로 물러섰다. 그녀가 더듬거리며 말했다.

"어머! 무서워요! 당신이 제게 고통을 주고 있어요! 돌아가요."

"할 수 없죠." 그는 얼굴빛을 바꾸면서 말했다.

그러고는 곧 다시 정중하고 다정하고 수줍어하는 태도가 되었다. 그녀는 그에게 팔을 맡겼고, 두 사람은 돌아가는 길로 들어섰다. 그가 말했다.

"대체 왜 그런 거예요? 왜요? 난 이해할 수가 없어요! 아마 오해를 한 모양이죠? 내 마음속에서 당신은 받침대 위에 높이 모셔진 성모처럼 견고하고 때 묻지 않은 존재예요. 하지만 나는 살기 위해 당신이 필요합니다! 당신의 눈, 당신의 목소리, 당신의 생각이 필요해요. 내 친구, 내 누이, 내 천사가 되어 주세요!"

그리고 그는 팔을 뻗어 그녀의 허리를 감았다. 그녀는 무기력하게 빠져나가려고 했다. 그는 그렇게 그녀를 붙들고 걸었다.

그러나 두 마리 말이 나뭇잎을 뜯어 먹는 소리가 들렸다.

"오! 조금만 더. 돌아가지 맙시다! 그냥 있어 줘요!" 로돌프가 말했다.

그는 좀 더 멀리, 작은 연못가로 그녀를 이끌고 갔다. 부평초가 물 위를 녹색으로 뒤덮고, 시든 수련이 골풀 사이에서 꼼짝도 하지 않고 있었다. 풀밭에서 나는 그들의 발소리에, 개구리들이 숨느라고 펄쩍 뛰었다.

"내 잘못이에요, 내 잘못. 당신 말을 듣다니, 내가 미쳤지." 그녀가 말했다.

"왜요?…… 에마! 에마!"

"오! 로돌프……." 젊은 여자는 그의 어깨 위로 몸을 기울이면서 천천히 말했다.

그녀의 옷자락이 남자의 벨벳 의상에 달라붙었다. 뒤로 젖힌 그녀의 하얀 목덜미가 한숨으로 부풀어 올랐다. 그녀는 온몸의 맥이 빠지고 온통 눈물에 젖은 채 긴 전율과 함께 얼굴을 가리면서 몸을 맡겼다.

저녁 어스름이 내리고 있었다. 수평을 이룬 햇빛이 나뭇가지 사이로 지나가며 그녀의 눈을 부시게 했다. 여기저기 온 사방에서, 나뭇잎 속이나 땅바닥에서, 마치 벌새들이 날아가며 깃털을 뿌려 놓은 것처럼 빛의 반점들이 떨리고 있었다. 사방이 고요했고, 뭔가 감미로운 것이 나무에서 나오는 것 같았다. 그녀는 자신의 심장이 다시 뛰기 시작하고 피가 젖의 강물처럼 몸속에서 돌고 있는 것을 느꼈다. 그때 저 멀리, 숲 너머, 다른 언덕 위에서 길게 이어지는 희미한 외침, 길게 끌리는 어떤 소리가 들렸다. 그녀는 흥분한 신경의 마지막 진동과 마치 음악처럼 뒤섞이는 그 소리에 말없이 귀를 기울였다. 로돌프는 입에 궐련을 문 채두 개의 고삐 중 망가진 하나를 주머니칼로 수선하고 있었다.

그들은 똑같은 길을 통해 용빌로 돌아왔다. 진흙 위에 나란히 찍힌 그들의 말 발자국, 똑같은 덤불, 숲속의 똑같은 조약돌을 다시 보았다. 그들 주변에는 아무것도 달라진 것이 없었다. 그러나 그녀에게는 산이 자리를 옮긴 것보다 더 엄청난 뭔가가 일어났다. 로돌프는 이따금 몸을 굽혀 그녀의 손을 잡고 키스를 했다.

말에 탄 그녀는 매력적이었다! 날씬한 허리를 똑바로 세우고 말갈기 위에 무릎을 접은 채, 바깥 공기에 약간 상기된 얼굴이 붉은 저녁노을에 물들어 있었다.

용빌에 들어오자, 그녀는 포석 위에서 말을 탄 채 빙빙 돌았다. 사람들은 창문 너머로 그녀를 바라보았다.

저녁 식사 때 남편은 그녀의 안색이 좋아졌다고 생각했다. 그러나 그가 산책에 대해 묻자 그녀는 못 들은 체했다. 그리고 타고 있는 두 자루 초 사이에서 접시 옆에 팔꿈치를 짚고 있었다.

"에마!" 그가 말했다.

"왜요?"

"저기 말이야, 오늘 오후에 알렉상드르 씨 집에 들렀는데, 좀 늙은 암말이 한 마리 있더군. 무릎에 약간 상처가 있을 뿐, 아직은 아주 좋아. 백 에퀴에는 틀림없이……." 그가 덧붙였다. "당신이 좋아할 거라 생각해서 그걸 잡아 두었어…… 샀다고……. 나 잘한 거지? 말해 봐."

그녀는 동의의 뜻으로 머리를 끄덕였다. 그리고 15분 뒤 물었다.

"오늘 저녁에 외출하세요?"

"응, 왜?"

"아니! 아무것도 아니에요, 그냥."

그리고 샤를에게서 벗어나자마자, 그녀는 방으로 올라가 틀어박혔다.

처음에는 현기증 같은 것을 느꼈고 나무, 길, 도랑, 로돌프가 보였다. 나뭇잎이 떨리고 골풀들이 씩씩 소리를 내는 동안 그가 두 팔로 껴안는 것이 여전히 느껴졌다.

그러나 거울을 보면서 그녀는 자신의 얼굴에 놀랐다. 눈이 그토록 크고 까맣고 그윽하게 보인 적이 없었다. 뭔가 미묘한 것이 온몸에 퍼져 그녀를 변화시켜 놓은 것이다.

그녀는 혼잣말을 되풀이했다. "내게 애인이 생겼어! 애인이!" 그런 생각을 하자 마치 갑자기 또 한 번의 사춘기가 찾아온 것처럼 즐거웠다. 그러니까 그녀는 마침내 사랑의 기쁨을, 단념했던 행복의 열기를 갖게 되는 것이었다. 그녀는 뭔가 경이로운 것 안으로 들어가고 있었다. 거기에서는 모든 것이 정열, 도취, 광기이리라. 푸르스름한 빛을 띤 무한한 세계가 그녀를 둘러싸고, 그녀의 생각 밑에서는 절정에 이른 감정이 반짝이고 있었다. 평범한 일상은 오직 저 멀리, 저 아래, 어둠 속에, 그 높은 곳들 틈새에만 있을 뿐이었다.

그때 그녀는 예전에 읽었던 책 속의 여주인공들을 떠올렸다. 불륜에 빠진 그 많은 열정적인 여자가 그녀의 기억 속에서 그녀를 매혹시키는 공감 어린 목소리로 노래하기 시작했다. 그녀 자신이 그런 상상의 진짜 일부가 되었고, 자기 자신을 그토록 선망했던 사랑에 빠진 여자의 전형으로 여김으로써 젊은 날의 오랜 꿈을 실현했다. 게다가 에마는 설욕의 기쁨도 느꼈다. 그간 충분히 고통받지 않았는가! 그러나 이제 그녀는 승리를 거두었고, 그토록 오랫동안 억눌린 사랑이 기쁨으로 끓어올라 송두리째 분출된 것이다. 그녀는 회한도, 걱정도, 불안도 없이 그 사랑을 음미했다.

다음 날은 새로운 달콤함 속에서 지나갔다. 그들은 서로 맹세를 주고받았다. 그녀는 그에게 자신의 슬픔을 이야기했고, 로돌프는 키스로 그녀의 말을 막았다. 그녀는 가늘게 뜬 눈으로 그를 바라보며 한 번 더 자기 이름을 불러 달라고, 자기를 사랑한다고 계속 말해 달라고 부탁했다. 전날과 마찬가지로 숲속 나막신 만드는 사람의 오두막 안에서였다. 벽은 밀짚으로 되어 있었고, 지붕이 너무 낮아 몸을 구부려야 했다. 그들은 마른 나뭇잎 침상 위에 바짝 붙어 앉아 있었다.

그날부터 그들은 매일 저녁 규칙적으로 편지를 주고받았다. 에마는 강가의 정원 끝에 있는 테라스의 갈라진 틈에 편지를 끼워 놓았다. 그러면 로돌프가 와서 그 편지를 가져가고 자기 편지를 두고 갔는데, 그녀는 늘 편지가 너무 짧다고 책망했다.

어느 날 아침 샤를이 날이 밝기도 전에 외출하자, 그녀는 당장 로돌프를 보고 싶은 욕망에 사로잡혔다. 재빨리 위셰트에 가면 한 시간쯤 머물다 아직 모두가 잠들어 있는 용빌로 돌아올 수 있었다. 그런 생각을 하자 그녀는 욕정으로 숨이 가빠졌다. 그녀는 곧 목초지 한가운데에서 빠른 발걸음으로 뒤도 돌아보지 않은 채 걸어갔다.

날이 밝기 시작했다. 에마는 멀리서부터 애인의 집을 알아보았다. 제비 꼬리 모양의 그 집 풍향계 두 개가 희미한 새벽빛에 검은 윤곽을 드러내고 있었다.

농장의 안마당을 지나자, 저택이 틀림없는 본채가 있었다. 그녀는 안으로 들어갔다. 그녀가 다가가자 마치 벽이 저절로 열리는 것 같았다. 커다란 곧은 층계가 복도를 향해 나 있었다. 에마는 어떤 문의 손잡이를 돌렸다. 갑자기 방 안쪽에 자고 있는 한 남자가 보였다. 로돌프였다. 그녀는 소리를 질렀다.

"당신이 여길! 당신이 여길!" 그가 되풀이했다. "어떻게 온 거요?…… 아! 옷이 젖었네!"

"사랑해요!" 그녀가 두 팔로 그의 목을 끌어안으면서 말했다.

이 첫 번째 대담한 행동이 성공하자, 이제는 샤를이 일찍 나갈 때마다 에마는 서둘러 옷을 입고 강가로 이어지는 낮은 층계를 살금살금 내려갔다.

그러나 암소들이 건널 수 있게 대놓은 널빤지가 치워져 있을 때는 강을 따라 이어지는 담장을 따라가야 했다. 강둑은 미끄러웠다. 그녀는 넘어지지 않으려고 시든 무아재비 다발을 손으로 붙들곤 했다. 이어서 갈아 놓은 밭을 가로질러 갈 때는 발이 빠져 비틀거리고 얇은 반장화가 벗겨지려고 했다. 머리에 묶은 머플러는 목초지에 부는 바람에 펄럭였다. 그녀는 황소들이 무서워서 달리기 시작했다. 그리고 뺨이 장밋빛이 되어 온몸에서 수액과 초목과 대기의 신선한 향기를 발산하고 숨을 헐떡이면서 도착했다. 로돌프는 그때까지 자고 있었다. 그것은 마치 봄날 아침이 그의 방으로 들어오는 것 같았다.

창문을 따라 내려진 노란 커튼을 통해 묵직한 황금빛 광선이 부드럽게 들어왔다. 에마가 눈을 깜빡거리면서 손으로 더듬는 동안 그녀의 머리에 매달린 이슬방울들이 노란 옥의 후광처럼 그녀의 얼굴을 온통 에워싸고 있었다. 로돌프는 웃으면서 그녀를 끌어당겨 가슴 위로 안았다.

뒤이어 그녀는 방 안을 살펴보았다. 가구의 서랍을 열어 보기도 하고 그의 빗으로 머리를 빗기도 하고 면도 거울에 자기 얼굴을 비춰 보기도 했다. 심지어 어떤 때는 머리맡 탁자 위에 레몬이나 설탕 조각과 함께 물병 옆에 놓여 있는 커다란 파이프의 부리를 이빨 사이에 물기도 했다.

그들이 작별 인사를 하는 데 15분은 족히 걸렸다. 그때면 에마는 울었고, 절대 로돌프를 안 떠나고 싶어 했다. 어찌할 수 없는 강한 무엇인가가 그녀를 그에게로 떠밀곤 했다. 그래서 결국 어느 날 느닷없이 불쑥 나타난 그녀를 보고, 로돌프는 난처해진 사람처럼 얼굴을 찡그렸다.

"왜 그래요? 어디 아파요? 말해 봐요!" 그녀가 말했다.

마침내 그는 심각한 태도로 이렇게 찾아오는 것은 경솔한 짓이고 그녀의 평판을 위태롭게 한다고 분명히 말했다.

X

 로돌프의 그런 두려움이 차츰 그녀에게로 번졌다. 처음에는 사랑에 취해 그 외의 것에 대해서는 아무것도 생각하지 않았다. 그러나 이제 사랑이 삶에서 없어서는 안 되는 것이 되자, 그녀는 그 사랑을 조금이라도 잃게 될까 봐 혹은 방해받을까 봐 두려웠다. 그의 집에서 돌아올 때, 그녀는 불안한 눈길로 온 사방을 두리번거리며 지평선에 지나가는 형체 하나하나, 누군가 그녀를 보고 있을지도 모르는 마을의 천창 하나하나를 살폈다. 발소리, 외침 소리, 쟁기 소리에도 귀를 기울였다. 그리고 머리 위에서 흔들리는 포플러 잎사귀보다 더 떨면서 파랗게 질려 걸음을 멈추곤 했다.

 어느 날 아침 그렇게 집으로 돌아가고 있을 때, 그녀는 갑자기 자신을 겨누고 있는 듯한 소총의 긴 총신을 본 것 같았다. 총신은 도랑 가 풀숲에 반쯤 파묻힌 작은 술통 밖으로 비스듬히 삐져

나와 있었다. 에마는 겁에 질려 거의 기절할 지경이었지만 그래도 앞으로 걸어갔다. 마치 상자 안에서 용수철 달린 인형이 튀어나오듯 한 남자가 술통에서 불쑥 나왔다. 그는 무릎까지 졸라맨 각반을 차고 챙 달린 모자를 눈까지 푹 눌러쓴 채 코가 빨개져서 입술을 떨고 있었다. 야생 오리를 잡으려고 매복 중인 비네 대장이었다.

"더 멀리서부터 소리를 지르셨어야죠! 총을 보면 항상 경고를 해 줘야 합니다." 그가 소리쳤다.

세무 관리는 그런 말을 함으로써 자신이 조금 전에 겁먹었던 것을 감추려고 애썼다. 오리 사냥은 배를 타고 하는 것 외에는 도지사령으로 금지되어 있는데, 법을 잘 지킨다는 비네 씨가 법을 위반하고 있었기 때문이다. 그래서 그는 매 순간 시골 순경이 오는 소리가 들리는 것 같았다. 그러나 그런 불안 때문에 짜릿한 쾌감이 더해져 그는 통 속에 홀로 앉아 자신의 즐거움과 짓궂은 장난에 스스로 박수를 보내고 있었다.

에마를 보자 그는 큰 짐을 던 것 같아 곧 말을 걸었다.

"날씨가 쌀쌀하군요. **콕콕 찌르는 것 같아요!**"

에마는 아무런 대꾸도 하지 않았다. 그가 계속했다.

"그런데 이렇게 이른 시간에 외출을 하셨네요?"

"네, 아이를 맡겨 놓은 유모 집에 다녀오는 길이에요." 그녀가 더듬거리며 말했다.

"아! 그렇군요! 그래요! 저는 보시다시피 새벽부터 여기 있습니다. 하지만 안개가 어찌나 지독하게 끼었는지 새가 바로 앞에까지 오지 않는 한……."

"안녕히 가세요, 비네 씨." 그녀가 말을 가로막으려 발길을 돌렸다.

"안녕히 가세요, 부인." 그가 무뚝뚝한 어조로 대꾸했다.

그러고 나서 그는 다시 통 안으로 들어갔다.

에마는 세무 관리와 갑작스럽게 헤어진 것을 후회했다. 틀림없이 그는 그녀에게 불리한 추측을 할 것이다. 유모 얘기는 가장 잘못된 핑계였다. 보바리네 아기가 1년 전부터 부모 집으로 돌아와 있다는 것은 용빌 사람 모두가 아는 사실이었기 때문이다. 게다가 그 근처에는 아무도 살고 있지 않았다. 그 길은 오직 위세트로만 통했다. 따라서 비네는 그녀가 어디에서 오는지 짐작했을 것이고, 입 다물지 않고 떠들어 댈 것이 분명했다! 그녀는 사냥 망태를 걸친 그 멍청이를 끊임없이 눈앞에 떠올리며 생각해 낼 수 있는 온갖 거짓말을 궁리하느라 저녁때까지 머리를 쥐어짰다.

샤를은 저녁 식사 후에 근심에 잠겨 있는 그녀를 보고 기분 전환으로 약사의 집에 데려갔다. 그런데 약국에서 제일 먼저 그녀의 눈에 띈 사람은 또 그 사람, 세무 관리였다! 그는 붉은 표본병의 불빛을 받으며 계산대에 서서 말했다.

"황산염 반 온스 주세요."

"쥐스탱, 황산 가져와." 약사가 소리쳤다.

이어서 오메 부인의 방으로 올라가려는 에마에게 말했다.

"아뇨, 그냥 계세요. 올라가실 필요 없어요. 아내가 내려올 겁니다. 난롯불이나 쬐면서 기다리시죠……. 실례합니다…… 안녕하세요, 박사님(약사는 이 **박사님**이라는 말을 쓰기를 매우 좋아했다. 마치 그 말을 다른 사람에게 쓸 때 그 말에 담긴 화려한 그 무엇인가가 자기 자신에게 반사되는 듯했던 것이다). 막자사발을 엎지르지 않도록 조심해! 아니, 작은 방의 의자들을 가져와. 거실의 안락의자는 갖고 나오면 안 되는 거 잘 알잖아."

안락의자를 제자리에 갖다 놓으려고 오메가 계산대 밖으로 서둘러 나올 때, 비네가 당산 반 온스를 달라고 했다.

"당산요? 그런 건 모르겠는데, 몰라요! 혹시 수산을 말씀하시는 건가요? 수산 맞죠?" 약사가 깔보는 투로 말했다.

비네는 여러 가지 사냥 도구의 녹을 빼는 액체를 직접 만들기 위해 부식제가 필요하다고 설명했다. 에마는 소스라치게 몸을 떨었다. 약사가 말하기 시작했다.

"사실 습기 때문에 좋은 날씨는 아니군요."

"하지만 그런 날씨를 잘 활용하는 사람들도 있지요." 세무 관리가 음흉한 태도로 대꾸했다.

그녀는 숨이 막혔다.

"그리고 또 필요한 게 있는데……."

'저자가 전혀 가려고 하질 않네!' 하고 그녀는 생각했다.

"송진하고 테레벤틴 반 온스, 노란 밀랍 4온스, 골탄 1온스 반 주세요. 내 장비들의 에나멜가죽을 닦으려고요."

약사가 밀랍을 자르기 시작했을 때 오메 부인이 이르마를 품에 안고 나타났다. 옆에는 나폴레옹이, 뒤에는 아탈리가 따라왔다. 그녀는 창가에 놓인 긴 벨벳 의자에 가서 앉았다. 사내아이는 등 없는 의자에 쭈그려 앉고, 아이 누나는 아버지 옆에 있는 대추 상자 주위를 맴돌았다. 아이 아버지는 깔때기를 채우고 병의 마개를 막고 라벨을 붙이고 포장을 하고 있었다. 그의 주변 사람들은 잠자코 있었다. 이따금 저울에서 추가 부딪치는 소리와 조수에게 충고하는 약사의 나지막한 말소리만이 들릴 뿐이었다.

"댁의 따님은 잘 있죠?" 갑자기 오메 부인이 물었다.

"조용!" 거래 일지에 숫자를 적고 있던 그녀의 남편이 소리쳤다.

"왜 안 데리고 오셨어요?" 그녀가 작은 소리로 다시 말했다.

"쉿! 쉿!" 에마는 손가락으로 약사를 가리키며 말했다.

그러나 비네는 계산서를 읽느라 정신이 팔려 아마 아무것도 못 들은 것 같았다. 드디어 그가 나갔다. 그러자 속이 후련해진 에마는 크게 한숨을 내쉬었다.

"무슨 숨을 크리 크게 쉬세요!" 오메 부인이 말했다.

"아! 좀 더워서요." 그녀가 대답했다.

그리하여 다음 날 그들은 밀회 방법을 심사숙고해 보았다. 에마는 선물을 이용해 하녀를 매수하려고 했다. 그러나 용빌에서 눈에 띄지 않는 집을 찾아보는 것이 더 나을 것 같았다. 로돌프가 그런 집을 찾아보겠다고 약속했다.

겨우내 일주일에 서너 번 깜깜한 밤중에 그가 정원으로 왔다. 에마는 살문의 자물쇠를 일부러 치워 놓았는데, 샤를은 그것을 잃어버린 줄 알고 있었다.

로돌프는 그녀에게 알리는 신호로 덧창에 모래를 한 줌 던지곤 했다. 그러면 그녀는 벌떡 일어났다. 그러나 때때로 기다려야 할 때도 있었다. 샤를이 난롯가에서 수다를 떠는 버릇이 있었는데, 좀처럼 이야기를 끝내지 않았기 때문이다. 그녀는 초조해서 애가 탔다. 만약 할 수만 있다면, 두 눈을 이용해 그를 창문 밖으로 집어 던졌을 것이다. 마침내 그녀는 밤 화장을 시작했다. 그리고 책을 한 권 들고 무척 재미있는 듯 아주 조용히 계속해서 읽었다. 그러나 잠자리에 든 샤를이 어서 자자며 그녀를 불렀다.

"이리 와, 에마, 잘 시간이야." 그가 말했다.

"네, 가요!" 그녀가 대답했다.

그사이 촛불에 눈이 부신 그는 벽 쪽으로 돌아누워 잠들어 버렸다. 그러면 에마는 숨을 죽이고 미소 지으며 두근거리는 가슴으로 잠옷 바람에 빠져나갔다.

로돌프는 커다란 망토를 입고 있었다. 그는 그것으로 그녀의 온몸을 감싸고 그녀의 허리에 팔을 두른 채 말없이 그녀를 정원 안쪽으로 데려갔다.

그곳은 지난날 여름 저녁이면 레옹이 너무도 사랑스럽게 그녀를 바라보곤 했던 덩굴시렁 아래의 바로 그 썩은 나무 벤치였다. 그녀는 이제 레옹 생각을 전혀 하지 않았다.

잎이 떨어진 재스민 나뭇가지 사이로 별들이 반짝였다. 그들 뒤로 강물 흐르는 소리와 이따금 둑길에서 마른 갈대가 사각거리는 소리가 들렸다. 어둠 속 여기저기에 그림자 덩어리가 불룩하게 보였고, 마치 그들을 덮치려고 다가오는 거대한 검은 파도처럼 이따금 일제히 떨리면서 우뚝 일어났다가 기울어지곤 했다. 밤의 추위 때문에 그들은 더욱 바싹 껴안았다. 그들의 입술에서 새어 나오는 한숨이 더 거세게 느껴졌고, 희미하게 보이는 그들의 눈이 더 크게 보였다. 조용한 가운데 나직이 주고받는 그들의 말이 낭랑한 소리를 내며 그들의 영혼 위로 떨어져 수많은 진동으로 퍼져 나갔다.

비 오는 밤이면 그들은 헛간과 마구간 사이의 진찰실로 숨어들었다. 그녀는 책들 뒤에 숨겨 두었던 부엌용 양초 하나에 불을 붙였다. 로돌프는 마치 자기 집처럼 편하게 자리를 잡았다. 책장과 책상, 방 안 전체를 보고 있자니 그는 더욱 쾌활해져 샤를에 대해 에마가 난처해할 농담을 수없이 했다. 그녀는 좀 더 진지한 그의 모습, 때에 따라서는 더 극적인 그의 모습을 보고 싶었다. 정원 샛길에서 누군가 다가오는 발소리를 들은 듯했을 때처럼 말이다.

"누가 와요!" 그녀가 말했다.

그는 훅 불어서 불을 껐다.

"권총 갖고 있어요?"

"왜?"

"그야…… 방어를 위해서죠." 에마가 대답했다.

"당신 남편으로부터? 아! 그 형편없는 친구!"

로돌프는 말을 끝내며 '손가락 하나만 튕겨도 그를 박살 낼 수 있어'라는 뜻의 몸짓을 했다.

그녀는 일종의 무례함과 상스러움이 느껴져 기분이 상했지만 어쨌든 그의 용기에 놀랐다.

로돌프는 이 권총 이야기를 곰곰이 생각해 보았다. 만약 그녀가 진지하게 말한 것이라면, 심히 우스꽝스럽고 추악하기까지 하다는 생각이 들었다. 그로서는 그 착한 샤를을 미워할 이유가 전혀 없었기 때문이다. 그는 소위 말하는 질투심에 불타는 사람이 아니었으니까. 그 점에 관해 에마는 그에게 단단히 다짐을 받았지만, 그는 그것 또한 그다지 좋은 취미가 아니라고 생각했다.

게다가 그녀는 몹시 감상적으로 되었다. 조그만 초상화를 교환해야 했고, 머리카락을 한 줌씩 잘라야 했다. 그리고 이제는 반지를, 영원한 결합의 표시인 진짜 결혼반지를 원했다. 종종 그녀는 만종이나 **자연의 소리**에 대한 이야기도 했고, 자기 자신의 어머니와 그의 어머니에 대해서도 이야기했다. 로돌프는 20년 전에 어머니를 잃었다. 그런데도 에마는 마치 버림받은 갓난아기를 달래듯 애정 어린 말로 그를 위로했고, 심지어 이따금 달을 쳐다보면서 이런 말을 하기도 했다.

"분명히 저곳에서 두 분 어머님은 함께 우리의 사랑을 인정해 주실 거예요."

그러나 그녀는 정말 예뻤다! 그는 그토록 순진한 여자를 가져 본 적이 없었다! 방탕하지 않은 그 사랑은 그에게 새로운 그 무엇이었고, 그를 손쉬운 습관에서 벗어나게 하여 자긍심과 관능을 동시에 어루만져 주었다. 에마의 열광도 그의 부르주아적인 상식으로 보면 경멸스러운 것이었으나 자기 자신을 향한 것이어서 마음속 깊은 곳에서는 매력적으로 느껴졌다. 그래서 사랑받는다는 확신이 들자, 그는 거리낌 없어졌고 자기도 모르게 태도가 바뀌었다.

그는 이제 예전처럼 그녀를 울리던 그토록 감미로운 말도, 그녀를 미치게 하던 그 격렬한 애무도 더 이상 하지 않게 되었다. 그래서 그녀가 푹 빠져 지내고 있던 그들의 엄청난 사랑이 마치 강바닥에 빨려 들어가는 강물처럼 그녀의 발밑에서 줄어드는 것 같았고, 그녀의 눈에 바닥의 진흙이 보였다. 그녀는 그것을 믿고 싶지 않아 더욱더 애정을 쏟았고, 로돌프는 점점 더 무관심을 감추려 하지 않았다.

그녀는 그에게 몸을 허락한 것을 후회하는 것인지 아니면 반대로 그를 더 많이 사랑하고 싶지 않은 것인지 스스로도 잘 알 수 없었다. 자신이 약자라고 느끼게 되는 굴욕감은 원한으로 변했지만, 육체적 쾌락이 그것을 완화해 주었다. 그것은 애착이 아니라 끊임없는 유혹과 같았다. 그는 그녀의 마음을 사로잡고 있었고, 그녀는 그 점에 대해 거의 두려움을 느끼고 있었다.

하지만 로돌프가 자기 기분에 따라 간통을 성공적으로 조종하고 있어 겉보기에는 그 어느 때보다 평온했다. 6개월이 지나 봄이 오자, 그들은 서로에 대해 마치 가정적인 불꽃을 조용히 유지하고 있는 부부와 같이 느끼고 있었다.

루오 영감이 다리가 회복된 기념으로 칠면조를 보내는 시기였다. 선물은 언제나 편지와 함께 왔다. 에마는 바구니에 편지를 매어 놓은 끈을 자르고 다음과 같은 글을 읽었다.

사랑하는 아이들에게,

이 편지를 받을 때 두 사람 모두 건강하기를 바라고, 이 칠면조가 예년에 보내던 것만큼 좋은 것이기를 바란다. 좀 더 연하고, 말하자면 좀 더 살찐 칠면조인 것 같아서 말이다. 하지만 다음번에는 변화를 주어 수탉을 한 마리 보내 주마. 너희가 **칠면조**를 더 좋아한다면 모르겠다만. 바구니는 지난번 것 두 개와 함께 꼭 돌려보내 다오. 우리 집 수레 창고가 재난을 당했다. 바람이 심하게 불던 날 밤에 지붕이 숲속으로 날아가 버렸단다. 수확도 그다지 좋지 않구나. 여하튼 너희를 언제 만나러 가게 될지 모르겠다. 내가 혼자 있게 된 후로는 이제 집을 떠나기가 정말 어렵구나, 내 딸 에마야!

그리고 여기에서 마치 노인이 펜을 놓고 한동안 생각에 잠겨 있었던 듯 행간이 비어 있었다.

나는 잘 지내고 있다. 저번 날 이브토 장에 갔다가 감기에 걸린 것만 빼면 말이다. 우리 집 양치기가 지나치게 입이 까다로워 내보내고 다른 양치기를 구하려고 장에 갔었거든. 그런 날강도들이랑 상대해야 하다니 참으로 딱한 일이지 뭐냐! 게다가 그놈은 정직하지도 않았어.

이번 겨울 너희 마을을 지나다 이를 뽑고 왔다는 한 행상인에게 들으니 보바리는 여전히 열심히 일한다더구나. 내 그럴 줄 알았다. 그 사람이 내게 자기 이빨을 보여 주었다. 우린 같이 커피를 한 잔 마셨지. 그 사람에게 너를 봤냐고 물었더니 못 봤지만 마구간에 말이 두 마리 있는 것을 보았다고 하더구나. 그래서 나는 병원이 잘되고 있구나 생각하고 있다. 참 잘된 일이다, 사랑하는 아이들아, 하느님께서 너희에게 최고의 행복을 내려 주시길 빈다.

내 귀여운 손녀딸 베르트 보바리를 아직 만나지 못해 몹시 슬프구나. 그 애를 위해 네 방 밑 정원에 자두나무를 한 그루 심었단다. 거기에 아무도 손대지 못하게 할 거다. 그리고 나중에 잼을 만들어 찬장에 간직해 두었다가 그 애가 오면 줄 생각이다.

잘 있거라, 사랑하는 아이들아. 내 딸아, 네게 키스를 보낸다. 사위와 손녀딸의 두 뺨에도.

너희의 다정한 아버지,

테오도르 루오

그녀는 거친 종이에 쓴 그 편지를 손가락 사이에 들고 잠시 있었다. 철자가 틀린 글자가 여러 군데 있었지만, 에마는 마치 가시나무 울타리에 몸을 반쯤 숨기고 꼬꼬댁거리는 암탉처럼 그 글자들을 통해 전달되는 다정한 생각을 좇고 있었다. 편지에서 그녀의 옷 위로 잿빛 먼지가 조금 떨어지는 것을 보니, 난로의 재로 글자의 잉크를 말린 모양이었다. 그녀는 부집게를 집으려고 난로를 향해 몸을 구부리는 아버지의 모습이 거의 눈앞에 보이는 것 같았다. 아버지 옆에서 난롯가의 의자에 앉아 탁탁 소리를 내며 활활 타오르는 바다골풀의 불길에 나무 막대기 끝을 태우던 때가 얼마나 오래된 옛일이 되었나!······ 그녀는 온통 햇빛이 가득하던 여름날 저녁을 떠올렸다. 사람이 지나가면 망아지들이 울면서 달리고 또 달렸었다······. 그녀의 방 창문 밑에는 꿀벌 통이 있어서 때때로 꿀벌들이 햇빛 속에서 빙빙 돌다가 튀어오르는 황금 공처럼 유리창을 두드리곤 했었다. 그 시절엔 얼마나 행복했던가! 얼마나 자유로웠던가! 얼마나 희망에 차 있었던가! 얼마나 풍부한 환상에 젖어 있었던가! 이제는 더 이상 아무것도 남은 것이 없었다! 그녀는 처녀 시절, 결혼, 연애와 같이 차례로 이어지는 모든 환경을 거치면서 영혼의 온갖 모험에 그 모든 것을 소진해 버렸다. 마치 길가의 여인숙에 묵을 때마다 재물을 조금씩 두고 나오는 여행객처럼, 그녀는 인생길을 따라가며 그렇게 계속해서 그런 것들을 잃어버린 것이다.

도대체 누가 그녀를 이토록 불행하게 만들었는가? 그녀를 엉망으로 만든 엄청난 재앙은 어디에 있었던 것일까? 그녀는 자신을 괴롭히는 것의 원인을 찾아내려는 것처럼 고개를 들고 주위를 돌아보았다.

4월의 햇빛이 선반의 도자기들 위에 아롱거리고 난롯불이 타고 있었다. 그녀는 실내화 밑에서 양탄자의 부드러운 감촉을 느꼈다. 햇빛은 하얗고, 대기는 훈훈했다. 어린애가 깔깔대며 웃는 소리가 들렸다.

어린 딸아이는 잔디밭 위, 건조시키고 있는 풀 한가운데에서

뒹굴고 있었다. 아이는 쌓아 올린 풀 더미 꼭대기에 배를 깔고 엎드려 있었고, 하녀가 아이의 치마를 붙들고 있었다. 레스티부두아가 옆에서 갈퀴로 긁고 있었는데, 그가 다가갈 때마다 아이는 두 팔로 허공을 휘저으면서 몸을 기울이곤 했다.

"아이를 데려와 봐!" 엄마가 아이에게 달려가 키스를 하면서 말했다. "사랑해, 착한 내 아기! 정말 사랑해!"

이어서 아이의 귀 끝이 조금 더러운 것을 보더니 그녀는 재빨리 초인종을 눌러 더운물을 가져오게 하고, 아이를 씻겨 속옷을 갈아입히고 양말과 신발까지 갈아신긴 뒤 마치 여행에서 돌아온 것처럼 아이의 건강 상태에 대해 수많은 질문을 했다. 그러고는 마침내 아이에게 한 번 더 키스를 하고 눈물을 찔끔 흘리면서 하녀의 손에 아이를 넘겨 주었다. 하녀는 이 지나친 애정 표현에 몹시 놀랐다.

그날 저녁, 로돌프는 그녀가 평소보다 더 심각해졌다고 생각했다.

'괜찮아질 거야, 변덕이겠지' 하고 그는 판단했다.

그리고 그는 연달아 세 번 약속을 어겼다. 그가 다시 나타났을 때, 그녀는 냉랭하고 거의 경멸하는 태도를 보였다.

"아! 이러면 시간만 낭비해, 귀여운 내 사랑……."

그러고는 그녀의 우울한 한숨도, 그녀가 꺼내는 손수건도 못 본 척했다.

에마가 후회한 것은 바로 그때였다!

심지어 그녀는 자신이 도대체 왜 샤를을 싫어하는 것일까, 그를 사랑할 수 있다면 더 좋지 않을까 하는 생각까지 했다. 그러나 샤를은 이처럼 되돌아오는 감정이 발붙일 수 있는 계기를 제공해 주지 못했다. 그래서 그녀가 희생하고자 하는 의향만 지닌 채 어찌할 바를 몰라 몹시 당황하고 있을 때, 약사가 때마침 그녀에게 기회를 제공했다.

XI

그는 최근에 새로운 안짱다리 치료법에 대한 찬사를 읽었다. 그리고 진보론자인 그는 용빌도 **수준에 뒤지지 않도록** 굽은 다리 수술을 해야 한다는 애향적인 생각을 갖게 되었다.

"위험할 게 뭐 있습니까? 생각해 보세요(그는 손가락으로 수술 시도의 이점을 꼽았다). 성공은 거의 확실하죠, 환자는 고통도 덜고 보기도 좋아지죠, 수술한 사람은 단번에 명성을 얻게 되고요. 예를 들어 남편분도 왜 **황금 사자**의 불쌍한 이폴리트를 깨끗하게 고쳐 주고 싶지 않으시겠어요? 이폴리트가 모든 여행객에게 빠짐없이 자기가 완쾌된 얘기를 한다고 생각해 보세요. 그리고 (오메는 목소리를 낮추고 주위를 둘러보았다) 또 제가 그 일에 대한 짧은 기사를 신문사로 보내는 걸 누가 막겠습니까? 이런! 세상에! 신문 기사가 유포되고…… 사람들의 입에 오르내리고…… 그 소문이 나중에는 눈덩이처럼 커지고! 충분히 가능한 일이죠. 그럴 수 있어요." 그가 에마에게 말했다.

사실 보바리는 성공할 수 있었다. 그의 수술 솜씨가 좋지 않다고 에마에게 확인해 주는 것은 아무것도 없었다. 명성도 얻고 재산도 불릴 수 있는 일을 남편이 한다면 그녀로서도 얼마나 흐뭇한 일이겠는가? 사랑보다 더 확고한 뭔가에 의지하게 된다면 더 이상 바랄 것이 없었다.

약사와 그녀가 열심히 권하자, 샤를은 결국 설득당했다. 그는 루앙에서 뒤발 박사의 저서를 구해다 저녁마다 두 손으로 머리를 감싼 채 독서에 몰두했다.

그가 첨족, 내반족, 외반족, 즉 스트레포카토포디, 스트레펜도포디, 스트레펙소포디(또는 더 알기 쉽게 말하자면 아래쪽, 안쪽, 바깥쪽으로 구부러진 발의 기형)와 더불어 스트레피포포디와 스트레파노포디(달리 말하자면 아래쪽 뒤틀림과 위쪽 쳐들림)를 공부하는 동안, 오메 씨는 온갖 이유를 대며 여관집 하인에게 수술을 받아 보라고 부추겼다.

"아마 가벼운 통증만 겨우 느낄 거야. 피를 조금 뽑는 것처럼 따끔할 뿐, 티눈 빼는 것보다 더 간단해."

이폴리트는 생각에 잠겨 어리둥절한 두 눈을 굴렸다.

"게다가 나하고는 아무 상관 없는 일이야! 너를 위한 거지! 순전히 인정에 끌려 이러는 거라고! 허리를 그렇게 흔들어 대면서 보기 싫게 절뚝거리지 않는 너를 보고 싶어. 네가 뭐라 하든, 그런 몸으로는 틀림없이 일에도 엄청나게 지장을 받을 거야." 약사가 다시 말했다.

오메는 나중에 얼마나 더 건장하고 민첩할지 스스로 느끼게 될 거라고 설명했고, 심지어 여자들한테도 더 인기 있을 거라고 넌지시 말했다. 그러자 마구간지기는 어설프게 미소를 짓기 시작했다. 이어서 오메는 상대방의 허영심을 건드렸다.

"너도 남자 아니야, 젠장? 군대에서 복무해야 한다면, 나라를 위해 싸우러 가야 한다면, 대체 어떻게 되겠어?…… 아! 이폴리트!"

그리고 오메는 과학의 혜택을 거절하는 그런 무지와 고집을 이해할 수 없다고 단언하며 가 버렸다.

결국 불쌍한 사내는 굴복했다. 마치 공모라도 한 것처럼 모두 거들었기 때문이다. 절대로 남의 일에 끼어들지 않던 비네, 르프랑수아 부인, 아르테미즈, 이웃들, 그리고 면장인 튀바슈 씨까지 모두 그에게 권장하고 설교하고 수치심을 느끼게 했다. 그러나 그가 마침내 결심하게 된 것은 **비용을 전혀 치르지 않는다는 점 때문**이었다. 보바리가 수술 기구까지 자비로 제공하겠다고 나선 것이었다. 이 후한 인심은 에마의 생각이었다. 샤를은 마음속으로 자기 아내는 천사라고 생각하면서 동의했다.

그리하여 그는 약사의 충고에 따라, 세 번이나 다시 하면서 목수에게 철물공의 도움을 받아 무게가 4킬로그램이나 되는 상자 같은 것을 만들게 했다. 거기에는 쇠, 나무, 철판, 가죽, 수나사, 암나사가 아낌없이 사용되었다.

그러나 이폴리트의 어떤 힘줄을 자를지 알려면 우선 그가 어떤 종류의 안짱다리인지 알아야 했다.

그의 한쪽 발은 다리와 거의 일직선을 이루면서도 안쪽으로 구부러져 있었다. 따라서 그것은 내반족이 약간 섞인 첨족 혹은 첨족 경향을 심하게 보이는 가벼운 내반족이었다. 그러나 이 첨족은 실제로 말발굽처럼 넓적하고, 피부는 꺼칠꺼칠하고, 힘줄은 딱딱하고, 굵은 발가락에 시커먼 발톱은 쇠못 같았는데, 내반족 불구자는 그런 발로 아침부터 저녁까지 사슴처럼 뛰어다니고 있었다. 광장 위에서 짧은 다리를 앞으로 뻗치면서 마차들 주위로 껑충거리며 다니는 그의 모습이 항상 보였다. 심지어 그 다리가 다른 다리보다 더 힘차 보였다. 너무 사용한 나머지 그 다리는 인내심과 기력이라는 미덕 같은 것을 얻게 된 것이다. 그래서 그는 뭔가 힘든 일을 시키면 오히려 그 다리로 몸을 받쳐 버텼다.

그런데 그의 발이 첨족이어서 아킬레스건을 잘라야 했고, 내반족을 없애기 위해 전경골근에 손대는 것은 나중으로 미뤄야 했다. 의사가 두 가지 수술을 감히 한꺼번에 감행하지 못하기 때문이었다. 심지어 그는 자기가 잘 알지도 못하는 뭔가 중요한 부위를 건드리게 될까 봐 미리부터 떨고 있었다.

켈수스' 이래 15세기 만에 처음으로 동맥을 직접 동여매는 수술을 실행한 앙브루아즈 파레도, 뇌의 두꺼운 층을 통해 종기를 째려고 한 뒤퓌트랑도, 최초로 위턱뼈를 절제한 장술도 **근육 절단용 메스**를 손에 들고 이폴리트에게 다가가는 보바리 씨처럼 심장이 두근거리고 손이 떨리고 정신이 긴장되지는 않았을 것이다. 병원에서처럼 옆의 테이블 위에는 붕대용 헝겊, 밀랍 먹인

실 무더기, 약사네 집에 있는 붕대를 몽땅 가져와서 피라미드처럼 쌓아 놓은 많은 붕대가 보였다. 아침부터 그 모든 준비를 한 사람은 오메 씨였다. 군중을 현혹시키기 위해서뿐만 아니라 자기 스스로 환상을 품기 위해서였다. 샤를이 피부를 찔렀다. 푹하는 메마른 소리가 들렸다. 힘줄이 절단되었고, 수술은 끝났다. 이폴리트는 여전히 놀라 있었다. 그는 보바리의 두 손에 몸을 굽히고 마구 입을 맞췄다.

"자, 진정해, 은인에 대한 감사 인사는 나중에 하도록!" 약사가 말했다.

그리고 그는 이폴리트가 똑바로 걸어서 나올 거라 생각하고 마당에서 움직이지 않고 서 있는 대여섯 명의 구경꾼에게 결과를 말해 주러 내려갔다. 이어서 샤를은 환자를 기구에 고정시켜 놓고 집으로 돌아갔다. 에마가 몹시 걱정하며 문에서 그를 기다리고 있었다. 그녀는 그의 목으로 뛰어들었다. 그들은 식탁에 앉았다. 그는 많이 먹었고, 심지어 식후에 커피를 한 잔 달라고도 했다. 그것은 일요일에 손님이 있을 때만 그가 스스로에게 허용하는 사치였다.

저녁 시간은 유쾌했고, 정겨운 대화와 공동의 꿈으로 충만해 있었다. 그들은 미래의 재산과 집 안 수리에 대해 이야기했다. 샤를은 자신의 명성이 널리 퍼지고 더 안락한 생활을 누리고 아내가 변함없이 자신을 사랑하는 것을 눈앞에 그려 보았다. 그리고 에마는 더 건전하고 더 나은 새로운 감정 속에서 생기를 되찾으며, 요컨대 자신을 아껴 주는 이 가엾은 남자에 대해 어떤 애정을 느끼며 행복하다고 생각했다. 잠시 로돌프에 대한 생각이 머릿속을 스치고 지나갔지만, 그녀의 눈은 다시 샤를에게로 돌아갔다. 심지어 그녀는 그의 이빨이 보기 흉하지 않다는 것을 깨달으며 놀랐다.

그들이 잠자리에 들었을 때, 오메 씨가 하녀의 만류에도 불구하고 갑자기 침실 안으로 들어왔다. 손에는 방금 쓴 원고 한 장을 들고 있었다. 그것은 「루앙의 등대」에 보낼 기사문인데, 그들에게 읽어 주려고 가져온 것이었다.

"직접 읽어 주세요." 보바리가 말했다.

그는 읽었다.

"〈아직도 유럽의 일부분을 그물처럼 뒤덮고 있는 편견에도 불구하고, 빛이 우리의 시골로 스며들기 시작하고 있다. 그리하여 이번 화요일, 우리의 작은 마을 용빌은 외과 의학 실험의 무대가 되었다. 그것은 동시에 숭고한 박애의 행동이기도 하다. 우리 지방의 가장 뛰어난 개업의 중 한 명인 보바리 씨가……〉"

"아! 그건 너무 지나쳐요! 지나쳐!" 감동으로 숨이 막힐 지경이 된 샤를이 말했다.

"천만에요, 전혀 그렇지 않습니다! 그럼요! 〈안짱다리를 수술했다…….〉 저는 과학적인 용어는 쓰지 않았습니다. 아시다시피 신문에서는…… 모두가 이해할 수 없을 테니까요. 대중이……."

"그렇겠지요. 계속 읽어 주세요." 보바리가 말했다.

"다시 읽습니다." 약사가 말했다. "〈우리 지방의 가장 뛰어난 개업의 중 한 명인 보바리 씨가 안짱다리를 수술했다. 환자는 아름 광장에서 과부 르프랑수아 부인이 운영하는 **황금 사자** 여관에서 25년째 마구간지기로 일하고 있는 이폴리트 토탱이라는 사람이다. 환자에 대한 관심과 함께 새로운 시도라는 점 때문에 많은 주민이 모여들어 여관 문턱은 그야말로 장사진을 이루었다. 게다가 수술은 마치 마술처럼 실행되었고, 반항하던 힘줄이 마침내 의술의 노고에 무릎을 꿇었음을 말해 주려는 듯 겨우 피 몇 방울이 피부 위로 흘렀을 뿐이다. 환자는 기이하게도(**직접 목격한** 사실이다) 전혀 고통을 호소하지 않았다. 현재까지 그의 상태는 더 이상 바랄 것이 없다. 모든 점으로 미루어 보아 회복이 빠를 것으로 믿어 의심치 않는다. 다가오는 마을 축제에서는 즐거운 합창이 울려 퍼지는 가운데 술을 마시며 춤을 추는 사람들 속에서 우리의 선량한 이폴리트의 모습을 보게 될 수도, 그래서 그가 그 혈기와 뛰어오르는 동작으로 모든 사람의 눈앞에 완치를 증명해 보일 수도 있지 않겠는가? 관대한 학자들에게 영광 있으라! 인류를 개선하고 인류의 고통을 덜어 주기 위해 밤을 새워 가며 애쓰는 그 불굴의 정신에 영광 있으라! 영광 있으라! 세 배로 영광 있으라! 이것이야말로 장님은 보고 귀머거리는 듣고 절름발이는 걸으리라 소리쳐야 할 경우가 아니겠는가? 옛날에는 선택된 사람들에게만 광신이 약속했던 것을 오늘날 과학은 모든 사람을 위해 실행하고 있다! 이토록 놀라운 이 치료의 경과에 대해 계속해서 독자들에게 보도할 것이다.〉"

　그러나 닷새 후 르프랑수아 부인이 질겁해서 달려와 소리쳤다.

"도와주세요! 저 사람 죽어 가요!…… 불안해 미치겠어요!"

샤를은 **황금 사자**로 달려갔다. 그가 모자도 쓰지 않은 채 광장을 지나가는 것을 본 약사도 약국을 팽개치고 나왔다. 그는 숨을 헐떡이고 얼굴이 빨개져 불안해하면서 계단을 올라가는 사람마다 붙잡고 물었다.

"도대체 우리의 안짱다리 환자한테 무슨 일이 생긴 거죠?"

그 안짱다리 환자는 지독한 경련을 일으키며 몸을 비틀고 있었고, 그로 인해 그의 다리가 들어 있는 기구가 벽을 부숴 버릴 듯 후려치고 있었다.

다리의 위치가 어긋나지 않도록 매우 조심하면서 상자를 들어내 보니, 끔찍한 광경이 드러났다. 발 모양이 남아 있지 않을 정도로 심하게 부어올라 피부 전체가 금방이라도 터질 것 같았다. 그리고 그 대단한 기구 때문에 생긴 반상 출혈이 피부 전체에 나타나 있었다. 이폴리트가 이미 그로 인한 고통을 호소했지만 아무도 주의를 기울이지 않았었다. 이제 그가 완전히 틀린 말을 한 게 아니라는 것을 인정할 수밖에 없었고, 몇 시간 동안 그를 기구에서 풀어 주었다. 그러나 부기가 좀 가라앉자 두 학자는 기구 안에 다리를 다시 집어넣는 것이 옳다고 판단했고, 경과를 빨리하기 위해 더욱 단단히 졸라맸다. 마침내 사흘 후 이폴리트가 더 이상 참을 수 없어 하자, 그들은 다시 한번 기구를 벗겨 냈고 눈앞의 결과에 몹시 놀랐다. 납빛의 부기가 다리로 퍼져 있었고, 군데군데 물집이 잡혀 거기서 시꺼먼 물이 스며 나오고 있었다. 심각한 형국이었다. 이폴리트가 답답해하기 시작하자, 르프랑수아 부인은 조금이라도 기분 전환이 되라고 부엌 옆의 작은 방으로 그를 옮겨 주었다.

그러나 날마다 그 방에서 저녁 식사를 하는 세무 관리가 환자가 옆에 있는 것에 대해 심하게 불평을 했다. 그래서 이폴리트는 다시 당구실로 옮겨졌다.

거기서 그는 창백한 얼굴에 수염은 길게 자라고 눈은 움푹 들어간 채 파리들이 달려드는 더러운 베개 위에서 이따금 땀에 젖은 머리를 이리저리 돌리며 두꺼운 이불 밑에서 신음하며 지냈다. 보바리 부인이 그를 보러 오곤 했다. 그녀는 찜질용 천을 가져와서 위로도 하고 격려도 해 주었다. 게다가 그에게 말 상대는 부족하지 않았다. 특히 장날에는 농부들이 그의 곁에서 당구를 치면서 큐로 검술 흉내를 내기도 하고 담배도 피우고 술도 마시고 노래도 부르고 큰 소리로 이야기를 하기도 했다.

"좀 어때? 아! 보아하니 별로 안 좋은가 보네! 하지만 자네 잘못이야. 이것도 해 보고 저것도 해 보고 그래야지." 그들은 그의 어깨를 치면서 말했다.

그리고 그와 다른 치료법으로 치유된 사람들에 대한 이야기를 했다. 그러고는 위로하듯이 덧붙였다.

"자네는 자기 몸을 너무 아끼고 있군! 좀 일어나 봐! 왕처럼 팔자 좋게 지내고 있네! 아! 맘대로 해, 이 익살맞은 친구야! 그런데 자네한테서 고약한 냄새가 나는데!"

사실 괴저는 점점 더 위쪽으로 번지고 있었다. 그 때문에 보바리 자신도 병이 날 지경이었다. 그는 매시간 끊임없이 찾아왔다. 이폴리트는 잔뜩 겁에 질린 눈으로 그를 쳐다보고 흐느껴 울면서 더듬더듬 말했다.

"언제 낫는 겁니까? 아! 살려 주세요!…… 지지리도 운이 없네요! 운도 없어요!"

의사는 언제나 그에게 식이 요법을 권하고 돌아갔다.

"의사 말 듣지 마. 저자들 때문에 이미 충분히 괴롭힘을 당했잖아! 이러다간 더 몸이 약해지겠다. 자, 어서 먹어!" 르프랑수아 부인이 말했다.

그녀는 맛있는 수프, 양 넓적다리 고기, 베이컨 조각을 갖다주었고, 이따금 작은 잔으로 브랜디를 주기도 했으나 그는 그것을 입에 댈 용기가 나지 않았다.

부르니지앵 신부는 그의 병세가 악화되었다는 소식을 듣고 그를 보러 오겠다고 했다. 신부는 먼저 고통스러운 그를 불쌍히 여긴다는 말로 시작하더니, 그것은 주님의 뜻이니 기쁘게 받아들이고, 이 기회에 속히 신앙심을 회복해야 한다고 선언했다.

"자네가 의무를 좀 소홀히 했기 때문이야. 미사 때 자네를 거의 볼 수가 없었지. 성체를 모시지 않은 지 몇 년이나 되었나? 자네의 일과 세상의 소용돌이에 휩쓸려 영혼의 구제에 신경 쓸 수 없었다는 것을 이해하네. 하지만 이제 영혼의 구제에 대해 숙고해 볼 때일세. 그렇다고 절망하지는 말게. 큰 죄를 지은 죄인들도 하느님 앞에 불려 갈 즈음에(물론 자네는 아직 거기까지 이르지는 않았네만) 자비를 간구한 결과 최고의 기분으로 죽어 간 예를 많이 알고 있거든. 그 사람들처럼 자네도 훌륭한 본보기가 되어 주길 기대해 보세! 그러니 대비책으로 「은총이 가득하신 마리아여, 기뻐하소서」와 「하늘에 계신 우리 아버지」를 아침저녁으로 암송해 보지 않겠나? 그래, 그렇게 해! 나를 위해서, 나한테 은혜를 베푼다 생각하고. 뭐가 어려운 일인가…… 나한테 약속해 주겠나?" 신부는 아버지 같은 말투로 말했다.

그 불쌍한 사내는 약속했다. 신부는 그 후 계속해서 다시 찾아왔다. 그는 여관 주인과 이야기를 나누고, 심지어 이폴리트가 이해하지 못하는 재담과 농담을 섞은 일화를 이야기하기도 했다. 그러다가 상황이 허락되면 곧 그럴듯한 표정을 지으면서 종교적 화제로 되돌아가곤 했다.

그의 열성이 성공을 거둔 것 같았다. 오래지 않아 안짱다리 환자가 병이 낫는다면 봉스쿠르로 순례를 가고 싶다는 뜻을 나타냈기 때문이다. 그에 대해 부르니지앵 신부는 나쁘지 않은 생각이라고 대답했다. 두 가지를 대비하는 것이 한 가지만 대비하는 것보다 더 낫다는 것이었다. **위험할 일은 아무것도 없었다.**

약사는 **신부의 술책**이라고 말하며 화를 냈다. 그는 그것이 이폴리트의 회복에 해가 된다고 주장했다. 그는 르프랑수아 부인에게 되풀이해서 말했다.

"그 사람 좀 가만 놔둬요! 내버려 두라고요! 당신네 신비주의로 그 사람 정신만 어지럽히고 있잖아요!"

그러나 그 여자는 더 이상 약사의 말을 들으려고 하지 않았다. 그는 **이 모든 일의 원인**을 제공한 자였다. 그녀는 반항심에서 심지어 환자의 머리맡에 성수가 가득 든 성수반과 함께 회양목 가지를 매달아 놓았다.

그러나 외과 의학과 마찬가지로 종교도 그를 구해 주지 못했는지 발끝에서부터 배를 향해 계속 썩어 올라가는 것을 막을 수 없었다. 물약을 바꾸기도 하고 찜질을 다르게 해 보기도 했지만 소용없었다. 근육은 날마다 더 썩어 뭉그러졌고, 결국 르프랑수아 부인이 이제 다른 방법이 없으니 뇌샤텔의 유명한 카니베 씨를 모셔 오는 것이 좋지 않겠느냐고 물었을 때 샤를은 고개를 끄덕여 동의했다.

쉰 살의 의학 박사로 확고한 지위를 누리며 자기 자신에 대한 확신에 차 있는 그 의사는 무릎까지 썩은 다리를 보자 경멸의 웃음을 감추지 않았다. 그리고 다리를 절단해야 한다고 딱 잘라 말한 다음, 약사의 집으로 가서 한 불행한 남자를 그런 지경으로 만들어 놓은 멍청이들에게 욕을 퍼부었다. 그는 약국에서 오메 씨의 프록코트 단추를 쥐고 흔들면서 고래고래 소리를 질렀다.

"이게 바로 파리의 발명품이란 거요! 수도에 있는 그 신사들의 아이디어라고! 사팔뜨기 치료나 클로로포름이나 결석 쇄석술처럼 정부가 금지시켜야 할 괴상망측한 것들이지! 하지만 모두 남의 관심을 끌고 싶어 결과는 신경도 쓰지 않고 여러 치료법을 던져 놓는 거예요. 우리는 그렇게 잘난 사람들이 아니에요, 우린 달라요. 우린 학자도 아니고, 멋쟁이도 아니고, 한량도 아닙니다. 우린 의사고 치료하는 사람이에요. 멀쩡하게 잘 지내는 사람을 수술한다는 건 상상도 할 수 없다고요! 안짱다리를 교정한다고! 안짱다리를 교정한다는 게 가능한 일이에요? 그건 마치 꼽추를 똑바로 세우려는 것이나 마찬가지예요!"

오메는 이런 이야기를 듣고 있자니 괴로웠다. 그는 아첨꾼의 미소로 불편함을 감추고 있었다. 카니베 씨의 처방전이 가끔 용빌까지 오는 경우도 있어 그의 비위를 건드리지 않도록 조심할 필요가 있었던 것이다. 그래서 그는 보바리를 변호하지 않았고, 심지어 아무 소견도 내놓지 않았다. 자신의 원칙을 저버린 채, 보다 중대한 상업적 이익을 위해 자존심을 희생시킨 것이다.

카니베 박사에 의한 넓적다리 절단은 마을의 엄청난 사건이었다! 그날은 모든 주민이 다른 날보다 더 일찍 일어났다. 대로에는 사람들이 가득했는데도 마치 사형 집행이라도 있는 것처럼 뭔가 음산한 기운이 감돌았다. 식료품 가게에서는 사람들이 이폴리트의 병에 대해 이러쿵저러쿵 이야기하고, 상점들은 영업을 하지 않았다. 면장의 아내인 튀바슈 부인은 수술할 의사가 오는 것을 보려는 조바심에 창가에서 꼼짝도 하지 않았다.

의사는 이륜마차를 직접 몰고 도착했다. 그러나 뚱뚱한 그의 몸무게 때문에 결국 오른쪽 용수철이 내려앉는 바람에 마차가 약간 기울어진 채 달려왔다. 그의 옆자리 방석 위에는 빨간 양가죽으로 덮인 커다란 상자가 보였고, 상자의 구리 잠금쇠 세 개가 화려하게 번쩍거렸다.

그는 **황금 사자** 현관 밑으로 질풍처럼 들어와서는 말을 수레에서 풀라고 큰 소리로 명령했다. 그리고 마구간으로 가서 말이 귀리를 잘 먹는지 보았다. 그는 늘 환자의 집에 도착하면 먼저 자기의 암말과 마차부터 살피곤 했기 때문이다. 그 점에 대해 사람들은 "아! 카니베 씨, 독특한 사람이지!"라는 말까지 했다. 그리고 그 흔들림 없는 뻔뻔한 태도 때문에 사람들은 그를 더욱 존경했다. 세상이 무너져 마지막 한 사람까지 죽는다 해도, 그는 자기 습관을 조금도 버리지 않았을 것이다.

오메가 나타났다.

"당신의 도움을 기대하겠소. 준비되었죠? 갑시다!" 의사가 말했다.

그러나 약사는 얼굴을 붉히며 자기는 너무 예민해서 그런 수술에 입회하지 못한다고 털어놓았다.

"단순한 구경꾼일 때는 아시다시피 상상력이 발동해서 말이죠! 그리고 제 신경 조직이 워낙……." 그가 말했다.

"쳇, 말도 안 돼!" 카니베가 말을 끊었다. "그게 아니라 당신은 뇌출혈로 쓰러질 것 같은데요. 하기야 놀랄 것도 없지. 당신네 약사들은 계속 부엌에만 처박혀 있으니까 체질이 나빠지는 게 당연해요. 날 좀 봐요. 나는 날마다 네 시에 일어나서 찬물로 면도를 해요(난 절대 추위를 안 타거든). 그리고 플란넬 내복도 안 입지만 감기 한번 걸리지 않아요. 체력이 좋은 거지! 나는 철학자처럼 어떤 때는 이렇게, 또 어떤 때는 저렇게 되는대로 생활해요. 그러니까 나는 당신처럼 까다롭지 않은 거요. 기독교인을 베는 것이나 아무 닭이나 잡아서 토막 내는 것이나 나한테는 전혀 다를 게 없는 일이죠. 그러면 당신네들은 습관이라고 말하겠지…… 습관이라고……."

이불 속에서 진땀을 흘리며 고통스러워하는 이폴리트는 신경도 쓰지 않은 채, 두 사람은 대화를 이어 가기 시작했다. 약사가 외과 의사의 냉정함을 장군의 그것에 비유하자, 그 비유에 기분이 좋아진 카니베는 의술의 엄격함에 대한 설명을 잔뜩 늘어놓았다. 비록 박사 학위도 없는 일반의들이 의술의 명예를 더럽히고 있지만 그는 의술을 성직으로 여기고 있다는 것이었다. 마침내 환자에게로 돌아온 그는 오메가 가져온 붕대들을 살펴보았다. 안짱다리를 수술할 때 내놓았던 것과 같은 것이었다. 그리고 그는 손발을 붙들어 줄 사람이 필요하다고 했다. 레스티부두아가 불려왔다. 카니베 씨는 소매를 걷어 올리고 당구실로 들어갔고, 약사는 아르테미즈와 여관 주인과 함께 남았다. 두 여자는 모두 자기 앞치마보다 더 창백해져서 방문 쪽으로 귀를 기울였다.

그 시간 동안 보바리는 감히 집 밖으로 나갈 용기가 나지 않았다. 그는 아래층 거실에서 불도 피우지 않은 난롯가에 앉아 턱을 가슴에 대고 두 손을 맞잡은 채 멍하니 시선을 고정시키고 있었다. 이 무슨 재난이란 말인가 하고 그는 생각했다. 이 무슨 실망스러운 일인가! 그렇지만 그는 생각할 수 있는 모든 조심을 했다. 운명이 개입한 것이었다. 하지만 그게 무슨 상관이랴! 나중에 이폴리트가 죽기라도 하면, 그를 죽인 것은 바로 자신이 될 터였다. 그리고 왕진을 갔다가 사람들이 물으면 어떻게 해명할 것인가? 그렇지만 혹시 자신이 뭔가 실수한 것이 아닐까? 그는 자신의 실수를 생각해 보았지만, 찾을 수 없었다. 그러나 가장 유명한 외과 의사들도 실수를 하는 법이다. 사람들이 결코 믿지 않으려고 하는 것이 바로 그것이다! 오히려 사람들은 비웃고 험담을 할 것이다! 그리고 소문이 포르주까지 퍼지겠지! 뇌샤텔까지! 루앙까지! 온 사방으로! 동료 의사들이 그를 비방하는 글을 쓸 수도 있지 않을까? 그러면 논쟁이 일어나 신문 지상에 답변을 해야 할지도 모른다. 심지어 이폴리트가 그에게 소송을 제기할 수도 있었다. 그는 명예를 잃고 파산해 몰락한 자신의 모습이 보였다! 수많은 추측에 시달린 그의 상상력은 마치 바다로 휩쓸려 간 빈 통이 물결 위에서 굴러다니듯 그 추측들 속에서 요동쳤다.

에마는 맞은편에서 그를 바라보고 있었다. 그녀는 남편의 굴욕을 함께 나누는 것이 아니라 다른 굴욕을 느끼고 있었다. 그가 보잘것없는 사람이라는 것을 이미 수없이 충분히 알아차렸음에도 불구하고 그런 사람이 그래도 뭔가 쓸모 있을 거라고 생각한 굴욕이었다.

샤를은 방 안을 이리저리 왔다 갔다 했다. 그의 장화가 마룻바닥 위에서 삐걱거리는 소리를 냈다.

"앉아요, 신경 거슬려요!" 그녀가 말했다.

그는 다시 앉았다.

도대체 어쩌다가 그녀는(그토록 똑똑한 그녀가!) 또다시 잘못 생각한 것일까? 게다가 어떤 한심한 광기로 인해 자신의 삶을 이렇게 계속되는 희생의 구렁에 빠뜨린 것일까? 그녀는 사치에 대한 자신의 모든 본능, 영혼의 온갖 상실, 하찮은 결혼과 가정생활, 상처 입은 제비처럼 진흙탕에 처박힌 자신의 꿈들,

자신이 바랐던 모든 것, 체념했던 모든 것, 가질 수도 있었을 모든 것을 떠올렸다! 그런데 왜? 왜?

온 마을이 침묵에 잠겨 있는 가운데, 찢어지는 듯한 비명이 공기를 갈랐다. 보바리는 기절할 듯 창백해졌다. 그녀는 신경질적으로 눈썹을 찌푸렸다가 생각을 계속했다. 그런데 그것은 바로 저 사람, 저 작자, 아무것도 이해하지 못하고 아무것도 느끼지 못하는 저 남자 때문이었다! 이제 자기의 우스꽝스러운 이름이 자신뿐만 아니라 그녀까지 더럽히게 되리라는 것을 짐작조차 못 한 채 그가 아주 태평하게 여기 있기 때문이었다. 그녀는 그를 사랑하려고 노력했고, 다른 남자에게 몸을 맡긴 것을 울면서 후회했었다.

"아니, 어쩌면 외반족이 아니었을까?" 생각에 잠겨 있던 보바리가 갑자기 소리쳤다.

은접시에 떨어진 납 탄알처럼 그녀의 생각 위에 떨어진 이 말의 뜻하지 않은 충격에, 그녀는 소스라치며 머리를 들고 그가 한 말이 무슨 뜻인지 짐작해 보려고 했다. 그리고 그들은 말없이 서로를 바라보았다. 서로를 보고 거의 깜짝 놀랄 만큼 그들의 의식은 동떨어져 있었다. 샤를은 술 취한 사람처럼 흐릿한 눈으로 그녀를 바라보면서 꼼짝도 하지 않은 채 다리가 잘린 사람의 마지막 비명을 듣고 있었다. 그 소리는 목이 잘리는 짐승이 멀리서 울부짖는 것처럼 극심한 발작으로 끊어지면서 길게 끌리는 억양으로 이어졌다. 에마는 파랗게 질린 입술을 깨물었다. 그러고는 산호 조각 하나를 부러뜨려 손가락 사이에서 굴리며 막 발사되려는 두 개의 불화살처럼 이글거리는 눈초리를 샤를에게 고정시켰다. 이제는 그의 모든 것, 그의 얼굴, 그의 옷차림, 그가 말을 하지 않는 것, 그의 전 인격, 요컨대 그의 존재 자체가 그녀를 짜증 나게 만들었다. 그녀는 지난날 자신의 정절을 마치 죄악이라도 되는 양 후회했고, 아직 남아 있던 정절도 자존심의 성난 매질에 무너져 버렸다. 그녀는 의기양양한 간통의 온갖 사악한 아이러니 속에서 쾌감을 맛보고 있었다. 애인에 대한 추억이 현기증을 일으키는 매혹과 함께 되살아났다. 그녀는 거기에 영혼을 쏟아붓고, 새로운 열정으로 그 환영을 향해 끌려갔다. 그리고 샤를이 마치 그녀의 눈앞에서 숨을 거두며 죽어가는 것처럼 그녀의 삶에서 떨어져 나가 영원히 사라지고 소멸해 있을 수 없는 존재인 듯 느껴졌다.

보도 위에서 발소리가 났다. 샤를은 소리가 나는 쪽을 바라보았다. 내려진 블라인드 사이로 햇볕이 한가득 내리쬐는 중앙 시장 길목에서 카니베 박사가 스카프로 땀을 닦는 모습이 보였다. 오메는 그 뒤에서 커다란 붉은 상자를 손에 들고 있었다. 두 사람은 약국 쪽으로 향했다.

그러자 돌연 마음이 약해지고 의기소침해진 샤를이 아내를 향해 몸을 돌리며 말했다.

"키스해 줘, 여보!"

"저리 가요!" 화가 나서 얼굴이 새빨개진 그녀가 말했다.

"왜 그래? 왜 그래?" 어안이 벙벙해진 그가 되풀이했다. "진정해! 마음 가라앉히고! 내가 당신을 사랑하는 것 잘 알잖아!……

이리 와요!"

"그만해요!" 그녀는 무시무시한 태도로 소리를 질렀다.

에마가 거실에서 도망치듯 나가면서 문을 세게 닫는 바람에 기압계가 벽에서 바닥으로 떨어져 박살이 났다.

샤를은 얼이 빠져 안락의자에 털썩 주저앉았다. 그는 그녀에게 무슨 일이 있나 곰곰이 생각하고, 신경병이 아닌가 상상하며, 뭔가 불길하고 이해할 수 없는 것이 자기 주변에서 감돌고 있음을 막연하게 느끼면서 눈물을 흘렸다.

그날 밤, 정원에 도착한 로돌프는 자신의 정부가 현관 층계 밑의 첫 번째 계단에서 기다리고 있는 것을 보았다. 그들은 서로 껴안았다. 그러자 그들의 모든 원망이 그 뜨거운 키스에 눈 녹듯 사라졌다.

XII

그들은 다시 사랑하기 시작했다. 심지어 에마는 종종 한낮에도 갑자기 그에게 편지를 썼다. 그리고 유리창 너머로 쥐스탱에게 신호를 하면, 그는 재빨리 마포 앞치마를 벗어 던지고 위셰트로 달려갔다. 그러면 로돌프가 왔다. 그것은 그녀가 지루하다, 남편이 밉고 사는 게 끔찍하다는 따위의 말을 그에게 하기 위해서였다!

"난들 뭘 어쩌겠어요?" 하루는 참다못해 그가 소리쳤다.

"아! 당신이 원한다면……."

그녀는 머리카락을 풀어 헤친 채 멍한 눈길로 남자의 두 무릎 사이 땅바닥에 앉아 있었다.

"뭘 말이오?" 로돌프가 말했다.

그녀는 한숨을 내쉬었다.

"우리 다른 곳에 가서 살아요…… 어딘가에……."

"당신 정말 정신이 나갔군! 그게 가능하오?" 그가 웃으면서 말했다.

그녀는 그 문제로 되돌아갔고, 그는 못 알아듣는 척하며 화제를 바꾸었다.

사랑처럼 단순한 것에서 그 모든 번거로움이라니, 그는 이해할 수 없었다. 하지만 그녀에게는 동기가, 이유가, 그녀를 집착하게 만드는 보조자 같은 것이 있었다.

사실 그 애정은 남편에 대한 혐오로 인해 날마다 더욱 커지고 있었다. 그녀가 한쪽에 몰두하면 할수록 다른 한쪽이 더욱더 싫어졌다. 로돌프와 밀회를 즐긴 후 부부가 함께 있을 때만큼 샤를이 불쾌하게 보인 적이 없었고, 그토록 손가락이 각지게 보인 적도, 그토록 머리가 둔해 보인 적도, 그토록 거동이 진부해 보인 적도 없었다. 그러면 그녀는 아내로, 정숙한 여자로 처신하면서도, 검은 머리카락이 볕에 그을린 이마를 향해 둥글게 말린 그 머리, 너무나 건장하면서도 우아한 그 몸매, 분별력에 있어서는 그토록 많은 경험을 갖고 있고 욕망에 있어서는 그토록 격정적인 그 남자를 생각하며 뜨겁게 달아올랐다! 그녀가 금은 세공사처럼 정성스럽게 손톱을 다듬는 것도, 얼굴에 **콜드크림**을 듬뿍 바르고 손수건에 파촐리 향유를 가득 뿌리는 것도 다 그 남자를 위해서였다. 그녀는 팔찌와 반지와 목걸이를 잔뜩 걸쳤다. 그가 올 때는 두 개의 커다란 푸른색 유리 꽃병에 장미를 가득 채우고 왕자를 기다리는 화류계 여자처럼 자기 집과 몸을 준비해 놓았다. 하녀는 끊임없이 속옷을 빨아 대야 했다. 그래서 펠리시테는 하루 종일 부엌에서 나오지 못했고, 어린 쥐스탱은 종종 그녀 곁에 머물면서 그녀가 일하는 것을 바라보곤 했다.

쥐스탱은 그녀가 다림질하는 기다란 널빤지 위에 팔꿈치를 괴고 주변에 펼쳐진 온갖 여성용 옷가지를 탐욕스럽게 쳐다보았다. 능직포 속치마, 세모꼴 숄, 장식깃, 허리는 넓고 밑으로 가면서 폭이 좁아지는 끈 달린 바지와 같은 것들이었다.

"이건 뭐에 쓰는 거예요?" 소년은 페티코트나 고리에 손을 대면서 물었다.

"넌 아무것도 본 적이 없구나? 마치 너의 안주인인 오메 부인은 이런 걸 안 입는 것 같네." 펠리시테가 웃으면서 대답했다.

"아, 그렇지! 오메 부인!"

그러고는 생각에 잠긴 어투로 덧붙였다.

"오메 부인도 이 집 마님처럼 귀부인인가 뭐."

그러나 펠리시테는 그가 그렇게 자기 주위를 맴도는 것에 짜증이 났다. 그녀는 그보다 나이가 여섯 살이나 더 많은 데다가, 기요맹 씨의 하인 테오도르가 그녀에게 추파를 던지기 시작한 것이다.

"귀찮게 좀 하지 마! 차라리 가서 편도나 빻지, 항상 여자들 옆을 휘젓고 다니네. 그런 일에 참견하려면 좀 기다려, 말썽꾸러기 아이야, 턱에 수염이라도 날 때까지 말이야." 그녀가 녹말풀 단지를 옮겨 놓으면서 말했다.

"아니, 그렇게 화내지 말아요. 내가 **그분 구두를 닦아** 줄게요."

그러고는 곧 선반에서 진흙이 잔뜩 묻은(밀회 때 묻은 흙이었

다) 에마의 구두를 꺼내 들자, 그의 손가락 밑으로 흙가루가 떨어졌다. 그는 햇빛 속에서 천천히 올라가는 흙먼지를 바라보았다.

"구두를 망가뜨릴까 봐 엄청 겁나는구나!" 하녀가 말했다. 그녀는 구두를 닦을 때 그렇게 조심하지 않았다. 구두가 조금이라도 낡으면 마님이 자기에게 주었기 때문이다.

에마는 신발장 안에 구두를 많이 가지고 있었고 그때그때 신다가 버리면서 낭비했지만 샤를은 말 한마디 하지 못했다.

그래서 결국 그는 에마가 이폴리트에게 당연히 선물해야 한다고 생각한 나무 의족 하나를 3백 프랑을 주고 구입했다. 의족의 끝부분은 코르크로 싸여 있었고 용수철 관절도 있었는데, 복잡한 기계 장치는 검은 바지로 덮여 있고 끝에 에나멜 장화가 달려 있었다. 그러나 이폴리트는 그렇게 멋진 다리를 감히 날마다 사용할 수 없어서 좀 더 만만한 것을 마련해 달라고 보바리 부인에게 간청했다. 물론 그것을 구입하는 비용도 의사가 지불했다.

그리하여 마구간지기는 조금씩 다시 일하기 시작했다. 예전처럼 마을을 쏘다니는 그의 모습을 볼 수 있었는데, 샤를은 포석 위에 부딪히는 나무 의족의 둔탁한 소리가 멀리서 들려오면 얼른 다른 길로 가곤 했다.

의족의 주문을 담당한 사람은 상인 뢰뢰 씨였다. 그것은 그에게 에마를 자주 만나는 기회가 되었다. 그는 파리에서 도착한 새로운 상품이나 수많은 여성용 신기한 물건들에 대해 그녀와 함께 이야기를 나누었고, 대단한 호의를 보이면서 결코 돈은 청구하지 않았다. 에마는 자신의 온갖 변덕을 만족시켜 주는 그러한 안락함에 빠져들었다. 그래서 로돌프에게 주기 위해 루앙의 양산 상점에서 아주 멋진 채찍을 구해 달라고 했다. 뢰뢰 씨는 다음 주에 그것을 그녀의 탁자 위에 가져다 놓았다.

그러나 그다음 날 그는 상팀은 빼고 270프랑의 청구서를 가지고 그녀의 집에 나타났다. 에마는 몹시 당황했다. 책상 서랍은 모두 비어 있었고, 레스티부두아에게는 보름 치, 하녀에게는 반년 치 품삯이 밀려 있었고, 그 밖의 다른 빚도 많았던 것이다. 보바리는 해마다 성 베드로 축일 무렵에 지불하는 습관이 있는 드로즈레 씨의 송금을 애타게 기다리고 있었다.

에마는 처음에는 한동안 뢰뢰를 구슬려 돌려보내는 데 성공했다. 그러나 마침내 그는 참을 수 없게 되었다. 그는 고소를 당했는데 돈이 없으니, 다만 얼마라도 계산해 주지 않으면 부득이하게 그녀에게 갖다준 상품을 모두 회수할 수밖에 없다고 했다.

"그래요! 가져가세요!" 에마가 말했다.

"오! 그건 농담이고요! 다만 채찍만큼은 돌려주셨으면 해요. 아, 뭐, 제가 주인 양반께 돌려달라고 하지요." 그가 대꾸했다.

"안 돼요! 안 돼!" 그녀가 말했다.

'그렇지! 걸려들었다!' 하고 뢰뢰는 생각했다.

그리고 자기가 간파한 사실을 확신한 그는 평소처럼 조그맣게 휘파람을 불며 나가면서 작은 소리로 되풀이했다.

"좋아! 두고 보자! 두고 보자!"

에마가 이 일을 어떻게 해결해야 하나 생각에 잠겨 있을 때, 하녀가 들어와서 **드로즈레 씨에게서 온** 청색 종이의 작은 두루마리를 벽난로 위에 갖다 놓았다. 에마는 얼른 그것을 집어서 열어 보았다. 나폴레옹 금화 열다섯 개가 들어 있었다. 그동안의 비용을 계산한 것이었다. 충계에서 샤를의 발소리가 들렸다. 그녀는 금화를 자기 서랍 속에 던져 넣고 열쇠로 잠갔다.

사흘 뒤 뢰뢰가 다시 나타났다.

"한 가지 타협안을 제안하려고 하는데요, 약속된 금액 대신 원하신다면……." 그가 말했다.

"돈 여기 있어요." 그녀가 그의 손에 나폴레옹 금화 열네 개를 놓으며 말했다.

상인은 깜짝 놀랐다. 그리고 실망을 감추기 위해 잔뜩 변명을 늘어놓고 몇 가지 제안을 했지만 에마는 모두 거절했다. 그녀는 잠시 앞치마 주머니 안에서 그가 거슬러 준 백 수짜리 동전 두 개를 만지작거렸다. 그리고 나중에 돈을 돌려주려면 절약해야겠다고 다짐했다…….

'아, 까짓것! 그는 더 이상 그 돈에 대해 생각하지 않을 거야' 하고 그녀는 생각했다.

은도금한 손잡이가 달린 채찍 이외에도 로돌프는 '*Amor nel cor*(가슴속에 사랑을)'라는 명구가 새겨진 인장을 받았고, 그밖에 목도리로 사용하라고 스카프 한 장, 그리고 예전에 샤를이 길에서 주워 에마가 간직해 둔 자작의 것과 아주 흡사한 궐련 케이스도 받았다. 하지만 그런 선물에 그는 창피스러워했다. 그중 여러 개를 거절했지만 에마가 고집을 부리자, 결국 로돌프는 그녀의 뜻을 따르면서 그녀가 너무 제멋대로이고 성가시게 군다고 생각했다.

이어서 그녀는 이상한 아이디어를 생각해 냈다.

"밤 열두 시를 치면 나를 생각해요!" 그녀가 말했다.

그리고 그가 생각하지 않았다고 털어놓으면, 엄청난 비난이 쏟아졌고 그 비난은 언제나 늘 같은 말로 끝났다.

"나를 사랑해요?"

"물론, 사랑하지!" 그가 대답했다.

"많이?"

"그럼!"

"다른 여자들을 사랑한 적 없는 거죠, 응?"

"아니, 나를 숫총각이라고 생각한 거요?" 그가 웃으면서 소리쳤다.

에마는 울었다. 그래서 그는 말장난을 가미한 맹세로 그녀를 달래느라고 애를 썼다.

"아! 이게 다 당신을 사랑하기 때문이에요! 당신 없이는 살 수 없을 만큼 당신을 사랑한단 말이에요, 알겠어요? 때때로 나는 당신이 너무 보고 싶고, 그럴 때면 온갖 사랑의 분노에 가슴이 찢어지는 것 같아요. '그는 어디 있을까? 어쩌면 다른 여자들과 이야기를 나누고 있겠지? 여자들이 그에게 미소를 보내고, 그는 다가간다……' 이런 생각을 하면서요. 오! 아냐, 어떤 여자도 당신 마음에 들지 않죠? 물론 더 예쁜 여자들은 있지만, 나만큼 당신을 사랑하는 여자는 없어요! 나는 당신의 하녀이고 당신의 첩이에요! 당신은 나의 왕, 나의 우상! 당신은 착해요! 아름다워요! 똑똑해요! 강해요!" 그녀가 다시 말했다.

이런 말을 하도 여러 번 듣다 보니 그에겐 참신한 것이 전혀 없었다. 에마는 다른 모든 정부와 다를 바 없었던 것이다. 그래서 새로움의 매력은 의복처럼 조금씩 벗겨지고 늘 똑같은 모양과 똑같은 말뿐인 정열의 변함없는 단조로움이 적나라하게 드러났다. 그토록 실제 경험이 풍부한 이 남자도 유사한 표현 아래 깔려 있는 감정의 차이는 구별할 줄 몰랐다. 방탕한 입술 혹은 돈에 팔린 입술들이 그에게 똑같은 말들을 속삭였기 때문에 그는 그녀의 순진함을 아주 조금밖에 믿지 않았다. 보잘것없는 애정을 감추고 있는 과장된 표현들은 깎아내려야 한다고 생각했던 것이다. 영혼의 충만함이 때로는 가장 공허한 비유를 통해 표현되기도 하는데 말이다. 어느 누구도 결코 자신의 욕구나 관념이나 고통을 정확하게 측정해 보여 줄 수 없고, 인간의 말이란 금이 간 냄비 같아서 그것을 두드려 봐야 별을 감동시키고 싶을 때도 고작 곰을 춤추게 할 멜로디를 만들어 낼 뿐이다.

그러나 어떤 계약을 하든 한발 뒤로 물러나서 살피는 사람에게서 볼 수 있는 탁월한 비판력 덕분에, 로돌프는 그 연애에서도 개발할 수 있는 또 다른 쾌락을 발견했다. 그는 조심성이란 모두 거추장스러운 것이라 판단하고, 그녀를 격식을 차리지 않은 채 함부로 다루었다. 그리하여 그녀를 온순하고 부패한 존재로 만들어 버렸다. 그것은 남자에게는 감탄이, 여자에게는 관능이 넘쳐나는 일종의 어리석은 애착으로, 그녀를 마비시키는 황홀함이었다. 그래서 그녀의 영혼은 맘지 술통에 빠진 클래런스 공작¹처럼 그 취기에 빠져 헤어나지 못하고 망가져 버렸다.

습관적으로 나누는 사랑이 초래한 유일한 결과는 보바리 부인의 태도가 바뀐 것이었다. 시선은 더 대담해지고 말은 더 거침이 없어졌다. 심지어 그녀는 **세상을 경멸한다는 듯이** 담배를 입에 물고 로돌프 씨와 함께 산책하는 몰상식한 행동도 했다. 어느 날 그녀가 남자처럼 꽉 끼는 조끼를 입고 **제비**에서 내리는 것을 보자, 그때까지 반신반의하던 사람들도 마침내 더 이상 의심하지 않았다. 남편과 한바탕 싸운 뒤 아들 집으로 도망쳐 와 있던 보바리 노부인도 분개하지 않을 수 없었다. 게다가 다른 많은 것도 마음에 들지 않았다. 우선 소설을 읽지 못하게 하라는 그녀의 충고를 샤를이 듣지 않았다. 그리고 **집안 풍습**이 마음에 들지 않아 잔소리를 했는데, 특히 한번은 펠리시테 때문에 싸움이 벌어졌다.

보바리 노부인이 전날 밤 복도를 지나가다 펠리시테가 어떤 남자와 함께 있는 현장을 보게 된 것이다. 갈색 수염이 얼굴을 감싸고 있는 마흔 살가량의 남자였는데, 발소리가 나자 급히 부엌에서 빠져나갔다고 했다. 그러자 에마는 웃음을 터뜨렸다. 그러나 노부인은 불같이 화를 내고, 풍속을 무시하는 게 아니라면 하인들의 품행을 감시해야 한다고 말했다.

"어머님은 대체 어느 세상에서 오셨어요?" 며느리가 말했다. 그 눈초리가 하도 무례해서 노부인은 그녀에게 혹시 자기 자신의 입장을 변호하는 것 아니냐고 물었다.

"나가세요!" 며느리는 벌떡 일어나며 말했다.

"에마!…… 어머니!" 샤를은 두 사람을 화해시키려고 소리 쳤다.

그러나 두 여자 모두 격분으로 치달았다. 에마는 발을 동동 구르며 되풀이했다.

"아! 예의도 없이! 시골뜨기 여자가!"

그는 어머니한테 달려갔다. 그녀는 극도로 흥분해 말까지 더듬거렸다.

"버릇없는 것! 경박한 것! 어쩌면 그보다 더 나쁜 년인지도 모르지!"

그러고는 며느리가 사죄하러 오지 않으면 당장 가 버리겠다고 했다. 샤를은 다시 아내에게 가서 제발 양보해 달라고 간청했다. 그가 무릎을 꿇자, 마침내 그녀가 대답했다.

"좋아요! 갈게요."

실제로 그녀는 후작 부인처럼 위엄 있는 태도로 시어머니에게 손을 내밀며 말했다.

"잘못했습니다."

그리고 에마는 자기 방으로 올라가 침대에 몸을 던져 엎드린 채 베개에 얼굴을 파묻고 어린애처럼 울었다.

그녀와 로돌프 사이에는 특별한 일이 있으면 그녀가 덧문에 하얀 종잇조각을 매달아 놓기로 약속되어 있었다. 혹시 그가 용빌에 와 있을 경우 집 뒤의 골목으로 달려오도록 하기 위해서였다. 에마는 신호를 했다. 그리고 기다린 지 45분쯤 되었을 때 갑자기 중앙 시장 모퉁이에 로돌프의 모습이 보였다. 그녀는 창문을 열고 그를 부르고 싶었다. 그러나 이미 그는 사라지고 없었다. 그녀는 절망해 다시 쓰러졌다.

그러나 곧 누군가 보도를 걸어가는 것 같았다. 틀림없이 로돌프였다. 그녀는 계단을 내려가서 안마당을 가로질러 갔다. 그가 거기 바깥에 서 있었다. 그녀는 그의 품으로 뛰어들었다.

"조심해야지." 그가 말했다.

"아! 당신이 안다면!" 그녀가 대꾸했다.

그리고 그녀는 허둥지둥 두서없이 모든 것을 이야기하기 시작했다. 사실을 과장하고 몇 가지는 만들어 내면서 여담을 하도 많이 집어넣는 바람에 그는 도무지 무슨 이야기인지 알 수가 없었다.

"자, 가련한 나의 천사, 용기를 내요, 진정하고, 참아야지!"

"하지만 벌써 4년째 참으며 고통받고 있어요!…… 우리와 같은 사랑이라면 하늘 앞에서 떳떳하게 인정받아야 하는 건데! 저들은 나를 괴롭히기만 해요. 더 이상 참을 수가 없어요! 나 좀 구해 줘요!"

그녀는 로돌프에게 바짝 달라붙었다. 눈물이 가득한 그녀의 두 눈이 물결 속에 비친 불꽃처럼 반짝였고, 가슴은 빠르게 뛰면서 헐떡거렸다. 그는 그녀가 이토록 사랑스럽게 느껴진 적이 없었다. 그래서 제정신을 잃고 그녀에게 말했다.

"뭘 하면 좋겠소? 뭘 원해?"

"나를 데려가 줘요! 나를 데려가요!…… 아! 제발 부탁이에요!" 그녀가 외쳤다.

그리고 그녀는 마치 키스 속에 새어 나오는 뜻밖의 승낙을 붙잡으려는 듯이 그의 입으로 달려들었다.

"하지만……." 로돌프가 대꾸했다.

"뭐요?"

"당신 딸은?"

그녀는 잠시 생각하더니 대답했다.

"데려가요. 할 수 없죠, 뭐!"

'대단한 여자군!' 그는 그녀가 멀어져 가는 것을 바라보며 생각했다.

그녀가 방금 정원으로 도망쳐 들어갔기 때문이다. 누군가 그녀를 부르고 있었다.

보바리 노부인은 그 뒤 며칠 동안 며느리의 변화에 몹시 놀랐다. 사실 에마는 더 고분고분해 보였고, 시어머니에게 오이 절이는 법을 물어볼 정도로 공손하게 굴었다.

그것은 두 사람을 더 철저하게 속이기 위한 것이었을까? 아니면 일종의 쾌감을 느끼게 해 주는 극기심에 의해 자기가 버리고 가려는 것들의 쓴맛을 더 깊이 느끼고 싶어서였을까? 그러나 반대로 그녀는 그런 것엔 전혀 신경 쓰지 않았다. 그녀는 다가올 행복을 미리 맛보는 일에 푹 빠져 지내고 있었다. 그것은 로돌프와 이야기할 때 언제나 변함없는 화제였다. 그녀는 그의 어깨에 기댄 채 속삭였다.

"있잖아요! 우리가 역마차를 탈 때는요…… 당신도 그 생각해요? 그게 가능할까요? 마차가 앞으로 달려 나가는 걸 느끼는 순간 마치 풍선을 타고 붕 떠올라 구름을 향해 떠나는 것 같을 거예요. 내가 날짜를 손꼽아 세고 있다는 것 알아요?…… 당신은 안 그래요?"

이 시기만큼 보바리 부인이 아름다워 보인 적은 없었다. 그녀는 기쁨과 열광과 성공에서 초래되는 형언할 수 없는 아름다움을 지니고 있었다. 그것은 기질과 상황이 조화를 이루었을 때만 볼 수 있는 아름다움이었다. 마치 비료와 비와 바람과 태양이 꽃에 작용하듯이, 그녀의 갈망, 슬픔, 쾌락의 경험, 언제나 왕성한 환상이 그녀를 서서히 발전시켜 마침내 그녀가 자신의 충만한 본성 속에서 꽃처럼 활짝 피어난 것이다. 그녀의 눈꺼풀은 눈동자도 움직이지 않은 채 사랑에 빠진 눈으로 오랫동안 바라보는 시선을 위해 일부러 새겨진 것 같았고, 격렬한 숨결로 인해 그녀의 작은 콧구멍이 벌어지고 빛 속에서 거무스름한 솜털 때문에 그늘진 도톰한 입술 끝이 위로 당겨졌다. 목 위의 꼬아 놓은 머리는 마치 퇴폐적인 그림에 능란한 화가가 손질해 놓은 것 같았다. 머리카락은 묵직한 다발로 아무렇게나 말려 있었는데, 간통하느라고 날마다 풀어 헤쳐지곤 했다. 이제 그녀의 목소리는 더 부드러운 억양을 띠었고, 몸매도 그랬다. 주름진 옷자락과 발의 휘어진 선에서조차 마음을 파고드는 미묘한 뭔가가 발산되고 있었다. 샤를에게는 그녀가 신혼 때처럼 감미롭고 저항할 수 없을 만큼 매력적으로 보였다.

그는 밤중에 집에 돌아오면 감히 그녀를 깨울 수 없었다. 도자기로 된 등잔불이 천장에 떨리는 빛을 동그랗게 그리고 있었고, 작은 요람에 둘러쳐진 커튼은 하얀 오두막처럼 침대 곁의 어둠 속에 불룩 나와 있었다. 샤를은 요람의 커튼을 바라보았다. 아이의 가벼운 숨소리가 들리는 것 같았다. 이제 아이가 자랄 것이다. 계절마다 빠르게 성장할 것이다. 그는 해 질 무렵 잉크 얼룩이 있는 조끼를 입고 책 바구니를 팔에 든 채 활짝 웃으며 학교에서 돌아오는 아이의 모습이 벌써 눈에 선했다. 그다음에는 아이를 기숙 학교에 보내야 할 텐데, 돈이 많이 들겠지. 어떻게 하지? 그래서 그는 곰곰이 생각해 보았다. 근처에 작은 농장을 하나 빌려 아침마다 왕진 갈 때 직접 감독하면 어떨까 하는 생각을 했다. 거기서 나오는 수입을 절약해서 저축하리라. 그 후에는 어디든 좋으니 주식을 살 것이다. 게다가 환자도 늘겠지. 그는 그렇게 기대하고 있었다. 베르트를 잘 키워 재능도 길러 주고 피아노도 배우게 하고 싶었기 때문이다. 아! 아이가 나중에 열다섯 살이 되어 여름에 제 엄마처럼 커다란 밀짚모자를 쓰면 엄마를 닮아 얼마나 예쁠까! 멀리서 보면 자매인 줄 알 거야. 그는 딸아이가 저녁에 부모 옆 램프 불 아래서 일하는 모습을 그려 보았다. 그에게는 덧신을 수놓아 줄 테지. 집안일을 돌보고, 온 집 안을 상냥함과 쾌활함으로 채워 줄 거야. 마침내 그들은 딸을 결혼시킬 생각도 하게 될 것이다. 직업이 확실한 선량한 청년을 찾아 주면 그 청년이 딸을 행복하게 해 줄 테고, 그렇게 변함없이 계속되리라.

에마는 자고 있지 않았다. 잠든 척하고 있었다. 그리고 그가 옆에서 잠드는 동안, 그녀는 다른 꿈을 꾸며 깨어 있었다.

달리는 네 마리 말에 이끌려 그녀는 1주일 전부터 미지의 고장을 향해 가고 있었다. 그들은 거기서 다시 돌아오지 않을 것이다. 그들은 서로 팔을 낀 채 말없이 가고 또 가고 있었다. 가끔 산꼭대기에서 둥근 지붕, 다리, 선박, 레몬나무 숲, 뾰족한 종탑에 황새가 둥지를 튼 하얀 대리석 성당들이 있는 찬란한 도시가 갑자기 보이기도 했다. 커다란 포석 때문에 말은 평보로 가고, 바닥에는 빨간 코르셋을 입은 여자들이 건네주는 꽃다발이 깔려 있었다. 종이 울리는 소리, 노새가 우는 소리가 은은한 기타 소리와 분수 소리와 함께 들려왔다. 분수에서 날아오르는 수증기는 분수의 물줄기 밑에서 미소 짓는 창백한 동상들 발밑에 피라미드 모양으로 놓여 있는 과일 더미들을 서늘하게 식혀 주었다. 이어서 어느 날 저녁, 그들은 한 어촌 마을에 도착했다. 그곳에서는 절벽과 오두막을 따라 갈색 그물을 바람에 말리고 있었다. 그들은 바로 그 마을에서 살려고 발길을 멈출 것이다. 그들은 바닷가의 만 안쪽, 종려나무 그늘이 드리워진 평평한 지붕의 야트막한 집에서 살 것이다. 그리고 곤돌라를 타고 돌아다니고, 그물침대에 누워 흔들릴 것이다. 그들의 생활은 그들의 비단옷처럼 안락하고 넉넉하며, 그들이 바라보는 정겨운 밤처럼 아주 따사롭고 별빛으로 빛나리라. 그러나 그녀가 그려 보는 그 광막한 미래에서 특별한 것은 아무것도 나타나지 않았다. 한결같이 멋진 나날들은 파도처럼 서로 비슷했다. 그것은 무한하고 조화롭고 푸르스름하고 햇볕에 뒤덮인 채 수평선에서 흔들리고 있었다. 그러나 아이가 요람 안에서 기침을 하기 시작하거나 보바리가 더 크게 코를 골았다. 에마는 새벽빛에 유리창이 희끄무레해지고 어린 쥐스탱이 벌써 광장에서 약국의 차양을 여는 아침이 되어서야 잠이 들었다.

그녀는 뢰뢰 씨를 불러 말했다.

"망토가 필요할 것 같아요. 옷깃이 길고 안을 넣은 커다란 망토요."

"여행을 가십니까?" 그가 물었다.

"아뇨! 하지만…… 아무튼, 당신만 믿어요, 믿어도 되죠? 빨리 구해 주세요!"

그는 머리를 숙여 인사했다.

"트렁크도 하나 필요해요…… 너무 무겁지 않고…… 적당한 것으로." 그녀가 다시 말했다.

"네, 네, 알겠습니다. 요즘 많이 나오는 약 92센티미터에 50센티미터면 되겠죠."

"여행 가방도요."

'분명히 싸운 게로군.' 뢰뢰는 생각했다.

"자요, 이걸 가지세요. 이걸로 계산이 충분히 될 거예요." 보바리 부인이 허리띠에서 회중시계를 꺼내 주며 말했다.

그러나 상인은 그러면 안 된다고 소리쳤다. 서로 잘 아는 처지에, 자기가 부인을 믿지 못한다는 것인가? 이 무슨 어린애 같은 행동인가! 그러나 그녀는 최소한 시곗줄만이라도 받으라고 끈질기게 요구했다. 뢰뢰가 이미 그것을 주머니에 넣고 가려고 하는데, 그녀가 그를 다시 불렀다.

"물건은 모두 당신네 가게에 놔두세요. 망토는, (그녀는 잠시 생각하는 듯하다가) 그것도 가져오지 마세요. 다만 직공의 주소만 내게 알려 주고, 내가 언제든 가져갈 수 있도록 말해 두세요."

그들이 도망치기로 한 것은 다음 달이었다. 그녀는 루앙에 볼일을 보러 가는 것처럼 용빌을 떠날 터였다. 로돌프는 좌석을 예약하고 여권을 준비하고 심지어 파리에 편지를 보내 마르세유까지 갈 우편 마차를 구할 것이다. 마르세유에서는 사륜마차를 한 대 사서 멈추지 않고 제노바* 가도로 계속 갈 것이다. 그녀는 아무도 의심하지 않도록 자기 짐을 뢰뢰네 가게로 보내 놓고 거기서 바로 **제비**에 실을 예정이었다. 이 모든 일에서 아이 문제는 전혀 거론되지 않았다. 로돌프는 아이에 대해 이야기하는 것을 피했고, 그녀는 생각하지도 않는 것 같았다.

그는 몇 가지 일을 처리하기 위해 2주일만 더 여유를 갖고 싶어 했다. 그리고 1주일 후에는 다시 2주일을 더 요구했다. 그다음에는 아프다고 했고, 또 다음에는 여행을 갔다. 8월이 지나갔다. 그렇게 연기한 끝에, 그들은 최종적으로 9월 4일 월요일로 결정했다.

드디어 전전날인 토요일이 되었다.

로돌프는 저녁에 평소보다 조금 일찍 왔다.

"준비 다 되었어요?" 그녀가 그에게 물었다.

"응."

그리고 그들은 화단을 한 바퀴 돈 다음 테라스 옆의 담장 테두리 돌 위에 앉았다.

"당신 슬퍼 보이네." 에마가 말했다.

"아니, 왜?"

그러나 그는 애정 어린 눈으로 야릇하게 그녀를 바라보았다.

"떠나게 되어서요? 정든 것과 당신의 삶을 버리게 되어서요? 아! 이해해요……. 하지만 난, 나는 이 세상에 아무것도 가진 게 없어요! 내겐 당신이 전부예요. 그러니까 당신한테도 내가 전부가 될 거예요. 내가 당신의 가족이 되고 고향이 될게요. 내가 당신을 보살피고 사랑할게요." 그녀가 다시 말했다.

"어쩜 이렇게 매력적일까!" 그는 두 팔로 그녀를 껴안으면서 말했다.

"정말, 나 사랑해? 그럼 맹세해 줘요!" 그녀가 요염하게 웃으며 말했다.

"당신을 사랑하냐고! 사랑하냐고! 열렬히 사랑하지! 내 사랑!"

동그란 붉은 달이 목초지 안쪽의 지평선에서 떠올랐다. 달이 빠르게 포플러 가지 사이로 올라가자, 군데군데 달을 가리고 있는 나뭇가지가 마치 구멍 뚫린 검은 커튼 같았다. 이어서 달은 희고 우아한 모습으로 다시 나타나 텅 빈 하늘을 환히 비추었다. 그리고 속도를 늦추면서 강물 위에 무수한 별 모양으로 흩어지는 커다란 반점을 떨어뜨렸다. 그 은빛 광채는 반짝이는 비늘로 뒤덮인 머리 없는 뱀처럼 강 밑바닥까지 몸을 꼬며 들어가는 것 같았다. 그것은 또 괴물같이 큰 촛대에서 다이아몬드를 녹인 물방울들이 길게 떨어져 흐르는 것과 흡사해 보였다. 그들 주위로 감미로운 밤이 펼쳐져 있고, 어둠의 장막이 나뭇잎들을 감싸고 있었다. 에마는 눈을 가늘게 뜨고 깊은 숨을 내쉬면서 불어오는 신선한 바람을 들이마셨다. 그들은 밀려오는 몽상에 너무 깊이 빠져 아무 말도 하지 않았다. 지난날의 애정이 고광나무 향기에 실려 오는 부드러움과 함께 흐르는 냇물처럼 조용하고 풍요롭게 그들 마음속에 되살아나, 풀밭 위에 움직임 없이 길게 뻗어 있는 버드나무 그림자보다 더 크고 더 우수 어린 그림자를 그들의 추억 속에 투영하고 있었다. 때때로 고슴도치나 족제비 같은 밤 짐승이 먹이를 찾아다니느라 나뭇잎이 흔들리기도 하고, 잘 익은 복숭아가 과수장에서 저절로 떨어지는 소리가 간혹 들리기도 했다.

"아! 아름다운 밤이군!" 로돌프가 말했다.

"앞으로 이런 밤을 또 맞게 될 거예요!" 에마가 대꾸했다. 그리고 자기 자신한테 말하듯 중얼거렸다. "그래, 여행을 하면 좋을 거야……. 그런데 왜 슬픈 기분이지? 모르는 것에 대한 두려움 때문인가……. 습관을 버리게 되어서 그런가……. 그게 아니면? 아냐, 너무 행복에 겨워서 그런 거야! 나 너무 약하지요? 용서해 줘요!"

"아직 늦지 않았소! 잘 생각해 봐요, 어쩌면 후회하게 될지도 몰라." 그가 소리쳤다.

"절대로 후회 안 해요!" 그녀가 격렬하게 말했다. 그리고 그에게 다가앉으며 덧붙였다. "대체 나한테 어떤 불행이 닥칠 수 있겠어요? 당신과 함께라면 어떤 사막도 어떤 절벽이나 대양도

다 헤쳐 나갈 수 있어요. 함께 살수록 우리의 생활은 날마다 더 꽉 끌어안는, 더 완벽한 포옹과 같을 거예요! 근심이든 장애물이든 우리를 방해하는 것은 아무것도 없을 거예요! 우리 둘이서만, 우리만을 위해서 지낼 거예요, 영원히……. 말해 봐요, 대답해 봐요."

그는 규칙적으로 사이를 두고 "응…… 응!……" 하고 대답했다. 그녀는 그의 머리카락 안으로 손을 집어넣고, 굵은 눈물방울을 떨어뜨리면서도 어린애 같은 목소리로 되풀이했다.

"로돌프! 로돌프!…… 아! 로돌프, 사랑하는 로돌프!"

자정이 울렸다.

"열두 시예요! 이제 내일이네요! 하루만 더!" 그녀가 말했다.

그가 돌아가려고 일어섰다. 마치 그 행동이 그들의 도주 신호라도 되는 것처럼 에마는 갑자기 쾌활한 태도로 말했다.

"여권 가지고 있지요?"

"응."

"잊은 것 없어요?"

"없어."

"확실해요?"

"그럼."

"**프로방스 호텔**에서 당신이 기다리는 거 맞죠?…… 낮 열두 시에?"

그는 고개를 끄덕였다.

"그럼 내일 봐요!" 에마는 마지막으로 애무를 하며 말했다.

그리고 그녀는 멀어져 가는 그를 바라보았다.

그는 돌아보지 않았다. 에마는 그를 뒤따라 뛰어가서, 물가에 몸을 구부리고 가시덤불 사이로 외쳤다.

"내일 봐요!"

그는 벌써 강 건너편으로 가서 목초지를 빠른 걸음으로 걷고 있었다.

몇 분 뒤, 로돌프는 걸음을 멈추었다. 그는 하얀 옷을 입은 그녀가 유령처럼 어둠 속에서 점점 사라져 가는 것을 보자, 가슴이 너무 심하게 뛰는 바람에 넘어지지 않으려고 나무에 몸을 기댔다.

"나도 참 지독한 바보군! 그래도 어쨌든 예쁜 정부였지!" 그는 심하게 욕설을 내뱉으며 말했다.

그러자 곧 에마의 아름다움이 그 사랑의 온갖 쾌락과 함께 그의 마음속에 되살아났다. 처음에는 마음이 뭉클했지만, 이어서 그녀에 대한 반발심이 생겼다.

"어쨌든 해외로 이주할 수도 없고 어린애를 떠맡을 수도 없는 일이니까." 그는 몸짓을 해 대면서 외쳤다.

그는 마음을 더욱 굳히기 위해 스스로에게 말했다.

"게다가 곤란한 일도 많고 비용도……. 아! 안 돼, 안 돼, 절대 안 돼! 너무 바보 같은 짓이야!"

XIII

　로돌프는 집에 도착하자마자 기념품으로 벽에 걸어 놓은 사슴 머리 밑에 있는 책상에 불쑥 앉았다. 그러나 손에 펜을 들자, 아무것도 생각나지 않아 팔꿈치를 괴고 곰곰 생각하기 시작했다. 마치 방금 내린 결정이 두 사람 사이에 갑자기 엄청난 거리를 벌려 놓은 듯 에마가 먼 과거 속으로 물러난 것처럼 느껴졌다.

　그는 그녀에 대한 뭔가를 다시 붙잡아 보려고 침대 머리맡 수납장에서 오래된 랭스 비스킷 상자를 꺼냈다. 평소 여자들에게서 받은 편지를 넣어 두는 상자였는데, 축축한 먼지 냄새와 시든 장미 냄새가 새어 나왔다. 우선 희미한 작은 얼룩이 있는 손수건이 눈에 띄었다. 에마의 손수건으로, 언젠가 산책하다 그녀가 코피를 흘렸을 때 사용한 것인데, 그는 그 일을 잊어버리고 있었다. 그 옆에는 에마가 준 작은 초상화가 있었는데, 네 귀퉁이에 모두 흠집이 나 있었다. 그녀의 차림새는 너무 과하게 멋

을 부린 것처럼 보였고, **비스듬히** 쳐다보는 시선은 더 불쌍한 인
상을 주었다. 그 그림을 쳐다보면서 모델에 대한 추억을 떠올리
다 보니, 에마의 윤곽이 점점 그의 기억 속에서 혼동을 일으켜
마치 살아 있는 얼굴과 그려진 얼굴이 서로 문질러져 둘 다 지워
져 버린 것 같았다. 마침내 그는 그녀의 편지들을 읽어 보았다.
온통 그들의 여행에 관한 설명으로, 사무적인 편지처럼 짧고 상
투적이고 급하게 쓴 편지들이었다. 그는 옛날의 긴 편지들을 읽
어 보고 싶어, 상자 밑에서 그 편지들을 찾느라고 다른 편지들
을 모두 뒤죽박죽으로 만들었다. 그는 편지와 물건 더미 속을
기계적으로 뒤지기 시작했다. 꽃다발, 양말대님, 검은 가면, 핀,
머리카락 등이 무질서하게 뒤섞여 있었다. 머리카락이라니! 갈
색도 있고 금발도 있는데, 심지어 어떤 머리카락은 상자의 철제
부품에 걸려 있어 상자를 열 때면 끊어지기도 했다.

　그는 이렇게 추억 속을 헤매면서 철자법만큼이나 다양한 편
지들의 글씨체와 문체를 살펴보았다. 다정하거나 유쾌한 편지
도 있고, 장난기 있는 편지와 우수에 잠긴 편지도 있었다. 어떤
편지들은 사랑을, 또 어떤 편지들은 돈을 요구했다. 단어 하나
를 보고 얼굴과 어떤 몸짓, 목소리의 음색이 떠올랐지만, 때로
는 아무것도 생각나지 않기도 했다.

　사실 그 여자들은 그의 머릿속에 한꺼번에 밀려와서 서로 방
해하다 마치 똑같은 사랑의 높이 아래 평등해지는 것처럼 작게
오그라들었다. 그래서 그는 뒤섞인 편지들을 한 움큼 집어서 오
른손에서 왼손으로 폭포처럼 떨어뜨리는 장난을 한동안 했다.

마침내 싫증도 나고 졸리자, 로돌프는 상자를 수납장 안에 다시 갖다 두러 가면서 중얼거렸다.

"정말 산더미 같은 허풍이군……."

그것은 그의 생각을 요약해 주는 말이었다. 쾌락이 학교 운동장에서 뛰어노는 아이들처럼 그의 마음을 너무 짓밟은 탓에 그의 마음에서는 풀 한 포기 자라지 않았는데, 거기로 지나간 여자들은 아이들보다 더 경솔해 담벼락에 새겨진 이름조차 남기지 못했기 때문이다.

"자, 시작하자!" 그가 혼잣말을 했다.

그는 쓰기 시작했다.

〈용기를 내요, 에마! 용기를! 나는 당신의 삶을 불행하게 만들고 싶지 않습니다…….〉

'어쨌든 이건 사실이야. 나는 그녀를 위해서 이러는 거야, 난 정직해.' 로돌프는 생각했다.

〈당신은 자신의 결심을 신중하게 숙고해 보셨나요? 불쌍한 천사여, 내가 당신을 끌어들인 심연이 어떤 것인지 알기나 합니까? 모르시지요? 당신은 행복과 미래를 믿은 채 신뢰하며 정신없이 나아갔던 겁니다……. 아! 가련한 우리! 우린 무모했어요!〉

로돌프는 여기서 그럴듯한 핑계를 찾으려고 멈췄다.

"전 재산을 날렸다고 할까?…… 아! 안 돼, 게다가 그런 것은 전혀 문제가 되지 않을 거야. 나중에 다시 시작해야 할걸. 이런 여자들을 정신 차리게 할 수 있겠어?"

그는 곰곰이 생각하다가 덧붙였다.

〈나는 당신을 잊지 않을 것입니다. 그것만은 믿어 주세요. 앞으로도 계속 당신에게 깊은 애정을 가질 것입니다. 하지만 언젠가 머지않아 이 격렬한 감정은(그것이 우리네 인간사의 숙명이지요) 아마도 약해지겠지요! 우리에게도 권태가 찾아올 테고, 그러면 나는 후회하는 당신을 보면서 그런 후회를 야기한 사람이 바로 나이므로 나 또한 후회하게 되는 끔찍한 고통을 겪게 되지 않으리라 누가 장담할 수 있습니까? 당신이 슬퍼진다는 생각만으로도 나는 말할 수 없이 괴롭습니다. 에마! 나를 잊어 주세요! 내가 왜 당신을 알게 되었을까요? 당신은 왜 그토록 아름다웠을까요? 그게 내 잘못일까요? 오, 하느님! 아뇨, 아닙니다, 오로지 운명만 탓해 주세요!〉

"이건 항상 효과가 있는 말이지." 그가 혼잣말을 했다.

〈아! 만약 당신이 흔히 볼 수 있는 바람둥이 여자였다면 틀림없이 나는 당신에게 위험할 것도 없으니 이기적인 마음에서 경험해 보자고 할 수 있었을 겁니다. 그러나 당신의 매력인 동시에 고통이기도 한 그 감미로운 열광 때문에, 당신처럼 훌륭한 여성이 미래의 우리 처지가 잘못된 것임을 깨닫지 못한 것입니다. 나 역시 처음에는 깊이 생각하지 못했습니다. 그 결과를 예측하지 못한 채 만치닐나무' 그늘에서처럼 이상적인 행복의 그늘에서 쉬고 있었던 것이지요.〉

"어쩌면 내가 인색해서 포기하는 거라고 생각할지도 모르겠는데……. 아! 상관없어! 할 수 없지, 끝내야 해!"

〈세상은 잔인합니다, 에마. 우리가 어디에 있든 세상은 우리를 괴롭힐 거예요. 당신은 경박한 질문, 중상모략, 경멸, 어쩌면 모욕까지 받게 될 테지요. 당신이 모욕을 당하다니! 오…… 나는 당신을 왕좌에 앉히고 싶은데! 당신에 대한 생각을 부적처럼 가져가고 싶은데! 내가 당신에게 저지른 모든 잘못에 대한 벌로 유배를 떠나려고 하거든요. 나는 떠납니다. 어디로? 나도 모릅니다. 나는 제정신이 아닙니다! 안녕히! 늘 행복하십시오! 당신을 잃어버린 불행한 사내에 대한 추억을 간직해 주세요. 당신 아이한테도 기도할 때 말할 수 있도록 내 이름을 알려 주세요.〉

두 자루의 양초 심지가 흔들리고 있었다. 로돌프는 일어나서 창문을 닫고 다시 앉았다.

"다 된 것 같군. 아! 하나 더, 여기까지 **성가시게 찾아올지도** 모르니까."

〈당신이 이 슬픈 편지를 읽을 때쯤이면 나는 먼 곳에 있을 것입니다. 당신을 다시 보고 싶은 유혹을 떨쳐 버리기 위해 최대한 빨리 도망치고 싶었으니까요. 약해지지 마세요! 나는 다시 돌아올 것입니다. 어쩌면 나중에 우리는 함께 우리의 옛사랑을 아주 냉정하게 이야기하게 되겠지요. 안녕히!〉

그리고 마지막으로 〈Adieu(안녕히)〉를 한 번 더, 두 단어를 띄어서 〈À Dieu(하느님에게)!〉라고 썼다. 그는 그것이 멋진 취향이라고 생각했다.

"이제 서명을 어떻게 하지? 당신의 충실한…… 아냐. 당신의 친구?…… 그래, 그게 좋겠어." 그는 혼자 중얼거렸다.

〈당신의 친구.〉

그는 편지를 다시 읽어 보았다. 잘 쓴 것 같았다.

'불쌍한 여자!' 그는 연민을 느끼며 생각했다. '나를 바위보다 더 무정하다고 생각하겠지. 이 위에 눈물 몇 방울이 있어야겠는데. 하지만 눈물이 안 나오는걸. 그건 내 잘못이 아냐.' 그래서 로돌프는 컵에 물을 붓고 거기에 손가락을 담갔다가 굵은 물방울 하나를 위에서 떨어뜨렸다. 잉크 위에 연한 얼룩이 생겼다. 그리고 편지 봉할 것을 찾다가 **아모르 델 코르**가 새겨진 인장을 발견했다.

"이건 상황에 맞지 않는데⋯⋯. 에이 까짓것! 아무려면 어때!"

그런 다음, 그는 궐련을 세 대 피운 뒤 잠자리에 들었다.

다음 날 일어나자(늦게 잠들어 오후 두 시쯤이었다) 로돌프는 살구를 한 바구니 따오게 했다. 그는 편지를 포도잎으로 덮어 바닥에 넣고, 곧 밭일을 하는 하인 지라르에게 그것을 보바리 부인 집으로 조심스럽게 갖다 드리라고 시켰다. 그는 계절에 따라 과일이나 사냥감을 보내는 이런 방법으로 그녀와 편지를 주고받았다.

"만일 부인이 내 소식을 물으면, 여행을 떠났다고 대답해. 바구니는 부인 손에 직접 건네드리도록 하고⋯⋯. 자, 조심해서 다녀와!" 그가 말했다.

지라르는 새 작업복을 걸치고 살구 주위에 자기 손수건을 묶은 뒤, 징을 박고 나무창을 댄 두툼한 구두를 신고 무거운 발걸음으로 성큼성큼 걸으며 조용히 용빌을 향해 길을 나섰다.

그가 도착했을 때 보바리 부인은 펠리시테와 함께 부엌 탁자 위에서 세탁물을 정리하고 있었다.

"여기요, 우리 주인님이 부인께 보내시는 겁니다." 하인이 말했다.

그녀는 어떤 두려움에 사로잡혀 주머니에서 잔돈을 찾으면서 얼이 빠진 시선으로 농부를 바라보았다. 농부는 이 정도 선물에 저토록 감동할 수 있다는 것이 잘 이해되지 않아 깜짝 놀라 그녀를 쳐다보았다. 드디어 그가 나갔다. 펠리시테는 남아 있었다. 그녀는 더 이상 참을 수 없어 살구를 가지고 가는 체하며 방으로 달려가 바구니를 뒤집고 잎사귀를 헤쳐 편지를 찾아내 봉투를 뜯었다. 그런 뒤 엄청나게 큰불이라도 난 것처럼 몹시 겁에 질려 자기 침실을 향해 도망치기 시작했다.

샤를이 거기 있었다. 그녀도 그를 보았다. 그가 뭐라고 말했지만, 그녀에게는 아무것도 들리지 않았다. 그녀는 그 무시무시한 종이를 여전히 손에 든 채 제정신이 아닌 상태로 숨을 헐떡이며 미친 듯이 계속 빠르게 계단을 올라갔다. 그녀의 손가락 사이에서 종이가 파르르 떨리며 양철판처럼 소리를 내고 있었다. 그녀는 3층, 닫혀 있는 다락방 문 앞에서 멈췄다.

그리고 마음을 진정시키려고 했다. 편지 생각이 났다. 편지를 마저 읽어야 하는데, 감히 그럴 용기가 나지 않았다. 게다가 어디서? 어떻게? 사람들 눈에 띌 텐데.

'아! 아냐, 여기는 괜찮을 거야' 하고 그녀는 생각했다.

에마는 문을 밀고 안으로 들어갔다.

슬레이트 지붕에서 엄청난 열기가 곧장 내려와 관자놀이가 조이고 숨이 막혔다. 그녀가 닫혀 있는 채광창까지 간신히 가서 빗장을 잡아당기자 눈부신 빛이 단번에 쏟아져 들어왔다.

맞은편 지붕들 너머로 평평한 들판이 까마득히 펼쳐져 있었다. 그녀의 발밑으로 저 아래 마을 광장에는 아무도 없었다. 보도의 조약돌이 빛나고, 집마다 있는 풍향계는 꼼짝도 하지 않았다. 길모퉁이 아래층에서 뭔가 부르릉거리는 듯한 날카로운 소리가 들려왔다. 비네가 녹로를 돌리는 것이었다.

그녀는 채광창의 틀에 몸을 기대고 분노의 냉소를 지으며 편지를 다시 읽었다. 그러나 거기에 정신을 집중하면 할수록 머릿속이 혼란스러워졌다. 그의 모습이 다시 보였고, 그의 목소리가 들렸다. 그녀는 두 팔로 그를 끌어안았다. 커다란 망치로 세게 두드리듯 그녀의 가슴을 쾅쾅 치는 심장 박동이 점점 빨라지면서 불규칙해졌다. 그녀는 땅이 무너지기를 바라는 심정으로 온 사방을 둘러보았다. 왜 끝내지 못하는 것인가? 대체 누가 그녀를 붙잡고 있는가? 그녀를 구속하는 것은 아무것도 없었다. 그녀는 앞으로 몸을 내밀고 포석을 바라보며 마음속으로 말했다.

'어서! 어서!'

밑에서 곧장 올라오는 광선이 그녀의 몸을 깊은 구렁 속으로 잡아당겼다. 광장의 지면이 흔들리면서 벽을 따라 일어서는 것 같았고, 마룻바닥이 아래위로 흔들리는 배처럼 끝이 기울어지는 것 같았다. 그녀는 거의 공중에 매달려 있는 듯 거대한 공간에 둘러싸여 창틀 맨 끝에 서 있었다. 하늘의 푸른빛이 그녀에게 밀려들었고, 바람이 그녀의 텅 빈 머릿속을 떠돌았다. 저항하지 말고 몸을 맡기기만 하면 되었다. 부르릉거리는 녹로 소리가 마치 그녀를 부르는 격노한 목소리처럼 계속 났다.

"여보! 여보!" 샤를이 소리쳤다.

그녀는 멈췄다.

"대체 어디 있는 거야? 이리 와요!"

방금 죽음에서 빠져나왔다는 생각이 들자 그녀는 기겁해서 기절할 뻔했다. 그녀는 눈을 감았다. 이어서 소매 위에 어떤 손이 닿는 감촉에 몸을 떨었다. 펠리시테였다.

"주인 나리께서 기다리고 계세요, 마님. 수프가 준비되어 있어요."

내려가야 했다! 식탁에 앉아야 했다!

그녀는 먹어 보려고 애썼다. 음식 덩어리가 걸려 숨이 막혔다. 그러자 그녀는 꿰맨 자리를 살펴보려는 것처럼 냅킨을 펼치고, 정말로 그 일에 몰두해 천의 올을 세어 보려고 했다. 갑자기 편지 생각이 났다. 편지를 잃어버린 건가? 어디서 찾아야 하지? 그러나 그녀는 정신적으로 너무 지쳐 식탁에서 일어날 핑계를 찾아낼 수가 없었다. 게다가 그녀는 겁쟁이가 되어 있었다. 샤를이 무서웠다. 그는 모든 것을 알고 있는 게 분명했다! 실제로 그는 기이하게도 이런 말을 했다.

"로돌프 씨를 한동안 못 볼 것 같더군."

"누가 그래요?" 그녀가 소스라치게 놀라 몸을 떨며 말했다.

"누가 그랬냐고?" 그 갑작스러운 말투에 약간 놀란 그가 되물었다. "지라르가 그러더군. 방금 전 **카페 프랑세** 문 앞에서 만났거든. 로돌프가 여행을 떠났다던가 떠날 거라던가 그러던데."

그녀는 흐느낌이 북받쳐 올라왔다.

"대체 왜 그렇게 놀라? 그 사람은 가끔 기분 전환 삼아 그렇게 떠나곤 하잖아. 솔직히 난 그럴 만도 하다고 생각해. 재산도 있고 독신이고!⋯⋯ 더구나 그 친구, 상당히 즐기면서 살더군! 한량이야. 랑글루아 씨 말로는⋯⋯."

하녀가 들어오자 그는 체면을 차리느라 입을 다물었다.

하녀는 선반 위에 흩어져 있는 살구를 바구니에 다시 담았다. 샤를은 아내의 얼굴이 빨개진 것을 알아차리지 못한 채 살구를 가져오게 하더니 하나를 집어 그대로 깨물었다.

"오! 맛이 아주 좋은데! 자, 맛 좀 봐요." 그가 말했다.

그가 바구니를 내밀자 그녀는 가만히 밀어냈다.

"그럼 냄새라도 맡아 봐요, 냄새가 정말 좋아!" 그는 그녀의 코밑으로 몇 번이나 바구니를 들이대며 말했다.

"숨이 막혀요!" 그녀가 벌떡 일어서며 소리쳤다.

그러나 의지력으로 버텨 그 경련이 사라지자, 그녀가 말했다.

"아무것도 아니에요! 아무것도! 신경이 예민해서 그래요! 앉아서 그냥 먹어요!"

그녀는 남편이 자꾸 물어보거나 보살펴 준다면서 곁에 붙어 있을까 봐 두려웠던 것이다.

샤를은 그녀의 말대로 다시 자리에 앉았다. 그러고는 살구씨를 손에 뱉었다가 접시에 내려놓았다.

갑자기 푸른색 이륜마차가 광장을 빠른 속도로 지나갔다. 에마는 외마디 비명을 지르면서 몸이 뻣뻣해져 바닥에 등을 대고 쓰러졌다.

사실 로돌프는 여러 가지 생각을 한 뒤 루앙으로 떠나기로 결심했다. 그런데 위셰트에서 뷔시로 가려면 용빌을 거치지 않고는 방법이 없어 마을을 건너가야 했는데, 번개처럼 저녁 어둠을 가르는 램프의 불빛에 에마가 로돌프를 알아보았던 것이다.

이 집에서 벌어진 소동에 약사가 급히 달려왔다. 식탁은 모든 접시와 함께 뒤집혀 있고, 소스, 고기, 나이프, 소금 통, 기름병이 방 안에 잔뜩 흩어져 있었다. 샤를은 도와달라고 소리치고, 베르트는 겁에 질려 울부짖었다. 그리고 펠리시테는 손을 덜덜 떨면서 전신에 경련을 일으키고 있는 부인의 옷 끈을 풀고 있었다.

"약국에 뛰어가서 향초산 좀 가져오겠습니다." 약사가 말했다.

약병의 냄새를 맡고 그녀가 다시 눈을 뜨자, 그가 말했다.

"그럴 줄 알았어요. 이거면 죽은 사람도 깨운다니까요."

"말해 봐! 말을 좀 해 봐! 정신 차려! 나야, 당신을 사랑하는 샤를! 나 알아보겠소? 자, 여기 당신 딸도 있어. 딸애한테 키스해 줘요!" 샤를이 말했다.

아이가 엄마 목에 매달리려고 두 팔을 내밀었다. 그러나 에마는 머리를 돌리며 짧게 끊어지는 목소리로 말했다.

"아냐, 아냐…… 아무도 오지 마!"

그녀는 다시 정신을 잃었고, 침대로 옮겨졌다.

입을 벌리고 눈을 감은 그녀는 두 손을 축 늘어뜨린 채 밀랍

인형처럼 창백한 얼굴로 꼼짝도 하지 않고 누워 있었다. 그녀의 눈에서 두 줄기 눈물이 흘러나와 베개 위로 천천히 떨어졌다.

샤를은 알코브 안쪽에 서 있었고, 약사는 그의 옆에서 명상에 잠겨 침묵을 지키고 있었다. 그것은 인생의 심각한 순간에 취하기에 적절한 태도였다.

"안심하세요. 발작은 지나간 것 같아요." 그가 샤를의 팔꿈치를 치면서 말했다.

"네, 이젠 좀 안정된 것 같네요! 가엾은 여자!…… 가엾은 여자!…… 다시 쓰러지고 말았네!" 샤를이 그녀가 자는 것을 바라보면서 대답했다.

그러자 오메는 어떻게 이런 일이 일어났는지 물었다. 샤를은 그녀가 살구를 먹다가 갑자기 발작을 일으켰다고 대답했다.

"그것참 이상하군요!…… 그러나 살구 때문에 기절하는 경우도 있을 수 있겠죠! 어떤 냄새에 극도로 예민한 체질이 있으니까요! 이건 병리학적 관점에서나 생리학적 관점에서나 연구해 볼 만한 좋은 주제가 되겠는데요. 사제들은 그 중요성을 알고 있어 항상 종교의식에서 향료를 써 왔던 거죠. 분별력을 마비시키고 황홀경을 유발하기 위해서 말이에요. 게다가 남성보다 더 섬세한 여성들에게서는 효과를 얻기가 쉽죠. 뿔을 불에 태우는 냄새나 부드러운 빵 냄새에 기절하는 예도 있거든요……." 약사가 대꾸했다.

"아내가 깨지 않게 조심해 주세요!" 보바리가 작은 소리로 말했다.

약사가 계속했다.

"그리고 오직 인간만 이런 이상한 증상을 보이는 게 아니라 동물도 그런 경우가 있습니다. 예를 들면 **네페타 카타리아**, 속칭 고양이풀이라는 식물이 고양이과 동물에게 야기하는 기이한 최음 효과에 대해서는 잘 알고 계시겠죠. 그리고 또 다른 한편으로 제가 틀림없는 사실이라는 것을 보증할 수 있는 예를 한 가지 들자면, 브리두(저의 옛 친구인데, 지금은 말팔뤼 거리에서 개업하고 있지요)의 개는 코담뱃갑을 보여 주자마자 경련을 일으킨다는 겁니다. 그 친구는 종종 부아 기욤의 별장에 친구들을 모아 놓고 그 실험을 하곤 합니다. 단순한 재채기 유발 물질이 네발 달린 짐승의 신체 조직에 그런 큰 피해를 줄 수 있다는 것이 믿어지십니까? 정말 이상한 일이에요, 안 그렇습니까?"

"그렇군요." 제대로 듣지 않던 샤를이 대답했다.

상대방은 흐뭇한 자기도취에 빠진 태도로 미소를 지으며 다시 말했다.

"이것이 우리에게 증명해 주는 것은 신경 계통의 이상은 수없이 많다는 사실입니다. 부인의 경우, 솔직히 말해 정말 예민하신 분이라고 늘 생각해 왔습니다. 그래서 저는 소위 그 약이라는 것 중 어떤 것도 권해 드리고 싶지 않습니다. 증상을 치료한다는 미명하에 체질을 건드리는 약들이니까요. 안 되지요, 무익한 약은 안 됩니다! 식이 요법이 제일 좋아요! 진정제, 완화제, 감미료면 됩니다. 그리고 어쩌면 상상력을 자극할 필요가 있지 않을까요?"

"어떤 것을? 어떻게요?" 보바리가 말했다.

"아! 그게 바로 문제입니다! 정말로 그런 게 문제라고요. 최근 신문에서 읽은 것처럼 'That is the question(그것이 문제지요)', 이 말입니다!"

그런데 에마가 깨어나 소리쳤다.

"편지는? 편지는?"

사람들은 그녀가 정신 착란을 일으켰다고 생각했다. 그런 증상은 자정부터 시작되었다. 뇌막염이라는 진단이 나왔다.

43일 동안 샤를은 그녀 곁을 떠나지 않았다. 그는 환자들을 모두 버려 둔 채 잠도 자지 않고 계속해서 그녀의 맥을 짚어 보고 연고를 발라 주고 냉수 찜질을 해 주었다. 그는 쥐스탱을 뇌샤텔까지 보내 얼음을 구해 오게 했다. 오는 길에 얼음이 녹으면, 쥐스탱을 다시 보내곤 했다. 그는 카니베 씨에게 진찰을 의뢰했고, 루앙에서 옛 스승인 라리비에르 박사도 모셔 왔다. 그는 절망하고 있었다. 가장 걱정스러운 것은 에마의 의기소침이었다. 그녀는 말도 하지 않았고, 말을 알아듣지도 못했으며, 심지어 고통도 느끼지 못하는 것 같았기 때문이다. 마치 그녀의 몸과 영혼이 함께 모든 동작을 멈추고 쉬는 것 같았다.

10월 중순쯤 그녀는 침대에서 베개를 뒤에 대고 일어나 앉을 수 있게 되었다. 그녀가 처음으로 잼 바른 빵을 먹는 것을 보았을 때 샤를은 울었다. 그녀는 기운을 되찾았고, 오후에는 여러 시간 동안 일어나 있었다. 그리하여 그녀가 좀 더 나아진 어느 날, 그는 그녀의 팔을 붙잡고 정원을 한 바퀴 산책했다. 작은 길의 모래는 낙엽에 덮여 보이지 않았다. 그녀는 슬리퍼를 끌면서 한 발짝 한 발짝 걸었고, 샤를에게 어깨를 기댄 채 계속 미소를 지었다.

그런 식으로 그들은 안쪽 깊숙이 테라스 옆까지 갔다. 그녀는 천천히 몸을 세우고, 눈앞에 손을 갖다 대며 바라보았다. 그녀는 멀리, 아주 저 멀리 바라보았다. 그러나 지평선에는 풀을 태우는 큰 불길밖에 없고, 그 불에서 언덕 위로 연기가 피어오르고 있었다.

"당신 피곤하겠다, 여보." 보바리가 말했다.

그러고는 그녀를 부드럽게 밀어 덩굴시렁 밑으로 들어가게 하면서 덧붙였다.

"이 벤치에 앉아요, 편안할 거야."

"아! 아뇨, 거긴 싫어요, 거긴 싫어!" 그녀는 꺼져 가는 목소리로 말했다.

그녀는 현기증을 느꼈다. 그리고 저녁부터 병이 재발했다. 사실 병세는 더 불안했고 증상은 더 복잡했다. 때로는 심장에 통증을 느꼈고, 그다음에는 가슴이, 뇌가, 사지가 아팠다. 그녀가 갑자기 구토를 하자, 샤를은 암의 초기 증상이 아닌가 하는 생각을 했다.

그리고 거기에 더해 이 불쌍한 남자는 돈 걱정까지 하고 있었다!

XIV

우선 그는 약국에서 가져온 모든 약에 대해 오메 씨에게 어떻게 보상해야 할지 알 수 없었다. 의사로서 약값을 지불하지 않을 수도 있지만, 그래도 그런 신세를 지는 것이 조금 창피하게 느껴졌다. 다음으로 식모가 안주인 역할을 하고 있는 지금은 생활비가 어마어마하게 들었다. 청구서가 비 오듯 집으로 날아들었고, 물건을 대 주는 장사꾼들이 불평을 해 댔다. 특히 뢰뢰 씨가 그를 집요하게 들볶았다. 사실 이자는 에마의 병세가 극도로 심했을 때 그 상황을 이용해 청구서를 부풀리려고 망토, 여행 가방, 한 개가 아니라 두 개의 트렁크, 그리고 또 다른 많은 것을 재빨리 가져다 놓았다. 샤를이 아무리 필요 없다고 말해도 소용없었다. 상인은 그 모든 물건이 이미 주문받은 것이니 도로 가져갈 수 없다고 오만한 태도로 대답했다. 게다가 그러면 회복 중인 부인의 기분이 언짢아질 것이니 잘 생각해 보라고 했다. 요컨대 그는 자기 권리를 포기하고 물건을 가져가느니 차라리 고소하겠다는 결심을 굳히고 있다는 것이었다. 그 후 샤를은 물건을 그의 가게로 돌려보내라고 지시했다. 그런데 펠리시테는 잊어버렸고, 그는 다른 걱정거리가 많아 그 일을 더 이상 생각하지 못했다. 뢰뢰 씨가 다시 독촉했다. 그가 위협과 우는소리를 번갈아 하면서 하도 조르는 바람에 결국 보바리는 6개월 기한의 어음에 서명을 하고 말았다. 그러나 어음에 서명하고 나자, 대담한 생각이 그의 머릿속에 떠올랐다. 그것은 뢰뢰 씨에게 1천 프랑을 빌리자는 것이었다. 그래서 그는 거북한 태도로 그 돈을 변통해 줄 수 있는지 물었고 기한은 1년으로 하고 이자는 원하는 대로 주겠다고 덧붙였다. 뢰뢰는 상점으로 달려가서 돈을 가져와 또 한 장의 어음을 받아쓰게 했다. 보바리가 다음 9월 1일 그에게 1,070프랑의 금액을 지불해야 한다는 내용이었다. 그러니까 이미 약정한 180프랑과 합하면 꼭 1,250프랑이 되었다. 이렇게 6부 이자로 빌려주면서 4분의 1의 수수료를 가산하고, 판매한 물품이 적어도 3분의 1의 수익을 가져다주니까 1년 동안 130프랑의 이익을 보는 셈이었다. 그리고 그는 거래가 거기서 멈추지 않고 어음을 지불하지 못해 갱신하기를 바랐다. 그리하여 얼마 안 되는 그의 돈이 마치 요양원에 들어가듯 의사의 집에 들어가 영양을 취한 뒤 언젠가 엄청나게 살이 찌고 자루가 터질 정도로 불어나 자기에게 돌아오기를 기대했다.

게다가 그에게는 모든 것이 좋은 결과를 가져다주었다. 뇌샤텔 병원에 능금주를 납품하는 일이 그에게 낙찰되었고, 기요맹 씨는 그뤼메닐의 이탄광 주식을 나누어 주겠다고 약속했던 것이다. 그리고 그는 아르게유와 루앙 사이 합승 마차 사업을 새로 시작할 생각을 하고 있었다. 그러면 아마도 머지않아 **황금 사자**의 고물 마차는 망할 것이고, 더 **빠르면서** 더 싼값에 더 많은 짐을 나르는 합승 마차 사업은 용빌의 전 상권을 그의 수중에 들어오게 해 줄 터였다.

샤를은 내년에 그 많은 돈을 어떤 방법으로 갚을지 여러 번 생각해 보았다. 아버지에게 도움을 청할까, 아니면 뭔가 처분할까 하는 궁여지책을 찾아보고 궁리했다. 그러나 그의 아버지는 들은 체도 하지 않을 것이고, 그에게는 팔 수 있는 것이 하나도 없었다. 그러자 그는 너무도 곤란한 상황임을 깨닫고 그런 기분 나쁜 생각을 얼른 머릿속에서 털어내 버렸다. 그런 일로 에마를 잊고 있는 자기 자신을 나무랐다. 마치 자신의 모든 생각은 그 여자에게 속한 것이므로 계속해서 그녀를 생각하지 않는 것은 그녀에게서 뭔가를 훔치는 것이라는 듯이.

겨울 추위는 혹독했다. 부인은 회복하는 데 오래 걸렸다. 날씨가 좋을 때는 그녀를 안락의자에 앉혀 창가로 밀고 가서 광장을 바라보게 했다. 그녀는 이제 정원을 싫어해 그쪽의 덧문이 항상 닫혀 있었기 때문이다. 그녀는 말도 팔아 버리라고 했다. 예전에 좋아했던 것을 이제는 모두 싫어했다. 그녀의 모든 생각은 자기 자신을 돌보는 일에만 국한되어 있는 것처럼 보였다. 그녀는 침대에서 가벼운 식사를 했고, 초인종을 눌러 하녀를 불러 탕약에 대해 묻거나 함께 이야기를 나누었다. 그러는 동안 중앙 시장 지붕 위의 눈이 움직임 없는 하얀 반사광을 방 안으로 던지더니, 그다음에는 비가 내렸다. 에마는 뭔가 불안해하는 마음으로 어김없이 되풀이되는 자잘한 일들을 날마다 기다렸다. 그러나 그런 일들은 그녀에게 조금도 중요하지 않았다. 가장 관심을 끄는 일은 저녁에 **제비**가 도착하는 것이었다. 그러면 여관 주인 여자가 소리를 질렀고 다른 목소리들이 대답하는 동안, 방수포 위에서 짐짝을 찾는 이폴리트의 큰 초롱이 어둠 속에서 별처럼 보였다. 정오에는 샤를이 들어왔다가 다시 나갔고, 그녀는 수프를 먹었다. 다섯 시경 해 질 무렵에는 학교에서 돌아오는 아이들이 보도 위에 나막신을 질질 끌고 가면서 자로 덧문의 걸쇠를 차례로 두드려 댔다.

부르니지앵 신부가 그녀를 보러 오는 것은 바로 이 시각이었다. 그는 그녀의 건강을 묻고, 그녀에게 여러 가지 소식을 알려 주었으며, 즐겁고 다정한 잡담을 하는 가운데 믿음을 권하곤 했다. 그의 사제복을 보는 것만으로도 그녀는 위안이 되었다.

병이 극도로 악화되었던 어느 날, 그녀는 이제 죽는다는 생각에 성체를 배령하겠다고 했었다. 그리하여 그녀의 방 안에 성사를 위한 준비를 하면서 물약이 잔뜩 놓인 서랍장을 제단으로 사용하고 펠리시테가 바닥에 달리아꽃을 뿌리는 사이, 에마는 뭔가 강력한 것이 자신의 몸 위로 지나가면서 고통과 모든 사고와 모든 감정에서 벗어나게 해 주는 것을 느꼈다. 가벼워진 그녀의 몸은 더 이상 무게가 느껴지지 않았고, 전혀 다른 삶이 시작되었다. 그녀의 존재는 신을 향해 올라가 마치 불붙은 향이 연기로 사라지듯이 그 사랑 안에서 소멸하려는 것 같았다. 침대 시트에 성수를 뿌리고, 사제가 성체 그릇에서 하얀 성체를 꺼냈다. 그녀는 눈앞에 보이는 구세주의 몸을 받아들이기 위해 입술을 앞으로 내밀면서 천상의 기쁨으로 기절이라도 할 것 같았다. 침실의 커튼이 그녀 주위로 구름처럼 부드럽게 부풀어 오르고, 서랍장 위에서 불타는 두 개의 촛불 빛은 눈부신 후광처럼 보였다. 그러자 그녀는 고개를 떨구었다. 천사들의 하프 소리가 공중에서 들리고, 녹색 종려나무 잎사귀를 든 성자들에게 둘러싸여 푸른 하늘의 금빛 옥좌에 앉아 위풍당당한 빛을 발하는 하느님 아버지가 불꽃 날개를 단 천사들에게 지상에 내려가서 그녀를 품에 안고 데려오라고 손짓하는 것이 보인다고 생각했던 것이다.

이 찬란한 환영은 인간이 꿈꿀 수 있는 가장 아름다운 것으로 그녀의 기억 속에 남았다. 그래서 이제 그녀는 그때처럼 절대적이지는 않지만 여전히 깊은 감미로움으로 계속되는 그 환영의 감각을 되찾으려 애썼다. 자존심으로 인해 기진맥진해진 그녀의 영혼은 마침내 기독교적인 겸허함 속에서 휴식을 취하고 있었다. 그리고 에마는 연약함으로 인해 누릴 수 있는 기쁨을 맛보면서, 자신의 내면에서 의지가 무너져 은총이 밀려 들어올 넓은 입구가 생기는 것을 바라보았다. 그러니까 현세의 행복 대신 보다 큰 지복이 존재하고, 모든 사랑을 초월하는 또 다른 사랑, 중단도 끝도 없이 영원히 커지는 사랑이 존재하는 것이었다! 그녀는 자신의 희망이 만들어 낸 환상들 속에서 땅 위에 떠 있으면서 하늘과 뒤섞이는 순수 상태를 언뜻 보았고 자신도 그 속에 있기를 갈망했다. 그녀는 성녀가 되고 싶었다. 그래서 묵주를 사고 행운의 마스코트를 몸에 지녔다. 침실의 침대 머리맡에는 에메랄드가 박힌 성유물함을 놓아두고 매일 저녁 거기에 입 맞추고 싶어 했다.

신부는 그런 태도에 경탄했지만, 에마의 믿음이 지나치게 열광적인 나머지 이단이나 심지어 비정상에 가까워질 수도 있다고 생각했다. 그러나 그런 방면에는 아는 바가 별로 없어 그녀가 어느 정도를 넘어서자 그는 주교님의 단골 책방 주인인 불라르 씨에게 **아주 똑똑한 여성에게 좋은 것**을 보내 달라고 편지를 썼다. 책방 주인은 흑인에게 싸구려 장신구를 보내는 것과 같은 무성의한 태도로 당시 유통되는 모든 종교 서적을 뒤죽박죽으로 꾸려서 보내왔다. 문답 형식의 작은 개론서, 메스트르*식의 거만한 어조로 된 팸플릿, 음유 시인을 흉내 낸 신학생이나 회개한 여류 작가가 달콤한 문체로 쓴 장밋빛 하드 커버 소설류들이었다. 그중에는 『이것을 명심하라』, 여러 훈장을 받은 ×××씨가 쓴 『마리아의 발밑에 무릎을 꿇은 사교계 신사』, 청소년 도서 『볼테르의 실수』 등이 있었다.

보바리 부인은 아직 무엇에든 진지하게 몰두할 만큼 정신이 또렷하지 못했다. 게다가 그녀는 너무 성급하게 독서를 시작했다. 그녀는 종교의식의 여러 규칙에 짜증이 났고, 논쟁적인 글의 거만함은 그녀가 알지도 못하는 사람들을 집요하게 공격해 마음에 들지 않았다. 그리고 종교적인 색채를 가미한 세속의 이야기들은 너무 세상을 모르고 쓴 것 같아 진리의 증거를 기대하던 그녀를 진리에서 서서히 멀어지게 만들었다. 그래도 그녀는 포기하지 않고 계속했고, 책이 손에서 떨어질 때면 지극히 순수한 영혼이 느낄 수 있는 가장 섬세한 가톨릭적 우수에 사로잡힌 것이라고 생각했다.

로돌프에 대한 추억은 마음속 아주 깊은 곳에 묻어 두었다. 그는 거기서 지하에 안치된 왕의 미라보다 더 엄숙하고 더 움직임이 없는 상태로 머물러 있었다. 방부 처리해 놓은 이 대단한 사랑에서 어떤 냄새가 새어 나와 모든 것을 관통해 지나가면서 그녀가 살고자 하는 순결한 분위기에 애정의 향기를 뿌렸다. 그녀는 고딕식 기도대 위에 무릎을 꿇을 때면 그 옛날 간통을 하며 감정이 터져 나올 때 애인에게 속삭이던 바로 그 달콤한 말들을 똑같이 주님께 건넸다. 그것은 믿음을 불러오기 위해서였다. 그러나 하늘에서는 아무런 기쁨도 내려오지 않았고, 팔다리가 피로해진 그녀는 뭔가 엄청난 사기를 당한 것 같은 막연한 느낌으로 몸을 일으키곤 했다. 어쨌든 그렇게 신앙을 추구하는 것은 한 가지 공덕을 더해 주는 것이라고 생각했다. 그리고 에마는 자신의 신앙심에 자부심을 느끼며 그 옛날의 귀부인들과 자신을 비교했다. 매우 위엄 있게 긴 드레스의 화려한 옷자락을 끌면서 고독 속으로 물러나 삶에서 상처받은 마음속의 모든 눈물을 그리스도의 발밑에 쏟아내는 라 발리에르 공작부인의 초상화를 보고, 그녀는 그러한 귀부인들의 영광을 꿈꾸었다.

그러자 그녀는 과도한 자선활동에 몰두했다. 가난한 사람들을 위해 옷을 바느질하고 해산한 여자들에게 장작을 보내기도 했다. 어느 날 집에 들어온 샤를은 부엌 식탁에 앉아 수프를 먹고 있는 거지 세 명을 본 일도 있었다. 그녀가 앓는 동안 남편이 유모 집에 보냈던 어린 딸도 다시 집으로 데려왔다. 그녀는 딸에게 글 읽기를 가르치고 싶어 했고, 베르트가 아무리 울어도 화를 내지 않았다. 그것은 감수하겠다는 확고한 결심과 모든 것에 대한 관용의 표시였다. 그녀의 말은 무엇에 대해서든 이상적인 표현으로 가득 차 있었다. 그녀는 아이에게 이렇게 말했다.

"배 아픈 건 나았어, 나의 천사?"

보바리 노부인도 나무랄 것을 찾을 수 없었다. 아마도 자기 집 행주를 깁는 대신 고아들을 위한 저고리를 뜨개질하는 이상한 버릇은 마음에 들지 않았을지도 모른다. 그러나 부부싸움에 지친 노부인은 조용한 이 집에서 지내는 것이 좋았다. 심지어 그녀는 성금요일마다 어김없이 돼지고기 순대를 먹겠다고 어깃장을 놓는 보바리 영감을 피하기 위해 부활절이 지날 때까지 머물렀다.

올바른 판단과 진지한 태도로 어느 정도 그녀의 마음을 꿋꿋하게 잡아 주는 시어머니와 지내는 것 외에, 에마는 거의 날마다 다른 사람들과도 어울렸다. 랑글루아 부인, 카롱 부인, 뒤브뢰유 부인, 튀바슈 부인, 그리고 두 시부터 다섯 시까지는 규칙적으로 사람 좋은 오메 부인이 찾아왔다. 오메 부인은 자기 이웃인 에마에 대해 사람들이 늘어놓는 험담을 하나도 믿으려 하지 않았다. 오메의 아이들도 그녀를 보러 오곤 했다. 쥐스탱이 아이들을 데리고 왔다. 그는 아이들과 함께 침실로 올라와서 문 옆에 꼼짝하지 않고 말없이 서 있었다. 종종 보바리 부인은 그가 있는 것에 신경 쓰지 않고 화장을 하기 시작했다. 그녀는 먼저 빗을 뽑고 크게 한 번 머리를 흔들었다. 동그랗게 말려 있던 검은 머리 타래가 풀리면서 무릎까지 한꺼번에 내려오는 것을 처음 보았을 때, 이 가련한 소년은 뭔가 특별하고 새로운 것 안으로 불쑥 들어가는 것 같았고 그 광채에 몸이 오싹해졌다.

물론 에마는 그의 말 없는 열의도 수줍음도 알아차리지 못했다. 자신의 삶에서 사라져 버린 사랑이 바로 그녀 옆에서, 그 거친 천의 셔츠 밑에서, 발산되는 그녀의 아름다움을 향해 열린 소년의 그 심장 안에서 고동치고 있으리라고는 짐작조차 하지 못했다. 게다가 이제 그녀는 모든 것에 지극히 무관심했다. 그리고 너무도 다정한 말씨와 거만한 눈초리와 변화무쌍한 태도를 보여 사람들은 더 이상 이기주의와 자선을, 타락과 미덕을 구별할 수가 없었다. 예를 들어 어느 날 저녁 하녀가 우물우물 핑계를 대면서 외출해도 되냐고 하자, 그녀는 화를 내다가 갑자기 이렇게 말했다.

"그러니까 그 남자를 사랑하는구나?"

그리고 얼굴이 빨개진 펠리시테의 대답을 기다리지도 않은 채 슬픈 표정으로 덧붙였다.

"그래, 어서 가! 가서 즐겨!"

봄이 되자 그녀는 보바리가 주의를 주는데도 불구하고 정원 전체를 완전히 바꾸었다. 그래도 보바리는 마침내 뭔가 의욕을 나타내는 그녀의 모습을 보고 기뻤다. 그녀는 건강이 회복됨에 따라 더 많은 의욕을 드러냈다. 우선 유모 롤레를 쫓아낼 방법을 찾아냈다. 그녀가 회복하는 동안 유모는 갓난애 두 명과 식인종 이상으로 먹어 대는 자기 집 하숙생을 데리고 뻔질나게 부엌으로 찾아오는 습관이 붙어 있었던 것이다. 이어서 그녀는 오메 가족과 거리를 두었고, 다른 방문객들도 차례차례 돌려보냈으며, 성당에도 전처럼 열심히 다니지 않았다. 그 점에 대해 약사는 대찬성이어서 친근하게 말했다.

"사실 그동안 신부한테 좀 빠져 계셨죠!"

부르니지앵 신부는 예전처럼 날마다 교리 문답을 끝내고 찾아왔다. 그는 밖의 **숲속에서** 공기를 마시는 것을 더 좋아했다. 덩굴시렁을 그는 그렇게 불렀다. 마침 샤를이 돌아오는 시간이었다. 그들은 더웠다. 달콤한 능금주가 나오자, 그들은 부인의 완전한 회복을 축하하며 함께 건배했다.

비네도 거기에 있었다. 다시 말하자면, 조금 아래쪽에서 테라스 벽에 기대어 가재를 잡고 있었다. 보바리가 그에게 한잔하자고 청했다. 그는 자신이 병마개 따는 데 아주 능숙하다고 했다.

"병을 탁자 위에 이렇게 똑바로 세우고, 끈을 자른 뒤 코르크를 조금씩 조금씩 천천히 눌러야 합니다. 식당에서 탄산수를 따는 것처럼 말이에요." 그는 만족한 시선으로 지평선 끝까지 주위를 둘러보며 말했다.

그러나 그가 시범을 보이는 동안 종종 능금주가 그들의 얼굴 한복판으로 튀곤 했다. 그러면 신부는 탁한 웃음을 터뜨리며 잊지 않고 농담을 했다.

"능금주의 친절이 눈으로 뛰어오르는군요!"

사실 그는 선량한 사람이었다. 심지어 언젠가 약사가 샤를에게 부인의 기분 전환을 위해 유명한 테너 라가르디의 공연을 보러 루앙 극장에 같이 가라고 권할 때도 전혀 화를 내지 않았다. 신부가 그렇게 아무 말도 하지 않는 것에 놀란 오메가 그의 의견을 묻자, 신부는 음악이 문학만큼 풍속에 해를 끼치는 것은 아니라고 생각한다고 말했다.

그러나 약사는 문학을 옹호하고 나섰다. 연극은 편견을 조롱하는 데 쓸모가 있어 재미를 가장해 미덕을 가르친다고 주장했다.

"*Castigat ridendo mores*(웃음을 통해 풍속을 고친다죠), 부르니지앵 씨! 예를 들어 볼테르의 비극을 보십시오. 대부분 철학적 고찰이 교묘하게 담겨 있어 대중을 위해 도덕과 처세술을 가르치는 진정한 학교 역할을 하지요."

"저는요, 옛날에 「파리의 개구쟁이」라는 연극을 본 적이 있는데, 정말로 잘 표현된 노장군의 성격이 눈에 띄더군요! 그는 한 여직공을 유혹한 명문가의 아들을 매몰차게 대하는데……." 비네가 말했다.

"물론! 나쁜 약국이 있듯이 나쁜 문학도 있지요. 그러나 가장 중요한 예술의 한 분야를 전부 통틀어 비난하는 것은 어리석은 일이요, 갈릴레이를 가두었던 저 끔찍한 시대에나 어울리는 낡아빠진 사고라고 생각합니다." 오메가 계속했다.

"좋은 작품이 있고 좋은 저자가 있다는 것은 나도 잘 알아요.

그렇지만 세속적인 화려한 장식으로 꾸민 매혹적인 방 안에 모인 남녀들, 그리고 이교도 같은 분장, 진한 화장, 촛대, 여자 같은 목소리, 그런 모든 것은 결국 방탕한 정신을 낳고 파렴치한 생각과 불순한 욕망을 갖게 할 뿐입니다. 적어도 모든 성직자의 의견은 그렇습니다." 신부가 반박했다. 그는 담배 한 줌을 엄지손가락으로 말면서 갑자기 신비스러운 어조로 덧붙였다. "어쨌든 가톨릭교회가 연극을 금지한 것은 다 그럴 만한 이유가 있기 때문입니다. 우리는 그 명령에 복종해야 해요."

"가톨릭교회는 왜 배우들을 파문하는 겁니까?" 약사가 물었다. "옛날에는 그들도 종교 의식에 공개적으로 협력했잖아요. 그럼요, 성가대석 한가운데에서 성사극이라 불리는 소극 같은 것을 공연했지요. 그런 극에서는 종종 예의범절에 위배되는 것들도 있었어요."

신부는 신음만 내고, 약사는 계속했다.

"성서도 마찬가지예요. 거기엔…… 아시다시피…… 자극적인…… 여러 세부 묘사가…… 정말로…… 외설적인…… 것들이 있어요!"

그리고 부르니지앵 신부가 화난 몸짓을 하자 약사가 말을 이었다.

"아! 그건 젊은 여자들에게 읽힐 책은 아니라는 것을 인정하실 겁니다. 나도 화가 날 겁니다, 아탈리가……."

"하지만 성서를 권하는 것은 신교도들이지 우리가 아닙니다!" 신부가 참다못해 소리쳤다.

"뭐 그거야 아무래도 좋습니다! 개명된 시대인 오늘날에도 여전히 아무런 해도 없고 도덕적이고 심지어 때로는 건강에도 좋은 지적 오락을 금지하려고 고집을 부리다니 놀랍습니다. 안 그렇습니까, 의사 선생님?" 오메가 말했다.

"그렇지요." 같은 생각이지만 누구의 기분도 상하게 하고 싶지 않아서인지 혹은 아무 생각이 없어서인지, 의사는 열의 없이 건성으로 대답했다.

대화가 끝나는 듯했을 때, 약사는 마지막 일격을 가하기에 적절하다고 판단했다.

"내가 아는 신부 중에는 평복 차림으로 댄서들이 몸을 흔들어 대는 걸 보러 가는 사람들도 있었어요."

"그럴 리가!" 신부가 말했다.

"아! 내가 그런 신부들을 알고 있다니까요!"

그리고 오메는 한 마디씩 끊어서 되풀이했다.

"내가-그런-신부들을-알고-있어요."

"그렇다면! 그들이 잘못한 거죠." 무슨 이야기든 받아들이기로 체념한 부르니지앵 신부가 말했다.

"그렇고 말고요! 그들은 다른 잘못도 저질렀어요!" 약사가 외쳤다.

"이보세요!" 신부가 몹시 사나운 눈초리로 말하자 약사는 주눅이 들었다.

"나는 단지 관용이야말로 사람들을 종교로 이끄는 가장 확실한 수단이라는 것을 말씀드리고 싶었어요." 그는 좀 부드러워진 말투로 대꾸했다.

"맞습니다! 맞아요!" 사람 좋은 신부는 상대방의 주장을 인정하며 자리에 다시 앉았다.

그러나 그는 2분 정도 더 있다가 가 버렸다. 그가 가자마자 오메 씨는 의사에게 말했다.

"이게 바로 입씨름이라는 겁니다! 내가 보기 좋게 한 방 먹이는 거 보셨지요!…… 어쨌든 내 말을 믿고, 부인을 모시고 극장에 가 보세요. 일생에 한 번 저런 빌어먹을 신부들의 화를 돋우기 위해서라도 말이에요! 나 대신 약국을 맡아 줄 사람만 있다면 나도 같이 갈 텐데요. 서두르세요! 라가르디는 딱 한 번만 공연할 거예요. 엄청난 보수를 받고 영국으로 가기로 계약되어 있거든요. 확실한 소식통에 따르면, 그는 대단한 한량이랍니다! 돈방석 위에서 굴러다닌대요! 정부 세 명과 요리사를 데리고 다닌다는군요! 그런 훌륭한 예술가들은 돈을 물 쓰듯 하니까요. 그들에게는 상상력을 다소 자극할 자유분방한 생활이 필요하지요. 그러나 그들은 젊었을 때 저축할 생각을 않기 때문에 자선 병원에서 죽습니다. 자, 식사 잘하세요, 내일 뵙지요!"

보바리의 머릿속에서는 극장에 대한 생각이 빠르게 싹트기 시작했다. 그래서 그는 곧 아내에게 그 일을 말했다. 처음에 그녀는 피곤하다, 귀찮다, 비용이 든다는 등의 이유를 대며 거절했다. 그러나 이상하게도 이번에는 샤를이 양보하지 않았다. 그만큼 그는 그 기분 전환이 아내에게 틀림없이 유익할 거라고 판단했던 것이다. 그는 아무런 장애도 없다고 생각했다. 어머니가 기대도 하지 않았던 3백 프랑을 보내 주었고, 현재 지고 있는 빚은 대단한 것이 아니며 뢰뢰에게 지불해야 할 어음의 기한도 아직 많이 남아 있어 신경 쓸 필요가 없었다. 게다가 그녀가 사려 깊은 조심성 때문에 거절하는 거라고 생각한 샤를은 더욱더 끈질기게 우겼고, 결국 그녀는 귀찮아져서 결심했다. 그리하여 다음 날 여덟 시에 그들은 **제비**에 올라탔다.

약사는 용빌에 묶여 있어야 할 일이 전혀 없는데도 그곳을 벗어날 수 없다고 스스로 생각하고 그들이 떠나는 것을 보면서 한숨을 쉬었다.

"그럼 잘 다녀오세요! 정말 좋으시겠어요!" 그가 그들에게 말했다.

그리고 네 개의 주름 장식이 달린 파란 비단옷을 입은 에마에게 말했다.

"사랑의 여신처럼 아름다우시군요! 루앙에서 **유명해지시겠어요.**"

합승 마차는 보부아진 광장의 **적십자** 여관에서 사람들을 내려놓았다. 그 여관은 지방 도시의 변두리마다 있는 숙박업소 중 하나로 커다란 마구간과 작은 객실들을 갖추고 있었고, 안마당 한가운데에서는 행상인들의 진흙투성이 이륜마차 밑에서 귀리를 쪼아먹는 암탉들을 볼 수 있었다. 겨울밤이면 벌레 먹은 나무 발코니가 바람에 삐걱거리는 이 낡은 숙소들은 늘 손님과 소음과 음식이 넘쳐나는데, 시커먼 탁자들은 **글로리아 커피** 얼룩으로 끈적거리고 두툼한 유리창은 파리똥 때문에 누렇게 되어 있으며 축축한 냅킨에는 싸구려 포도주의 얼룩이 있었다. 마치 농장 하인이 신사복을 입은 것처럼 여전히 촌티가 나는 이런 여관에는 길 쪽으로는 카페가 있고 들판 쪽으로는 채소밭이 있었다. 샤를은 즉시 표를 사러 나갔다. 그는 무대 옆 좌석과 위층석, **일층 앞좌석**과 칸막이 좌석을 혼동해 설명을 요구했으나 이해할 수 없어 매표구에서 극장 지배인에게 갔다가, 또 여관으로 돌아갔다가 극장 사무실에 다시 가는 식으로 여러 번 극장에서 대로까지 온 도시를 헤매고 다녔다.

부인은 모자와 장갑과 꽃다발을 샀다. 남편은 시작 시간에 늦을까 봐 몹시 걱정했다. 그래서 그들은 수프도 먹지 못한 채 극장 문 앞에 당도했는데, 문이 아직 닫혀 있었다.

XV

군중은 난간과 난간 사이에 모여 벽을 따라 늘어서 있었다. 근처 거리의 모퉁이에는 커다란 포스터가 화려한 글씨체로 '뤼시드 라메르무어…… 라가르디…… 오페라…… 등등'을 되풀이하고 있었다. 날씨가 좋고, 더웠다. 곱슬머리 안에서 땀이 흘러, 모두 손수건을 꺼내 붉어진 이마를 닦았다. 때때로 강에서 불어오는 미지근한 바람에 술집 문에 매달린 아마포 차양의 가장자리가 힘없이 흔들렸다. 그러나 조금 아래쪽에는 비계, 가죽, 기름 냄새가 나는 찬바람이 불어와 시원했다. 그것은 술통을 만드는 크고 어두운 창고가 가득한 샤레트 거리의 냄새였다.

남의 눈에 우스꽝스럽게 보일까 봐 걱정된 에마는 들어가기 전에 항구를 한 바퀴 산책하고 싶어 했다. 보바리는 신중을 기하느라 바지 주머니에서 표를 손에 쥐고 배에 누르고 있었다.

극장 입구에 들어서자마자 그녀는 가슴이 뛰었다. 그녀는 **일**

등석 계단을 올라가면서 오른쪽 다른 통로로 서둘러 가는 군중을 보며 자기도 모르게 거만한 미소를 지었다. 그리고 융단으로 덮인 커다란 문을 손가락으로 밀면서 아이처럼 기쁨을 느꼈다. 그녀는 복도의 먼지 냄새를 가슴 한가득 들이마시고, 칸막이 좌석에 앉자 공작부인이라도 되는 양 도도하게 몸을 뒤로 젖혔다.

극장 안이 차기 시작했고, 사람들은 오페라글라스를 케이스에서 꺼냈다. 정기 예약자들은 멀리서 서로를 알아보고 인사를 나누었다. 그들은 매상에 대한 불안을 예술로 달래려고 오는 것이었다. 그러나 여전히 **사업**을 잊지 못하고 면이나 증류주나 염료에 대한 이야기를 나누었다. 거기에서는 노인들의 얼굴도 보였다. 무표정하고 평온한 그들의 얼굴은 머리카락과 안색이 모두 희끄무레해서 납 증기에 색이 바랜 은메달과 비슷했다. 멋쟁이 청년들은 **일층 앞좌석**에서 보란 듯이 조끼를 열어젖혀 장밋빛 혹은 밝은 초록빛 넥타이를 드러낸 채 으스댔다. 보바리 부인은 노란 장갑을 낀 손바닥을 펼쳐 황금 손잡이가 달린 단장을 짚고 있는 그들의 모습을 위에서 내려다보며 감탄했다.

그러는 동안 오케스트라의 촛불들이 켜지고, 샹들리에가 천장에서 내려오면서 유리 단면들이 광채를 발하자 장내가 갑자기 쾌활해졌다. 이어서 악사들이 차례로 들어왔다. 우선 우르릉거리는 콘트라베이스, 삑삑거리는 바이올린, 나팔 소리를 내는 코넷, 삑삑거리는 플루트와 플래절렛 소리로 한동안 시끄러웠다. 그러나 무대 위에서 세 번 두드리는 소리가 들리자, 구르는 듯한 팀파니 소리가 나기 시작했고 관악기들이 동시에 화음을 힘껏 연주하더니 막이 오르면서 풍경이 나타났다.

숲속 갈림길 풍경이었는데, 왼쪽으로 떡갈나무 그늘 아래 샘이 하나 있었다. 농부들과 귀족들이 어깨에 망토를 걸치고 다함께 사냥 노래를 불렀다. 이어서 한 장교가 불쑥 등장해 두 팔을 하늘로 쳐들고 악의 천사의 가호를 빌었고, 또 다른 장교가 나타났다. 그들이 퇴장하자 사냥꾼들이 다시 합창을 했다.

그녀는 처녀 시절에 읽은 책 속으로, 월터 스콧의 세계 한가운데로 되돌아간 것 같았다. 히스꽃 위에서 반복되는 스코틀랜드의 백파이프 소리가 안개 너머로 들리는 듯했다. 게다가 소설에 대한 기억 덕분에 대본을 이해하기가 쉬워 그녀는 줄거리를 한마디 한마디 따라갔고, 그러는 동안 머릿속에 되살아난 막연한 상념들이 몰아치는 음악의 돌풍 아래 곧 흩어져 버렸다. 그녀는 마음을 달래 주는 멜로디에 몸을 맡긴 채 마치 바이올린의 활이 그녀의 신경 위에서 움직이기라도 하는 것처럼 자신의 전 존재가 떨리는 것을 느꼈다. 의상, 무대장치, 인물, 배우가 걸을 때면 흔들리는 색칠한 나무, 벨벳 모자, 망토, 칼, 마치 다른 세상의 환경 속에 있는 듯 조화롭게 움직이는 그 모든 상상의 산물을 다 보려면 한 쌍의 눈만으로는 모자랄 지경이었다. 그런데 한 젊은 여자가 앞으로 나오며 초록색 옷을 입은 시종에게 돈주머니를 던졌다. 그 여자가 혼자 남자, 샘물이 속삭이거나 새가 지저귀는 것 같은 플루트 소리가 들렸다. 뤼시는 진솔한 태도로 G장조의 카바티나'를 부르기 시작했다. 그녀는 사랑을 한탄하며 날개를 달아 달라고 했다. 에마 역시 현실의 삶으로부터 도망쳐 누군가의 품에 안겨 날아가고 싶었다. 갑자기 에드가르 라가르디가 등장했다.

창백하게 빛나는 그의 얼굴은 남프랑스 사람 특유의 열정적인 모습에 뭔가 대리석 같은 위엄을 더해 주었다. 건장한 상체는 꽉 끼는 갈색 저고리에 감싸여 있고, 조각된 작은 단검이 왼쪽 넓적다리를 톡톡 쳤다. 그는 하얀 이를 드러내면서 수심에 잠겨 이리저리 시선을 던졌다. 그가 선박 수리공으로 일하던 비아리츠 해변에서 어느 날 저녁 폴란드의 어느 공작부인이 그의 노랫소리를 듣고 반해 애인이 되었다고 한다. 그녀는 이 남자 때문에 파산했다. 그는 그녀를 버리고 다른 여자들한테로 갔는데, 이 유명한 연애 사건은 오히려 그의 예술적 명성에 도움이 되었다. 수완이 뛰어난 이 뜨내기 배우는 자신의 신체적인 매력과 영혼의 감수성에 관한 시적인 문장을 항상 광고 속에 끼워 넣게 하는 세심한 배려까지 했다. 아름다운 목소리, 침착하고 태연한 태도, 지적이기보다는 관능적인 기질, 서정적인 표현보다는 과장된 표현 등이 이발사와 투우사의 특성이 섞여 있는 듯한 이 감탄스러운 사기꾼의 천성을 돋보이게 했다.

첫 장면부터 그는 관중을 열광시켰다. 그는 뤼시를 품에 안았다가 그녀 곁을 떠나는가 하면, 다시 돌아와서 절망한 듯한 표정을 지었다. 분노를 터뜨리다 이어서 한없이 감미롭고 애절하게 숨을 헐떡였고, 그의 드러난 목에서 흐느낌과 입맞춤이 가득한 곡조가 새어 나왔다. 에마는 그 남자를 보려고 칸막이 좌석의 벨벳을 손톱으로 긁으며 몸을 앞으로 구부렸다. 태풍의 소용돌이 속에서 조난자들이 소리치는 외침처럼 콘트라베이스의 반주에 맞춰 길게 끌리는 탄식의 선율로 그녀의 마음이 가득 채워졌다. 그녀를 죽음으로 몰아갈 뻔했던 모든 도취와 고뇌가 되살아났다. 여가수의 목소리는 단지 그녀의 의식을 반향하는 것만 같았고 그녀를 매혹시키는 저 환상은 그녀 삶의 일부인 것 같았다. 그러나 이 땅의 어느 누구도 그녀를 저런 사랑으로 사랑해 준 적이 없었다. 마지막 날 밤, 달빛 아래서 "내일 봐요, 내일!……"이라는 말을 서로 주고받을 때도 그는 에드가르처럼 울지 않았다. 박수갈채에 장내가 들썩였고, 스트레타* 전체가 다시 시작되었다. 연인들은 자기들 무덤의 꽃, 맹세, 이별, 운명, 희망에 대해 이야기했다. 그들이 마지막 작별을 고하는 순간 에마가 날카로운 비명을 질렀지만, 그 비명은 마지막 화음의 진동 속에 뒤섞였다.

"저 귀족 남자는 대체 왜 여자를 괴롭히는 거지?" 보바리가 물었다.

"그게 아니에요, 저 사람은 여자의 애인이에요." 에마가 대답했다.

"하지만 남자는 여자의 가족에게 복수하겠다고 장담하는데, 다른 사람, 그러니까 조금 전에 나왔던 사람은 '나는 뤼시를 사랑하고 그녀도 나를 사랑한다고 생각한다'고 말했잖소. 게다가 그 남자는 여자의 아버지와 팔짱을 끼고 나갔지. 모자에 수탉 깃털을 꽂은 키가 작고 못생긴 남자가 여자의 아버지 맞지?"

에마의 설명에도 불구하고, 질베르가 자기 주인 아슈통에게 자신의 가증스러운 술책을 설명하는 레시터티브* 이중창이 시작되면서부터 샤를은 뤼시를 속이는 가짜 약혼반지를 보고 에드가르가 보낸 사랑의 기념품이라고 생각한 것이다. 게다가 그는 줄거리를 이해할 수 없다고 고백했다. 음악이 가사를 듣는 데 크게 방해되었기 때문이다.

"아무려면 어때요? 조용히 해요!" 에마가 말했다.

"그래도 나는 이해하고 싶단 말이야." 그가 에마의 어깨 위로 몸을 굽히며 다시 말했다.

"조용! 조용히!" 그녀가 짜증스럽게 말했다.

뤼시가 시녀들에게 반쯤 부축을 받으며 앞으로 나왔다. 머리에 오렌지나무 화환을 쓴 그녀는 자기가 입은 하얀 비단옷보다 더 창백했다. 에마는 자신의 결혼식 날에 대한 몽상에 빠져들었다. 사람들이 성당을 향해 걸어갈 때 밀밭 한가운데 작은 오솔길에 있던 자신의 모습이 눈앞에 다시 보였다. 왜 그녀는 저 여자처럼 저항하고 애원하지 않았을까? 오히려 그녀는 자신이 심연 속으로 뛰어드는 줄도 모르고 즐거워했다……. 아! 만약 그녀가 싱싱한 아름다움을 간직하고 있을 때, 결혼의 오점도 없고 간통의 환멸도 맛보기 전에, 누군가의 크고 든든한 가슴에 그녀의 삶을 맡길 수 있었다면, 미덕과 애정과 쾌락과 의무가 하나가 되어 그 드높은 행복에서 결코 밑으로 내려오지 않았으리라. 그러나 그런 행복은 모든 욕망을 좌절시키려고 상상해 낸 거짓임이 분명했다. 이제 그녀는 예술이 과장하는 정열의 시시함을 잘 알고 있었다. 그리하여 에마는 생각을 딴 데로 돌리려고 애쓰면서 자신이 맛본 고통의 재현 속에서 오직 눈을 현혹하는 조형적 환상만 보고자 했다. 심지어 그녀는 마음속으로 경멸이 담긴 연민의 미소까지 지었다. 그때 무대 안쪽에서 벨벳 휘장 밑으로 검은 망토를 입은 한 남자가 나타났다.

그의 몸짓 때문에 커다란 스페인식 모자가 떨어졌고, 곧 악기와 가수들이 6중창을 시작했다. 분노로 번득이는 에드가르가 더 맑은 목소리로 다른 목소리들을 제압했다. 아슈통은 낮은 음조로 그에게 살기 어린 도전장을 던졌고, 뤼시는 날카로운 소리로 하소연했으며, 아르튀르는 따로 떨어져 중간음으로 조바꿈을 했다. 그리고 사제의 저음은 파이프오르간 소리처럼 울려 퍼지는 반면, 여자들의 소리는 그의 말을 반복하며 감미롭게 다시 합창을 했다. 그들은 모두 한 줄로 서서 몸짓을 했다. 분노, 복수, 질투, 공포, 연민, 경악이 반쯤 벌어진 그들의 입에서 한꺼번에 튀어나왔다. 모욕당한 연인은 칼을 뽑아 휘둘렀다. 그의 가슴이 움직일 때마다 목 주위의 레이스 주름 장식이 불규칙하게 흔들렸다. 그는 발목에서 나팔 모양으로 넓어지는 부드러운 장화의 도금한 은박차로 바닥을 소리 나게 치면서 좌우로 성큼성큼 걸어 다녔다. 관객에게 이토록 풍부한 활기로 사랑을 쏟아내는 것을 보니 저 남자에게는 틀림없이 마르지 않는 사랑의 샘이 있을 거라고 그녀는 생각했다. 배역이 지닌 시적인 매력에 휩쓸려 다소 경멸하며 깎아내리려던 그녀의 마음은 모두 사라졌고, 극중 인물에 대한 환상으로 인해 그 남자에게 끌린 그녀는 그의 삶, 떠들썩하고 예외적이며 화려한 그 삶을 상상해 보려고 애썼다. 만약 우연이 도와주었더라면 그녀 자신도 그런 삶을 살았을 수 있었다. 그러면 그들은 서로 알게 되어 사랑하게 되었을 텐데! 그녀는 그와 함께 유럽 모든 왕국의 수도에서 수도로 다니며 여행하고, 그의 피로와 자부심을 함께 나누고, 사람들이 그에게 던지는 꽃을 줍고, 그녀가 직접 그의 의상에 수놓았을 것이다. 그리고 매일 저녁 칸막이 좌석 깊숙한 곳의 금빛 창살문 뒤에서, 오직 그녀만을 위해 노래하는 저 영혼의 토로를 감탄해 입을 다물지 못한 채 받아들였으리라. 그는 무대에서 연기하면서 그녀를 바라보았을 테지. 그러자 그녀는 터무니없는 생각에 사로잡혔다. 그가 그녀를 바라보고 있었다. 틀림없었다! 그녀는 그의 품으로 달려가서 마치 사랑 그 자체의 화신 속으로 도망치듯 그의 힘 속으로 도망치고 싶었다. 그리고 "나를 데려가 줘요, 데려가요, 자, 떠나요! 나는 당신 것, 당신 것이에요! 내 모든 열정도, 내 모든 꿈도!"라고 말하며 소리치고 싶었다.

막이 내렸다.

가스 냄새가 사람들의 숨결에 섞여 있었고, 부채질의 바람이 공기를 더 답답하게 만들었다. 에마는 밖으로 나가고 싶었으나 복도가 사람들로 꽉 차 있었다. 그 때문에 숨이 막힐 듯 가슴이 뛰어 다시 자리에 앉았다. 샤를은 그녀가 기절이라도 할까 봐 걱정되어 구내식당으로 달려가 보리 음료를 한 잔 구해 왔다.

그는 자기 자리로 되돌아오기가 몹시 힘들었다. 두 손으로 컵을 들고 있어 걸음을 옮길 때마다 팔꿈치가 사람들에게 부딪쳤기 때문이다. 심지어 짧은 소매의 옷을 입은 어떤 루앙 여자의 어깨 위에 4분의 3 정도 엎지르고 말았다. 그녀는 차가운 액체가 허리로 흐르는 것을 느끼자 마치 누가 죽이기라도 하는 듯이 공작새 같은 비명을 질렀다. 방직업자인 그녀의 남편은 이 서투른 사람에게 화를 냈고, 아내가 버찌색 호박단의 아름다운 옷에 묻은 얼룩을 손수건으로 닦는 동안 퉁명스러운 어조로 변상, 비용, 배상과 같은 말을 하며 투덜거렸다. 마침내 아내 옆으로 돌아온 샤를이 숨을 헐떡이며 말했다.

"세상에, 꼼짝없이 거기 있게 되는 줄 알았어! 사람이 어찌나 많은지 몰라!…… 사람이……."

그리고 덧붙였다.

"내가 저 위에서 누굴 만났는지 맞혀 보겠소? 레옹 씨야!"

"레옹?"

"그래, 그 사람! 당신한테 인사하러 올 거야."

그 말이 끝나자, 용빌의 옛 서기가 칸막이 좌석 안으로 들어왔다.

그는 신사답게 거침없는 태도로 손을 내밀었다. 보바리 부인도 기계적으로 손을 내밀었는데, 물론 그것은 더 강한 어떤 의지의 인력에 이끌린 것이었다. 녹색 나뭇잎 위로 비가 떨어지던 그 봄날 저녁, 그들이 창가에 서서 작별 인사를 하던 그때 이후 그녀는 그런 인력을 느껴 본 적이 없었다. 그러나 그녀는 곧 상황에 맞게 행동해야 한다는 것을 떠올리고 추억에 젖는 무기력한 상태를 애써 떨쳐 내면서 재빨리 더듬거리며 말했다.

"어머! 안녕하세요……. 어떻게, 당신이 여기에?"

"조용히 해요!" 1층 뒷좌석에서 누군가가 소리쳤다. 3막이 시작되었던 것이다.

"그럼 루앙에 계신 거예요?"

"네."

"언제부터요?"

"나가요! 나가!"

사람들이 그들 쪽을 돌아보자, 그들은 입을 다물었다.

그러나 그 순간부터 그녀는 더 이상 아무것도 듣지 않았다. 초대받은 손님들의 합창도, 아슈통과 하인의 장면도, D장조의 멋진 이중창도, 모든 것이 그녀에게는 멀리서 지나가 버렸다. 마치 악기 소리가 잘 나지 않고 인물들도 더 멀리 떨어져 있는 것 같았다. 그녀는 약사 집에서 하던 카드놀이, 유모 집에 같이 갔던 일, 덩굴시렁 밑에서 책을 읽던 일, 난롯가에서의 대화 등 너무도 고요하고 길게 이어졌던, 너무도 조심스럽고 다정했던 그 모든 가엾은 사랑을, 하지만 그동안 잊고 있던 그 사랑을 회상해 보았다. 그런데 그는 왜 돌아왔을까? 어떤 운명의 조화가 그를 그녀의 삶 속에 다시 데려다 놓은 것일까? 그는 그녀 뒤에서 어깨를 칸막이벽에 기대고 서 있었다. 이따금 그녀는 그의 콧구멍에서 그녀의 머리카락으로 따스한 숨결이 내려오는 것을 느끼며 전율했다.

"재미있으세요?" 그가 말하면서 그녀에게 하도 가까이 몸을 굽히는 바람에 그의 콧수염 끝이 그녀의 볼을 스쳤다.

그녀가 무기력하게 대답했다.

"아! 아뇨! 정말이지, 별로 재미없어요."

그러자 그가 극장에서 나가 아이스크림이나 먹으러 가자고 제안했다.

"아! 아직 안 끝났는데! 그냥 있읍시다! 저 여자가 머리를 풀어 헤쳤어요. 분명 비극적인 장면이 이어지겠는걸." 보바리가 말했다.

그러나 광란의 장면도 전혀 에마의 흥미를 끌지 못했다. 그녀에게는 여가수의 연기가 과장되어 보였다.

"저 여자는 너무 크게 소리를 지르고 있어요." 그녀는 귀 기울여 듣고 있는 샤를을 돌아보며 말했다.

"응…… 어쩌면…… 조금." 그는 재미있다고 솔직하게 말해야 할지 아내의 의견을 존중해야 할지 결정하지 못한 채 애매하게 대꾸했다.

이어서 레옹이 한숨을 쉬면서 말했다.

"덥네요……."

"참을 수가 없어요! 정말."

"불편하오?" 보바리가 물었다.

"네, 숨이 막혀요. 나가요."

레옹 씨는 자상하게 기다란 레이스 숄을 그녀의 어깨 위에 걸쳐 주었다. 그리고 세 사람은 밖으로 나가 야외에서 항구의 어느 카페 유리창 앞에 앉았다.

처음에는 그녀의 병이 화제가 되었다. 하지만 에마는 레옹 씨가 지루해할 거라고 말하면서 이따금 샤를의 말을 가로막았다. 그리고 레옹은 직업적인 경험을 쌓기 위해 유력한 사무실에서 2년간 일하려고 루앙에 왔다고 이야기했다. 노르망디의 일은 파리에서 취급하는 일과 다르다는 것이었다. 이어서 그는 베르트와 오메 가족, 르프랑수아 아주머니의 안부를 물었다. 그리고 두 사람은 그녀의 남편 앞에서는 더 이상 서로 할 이야기가 없어 곧 대화가 끊겼다.

극장에서 나온 사람들이 콧노래를 부르거나 "*Ô bel ange, ma Lucie*(오 아름다운 천사, 나의 뤼시)!"라고 목청껏 소리를 지르면서 인도를 지나갔다. 그러자 레옹은 음악 애호가인 체하면서 음악 이야기를 시작했다. 그는 탐부리니, 루비니, 페르시아니, 그리지를 다 보았는데, 라가르디는 아무리 대단한 인기를 누려도 그들에 비하면 아무것도 아니라고 했다.

"하지만 마지막 막에서는 그가 대단히 감탄스럽다고 하던데. 끝나기 전에 나온 게 아쉽군요. 재미있어지기 시작했거든요." 샤를이 럼주를 곁들인 소르베를 조금씩 먹으면서 말을 가로막았다.

"하지만 뭐, 그 사람은 곧 다시 공연할 거니까요." 서기가 다시 말했다.

그러나 샤를은 다음 날 돌아가야 한다고 대답했다.

"하기야 당신이 혼자 남겠다고 하면 또 모르지. 여보, 어때?" 그는 아내 쪽을 돌아보며 덧붙였다.

자신의 희망이 이루어질 수 있는 이 뜻하지 않은 기회가 주어지자 청년은 작전을 바꾸어 마지막 부분에서의 라가르디에 대한 찬사를 늘어놓기 시작했다. 아주 멋지고 숭고한 뭔가가 있다는 것이었다! 그러자 샤를이 계속해서 권했다.

"당신은 일요일에 돌아오면 돼. 자, 그렇게 해요! 그러지 말라니까, 당신이 조금이라도 좋다고 느낀다면 말이야."

그러는 동안 주위의 탁자에서 사람들이 빠져나갔다. 종업원이 조심스럽게 그들 옆에 와서 서 있었다. 샤를이 알아차리고 지갑을 꺼냈다. 서기는 그의 팔을 붙잡아 제지하고는, 심지어 은화 두 개를 대리석에 부딪혀 소리 나게 놓아두는 것도 잊지 않았다.

"정말 미안하게 됐군요, 당신이 돈을⋯⋯." 보바리가 중얼거렸다.

상대방은 호의가 가득 담긴 으스대는 몸짓을 하면서 모자를 집었다.

"그렇게 정한 건가요, 내일 여섯 시에?"

샤를은 더 이상 오래 자리를 비울 수 없다고 다시 한번 이야기했다. 그러나 에마는 아무것도 방해될 것이 없으니⋯⋯.

"저는⋯⋯ 잘 모르겠는데⋯⋯." 그녀가 야릇한 미소를 지으며 더듬더듬 말했다.

"아니! 잘 생각해 봐, 두고 봅시다, 오늘 밤에 자고 나서⋯⋯."

그리고 그들을 따라오는 레옹에게 말했다.

"이제 우리 지방에 계시니까, 가끔 같이 식사하러 오실 거죠?"

서기는 사무실 일 때문에 용빌에 가야 할 필요도 있으니 꼭 그렇게 하겠다고 말했다. 그리고 그들은 생테르블랑 골목 앞에서 헤어졌다. 그때 대성당에서 열한 시 반을 알리는 종이 울렸다.

제3부

I

레옹 씨는 법률 공부를 하면서 유흥업소 **쇼미에르**에 꽤 자주 드나들었고, **기품 있는 태도**를 지녔다고 아가씨들로부터 대단한 인기를 얻기까지 했다. 그는 학생 중에서 가장 단정했다. 머리는 너무 길지도 짧지도 않았고, 월초인 1일에 석 달 치 학비를 다 써 버리지도 않았으며, 교수들과도 좋은 관계를 유지했다. 그는 소심한 데다 조심성도 많아 무절제한 행동을 항상 삼갔다.

종종 방에서 책을 읽고 있을 때나 저녁에 뤽상부르 공원의 보리수 아래 앉아 있을 때면 그는 에마에 대한 추억이 되살아나 법전을 바닥에 떨어뜨리곤 했다. 그러나 점점 그 감정도 시들해졌고, 그 위로 다른 욕망들이 쌓였다. 그렇지만 그 욕망들 너머로 에마의 추억은 끈질기게 남아 있었다. 레옹이 모든 희망을 버린 것은 아니었기 때문이다. 그의 마음속에서는 어떤 환상적인 나뭇잎에 매달린 황금 열매처럼 막연한 약속 같은 것이 미래 속에서 흔들리고 있었다.

그리고 3년 만에 그녀를 다시 보자 열정이 되살아났다. 이번에는 어떻게든 그녀를 소유하기로 결심해야 한다고 생각했다. 게다가 장난기 많은 친구들과 접촉하면서 소심함도 많이 없어졌다. 그는 지방으로 돌아오면서 대로의 아스팔트를 에나멜 구두로 밟아 보지 못한 모든 자를 경멸하고 있었다. 여러 훈장을 받고 마차를 타고 다니는 저명한 의학 박사의 거실에서 레이스로 장식한 파리 여성 옆에 있었다면, 초라한 서기는 아마 어린 아이처럼 벌벌 떨었을 것이다. 그러나 여기 루앙의 항구에서 하찮은 의사의 부인 앞에서는 상대를 현혹시킬 수 있다고 미리부터 확신하고 있어 마음이 편안했다. 모름지기 침착한 태도는 자신이 처한 환경에 달려 있는 법이다. 중이층과 5층에서는 말하는 방식이 다르고, 부유한 여자는 정절을 지키기 위해 코르셋 안감 안에 자기가 가진 모든 은행 지폐를 갑옷처럼 두르고 있는 듯이 보이게 마련이다.

전날 밤, 보바리 부부와 헤어진 레옹은 멀리서 그들 뒤를 따라갔었다. 그리고 그들이 **적십자** 여관에서 걸음을 멈추는 것을 보고 발길을 돌렸고 밤새도록 계획을 궁리했다.

그래서 다음 날 다섯 시경, 겁쟁이들이 일단 결심하면 그 무엇으로도 막을 수 없듯이 그는 단단히 결심한 채 목이 메고 창백한 얼굴로 여관 부엌으로 들어갔다.

"신사분은 안 계시는데요." 한 하인이 대답했다.

그것은 그에게 좋은 징조로 보였다. 그는 올라갔다.

그녀는 그가 온 것을 보고도 당황하지 않았다. 오히려 깜빡하고 자신들이 묵는 곳을 말해 주지 못한 것을 사과했다.

"아! 짐작하고 있었는걸요." 레옹이 대꾸했다.

"어떻게요?"

그는 본능적으로 그녀를 향해 이끌려 왔다고 되는대로 말했다. 그녀가 미소 짓기 시작하자, 곧 레옹은 자신의 바보 같은 말을 바로잡기 위해 아침 내내 시내의 모든 호텔을 뒤지면서 줄곧 그녀를 찾아다녔다고 이야기했다.

"그럼 남기로 결심하신 거군요?" 그가 덧붙였다.

"네, 그런데 잘못한 것 같아요. 누릴 수 없는 오락에 버릇이 들면 안 되니까요. 해야 할 일이 수도 없이 많은데……." 그녀가 말했다.

"아! 제 생각에는……."

"아니! 아니에요, 당신은 여자가 아니잖아요."

그러나 남자들에게도 나름대로 괴로움이 있었다. 그리하여 몇 가지 철학적인 고찰로 대화가 시작되었다. 에마는 세속적 애정의 비참함과 인간의 마음을 가두어 놓는 영원한 고독에 대해 장광설을 늘어놓았다.

자신을 돋보이게 하고 싶어서였는지 아니면 자신의 우수를 부추기는 상대방을 단순히 따라 한 것이지, 청년도 공부하는 내내 몹시 지루했다고 털어놓았다. 그는 소송 절차에 짜증이 났고 다른 직업에 마음이 끌렸는데, 어머니는 편지할 때마다 계속 그를 괴롭혔다는 것이다. 그들은 각자 고통의 이유를 점점 더 자세히 이야기했고, 이야기함에 따라 깊어지는 속내 이야기에서 다소 흥분을 느꼈다. 그러나 그들은 때때로 자기 생각을 완벽하게 설명하지 못해 말을 멈추고 그 생각을 표현해 내느라 애썼다. 그녀는 다른 남자에게 품었던 열정은 고백하지 않았고, 그도 그녀를 잊고 있었다는 말은 하지 않았다.

어쩌면 그는 무도회가 끝난 뒤 하역 인부로 가장한 여자들과 야식을 했던 일은 더 이상 생각나지 않았는지도 모르고, 그녀도 아마 애인의 집을 향해 아침에 풀밭을 달리던 때의 옛 밀회들은 기억나지 않았으리라. 도시의 소음은 그들에게 거의 들리지 않았고, 방은 그들을 더욱더 오붓하게 해 주려고 일부러 작은 것 같았다. 능직 실내복을 입은 에마는 낡은 안락의자의 등받이에 틀어 올린 머리를 기대고 있었는데, 그녀의 뒤로 노란 벽지가 금빛 배경을 이루었다. 모자를 쓰지 않은 그녀의 머리가 가운데 하얀 가르마와 함께 거울 속에 비쳤고, 귀 끝이 앞가르마를 탄 머리카락 밑으로 나와 있었다.

"어머 미안해요, 제가 실수를 했네요! 끝도 없이 신세 한탄을 늘어놓아 지루하시죠!" 그녀가 말했다.

"아닙니다, 절대 아니에요! 절대로!"

"내가 꿈꾸었던 모든 것을 당신이 아신다면!" 그녀가 눈물이 한 방울 굴러떨어지는 아름다운 눈으로 천장을 올려다보며 말을 이었다.

"저는요! 아! 저도 정말 괴로웠습니다! 종종 집 밖으로 나가 배회하며 강가를 어슬렁거렸어요. 군중의 소음에 정신이 없으면서도 늘 따라다니는 생각을 떨쳐 버릴 수가 없었지요. 대로의 한 판화 상점에 여신을 나타내는 이탈리아 판화가 있습니다. 무릎까지 내려오는 옷을 입고 풀어 헤친 머리에 물망초를 꽂은 채 달을 바라보고 있는 모습인데, 뭔가가 저를 계속해서 그곳으로 이끌었어요. 저는 거기서 몇 시간이고 서 있었습니다."

이어서 떨리는 목소리로 말했다.

"그 여신이 당신을 좀 닮았거든요."

보바리 부인은 억누를 수 없는 미소가 입가에 떠오르는 것을 느끼고 그에게 보이지 않으려고 얼굴을 돌렸다.

"몇 번이나 당신에게 편지를 썼다가 찢어 버리곤 했습니다." 그가 다시 말했다.

그녀는 대답하지 않았다. 그가 계속했다.

"때로는 우연히 당신을 만나는 경우를 상상하기도 했습니다. 길모퉁이에서 당신을 본 것 같기도 했지요. 그리고 당신 것과 비슷한 숄이나 베일이 삯마차 창문에서 펄럭이는 것을 볼 때마다 뒤쫓아 달려가곤 했습니다……."

그녀는 그의 말을 가로막지 않고 그냥 내버려 두기로 결심한 듯했다. 팔짱을 끼고 얼굴을 숙인 채 자기 실내화의 장미꽃 장식을 바라보면서 그 비단 천 안에서 이따금 발가락을 꼼지락거렸다.

그런데 그녀가 한숨을 쉬며 말했다.

"더욱 비통한 것은 저처럼 쓸모없는 삶을 이어 가는 것 아니겠어요? 우리의 고통이 누군가에게 도움이 될 수 있다면, 희생

한다는 생각으로 마음을 달랠 텐데요!"

그는 미덕, 의무, 말 없는 희생을 찬양하기 시작했고, 자기도 충족시킬 수 없는 헌신의 욕구를 믿을 수 없을 만큼 느끼고 있다고 했다.

"저는 자선 병원의 수녀가 되고 싶어요." 그녀가 말했다.

그가 대꾸했다.

"애석하게도! 남자들에게는 그런 성스러운 역할이 없습니다. 어디에서도 그런 직업은 찾을 수가 없어요⋯⋯. 어쩌면 의사라는 직업이⋯⋯."

에마는 살짝 어깨를 으쓱하며 그의 말을 가로막고 죽을 뻔했던 자기 병에 대해 하소연했다. 그때 죽었더라면 지금 더 이상 고통받지 않을 텐데, 얼마나 애석한 일인가! 레옹은 즉시 **무덤 속의 평온**이 부럽다고 했다. 심지어 어느 날 저녁에는 그녀에게 받은 벨벳 줄무늬의 아름다운 무릎 덮개로 덮어서 묻어 달라고 부탁하는 유언장을 쓰기도 했다는 것이다. 그들은 각자 하나의 이상을 만들어 지나간 삶을 거기에 맞추면서 자신들의 과거가 그랬기를 바랐다. 게다가 말이란 언제나 감정을 길게 늘이는 압연기와 같은 법이다.

그러나 무릎 덮개를 가지고 지어낸 말에 대해 그녀가 물었다.

"왜 그랬어요?"

"왜 그랬냐고요?"

그는 주저했다.

"당신을 정말 사랑했으니까요!"

그리고 어려운 문제를 잘 넘긴 스스로를 대견해하며 레옹은 곁눈질로 그녀의 안색을 살폈다.

그것은 돌풍이 불어 구름이 걷히는 하늘과도 같았다. 우울하게 만들었던 수많은 슬픈 생각이 그녀의 푸른 눈에서 물러나는 듯 보였다. 얼굴 전체가 환하게 빛났다.

그는 기다렸다. 마침내 그녀가 대답했다.

"그럴 거라고 줄곧 짐작은 하고 있었어요……."

그러자 그들은 조금 전 그때의 기쁨과 우울함을 한마디로 요약했던 그 시절, 그 머나먼 시절의 자질구레한 일들을 서로 이야기했다. 그는 클레마티스 넝쿨을 올린 아케이드, 그녀가 입었던 옷, 그녀 방의 가구들, 그녀의 집 전체를 회상했다.

"우리의 선인장은 어떻게 되었나요?"

"그해 겨울 추위에 얼어 죽었어요."

"아! 내가 그 선인장 생각을 얼마나 했는지 모르시죠? 여름날 아침 해가 덧문에 내리비칠 때면, 종종 옛날 그대로의 모습으로 선인장이 눈앞에 보이곤 했어요……. 그리고 꽃들 사이로 나오는 당신의 맨팔도 보였고요."

"가엾은 사람!" 그녀가 그에게 손을 내밀며 말했다.

레옹은 재빨리 거기에 입술을 갖다 댔다. 그리고 크게 한숨을 쉬었다.

"그 시절 당신은 나에게 내 삶을 사로잡는 뭔지 알 수 없는 힘과 같은 존재였습니다. 예를 들어 한번은 댁에 갔을 때, 하지만 당신은 아마 기억하지 못하시겠죠?"

"아니에요, 계속하세요." 그녀가 말했다.

"그때 당신은 외출 준비를 하고 아래층 현관 계단에 있었어요. 푸른색 작은 꽃들이 장식된 모자까지 쓰고 있었죠. 당신이 전혀 청하지도 않았는데, 나도 모르게 당신을 따라갔어요. 그러면서도 매 순간 점점 더 내가 어리석은 짓을 하고 있다는 생각이 들었지만, 계속 당신 옆에서 걸어갔어요. 감히 드러내 놓고 당신을 따라가지는 못해도 당신과 헤어지고 싶지 않았거든요. 당신이 어떤 상점으로 들어가면 나는 길에 서서 유리창 너머로 당신이 장갑을 벗고 계산대에서 잔돈 세는 것을 바라보았지요. 그다음에는 당신이 튀바슈 부인 집의 초인종을 눌러 문이 열리면, 나는 당신이 들어간 뒤 닫혀 버린 커다랗고 육중한 문 앞에서 바보처럼 서 있었습니다."

보바리 부인은 그의 말을 들으면서 자신이 그토록 나이를 먹은 것에 놀라고 있었다. 되살아나는 그 모든 것으로 인해 자신의 삶이 풍부해지는 것 같았다. 마치 광대한 감정의 공간을 거슬러 올라가는 것 같았다. 그녀는 이따금 눈을 가늘게 뜨고 나지막한 목소리로 말하곤 했다.

"네, 그래요!······ 그래요!······ 그래요······."

기숙 학교, 성당, 버려진 대저택이 가득한 보부아진 구역의 수많은 시계가 여덟 시를 치는 소리가 들렸다. 그들은 더 이상 아무 말도 하지 않았다. 그러나 서로를 바라보면서 머릿속의 속삭임을 느끼고 있었다. 마치 고정된 눈동자에서 뭔가 소리 나는 것이 서로에게 새어 나오는 것 같았다. 그들은 손을 마주 잡았다. 그러자 과거, 미래, 어렴풋한 기억, 꿈, 모든 것이 감미로운 도취 속에 용해되었다. 어둠이 짙어지고 있는 벽 위에는『넬 탑』'의 네 장면을 나타내는 조잡한 색깔의 판화 네 장이 어둠 속에 반쯤 가려진 채 여전히 빛나고, 판화 밑에 스페인어와 프랑스어로 된 설명이 있었다. 내리닫이창을 통해 뾰족한 지붕들 사이로 검은 하늘 한 조각이 보였다.

그녀는 일어나서 서랍장 위에 있는 초 두 자루에 불을 켜고 다시 와서 앉았다.

"그래서?" 레옹이 말했다.

"그래서?" 그녀가 대답했다.

그가 끊어진 대화를 어떻게 다시 이어갈까 궁리하고 있을 때 그녀가 말했다.

"어째서 지금까지 아무도 그런 감정을 나에게 표현해 준 사람이 없었을까요?"

서기는 이상적인 본성은 이해받기 어려운 법이라고 힘주어 말했다. 그런데 그는 첫눈에 그녀를 사랑하게 되었다는 것이다. 만일 운 좋게도 그들이 좀 더 일찍 만나서 헤어질 수 없는 인연으로 맺어졌더라면 얼마나 행복했을까 하는 생각을 하면 몹시 가슴이 아프다고 했다.

"저도 이따금 그런 생각을 했어요." 그녀가 대꾸했다.

"얼마나 꿈같은 얘기입니까!" 레옹이 속삭였다.

그리고 그녀의 길고 하얀 허리띠의 푸른색 가두리를 살짝 만지면서 덧붙였다.

"우리가 다시 시작하지 못할 것도 없지 않나요?"

"안 돼요. 나는 나이가 너무 많아요……. 당신은 너무 젊고요……. 나를 잊으세요! 다른 여자들이 당신을 사랑하게 될 거예요……. 당신도 그녀들을 사랑할 거고요." 그녀가 대답했다.

"당신만큼은 아니지요!" 그가 소리쳤다.

"어린애 같기는! 자, 현명해집시다! 부탁이에요!"

그녀는 그에게 그들의 사랑이 불가능하다는 것을 설명하고 예전처럼 단순한 우정의 관계로 지내야 한다고 말했다.

그녀는 진심으로 그렇게 말한 것일까? 그것은 아마 유혹의 마력과 그것을 물리쳐야 한다는 생각에 온통 사로잡힌 에마 자신도 전혀 알 수 없었을 것이다. 그녀는 감동받은 눈길로 청년을 바라보면서 그가 떨리는 손으로 시도하는 조심스러운 애무를 부드럽게 물리쳤다.

"아! 실례했습니다." 그가 뒤로 물러나며 말했다.

그러자 에마는 그런 소심함 앞에서 막연한 두려움에 사로잡혔다. 그녀에게 그것은 두 팔을 벌리고 다가오는 로돌프의 대담함보다 더 위험했다. 어떤 남자도 이토록 아름답게 보인 적은 결코 없었다. 그의 태도에서 세련된 순진함이 배어 나왔다. 그는 둥글게 구부러진 가늘고 긴 속눈썹을 내리깔고 있었다. 그녀가 생각하기에 감미로운 피부의 뺨은 그녀에 대한 욕망으로 붉게 물들어 있었다. 에마는 그 뺨에 입 맞추고 싶은 억누를 길 없는 충동을 느꼈다. 그래서 시간을 보려는 것처럼 시계 쪽으로 몸을 굽히면서 말했다.

"세상에, 시간이 너무 늦었네! 우리가 얘기를 너무 많이 했군요!"

그는 그 말이 무슨 뜻인지 알아차리고 모자를 찾았다.

"극장에 가는 것도 잊고 있었네요! 가엾은 남편이 일부러 나를 남게 해 주었는데! 그랑퐁 거리의 로르모 씨가 부인과 함께 나를 데려가 주기로 했어요."

그렇다면 다음 날은 그녀가 돌아가야 하니까 기회를 놓친 것이었다.

"정말입니까?" 레옹이 말했다.

"네."

"하지만 꼭 다시 만나야 합니다. 드릴 말씀이 있었는데⋯⋯." 그가 다시 말했다.

"뭔데요?"

"중대하고⋯⋯ 진지한 일입니다. 아니! 아니죠, 사실 당신은 가지 않을 거예요, 그럴 리가 없습니다! 만약 당신이 아신다면⋯⋯ 내 말 좀 들어 보세요⋯⋯. 그럼 당신은 내 말을 이해하지 못하셨나요? 짐작하지 못하셨어요?"

"하지만 말씀 잘하시잖아요." 에마가 말했다.

"아! 놀리지 마십시오! 그만, 그만하세요! 제발 한 번만⋯⋯ 다시 만나 주세요⋯⋯ 꼭 한 번만."

"그럼⋯⋯."

그녀는 말을 멈추더니 생각을 바꾼 듯했다.

"여긴 안 돼요!"

"어디든 좋습니다."

"그러면……."

그녀는 생각에 잠긴 듯했다. 그러고는 무뚝뚝한 어조로 말했다.

"내일 열한 시에 대성당에서 봐요."

"그리로 가겠습니다!" 그가 소리치면서 그녀의 손을 잡자, 그녀는 손을 뺐다.

그들은 둘 다 서 있었다. 그가 그녀의 뒤에 있었는데 에마가 머리를 숙이자, 그는 그녀의 목을 향해 몸을 굽히고 목덜미에 오랫동안 키스를 했다.

"아니, 당신 미쳤어요! 아! 당신 미쳤군요!" 그녀가 조그맣게 소리 내어 웃으며 말했다. 그러는 동안 키스는 여러 번 되풀이되었다.

그러자 그는 그녀의 어깨 너머로 머리를 내밀고 그녀의 눈에서 승낙을 구하는 듯했다. 싸늘한 위엄이 가득한 그녀의 눈길이 그에게 내리꽂혔다.

레옹은 나가려고 세 발짝 뒷걸음을 했다. 그는 문턱에서 머물러 있다가 떨리는 목소리로 속삭였다.

"내일 봐요."

그녀는 고개를 끄덕여 대답하고 옆방으로 새처럼 사라졌다.

저녁에 에마는 약속을 취소하는 장문의 편지를 서기에게 썼다. 이제 모든 것은 끝났고, 그들은 서로의 행복을 위해 다시 만나서는 안 된다고 했다. 그러나 편지를 봉했을 때, 그녀는 레옹의 주소를 몰라 몹시 난처했다.

'직접 줘야겠네, 그는 올 거니까.' 그녀는 생각했다.

다음 날 레옹은 창문을 열고 발코니에서 콧노래를 부르며 직접 무도화에 여러 번 니스 칠을 했다. 그는 흰 바지에 세련된 양말과 녹색 옷을 입고 손수건에 향수를 있는 대로 뿌린 뒤, 보다 자연스러운 우아함이 느껴지도록 머리를 곱슬곱슬하게 지졌다가 다시 폈다.

'아직 너무 일러!' 그는 아홉 시를 가리키는 이발소의 뻐꾸기 시계를 쳐다보면서 생각했다.

그는 오래된 패션 잡지를 읽다가 밖으로 나와 시가를 한 대 피우고 거리 세 개를 올라간 다음, 이제 시간이 되었다는 생각이 들어 재빨리 노트르담 광장으로 향했다.

화창한 여름날 아침이었다. 귀금속 상점에서는 은그릇들이 빛나고, 대성당으로 비스듬히 내리비치는 햇볕이 회색 돌들의 절단면에 부딪혀 번쩍거렸다. 푸른 하늘에는 클로버 문양이 새겨진 작은 종루들 주위에서 새 떼가 맴돌고 있었다. 사람들이 외치는 소리가 울리는 광장에서는 포석 가장자리에 놓인 꽃들이 향기를 풍겼다. 장미, 재스민, 카네이션, 수선화, 월하향 같은 꽃들 사이에 불규칙한 간격으로 고양이풀이나 별꽃의 젖은 풀잎이 드러나 있었다. 광장 한가운데에서는 분수가 소리를 내며 뿜어져 나오고, 커다란 파라솔 밑에서는 피라미드 모양으로 쌓아 놓은 멜론들 속에서 모자도 쓰지 않은 여자 상인들이 제비꽃 묶음을 종이에 싸고 있었다.

청년은 꽃다발을 하나 샀다. 그가 여자를 위해 꽃을 산 것은 처음이었다. 꽃 냄새를 들이마시자, 마치 상대방에게 바치는 경의가 자신에게 되돌아온 것처럼 그의 가슴이 자부심으로 부풀어 올랐다.

그러나 그는 남의 눈에 띨까 봐 두려워서 단단히 마음먹고 성당 안으로 들어갔다.

그때 문지기가 왼쪽 출입문 한가운데 「춤추는 마리안」 조각상 바로 아래 문턱에 서 있었다. 모자에는 깃털을 꽂고 종아리까지 내려오는 칼을 찬 채 단장을 손으로 짚은 그의 모습은 추기경보다 더 위엄 있어 보이고 성체 그릇처럼 빛이 났다.

그는 레옹에게 다가와서, 성직자들이 아이들에게 물어볼 때 하는 것처럼 비위를 맞추는 온화한 미소를 띠었다.

"선생께서는 아마도 이 고장 분이 아닌 것 같군요? 성당의 구경거리들을 좀 둘러보시겠습니까?"

"아뇨, 괜찮습니다." 상대방이 말했다.

그리고 그는 우선 측랑을 한 바퀴 돌았다. 그런 뒤 광장을 살피러 갔다. 에마는 아직 오지 않았다. 그는 성가대석까지 다시 올라갔다.

성당의 중앙 홀이 첨두아치의 시작 부분과 스테인드글라스의 몇몇 부분과 함께 성수가 가득 담긴 성수반에 비쳐 보였다. 그러나 그림의 반사광은 대리석 가장자리에 부딪혀 부서지면서 얼룩덜룩한 양탄자처럼 바닥의 타일 위로 더 멀리까지 이어졌다. 열린 세 개의 출입문을 통해 밖의 환한 햇빛이 세 줄기 거대한 광선으로 성당 안에 뻗어 있었다. 이따금 안쪽에서 성당 관리인이 바쁜 신자들이 그러듯 제단 앞에서 비스듬히 무릎을 꿇으며 지나갔다. 크리스털 샹들리에는 꼼짝도 하지 않고 매달려 있었다. 성가대석에서는 은 램프가 타오르고 있었다. 측면의 제실과 성당 안의 컴컴한 곳에서 때때로 한숨 쉬는 소리 같은 것이 새어 나왔고, 그 소리와 함께 철창문 닫히는 소리가 높은 궁륭 밑에서 메아리쳤다.

레옹은 엄숙한 발걸음으로 벽을 따라 걸었다. 인생이 이토록 좋아 보인 적은 한 번도 없었다. 조금 있으면 매력적인 그녀가 뒤에 따라오는 눈길이 없는지 살피면서 들뜬 마음으로 올 것이다. 장식 밑단이 달린 옷, 금테 코안경, 얇은 반장화, 그가 지금껏 맛본 적 없는 온갖 우아함, 정조가 무너지려 할 때의 말로 다할 수 없는 매력과 함께. 성당은 거대한 규방처럼 그녀를 중심으로 배치되어 있었다. 궁륭은 어둠 속에서 그녀의 사랑 고백을 받아들이기 위해 몸을 굽히고 있었고, 스테인드글라스는 그녀의 얼굴을 환하게 비추기 위해 빛나고 있었고, 향로는 향의 연기 속에서 그녀가 천사처럼 등장하도록 타오르고 있었다.

그러나 그녀는 오지 않았다. 그는 의자에 앉았다. 그러자 바구니를 옮기는 뱃사공들이 그려진 푸른 스테인드글라스가 눈에 들어왔다. 그는 그것을 오랫동안 주의 깊게 쳐다보며 물고기의 비늘과 조끼의 단춧구멍을 세어 보았다. 그러는 동안에도 그의 생각은 에마를 찾아 방황했다.

조금 떨어져 있던 문지기는 감히 성당을 혼자서 감상하는 이 작자에게 속으로 화가 나 있었다. 그에게 그것은 고약한 행동이고, 어떻게 보면 그에게서 도둑질하는 것이며, 거의 신성모독적인 행동으로 생각되었다.

그런데 바닥 타일에 비단옷 스치는 소리가 들리고, 모자의 테두리와 검은 망토가……. 그녀였다! 레옹은 벌떡 일어나 그녀를 맞으러 달려갔다.

에마는 창백했다. 그녀는 빠른 걸음으로 걸어왔다.

"읽어 보세요!" 그녀가 종이를 그에게 내밀면서 말했다. "오! 아니에요."

그녀는 황급히 손을 거두고 성모 마리아 제실로 들어가서 의자에 무릎을 꿇고 기도를 하기 시작했다.

청년은 이 편협한 신앙심을 흉내 내는 변덕에 짜증이 났다. 하지만 안달루시아 후작 부인처럼 밀회 도중 그렇게 기도에 열중하는 그녀를 보면서 어떤 매력을 느꼈다. 그러다가 그는 곧 지루해졌다. 그녀의 기도가 좀처럼 끝나지 않았기 때문이다.

에마는 기도를 했다. 아니, 하늘에서 어떤 돌연한 결심이 내려오기를 바라면서 기도하려고 애썼다. 그리고 신의 구원을 얻어내기 위해, 두 눈을 화려한 감실의 모습으로 가득 채우고 커다란 꽃병 안에 활짝 핀 흰 노랑장대꽃 향기를 들이마시고 성당의 정적에 귀를 기울였다. 그러나 그 정적은 마음의 동요를 증가시킬 뿐이었다.

그녀가 일어나고 두 사람이 나가려고 할 때 문지기가 재빨리 다가와서 말했다.

"부인께서는 아마도 이 고장 분이 아닌 것 같군요? 성당의 구경거리들을 좀 둘러보시겠습니까?"

"안 돼요!" 서기가 소리쳤다.

"왜 안 돼요?" 그녀가 대꾸했다.

그녀는 흔들리는 정조를 지키기 위해 성모든 조각이든 무덤이든 모든 기회에 매달리고 있었다.

그러자 문지기는 **순서대로** 진행하기 위해 그들을 광장 옆의 입구까지 데리고 가서 비문도 조각도 없는 검은 포석의 커다란 원을 단장으로 가리키며 위엄 있게 말했다.

"바로 이것이 아름다운 앙부아즈 종의 원둘레입니다. 종의 무게는 2만 킬로그램으로, 전 유럽에서 그에 견줄 것이 없었지요. 그 종을 주조한 장인은 기쁨에 겨워 죽었는데……."

"갑시다." 레옹이 말했다.

문지기는 다시 걷기 시작하더니 성모 마리아의 제실로 되돌아와서 리허설이라도 하는 몸짓으로 두 팔을 벌리고 자기 과수원을 보여 주는 시골 지주보다 더 뽐내면서 말했다.

"이 단순한 타일 밑에는 라 바렌과 브리사크의 영주이며 푸아투의 대원수이자 노르망디의 총독으로 1465년 7월 16일 몽레리 전투에서 전사한 피에르 드 브레제께서 묻혀 계십니다."

레옹은 입술을 깨물면서 발을 굴렀다.

"그리고 오른쪽에 철갑옷을 입고 뒷발로 일어선 말에 올라탄 저 신사는 그분의 손자인 루이 드 브레제입니다. 브르발과 몽쇼베의 영주이고, 몰브리에 백작이자 모니 남작이셨으며 왕의 시종관을 지내셨고 훈장 수훈자로 역시 노르망디 총독을 역임하셨는데 비문에 써 있듯 1531년 7월 23일 어느 일요일에 사망하셨습니다. 그 밑에 무덤으로 내려가려고 하는 분은 동일한 인물을 나타내는 것입니다. 세상사의 허망함을 이보다 더 잘 표현한 것은 볼 수 없겠지요?"

보바리 부인은 코안경을 들었다. 레옹은 꼼짝도 하지 않은 채 그녀를 바라보면서 말 한마디도 몸짓 하나도 하려고 하지 않았다. 그만큼 그는 장광설과 냉담한 태도, 이 이중의 아집 앞에서 낙담하고 있었다.

지치지 않는 안내인이 계속했다.

"그분 옆에서 무릎을 꿇은 채 울고 있는 여인은 그의 부인 디안 드 푸아티에인데, 브레제 백작 부인이자 발랑티누아 공작 부인으로 1499년에 태어나 1566년에 돌아가셨습니다. 그리고 왼쪽에 아이를 안고 계신 분은 성모 마리아이십니다. 이제 이쪽으로 돌아보세요. 여기는 앙부아즈 집안의 무덤들입니다. 두 분 다 추기경이자 루앙의 대주교셨습니다. 이분은 루이 12세의 대신이었고, 대성당을 위해 좋은 일을 많이 하셨지요. 유언장을 통해 빈민들에게 금화 3만 에퀴를 남기셨습니다."

그는 걸음을 멈추지 않고 계속 이야기하면서 난간이 가득한 어떤 제실로 그들을 몰아갔다. 그리고 그 난간들 중 몇 개를 치우더니 잘못 만들어진 동상처럼 보이는 덩어리 같은 것을 찾아냈다.

"이것은 옛날 영국 왕이자 노르망디 공작이었던, 사자 심장이라는 별명을 가진 리샤르왕의 무덤을 장식했던 것입니다." 그가 긴 신음을 내며 말했다. "그것을 칼뱅파들이 이런 꼴로 만들었지요. 그자들은 악의적으로 이것을 주교님의 주교좌 밑 땅속에 파묻었습니다. 자, 여기는 주교님의 저택으로 가는 문입니다. 그럼 이무기 스테인드글라스를 보러 갑시다."

그러나 레옹은 재빨리 주머니에서 은화 한 닢을 꺼내 주고 에마의 팔을 잡았다. 문지기는 아직 외지인에게 보여 줄 것이 많이 남아 있는데 때아닌 선심을 받은 것을 이해할 수 없어서 어안이 벙벙했다. 그래서 그를 다시 불렀다.

"아니! 선생님, 첨탑을 봐야죠! 첨탑요!"

"됐습니다." 레옹이 말했다.

"그러시면 안 되지요! 첨탑은 높이가 134미터나 되는데, 이집트의 대피라미드보다 2.7미터 모자라거든요. 전부 주물로 되어 있는데……."

레옹은 도망쳤다. 거의 두 시간 전부터 성당 안에서 돌처럼 요지부동이던 그의 사랑이 이제 어떤 정신 나간 주물공의 기상천외한 시도처럼 대성당 위에 아주 기괴하게 올려놓은 그 부러진 튜브 같기도 하고 길쭉한 새장 같기도 하고 구멍 뚫린 굴뚝 같기도 한 것을 통해 연기처럼 증발해 버릴 것 같았기 때문이다.

"대체 어디로 가는 거예요?" 그녀가 말했다.

그는 대답도 하지 않고 빠른 걸음으로 계속 걸었다. 보바리 부인이 이미 성수에 손가락을 담갔을 때, 지팡이 소리에 의해 규칙적으로 끊어지며 크게 헐떡이는 숨소리가 그들 뒤에서 들렸다. 레옹이 돌아보았다.

"선생님!"

"뭐요?"

문지기가 20여 권쯤 되는 두꺼운 가제본 책을 배에 받쳐 균형을 잡으면서 두 팔로 안고 왔다. **대성당에 관한** 저서들이었다.

"멍청이 같으니!" 레옹이 투덜거리며 성당 밖으로 달려 나갔다.

광장에서는 한 아이가 놀고 있었다.

"삯마차 한 대만 불러 다오!"

아이는 카트르방 거리로 총알처럼 달려갔다. 그래서 그들은 잠시 얼굴을 마주한 채 약간 거북해하며 단둘이 있었다.

"아! 레옹!…… 정말…… 몰라요…… 나는…….".

그녀는 선웃음을 지었다. 그러더니 진지한 태도로 말했다.

"이건 정말 몰상식한 짓이에요, 아시겠어요?"

"뭐가요? 파리에서는 흔히 있는 일인데요!" 서기가 대꾸했다.

이 말이 저항할 수 없는 논거라도 되는 듯 그녀는 마음을 굳혔다.

그러나 삯마차가 아직 도착하지 않아, 레옹은 그녀가 성당 안으로 다시 들어갈까 봐 겁이 났다. 드디어 마차가 나타났다.

"그러면 가시더라도 북쪽 문으로 나가 주세요! 「부활」,「최후의 심판」,「천국」,「다윗왕」, 그리고 지옥 불 속의 「버림받은 자들」을 볼 수 있어요." 아직도 문턱에 서 있던 문지기가 그들에게 소리쳤다.

"어디로 모실까요?" 마부가 물었다.

"아무 데나!" 레옹이 에마를 마차로 밀어 넣으며 말했다.

무거운 마차가 움직이기 시작했다.

마차는 그랑퐁 거리를 내려가더니 아르 광장, 나폴레옹 강가, 뇌프 다리를 가로질러 피에르 코르네유 동상 앞에서 갑자기 멈췄다.

"계속 가요!" 마차 안에서 어떤 목소리가 말했다.

마차는 다시 출발했다. 라파예트 사거리부터는 내리막길로 냅다 달리더니 빠른 속도로 기차역으로 들어갔다.

"아니, 똑바로 가요!" 똑같은 목소리가 소리쳤다.

삯마차는 철책 문에서 나와 곧 가로수가 있는 산책로에 이르자, 키 큰 느릅나무들 사이를 천천히 달렸다. 마부는 이마의 땀을 닦고, 가죽 모자를 다리 사이에 놓은 채 인도 밖의 물가 잔디밭 옆으로 마차를 몰았다.

마차는 강을 따라 마른 자갈이 깔린 배 끄는 길 위를 섬들 저 너머 우아셀 쪽으로 오랫동안 달렸다.

그러더니 갑자기 마차는 단번에 돌진해 카트르마르, 소트빌, 그랑드쇼세, 엘뵈프 거리를 가로지른 뒤 식물원 앞에서 세 번째로 멈췄다.

"그냥 가라니까!" 목소리가 더 화나서 소리쳤다.

마차는 즉시 다시 달리기 시작해 생스베르, 퀴랑디에 강가, 뫼강가를 지나 다시 한번 다리를 건너고 샹드마르스 광장을 거쳐 검은 윗옷을 입은 노인들이 담쟁이덩굴로 온통 녹색을 이룬 테라스를 따라 햇볕을 쬐며 산책하는 자선 병원의 정원 뒤로 지나갔다. 그리고 부브뢰유 대로를 올라가서 코슈아즈 대로를 달리고 몽리부데를 끝에서 끝까지 달려 드빌 언덕까지 갔다.

마차는 다시 돌아왔다. 그러자 이제는 목적도 방향도 없이 닥치는 대로 헤매고 다녔다. 마차는 생폴, 레스퀴르, 가르강산, 루주마르, 가야르부아 광장에서도 보였고, 말라드르리 거리, 디낭드리 거리, 생로맹, 생비비앵, 생마클루, 생니케즈 앞에서도 (세관 앞에서도) 보였고, 바스 비에유투르, 트루아피프, 모뉘망탈 공동묘지에서도 보였다. 이따금 마부석에 앉은 마부는 술집 쪽으로 절망적인 시선을 던지곤 했다. 대체 어떤 이동의 광기에 사로잡혔기에 이 사람들은 도무지 멈추려 하지 않는지 그는 이해할 수가 없었다. 그는 이따금 멈추려고 시도했지만, 그러면 곧바로 뒤에서 화난 고함 소리가 들렸다. 그래서 그는 땀에 흠뻑 젖은 두 마리 늙은 말을 더 세게 채찍질하면서, 마차가 덜컹거리지 않도록 조심하지도 않고 여기저기 걸려도 조금도 개의치 않은 채 낙담해서 갈증과 피로와 서글픔으로 거의 울다시피 했다.

그리고 항구에서는 짐수레와 술통들 속에서, 거리에서, 경계석 모퉁이에서, 지방에서는 너무도 특이한 이 광경, 즉 블라인드를 내린 마차 한 대가 무덤보다 더 단단히 문을 닫은 채 선박처럼 흔들거리면서 그렇게 계속 나타나는 그 광경에 깜짝 놀란 사람들이 눈을 크게 뜨고 있었다.

딱 한 번, 한낮에 들판 한가운데서 낡은 은빛 램프에 햇살이 가장 강하게 내리쬘 때, 장갑을 벗은 손 하나가 노란 천의 작은 커튼 밑으로 나오더니 찢은 종잇조각을 내던졌다. 그 종잇조각들은 마치 하얀 나비처럼 바람에 흩어져 더 멀리, 한창 꽃이 피어 있는 빨간 토끼풀 꽃밭 위로 떨어졌다.

이윽고 여섯 시경, 마차는 보부아진 구역의 어떤 골목길에서 멈췄다. 거기서 어떤 여자가 내리더니 베일을 쓴 채 뒤도 돌아보지 않고 걸어갔다.

II

여관에 도착한 보바리 부인은 합승 마차가 보이지 않아 놀랐다. 이베르가 그녀를 53분이나 기다리다 가 버린 것이었다.

꼭 떠나야 할 이유는 없었다. 하지만 그녀는 그날 저녁 돌아가기로 약속했었다. 게다가 샤를이 그녀를 기다리고 있었다. 벌써부터 그녀는 비굴하게 순종하는 자신을 느꼈다. 그런 느낌은 많은 여자에게 간통의 벌인 동시에 대가이기도 하다.

그녀는 재빨리 짐을 꾸려 계산을 하고 안마당에서 이륜마차를 탔다. 그리고 마부를 재촉하고 격려하면서, 매 순간 달려온 거리와 시각을 묻다가 켕캉푸아 마을의 집들이 나타나기 시작하는 곳에 이르러서야 **제비**를 따라잡았다.

마차 구석에 앉자마자 그녀는 눈을 감았다. 언덕 아래에 이르렀을 때 눈을 뜨니, 대장간 앞에 마중 나와 있는 펠리시테가 멀리서 보였다. 이베르가 말을 붙잡자, 하녀는 여닫이창까지 발돋

움하고 영문 모를 소리를 했다.

"마님, 즉시 오메 씨 댁으로 가 보셔야겠어요. 뭔가 급한 일이 있나 봐요."

마을은 평소와 다름없이 조용했다. 길모퉁이에서는 작은 장밋빛 더미들이 공기 중에 김을 내뿜고 있었다. 잼을 만드는 시기였던 것이다. 용빌 사람들은 모두 같은 날 저장해 둘 잼을 만들곤 했다. 그런데 약국 앞에는 다른 것들보다 훨씬 더 큰 더미가 있어서 눈길을 끌었다. 약국 조제실에는 일반 가정집 화덕보다 더 큰 화덕이 있을 테고, 전반적인 수요가 개인적인 욕구에 비해 훨씬 많기 때문이었다.

그녀는 안으로 들어갔다. 커다란 안락의자가 뒤집혀 있고, 「루앙의 등대」가 두 개의 절굿공이 사이 바닥에 펼쳐져 있었다. 그녀는 복도의 문을 밀었다. 부엌 한가운데, 낱알로 떼어 놓은 까치밥나무 열매와 가루 설탕과 각설탕이 가득 든 갈색 항아리들 속에서, 탁자 위에 놓인 저울들과 불 위에 얹어 놓은 냄비들 속에서, 오메네 식구들이 모두 있었다. 어른이나 아이나 모두 턱까지 올라오는 앞치마를 걸치고 손에는 포크를 들고 있었다. 쥐스탱은 선 채로 고개를 숙이고 있고 약사는 소리를 지르고 있었다.

"누가 너더러 창고에 가서 그걸 찾아오랬어?"

"대체 무슨 일이에요? 왜 그래요?"

"왜 그러냐고요? 잼을 만드느라 끓이고 있는데, 너무 끓어서 넘치려고 하잖아요. 그래서 다른 냄비를 가져오라고 시켰더니,

글쎄 저 녀석이 게으르고 칠칠치 못하게 조제실 안의 못에 걸려 있는 창고 열쇠를 가져간 거예요!" 약사가 대답했다.

약사는 약제 도구와 약품을 가득 넣어 둔 지붕 밑 다락방을 그렇게 불렀다. 종종 그는 거기서 라벨을 붙이거나 약품을 옮겨 담거나 끈을 다시 묶기도 하면서 혼자 여러 시간을 보내곤 했다. 그는 그곳을 단순한 저장고가 아니라 그야말로 성소와 같은 곳으로 여기고 있었다. 바로 그곳에서 온갖 종류의 환약, 큰 환약, 탕약, 세척제, 물약이 그의 손으로 만들어져 나와 그의 명성을 인근에 퍼뜨리는 것이었다. 다른 사람은 누구도 거기에 발을 들여놓을 수 없었다. 그는 그곳을 너무도 소중히 여겨 청소도 직접 했다. 요컨대 누구에게나 개방된 약국이 오메가 자부심을 과시하는 장소라면, 그 창고는 그가 자기 자신을 위해 정신을 집중해 좋아하는 일을 하면서 즐기는 피난처였다. 그래서 쥐스탱의 경솔한 행동이 그에게는 엄청나게 불경한 짓으로 보였다. 그는 까치밥나무 열매보다 더 빨개져서 되풀이했다.

"그래, 창고에서! 산과 부식성 알칼리를 넣어 두고 잠가 둔 열쇠를! 보관해 놓은 냄비를 가지러 갔단 말이지! 뚜껑 달린 냄비를! 어쩌면 나도 평생 한 번 써 보지 못할 냄비를! 약을 조제하는 까다로운 작업에서는 중요하지 않은 것이 하나도 없어! 그런데 도대체 무슨 짓을 한 거야! 구분을 해야지, 약 조제 용도로 마련된 물건을 집안일에 사용하면 어떡해! 그건 마치 해부용 메스로 닭고기를 자르는 것이나 마찬가지이고, 사법관이……."

"진정해요!" 오메 부인이 말했다.

아탈리도 그의 프록코트를 잡아당겼다.

"아빠! 아빠!"

"아니, 가만히들 있어! 나 좀 그냥 두라고! 빌어먹을! 이럴 바엔 차라리 식료품 가게를 하는 게 낫지! 자, 어디 해 봐! 멋대로 해 보라고! 깨뜨리고! 부수고! 거머리도 풀어 놓고! 약초도 태우고! 약병에 오이피클을 담그고! 붕대도 박박 찢고!" 약사가 다시 말했다.

"그런데 저……." 에마가 말했다.

"잠깐만요! 네가 어떤 위험한 짓을 했는지 알고나 있어?…… 왼쪽 구석 세 번째 선반에서 아무것도 못 봤어? 말해 봐, 대답해, 말해 보라고!"

"저는…… 몰라요." 소년이 더듬더듬 말했다.

"아! 모른다! 저런! 나는 아는데! 넌 황랍으로 밀봉한 파란 유리병을 틀림없이 봤어. 하얀 가루가 들어 있고 내가 곁에다 **위험**이라고 써 놓기까지 한 것 말이야! 그 안에 들어 있는 게 뭔지 알아? 비소야! 넌 거기에 손댈 뻔한 거야! 그 옆에 있는 냄비를 가져오려고!"

"옆에! 비소라고? 네가 우리 모두를 독살할 뻔했구나!" 오메 부인이 두 손을 맞잡으며 소리쳤다.

그러자 아이들이 마치 벌써 내장에 극심한 고통을 느끼기라도 한 것처럼 비명을 지르기 시작했다.

"아니면 어떤 환자를 독살할 수도 있었지! 너는 내가 중죄 재판소 죄인석에 앉게 되길 바라는 거야? 내가 단두대에 끌려가는 걸 보고 싶어? 약을 다루는 게 몸에 밴 나도 그걸 만질 때는 얼마나 조심하는지 몰라? 내 책임을 생각하면 종종 나 자신도 겁이 난단 말이야! 정부는 우리를 괴롭히고 우리를 규제하는 불합리한 법은 다모클레스의 칼*처럼 우리 머리 위에 매달려 있으니까!" 약사가 계속했다.

에마는 무슨 일로 자기를 보자고 했는지 물어볼 생각을 더 이상 하지 못했다. 약사가 숨을 헐떡이며 계속 말했다.

"네게 베푼 호의를 이런 식으로 갚는 거야! 내가 너를 아들같이 돌봐 준 보답이 이거냐고! 내가 없었으면 넌 지금 어디 있겠어? 뭘 하고 있겠어? 너를 먹이고 공부시키고 입히고, 또 나중에 사회에 나가 훌륭하게 제 역할을 할 수 있도록 온갖 수단을 마련해 주는 게 누구냔 말이야? 그러나 그러려면 땀 흘려 열심히 노를 젓고 흔히 말하듯 손에 못이 박히도록 일해야 하는 거야. *Fabricando fil faber, age quod agis*(대장장이 일을 해야 대장장이가 된다. 네가 지금 하는 일에 최선을 다해라)란 말이야."

그는 너무나 격분해 라틴어를 인용했다. 만약 알기만 했다면 중국어와 그린란드어도 인용했을 것이다. 마치 태풍 속에서 대양이 갈라져 해안의 풀부터 심연의 모래에 이르기까지 모두 드러나듯이, 그는 인간이 마음속에 담고 있는 것을 모두 무차별적으로 내뿜게 되는 그런 발작을 일으키고 있었기 때문이다.

그가 다시 말했다.

"너 같은 놈을 맡은 게 몹시 후회된다! 네가 태어난 대로 가난하고 천한 신분 속에 그대로 처박아 둘걸 그랬어! 너는 뿔 달린 짐승 돌보는 일밖에 못 할 놈이야! 학문에는 전혀 소질이 없어! 간신히 약병에 라벨이나 붙이는 정도야! 그러면서 우리 집에서 마치 성당의 참사원처럼 편하게 먹고 빈둥대며 상팔자로 지내다니!"

그러나 에마가 오메 부인을 돌아보며 말했다.

"저를 오라고 하셨다는데……."

"아! 에구! 어떻게 말씀드려야 할지?…… 정말 불행한 일이에요!" 선량한 부인이 슬픈 표정으로 말을 가로막았다.

그녀는 말을 맺지 못했다. 약사가 고래고래 소리를 질렀다.

"그걸 비워! 그리고 닦아! 도로 갖다 놓고! 어서 서둘러!"

그가 쥐스탱의 작업복 옷깃을 잡아 흔들자, 주머니에서 책 한 권이 떨어졌다.

소년이 몸을 굽혔다. 오메가 그보다 더 잽싸게 책을 집어 들고 들여다보더니 눈이 휘둥그레지고 입이 벌어졌다.

"**부부의…… 사랑!**" 그가 두 단어를 천천히 끊어 가며 말했다. "아! 잘한다! 잘해! 아주 좋아! 삽화도 있네!…… 아! 이건 너무하네!"

오메 부인이 다가갔다.

"안 돼! 손대지 마!"

아이들도 그림을 보고 싶어 했다.

"모두 나가!" 그가 명령조로 말했다.

모두 나갔다.

그는 우선 손가락 사이에 책을 펴 든 채 눈알을 굴리며 큰 걸음으로 왔다 갔다 했다. 숨이 막히고 부어올라 뇌졸중이라도 일으킬 것 같았다. 그러다가 그는 조수에게 곧장 가서 팔짱을 끼고 그의 앞에 우뚝 섰다.

"온갖 나쁜 짓은 다 하고 있는 거냐, 이 나쁜 놈?…… 조심해, 넌 지금 나쁜 길로 빠져들고 있어!…… 대체 너는 이 천박한 책이 우리 애들 손에 들어가서 그 애들 머릿속에 불을 지피고 아탈리의 순결을 더럽히고 나폴레옹을 타락시킬 수 있다는 생각은 안 해 봤지! 그 애 몸은 이미 어른이야. 애들이 이 책을 읽지 않은 것 확실해? 보증할 수 있어?"

"그런데요, 저한테 하실 말씀이……?" 에마가 말했다.

"아, 네, 부인…… 부인의 시아버님이 돌아가셨습니다!"

사실 보바리 부친은 전전날 식사를 끝내고 나오다가 뇌출혈을 일으켜 갑자기 사망했다. 그런데 신경이 예민한 에마를 위해 지나치게 신중을 기한 샤를이 그 끔찍한 소식을 그녀에게 조심스럽게 전해 주라고 오메에게 부탁했던 것이다.

오메는 고심해서 생각해 낸 문장을 갈고 다듬고, 거기에 리듬까지 붙여 놓았었다. 그것은 신중함과 완곡함, 세련되고 섬세한 표현으로 이루어진 걸작이었다. 그러나 분노가 수사학을 날려보내고 말았다.

에마는 자세한 이야기를 듣는 것을 단념하고 약국을 나왔다. 오메 씨가 다시 비난을 퍼붓기 시작했기 때문이다. 하지만 이제 그는 마음을 가라앉히고 그리스 모자로 부채질을 하면서 아버지 같은 어조로 투덜거렸다.

"이 책을 내가 전적으로 비난하는 것은 아니야! 저자가 의사였잖아. 이 속에는 남자가 알아 둬서 나쁘지 않은, 아니 알아 둬야 한다고 감히 말할 수 있는 과학적인 면도 있어. 그러나 그건 나중에, 나중에 알아도 돼! 적어도 네가 성인이 되고 체질이 형성될 때까지 기다려야지."

에마가 문을 두드리자, 그녀를 기다리고 있던 샤를은 두 팔을 벌린 채 다가가서 눈물 어린 목소리로 말했다.

"아! 여보……."

그는 그녀에게 키스하려고 부드럽게 몸을 굽혔다. 그러나 그의 입술이 닿자, 다른 남자의 기억이 엄습해 그녀는 몸을 떨면서 손을 얼굴에 갖다 댔다.

그러면서 그녀는 대답했다.

"네, 알아요…… 알아요……."

그는 어머니가 위선적인 감상은 전혀 없이 사건에 대해 써 보낸 편지를 그녀에게 보여 주었다. 어머니는 단지 남편이 두드빌의 거리에서 퇴역 장교들과 애국적인 식사 모임을 한 뒤 카페 문턱에서 죽어 종교적인 구원을 받지 못한 것만 애석해했다.

에마는 편지를 돌려주었다. 그리고 저녁 식사 때는 예의상 밥맛이 없는 체했다. 그러나 샤를이 하도 강요해서, 그녀는 의연하게 먹기 시작했다. 그러는 동안 샤를은 그녀 맞은편에서 괴로워하는 자세로 꼼짝도 하지 않고 있었다.

그는 이따금 머리를 들고 비탄에 잠긴 눈길을 오래도록 그녀에게 보내곤 했다. 한번은 한숨을 쉬기도 했다.

"한 번만 더 뵙고 싶었는데!"

그녀는 잠자코 있었다. 마침내 뭔가 말해야 한다는 것을 깨달았다.

"아버님 연세가 어떻게 되셨죠?"

"쉰여덟!"

"아!"

그뿐이었다.

15분 뒤 그가 덧붙였다.

"가엾은 우리 어머니는…… 이제 어떻게 될까?"

그녀는 모른다는 몸짓을 했다.

그녀가 그토록 말이 없는 것을 보고, 샤를은 그녀도 애통해하는 것이라고 생각했다. 그래서 감동적인 그 고통을 자극하지 않으려고 애써 아무 말도 하지 않았다. 그러다가 자신의 고통을 떨쳐 내면서 물었다.

"어제는 재미있었소?"

"네."

식탁보가 치워진 뒤에도 보바리는 일어나지 않았다. 에마도 그대로 있었다. 그의 얼굴을 바라보고 있자니, 그 지루한 광경에 그녀의 마음속에서 모든 연민이 차츰 사라졌다. 그녀의 눈에 그는 초라하고 나약하고 무가치한, 말하자면 아무튼 한심한 남자로 보였다. 어떻게 하면 그에게서 벗어날 수 있을까? 이 저녁 시간이 대체 언제 끝날 것인가! 아편 연기처럼 마비시키는 듯한 뭔가가 그녀를 무감각하게 만들고 있었다.

현관 마룻바닥에 지팡이 부딪히는 둔탁한 소리가 들렸다. 부인의 짐을 가져온 이폴리트였다.

그는 짐을 내려놓느라고 의족으로 힘겹게 4분의 1의 원을 그렸다.

'남편은 저 남자의 일은 더 이상 생각도 하지 않고 있겠지!' 그녀는 덥수룩한 붉은 머리카락에서 땀이 뚝뚝 떨어지는 그 가련한 남자를 바라보면서 생각했다.

보바리는 지갑 속에서 잔돈을 찾았다. 마치 구제불능인 그의 무능함에 대한 질책이 의인화되어 나타난 것처럼 거기에 서 있는 그 남자의 존재 자체가 자신에게 얼마나 굴욕인지 그는 이해하지 못하는 듯했다.

"어! 예쁜 꽃다발을 사 왔네!" 그가 벽난로 위에서 레옹의 제비꽃을 보고 말했다.

"네, 오늘 오후에…… 거지 여자한테서 산 꽃다발이에요." 그녀가 무덤덤하게 말했다.

샤를은 제비꽃을 집어 들고 울어서 붉게 충혈된 눈 위에 갖다 대고 식히면서 가만히 냄새를 맡았다. 그녀는 재빨리 그의 손에서 꽃다발을 빼앗아 물컵에 꽂아 두러 갔다.

다음 날 보바리 노부인이 도착했다. 모자는 많이 울었다. 에마는 시킬 일이 있다는 핑계를 대고 자리를 피했다.

그다음 날은 함께 장례 일을 논의해야 했다. 그들은 바느질 바구니를 가지고 물가의 덩굴시렁 밑에 가서 앉았다.

샤를은 아버지를 생각하고 있었다. 그는 그때까지 별로 사랑하지 않는다고 생각했던 아버지에 대해 그토록 애정을 느끼는 것에 스스로 놀랐다. 보바리 노부인도 남편을 생각하고 있었다. 옛날의 가장 나빴던 날들도 소중한 모습으로 다시 떠올랐다. 너무도 오랜 습관에 대한 본능적인 회한 아래 모든 것이 지워졌다. 그녀가 바느질을 하는 동안 이따금 굵은 눈물방울이 콧등을 따라 흘러내려 잠시 매달려 있곤 했다. 에마는 불과 48시간 전에 그들이 세상에서 멀리 떨어져 온통 도취된 채 정신없이 서로를 바라보며 함께 있었던 것을 생각하고 있었다. 그녀는 지나가 버린 그날의 지극히 자질구레한 것들까지 다시 붙잡아 보려고 애썼다. 그러나 시어머니와 남편이 옆에 있어 방해가 되었다. 아무리 애써도 외부의 감각들 때문에 흩어져 버리는 사랑에 대한 명상에 방해받지 않으려고 그녀는 아무 소리도 안 듣고 아무것도 안 보고 싶었다.

그녀는 옷의 안감을 뜯고 있어, 주위에 그 조각들이 흩어져 있었다. 보바리 노부인은 눈도 들지 않은 채 가위 소리를 내고 있었다. 샤를은 헝겊 실내화에 실내복으로 입는 낡은 갈색 프록코트 차림으로 두 손을 주머니에 넣은 채 역시 아무 말도 하지 않고 있었다. 그들 옆에서 베르트가 흰색 작은 앞치마를 걸치고 삽으로 오솔길의 모래를 긁으며 놀고 있었다.

갑자기 포목상 뢰뢰가 살문으로 들어오는 것이 보였다.

그는 **불행한 일을 당한 상황**에 도움을 드리러 왔다고 했다. 에마는 도와줄 일이 없는 것 같다고 대답했다. 상인은 물러서지 않았다.

"대단히 죄송하지만, 따로 얘기를 좀 하고 싶은데요." 그가 말했다.

그러고는 목소리를 낮추었다.

"그 일에 대해서요…… 아시죠?"

샤를은 귀까지 새빨개졌다.

"아! 네…… 그래요."

그리고 어찌할 줄 몰라 하며 아내를 향해 말했다.

"당신이 좀 해 줄 수 없을까…… 여보?"

그녀는 알아들은 듯 자리에서 일어났다. 샤를이 어머니에게 말했다.

"별일 아니에요! 아마 사소한 집안일일 거예요."

그는 잔소리를 듣게 될까 봐 어머니가 어음 문제를 알게 하고 싶지 않았다.

단둘이 되자, 뢰뢰 씨는 노골적인 말로 에마에게 상속을 축하하고 과수장, 수확, **좋지도 나쁘지도 않고 늘 그저 그런** 자신의 건강 등 별것 아닌 것들에 대해 이야기하기 시작했다. 사실 그는 지독하게 고생하며 일하고 있지만 사람들 말과 달리 그저 빵에 바를 버터 벌이도 제대로 못 하고 있다고 했다.

에마는 그가 떠들게 내버려 두었다. 그녀는 지난 이틀 동안 몹시 따분했던 것이다!

"그런데 부인께선 완전히 회복되셨나요? 정말이지 가엾은 남편분께서 보기에 딱할 정도로 걱정하셨어요! 저하고는 좀 불편한 일이 있긴 했어도 참 좋은 분이세요." 그가 계속했다.

그녀는 불편한 일이 뭐냐고 물었다. 샤를이 주문한 물건에 대한 그와의 언쟁을 그녀에게 숨기고 있었기 때문이다.

"잘 아시잖아요! 부인이 일시적인 욕구로 주문한 그 여행 가방들 때문이었지요." 뢰뢰가 말했다.

그는 모자를 눈 위로 푹 눌러쓰고 뒷짐을 진 채 미소 띤 얼굴로 휘파람을 불면서 견딜 수 없을 만큼 그녀를 빤히 쳐다보았다. 뭔가 눈치를 챈 것일까? 그녀는 온갖 두려움 속에 빠져 있었다. 그러나 마침내 그가 다시 말했다.

"우리는 서로 화해했습니다. 오늘도 한 가지 타협안을 제안하고자 온 것입니다."

그것은 보바리가 서명한 어음을 갱신하는 것이었다. 하지만 남편분은 하고 싶은 대로 하셔도 된다, 특히 걱정거리가 산더미 같을 지금 고민하시게 해서는 안 된다고 했다.

"차라리 누군가에게, 예를 들어 부인께 어음을 인계하는 게 나을 텐데요. 위임장만 있으면 간단합니다. 그러면 우리 둘이 자질구레한 일들을 처리하면 되고요……."

그녀는 무슨 말인지 이해할 수 없었다. 뢰뢰는 입을 다물었다. 그리고 다시 장사 이야기로 돌아가서, 부인은 자기한테서 뭔가 구입하지 않을 수 없을 거라고 호언했다. 그는 옷 한 벌을 만들 수 있는 검은색 얇은 모직물 12미터를 보내주겠다고 했다.

"지금 입고 계신 옷은 집에서나 입는 옷이지요. 외출하실 때는 다른 옷을 입으셔야죠. 저는 들어서는 순간 첫눈에 알아보았어요. 제 눈이 아주 예리하거든요."

그는 옷감을 보내지 않고 직접 가져왔다. 그리고 치수를 재러 다시 왔고, 또 다른 핑계를 만들어 다시 오면서 매번 상냥하고 친절하게 굴었으며 오메의 말처럼 충성을 다했다. 그러면서 항상 에마에게 넌지시 위임에 대한 충고를 했다. 그는 어음에 대해서는 한마디도 하지 않았다. 그녀도 그 생각은 하지 않았다. 회복되기 시작할 무렵 샤를이 그것에 대해 뭔가 얘기했지만, 그녀의 머릿속에 너무도 많은 파동이 지나간 탓에 더 이상 기억이 나지 않았다. 게다가 그녀는 돈 문제에 대해 논의하는 것을 일절 삼가고 있었다. 보바리 노부인은 그 점을 놀라워했고, 그런 기질의 변화를 그녀가 병중에 얻은 종교적 감정 때문이라고 생각했다.

그러나 시어머니가 돌아가자마자 에마는 곧 탁월한 실리적 감각으로 보바리를 감탄시켰다. 정보를 수집하고 저당권을 확인해 경매를 할지 청산을 할지 정해야 한다고 했다. 그녀는 무턱대고 전문 용어를 인용하고 이서, 출두 최고장, 공제와 같은 거창한 단어들을 말하면서 상속의 성가신 일들을 끊임없이 과장했다. 그리하여 어느 날 그녀는 '모든 사업의 관리와 경영, 모든 차용, 모든 어음의 서명과 이서, 모든 금액의 지불 등'에 대해 전체적인 위임장 양식을 그에게 내보였다. 뢰뢰의 가르침을 이용한 것이었다.

샤를은 순진하게도 그 양식이 어디서 났는지 물었다.

"기요맹 씨한테서요."

그리고 그녀는 더할 나위 없이 냉정한 태도로 덧붙였다.

"나는 그 사람을 그다지 신뢰하지 않아요. 공증인들이란 평판이 몹시 나쁘잖아요! 상담을 해야 할 텐데…… 아는 사람이…… 아! 아무도 없군요."

"레옹이라면……." 생각에 잠겨 있던 샤를이 대꾸했다.

그러나 편지로는 의논하기 어려웠다. 그래서 그녀는 자기가 다녀오겠다고 나섰다. 그가 사양하자, 그녀도 물러서지 않았다. 서로 세심한 배려를 하는 경쟁이 벌어졌다. 마침내 그녀가 짐짓 강경한 어조로 소리쳤다.

"아뇨, 천만에요, 갈 거예요."

"당신은 정말 착한 사람이야!" 그가 그녀의 이마에 키스를 하며 말했다.

다음 날 당장 그녀는 레옹과 의논하기 위해 **제비**를 타고 루앙으로 갔다. 그리고 거기서 사흘 동안 머물렀다.

III

그것은 충만하고 감미롭고 빛나는 사흘이었고 진정한 밀월이었다.

그들은 항구의 **불로뉴 호텔**에 묵었다. 덧문도 닫고 문도 잠근 채, 바닥에는 꽃을 뿌리고 아침부터 가져다주는 아이스 시럽을 마시며 지냈다.

저녁이 되면, 지붕 달린 작은 배를 타고 섬으로 저녁 식사를 하러 갔다.

작업장에서 배의 널빤지 틈을 메우는 직공이 배의 늑재를 두드리는 망치 소리가 울려 퍼지는 시간이었다. 타르를 태우는 연기가 나무들 사이로 새어 나오고, 강물 위에는 커다란 기름방울들이 보였다. 주홍빛 석양 아래 불규칙하게 일렁이는 그 모습이 마치 멋진 청동판이 떠 있는 것 같았다.

그들은 밧줄로 묶어 둔 배들 가운데로 내려갔다. 그 배들에 비스듬히 걸려 있는 기다란 밧줄이 작은 배의 표면을 살짝 스치곤 했다.

도시의 소음도, 짐수레 구르는 소리도, 떠들썩한 사람들의 목소리도, 배 갑판 위의 개 짖는 소리도 어느새 멀어졌다. 그녀는 모자의 끈을 풀었고, 두 사람은 그들의 섬으로 다가갔다.

그들은 문에 검은 어망을 매달아 놓은 어느 술집의 천장이 낮은 방에 자리를 잡고 바다빙어 튀김, 크림, 버찌를 먹었다. 그들은 풀밭에 눕기도 하고, 사람들과 따로 떨어져 포플러 밑에서 키스를 하기도 했다. 그들은 마치 두 명의 로빈슨 크루소처럼 그 조촐한 곳에서 영원히 살고 싶었다. 행복에 취해 있는 그들에게는 그곳이 이 세상에서 가장 멋진 곳처럼 여겨졌다. 그들이 나무와 푸른 하늘과 잔디밭을 본 것도, 물 흐르는 소리와 나뭇잎을 스치는 바람 소리를 들은 것도 물론 처음은 아니었다. 그러나 그 모든 것에 이토록 감탄한 적은 아마 결코 없었을 것이다. 마치 예전에는 자연이 존재하지 않았거나 그들의 욕망이 충족되고 난 후에야 비로소 자연이 아름다워진 것 같았다.

그들은 밤에 다시 출발했다. 작은 배는 섬들 가장자리를 따라서 갔다. 그들은 배 안쪽에서 둘 다 어둠 속에 가려진 채 말없이 있었다. 네모난 노가 쇠고리 사이에서 삐걱거리는 소리를 냈다. 그것은 침묵 속에서 마치 메트로놈이 박자를 치는 것처럼 들렸고, 뱃고물에서는 늘어진 밧줄이 물속에서 끊임없이 작고 희미하게 찰랑거리는 소리를 냈다.

한번은 달이 보였다. 그러자 그들은 어김없이 달에 대해 우수와 시정이 넘치는 문장들을 읊어 댔다. 심지어 그녀는 노래를 부르기 시작했다.

어느 날 저녁, 그대는 기억하는가? 우리는 노 저어 가고 있었지…….

아름답고 가냘픈 그녀의 목소리가 물결 위로 사라지면 바람이 그 떨리는 소리를 실어 갔고, 레옹은 마치 새의 날갯짓처럼 자기 주위를 스쳐 지나가는 그 소리를 듣고 있었다.

그녀는 열어 놓은 덧문으로 달빛이 새어 들어오는 배의 칸막이에 기댄 채 그와 마주 앉아 있었다. 검은 옷 주름이 부채처럼 넓게 퍼져 그녀는 더욱 날씬하고 키가 커 보였다. 그녀는 두 손을 맞잡은 채 고개를 들어 두 눈을 하늘로 향했다. 이따금 버드나무 그림자에 완전히 가려졌던 그녀가 마치 환영처럼 달빛 속에 갑자기 다시 나타나곤 했다.

레옹은 그녀 옆의 바닥에서 손바닥 아래 있는 선홍색 비단 리본 하나를 발견했다.

뱃사공이 그것을 살펴보더니 말했다.

"아! 아마 요전 날 제가 태웠던 일행들 것일 거예요. 재미있는 신사 숙녀분 여럿이서 과자에 샴페인에 나팔까지 가져와 정말 시끌벅적했지요! 특히 키가 크고 작은 콧수염을 기른 미남 손님은 아주 재미있는 분이셨어요! 다른 손님들이 이렇게 말하더라고요. '자, 얘기 좀 해 줘…… 아돌프……. 아니 도돌프던가…….'"

그녀는 몸서리를 쳤다.

"어디 아파요?" 레옹이 그녀에게 다가오며 말했다.

"아! 아무것도 아니에요. 아마 밤공기가 차서 그런가 봐요."

"그 손님은 필시 여자도 많겠지요." 늙은 사공은 낯모르는 사람에게 예의를 차린다는 생각으로 부드럽게 덧붙였다.

그리고 두 손에 침을 뱉으며 다시 노를 잡았다.

하지만 헤어져야 했다! 이별은 슬펐다. 그는 롤레 아줌마네 집으로 편지를 보내기로 했다. 편지를 이중으로 봉하는 것에 대해 그녀가 어찌나 세세하게 주의를 주는지 그는 그녀의 사랑의 계략에 대단히 감탄했다.

"그럼 모든 일이 다 잘된다고 장담하는 거죠?" 그녀가 마지막 키스를 하며 말했다.

"물론!" 그는 혼자 이 거리 저 거리를 배회하면서 생각했다. '그런데 대체 왜 그렇게 그 위임장에 집착하는 거지?'

IV

레옹은 곧 동료들 앞에서 거만한 태도를 취했고 그들과 어울리지도 않았으며 소송 서류는 아예 거들떠보지도 않았다.

그는 그녀의 편지를 기다렸고, 그것을 읽고 또 읽었다. 그리고 그녀에게 편지를 썼다. 그는 모든 욕망과 기억을 동원해 그녀의 모습을 떠올리곤 했다. 그녀를 다시 보고 싶은 욕망은 눈앞에 안 보인다고 약해지는 것이 아니라 더 커져만 갔다. 그래서 그는 어느 토요일 아침 사무실을 빠져나왔다.

언덕 꼭대기에서 골짜기에 있는 성당의 종탑과 함께 바람에 돌아가는 양철 깃발을 보자, 그는 백만장자가 고향을 다시 찾을 때 느낄 법한 위풍당당한 허영심과 이기적인 감동이 뒤섞인 희열을 느꼈다.

그는 그녀의 집 주위를 어슬렁거렸다. 부엌에서 불빛이 반짝였다. 그는 커튼 뒤로 그녀의 그림자가 있는지 살폈다. 아무것도 보이지 않았다.

르프랑수아 아주머니는 그를 보자 큰 소리로 탄성을 질렀다. 그녀는 그가 "키가 커지고 말랐다"고 한 반면, 아르테미즈는 "튼튼해지고 검게 그을렸다"고 했다.

그는 예전처럼 작은 방에서 식사를 했다. 그러나 세무 관리 없이 혼자였다. 비네가 **제비**를 기다리는 데 **지쳐서** 마침내 식사 시간을 한 시간 앞당겼기 때문이다. 이제 비네는 정각 다섯 시에 저녁을 먹었는데, 그래도 여전히 그 **낡아빠진 마차가 늦는다고** 걸핏하면 불평을 했다.

레옹은 결심하고 의사 집으로 가서 문을 두드렸다. 부인은 방에 있었는데, 15분 후에야 내려왔다. 남편은 그를 다시 보게 되어 반가워하는 것 같았다. 그러나 남편은 저녁에도, 그다음 날도 온종일 집에서 움직이지 않았다.

레옹은 아주 저녁 늦게야 정원 뒤 오솔길에서 그녀를 따로 만났다. 다른 남자와 만날 때처럼 오솔길에서! 폭풍우가 몰아쳐 그들은 번갯불이 번쩍이는 가운데 한 우산 밑에서 이야기를 했다.

이별은 견디기 힘든 것이었다.

"차라리 죽어 버렸으면!" 에마가 말했다.

그녀는 그의 품에서 울면서 몸부림쳤다.

"안녕!…… 안녕!…… 언제 또 만나지?"

그들은 가다가 되돌아서서 또 키스를 했다. 그때 그녀는 곧 무슨 수를 쓰든 적어도 일주일에 한 번은 자유롭게 만날 수 있는 지속적인 기회를 찾아내겠다고 그에게 약속했다. 그녀는 그럴 수 있다고 확신했다. 게다가 그녀는 희망에 넘쳐 있었다. 그녀에게 곧 돈이 들어오기로 되어 있었던 것이다.

그래서 그녀는 뢰뢰 씨가 싸다고 자부했던 굵은 줄무늬 노란 커튼 한 쌍을 자기 방에 치려고 샀다. 그녀가 양탄자를 갖고 싶어 하자, 뢰뢰는 "그다지 큰돈은 들지 않는다"고 장담하면서 한 장 갖다 드리겠다고 정중하게 약속했다. 그녀는 이제 그의 도움 없이는 지낼 수 없었다. 하루에도 몇 번씩 그를 찾으러 사람을 보냈고, 그는 불평 한마디 없이 만사를 제쳐 놓고 곧바로 왔다. 사람들은 롤레 아줌마가 왜 날마다 에마 집에서 점심을 먹는지, 심지어 왜 그녀를 따로 찾아오는지 이해할 수 없었다.

그 무렵, 다시 말해 겨울이 시작될 즈음 그녀는 음악에 대단히 열중하는 것처럼 보였다.

어느 날 저녁, 샤를이 듣고 있는데 그녀는 똑같은 곡을 연달아 네 번이나 다시 시작하면서 계속 짜증을 부렸다. 그는 그 연주에서 아무런 차이를 느끼지 못한 채 소리쳤다.

"브라보!…… 아주 좋아!…… 멈추지 마! 계속해요!"

"아뇨! 형편없어요! 손가락이 굳었어요."

다음 날 그는 그녀에게 **자기를 위해서 뭐든 더 연주해 달라고** 부탁했다.

"좋아요, 당신이 원한다면!"

샤를은 그녀의 연주 실력이 좀 떨어진 것 같다고 솔직히 말했다. 그녀는 악보를 혼동하고 서투르게 연주하다가 갑자기 멈추었다.

"아! 이젠 다 틀렸어! 레슨을 받아야 하는데, 하지만⋯⋯."

그녀는 입술을 깨물며 덧붙였다.

"한 번에 20프랑이라니, 너무 비싸요!"

"응, 사실⋯⋯ 좀⋯⋯. 하지만 어쩌면 더 싸게 할 수도 있을 것 같은데. 이름 없는 예술가가 유명한 예술가보다 더 나은 경우도 종종 있으니까." 샤를이 어리석게 히죽히죽 웃으며 말했다.

"그런 사람을 찾아 줘요." 에마가 말했다.

다음 날 집으로 돌아온 그는 미묘한 눈길로 그녀를 바라보다가 마침내 참지 못하고 말했다.

"당신은 가끔 어처구니없이 고집을 부릴 때가 있어! 오늘 바르푀셰르에 갔었는데 말이야, 리에자르 부인이 수도원 학교에 다니는 자기 딸 셋은 한 번에 평균 50수에 레슨을 받고 있대. 그것도 유명한 선생한테서!"

그녀는 어깨를 으쓱하고 두 번 다시 피아노를 열지 않았다.

그러나 그 곁을 지날 때면(보바리가 그 자리에 있으면) 그녀는 한숨을 쉬었다.

"아! 가엾은 내 피아노!"

그리고 손님이 오면, 자기는 음악을 포기했고 이제는 어쩔 수 없는 이유로 다시 시작할 수 없다는 것을 어김없이 말하곤 했다. 그러면 사람들은 그녀를 동정했다. 참으로 애석한 일이다! 그토록 훌륭한 재능이 있는 그녀가! 심지어 보바리에게도 그 이야기를 하며 그를 부끄럽게 만들었다. 특히 약사가 그랬다.

"그러시면 안 됩니다! 천부적인 능력을 썩히면 절대 안 돼요.

게다가 생각해 보세요. 부인에게 공부를 시키면, 나중에 댁 아이들의 음악 교육비를 아끼게 되는 거예요! 나는요, 어머니가 직접 아이들을 교육시켜야 한다고 생각합니다. 이건 루소의 사상인데, 아마 아직은 좀 새로운 것이겠지만 결국 승리를 거둘 거라고 확신합니다. 모유 수유와 백신 접종처럼 말이에요."

그리하여 샤를은 다시 한번 피아노 문제를 언급했다. 에마는 차라리 팔아 버리는 게 낫겠다고 신랄하게 대꾸했다. 그의 허영심을 그토록 만족시켜 주었던 그 가엾은 피아노가 사라진다는 것이 보바리에게는 뭐라 설명할 수는 없지만 그녀 자신의 일부가 자살하는 것처럼 여겨졌다.

"당신이 원한다면…… 이따금 한 번씩 레슨을 받도록 해. 어쨌든 그건 그리 막대한 돈이 들지는 않을 테니." 그가 말했다.

"하지만 레슨은 계속 받아야만 효과가 있어요." 그녀가 대꾸했다.

이렇게 해서 그녀는 결국 일주일에 한 번씩 애인을 만나러 도시에 갈 수 있도록 남편에게서 허락을 받아냈다. 한 달 뒤, 사람들은 심지어 그녀가 상당히 발전했다고 생각했다.

V

목요일이었다. 그녀는 잠자리에서 일어나 샤를이 깨지 않도록 조용히 옷을 입었다. 너무 일찍 준비한다고 그가 잔소리할지도 모르는 일이었다. 그런 뒤 그녀는 이리저리 왔다 갔다 하고, 창문 앞에 서서 광장을 바라보았다. 동틀 무렵의 희미한 빛이 중앙 시장의 기둥들 사이를 떠돌고, 덧문이 닫혀 있는 약사의 집은 창백한 새벽빛 속에서 간판의 대문자를 드러내 보이고 있었다.

추시계가 일곱 시 15분을 가리키자, 그녀는 **황금 사자**로 갔다. 아르테미즈가 하품을 하면서 나와 문을 열어 주었다. 그리고 부인을 위해 재 밑에 묻혀 있는 숯불을 파헤쳐 주었다. 에마는 부엌에 혼자 있었다. 그녀는 이따금 밖으로 나가 보았다. 이베르가 천천히 말을 매면서 한편으로 르프랑수아 부인의 말을 듣고 있었다. 그녀는 면 모자를 쓴 머리를 쪽문으로 내민 채 그에게 심부름할 것들을 잔뜩 일러 주고 다른 사람이라면 혼란스러워했을 설명을 늘어놓고 있었다. 에마는 구두 바닥으로 마당의 포석을 두드렸다.

드디어 이베르가 수프를 다 먹자 외투를 걸치고 파이프에 불을 붙인 다음 채찍을 쥐고 조용히 마부석에 앉았다.

제비는 종종걸음으로 출발했고, 처음 3킬로미터쯤 가는 동안 이곳저곳에 멈춰 길가나 집 울타리 앞에서 마차를 기다리는 손님들을 태웠다. 전날 예약해 둔 사람들은 나와 있지 않아 기다려야 했다. 심지어 어떤 사람들은 아직도 집에서 자고 있었다. 이베르가 부르고 소리치고 욕설을 내뱉다 마부석에서 내려가 문을 쾅쾅 두드리기도 했다. 갈라진 여닫이 창틈으로 바람이 들어왔다.

그러는 동안 긴 의자 네 개가 다 차고 마차는 달리기 시작했다. 줄지은 사과나무들이 연달아 이어졌다. 길은 누런 물이 가득 찬 기다란 두 도랑 사이로 지평선 끝까지 좁아지면서 계속되었다.

에마는 그 길을 끝에서 끝까지 훤히 알고 있었다. 목장 다음에는 푯말, 그다음에는 느릅나무 한 그루, 그리고 헛간 혹은 도로 작업자의 오두막이 나온다는 것을 알고 있었다. 심지어 때로는 스스로를 놀라게 하려고 눈을 감아 보기도 했다. 그러나 남은 거리에 대한 분명한 감각은 절대 잃어버리지 않았다.

마침내 벽돌집들이 많아지고 바퀴 밑에서 지면이 울리는 소리를 내면, **제비**는 산울타리 사이로 동상, 포도 덩굴 언덕, 가지를 다듬은 주목, 그네가 보이는 정원들 사이를 미끄러져 갔다. 이어서 도시의 모습이 한눈에 드러났다.

안개에 잠긴 도시는 원형 극장처럼 아래로 내려가면서 다리들 저 너머로 희미하게 펼쳐져 있었다. 그다음에는 평평한 들판이 저 멀리 창백한 하늘의 흐릿한 밑선에 닿을 때까지 단조로운 모양으로 이어졌다. 이렇게 높은 곳에서 내려다보니, 풍경 전체가 한 폭의 그림처럼 움직임이 없어 보였다. 닻을 내린 배들이 한쪽 구석에 모여 있었다. 강물은 초록빛 언덕 밑으로 둥글게 곡선을 그리고, 길쭉한 형태의 섬들은 크고 검은 물고기들이 꼼짝 않고 물 위에 떠 있는 것처럼 보였다. 공장 굴뚝에서는 끝부분이 바람에 흩날리는 커다란 갈색 깃털 같은 연기가 뿜어져 나왔다. 제련소의 부르릉거리는 소리가 안개 속에 서 있는 성당들의 맑은 종소리와 함께 들려왔다. 잎이 떨어진 가로수들은 집들 한가운데에서 보랏빛 덤불을 이루고, 비에 젖어 번지르르한 지붕들은 동네의 높낮이에 따라 불규칙하게 반짝이고 있었다. 이따금 한 줄기 바람이 생트카트린 언덕 쪽으로 구름을 쓸어 가면, 마치 하늘의 파도가 절벽에 부딪혀 소리 없이 부서지는 것 같았다.

에마에게는 첩첩이 쌓인 그 삶들 속에서 현기증 나는 뭔가가 발산되는 것 같았고, 그로 인해 그녀의 가슴이 한없이 부풀어 올랐다. 마치 거기서 고동치고 있는 12만의 영혼이 그들이 품고 있을 것으로 여겨지는 열정의 열기를 한꺼번에 그녀에게 보내는 것 같았다. 그녀의 사랑은 광대한 공간 앞에서 커졌고, 그녀를 향해 올라오는 막연한 속삭임과 함께 격동으로 가득 찼다. 그녀는 그 사랑을 밖으로, 광장으로, 산책로로, 거리로 다시 쏟아 냈다. 그러자 노르망디의 오래된 도시는 마치 그녀가 바빌론에라도 들어가는 듯이 어마어마한 수도처럼 눈앞에 펼쳐졌다. 그녀는 두 손으로 창틀을 짚고 몸을 내밀어 미풍을 들이마셨다. 세 마리 말이 달리고 있었다. 돌들이 진흙 속에서 삐걱거리고 합승 마차가 좌우로 흔들렸다. 이베르는 멀리 도로 위의 이륜마차를 소리쳐 불렀지만, 부아 기욤에서 밤을 지낸 시민들은 조그만 자가용 마차를 타고 조용히 언덕을 내려갔다.

마차는 도시의 방책 앞에서 멈췄다. 에마는 덧신의 고리를 풀고 다른 장갑으로 갈아 낀 뒤 숄을 매만졌다. 그러고는 20보쯤 더 가서 **제비**에서 내렸다.

그때 도시는 깨어나고 있었다. 그리스 모자를 쓴 점원들은 상점의 진열장을 닦고, 바구니를 허리에 매단 여자들은 길모퉁이에서 이따금 낭랑한 소리로 고함을 지르곤 했다. 에마는 눈을 내리깔고 벽에 바싹 붙어 걸으면서 내려뜨린 검은 베일 밑에서 기쁨의 미소를 짓고 있었다.

보통 그녀는 남의 눈에 띌까 봐 가장 빠른 길로 가지 않았다. 어두운 골목길로 들어갔다가 땀에 흠뻑 젖어 나시오날 거리 아래쪽 분수 옆에 당도했다. 그곳은 극장과 술집과 매춘부들의 거리였다. 종종 짐수레가 흔들리는 무대장치를 싣고 그녀 곁으로 지나가곤 했다. 앞치마를 두른 식당 종업원들이 녹색 관목들 사이로 바닥 타일 위에 모래를 뿌리고 있었다. 압생트와 궐련과

굴 냄새가 났다.

그녀는 어떤 거리의 모퉁이를 돌았다. 모자에서 빠져나온 곱슬머리를 보고 그녀는 그를 알아보았다.

레옹은 보도 위를 계속 걸어갔다. 그녀는 호텔까지 그를 따라갔다. 그가 계단을 올라가서 문을 열고 들어갔다…… 얼마나 뜨거운 포옹인가!

이어서 키스를 한 뒤 말들이 쏟아져 나왔다. 한 주일 동안 슬펐던 일, 여러 가지 예감, 편지에 대한 걱정 등을 서로 이야기했다. 그러나 이제는 모든 것을 잊었다. 그들은 서로 마주 보면서 쾌락의 웃음을 웃었고 다정한 이름으로 서로를 불렀다.

침대는 마호가니로 만든 나룻배 모양의 대형 침대였다. 천장에서부터 내려뜨린 붉은 비단 커튼이 나팔처럼 벌어진 침대 머리 근처 아주 낮은 곳에서 아치형을 이루고 있었다. 그녀가 수줍은 몸짓으로 두 손으로 얼굴을 가리면서 맨살이 드러난 두 팔을 오므릴 때, 이 자줏빛 위에 두드러지는 그녀의 갈색 머리와 하얀 피부만큼 아름다운 것은 이 세상에 없었다.

소박한 양탄자, 익살스러운 장식, 잔잔한 빛이 있는 따뜻한 방은 은밀한 열정을 위해 매우 적합한 장소 같았다. 끝이 화살처럼 뾰족한 막대, 구리로 된 커튼 걸이, 벽난로 장작 받침쇠의 커다란 공 모양들은 햇볕이 들어오면 갑자기 번쩍거렸다. 벽난로 위에는 귀에 갖다 대면 바닷소리가 들리는 커다란 장밋빛 조개 껍데기 두 개가 촛대들 사이에 놓여 있었다.

화려함이 다소 퇴색되긴 했지만 즐거움이 가득한 그 멋진 방을 그들은 얼마나 좋아했던가! 가구들이 언제나 그 자리에 있는 것을 다시 볼 수 있었고, 이따금 그녀가 잊어버리고 간 머리핀이 다음 목요일에 추시계 받침대에 놓여 있기도 했다. 그들은 벽난로 옆, 자단을 박아 넣어 장식한 작은 원탁에서 점심을 먹었다. 에마는 온갖 애교를 부리며 고기를 잘라 그의 접시에 담아 주었다. 가벼운 유리잔에서 손가락의 반지 위로 샴페인 거품이 넘치면, 그녀는 낭랑하고 방탕한 웃음소리를 내며 웃었다. 두 사람은 서로에게 완전히 정신이 팔려 자기들 집에 있는 것으로 착각했고, 영원한 젊은 부부라도 되어 죽을 때까지 거기서 살 것처럼 생각했다. 그들은 우리 방, 우리 양탄자, 우리 소파라고 말했고, 심지어 그녀는 내 실내화라고, 그녀가 갖고 싶어 해서 레옹이 사 준 선물이라고까지 말했다. 그것은 백조의 털로 가장자리를 두른 장밋빛 사틴 실내화였다. 그녀가 그의 무릎에 앉으면 너무 짧은 그녀의 다리는 공중에 떠 있었다. 그러면 뒤축이 없는 그 귀여운 신발은 그녀의 맨발 발가락에 겨우 걸려 있었다.

그는 여성적인 우아함의 뭐라 표현할 수 없는 섬세함을 처음으로 맛보고 있었다. 그는 그런 매력적인 말씨, 그런 단정한 옷차림, 잠든 비둘기 같은 그런 자태를 한 번도 접해 본 적이 없었다. 그는 열광하는 그녀의 영혼과 치마의 레이스에 감탄했다. 게다가 그녀는 **상류 사회의 부인**, 결혼한 여자! 요컨대 진짜 정부가 아니던가?

기분이 여러 가지로 자주 바뀌는 탓에 침울하다가도 쾌활해지고 수다스럽다가도 말이 없어지고 화를 내다가도 무기력해지는 그녀는 그의 마음속에서 수많은 욕망을 자극하고 본능이나 추억을 되살려 놓았다. 그녀는 모든 소설에 등장하는 연인이었고, 모든 연극의 여주인공이었으며, 모든 시집에 나오는 막연한 **그녀**였다. 레옹은 그녀의 어깨 위에서 **목욕하는 오달리스크**의 호박빛을 다시 보았다. 기다란 코르사주를 입은 그녀는 봉건시대 성주 부인 같았다. 또 **바르셀로나의 창백한 여인**을 닮기도 했지만, 무엇보다 그녀는 천사였다!

때때로 그녀를 바라보고 있으면, 그의 영혼이 그녀를 향해 빠져나가 그녀의 머리 주위에서 물결처럼 퍼지다가 그녀의 하얀 가슴속으로 끌려 내려가는 것 같았다.

그는 그녀 앞의 바닥에 주저앉아 그녀의 무릎에 팔꿈치를 짚은 채 얼굴을 내밀고 미소 지으며 그녀를 바라보았다.

그녀는 그를 향해 몸을 굽히고 황홀해 숨이 막히는 듯 중얼거렸다.

"아! 움직이지 말아요! 아무 말도 하지 말아요! 날 봐요! 당신 눈에서 너무도 달콤한 뭔가가 솟아 나와 정말 기분이 좋아요!"

그녀는 그를 우리 아이라고 불렀다.

"우리 아이, 나 사랑해?"

그녀가 그의 대답을 들을 사이도 없이 다급하게 그의 입술이 그녀의 입으로 올라왔다.

추시계 위에는 작은 청동 큐피드상이 도금한 꽃 장식 밑에서 두 팔을 동그랗게 구부린 채 애교스러운 미소를 짓고 있었다.

그들은 그것을 보고 수없이 웃었다. 그러나 헤어져야 할 때가 되면 그들에게는 모든 것이 심각해 보였다.

그들은 서로 마주 보고 꼼짝도 하지 않은 채 되풀이했다.

"목요일에 봐요!…… 목요일에!"

갑자기 그녀는 두 손으로 그의 머리를 잡고 "안녕!"이라고 소리치면서 재빨리 그의 이마에 입을 맞춘 뒤 계단으로 돌진했다.

그녀는 코메디 거리의 미용실로 가서 머리를 손질했다. 어둠이 내리고 있었고, 상점에는 가스등이 켜졌다.

공연이 시작된다고 단역 배우들을 부르는 극장의 작은 종소리가 들렸다. 그러자 맞은편에서 얼굴을 하얗게 칠한 남자들과 빛바랜 옷을 입은 여자들이 지나가 무대 뒷문으로 들어가는 것이 보였다.

천장이 몹시 낮은 그 작은 미용실 안은 더웠고, 가발과 포마드 한가운데서 난로가 윙윙거리며 타고 있었다. 고데기 냄새와 머리를 만지는 끈적끈적한 손의 촉감 때문에 그녀는 곧 정신이 혼미해져 화장 가운을 입은 채 잠깐 졸았다. 남자 미용사가 그녀의 머리를 손질하면서 여러 번 가면무도회 표를 사라고 권했다.

이윽고 그녀는 거기서 나왔다! 거리를 몇 개 올라가서 **적십자** 여관에 도착했다. 그녀는 아침에 긴 의자 밑에 숨겨 두었던 덧신을 다시 신고, 초조하게 기다리는 승객들 사이로 자리에 주저앉았다. 몇 사람이 언덕 아래에서 내렸고, 마차 안에는 그녀 혼자 남았다.

모퉁이를 돌 때마다 도시의 모든 등불이 점점 더 뚜렷이 보였다. 그것은 구별이 안 되게 뒤섞인 집들 위로 널따란 빛의 안개를 드리웠다. 에마는 좌석의 쿠션 위에 무릎을 꿇고 앉아 있었는데, 그녀의 눈길은 그 눈부신 빛 속을 헤매고 있었다. 그녀는 흐느껴 울면서 레옹을 불렀고, 그에게 다정한 말과 키스를 보냈다. 그것들은 바람에 날려 사라졌다.

언덕에는 합승 마차들 한가운데에서 지팡이를 짚고 배회하는 거지가 한 명 있었다. 누더기 뭉치가 어깨를 덮고 양푼처럼 둥글고 울퉁불퉁한 낡은 털모자가 얼굴을 가리고 있었지만, 모자를 벗으면 눈꺼풀이 있어야 할 자리에 온통 피투성이 눈구멍 두 개가 뚫려 있었다. 살은 시뻘건 조각으로 흩어져 있었는데 거기서 고름이 흘러나와 코에까지 녹색 습진처럼 엉겨붙어 있고 경련을 일으키듯 시커먼 콧구멍을 훌쩍거렸다. 사람들에게 말을 하려면 그는 바보처럼 웃으며 머리를 뒤로 젖혔다. 그러면 푸르스름한 눈동자가 계속 움직이면서 관자놀이 근처의 아직 아물지 않은 상처 가장자리에 가닿곤 했다.

그는 마차 뒤를 따라가면서 짤막한 노래를 불렀다.

화창한 날의 열기에 종종
아가씨는 사랑을 꿈꾼다네.

그리고 나머지 노래들은 새, 태양, 나뭇잎에 대한 것이었다.
때때로 그는 에마 뒤에서 모자도 쓰지 않은 채 불쑥 나타나기도 했다. 그녀는 비명을 지르며 물러섰다. 이베르가 와서 그를 놀려 댔다. 이베르는 거지에게 생로맹 장터에 좌판을 벌이라고 하기도 하고 여자 친구는 어떻게 지내느냐고 물으며 웃어 대기도 했다.

종종 마차가 가고 있을 때 그의 모자가 여닫이창을 통해 마차 안으로 불쑥 들어오곤 했다. 그때는 그가 흙탕물을 튀기는 바퀴 사이의 발판 위에 다른 쪽 팔로 매달려 있는 것이었다. 처음에는 가냘프고 아기 우는 소리 같던 그의 목소리가 점점 날카로워졌다. 그것은 막연한 고뇌에 대한 불분명한 울부짖음처럼 어둠 속에 길게 울려 퍼졌다. 방울이 울리는 소리, 나뭇잎이 살랑거리는 소리, 텅 빈 마차가 덜커덩거리는 소리 너머로 들리는 그 목소리에는 에마의 마음을 뒤흔드는 아득한 뭔가가 서려 있었다. 그것은 심연의 소용돌이처럼 그녀의 영혼 깊숙이 파고들어 무한한 우수의 공간으로 그녀를 데려갔다. 그러나 마차의 균형이 안 맞는 것을 알아차린 이베르가 채찍으로 장님을 힘껏 내리쳤다. 채찍 끝이 그의 상처를 때리자 그는 비명을 지르며 진흙탕 속으로 떨어졌다.

이윽고 **제비**의 승객들은 잠이 들었다. 어떤 사람들은 입을 벌리고, 또 어떤 사람들은 고개를 숙이고, 옆 사람의 어깨에 기대거나 손잡이 끈에 팔을 넣은 채 마차의 덜커덩거림에 따라 규칙적으로 흔들리고 있었다. 마차 밖 말 엉덩이 위에서 흔들리고 있는 램프의 불빛이 초콜릿 빛의 옥양목 커튼을 통해 마차 안으로 스며들어 와 움직이지 않는 모든 사람 위로 핏빛 그림자를 드리웠다. 에마는 슬픔에 취한 채 옷 속에서 떨며 죽을 것 같은 마음으로 두 발이 점점 더 차가워지는 것을 느꼈다.

집에서는 샤를이 그녀를 기다리고 있었다. **제비**는 목요일이면 늘 연착했다. 드디어 부인이 도착했다! 그녀는 딸아이에게 건성으로 겨우 키스를 했다. 저녁 식사가 준비되어 있지 않았지만 상관없었다! 그녀는 하녀를 용서해 주었다. 이제는 하녀가 무슨 짓을 해도 괜찮은 듯했다.

종종 남편은 그녀의 창백한 안색을 보고 어디 아픈 것 아닌지 물었다.

"아뇨." 에마가 말했다.

"그런데 당신 오늘 저녁 아주 이상한데?" 그가 말했다.

"아니! 아무것도 아니에요! 아무것도!"

심지어 집에 돌아오자마자 곧장 방으로 올라가 버리는 날도 있었다. 그러면 거기 와 있던 쥐스탱이 발소리를 죽인 채 오가면서 숙련된 시녀보다 더 솜씨 좋게 그녀의 시중을 들었다. 그는 성냥과 촛대와 책을 갖다 놓고, 잠옷을 꺼내 주고, 잠자리도 준비해 주었다.

"자, 이제 됐으니 가 봐!" 그녀가 말했다.

그가 마치 갑작스러운 몽상에 무수한 끈으로 묶인 듯이 두 손을 늘어뜨린 채 눈을 멀뚱히 뜨고 계속 서 있었기 때문이다.

다음 날 하루는 몹시 괴로웠고, 그다음 날들은 행복을 다시 붙잡고 싶은 초조함 때문에 더욱더 견딜 수 없었다. 이 맹렬한 갈망은 이미 경험한 영상들로 불타오르다가 일주일 뒤 레옹의 애무 속에서 마음껏 폭발했다. 레옹 자신의 열렬한 감정은 감탄과 감사를 토로하는 표현 뒤에 감추어져 있었다. 에마는 조심스럽게 몰두하면서 그 사랑을 맛보고, 온갖 애정의 기교로 그 사랑을 유지하면서 언젠가 잃어버리게 될까 봐 불안해하고 있었다.

가끔 그녀는 우울한 목소리로 부드럽게 그에게 말하곤 했다.

"아! 언젠간 날 떠나겠지, 당신도!······ 그리고 결혼하겠지!······ 다른 남자들처럼."

그가 물었다.

"다른 남자들이라니?"

"그냥 세상 남자들 말이야." 그녀가 대답했다.

이어서 그녀는 괴로워하는 몸짓으로 그를 밀어내며 덧붙였다.

"남자들은 모두 야비해!"

어느 날 이 세상의 환멸에 대해 철학적인 이야기를 나누다가 그녀는 불쑥(레옹의 질투심을 시험해 보기 위해서였는지 아니면 속마음을 털어놓고 싶은 욕구가 너무 강해서였는지) 예전에 레옹을 사랑하기 전에 어떤 남자를 사랑한 적이 있다고 말해 버렸다. "당신만큼 사랑한 건 아니고!"라고 얼른 덧붙이면서 그녀는 **아무 일도 없었다**는 것을 딸의 목숨을 걸고 맹세했다.

청년은 그녀의 말을 믿었지만, 그래도 그 남자가 무엇을 하는 사람이었는지 알고 싶었다.

"해군 대위였어요."

이것은 캐묻는 것을 방지하는 동시에 호전적인 성격으로 세상의 찬사를 받는 데 익숙할 것이 틀림없는 남자의 마음을 매혹했다는 것으로 스스로를 높이려는 것 아니었을까?

그러자 서기는 자신의 처지가 초라하게 느껴졌다. 그는 견장과 훈장과 직함이 부러웠다. 그런 것은 모두 분명 그녀의 마음에 들었을 것이다. 그녀의 사치스러운 습관에 비추어 볼 때 의심할 여지가 없었다.

그러나 에마에게는 입 밖에 내지 않고 있는 기상천외한 생각이 더 많았다. 이를테면 루앙에 타고 갈 수 있도록 영국 말을 매어 승마용 장화를 신은 젊은 마부가 모는 푸른색 이륜마차를 갖고 싶다는 욕망 같은 것이었다. 그녀에게 이런 기발한 욕망을 부추긴 것은 쥐스탱이었다. 그가 자기를 시종으로 써 달라며 그녀에게 애원했던 것이다. 물론 그런 마차가 없다고 해서 밀회 때마다 도착하는 기쁨이 줄어드는 것은 아니었지만, 돌아올 때의 회한이 더 커지는 것은 분명했다.

가끔 두 사람이 함께 파리 이야기를 할 때면 그녀는 결국 이렇게 중얼거리곤 했다.

"아! 거기서 같이 산다면 얼마나 좋을까!"

"지금 우리는 행복하지 않아요?" 청년은 그녀의 머리카락을 손으로 쓰다듬으며 부드럽게 말했다.

"아니, 행복하고말고. 내가 정신 나간 소릴 했네. 키스해 줘요!" 그녀가 말했다.

그녀는 남편에게 그 어느 때보다 더 상냥했다. 피스타치오를 넣은 크림을 만들어 주기도 하고 저녁 식사 후에는 피아노로 왈츠 곡을 쳐 주기도 했다. 그래서 그는 자기가 세상에서 가장 행복한 사람이라 생각했고, 에마는 불안해하지 않으며 지내고 있었다. 그런데 어느 날 저녁 갑자기 샤를이 물었다.

"당신에게 레슨해 주는 사람이 랑프뢰르 양 맞지?"

"네."

"그런데 말이야, 내가 오늘 오후에 리에자르 부인 집에서 그 선생을 만났거든. 내가 당신 이야기를 했더니 그 여자는 당신을 모르던걸." 샤를이 다시 말했다.

마치 벼락을 한 대 맞은 것 같았다. 그러나 그녀는 자연스러운 어조로 대꾸했다.

"아! 아마 내 이름을 잊어버렸나 보죠!"

"어쩌면 루앙에 랑프뢰르라는 피아노 선생이 여러 명 있는 것 아닐까?" 의사가 말했다.

"그럴 수도 있죠!" 그러고는 격한 어조로 덧붙였다. "영수증이 있어요, 참! 보여 줄게요."

그리고 그녀가 책상으로 가서 모든 서랍을 뒤지고 서류를 뒤죽박죽으로 만들면서 너무 정신없이 굴자, 샤를은 그런 하찮은 영수증 때문에 그렇게 애쓸 필요 없다고 간곡히 말렸다.

"오! 꼭 찾아낼 거예요." 그녀가 말했다.

실제로 바로 다음 금요일에, 샤를은 그의 옷을 빼곡히 넣어 두는 작고 컴컴한 방에서 장화를 신다가 장화 바닥과 양말 사이에 종이 한 장이 밟히는 것 같아 그것을 집어서 읽어 보았다.

'3개월 수업료와 기타 여러 가지 물품 비용으로 총 65프랑을 영수함. 음악 선생 펠리시 랑프뢰르.'

"이게 왜 내 장화 속에 있지?"

"아마 선반 가장자리에 있는 낡은 영수증 통에서 떨어졌을 거예요." 그녀가 대답했다.

그때부터 그녀의 생활은 거짓말을 모아 놓은 것에 불과했다. 그녀는 마치 베일로 감싸듯 거짓말로 자신의 사랑을 감싸서 숨겼다.

그것은 하나의 필요, 광적인 습관, 쾌락이 되어 이제는 그녀가 어제 길 오른쪽으로 지나갔다고 말하면 왼쪽으로 간 것으로 믿어야 할 정도였다.

어느 날 아침 그녀가 평소처럼 가벼운 옷차림으로 집에서 나왔는데, 곧이어 갑자기 눈이 내렸다. 샤를이 창밖을 내다보며 날씨를 살피고 있을 때, 루앙으로 가는 튀바슈 면장의 이륜마차에 부르니지앵 신부가 타고 있는 것이 보였다. 그래서 그는 얼른 내려가서 신부에게 두툼한 숄을 건네면서 **적십자** 여관에 도착하는 대로 부인에게 전해 달라고 부탁했다. 부르니지앵 신부는 여관에 도착하자마자 용빌 의사의 부인이 어디 있느냐고 물었다. 여관 주인이 그녀는 자기 여관에 거의 들르지 않는다고 대답했다. 그래서 저녁에 **제비**에서 보바리 부인을 만난 신부는 자기가 당황했던 것을 이야기했다. 하지만 그는 그 일을 그리 대수롭게 여기지 않는 것 같았다. 부인들이 모두 설교를 들으려고 달려올 정도로 그즈음 대성당에서 훌륭한 효과를 보여 주고 있는 한 설교자에 대한 찬사를 늘어놓기 시작했기 때문이다.

비록 신부는 캐묻지 않았지만, 나중에 다른 사람들은 더 노골적으로 떠들어 댈 수도 있었다. 그래서 그녀는 매번 **적십자** 여관에 묵는 것이 좋겠다고 생각했다. 그러면 마을 사람들이 층계에서 그녀를 보더라도 아무런 의심을 하지 않을 터였다.

그런데 어느 날 레옹의 팔짱을 끼고 **불로뉴 호텔**에서 나오는 그녀를 뢰뢰 씨가 보고 말았다. 그녀는 그가 소문을 낼까 봐 겁났다. 그는 그렇게 바보가 아니었다.

하지만 사흘 뒤, 그가 에마의 방으로 들어와서 문을 닫고 말했다.

"돈이 좀 필요해서요."

그녀는 줄 돈이 없다고 잘라 말했다. 뢰뢰는 우는 소리를 늘어놓으며 자기가 베푼 모든 호의를 상기시켰다.

사실 샤를이 서명한 두 장의 어음 중에서 에마는 그때까지 한 장밖에 지불하지 않았다. 두 번째 어음에 대해서 상인은 그녀의 간청에 따라 다른 두 장의 어음으로 대체해 주는 데 동의해 주었고, 심지어 지불 기한도 훨씬 길게 갱신해 주었다. 이어서 그는 주머니에서 아직 대금이 정산되지 않은 물품의 목록을 꺼냈다. 즉 커튼, 양탄자, 소파 커버, 몇 벌의 옷, 여러 가지 화장품이었는데 총액이 2천 프랑이나 되었다.

그녀는 고개를 숙였다. 그가 다시 말했다.

"하지만 현금이 없다 해도 **재산**은 있으시잖아요."

그리고 그는 오말 근처 바르느빌에 있는 보잘것없는 오두막집을 언급했다. 그다지 수익을 가져다주지 못하는 집으로, 옛날에 보바리 부친이 팔아 버린 작은 농장에 딸려 있던 것이었다. 뢰뢰는 이웃 사람들의 이름과 함께 면적이 몇만 제곱미터인지까지 훤히 알고 있었다.

"저 같으면 그걸로 빚을 갚겠네요. 더구나 돈도 좀 남을 텐데요." 그가 말했다.

그녀가 매수자를 구하기 어렵다며 반대하자, 그는 자기가 구해 줄 수 있다고 했다. 그러자 그녀는 자기가 팔려면 어떻게 해야 하는지 물었다.

"위임장을 가지고 계시지 않나요?" 그가 대답했다.

그 말이 그녀에게는 한 줄기 시원한 바람처럼 느껴졌다.

"청구서 놓고 가세요!" 에마가 말했다.

"오! 그럴 필요 없습니다!" 뢰뢰가 대꾸했다.

그는 다음 주에 다시 와서, 여기저기 알아본 결과 원하는 가격은 알 수 없으나 오래전부터 그 집을 노리고 있는 랑글루아라는 사람을 찾아냈다고 자랑스럽게 말했다.

"가격은 아무래도 좋아요!" 그녀가 소리쳤다.

그럴 게 아니라 기다리면서 그 사람을 탐색해 보아야 했다. 그건 직접 가야 하는 일이지만, 그녀가 갈 수는 없으니 그가 현장에 가서 랑글루아와 홍정을 하겠다고 나섰다. 일단 다녀오더니 그는 매수자가 4천 프랑을 제안한다고 알려 주었다.

그 소식에 에마의 표정이 환해졌다.

"솔직히 잘 받는 겁니다." 그가 덧붙였다.

그녀는 즉시 대금의 절반을 손에 쥐었다. 그녀가 계산서 금액을 지불하려고 하자 상인이 말했다.

"이렇게 **막대한** 금액을 단번에 내놓으시는 걸 보니 정말이지 마음이 아프군요."

그러자 그녀는 은행 지폐를 바라보았다. 그리고 그 2천 프랑으로 즐길 수 있는 수없이 많은 밀회를 꿈꾸면서 우물우물 말했다.

"뭘요! 뭘요!"

"오! 뭐든 원하시는 것을 계산서 위에 놓으시면 됩니다. 제가 집안일을 모르겠습니까?" 그가 호인 같은 태도로 웃으면서 다시 말했다.

그리고 그는 기다란 두 장의 종이를 손가락 사이로 미끄러뜨려 손에 들고는 그녀를 빤히 바라보았다. 마침내 그가 지갑을 열고 천 프랑짜리 어음 네 장을 꺼내 탁자 위에 늘어놓았다.

"여기에 서명하시고 돈은 전부 넣어 두세요." 그가 말했다.

그녀가 화를 내며 격하게 항의했다.

"하지만 제가 초과액을 부인께 드리면 부인께는 도움이 되는 일 아니겠어요?" 뢰뢰 씨가 뻔뻔스럽게 대답했다.

그리고 그는 펜을 들고 계산서 밑에 '4천 프랑을 보바리 부인으로부터 영수함'이라고 썼다.

"뭘 걱정하십니까? 여섯 달 뒤면 오두막집의 잔금이 들어올 테고 제가 마지막 어음의 지불 기한을 그 돈을 받으신 뒤로 해드릴 텐데요."

에마는 그의 계산에 갈피를 잡을 수 없었고, 마치 터진 자루에서 금화가 쏟아져 나와 온통 그녀 주위 마룻바닥에 쨍그랑거리며 소리를 내는 듯 귀가 윙윙 울렸다. 마침내 뢰뢰는 루앙에서 은행가로 일하는 뱅사르라는 친구가 있는데, 그가 이 네 장의 어음을 할인해 주면 자기가 실제 부채를 제한 나머지 금액을 부인에게 갖다 드리겠다고 설명했다.

그러나 그는 2천 프랑 대신 1천8백 프랑만 가져왔다. 뱅사르라는 친구가 (**당연한** 일이지만) 수수료와 할인료로 2백 프랑을 공제했기 때문이다.

이어서 그는 대수롭지 않다는 태도로 영수증을 써 달라고 했다.

"아시겠지만…… 거래에서는…… 때때로…… 날짜도 같이 써 주세요, 날짜요."

그러자 터무니없는 욕망이 실현될 수 있다는 전망이 에마의 눈앞에 열렸다. 그녀는 신중하게 1천 에퀴를 저축해 두었다가 첫 세 장의 어음이 만기가 되었을 때 그 돈으로 결제했다. 그러나 네 번째 어음이 우연히도 어느 목요일 집으로 도착했고, 깜짝 놀란 샤를은 아내가 돌아오기를 참을성 있게 기다렸다가 어찌 된 일인지 물었다.

그녀는 그 어음에 대해 알리지 않은 것은 그가 집안일에 신경 쓰지 않게 하기 위해서였다고 했다. 그녀는 그의 무릎 위에 앉아 그를 애무하고 달콤한 말을 속삭이며 꼭 필요해서 외상으로 들여놓은 모든 물건을 길게 열거했다.

"어쨌든 물건의 양을 보면 그리 비싼 게 아니라는 걸 당신도 알 거예요."

샤를은 생각 끝에 곧 언제나 주변에 있는 뢰뢰에게 도움을 청했다. 그는 두 장의 어음에 샤를이 서명하면 사태를 수습하겠다고 장담했다. 두 장의 어음 중 한 장은 7백 프랑짜리로 지불 기한이 3개월이었다. 샤를은 일을 해결하기 위해 어머니에게 비장한 편지를 썼다. 그녀는 답장을 보내는 대신 직접 찾아왔다. 에마가 그녀에게서 뭔가 얻어 낸 것이 있는지 물었다.

"응. 하지만 계산서를 보자고 하시네." 그가 대답했다.

다음 날 날이 밝자마자 에마는 뢰뢰 씨에게 달려가서 1천 프랑이 넘지 않는 계산서 한 장을 다시 만들어 달라고 부탁했다. 4천 프랑의 계산서를 보여 주면 그녀가 3분의 2를 이미 지불한 것을 말하지 않을 수 없고 따라서 부동산을 매각한 것도 고백해야 했기 때문이다. 상인이 처리를 잘해 그 일은 실제로 훨씬 더 나중에야 알려졌다.

물건은 모두 아주 싼 가격이었지만, 보바리 노부인은 낭비가 지나치다고 생각했다.

"양탄자 없이는 살 수가 없었던 게냐? 안락의자 커버는 왜 바꿨어? 내가 젊었을 때는 안락의자가 한 집에 한 개, 노인용으로만 있었다. 적어도 우리 어머니 집에서는 그랬어. 정말 성실한 분이셨지. 모든 사람이 부자일 수는 없는 법이야! 펑펑 써 대면 어떤 재산도 견뎌 나지 못해! 나라면 너희처럼 호강하며 편히 사는 게 낯부끄러울 게다! 하지만 난 이제 늙어서 보살핌이 필요하다만…… 참 많기도 하네! 여기도, 장신구라니! 겉치레야! 세상에! 2프랑짜리 비단 안감이라니!…… 10수, 심지어 8수짜리 면직물도 아주 훌륭한데 말이야!"

에마는 2인용 안락의자에 기대앉아 최대한 침착하게 대꾸했다.

"아니! 어머니, 됐어요! 그만하세요!"

상대방은 그들이 결국 자선 병원에서 죽게 될 거라고 예언하며 계속 설교를 늘어놓았다. 게다가 그것은 보바리 탓이라고 했다. 다행히 그가 위임장을 취소하겠다고 약속했으니…….

"뭐라고요?"

"그래! 그렇게 하겠다고 나한테 맹세했다." 노부인이 대꾸했다.

에마는 창문을 열고 샤를을 불렀다. 가엾은 남자는 어머니 때문에 어쩔 수 없이 약속했다고 고백하지 않을 수 없었다.

에마는 자리를 비웠다가 곧 돌아와 당돌한 태도로 시어머니에게 두툼한 종이 한 장을 건넸다.

"고맙구나." 노부인이 말했다.

그러고는 위임장을 불 속에 던졌다.

에마는 귀청을 찢을 듯이 날카롭게 계속해서 웃어 대기 시작했고, 신경 발작을 일으켰다.

"아! 맙소사! 어쩌나! 어머니도 나빠요! 집사람한테 싸움을 걸러 오셨군요……." 샤를이 소리쳤다.

어머니는 어깨를 으쓱하면서 **저게 다 연극**이라고 주장했다.

그러나 샤를이 처음으로 반항하며 아내 편을 들자 보바리 노부인은 돌아가겠다고 했다. 그러고는 바로 다음 날 떠났다. 샤를이 문턱에서 그녀를 붙잡으려고 하자 그녀가 대꾸했다.

"싫다, 싫어! 넌 나보다 네 마누라가 더 좋잖아. 그래, 네가 옳아, 당연하지. 게다가 어쩔 수 없는 일이고! 두고 봐라!…… 잘 지내라!…… 네 말대로 이젠 네 처한테 싸움 걸러 오는 일 없을 게다."

샤를은 여전히 에마 앞에서 몹시 당황해 어쩔 줄 몰라 했다.

그녀가 자기를 믿어 주지 않은 것에 대한 원망을 노골적으로 드러낸 것이다. 그가 애원하고 간청한 끝에 겨우 그녀가 위임장을 다시 만드는 데 동의했다. 심지어 그는 그녀를 대동하고 기요맹 씨에게 가서 지난번 것과 똑같은 두 번째 위임장을 만들었다.

"이해합니다. 과학자란 일상생활의 자질구레한 일에 신경을 쓰면 안 되지요." 공증인이 말했다.

샤를은 이 번지르르한 아첨의 말에 마음이 가벼워지는 것을 느꼈다. 그의 나약함을 더 고상한 일에 몰두한다는 기분 좋은 겉모습으로 포장해 주었기 때문이다.

다음 목요일, 호텔 방에서 레옹과 함께 얼마나 폭발했던가! 그녀는 웃고, 울고, 노래하고, 춤추고, 얼음과자를 가져오라고 하고, 담배를 피우려고 했다. 그런 그녀가 그에게는 황당해 보였지만 그래도 멋지고 사랑스러웠다.

그는 그녀의 전 존재가 대체 어떤 반응을 하기에 이토록 그녀가 삶의 쾌락 속으로 뛰어드는 것인지 알 수가 없었다. 그녀는 신경질적이고 탐욕스럽고 음탕해졌다. 그리고 평판이 나빠지는 것을 겁내지 않는다면서 그와 함께 당당하게 거리를 돌아다녔다. 그러면서도 에마는 이따금 로돌프를 만날지도 모른다는 느닷없는 생각에 몸을 떨었다. 비록 두 사람이 영원히 헤어지긴 했어도 그녀는 그에게 종속된 관계에서 완전히 벗어나지 못한 것 같았기 때문이다.

어느 날 저녁, 그녀는 용빌로 돌아오지 않았다. 샤를은 제정신이 아니었고, 어린 베르트는 엄마 없이 자지 않으려 하면서 목청이 터질 듯 울어 댔다. 쥐스탱은 무턱대고 거리로 나갔고, 오메 씨도 그 때문에 약국을 나섰다.

드디어 열한 시가 되자 더 이상 참을 수 없어진 샤를은 이륜마차에 말을 매어 올라타고 말을 채찍질해 새벽 두 시경 **적십자** 여관에 도착했다. 아무도 없었다. 그는 어쩌면 서기가 그녀를 만났을지도 모른다고 생각했다. 하지만 그가 어디에 살지? 다행히 샤를은 그의 주인의 주소가 생각나서 그리로 달려갔다.

날이 밝아 오기 시작했다. 그는 어느 문 위에서 공증인의 간판을 알아보고 문을 두드렸다. 누군가가 문도 열지 않은 채 질문받은 내용에 대해 큰 소리로 답하면서 거기에 덧붙여 밤중에 사람들을 귀찮게 구는 자들을 심하게 욕했다.

서기가 사는 집에는 초인종도, 문 두드리기용 망치도, 문지기도 없었다. 샤를은 주먹으로 덧문을 세게 두드렸다. 순경 한 명이 지나가자 그는 겁이 나서 돌아섰다.

'내가 미쳤지. 어쩌면 로르모 씨 댁에서 저녁 식사를 하고 가라고 붙들었을지도 몰라' 하고 그는 생각했다.

로르모 가족은 이제 루앙에 살고 있지 않았다.

"뒤브뢰유 부인을 간호하느라 남았을지도 모르겠군. 아니! 뒤브뢰유 부인은 열 달 전에 죽었잖아!…… 도대체 어디 있는 거야?"

한 가지 생각이 떠올랐다. 그는 카페에 들어가 **연감**을 보여 달라고 하고, 급히 랑프뢰르 양의 이름을 찾았다. 그녀는 르넬데마로키니에 거리 74번지에 살고 있었다.

그가 그 거리로 들어섰을 때 에마가 반대쪽 끝에 나타났다. 그는 그녀를 껴안는다기보다 와락 달려들며 소리쳤다.

"어제는 무슨 일로 안 온 거야?"

"아팠어요."

"어디가?…… 어디서?…… 어떻게?"

그녀는 손으로 이마를 짚으며 대답했다.

"랑프뢰르 선생님 댁에서요."

"그럴 줄 알았어! 지금 그리로 가는 중이었어."

"아! 그럴 필요 없어요. 방금 외출하셨어요. 하지만 앞으로는 걱정하지 말아요. 조금만 늦어도 당신이 이렇게 정신을 못 차리면 내가 마음 편히 다닐 수가 없잖아요." 에마가 말했다.

이렇게 해서 그녀는 마음 놓고 집을 비울 수 있는 허락을 스스로에게 부여한 셈이 되었다. 그래서 그녀는 그것을 거리낌 없이 널리 이용했다. 레옹을 보고 싶다는 욕망을 느끼면, 그녀는 어떤 핑계를 대서라도 떠났다. 그리고 그런 날은 레옹이 그녀를 기다리지 않았으므로 그의 사무실로 찾아가곤 했다.

처음에는 그것이 엄청난 행복이었다. 그러나 곧 레옹은 더 이상 실상을 숨기지 않았다. 즉 그의 주인이 이런 식으로 일에 방해되는 것을 몹시 싫어한다는 것이었다.

"아, 까짓것! 그냥 나와요." 그녀가 말했다.

그러면 그는 몰래 빠져나왔다.

그녀는 그가 온통 검은색 옷을 입고 루이 13세의 초상화와 비슷하게 턱수염을 뾰족하게 남겨 두기를 원했다. 그녀는 그가 사는 곳을 보여 달라고 하더니 초라하다고 했다. 그 말에 그는 얼굴을 붉혔다. 그녀는 그것에 개의치 않고 자기 집 것과 같은 커튼을 사서 달라고 그에게 권했다. 그가 돈이 든다고 반대하자, 그녀는 웃으면서 말했다.

"어머! 어머! 몇 푼 안 되는 돈 가지고 뭘 그래요!"

레옹은 매번 지난번 밀회 이후의 모든 행동을 낱낱이 이야기해야 했다. 그녀는 시를, 그녀를 위한 시를, 그녀를 찬양하는 **사랑의 시**를 요구했다. 그는 두 번째 행의 운을 도저히 맞출 수 없어서 결국 선물용 시집에서 소네트 한 편을 베꼈다.

허영심 때문이라기보다는 오직 그녀의 마음에 들려는 목적에서였다. 그는 그녀의 생각에 이의를 제기하지 않았고 그녀의 모든 취향을 받아들였다. 그녀가 그의 정부라기보다는 그가 그녀의 정부가 되었다. 그녀는 다정한 말과 키스로 그의 혼을 쏙 빼놓았다. 너무도 오묘하고 은밀해 거의 비현실적으로 느껴지는 이러한 퇴폐를 그녀는 대체 어디서 배운 것일까?

VI

그녀를 만나러 올 때 레옹은 종종 약사의 집에서 저녁을 먹곤
했다. 그래서 예의상 자기도 약사를 초대해야 한다는 생각이 들
었다.

"기꺼이 가지요! 사실 저도 기운을 좀 회복해야 해요. 여기서
머리가 굳어졌으니까요. 우리 극장에도 가고 식당에도 가고 신
나게 놀아 봅시다!" 오메 씨가 대답했다.

"아! 여보!" 오메 부인은 그가 뛰어들려고 하는 뭔지 모를 위
험한 짓에 불안해져서 부드럽게 속삭였다.

"아니, 뭐 어때서? 당신은 내가 약국의 약 냄새 속에서 줄곧
지내며 충분히 건강을 해쳤다고 생각하지 않는 거야! 하기야
뭐, 그게 여자들의 특징이지. 여자들이란 과학도 질투하고 가장
정당한 기분 전환을 하는 것도 반대하니까. 상관없어요, 꼭 가
겠어요. 조만간 루앙에 갈 테니 함께 **술판**을 벌여 봅시다."

예전에 약사는 그런 표현을 사용하지 않았다. 그러나 이제는 장난기 섞인 파리식 행동 방식이 제일 좋은 취향이라고 생각하고 거기에 열중하고 있었다. 그리고 옆집의 보바리 부인처럼 서기에게 수도의 풍속에 대해 꼬치꼬치 물었다. 심지어 마을 사람들을 현혹하기 위해 은어까지 사용해 *turne*(공부방), *bazar*(너절한 집), *chicard*(멋지다), *chicandard*(근사하다), *Breda-street*(창녀 거리), 그리고 나는 간다는 뜻으로 *Je me la casse*라는 표현을 썼다.

그리하여 어느 목요일, 에마는 **황금 사자**의 식당에서 여행복 차림의 오메 씨를 만나 깜짝 놀랐다. 그는 한 번도 입지 않던 낡은 외투를 입고 한 손에는 여행 가방을, 다른 한 손에는 약국에서 신는 보온용 슬리퍼를 들고 있었다. 그는 자기가 약국을 비우면 사람들이 불안해할까 봐 아무에게도 자신의 계획을 말하지 않았던 것이다.

젊은 시절을 보낸 장소들을 다시 본다는 생각에 그는 아마도 흥분했는지 길을 가는 내내 쉬지 않고 떠들어 댔다. 그리고 도착하자마자 마차에서 재빨리 뛰어내려 레옹을 찾아갔다. 서기가 아무리 빠져나가려 해도 소용없었다. 오메 씨는 그를 **노르망디**라는 큰 카페로 끌고 가서, 공공장소에서 모자를 벗는 것은 몹시 촌스럽다고 생각해 모자도 벗지 않은 채 위풍당당하게 안으로 들어갔다.

에마는 45분이나 레옹을 기다렸다. 드디어 그녀는 그의 사무실로 달려갔다. 그리고 온갖 억측에 빠져 그의 무심함을 원망하고 자기 자신의 나약함을 자책하며 유리창에 이마를 댄 채 오후를 보냈다.

그들은 두 시에도 여전히 식탁에 마주 앉아 있었다. 커다란 홀은 비어 있었고, 종려나무 모양의 난로 굴뚝이 하얀 천장 위에 금빛 다발을 동그랗게 펼치고 있었다. 그들 옆 유리창 뒤에서는 해가 한창 내리쬐는 가운데 작은 분수가 대리석 수반에서 물소리를 냈고, 수반 안에는 물냉이와 아스파라거스 사이에서 둔해진 바닷가재 세 마리가 메추라기를 옆으로 눕혀 쌓아 놓은 곳까지 길게 누워 있었다.

오메는 대단히 즐거웠다. 그는 맛있는 음식보다도 사치스러운 분위기에 취해 있었지만, 그래도 포마르 포도주 때문에 약간 흥분해 럼주가 들어간 오믈렛이 나왔을 때는 여자들에 관해 부도덕한 이론을 늘어놓았다. 무엇보다 그의 마음을 사로잡는 것은 **멋**이었다. 그는 가구가 잘 갖추어진 방 안에 있는 우아한 옷차림의 여자가 좋고, 육체적인 특성에 대해서는 **뚱뚱한 여자**도 싫지 않다고 했다.

레옹은 절망적으로 추시계를 바라보았다. 약사는 마시고 먹고 이야기를 했다.

"당신은 분명히 루앙에서 금욕하고 있을 테지. 게다가 사랑하는 사람들이 멀지 않은 곳에 살고 있는데 말이오." 그가 갑자기 말했다.

그러고는 상대방이 얼굴을 붉히자 덧붙였다. "자, 솔직히 말해 보시오! 숨기지 말고, 용빌에서……?"

젊은이는 우물쭈물했다.

"보바리 부인 댁에서 수작을 걸지 않았소?"

"누구한테요?"

"하녀한테!"

그는 농담을 하는 것이 아니었다. 그러나 레옹은 자존심이 상해 조심성을 다 버리고 자기도 모르게 격렬히 항의했다. 게다가 자기는 갈색 머리 여자만 좋아한다고 했다.

"나도 동감이오. 갈색 머리 여자들이 더 관능적이거든."

그리고 그는 레옹의 귀에 대고 관능적인 여자를 알아볼 수 있는 특징을 알려 주었다. 심지어 독일 여자는 신비스럽고 프랑스 여자는 방탕하고 이탈리아 여자는 정열적이라는 등 인종학적인 잡담까지 늘어놓았다.

"그럼 흑인 여자는요?" 서기가 물었다.

"그건 예술가 취향이지." 오메가 말했다. "여기요! 작은 잔으로 두 잔!"

"이제 갈까요?" 마침내 조바심이 난 레옹이 말했다.

"예스."

그러나 그는 나가기 전에 그곳의 주인을 보고 싶어 했고 주인에게 몇 마디 찬사를 건넸다.

그러자 청년은 오메와 헤어지기 위해 볼 일이 있다고 핑계를 댔다.

"아! 내가 바래다주지!" 오메가 말했다.

오메는 레옹과 함께 길을 내려가면서 아내, 아이들, 그들의 미래, 약국에 대해 말했다. 예전에는 약국이 얼마나 형편없었는지, 그런 약국을 자신이 얼마나 훌륭하게 키워 놓았는지 이야기했다.

불로뉴 호텔 앞에 이르자, 레옹은 부리나케 그와 헤어져 계단을 올라갔다. 그의 정부는 몹시 흥분해 있었다.

약사의 이름을 듣자 그녀는 화를 냈다. 그러나 그는 타당한 이유들을 늘어놓았다. 자신의 잘못이 아니다, 당신도 오메 씨가 어떤 사람인지 알지 않느냐? 자신이 오메와 같이 있는 것을 더 좋아한다고 생각하느냐? 그러나 그녀는 고개를 돌렸다. 그는 그녀를 붙들었다. 그리고 무릎을 꿇고 주저앉아 욕정과 애원으로 가득 차 괴로워하는 자세로 그녀의 허리를 두 팔로 끌어안았다.

그녀는 서 있었다. 불타는 듯한 그녀의 두 눈이 심각하게, 거의 무서울 정도로 그를 쏘아보았다. 이윽고 두 눈이 눈물로 흐려지더니, 그녀가 장밋빛 눈꺼풀을 내리깔면서 두 손을 내맡겼다. 레옹이 그 손을 입으로 가져가는데 종업원이 나타나서 어떤 손님이 그를 찾는다고 알려 주었다.

"돌아올 거지?" 그녀가 말했다.

"그럼."

"언제?"

"금방."

"**속임수**를 좀 썼죠. 당신이 귀찮아하는 용건인 것 같아 이곳 방문을 중단시키고 싶었거든. 브리두 집에 가서 가뤼스주나 한잔 합시다." 약사가 레옹을 보자 말했다.

레옹은 사무실에 돌아가야 한다고 잘라 말했다. 그러자 약사는 서류나 소송 절차에 대해 농담을 해 댔다.

"퀴자스와 바르톨루스'는 좀 버려 두시오, 젠장! 안 될 거 없잖소? 용기를 내요! 브리두 집에 가서 그 집 개 구경이나 합시다. 아주 별난 녀석이거든!"

그리고 서기가 계속 고집을 부리자 덧붙였다.

"그럼 나도 사무실에 같이 가겠소. 당신을 기다리면서 신문을 읽든지 아니면 법전이라도 뒤적이죠."

에마의 분노와 오메 씨의 수다, 그리고 어쩌면 무거운 점심 식사 때문에 정신이 멍해진 레옹은 마음을 정하지 못한 채 마치 약사의 마술에라도 걸린 듯 가만히 있었다. 약사가 되풀이했다.

"브리두 집에 갑시다! 말팔뤼 거리, 바로 근처예요."

그러자 소심하고 어리석은 데다가 가장 싫어하는 일에도 끌려 들어가는 한심하기 짝이 없는 태도 때문에 결국 레옹은 브리두 집으로 따라갔다. 브리두는 작은 안뜰에서 탄산수를 만들기 위해 기계의 커다란 바퀴를 돌리느라 헐떡거리는 세 젊은이를 감독하고 있었다. 오메가 그들에게 몇 가지 조언을 하고 브리두를 껴안았다. 그들은 가뤼스주를 마셨다. 레옹은 수도 없이 일어나려고 했지만, 그때마다 상대방은 레옹의 팔을 붙들며 말했다.

"조금 있다가! 나도 곧 나가요. 우리 「루앙의 등대」에 가서 거기 분들을 만나 봅시다. 내가 토마생 씨를 소개해 주지."

그러나 레옹은 그를 뿌리치고 단숨에 호텔까지 달려갔다. 에마는 이미 없었다.

그녀는 화가 잔뜩 나서 방금 방을 나갔던 것이다. 이제 그녀는 그가 몹시 미웠다. 약속을 어긴 것이 모욕처럼 느껴졌다. 그녀는 그에게서 멀어질 또 다른 이유도 찾아보았다. 그는 용기가 없고 나약하고 진부한 데다 여자보다 더 무기력하고 게다가 인색하고 소심했다.

이윽고 마음이 가라앉자 그녀는 자기가 레옹을 지나치게 비방했다는 것을 깨달았다. 그러나 사랑하는 사람들을 비방하다 보면 늘 어느 정도 그들과 멀어지게 된다. 우상에는 손을 대면 안 된다. 금박이 손에 묻어나기 때문이다.

그들은 이제 자신들의 사랑과 무관한 것들을 더 자주 입에 올리게 되었다. 에마가 그에게 보내는 편지에서는 꽃, 시, 달, 별이 화제가 되었다. 온갖 외부의 도움으로 약해진 정열을 불타오르게 하려는 소박한 수단이었다. 그녀는 다음번 밀회에서는 깊은 행복을 맛보아야겠다고 줄곧 다짐했지만, 특별한 것을 아무것도 느끼지 못했음을 인정해야 했다. 이런 실망은 새로운 희망 아래 곧 사라졌고, 에마는 더욱 뜨겁고 더욱 탐욕스러워져 레옹에게 다시 가곤 했다. 그녀가 거칠게 옷을 벗으며 가느다란 코르셋 끈을 잡아당기자, 옷은 뱀처럼 쉭 하는 소리를 내며 그녀의 허리 주위에서 미끄러졌다. 그녀는 맨발 끝으로 가서 문이 잠겨 있는지 다시 한번 확인한 뒤 나머지 옷을 단번에 몽땅 벗어 버렸다. 그리고 창백하고 진지한 표정으로 말없이 그의 가슴으로 달려들어 오랫동안 몸을 떨었다.

그렇지만 식은 땀방울로 덮인 그 이마, 중얼거리는 그 입술, 얼빠진 그 눈동자, 그 팔의 포옹에는 뭔가 극단적이고 막연하고 불길한 것이 있었다. 레옹에게는 그것이 두 사람 사이에 교묘하게 끼어들어 그들을 갈라놓으려는 것처럼 느껴졌다.

그는 감히 그녀에게 물어볼 용기가 없었다. 그러나 그토록 노련한 것을 보면 그녀는 분명 고통과 쾌락의 온갖 시련을 거쳐 온 것이 틀림없다고 생각했다. 예전에 그를 매혹시켰던 것이 이제는 그를 약간 두렵게 했다. 게다가 자신의 인격이 나날이 그녀에게 더욱 깊숙이 흡수되는 것에 반발심이 생겼다. 그는 이렇게 계속 승리를 거두는 것에 대해 에마를 원망했다. 심지어 그녀를 사랑하지 않으려는 노력도 했다. 그러나 그녀의 구두 소리가 나면, 마치 독한 술을 본 술꾼처럼 용기가 꺾이고 말았다.

사실 그녀는 특이한 음식에서부터 멋진 옷차림과 우수 어린 눈길에 이르기까지 온갖 종류의 배려를 그에게 아낌없이 퍼부었다. 용빌에서 장미꽃을 가슴속에 넣어 와 그의 얼굴에 던지기도 하고, 그의 건강을 걱정하기도 하고, 그의 행동에 대해 조언을 하기도 하고, 그를 더 오래 붙들어 두기 위해 하늘의 도움을 바라면서 그의 목에 성모 마리아 메달을 걸어 주기도 했다. 그녀는 자상한 어머니처럼 그의 친구들에 대해 묻고 이렇게 말했다.

"그런 친구들과 만나지 말아요, 밖에 나다니지 말고 나만 생각해요. 나만 사랑해 줘요!"

그녀는 그의 생활을 감시하고 싶어 거리에서 그의 뒤를 밟게 할까 하는 생각도 해 보았다. 호텔 근처에는 여행객들에게 접근하는 부랑자 같은 사람이 항상 있었다. 그에게 부탁하면 거절하지 않을 텐데……. 그러나 자존심이 용납하지 않았다.

"에이! 할 수 없지! 속일 테면 속이라지, 상관없어! 내가 알 게 뭐야?"

어느 날 그들이 일찍 헤어져 그녀 혼자 큰길로 돌아오는데 그녀가 지내던 수도원의 담벼락이 보였다. 그러자 그녀는 느릅나무 그늘 아래 벤치에 앉았다. 그 시절은 얼마나 평온했던가! 책에서 읽은 대로 그려 보려고 애쓰던, 말로 형언할 수 없는 사랑의 감정을 얼마나 부러워했던가!

신혼 몇 달, 숲속에서 말을 타고 산책하던 일, 왈츠를 추던 자작, 노래하는 라가르디, 그 모든 것이 눈앞에 스쳐 지나갔다…… 그리고 갑자기 레옹도 다른 사람들과 마찬가지로 아주 먼 곳에 있는 것 같았다.

"하지만 나는 그를 사랑하고 있어!" 그녀는 혼잣말을 했다.

그게 무슨 상관이랴! 그녀는 행복하지 않았고 한 번도 행복했던 적이 없었다. 이 인생의 결핍감, 그녀가 의지하는 것들이 순식간에 썩어 무너지는 것 같은 이 느낌은 도대체 어디서 오는 걸까? 그러나 만일 강하고 아름다운 존재, 열정과 세련됨으로 가득 찬 용맹한 품성, 낭랑한 리라의 현을 타며 하늘을 향해 애절한 축가를 연주하는 천사의 모습을 한 시인 같은 마음이 어딘가에 있다면, 혹시라도 우연히 그녀가 그런 사람을 찾아낼 수도 있지 않을까? 아! 어림도 없는 일! 게다가 애써 찾아야 할 만큼 가치 있는 것은 아무것도 없다. 모든 것이 거짓이다! 미소마다 권태의 하품을, 기쁨마다 불행을, 쾌락마다 혐오를 이면에 감추고 있고, 가장 황홀한 키스도 더 큰 관능에 대한 실현 불가능한 욕망만 입술 위에 남길 뿐이다.

금속성 소리가 공중에 길게 끌리며 수도원의 종탑에서 종소리가 네 번 울렸다. 네 시였다! 그녀는 마치 아득한 옛날부터 그 벤치에 있는 것처럼 느껴졌다. 그러나 작은 공간에 군중이 들어찰 수 있듯이 단 한 순간에도 수많은 정념이 집약될 수 있는 법이다.

에마는 자신의 정념에 완전히 사로잡혀 살고 있어 마치 왕녀처럼 돈 문제는 전혀 신경 쓰지 않았다.

그러나 어느 날, 얼굴이 벌겋고 대머리에 초라한 몰골의 한 남자가 루앙의 뱅사르 씨가 보냈다면서 그녀의 집으로 들어왔다. 그는 기다란 초록색 프록코트의 옆 주머니를 여미느라 꽂아 놓은 핀을 빼서 소매에 꽂고 서류 한 장을 공손하게 내밀었다.

그녀가 서명한 7백 프랑의 어음이었다. 모든 공언에도 불구하고 뢰뢰가 그 어음을 뱅사르에게 돌린 것이다.

그녀는 뢰뢰의 집으로 하녀를 보냈다. 그는 올 수 없다고 했다.

그러자 짙은 금빛 눈썹에 가려진 호기심 어린 눈길을 좌우로 던지며 서 있던 낯선 남자는 순진한 표정으로 물었다.

"뱅사르 씨에게 뭐라고 할까요?"

"글쎄요! 제가 돈이 없어서…… 다음 주에…… 기다려 달라고…… 말씀드려 주세요……. 네, 다음 주에요." 에마가 대답했다.

남자는 아무 말도 하지 않고 돌아갔다.

그러나 다음 날 정오에 그녀는 어음 거절 증서를 받았다. 인지가 붙은 서류에 굵은 글씨로 여러 번 '뷔시의 집달리 아랑'이라고 적힌 것을 보자, 그녀는 몹시 겁에 질려 황급히 포목상의 집으로 달려갔다.

그는 상점에서 물건 꾸러미를 끈으로 묶고 있었다.

"어서 오십시오! 뭐든 말씀하세요." 그가 말했다.

그러면서도 뢰뢰는 하던 일을 계속했다. 점원이자 식모 노릇을 하는 열세 살가량의 꼽추 여자아이가 그를 돕고 있었다.

이윽고 상점 마룻바닥에 나막신 소리를 내면서 그가 앞장서서 2층으로 올라가더니 보바리 부인을 좁은 방으로 안내했다. 거기에는 커다란 전나무 책상 위에 쇠막대로 가로질러 자물쇠를 채워 놓은 장부책이 몇 권 놓여 있었다. 자투리 옥양목 천 밑으로 벽에 붙여 놓은 금고 하나가 눈에 띄었다. 크기로 보아 어음과 돈 외에 다른 것들도 들어 있는 것 같았다. 사실 뢰뢰 씨는 물건을 담보 잡고 돈을 빌려주고 있었는데, 바로 거기에 보바리 부인의 금 시곗줄과 가엾은 텔리에 노인의 귀걸이도 넣어 두었다. 결국 카페를 팔 수밖에 없게 된 텔리에 노인은 켕캉푸아에 보잘것없는 식료품점을 하나 구입했고, 거기서 판매하는 양초보다 더 얼굴이 노랗게 되어 카타르성 염증으로 죽어 가고 있었다.

뢰뢰는 널따란 밀짚 안락의자에 앉으면서 말했다.

"무슨 일이신지요?"

"이것 좀 보세요."

그녀가 그에게 서류를 보여 주었다.

"그런데요! 저보고 어쩌란 겁니까?"

그러자 그녀는 어음을 돌리지 않겠다고 한 그의 약속을 상기시키며 화를 냈다. 그는 그 점에 대해서는 순순히 인정했다.

"하지만 저도 어쩔 수 없었어요. 제 목에 칼이 들어오니 말입니다."

"그럼 이제 어떻게 되는 거예요?" 그녀가 다시 말했다.

"아! 그야 간단하죠. 재판소의 판결, 그다음엔 압류…… **그렇게 될 수밖에요!**"

에마는 그를 후려치고 싶은 것을 꾹 참았다. 그리고 뱅사르 씨를 달랠 방법이 없겠느냐고 부드럽게 물었다.

"아, 네! 뱅사르를 달랜다고요! 부인께선 그를 잘 몰라서 그렇지요. 그는 아랍인보다 더 지독합니다."

하지만 뢰뢰 씨가 중재해 줘야 하지 않냐고 했다.

"이것 보세요! 지금까지 부인께 충분히 잘해 드린 것 같은데요."

그리고 장부책 하나를 펼쳤다.

"자, 보세요!"

그러고는 손가락으로 페이지를 거슬러 올라갔다.

"어디 보자…… 어디 보자……. 8월 3일, 2백 프랑…… 6월 17일, 150…… 3월 23일, 46…… 4월에는…….."

그는 뭔가 어리석은 말을 하게 될까 봐 두려워하는 듯이 말을 멈췄다.

"남편분께서 서명하신 7백 프랑짜리 어음과 3백 프랑짜리 어음에 대해서는 하나도 말씀 안 드렸습니다! 부인의 자질구레한 분할 지불금이나 이자에 대해 말하자면 끝도 없고요. 머리가 다 어지러울 지경입니다. 저는 더 이상 개입하지 않을 겁니다!"

그녀는 울었고, 심지어 그를 '나의 착한 뢰뢰 씨'라고 불렀다.

그러나 그는 여전히 그 '못된 뱅사르'에게 미루기만 했다. 게다가 그는 돈이 한 푼도 없고 이제 아무도 지불을 안 해 주고 빼앗아 가기만 하니, 자기처럼 가난한 소매상인은 선불을 해 줄 수 없다는 것이었다.

에마는 잠자코 있었다. 그러자 깃털 펜의 끝자락을 잘근잘근 깨물고 있던 뢰뢰 씨는 아마도 그녀의 침묵이 불안했는지 말을 이었다.

"적어도 빠른 시일 내에 얼마라도 받을 수 있다면…… 어떻게든 할 수 있을 텐데……."

"사실 바르느빌의 잔금만 들어오면……."

"뭐라고요?"

그는 랑글루아가 아직 잔금을 치르지 않았다는 것을 알고 몹시 놀라는 것 같았다. 이어서 달콤한 목소리로 말했다.

"그럼 우리가 결정을 해야 하는데, 어떻게……?"

"아! 좋으실 대로 하세요!"

그러자 그는 눈을 감고 생각에 잠겼다가 숫자를 몇 개 써 보더니, 너무 골치 아픈 일이다, 위험이 따르는 일이다, 자신의 **출혈**이 심하다는 등의 이야기를 떠벌리며 지불 기한을 각각 한 달 간격으로 250프랑짜리 어음 네 장을 쓰게 했다.

"뱅사르가 내 말을 들어 주기만 한다면! 어쨌든 결정됐습니다. 난 쓸데없이 시간을 낭비하는 사람이 아닙니다. 일 처리는 아주 깔끔하지요."

그런 뒤 그는 몇 가지 새로운 물건을 대수롭지 않은 듯이 그녀에게 보여 주었다. 하지만 그가 생각하기에는 그중 부인에게 어울리는 것은 하나도 없다고 했다.

"이런 옷감을 미터당 7수에, 훌륭한 염색을 보증한다면서 판다고 생각하니! 그래도 사람들은 무조건 믿거든요! 잘 아시겠지만, 손님들한테 있는 그대로 다 얘기할 수는 없잖아요." 다른 사람들한테는 속임수를 쓴다는 이런 고백을 통해 자신의 정직함을 그녀에게 완전히 납득시키려는 것이었다.

이어서 그는 그녀를 다시 불러세워, 최근 '**점포 정리**하는 곳'에서 찾아냈다면서 3미터 길이의 레이스를 보여 주었다.

"예쁘지요! 요즘 안락의자 등받이 커버 같은 것으로 많이들 사용합니다. 유행이거든요." 뢰뢰가 말했다.

그리고 요술쟁이보다 더 잽싸게 레이스를 푸른 종이에 싸서 에마의 손에 쥐여 주었다.

"최소한 값이라도 알아야……."

"아! 나중에요."라고 그는 말하고 돌아섰다.

그날 저녁 당장 그녀는 보바리를 재촉해 유산의 나머지 전부를 보내 달라고 어머니에게 편지를 쓰게 했다. 보바리 노부인은 이제 더 이상 가진 게 없다는 답장을 보내왔다. 모든 계산은 끝났고, 그들에게 남은 것은 바르느빌 외에 6백 리브르의 연금이 있는데 그것은 그들에게 어김없이 보내 주겠다고 했다.

그러자 에마는 두세 명의 환자 집으로 청구서를 보냈고, 이 방법이 성공하자 곧 널리 써먹었다. 그녀는 항상 〈남편에게는 말하지 말아 주세요. 아시다시피 자존심이 강한 사람이라…… 죄

송합니다…… 이만 총총……)이라는 추신을 세심하게 덧붙였다. 몇몇 항의 편지도 있었지만 그녀가 모두 가로챘다.

돈을 마련하기 위해 그녀는 자신의 낡은 장갑과 모자, 고철을 팔기 시작했다. 그녀에게도 농사꾼의 피가 흐르는지라 이득을 보려고 기를 쓰며 악착같이 홍정했다. 그리고 시내에 나가면 다른 사람들은 몰라도 뢰뢰 씨는 분명히 받아 줄 잡동사니들을 사들였다. 그녀는 타조의 깃털, 중국 도자기, 궤짝 같은 것을 구입했다. 그리고 펠리시테, 르프랑수아 부인, **적십자** 여관 안주인 등 누구에게든 어디서든 돈을 꾸었다. 마침내 바르느빌에서 받은 돈으로 그녀는 두 장의 어음을 갚았다. 남은 1천5백 프랑은 흔적도 없이 사라졌다. 그녀는 또 빚을 졌다. 언제나 그런 식이었다!

사실 가끔 그녀도 계산을 해 보려고 했다. 그러나 그 결과가 너무나 엄청나서 도무지 믿을 수가 없었다. 그래서 그녀는 다시 계산을 시작했고 곧 뒤죽박죽 혼란스러워져 모두 포기하고 더 이상 생각하지 않았다.

이제 집 안은 매우 한심한 상황이었다! 방문 판매 상인들이 화난 얼굴로 나오는 것을 볼 수 있었다. 화덕 위에서는 손수건이 굴러다녔고, 어린 베르트는 구멍 뚫린 양말을 신고 있어 오메 부인의 분노를 샀다. 샤를이 머뭇거리며 조심스레 잔소리하면, 그녀는 자기 잘못이 아니라고 사납게 대답했다!

왜 이렇게 화를 낼까? 그는 모든 게 그녀가 예전에 앓았던 신경병 때문이라고 생각했다. 그래서 그녀의 지병을 단점으로 여긴 것을 자책하면서 자신의 이기주의를 탓했고, 그녀에게 달려

가서 키스를 해 주고 싶었다.

'아! 아냐, 그러면 귀찮아할 거야!'라고 그는 생각했다.

그러고는 그냥 있었다.

저녁 식사 후에 그는 혼자서 정원을 산책했다. 어린 베르트를 무릎 위에 앉힌 다음 의학 신문을 펼치고 글 읽기를 가르치려고도 해 보았다. 한 번도 공부를 해 본 적이 없던 아이는 곧 슬픈 눈을 크게 뜨고 울기 시작했다. 그래서 그는 아이를 달래느라, 물뿌리개로 모래 위에 강을 만들어 주기도 하고 쥐똥나무 가지를 꺾어 화단에 심어 주기도 했다. 그렇게 해도 보기 흉해질 게 없을 정도로 정원은 온통 길게 자란 잡초로 뒤덮여 있었다. 레스티부두아에게 밀린 품삯이 너무 많았던 것이다! 이윽고 아이가 추워하면서 엄마를 찾았다.

"하녀 언니를 부르자, 너도 알지, 우리 딸, 엄마는 귀찮게 하는 걸 싫어한단다." 샤를이 말했다.

초가을이었고 벌써 낙엽이 지고 있었다. 2년 전 그녀가 아플 때처럼! 대체 이 모든 게 언제나 끝날 것인가!…… 그는 뒷짐을 진 채 계속 걸었다.

부인은 자기 방에 있었고, 아무도 거기에 올라가지 않았다. 그녀는 옷도 제대로 입지 않은 채 하루 종일 방 안에 멍하니 있었고, 때때로 루앙의 알제리 사람 상점에서 사 온 터키 향을 피우기도 했다. 밤에는 남편이 옆에 누워 자는 게 싫어 얼굴을 찡그린 끝에 결국 그를 3층으로 쫓아 보냈다. 그리고 피 흘리는 상황과 함께 통음난무 장면이 나오는 괴상한 책들을 아침까지 읽었다. 종종 그녀는 공포에 사로잡혀 비명을 지르기도 했다. 그러면 샤를이 달려왔다.

"아! 저리 가요!" 그녀가 말했다.

또 어떤 때는 불륜으로 인해 활활 타오른 내면의 불길 때문에 몹시 달아오른 그녀가 흥분해 숨을 헐떡이면서 욕망에 휩싸여 창문을 열고 찬 공기를 들이마시기도 했다. 그러고는 숱 많은 머리카락을 바람에 흩날리면서 별을 바라보고 왕자의 사랑을 갈망했다. 그녀는 그 남자, 레옹을 생각했다. 그럴 때는 그녀의 욕구를 충족시켜 주는 단 한 번의 밀회를 위해서라면 모든 것을 주어도 좋을 것 같았다.

그런 날들은 그녀에게 축제의 날이었다. 그녀는 그날들이 화려하기를 바랐다! 그래서 레옹이 혼자 비용을 다 낼 수 없을 때는 그녀가 부족한 것을 아낌없이 보탰다. 그런데 그런 일이 거의 매번 반복되었다. 그는 다른 곳, 좀 더 저렴한 호텔에서 만나도 좋다는 것을 그녀에게 이해시키려 했지만 그녀는 반대할 이유를 찾아냈다.

어느 날, 그녀는 가방에서 은도금한 찻숟가락 여섯 개(그것은 루오 노인의 결혼 선물이었다)를 꺼내더니 그에게 그것을 가지고 당장 전당포에 다녀와 달라고 부탁했다. 레옹은 그녀의 말에 따랐지만, 그런 곳에 가기 싫었다. 평판이 나빠질까 봐 두려웠던 것이다.

그리고 곰곰이 생각해 보니, 정부의 태도가 이상한 것 같았고 어쩌면 그를 그녀에게서 떼어 놓으려는 사람들의 말이 틀리지 않을지도 모른다는 생각이 들었다.

사실은 누군가 그의 어머니에게 익명의 긴 편지를 보내 그가 **어떤 유부녀에게 빠져 신세를 망치고 있다**고 알렸던 것이다. 어머니는 가정을 위협하는 영원한 도깨비, 즉 사랑의 심연 속에 기상천외하게 살고 있는 정체 모를 해로운 여자, 요부, 괴물이 보이는 것 같아 곧 레옹의 고용주인 법률가 뒤보카주에게 편지를 썼다. 그는 이 일에 관해 완벽하게 처리했다. 레옹의 눈을 뜨게 하고 심연의 위험을 경고해 주려고 45분 동안 붙들어 놓고 이야기를 한 것이다. 그런 연애는 나중에 레옹이 사무실을 차릴 때 해가 될 수도 있다고 했다. 그는 관계를 끊으라고, 레옹 자신을 위해 그런 희생을 감수할 수 없다면 적어도 자기 뒤보카주를 위해서라도 그렇게 해 달라고 간청했다!

마침내 레옹은 에마를 만나지 않겠다고 맹세했다. 그리고 아침에 난롯가에서 동료들이 떠들어 댈 농담은 차치하고라도 그 여자 때문에 또 난처한 일을 겪거나 잔소리를 들을 수도 있다는 것을 생각하면서 그 맹세를 지키지 못한 것을 자책했다. 게다가 그는 이제 수석 서기가 될 참이었다. 자중해야 할 때였다. 그래서 그는 플루트도, 감정의 흥분이나 상상력도 포기했다. 평범한 사람 누구나 젊은 피가 뜨겁게 달아오르면 설사 단 하루가 되었든 단 1분이 되었든 위대한 정열을 품을 수 있고 고귀한 일을 할 수 있다고 믿게 되기 때문이다. 가장 하찮은 바람둥이도 동방의 황후를 꿈꿀 수 있고, 일개 공증인도 가슴속에 시인의 잔해를 품고 있는 법이다.

그는 이제 에마가 갑자기 그의 품에서 흐느껴 울면 지겹다는 생각이 들었다. 일정한 양의 음악밖에는 견디지 못하는 사람들처럼, 그의 마음은 소란스러운 사랑 타령에 무심해져 졸리기만 할 뿐 그 미묘함을 더 이상 식별하지 못했다.

그들은 서로를 너무나 잘 알아 버려 그 기쁨을 백배로 늘려 주는 소유의 경이로움을 느낄 수 없게 되었다. 그가 그녀에게 싫증이 난 것만큼 그녀도 그가 지겨워졌다. 에마는 간통 속에서 결혼 생활의 모든 진부함을 다시 발견하고 있었다.

그러나 거기서 어떻게 벗어날 수 있을까? 그녀는 그러한 행복의 저속함에 굴욕을 느꼈지만 그래도 소용없었다. 습관 때문에 혹은 타락했기 때문에 거기에 집착하고 있었다. 그리고 너무 큰 행복을 바라다 행복을 송두리째 고갈시켜 버리면서 날마다 더욱더 행복을 갈망하고 있었다. 그녀는 마치 레옹이 자신을 배반하기라도 한 것처럼 자신의 실망에 대해 그를 탓했다. 그리고 헤어질 결심을 할 용기가 없어 그들의 이별을 초래할 파국이 일어나기를 바라기까지 했다.

그러면서도 여자는 항상 애인에게 편지를 써야 한다는 생각으로 인해, 그녀는 여전히 계속해서 그에게 연애편지를 썼다.

그러나 편지를 쓰다 보면 다른 남자의 모습이 떠올랐다. 그것은 그녀의 가장 열렬한 추억과 가장 아름다웠던 독서의 내용과 가장 강렬한 욕망으로 이루어진 환영이었다. 나중에는 그 환영이 어찌나 진짜 같고 손에 만져질 듯한지 경탄해 그녀는 가슴이 두근거렸다. 그렇지만 마치 신처럼 수많은 속성 속에 가려져 있어 그 모습을 분명하게 상상할 수는 없었다. 그 남자는 비단 사다리가 달빛을 받으며 꽃바람 속에 발코니에서 흔들리고 있는 푸르른 나라에 살고 있었다. 그녀는 가까이에서 그를 느낄 수 있었고, 그가 와서 키스를 하며 그녀를 고스란히 데려갈 것만 같았다. 그러고 나면 그녀는 몹시 피로하고 기진맥진해 쓰러졌다. 그런 막연한 사랑의 흥분이 대단한 방탕 행위보다 더 그녀를 지치게 했기 때문이다.

그녀는 이제 늘 온몸이 쑤시는 만성 피로를 느끼고 있었다. 그리고 소환장이나 인지가 붙은 서류를 자주 받고 있었는데 거의 들여다보지도 않았다. 그녀는 더 이상 살고 싶지 않았고, 혹은 계속해서 잠만 자고 싶었다.

사순절 세 번째 주 목요일에 그녀는 용빌로 돌아가지 않고 밤에 가장무도회에 갔다. 그녀는 벨벳 바지에 빨간 양말을 신고 뒷머리를 리본으로 묶은 가발에다 삼각모를 비스듬히 썼다. 그리고 밤새도록 미친 듯한 트롬본 소리에 맞춰 춤을 추었고, 사람들이 그녀 주위로 둥글게 둘러서 있었다. 그리고 아침에 보니 그녀는 극장의 회랑에서 하역 인부나 선원으로 가장한 대여섯 명의 사람 속에 섞여 있었다. 그들은 레옹의 친구로, 식사를 하러 가자는 이야기를 하고 있었다.

근처의 카페는 만원이었다. 그들은 항구에 있는 가장 허름한 식당 하나를 찾아냈다. 식당 주인이 5층의 작은 방으로 그들을 안내했다.

한쪽 구석에서 남자들이 속삭였다. 아마도 비용에 대해 의논하는 모양이었다. 서기 한 명, 의과 대학생 두 명, 그리고 점원이 한 명 있었다. 고작 이런 자들과 함께 어울렸단 말인가! 여자들에 대해 말하자면, 에마는 그녀들의 음색만으로도 거의 모두가 최하층이라는 것을 금방 알 수 있었다. 그러자 그녀는 겁이 나서 의자를 뒤로 빼고 눈을 내리깔았다.

다른 사람들은 먹기 시작했다. 그녀는 먹지 않았다. 이마가 불덩이처럼 뜨겁고 눈꺼풀이 따끔거리며 피부는 얼음장처럼 차가웠다. 머릿속에서는 춤추는 수많은 발이 쿵쾅거리는 리듬에 따라 무도장의 마룻바닥이 다시 튀어 오르는 것 같았다. 그리고 궐련 연기와 뒤섞인 펀치 냄새를 맡자 현기증이 났다. 그녀가 실신하자 사람들이 그녀를 창가로 옮겼다.

해가 떠오르기 시작했다. 붉은색 커다란 반점이 생트카트린 쪽의 희뿌연 하늘에서 점점 커져 갔다. 납빛의 강물은 바람에 떨리고, 다리 위에는 사람이 아무도 없었다. 가로등이 꺼지고 있었다.

그녀는 정신을 차리자 저 멀리 하녀의 방에서 자고 있는 베르트가 생각났다. 그러나 기다란 철판을 가득 실은 짐수레가 지나가면서 귀청이 터질 듯한 금속성 진동음으로 담벼락을 뒤흔들었다.

그녀는 불현듯 자리에서 빠져나가 무도장 옷을 벗어 버리고 레옹에게 돌아가야 한다고 말한 다음, 마침내 **불로뉴 호텔**에 혼자 남았다. 모든 것이, 그녀 자신까지도 참을 수가 없었다. 그녀는 한 마리 새처럼 도망쳐 날아가 어딘가 멀리 순결한 공간에서 다시 젊어지고 싶었다.

그녀는 밖으로 나와, 큰길과 코슈아즈 광장과 변두리를 가로질러 정원들이 내려다보이는 탁 트인 길까지 갔다. 그녀는 빠른 걸음으로 걸었다. 바깥 공기가 그녀를 진정시켜 주었다. 그러자 차츰 군중의 얼굴, 가면, 카드리유 춤, 샹들리에, 야식, 그 여자들, 그 모든 것이 안개가 걷히듯 사라졌다. 이윽고 **적십자** 여관으로 돌아온 그녀는 『넬 탑』 장면 그림들이 있는 3층 작은 방의 침대 위에 몸을 던졌다. 오후 네 시가 되자, 이베르가 그녀를 깨웠다.

그녀가 집에 들어가자 펠리시테가 추시계 뒤에서 회색 서류를 꺼내 보여 주었다. 에마는 읽었다.

〈판결 집행장 등본에 의거하여……〉

무슨 판결? 사실 그 전날 다른 서류 하나가 왔는데 그녀는 모르고 있었다. 그래서 그녀는 다음과 같은 내용을 읽고는 깜짝 놀랐다.

〈국왕과 법률과 재판소의 이름으로 보바리 부인에게 명하는 바……〉

그러자 그녀는 몇 줄 건너뛰어 다음과 같은 문구를 보았다.

〈24시간의 유예 기간 안에,〉 대체 뭐라는 것인가? 〈총액 8천 프랑을 지불할 것.〉 그리고 심지어 더 밑에는 이런 말도 있었다. 〈모든 법적 조치, 특히 가구와 의류에 대한 압류를 통해 강제 집행될 것이다.〉

어떻게 해야 하나? 24시간이면 바로 내일이다! 그녀는 틀림없이 뢰뢰가 또 겁을 주려는 짓일 거라고 생각했다. 그의 모든 술책, 그의 친절의 목적을 이제 간파했기 때문이다. 금액이 부풀려진 것 자체가 그녀를 안심시켰다.

그동안 물건을 산 뒤 값을 치르지 않고 돈을 빌리고 어음을 쓰고 그 어음을 다시 갱신하고 하다 보니 새로운 지불 마감일이 될 때마다 금액이 불어나 결국 그녀는 뢰뢰에게 상당한 자본금을 만들어 주게 되었다. 그는 투기 사업을 위해 그 자본금을 초조하게 기다리고 있었다.

그녀는 거리낌 없는 태도로 그의 집에 들어섰다.

"나한테 무슨 일이 생겼는지 아시죠? 물론 농담이겠지만!"

"아닌데요."

"뭐라고요?"

그는 천천히 돌아서서 팔짱을 끼며 말했다.

"부인, 그럼 내가 무보수로 부인에게 물건을 대 주는 상인 겸 물주 노릇을 영원토록 할 거라고 생각하셨어요? 나도 들어간 돈을 회수해야지요, 당연한 거 아닙니까!"

그녀는 빚의 액수에 대해 항의했다.

"아! 어쩔 수 없는 일이죠! 재판소가 그렇게 인정한걸요! 판결이 났고! 부인에게 통고된 것이잖아요! 게다가 그건 내가 아니라 뱅사르예요."

"당신이 좀 해 줄 수 있는 일이……."

"오! 전혀 없습니다."

"하지만…… 그래도…… 우리 좀 생각해 봐요."

그녀는 되는대로 허튼소리를 늘어놓았다. 자기는 아무것도 몰랐다…… 정말 뜻밖의 일이다…….

"그게 누구 잘못인가요? 내가 노예처럼 고되게 일할 때 부인은 좋은 세월 보내셨잖아요." 뢰뢰가 빈정대는 태도로 허리를 굽혀 절하면서 말했다.

"아! 훈계는 그만둬요!"

"훈계가 절대 해롭지는 않지요." 그가 대꾸했다.

그녀는 비굴하게 그에게 애원했다. 심지어 희고 기다란 예쁜 손을 상인의 무릎 위에 올려놓기까지 했다.

"이거 치우시지요! 나를 유혹하려는 건가요!"

"당신 정말 치사한 사람이네!" 그녀가 소리쳤다.

"오! 저런! 기세가 대단하신걸!" 그가 웃으면서 대꾸했다.

"당신이 어떤 사람인지 폭로하겠어요. 남편한테 다 말할 거예요……."

"야! 그럼 나도 보여 드릴 게 있죠, 부인 남편한테!"

뢰뢰는 금고에서 1천8백 프랑짜리 영수증을 꺼냈다. 뱅사르 한테 어음 할인을 받을 때 그녀가 그에게 준 것이었다.

"이래도 가엾은 남편분이 당신의 좀도둑질을 알아채지 못할 거라고 생각합니까?" 그가 덧붙였다.

그녀는 망치로 한 대 얻어맞은 것 이상으로 충격을 받아 풀썩 주저앉았다. 그가 창문에서 책상까지 왔다 갔다 하면서 되풀이했다.

"아! 보여 드려야죠…… 보여 드리고말고요……."

그런 뒤 그는 그녀에게 다가가서 부드러운 목소리로 말했다.

"유쾌한 일은 아니지요, 나도 압니다. 어쨌든 그런 일로 누가 죽는 건 아니잖아요. 단지 돈을 돌려받으려면 유일하게 남아 있는 수단이니까……."

"하지만 제가 그런 돈을 어디서 구해요?" 에마가 자신의 두 팔을 비틀어 꼬면서 말했다.

"아, 까짓것! 남자 친구분도 많으시던데요, 뭐!"

그리고 그가 어찌나 예리하고 무섭게 쳐다보는지 그녀는 창자까지 다 떨렸다.

"약속해요, 서명할게요……." 그녀가 말했다.

"이제 질렸어요, 부인의 서명은!"

"뭐든 또 팔게요……."

"설마 그럴 리가! 더 이상 가진 것도 없으시면서." 그가 어깨를 으쓱하며 말했다.

그리고 그는 상점을 향해 뚫려 있는 구멍에 대고 소리쳤다.

"아네트! 14번 이자표 세 장 잊지 마."

하녀가 나타났다. 에마는 가라는 뜻임을 알아차리고, '모든 법적 절차를 멈추게 하려면 돈이 얼마나 필요한지' 물었다.

"너무 늦었습니다!"

"하지만 만약 몇천 프랑이라도 가져온다면, 금액의 4분의 1이나 3분의 1, 아니 거의 전부를 가져오면요?"

"아니! 소용없어요!"

그는 그녀를 계단 쪽으로 조용히 밀어냈다.

"제발 부탁이에요, 뢰뢰 씨, 며칠만 더!"

그녀는 흐느껴 울었다.

"자, 이런! 울기는요!"

"이렇게 저를 절망시키다니!"

"내가 상관할 바 아닙니다!" 그가 문을 닫으며 말했다.

VII

다음 날 집행관 아랑이 압류 조서를 작성하기 위해 입회인 두 명과 함께 그녀의 집에 나타났을 때, 그녀는 의연한 모습을 보였다.

그들은 보바리의 진찰실부터 시작했고, 골상학 해골은 **직업에 필요한 기구**로 간주해 기록하지 않았다. 그러나 부엌에서는 접시, 냄비, 의자, 촛대를 계산에 넣었고, 그녀의 침실에서는 선반 위의 잡동사니까지 모두 세었다. 그들은 옷, 내의, 화장실을 조사했다. 그리하여 그녀의 생활이 가장 은밀한 구석까지 마치 부검되는 시체처럼 세 남자의 시선에 완전히 노출되었다.

단정하게 단추를 채운 검은색 얇은 정장에 흰 넥타이를 매고 발밑 끈을 팽팽하게 당겨 바지를 입은 집행관 아랑은 이따금 되풀이했다.

"실례합니다, 부인. 괜찮으시죠?"

종종 감탄을 하기도 했다.

"멋있는데!…… 정말 예뻐!"

그리고 왼손에 들고 있는 뿔 잉크병에 펜을 적셔 다시 기입하기 시작했다.

그들은 방들을 끝내자 다락방으로 올라갔다.

거기에는 로돌프의 편지들을 넣어 둔 책상이 있었다. 그것을 열어야 했다.

"아! 편지로군요! 하지만 실례하겠습니다! 상자 안에 다른 물건이 없는지 확인해야 하거든요." 집행관 아랑이 은근한 미소를 지으며 말했다.

그는 마치 나폴레옹 금화라도 떨어질 듯이 편지들을 살짝 기울였다. 민달팽이처럼 뻘겋고 물렁물렁한 손가락이 달린 그 두꺼운 손이 그녀의 가슴을 뛰게 만들었던 편지들 위에 놓이는 것을 보자 그녀는 분노에 사로잡혔다.

드디어 그들이 갔다! 펠리시테가 돌아왔다. 보바리를 따돌리기 위해 망을 보라고 보냈던 것이다. 두 여자는 재빨리 압류 감시인을 다락방으로 들여보냈다. 그는 거기서 꼼짝하지 않고 있겠다고 약속했다.

저녁에 샤를은 근심이 있는 듯 보였다. 에마는 그의 주름진 얼굴에서 비난이 보이는 것 같아 불안이 가득 담긴 눈길로 그를 살폈다. 그리고 중국 병풍으로 장식한 벽난로, 넓은 커튼, 안락의자, 그 밖에 삶의 쓴맛을 달래 주던 그 모든 것에 눈길이 닿자, 그녀는 후회, 아니 이루 말할 수 없이 애석한 감정에 사로잡혔다. 그 감정은 정념을 없애 주기는커녕 오히려 자극했다. 샤를은 장작 받침 대 위에 두 발을 올려놓은 채 차분히 불을 뒤적거리고 있었다.

순간 감시인이 아마도 숨어 있는 곳에서 따분해졌는지 살짝 소리를 냈다.

"저 위에서 누가 걸어 다니나?" 샤를이 말했다.

"아니에요! 열어 놓은 천창이 바람에 흔들리는 소리예요." 그 녀가 대답했다.

다음 날인 일요일, 그녀는 이름을 알고 있는 은행가들을 모두 찾아가 보려고 루앙으로 출발했다. 그들은 시골에 갔거나 여행 중이었다. 그래도 그녀는 물러서지 않았다. 만날 수 있는 사람 들에게는 돈을 부탁했고, 꼭 필요해서 그런다며 반드시 갚겠다 고 맹세했다. 몇몇 사람은 코웃음을 쳤고, 모두 거절했다.

두 시에 그녀는 레옹의 집으로 달려가 문을 두드렸다. 문이 열 리지 않았다. 마침내 그가 나타났다.

"무슨 일이에요?"

"방해돼요?"

"아니…… 그런 건 아니지만……."

그는 집주인이 '여자들'을 집에 들이는 것을 좋아하지 않는다 고 털어놓았다.

"할 얘기가 있어요." 그녀가 다시 말했다.

그러자 그는 열쇠를 집었다. 그녀가 그를 막았다.

"아! 아니, 저기 우리 방에서."

그들은 **불로뉴 호텔**의 그들의 방으로 갔다.

그녀는 방에 들어가자 큰 잔으로 물을 한 잔 마셨다. 얼굴이 몹시 창백했다. 그녀가 그에게 말했다.

"레옹, 나 좀 도와줘요."

그녀는 꼭 붙잡고 있던 그의 두 손을 흔들면서 덧붙였다.

"저기, 8천 프랑이 필요해요!"

"아니, 정신이 나갔군요!"

"아직은 아냐!"

그리고 곧 압류 이야기를 하면서 자신의 비참한 상황을 설명했다. 샤를은 아무것도 모르고 시어머니는 그녀를 미워하며 루오 노인은 능력이 없다는 것이었다. 하지만 그는, 레옹은 꼭 필요한 돈을 구하기 위해 뛰어다녀 줄 것이다…….

"어떻게 그런……?"

"당신 정말 비겁하네!" 그녀가 소리쳤다.

그러자 그가 바보 같은 말을 하고 말았다.

"당신은 불행을 너무 과장하고 있어요. 아마 천 에퀴면 상대방이 누그러질 거예요."

그렇다면 더더욱 뭔가 해 줘야 하는 게 아닌가. 3천 프랑도 못 구한다는 건 말이 되지 않았다. 게다가 레옹이 그녀 대신 보증을 할 수도 있었다.

"자! 어떻게든 해 봐요! 꼭! 빨리 가요!…… 오! 애써 봐요! 애써 봐! 내가 많이 사랑해 줄게!"

그는 밖으로 나갔다가 한 시간 후에 돌아와서 심각한 얼굴로 말했다.

"세 사람이나 찾아가 봤는데…… 헛일이었어요!"

그들은 벽난로 양쪽에 마주 앉아 아무 말 없이 꼼짝도 하지 않았다. 에마는 발을 구르며 어깨를 으쓱하곤 했다. 그녀가 중얼거리는 소리가 들렸다.

"만일 내가 당신이라면 돈을 구했을 텐데!"

"대체 어디서?"

"당신 사무실에서!"

그리고 그녀는 그를 쳐다보았다.

그녀의 불타는 듯한 눈동자에서 사악한 대담성이 새어 나왔다. 눈꺼풀이 요염하게 감기면서 그를 부추겼다. 그래서 청년은 범죄를 권하는 그 여자의 무언의 의도에 짓눌려 마음이 약해지는 것을 느꼈다. 그러자 그는 겁이 났고, 일체의 설명을 피하기 위해 이마를 치면서 소리쳤다.

"참, 모렐(그는 레옹의 친구로 매우 부유한 상인의 아들이었다)이 오늘 밤 돌아올지! 그 친구는 거절하지 않을 테지, 분명 그럴 거예요. 내가 내일 돈을 가져다주겠소." 그가 덧붙였다.

에마는 레옹이 생각한 것만큼 기뻐하며 그 희망을 받아들이는 것 같지 않았다. 거짓말이라는 것을 눈치챈 것일까? 그가 얼굴을 붉히며 다시 말했다.

"하지만 내가 세 시까지 못 오면, 더 이상 기다리지 말아요. 이제 난 가 봐야 해요. 미안해요. 안녕!"

그는 그녀의 손을 잡았지만, 전혀 생기가 느껴지지 않았다. 에마는 더 이상 어떤 감정도 느낄 힘이 남아 있지 않았다.

시계가 네 시를 쳤다. 그녀는 마치 자동인형처럼 습관에 이끌려 용빌로 돌아가기 위해 일어섰다.

화창한 날씨였다. 구름 한 점 없는 하늘에 태양이 빛나는, 전형적인 3월의 맑고 쌀쌀한 날씨였다. 나들이옷을 입은 루앙 사람들은 행복한 표정으로 산책을 하고 있었다. 그녀는 성당 앞 광장에 도착했다. 저녁 미사를 마친 사람들이 나오고 있었다. 마치 다리 밑 세 개의 아치 사이로 강물이 흐르듯 군중은 세 개의 출입문으로 쏟아져 나왔다. 그리고 그 중간에 성당 문지기가 바위처럼 꼼짝 않고 서 있었다.

그러자 그녀는 불안에 떨면서도 희망에 가득 차서 성당의 커다란 중앙 홀로 들어가던 그날이 떠올랐다. 눈앞에 길게 펼쳐지던 그 중앙 홀도 그녀의 사랑보다 깊지 못했었다. 그녀는 베일 밑에서 눈물을 흘리며 망연자실한 채 기절이라도 할 듯 비틀거리면서 계속 걸었다.

"조심해요!" 어떤 집의 대문이 열리면서 누군가 소리쳤다.

그녀가 멈춰 서자, 검은 말 한 마리가 이륜마차의 끌채 사이에서 앞발로 땅을 걷어차며 지나갔다. 검은 담비 모피 옷을 입은 신사가 마차를 몰고 있었다. 그런데 누구였더라? 그녀는 그 신사를 알아보았다……. 마차는 내달려 사라졌다.

그 사람, 바로 자작이었다! 그녀는 뒤를 돌아보았다. 거리는 텅 비어 있었다. 그러자 그녀는 너무 지치고 슬퍼서 쓰러지지 않으려고 담벼락에 기댔다.

이어서 그녀는 착각이었을 거라고 생각했다. 사실 그녀는 아무엇도 알 수 없었다. 그녀의 안에서나 밖에서나 모든 것이 그녀를 저버리고 있었다. 그녀는 길을 잃은 채 정체불명의 심연 속에서 아무렇게나 굴러다니는 느낌이었다. 그래서 **적십자** 여관에 도착해 약품이 가득 든 커다란 상자를 **제비**에 싣는 것을 지켜보는 그 사람 좋은 오메의 모습이 보이자 거의 기쁨에 가까운 감정을 느꼈다. 그는 아내를 위한 **슈미노 빵** 여섯 개를 스카프에 싸서 손에 들고 있었다.

오메 부인은 사순절에 짭짤한 버터를 발라 먹는 터번 모양의 그 작고 묵직한 빵을 아주 좋아했다. 그것은 아마도 십자군 원정 시기로 거슬러 올라가는 중세 음식의 마지막 표본으로, 옛날 건장한 노르망디 사람들은 누런 횃불 빛 아래 식탁 위에 향료를 넣은 포도주 병과 거대한 돼지고기 사이에 사라센 사람의 머리통이 놓여 있다고 생각하면서 그 빵으로 배를 채우곤 했다. 약사의 아내는 이가 몹시 나쁘면서도 그 옛날 노르망디 사람들처럼 용감하게 와작와작 씹어 먹었다. 그래서 오메 씨는 시내에 갈 때마다 항상 마사크르 거리의 유명한 빵집에서 잊지 않고 그 빵을 사다 주곤 했다.

"이렇게 뵈니 반갑습니다!" 그가 **제비**에 올라타는 것을 도와주기 위해 에마에게 손을 내밀며 말했다.

그리고 그는 그물 선반의 가죽끈에 **슈미노 빵**을 매달아 놓은 뒤, 모자를 벗고 팔짱을 낀 채 나폴레옹처럼 사색에 잠긴 자세를 취했다.

그러나 늘 그렇듯 언덕 밑에서 장님이 나타나자, 그가 소리쳤다.

"이따위 온당치 못한 장사를 당국에서 계속 내버려 두는 것을 이해할 수가 없네! 이런 자들은 잡아 가두고 강제 노동을 시켜야 하는데! 진보가, 정말이지, 거북이걸음을 하고 있단 말이야! 여전히 야만의 진창에 빠져 있는 꼴이지!"

장님은 모자를 내밀었다. 모자가 마치 못이 빠져 융단 자락이 늘어진 것처럼 마차 문 가장자리에서 흔들렸다.

"이런, 연주창에 걸렸군!" 약사가 말했다.

그리고 그 거지를 잘 알면서도 처음 보는 체하며 **각막, 불투명 각막, 공막, 안색**과 같은 말들을 중얼거리더니 아버지 같은 어투로 그에게 말했다.

"이보게, 이 끔찍한 병에 걸린 지 오래되었나? 술집에서 술만 마시지 말고 식이 요법을 따르는 게 좋아."

그는 좋은 포도주와 맥주를 마시고 불에 구운 좋은 고기를 먹으라고 권했다. 장님은 계속 노래를 불렀다. 게다가 그는 거의 바보처럼 보였다. 마침내 오메 씨가 지갑을 열었다.

"자, 여기 1수를 줄 테니 2리야르°를 거슬러 줘. 그리고 내 충고를 잊지 말게, 좋아질 거야."

이베르가 그 효과에 대해 숨김없이 의심을 드러냈다. 그러나 약사는 자기가 조제한 소염 연고로 직접 치료하겠다고 장담하면서 주소를 알려 주었다.

"중앙 시장 근처에서 오메 씨를 찾으면 다 알아."

"자! 수고에 대한 보답으로 **쇼를 보여 줘야지.**" 이베르가 말했다.

장님은 무릎을 꿇고 주저앉더니 머리를 뒤로 젖히고 초록빛이 도는 두 눈을 굴리면서 혀를 내민 채 두 손으로 배를 문지르는 동시에 굶주린 개처럼 둔탁하게 울부짖는 듯한 소리를 냈다. 에마는 혐오감에 사로잡혀 어깨 너머로 5프랑짜리 동전을 던져 주었다. 그것은 그녀의 전 재산이었다. 그녀는 그렇게 전 재산을 던지는 것이 멋있다고 생각했다.

마차가 다시 출발하자, 오메 씨는 갑자기 여닫이 창문 밖으로 몸을 내밀면서 소리쳤다.

"전분이 많은 음식이나 유제품은 안 돼! 모직 옷을 입고 노간주나무 열매를 태운 연기에 환부를 쐬도록 해!"

눈앞에 펼쳐지는 낯익은 풍경이 에마를 현재의 고통으로부터 조금씩 벗어나게 해 주었다. 참을 수 없는 피로에 짓눌린 그녀는 얼이 빠지고 낙담해 거의 반수면 상태로 집에 도착했다.

"될 대로 되라지!" 그녀는 혼잣말을 했다.

그리고 누가 알겠는가? 언제든 이변이 일어나지 말란 법은 없지 않은가? 심지어 뢰뢰가 죽어 버릴 수도 있는 일이었다.

그녀는 아침 아홉 시에 광장에서 들리는 사람들 목소리에 잠이 깨었다. 중앙 시장 주위에 많은 사람이 모여 어떤 기둥에 붙어 있는 커다란 벽보를 읽고 있었다. 쥐스탱이 경계석 위에 올라가서 벽보를 찢는 모습이 보였다. 그러나 그때 시골 순경이 손으로 그의 목덜미를 붙잡았다. 오메 씨가 약국에서 나왔고, 르프랑수아 부인이 군중 속에서 뭔가 거드름을 피우며 말을 하는 것 같았다.

"마님! 마님! 큰일 났어요!" 펠리시테가 들어오면서 소리쳤다.

흥분한 하녀는 문에서 방금 떼어 온 노란 종이를 에마에게 내밀었다. 에마는 자기 집의 모든 집기류가 경매에 부쳐졌다는 것을 한눈에 읽었다.

그러자 두 여자는 말없이 서로 바라보았다. 하녀와 여주인은 서로에게 비밀이 없었다. 마침내 펠리시테가 한숨을 쉬었다.

"저라면요, 마님, 기요맹 씨 집에 한번 가 보겠어요."

"그렇게 생각해?"

이렇게 묻는 것은 다음과 같은 뜻이었다.

'너는 하인을 통해 그 집 사정을 알고 있으니, 그 집 주인이 가끔 내 얘기를 했다더냐?'

"네, 가 보세요, 잘될 거예요."

그녀는 옷을 입었다. 검은 옷에 검은 구슬 장식 두건이 달린 외투를 입었다. 그리고 사람들 눈에 띄지 않도록(광장에는 여전히 많은 사람이 있었다) 물가의 오솔길을 통해 마을 밖으로 벗어났다.

그녀는 가쁜 숨을 몰아쉬며 공증인 집 철문 앞에 도착했다. 하늘은 어둡고 눈이 조금씩 내리고 있었다.

초인종 소리에, 붉은 조끼를 입은 테오도르가 현관 앞 계단에 나타났다. 그는 마치 잘 아는 사람을 대하듯 친절하게 문을 열어 주고 식당으로 안내했다.

벽감을 꽉 채운 선인장 아래에서 커다란 도기 난로가 윙윙 소리를 내며 타고 있었고, 떡갈나무 무늬 벽지에는 검은 나무 액자 안에 스퇴방'의 「에스메랄다」와 쇼팽'의 「보디발」이 걸려 있었다. 음식이 차려진 식탁, 은으로 된 두 개의 접시 데우는 보온기, 크리스털로 된 문손잡이, 마룻바닥, 가구, 모든 것이 영국식으로 세심하게 손질되어 깨끗하게 반짝거렸다. 그리고 유리창은 모서리마다 색유리로 장식되어 있었다.

'이런 식당은 우리 집에 있어야 하는데.' 에마는 생각했다.

공증인은 들어오면서 왼손으로는 종려나무 무늬 실내복을 여미고 다른 한 손으로는 밤색 벨벳 모자를 벗었다가 얼른 다시 썼다. 도도하게 오른쪽으로 기울여 쓴 모자 밑으로 뒤통수에서 가져와 대머리를 감싸고 있는 금발 머리 세 가닥의 끝이 늘어져 있었다.

그는 의자를 권한 뒤, 자신의 결례에 대해 양해를 구하면서 식사를 하기 위해 자리에 앉았다.

"저어, 부탁이 있는데……." 그녀가 말했다.

"뭔데요, 부인? 말씀해 보세요."

그녀는 상황을 설명하기 시작했다.

공증인 기요맹은 포목상과 은밀한 관계를 맺고 있어 그녀의 상황을 알고 있었다. 사람들이 담보 대출을 체결해 달라고 부탁하면 언제나 그 상인에게서 자금을 구했던 것이다.

그래서 그는 그 어음들의 기나긴 내력을 (그녀보다도 더) 잘 알고 있었다. 처음에는 소액의 어음들이었지만, 여러 사람이 이서하고 각각 시간 차이를 두고 지불 기한을 길게 잡아 끊임없이 갱신하다가 마침내 상인이 지불 거절 증서들을 모두 모아 마을 사람들에게 잔인하다는 소리를 듣지 않으려고 자기 친구인 뱅사르를 시켜 그의 명의로 필요한 소송을 하게 한 것이었다.

그녀는 이야기 사이사이 뢰뢰에 대한 비난을 섞었고, 그런 비난에 공증인은 이따금 건성으로 대꾸하곤 했다. 그는 커틀릿을 먹고 차를 마시면서 금줄로 연결된 두 개의 다이아몬드 핀이 꽂혀 있는 하늘색 넥타이에 턱을 파묻고 있었다. 그리고 느른하고 모호한 표정으로 야릇한 미소를 지었다. 그러다가 그녀의 발이 젖은 것을 보았다.

"난로 가까이 오세요……. 좀 더 위에 올려놓으세요…… 도기에 닿게."

그녀는 도기를 더럽힐까 봐 겁을 냈다. 공증인이 친절한 어투로 다시 말했다.

"아름다운 것은 아무것도 더럽히지 않습니다."

그러자 그녀는 남자를 감동시켜 보려고 했다. 그리고 스스로 감정이 격해져 살림살이의 옹색함, 고민, 궁핍함 등을 이야기하게 되었다. 그는 잘 이해한다고 했다. 우아한 부인께서! 그가 쉬지 않고 계속 먹으면서 완전히 그녀를 향해 돌아앉자 그의 무릎이 그녀의 반장화에 닿았다. 난로 위에 오그리고 있는 반장화에서 모락모락 김이 났다.

그러나 그녀가 1천 에퀴를 부탁하자, 그는 입술을 굳게 다물고 있다가 진작에 그녀의 재산 관리를 하지 못한 것이 몹시 애석하다고 말했다. 심지어 부인들도 돈을 불릴 수 있는 매우 편리한 방법이 아주 많다는 것이었다. 그뤼메닐 탄광이나 르 아브르 토지 같은 곳에 거의 확실한 방법으로 훌륭한 투자를 할 수 있었다고 했다. 그리고 그는 그녀가 틀림없이 벌 수 있었을 꿈같은 금액을 생각하며 분해하도록 내버려 두었다.

"어째서 저한테 오지 않으신 겁니까?" 그가 다시 말했다.

"잘 모르겠어요." 그녀가 말했다.

"대체 왜요?…… 제가 부인을 두렵게 했나요? 한탄해야 할 사람은 오히려 접니다! 우린 서로를 거의 잘 모르고 지냈네요! 하지만 전 당신에게 아주 충실한 사람입니다. 이제는 의심하지 않으시죠?"

그는 손을 내밀어 그녀의 손을 잡고 미친 듯이 키스를 퍼붓고 나서 그 손을 자기 무릎 위에 올려놓았다. 그리고 그녀에게 다정한 말들을 수없이 속삭이면서 그녀의 손가락을 부드럽게 만지작거렸다.

그의 무미건조한 목소리가 흐르는 냇물처럼 소곤거렸고, 번쩍거리는 안경 너머로 눈동자에서 불꽃이 튀었다. 그의 두 손이 에마의 소매 속으로 들어와 팔을 더듬었다. 그녀의 볼에 헐떡거리는 숨결이 느껴졌다. 그녀는 그 남자가 끔찍하게 싫었다.

그녀는 벌떡 일어나서 말했다.

"선생님, 기다리고 있습니다!"

"뭘 말입니까?" 공증인이 갑자기 얼굴이 몹시 창백해져서 말했다.

"그 돈요."

"하지만……"

이어서 그는 너무 강렬하게 밀려오는 욕망에 굴복했다.

"뭐, 좋습니다……"

그는 실내복이 벌어지든 말든 신경도 안 쓴 채 무릎을 꿇고 그녀에게 기어갔다.

"제발, 그냥 있어요! 사랑합니다!"

그는 그녀의 허리를 껴안았다.

보바리 부인의 얼굴이 금방 새빨개졌다. 그녀는 무서운 태도로 뒤로 물러나며 소리쳤다.

"제가 곤궁에 처한 것을 파렴치하게 이용하다니요! 저는 동정을 구하긴 해도 몸을 팔진 않아요!"

그리고 그녀는 밖으로 나갔다.

공증인은 완전히 얼이 빠져 아름답게 수놓인 자신의 실내화에 눈을 고정시키고 있었다. 그것은 정부의 선물이었다. 그것을 보다 보니 마침내 위안이 되었다. 게다가 그런 연애 사건은 뜻하지 않은 사태를 초래하게 되었을 거라는 생각이 들었다.

"파렴치한 놈! 상스러운 놈!…… 어떻게 그런 비열한 짓을!" 그녀는 길가의 사시나무 밑을 신경질적인 발걸음으로 도망치듯 지나가면서 혼잣말을 중얼거렸다. 원하는 것을 얻지 못한 실망 때문에 능욕당한 것에 대한 분노가 더욱 거세졌다. 하느님이 악착같이 자기를 괴롭히는 것 같았다. 그러자 거만함으로 으쓱해진 그녀는 그 어느 때보다 자기 자신에 대해 자부심을 느꼈고 다른 사람들을 경멸했다. 뭔가 호전적인 기운이 그녀에게서 솟아났다. 그녀는 남자들을 때려 주고, 그들의 얼굴에 침을 뱉고, 그들을 모조리 짓뭉개 버리고 싶었다. 그녀는 창백한 얼굴로 몸을 떨며 분노에 사로잡힌 채 눈물 젖은 눈으로 텅 빈 지평선을 살피면서 마치 숨 막히는 증오를 즐기는 듯 빠른 걸음으로 앞을 향해 계속 걸었다.

자기 집이 보이자, 그녀는 온몸이 마비되는 것 같았다. 더는 앞으로 나갈 수가 없었다. 하지만 가야 했다. 하기야 어디로 도망친단 말인가?

펠리시테가 문에서 그녀를 기다리고 있었다.

"잘됐어요?"

"아니!" 에마가 말했다.

15분 동안 두 여자는 어쩌면 그녀를 구해 줄지도 모를 용빌 사람이 누가 있는지 찾아보았다. 그러나 펠리시테가 이름을 댈 때마다 에마는 대답했다.

"어림없어! 거절할 거야!"

"곧 주인어른이 돌아올 텐데요!"

"알아…… 혼자 있게 해 줘."

그녀는 모든 것을 해 보았다. 이제는 더 이상 할 수 있는 것이 아무것도 없었다. 샤를이 돌아오면, 그녀는 이렇게 말하리라.

"비키세요. 당신이 밟고 있는 그 양탄자는 이제 우리 것이 아니에요. 당신 집에서 가구 하나, 핀 하나, 지푸라기 하나도 당신 것은 없어요. 당신을 파멸시킨 건 바로 나예요, 불쌍한 사람!"

그러면 그는 한바탕 흐느끼고 눈물을 펑펑 쏟을 것이다. 그리고 마침내 놀라움이 가시고 나면 용서해 줄 것이다.

"그래, 남편은 나를 용서해 줄 거야. 나를 소유한 것에 대해 용서를 구하려면 내게 백만금을 주어도 모자랄 남자인걸……. 모자라고말고! 절대로!" 그녀는 이를 갈면서 중얼거렸다.

자신에 대해 보바리가 우월한 입장이 될 것을 생각하자, 그녀는 몹시 화가 났다. 그녀가 고백을 하든 안 하든, 지금 당장이든 조금 후든 내일이든 어쨌든 그는 이 파국을 알게 될 것이다. 그러니 그 끔찍한 장면을 기다리다 그가 베푸는 관대함의 무게를 견뎌야 했다. 뢰뢰한테 다시 가 보고 싶은 생각이 들었다. 무슨 소용 있겠는가? 아버지한테 편지를 써 볼까 하는 생각도 들었다. 너무 늦었다. 어쩌면 그녀는 조금 전 남자한테 몸을 맡기지 않은 것을 후회하고 있었을지도 모른다. 그때 오솔길에서 말발굽 소리가 들렸다. 남편이었다. 그가 살문을 열었다. 그의 안색이 석고벽보다 더 창백했다. 그녀는 계단으로 뛰어 내려가 재빨리 광장을 통해 도망쳤다. 성당 앞에서 레스티부두아와 이야기하고 있던 면장 부인이 그녀가 세무 관리의 집으로 들어가는 것을 보았다.

면장 부인은 카롱 부인에게 달려가서 그 사실을 말했다. 두 여자는 다락방으로 올라가서, 장대에 널어 놓은 빨래로 몸을 숨기고 비네의 방 안 전체를 내려다보기 편한 곳에 자리를 잡았다.

비네는 혼자 지붕 밑 방에서 상아 세공품을 본떠 나무를 깎는 중이었다. 초승달 모양과 서로 파고 들어가 맞물린 공 모양으로 이루어지고 그 전체는 오벨리스크처럼 곧게 서 있는 뭐라고 형용할 수 없는 세공품으로, 아무짝에도 쓸모없는 것이었다. 그는 마지막 조각을 시작해 거의 완성해 가고 있었다! 작업실의 희미한 빛 속에서, 마치 달리는 말의 편자 밑에서 불꽃이 다발로 튀듯이 금빛 먼지가 그의 연장에서 날아올랐다. 두 개의 바퀴가 돌아가며 윙윙거리고 있었다. 비네는 턱을 내리고 콧구멍을 벌름거리면서 미소 짓고 있었는데, 요컨대 그야말로 완전한 행복에 빠져 있는 것 같았다. 그것은 아마도 하찮은 일거리에서만 맛볼 수 있는 행복일 것이다. 그런 일거리에서는 어려운 문제를 쉽게 해결함으로써 지적 유희를 즐기고 더 이상 바랄 것이 없는 성취를 통해 마음이 충족되기 때문이다.

"아! 저기 그 여자가 왔어요!" 튀바슈 부인이 말했다.

그러나 녹로 소리 때문에 그녀가 뭐라고 하는지 잘 들리지 않았다.

마침내 두 여자는 **프랑**이라는 말이 들렸다고 생각했다. 튀바슈 부인이 나지막이 소곤거렸다.

"세금 납부를 늦춰 달라고 부탁하는 거군요."

"그런 것 같네요!" 상대방이 대꾸했다.

두 여자는 에마가 방 안을 이리저리 걸어 다니면서 벽에 걸려 있는 둥근 냅킨꽂이, 샹들리에, 난간의 동그란 장식들을 살펴보는 것을 보았다. 그러는 동안 비네는 만족스럽게 턱수염을 쓰다듬고 있었다.

"뭔가를 주문하러 온 게 아닐까요?" 튀바슈 부인이 말했다.

"하지만 저 남자는 아무것도 팔지 않는데요!" 옆의 여자가 이의를 제기했다.

세무 관리는 마치 잘 알아듣지 못하는 것처럼 눈을 크게 뜨면서 귀를 기울이는 것 같았다. 그녀는 다정하게 애원하듯 계속 말했다. 그녀가 다가갔다. 그녀의 젖가슴이 헐떡였다. 그들은 더 이상 아무 말도 하지 않았다.

"여자가 수작을 거는 건가?" 튀바슈 부인이 말했다.

비네는 귀까지 빨개졌다. 그녀가 그의 두 손을 잡았다.

"아! 너무하네!"

아마도 그녀가 그에게 가증스러운 일을 제안한 모양이었다. 세무 관리(그는 용감한 사람으로, 보첸과 뤼첸에서도 싸웠고 프랑스의 전쟁에도 참전했으며 심지어 **십자 훈장에 추천되기도** 했다)가 갑자기 뱀이라도 본 것처럼 뒤로 멀리 물러나며 소리쳤기 때문이다.

"부인! 그런 생각을 하시다니요……."

"저런 여자들은 채찍으로 맞아야 해!" 튀바슈 부인이 말했다.

"아니, 여자가 어디 있지?" 카롱 부인이 다시 말했다.

그 여자들이 그 말을 하는 사이 에마가 사라졌기 때문이다. 이어서 대로에 들어서 묘지에 가려는 것처럼 오른쪽으로 돌아가는 에마를 보자, 두 여자는 온갖 추측을 하느라 정신이 없었다.

"롤레 아줌마! 숨 막혀! 코르셋 끈 좀 풀어 줘요!" 그녀는 유모 집에 도착하면서 말했다.

그녀는 침대 위에 쓰러져 흐느껴 울었다. 롤레 아줌마는 치마로 그녀를 덮어 주고 그 옆에 서 있었다. 그러더니 그녀가 아무 대꾸도 하지 않자, 물러나서 물레를 잡고 실을 잣기 시작했다.

"아! 그만해요!" 그녀는 비네의 녹로 소리가 들리는 줄 알고 중얼거렸다.

'뭐 때문에 저렇게 괴로워하지? 여긴 왜 온 걸까?' 유모는 생각했다.

그녀는 자신을 집에서 쫓아내는 일종의 공포에 떠밀려 거기로 달려온 것이었다.

등을 대고 반듯하게 누워 꼼짝도 하지 않고 눈을 고정시킨 채 바보같이 고집스럽게 주의를 집중하는데도 사물이 희미하게만 보였다. 그녀는 비늘처럼 벽의 칠이 벗겨진 곳, 끝과 끝을 맞대고 연기를 피우는 두 개의 장작토막, 머리 위 대들보 틈새에서 기어 다니는 기다란 거미를 멍하니 바라보았다. 마침내 그녀는 생각을 그러모을 수 있게 되었다. 그러자 기억이 났다……. 어느 날 레옹과 함께…… 아! 얼마나 먼 옛일인가……. 태양이 강물 위에서 빛나고 참으아리가 향기를 내뿜고 있었지……. 그러자 부글거리는 급류에 실려 가듯 추억에 휩쓸려 가던 그녀는 곧이어 바로 전날의 일을 기억하게 되었다.

"몇 시지?" 그녀가 물었다.

롤레 아줌마는 밖으로 나가서 하늘이 제일 밝은 쪽으로 오른손가락을 치켜들더니 천천히 다시 들어오면서 말했다.

"곧 세 시예요."

"아! 고마워요! 고마워!"

그가 올 시간이었기 때문이다. 틀림없이 올 것이다! 그는 돈을 구했을 것이다. 그러나 그녀가 여기 있는 줄 모르고 아마 집으로 갈 것이다. 그녀는 유모에게 집으로 달려가 그를 데려오라고 시켰다.

"빨리!"

"네, 부인, 갑니다! 가요!"

이제 그녀는 맨 처음 그를 생각하지 못한 것에 대해 놀라고 있었다. 어제 그가 약속했으니, 어기지는 않을 것이다. 그녀는 뢰뢰의 집에 가서 책상 위에 은행 지폐 세 장을 펼쳐 놓는 자신의 모습이 벌써 눈앞에 보였다. 그리고 보바리에게 상황을 설명할 이야기를 지어내야 할 것이다. 뭐라고 지어내지?

그런데 시간이 한참 지났는데도 유모는 돌아오지 않았다. 그러나 초가집에는 시계가 없어, 에마는 어쩌면 자기가 시간의 흐름을 부풀려 생각한 것인지도 모른다고 생각했다. 그녀는 마당에서 한 걸음 한 걸음 걸으면서 돌기 시작했다. 울타리를 따라 나 있는 오솔길로 갔다가 유모가 다른 길로 돌아와 있기를 바라면서 급히 되돌아왔다. 마침내 기다림에 지친 그녀는 자신을 괴롭히는 의혹을 떨쳐 내며 여기 온 것이 아마득한 옛날인지 아니면 방금 전인지도 알 수 없는 상태가 되어 한쪽 구석에 주저앉아 눈을 감고 귀를 틀어막았다. 살문이 삐걱거리는 소리가 났다. 그녀는 벌떡 일어섰다. 그녀가 입을 열기도 전에 롤레 아줌마가 말했다.

"댁에는 아무도 안 왔어요!"

"뭐라고?"

"오! 아무도요! 그리고 주인어른이 울고 계세요. 부인을 부르면서요. 사람들이 부인을 찾고 있어요."

에마는 아무런 대답도 하지 않았다. 그녀가 숨을 헐떡이면서 사방으로 눈을 굴리자, 그런 그녀의 얼굴에 겁이 난 유모는 그녀가 미치는 것 아닌가 생각하며 본능적으로 뒤로 물러났다. 갑자기 그녀는 이마를 치며 소리를 질렀다. 캄캄한 어둠 속의 번갯불처럼 로돌프에 대한 생각이 그녀의 머릿속을 스치고 지나갔기 때문이다. 그는 너무도 착하고 세심하고 관대한 사람이었다. 게다가 만약 그가 도움 주기를 주저한다 하더라도, 그녀는 딱 한 번의 눈짓으로 잃어버린 옛사랑을 상기시켜 그가 부탁을 들어주지 않을 수 없게 만들 수 있으리라. 그리하여 그녀는 위셰트를 향해 떠났다. 지난날 그녀를 그토록 고통스럽게 했던 것에 스스로 몸을 바치러 달려가고 있다는 것을 깨닫지 못한 채, 그리고 그것이 몸을 파는 짓이라는 것을 추호도 의심하지 못한 채.

VIII

그녀는 걸어가면서 생각했다. '뭐라고 말하지? 무슨 말로 시작하지?' 그리고 가까이 다가감에 따라 덤불, 나무, 언덕 위의 골풀, 저쪽의 저택을 알아볼 수 있었다. 그러자 처음 느꼈던 사랑의 감각이 되살아나서, 짓눌려 있던 가련한 마음이 사랑으로 부풀어 올랐다. 한 줄기 훈훈한 바람이 그녀의 얼굴을 스쳤다. 눈이 녹아 새싹에서 풀밭 위로 방울방울 떨어지고 있었다.

그녀는 예전처럼 정원의 작은 문으로 들어가 무성한 보리수가 가장자리에 두 줄로 늘어서 있는 앞뜰에 이르렀다. 보리수나무의 기다란 가지들이 휙휙 소리를 내며 흔들렸다. 개집에 있는 개들이 일제히 짖어 댔고, 그 소리가 시끄럽게 울려 퍼졌지만 아무도 나타나지 않았다.

그녀는 나무 난간이 달린 넓고 곧은 계단을 올라갔다. 계단 끝에는 먼지투성이의 포석이 깔린 복도가 나오고, 거기에 수도원이나 여인숙처럼 여러 개의 방이 줄지어 있었다. 그의 방은 왼쪽 맨 끝에 있었다. 문손잡이에 손가락을 얹으려 하자, 돌연 온몸에서 힘이 쭉 빠졌다. 그녀는 그가 없을까 봐 두려우면서도, 또 한편으로는 없기를 거의 바라는 마음이었다. 하지만 그것이 그녀의 유일한 희망이었고 마지막 구원의 기회였다. 그녀는 잠시 정신을 가다듬고, 당장의 절박한 필요를 절감함으로써 다시 용기를 내어 안으로 들어갔다.

그는 난로 앞에서 두 발을 벽난로 틀 위에 올려놓고 담배를 피우는 중이었다.

"저런! 당신이군요!" 그가 벌떡 일어나며 말했다.

"네, 저예요!…… 로돌프, 당신한테 의논하고 싶은 일이 있어요."

그러나 아무리 노력해도 차마 입을 뗄 수가 없었다.

"당신은 하나도 안 변했군요, 여전히 매력적입니다!"

"오! 하찮은 매력인걸요. 당신에게 무시당한 매력이니까요." 그녀가 씁쓸하게 대꾸했다.

그러자 그는 더 그럴듯한 말을 꾸며 낼 수가 없어 모호한 말들로 핑계를 대면서 자기 행동에 대한 변명을 하기 시작했다.

그녀는 그의 말에, 아니 그보다 그의 목소리와 눈앞에 보이는 그의 모습에 빠져들었다. 그래서 그녀는 그들의 결별에 대한 변명을 믿는 체했다. 어쩌면 정말로 믿는 것인지도 몰랐다. 제3자의 명예와 심지어 목숨이 걸린 어떤 비밀 때문이라는 것이었다.

"아무려면 어때요! 나는 정말 괴로웠어요!" 그녀가 슬픈 눈으로 그를 바라보며 말했다.

그는 철학적인 말투로 대답했다.

"인생이란 그런 것이지요!"

"우리가 헤어진 후로 적어도 당신 인생은 행복했나요?" 에마가 다시 말했다.

"오! 행복할 것도 없고…… 불행할 것도 없었죠."

"우리가 헤어지지 않았다면 더 좋았을지도 모르겠네요."

"어쩌면…… 그럴지도!"

"그렇게 생각해요?" 그녀는 가까이 다가서며 말했다.

그리고 그녀는 한숨을 쉬었다.

"오, 로돌프! 정말로…… 당신을 많이 사랑했는데!"

그 순간 그녀는 그의 손을 잡았고, 두 사람은 잠시 손가락을 서로 깍지 낀 채 그대로 있었다. 농사 공진회 첫날처럼! 로돌프는 자존심을 세우느라 감격하는 마음과 싸우고 있었다. 그러나 에마가 그의 품에 몸을 던지며 말했다.

"당신 없이 어떻게 살라고 그런 거예요? 행복의 습관은 결코 버릴 수 없는 법이에요! 난 너무 절망스러웠어요! 죽는 줄 알았다고요! 나중에 모두 얘기해 줄게요. 그런데 당신, 당신은 나를 피해 다녔죠……."

사실 지난 3년 동안 그는 남성 특유의 본능적인 비겁함 때문에 그녀를 철저하게 피해 왔다. 에마는 귀여운 고갯짓과 함께 발정 난 암고양이보다 더 아양을 떨면서 계속 말했다.

"당신은 지금도 다른 여자들을 사랑하고 있겠죠, 솔직히 말해 봐요. 오! 그 여자들을 이해해요, 그래요! 그 여자들을 용서해 주죠. 당신이 나를 유혹한 것처럼 여자들을 유혹했을 테니까. 당신은 남자예요! 게다가 각별한 사랑을 받는 데 필요한 모든 것을 갖추고 있죠. 하지만 우리 다시 시작해요, 네? 서로 사랑하기로 해요! 자, 난 웃고 있어요, 난 행복해요…… 그러니 말해 봐요!"

마치 푸른 꽃받침에 담겨 있는 빗물처럼 눈에 눈물이 그렁그렁한 그녀의 모습은 매혹적이었다.

그는 그녀를 무릎 위로 끌어당겨 윤기 흐르는 그녀의 머리카락을 손등으로 쓰다듬었다. 그녀의 머리카락에서는 석양의 빛 속에서 마지막 햇살이 황금 화살처럼 번쩍거렸다. 그녀는 이마를 숙이고 있었다. 그는 결국 입술 끝으로 그녀의 눈꺼풀 위에 살짝 키스를 했다.

"아니, 당신 울었군! 왜?" 그가 말했다.

그녀는 울음을 터뜨리며 흐느껴 울었다. 로돌프는 그것을 그녀의 사랑이 폭발한 것으로 생각했고, 그녀가 말없이 있어 그 침묵을 마지막 수줍음으로 여겼다. 그래서 그는 소리쳤다.

"아! 용서해 줘! 내가 좋아하는 사람은 오직 당신뿐이야. 내가 어리석고 나빴어! 사랑해, 영원히 사랑할 거야……. 무슨 일이야? 말해 봐!"

그는 무릎을 꿇었다.

"저기요…… 저 파산했어요, 로돌프! 3천 프랑만 빌려주세요!"

"하지만…… 하지만……." 그는 천천히 일어나면서 말했다.

그러는 동안 그의 얼굴은 심각한 표정이 되었다.

"당신도 알겠지만, 남편이 전 재산을 어떤 공증인에게 맡겼어요. 그런데 그자가 도망을 갔어요. 우리는 빚을 졌는데 환자들은 치료비를 안 냈지요. 그런데 결산이 끝난 것은 아니니까 나중에 돈이 들어올 거예요. 하지만 지금 3천 프랑이 없어서 압류를 당하게 생겼어요. 그것도 지금 당장요. 그래서 당신의 우정을 기대하고 찾아온 거예요." 그녀는 빠른 말로 계속했다.

'아! 그래서 이 여자가 찾아온 거군!' 갑자기 얼굴이 몹시 창백해진 로돌프는 생각했다.

마침내 그가 침착한 태도로 말했다.

"제게는 그런 돈이 없습니다, 부인."

그는 거짓말을 하는 것이 아니었다. 돈이 있었다면 아마 주었을 것이다. 하지만 금전적인 요구는 사랑을 덮치는 모든 돌풍 중 가장 차가운 것으로 사랑을 뿌리째 뽑아 버리므로, 일반적으로 그런 선행을 하는 것이 유쾌한 일이 아니긴 하다.

그녀는 처음에 한동안 그를 물끄러미 바라보았다.

"없다고요!"

그녀는 여러 번 반복했다.

"없다고요!…… 그렇다면 이 마지막 수치는 피했어야 하는데……. 당신은 나를 결코 사랑하지 않았어요! 당신도 다른 남자들보다 나을 게 없어요!"

그녀는 본심을 드러냈고, 제정신이 아니었다.

로돌프가 그녀의 말을 가로막으며 자기도 형편이 여의치 않다고 주장했다.

"아! 불쌍하게 됐군요! 네, 엄청나게요⋯⋯." 에마가 말했다.

그러더니 무기 장식 속에서 반짝이는 상감 세공의 소총에 눈길이 멈추었다.

"하지만 그토록 가난하다면 총의 개머리판을 은으로 장식하지는 못하죠! 거북 등껍데기를 박아 넣은 추시계도 못 사고요!" 그녀는 불' 스타일의 시계를 가리키며 계속했다. "채찍에 매다는 은도금한 호루라기도(그녀는 그것을 만졌다!) 시계의 장신구도 못 사지요! 오! 방 안에 술병 올려놓는 받침대까지, 없는 게 없군요! 당신은 당신 자신을 사랑하니까요. 잘살고 있네요, 당신에겐 저택도 있고, 농장도 있고, 숲도 있죠. 사냥개로 사냥도 하고 파리에 여행도 가고⋯⋯. 아니! 이것만 하더라도." 그녀는 벽난로 위에서 그의 소맷부리 단추를 집어 들고 소리쳤다. "이런 하찮은 물건만 가지고도! 돈을 만들 수 있잖아요!⋯⋯ 오! 필요 없어요! 계속 갖고 있어요."

그녀는 두 개의 단추를 멀리 던졌다. 단추의 금줄이 벽에 부딪혀 끊어졌다.

"하지만 나라면 당신한테 전부 주었을 거예요. 한 번의 미소를 위해, 한 번의 눈짓을 위해, 당신이 '고마워!'라고 말하는 걸 듣기 위해 모든 걸 팔고 내 손으로 일도 하고 거리에서 동냥이라도 했을 거예요. 그런데 당신은 거기 안락의자에 평온하게 앉아 있군요, 마치 아직도 나를 충분히 괴롭히지 못했다는 듯이 말이에요. 당신만 없었으면 나는 행복하게 살 수 있었을 거예요! 아시겠어요? 누가 당신에게 강요라도 했나요? 내기를 한 거였어요? 그렇지만 당신은 나를 사랑했어요, 그렇게 말했어요…… 조금 전에도 또……. 아! 차라리 나를 내쫓아 버렸어야죠! 당신이 키스했던 내 손이 아직도 따뜻해요. 양탄자 위 바로 이 자리에서 당신은 내 무릎에 매달려 영원한 사랑을 맹세했어요. 당신은 내가 그걸 믿게 만들었지요. 2년 동안 당신은 가장 멋지고 가장 달콤한 꿈속으로 나를 끌고 갔어요!…… 안 그래요? 우리의 여행 계획, 기억해요? 오! 당신의 편지, 그 편지! 그 편지가 내 가슴을 갈가리 찢어 놓았지요! 그리고 이제 내가 다시 돌아오니, 돈 많고 행복하고 자유로운 그 사람에게 다시 돌아와서 모든 애정을 기울여 애원하면서 누구라도 줄 수 있는 도움을 간청하니, 나를 뿌리치는군요. 3천 프랑이 아까워서 말이에요!"

"제겐 그런 돈이 없습니다!" 로돌프는 참고 있는 화를 마치 방패처럼 가려 주는, 완벽하게 침착한 태도로 대답했다.

그녀는 밖으로 나갔다. 벽이 흔들리고 천장이 그녀를 짓누르는 것 같았다. 그녀는 바람에 흩어진 낙엽 더미에 걸려 비틀거리면서 긴 오솔길을 되짚어 나왔다. 마침내 철문 앞의 넓은 도랑에 도착했다. 문을 열려고 너무 서두르는 바람에 자물쇠에 걸려 손톱이 부러졌다. 이어서 백 보쯤 가다 숨이 차서 쓰러질 것 같아 그녀는 걸음을 멈추었다. 그리고 뒤를 돌아, 넓은 정원, 뜰, 세 개의 안마당, 정면의 모든 창문과 함께 무심한 저택을 다시한번 보았다.

그녀는 얼이 빠져 멍하니 있었다. 오직 맥박 뛰는 소리만이 그녀가 의식이 있다는 것을 알려 줄 뿐이었다. 맥박 소리는 그녀의 몸에서 빠져나가 들판을 가득 채우는 시끄러운 음악처럼 들렸다. 발밑의 땅이 물결보다 더 물렁물렁했고, 밭고랑들은 부서지는 거대한 갈색 파도처럼 보였다. 머릿속에 있던 기억이나 생각들이 마치 무수한 불꽃처럼 모두 한꺼번에 동시에 뿜어져 나왔다. 아버지, 뢰뢰의 가게, 저 멀리 그들의 침실, 그리고 또 다른 풍경이 보였다. 그대로 미쳐 버리는 것 같아 겁이 난 그녀는 다시 정신을 다잡았지만, 사실은 아직 몽롱한 상태였다. 자신의 끔찍한 상태의 원인, 즉 돈 문제를 기억하지 못하고 있었기 때문이다. 그녀는 오직 사랑 때문에 괴로워하고 있었다. 마치 부상자가 죽어 가면서 피 흘리는 상처를 통해 생명이 새어 나가는 것을 느끼듯이, 그녀는 그 기억을 통해 영혼이 빠져나가는 것을 느꼈다.

어둠이 내리고, 까마귀들이 날고 있었다.

갑자기 불빛 구슬들이 폭발하는 포탄처럼 공중에서 터져 납작해지더니 돌고 돌아 나뭇가지 사이 눈 위에 가서 녹아 버리는 것 같았다. 구슬마다 그 한가운데 로돌프의 얼굴이 나타났다. 구슬들은 수가 많아지더니 가까이 다가와 그녀의 몸속으로 파고들었다. 그리고 모든 것이 사라졌다. 그녀는 멀리 안개 속에서 반짝이는 집들의 불빛을 알아보았다.

그러자 그녀의 상황이 심연처럼 모습을 드러냈다. 그녀는 가슴이 터질 듯 숨을 헐떡였다. 그리고 영웅적 행위라도 하는 것 같은 흥분 속에서 거의 기쁨을 느끼며 언덕을 달려 내려갔고,

소들을 위해 깔아 놓은 널빤지, 오솔길, 가로수길, 중앙 시장을 가로질러 약국 앞에 도착했다.

아무도 없었다. 그녀는 안으로 들어가려다 초인종 소리에 누가 나올 수도 있어, 살문으로 살그머니 들어간 뒤 숨을 죽인 채 벽을 더듬으면서 화덕 위에 놓인 양초가 타고 있는 부엌 문턱까지 갔다. 쥐스탱이 셔츠 바람으로 접시를 나르고 있었다.

'아! 저녁 식사 중이네. 기다리자.'

쥐스탱이 되돌아왔다. 그녀는 유리창을 두드렸다. 그가 밖으로 나왔다.

"열쇠 좀! 저 위 열쇠 말이야, 거기에⋯⋯."

"뭐라고요!"

그는 그녀를 바라보더니, 밤의 어둠 속에서 하얗게 두드러진 그녀의 창백한 얼굴에 깜짝 놀랐다. 그의 눈에 그녀는 특별히 더 아름답고 마치 환영처럼 위엄 있어 보였다. 그녀가 무엇을 원하는지도 잘 모르면서 그는 뭔가 무서운 예감이 들었다.

그러나 그녀는 나지막한 목소리로, 마음을 약하게 만드는 부드러운 목소리로 재빨리 다시 말했다.

"꼭 있어야 해! 그걸 내게 줘."

칸막이벽이 얇아 식당에서 포크가 접시에 부딪히는 소리가 들렸다.

그녀는 잠을 방해하는 쥐를 잡으려 한다고 주장했다.

"약사님께 말씀드려야 해요."

"아니! 안 돼!" 그러고는 무심한 태도로 말을 이었다. "아니!

그럴 필요 없어, 내가 나중에 얘기할 거야. 자, 나한테 불이나 비춰 줘!"

그녀는 조제실 문이 있는 복도로 들어갔다. **창고**라는 라벨이 붙은 열쇠가 벽에 걸려 있었다.

"쥐스탱!" 약사가 짜증스럽게 소리쳤다.

"올라가자!"

그는 그녀의 뒤를 따라갔다.

열쇠가 자물통 안에서 돌아갔다. 그녀는 곧장 세 번째 선반을 향해 갔다. 그만큼 그녀의 기억은 정확했다. 그녀는 푸른 약병을 집어 마개를 열고 손을 집어넣더니, 하얀 가루를 한 움큼 꺼내 그대로 입에 넣었다.

"그러면 안 돼요!" 그가 그녀에게 달려들며 소리쳤다.

"조용! 누가 올라⋯⋯."

그는 절망해서 사람을 부르려고 했다.

"아무 말도 하지 마, 안 그러면 모두 네 주인 책임이 될 거야!"

그러고 나서 그녀는 돌연 진정되어, 의무를 다한 것처럼 거의 평온한 마음으로 집으로 돌아갔다.

압류 소식에 충격을 받은 샤를이 집으로 돌아왔을 때, 에마는 막 나간 뒤였다. 그는 소리치고 울다가 기절했지만, 그녀는 돌아오지 않았다. 도대체 어디에 있는 것일까? 그는 오메 집으로, 튀바슈 씨 집으로, 뢰뢰 집으로, **황금 사자**로, 온 사방으로 펠리시테를 보냈다. 그리고 사이사이 고통이 가라앉을 때면, 사람들로

부터 받던 존경은 사라지고 재산은 잃어버리고 베르트의 미래는 엉망이 된 모습이 눈에 보였다! 대체 무슨 이유로? 한마디 말도 없었다! 그는 저녁 여섯 시까지 기다렸다. 마침내 더 이상 참을 수 없어진 그는 그녀가 루앙으로 갔다고 생각하고 큰길로 나가 2킬로미터쯤 가 보았지만 아무도 만나지 못한 채 또 기다리다 돌아왔다.

그녀는 돌아와 있었다.

"어떻게 된 거야?…… 왜 그런 거야?…… 설명 좀 해 봐……."

그녀는 책상에 앉아 편지를 쓰더니 날짜와 시간을 써 넣고 천천히 봉했다. 그리고 엄숙한 어조로 말했다.

"내일 이것을 읽어 보세요. 그때까지는 제발 부탁이니, 아무것도 묻지 말아 주세요!…… 아무것도!"

"하지만……."

"오! 날 그냥 내버려 둬요!"

그녀는 침대 위에 길게 누웠다.

입안에 쓴맛이 느껴져 그녀는 잠에서 깨었다. 어렴풋이 샤를이 보이자 그녀는 다시 눈을 감았다.

그녀는 고통이 느껴지는지 알아보려고 자기 자신을 주의 깊게 살폈다. 하지만 아무것도 없었다! 아직은 아무것도. 추시계가 똑딱거리는 소리, 불이 타는 소리, 그리고 그녀의 침대 옆에 서 있는 샤를의 숨소리가 들렸다.

'아! 죽음이란 별거 아니구나! 이제 잠들면 모든 게 끝나겠지!' 하고 그녀는 생각했다.

그녀는 물을 한 모금 마시고 벽 쪽으로 돌아누웠다.

역겨운 잉크 맛이 계속 느껴졌다.

"목말라!…… 오! 목이 말라요!" 그녀가 탄식을 했다.

"대체 무슨 일이야?" 샤를이 컵을 내밀며 말했다.

"아무것도 아니에요!…… 창문 좀 열어 주세요…… 숨이 막혀요!"

그리고 갑작스럽게 구토가 치밀어 그녀는 가까스로 베개 밑의 손수건을 집었다.

"이것 좀 치워요! 던져 버려요!" 그녀가 재빨리 말했다.

그가 그녀에게 물었지만, 그녀는 대답하지 않았다. 조금만 흔들려도 토할 것 같아 그녀는 꼼짝도 하지 않았다. 그래도 발끝에서 심장까지 냉기가 올라오는 것이 느껴졌다.

"아! 이제 시작이구나!" 그녀가 중얼거렸다.

"무슨 소리야?"

그녀는 몹시 고통스러운 듯 머리를 가볍게 좌우로 흔들면서 마치 혀 위에 뭔가 아주 무거운 것을 올려놓은 것처럼 계속해서 입을 벌렸다. 여덟 시에 구토 증세가 다시 나타났다.

샤를은 사기 대야 밑바닥의 안쪽 면에 하얀 알갱이 같은 것이 붙어 있는 것을 발견했다.

"이상하네! 이상해!" 그가 되풀이했다.

그러나 그녀는 큰 소리로 말했다.

"아니에요, 당신이 잘못 본 거예요!"

그러자 그는 가만히, 거의 쓰다듬듯이 그녀의 윗배에 손을 대었다. 그녀가 날카로운 비명을 질렀다. 그는 깜짝 놀라 뒤로 물러났다.

이어서 그녀는 신음을 내기 시작했다. 처음에는 약한 소리였다. 격렬한 전율이 그녀의 어깨를 뒤흔들었고 얼굴은 손가락으로 꽉 쥐고 있는 시트보다 더 창백해졌다. 불규칙한 맥박은 이제 거의 느껴지지도 않았다.

금속성 증기의 발산물 속에서 굳어 버린 듯한 푸르스름한 얼굴에서 땀방울이 배어 나왔다. 이가 딱딱 부딪쳤고, 커다랗게 뜬 두 눈은 막연히 주위를 바라보고 있었다. 그녀는 모든 질문에 단지 고갯짓으로만 대답할 뿐이었고, 심지어 두세 번 미소를 짓기도 했다. 조금씩 신음이 더 커지더니, 둔탁한 비명 소리가 새어 나왔다. 그녀는 이제 좀 나았으니 곧 일어날 거라고 말했다. 그러나 그녀는 경련에 사로잡혀 소리를 질렀다.

"아! 맙소사, 참을 수가 없네!"

그는 무릎을 꿇으며 침대로 달려들었다.

"말해 봐! 뭘 먹은 거야? 대답해, 제발!"

그는 그녀가 한 번도 본 적 없는 듯한 애정 어린 눈으로 그녀를 바라보았다.

"아니, 저기…… 저기…….' 그녀는 꺼져 가는 목소리로 말했다.

그는 책상으로 달려가 봉투를 뜯고 큰 소리로 읽었다. **아무도 원망하지 말기를**……. 그는 읽기를 멈추고 손으로 눈을 비빈 뒤 다시 읽었다.

"세상에! 사람 살려! 나 좀 도와줘요!"

그는 "독을 먹었어! 독을 먹었어!"라는 말만 되풀이할 뿐이었다. 펠리시테가 오메 집으로 달려갔고, 오메는 광장에서 소리쳤다. 르프랑수아 부인이 **황금 사자**에서 그 소리를 들었고, 몇몇 사람은 일어나서 이웃 사람들에게 그 소식을 알렸다. 그리하여 밤새도록 마을 사람들은 잠을 이루지 못했다.

샤를은 이성을 잃고 뭐라고 중얼거리면서 금방이라도 쓰러질 듯한 상태로 방 안을 돌아다녔다. 그는 가구에 부딪히기도 하고 머리카락을 쥐어뜯기도 했다. 약사는 이처럼 끔찍한 광경을 보게 되리라고는 한 번도 생각해 보지 못했었다.

그는 자기 집으로 돌아가서 카니베 씨와 라리비에르 박사에게 편지를 썼다. 정신이 없어서 열다섯 번 이상 다시 썼다. 이폴리트는 뇌샤텔로 떠났고, 쥐스탱은 보바리의 말에 어찌나 세게 박차를 가했는지 기진맥진해 거의 죽을 지경이 된 말을 부아 기욤 언덕에 버려 두고 가야 했다.

샤를은 의학 사전을 뒤적여 보려고 했지만 볼 수가 없었다. 글자가 춤을 추었다.

"침착하세요! 뭔가 강력한 해독제를 투약하기만 하면 됩니다. 무슨 독약인가요?" 약사가 말했다.

샤를이 편지를 보여 주었다. 비소였다.

"그러면! 분석을 해 봐야겠군요." 오메가 다시 말했다.

그는 어떤 음독이든 분석을 해야 한다고 알고 있었기 때문이다. 상대방은 무슨 말인지도 모른 채 대답했다.

"아! 해 주세요! 해 주세요! 아내를 살려 주세요⋯⋯."

그리고 그녀 곁으로 돌아가서 양탄자 바닥에 주저앉았더니 머리를 침대 가장자리에 기댄 채 흐느껴 울었다.

"울지 말아요! 이제 곧 당신을 더 이상 괴롭히지 않게 될 거예요!" 그녀가 그에게 말했다.

"왜 그랬어? 누가 당신한테 강요했어?"

그녀가 대답했다.

"어쩔 수 없었어요, 여보."

"당신은 행복하지 않았어? 내 잘못인가? 하지만 난 할 수 있는 건 뭐든 다 했는데!"

"네⋯⋯ 그래요⋯⋯ 당신은 좋은 사람이에요!"

그리고 그녀는 천천히 그의 머리카락을 쓰다듬었다. 그 부드러운 감촉에 그의 슬픔이 더욱 북받쳤다. 그녀가 그 어느 때보다 더 많은 사랑을 고백하고 있는 이때 오히려 그녀를 잃어야 한다고 생각하자 그는 자신의 전 존재가 절망으로 무너져 내리는 것 같았다. 그는 아무런 생각도 나지 않았다. 당장 결단을 내려야 하는 긴급한 상황 때문에 그는 완전히 혼란에 빠져 아무것도 알 수 없었고 아무것도 할 용기가 나지 않았다.

그녀는 그 모든 배신, 비열함, 자신을 괴롭히던 수많은 탐욕도 이제 다 끝났구나 생각했다. 이제 그녀는 아무도 미워하지 않았다. 그녀의 머릿속에 어스레한 땅거미가 내렸다. 땅 위에서 나는 모든 소리 중 에마의 귀에 들리는 것은 오직 그 가엾은 가슴의 간헐적인 탄식 소리뿐이었다. 그것은 멀어져 가는 교향악의 마지막 메아리처럼 부드럽고 희미하게 들렸다.

"딸아이 좀 데려다줘요." 그녀가 팔꿈치로 몸을 일으키며 말했다.

"상태가 더 나빠진 것 아니야?" 샤를이 물었다.

"아니에요! 아니에요!"

아이가 긴 잠옷 밖으로 맨발을 드러낸 채 아직도 거의 꿈을 꾸는 듯한 심각한 표정으로 하녀의 팔에 안겨 들어왔다. 아이는 온통 어수선한 방 안을 놀라 바라보면서 가구들 위에 켜 놓은 촛불에 눈이 부셔 눈을 깜빡였다. 촛불 때문에 아마도 아이는 이렇게 촛불이 켜진 이른 시간에 깨워져 엄마 침대로 가서 선물을 받곤 했던 새해 첫날이나 사순절 세 번째 주 목요일 아침이 생각나는 것 같았다. 그래서 아이는 말하기 시작했다.

"그거 어디 있어, 엄마?" 그러고는 모두가 아무 말도 하지 않자 다시 말했다. "그런데 내 작은 구두가 안 보여!"

펠리시테가 아이를 침대 쪽으로 기울이고 있는데도 아이는 계속 벽난로 쪽을 바라보았다.

"유모가 가져갔어?" 아이가 물었다.

자신의 간통과 불행을 기억나게 하는 그 유모라는 말에, 보바리 부인은 마치 더 강한 다른 독이 입안으로 치밀어 올라 구역질이 나는 듯 고개를 홱 돌렸다. 그동안 베르트는 침대 위에 그대로 있었다.

"어머! 엄마, 눈이 엄청 크네! 얼굴이 너무 하얘! 땀도 많이 흘리고……."

에마는 아이를 바라보았다.

"무서워!" 아이가 뒤로 물러나며 말했다.

에마가 아이의 손에 키스를 하려 하자, 아이는 발버둥을 쳤다.

"그만 됐어! 데려가요!" 침대 옆에서 울고 있던 샤를이 소리 쳤다.

이어서 증상이 잠시 멎었고, 그녀는 조금 안정되는 것 같았다. 그러자 무의미한 말을 할 때마다, 좀 더 진정된 그녀의 가슴에서 숨소리가 들릴 때마다 그는 다시 희망을 갖곤 했다. 드디어 카니베가 들어오자 샤를은 울면서 그의 두 팔로 뛰어들었다.

"아! 오셨군요! 감사합니다! 정말 좋은 분이세요! 하지만 모든 게 좋아지고 있습니다. 자, 보세요⋯⋯."

동료 의사의 의견은 전혀 그렇지 않았다. 그는 위를 완전히 씻어 내기 위해 그 자신의 표현대로 **이리저리 궁리**하지 않고 곧바로 구토제를 처방했다.

그녀는 곧 피를 토했다. 입술은 더욱 굳게 다물어졌다. 사지는 경련을 일으켰고, 온몸이 갈색 반점으로 덮였다. 맥박은 팽팽하게 당겨진 실처럼, 곧 끊어질 듯한 하프 현처럼 손가락 밑에서 뛰었다.

이어서 그녀는 끔찍하게 소리를 지르기 시작했다. 그녀는 독약을 저주하고 욕하면서 어서 끝내 달라고 애원했고, 그녀보다 더 죽을 것 같은 샤를이 뭐라도 마시게 해 보려고 애쓰면 뻣뻣해진 두 팔로 모두 밀어냈다. 그는 손수건을 입에 대고 헐떡이며 발뒤꿈치까지 떨리는 흐느낌으로 숨이 막힐 듯 울면서 서 있었다. 펠리시테는 방 안을 이리저리 뛰어다녔다. 오메는 꼼짝도 하지 않은 채 깊은 한숨을 내쉬었고, 카니베 씨는 여전히 침착함을 잃지 않으면서도 당혹스러워하기 시작했다.

"저런!…… 하지만…… 위장을 씻어 냈으니, 원인이 사라진 이상……."

"결과도 끝이 나겠지요. 틀림없습니다." 오메가 말했다.

"아내를 살려 주세요!" 보바리가 소리쳤다.

그래서 "아마 이것은 좋아지려는 발작일 겁니다"라고 추측을 또 내세우는 약사의 말은 들은 체도 하지 않은 채 카니베가 해독제를 처방하려고 할 때, 채찍질하는 소리가 들렸다. 유리창이 모두 흔들렸고, 귀까지 진흙투성이가 된 세 마리 말이 나란히 이끄는 역마차 한 대가 중앙 시장 모퉁이에서 전속력으로 달려왔다. 라리비에르 박사였다.

하느님의 출현도 이보다 더 큰 감동을 자아내지는 못했을 것이다. 보바리는 두 손을 들어 올렸고, 카니베는 갑자기 멈췄고, 오메는 박사가 들어오기도 전부터 그리스 모자를 벗었다.

그는 비샤'로부터 시작된 유명한 외과학파에 속해 있었다. 지금은 사라진 세대지만, 자신의 의술을 열렬하게 사랑하고 열성과 현명함으로 의술을 시행한 철학자 의사들의 세대에 속했던 것이다! 그가 화를 내면 병원 안의 모든 것이 벌벌 떨었고, 제자들은 그를 너무나 존경해 개업하자마자 최대한 그를 흉내 내려고 노력했다. 그래서 그 주변 마을에서는 박사와 똑같이 기다란 메리노 솜 외투와 헐렁한 검은 예복을 입고 있는 제자들을 볼 수 있었다. 박사는 예복의 소매 단추를 끌러 놓아 살집이 두툼한 손이 약간 덮이곤 했는데, 마치 사람들의 고통 속에 신속하게 집어넣기 위해서인 듯 매우 아름다운 그 손에 결코 장갑을 끼지 않았다. 훈장이나 타이틀이나 아카데미 같은 것들을 하찮게 여기고 가난한 사람들을 친절하고 관대하게 아버지와 같은 태도로 대하며 의식하지 않은 채 덕을 실천하는 그는 날카로운 성격 때문에 사람들이 그를 악마처럼 두려워하지만 않는다면 거의 성자로 여겨질 만했다. 메스보다 더 예리한 그의 눈길은 곧장 사람들의 마음속으로 파고들어 변명과 수줍음 너머 모든 거짓을 파헤치곤 했다. 이렇게 그는 대단한 재능과 재산에 대한 자각, 그리고 근면하고 나무랄 데 없는 40년간의 생활에서 비롯되는 너그러운 위엄에 가득 차서 지내고 있었다.

그는 입을 벌리고 반듯이 누워 있는 에마의 송장 같은 얼굴을 보자 문간에서부터 눈살을 찌푸렸다. 이어서 카니베의 말을 듣는 척하면서 집게손가락을 환자의 콧구멍 밑에 대 보고 되풀이해서 말했다.

"그렇지, 그렇지."

그러나 그는 천천히 어깻짓을 했다. 보바리가 그 모습을 보았고, 두 사람의 눈이 마주쳤다. 그러자 고통스러워하는 모습에 너무도 익숙한 그 사람도 가슴 장식 위로 눈물 한 방울이 떨어지는 것을 참을 수 없었다.

그는 카니베를 옆방으로 데려가려고 했다. 샤를이 그의 뒤를 따라갔다.

"상태가 아주 나쁜 거죠, 그렇죠? 찜질 연고를 발라 보면 어떨까요? 뭐라도 말입니다! 뭐든 좀 해 주십시오. 수많은 사람의 목숨을 구하신 분이잖아요!"

샤를은 두 팔로 박사의 몸을 껴안고 그의 가슴에 거의 기절하듯 쓰러지면서 애원하는 황망한 표정으로 그를 바라보았다.

"자, 딱한 양반, 용기를 내시오! 더 이상 손쓸 도리가 없어요."

그리고 라리비에르 박사는 돌아섰다.

"가시는 겁니까?"

"다시 오겠소."

그는 마부에게 지시할 것이 있는 듯 밖으로 나갔고, 카니베 씨 역시 눈앞에서 에마가 죽는 것을 볼 마음이 없어 함께 나갔다.

약사는 광장에서 그들과 합류했다. 그는 기질적으로 유명인들 옆에 붙어 있어야 하는 사람이었다. 그래서 그는 라리비에르 씨에게 점심 식사에 초대할 수 있는 각별한 영광을 베풀어 달라고 간청했다.

곧 **황금 사자**에 비둘기 몇 마리를, 푸줏간에 온갖 갈비를, 튀바슈 집에 크림을, 레스티부두아 집에 달걀을 가지러 보내고, 약사가 직접 준비하는 것을 도왔다. 한편 오메 부인은 짧은 웃옷의 끈을 잡아당기며 말했다.

"정말 송구합니다, 선생님. 이런 하찮은 시골에서는 전날 미리 기별해 주지 않는 한……."

"다리 달린 컵 좀!" 오메가 나직이 말했다.

"적어도 도회지라면 속을 채운 족발 요리라도 마련할 수

494 제3부

있을 텐데."

"조용히 해!…… 식사하시죠, 박사님!"

첫 요리를 한 점 먹은 뒤, 오메는 이 불행한 사태에 대해 몇 가지 상세한 내용을 말해 주는 것이 좋겠다고 생각했다.

"처음에는 인두가 건조해지는 것 같았고, 이어서 상복부에 참을 수 없는 통증, 심한 설사, 혼수상태로 이어졌습니다."

"대체 어떻게 독약을 먹은 것이오?"

"모르지요, 박사님. 어디서 그 비소를 구했는지조차 알지 못합니다."

그때 높게 쌓아 올린 접시 더미를 나르던 쥐스탱이 갑자기 와들와들 떨었다.

"왜 그래?" 약사가 말했다.

그 질문에 소년은 들고 있던 접시를 모두 바닥에 떨어뜨렸다. 요란하게 깨지는 소리가 났다.

"바보 같은 녀석! 서투른 놈! 둔한 놈! 고약한 당나귀 같은 놈!" 오메가 소리를 질렀다.

그러더니 갑자기 자제하면서 말했다.

"박사님, 제가 분석을 해 보고 싶어서 **첫 단계로** 조심스럽게 튜브 안에 넣은 것은……."

"차라리 목구멍에 손가락을 넣었더라면 좋았을 텐데요." 외과 의사가 말했다.

동료 의사는 자신이 처방한 구토제 때문에 조금 전 은밀히 심한 질책을 받았던 터라 잠자코 있었다. 그래서 안짱다리 수술

때는 그토록 거만하고 말이 많던 그 유능한 카니베가 오늘은 매우 겸손했다. 그는 동의한다는 듯이 줄곧 미소를 짓고 있었다.

오메는 식사 초대의 주인 노릇을 한다는 자부심에 얼굴이 활짝 피어 있었다. 보바리에 대한 비통한 생각이 오히려 자기 자신에 대해 이기적인 반사 작용을 일으켜 그의 즐거움에 어느 정도 일조하기도 했다. 그리고 박사가 옆에 있다는 것이 그를 흥분시켰다. 그는 자신의 박식함을 과시했고, 칸다리스 발포제, 유파스 독, 만치닐 독, 살무사 등을 되는대로 주워섬겼다.

"심지어 저는요, 박사님, 너무 강하게 훈증 소독을 거친 순대에 여러 사람이 중독되어 마치 벼락을 맞은 듯 쓰러진 사례를 읽은 적도 있습니다! 적어도 그것은 우리 약학계의 최고 권위자이며 스승 중 한 분이신 유명한 카데 드 가시쿠르가 작성한 매우 훌륭한 보고서에 나온 것이지요!"

오메 부인이 에틸알코올로 데우는 흔들거리는 가열기를 가지고 다시 나타났다. 오메가 식탁에서 커피를 끓이고 싶어 했기 때문이다. 게다가 커피도 그가 손수 볶고 빻고 혼합해 놓은 것이었다.

"**사카룸**을 넣으시죠, 박사님." 그가 설탕을 권하며 말했다.

그리고 그는 아이들의 체격에 대한 외과 의사의 의견을 듣고 싶어서 아이들을 모두 내려오게 했다.

드디어 라리비에르 씨가 가려고 하자, 오메 부인이 남편을 한번 진찰해 달라고 부탁했다. 매일 저녁 식사 후에 바로 잠을 자서 피의 농도가 진해지고 있다는 것이었다.

"저런! **상스*** 때문에 불편해할 분이 아닌데요."

그런 말장난을 못 알아듣는 것을 보고 박사는 약간 미소를 지으며 문을 열었다. 그러나 약국에는 사람들이 잔뜩 있었다. 그래서 그는 아내가 재 속에 침을 뱉는 습관이 있어 폐렴이 걱정된다는 튀바슈 씨에 이어 때때로 심한 허기를 느낀다는 비네 씨, 몸이 따끔따끔하다는 카롱 부인, 현기증이 있는 뢰뢰, 류머티즘을 앓고 있는 레스티부두아, 신물이 올라온다는 르프랑수아 부인을 떨쳐 버리느라 여간 애를 먹지 않았다. 마침내 세 마리 말이 달려 나가자, 대다수 사람은 박사가 호의를 보이지 않았다고 생각했다.

부르니지앵 신부가 나타나자 사람들의 관심이 그쪽으로 쏠렸다. 그는 성유를 가지고 중앙 시장 지붕 밑을 지나가고 있었다.

오메는 자신의 신조대로 신부들을 죽음의 냄새를 맡고 몰려드는 까마귀에 비유했다. 그는 성직자를 보면 개인적으로 불쾌한 기분이 들었다. 신부복이 수의를 연상시켰기 때문이다. 수의에 대한 공포감으로 인해 신부복도 다소 싫었던 것이다.

그렇지만 **자신의 사명**이라고 여기는 것 앞에서 물러설 수 없어, 그는 카니베와 함께 보바리 집으로 돌아갔다. 라리비에르 씨가 떠나기 전에 카니베에게 그렇게 하라고 단단히 당부했던 것이다. 심지어 오메는 아내가 말리지만 않았다면 두 아들도 함께 데리고 갔을 것이다. 나중에까지 머릿속에 남을 하나의 교훈과 전례 혹은 엄숙한 장면이 되도록 아이들을 혹독한 상황에 익숙하게 만들기 위해서였다.

그들이 들어갔을 때 방 안은 온통 음산하고 엄숙한 분위기였다. 하얀 수건을 덮어 놓은 작업대 위에는 불이 켜진 두 개의 촛대 사이로 커다란 십자가상 옆에 대여섯 개의 작은 솜뭉치가 은접시에 담겨 있었다. 에마는 턱을 가슴에 댄 채 눈을 커다랗게 부릅뜨고 있었다. 그녀의 가련한 두 손은 벌써부터 수의를 입고 싶어 하는 듯 죽어 가는 사람 특유의 끔찍하면서도 부드러운 손짓을 하면서 시트 위에 늘어져 있었다. 조각처럼 창백한 얼굴에 두 눈이 숯불처럼 뻘겋게 충혈된 샤를은 이제 울지 않고 침대 발치에서 그녀를 마주하고 서 있었다. 그리고 신부는 한쪽 무릎을 꿇고 나직한 목소리로 중얼거리고 있었다.

그녀는 천천히 얼굴을 돌리더니, 신부의 보라색 영대를 보고 갑자기 기쁨에 사로잡힌 듯했다. 아마도 극도의 평정심 속에서 이제 시작되는 영원한 천복의 환영과 함께 지난날 처음으로 느꼈던 신비한 충동의 잃어버린 쾌감을 다시 발견한 모양이었다.

신부는 일어나서 십자가를 들었다. 그러자 그녀는 마치 목마른 사람처럼 목을 쭉 빼고 그리스도의 몸에 입술을 갖다 대더니 죽을힘을 다해 이제껏 한 번도 바친 적 없는 가장 고귀한 사랑의 키스를 했다. 이어서 신부는 〈우리를 불쌍히 여기소서〉와 〈용서하여 주옵소서〉를 암송하고 오른손 엄지손가락을 성유에 적셔 종부성사를 시작했다. 우선 지상의 모든 호사를 그토록 갈망했던 눈에, 다음에는 따뜻한 미풍과 사랑의 향기를 유난히 좋아했던 콧구멍에, 다음에는 거짓말을 하기 위해 열렸고 오만함 때문에 신음했으며 음탕한 쾌락에 울부짖던 입에, 다음에는 감미로운 감촉을 몹시 즐기던 두 손에, 그리고 마지막으로 예전에는 욕망의 충족을 위해 그토록 빨리 달렸지만 이제는 더 이상 걷지도 못할 발바닥에 성유를 발랐다.

신부는 손가락을 닦고 기름에 적신 솜 조각을 불 속에 던졌다. 그리고 죽어 가는 여자 곁으로 돌아와 앉아 이제 그녀의 고통을 예수 그리스도의 고통과 하나로 하고 하느님의 자비에 자신을 맡겨야 한다고 말했다.

설교를 마치면서 그는 잠시 후 그녀를 감싸게 될 하늘의 영광에 대한 상징으로 축성된 양초를 그녀의 손에 쥐여 주려고 했다. 에마는 너무 기력이 쇠진해 손가락을 오므릴 수가 없었다. 부르니지앵 신부가 없었다면 초가 바닥에 떨어졌을 것이다.

하지만 그녀는 이제 더 이상 그렇게 창백하지 않았다. 마치 성사를 통해 치유되기라도 한 듯 그녀의 얼굴에는 평온한 표정이 깃들었다.

신부는 놓치지 않고 그 점을 지적했다. 심지어 그는 때때로 주님은 사람들의 구원에 필요하다고 생각될 때는 그들의 생명을 연장시키기도 한다고 보바리에게 설명했다. 그러자 샤를은 그녀가 이처럼 거의 죽을 것 같은 상황에서 성체를 배령했던 날을 떠올렸다.

'어쩌면 절망할 필요가 없었는지도 몰라.' 그는 생각했다.

실제로 그녀는 마치 꿈에서 깨어나는 사람처럼 천천히 주위를 둘러보았다. 그리고 또렷한 목소리로 거울을 달라고 했다. 그녀는 잠시 거울 위로 몸을 숙이고 그대로 있었다. 이윽고 눈에서 굵은 눈물이 뚝뚝 떨어졌다. 그러자 그녀는 한숨을 내쉬면서 머리를 젖히고 베개 위로 다시 쓰러졌다.

곧 그녀의 가슴이 급격하게 헐떡이기 시작했다. 혀가 완전히 입 밖으로 나오고, 두 눈은 빙글빙글 돌면서 꺼져 가는 두 개의 둥근 램프처럼 희미해졌다. 마치 영혼이 빠져나가려고 뛰어오르는 듯이 거센 숨결로 인해 갈비뼈가 무섭도록 빠르게 흔들리지 않았다면 이미 죽은 것으로 생각될 정도였다. 펠리시테가 십자가 앞에 무릎을 꿇었다. 약사도 오금을 조금 구부렸지만 카니베 씨는 멍하니 광장을 바라보고 있었다. 부르니지앵 신부는 기다란 검은 수단을 등 뒤로 방바닥에 늘어뜨린 채 침대 가장자리에 얼굴을 숙이고 다시 기도하기 시작했다. 샤를은 반대편에 무릎을 꿇고 에마를 향해 팔을 뻗고 있었다. 그는 그녀의 손을 잡고, 그녀의 심장이 고동칠 때마다 마치 무너져 내리는 폐허에 반응하듯 몸을 떨면서 그 손을 꼭 움켜쥐었다. 헐떡이는 소리가 더 거칠어짐에 따라 신부의 기도 소리도 빨라졌다. 기도 소리에 보바리의 숨죽인 흐느낌 소리가 섞이곤 했다. 그리고 때로는 애도의 종소리처럼 울리는 라틴어 음절들의 낮은 중얼거림 속에 모든 것이 사라지는 듯했다.

갑자기 보도에서 지팡이 스치는 소리와 함께 무거운 나막신 소리가 들렸다. 그리고 어떤 목소리가 솟아오르더니 목쉰 소리로 노래를 했다.

화창한 날의 열기에 종종

아가씨는 사랑을 꿈꾼다네.

에마는 전기 충격을 받은 시체처럼 벌떡 일어났다. 풀어 헤친 머리카락에 눈동자는 고정된 채 입을 크게 벌리고 있었다.

낫으로 추수하고 난 이삭을
부지런히 주워 모으려고
이삭이 나오는 밭고랑으로
나의 나네트는 몸을 굽히고 가네.

"장님이다!" 그녀가 소리쳤다.
그리고 에마는 웃기 시작했다. 영원한 암흑 속에 무시무시한 괴물처럼 우뚝 서 있는 거지의 흉측한 얼굴이 보인다고 생각하면서, 기괴하고, 미친 듯한, 절망적인 웃음을 터뜨렸다.

그날 바람이 너무 세게 불어
짧은 치마가 들춰졌다네!

그녀는 경련을 일으키며 매트 위에 쓰러졌다. 모두 다가갔다. 그녀는 이 세상 사람이 아니었다.

IX

사람이 죽은 후에는 항상 일종의 마비 상태 같은 것이 나타난다. 돌연 죽어 없어진 것을 이해하고 체념해 받아들이기가 그만큼 어려운 것이다. 그러나 그녀가 꼼짝도 하지 않는 것을 알아차린 샤를은 그녀에게 몸을 던지며 소리쳤다.

"잘 가오! 안녕히!"

오메와 카니베가 그를 방 밖으로 데리고 나갔다.

"진정하세요!"

"네, 나는 무분별하게 굴지 않고 쓸데없는 짓은 하지 않을 거예요. 하지만 날 그냥 내버려 두세요! 저 사람을 봐야겠어요! 내 아내잖아요!" 그가 몸부림을 치면서 말했다.

그리고 그는 울었다.

"우세요, 마음껏 우세요. 그러면 진정이 될 겁니다!" 약사가 다시 말했다.

어린애보다 더 나약해진 샤를은 아래층 방으로 이끌려 내려 갔고, 오메 씨는 곧 자기 집으로 돌아갔다.

광장에서 장님이 그에게 접근했다. 장님은 소염 연고를 얻을 기대에 용빌까지 불편한 몸을 끌고 와서 지나가는 사람마다 붙잡고 약사가 어디 사는지 묻고 있었다.

"이런! 내가 할 일이 그것밖에 없는 줄 알아! 아! 딱하게 됐지만, 나중에 다시 와!"

그리고 그는 급히 약국 안으로 들어갔다.

그는 편지를 두 통 써야 했고, 보바리를 위한 진정제를 지어야 했고, 음독 사실을 숨길 수 있는 거짓말을 찾아내 「루앙의 등대」에 보낼 기사문을 작성해야 했다. 게다가 자세한 소식을 들으려고 그를 기다리는 사람들도 있었다. 그리하여 오메는 에마가 바닐라 크림을 만들려다 설탕인 줄 알고 비소를 잘못 넣었다는 이야기를 모든 용빌 사람에게 들려준 뒤, 보바리 집으로 되돌아갔다.

샤를은 혼자(카니베 씨는 막 돌아간 참이었다) 창가의 안락의자에 앉아 멍한 눈길로 방바닥의 타일을 바라보고 있었다.

"이제 식을 치를 시간을 당신이 직접 정해야 합니다." 약사가 말했다.

"왜요? 무슨 식요?"

이어서 깜짝 놀라 더듬거리는 목소리로 덧붙였다.

"아! 안 됩니다, 안 그래요? 안 돼요, 난 집사람을 데리고 있고 싶어요."

오메는 침착함을 유지하느라 선반 위의 물병을 집어 제라늄에 물을 주었다.

"아! 고맙습니다. 친절하시게도!" 샤를이 말했다.

그는 약사의 행동을 보자 떠오르는 수많은 추억에 숨이 막혀 말을 마치지 못했다.

그러자 오메는 그의 기분을 전환시켜 주기 위해 원예에 대한 이야기를 좀 하는 것이 좋겠다고 생각했다. 오메가 식물에는 습기가 필요하다고 말하자, 샤를은 동의한다는 뜻으로 머리를 끄덕였다.

"게다가 이제 날씨가 다시 화창해질 겁니다."

"아!" 보바리가 말했다.

약사는 할 말이 없어서 유리창의 작은 커튼을 살짝 젖혔다.

"저런, 저기 튀바슈 씨가 지나가네요."

샤를은 기계처럼 반복했다.

"튀바슈 씨가 지나가네요."

오메는 그에게 장례 준비 이야기를 다시 할 용기가 나지 않았다. 결국 그를 설득해서 결심하게 한 사람은 신부였다.

그는 진찰실에 틀어박혀 펜을 들고 한동안 흐느껴 운 다음 이렇게 썼다.

〈그녀에게 결혼식 때의 드레스를 입히고 하얀 구두에 화관을 씌워 묻어 주기를 바랍니다. 머리카락은 어깨 위로 늘어뜨려 주시고, 관은 떡갈나무, 마호가니, 납, 이 세 가지로 해 주십시오. 제게는 아무 말도 하지 말아 주십시오. 저는 기운을 차릴 것입니다. 무엇보다 그녀를 커다란 초록색 벨벳 천으로 덮어 주십시

오. 이상이 제가 원하는 바입니다. 그렇게 해 주십시오.〉

두 남자는 보바리의 비현실적인 생각에 매우 놀라, 곧 약사가 그에게 가서 말했다.

"이 벨벳 천은 불필요한 중복 같은데요. 게다가 비용이……."

"당신이 상관할 일이 아니잖아요? 내가 하는 대로 내버려 두세요! 내 아내를 사랑한 사람은 당신이 아닙니다! 가 보세요!" 샤를이 소리쳤다.

신부는 샤를의 팔을 끼고 정원을 한 바퀴 돌며 산책을 시켰다. 그는 세상일의 허무함에 대해 이야기했다. 하느님은 진정 위대하고 은혜로운 분이시니 불평하지 말고 그 명령에 복종하고 감사해야 한다고 했다.

샤를의 입에서 신성 모독의 말이 터져 나왔다.

"저는 증오합니다, 당신의 하느님 말이에요!"

"아직도 마음속에 반항심이 있군요." 신부가 한숨을 쉬었다.

보바리는 멀리 떨어져 있었다. 그는 과수 울타리 근처의 담을 따라 성큼성큼 걸으면서 이를 갈고 저주의 눈길로 하늘을 올려다보았다. 그러나 나뭇잎 하나 움직이지 않았다.

보슬비가 내리고 있었다. 샤를은 앞가슴의 맨살을 드러내 놓고 있어 결국 오들오들 몸을 떨었다. 그는 부엌으로 들어가서 앉았다.

여섯 시에는 광장에서 고철 소리가 났다. **제비**가 도착하는 소리였다. 그는 유리창에 이마를 댄 채 승객들이 차례차례 내리는 것을 바라보았다. 펠리시테가 거실에 매트리스를 깔아 주자, 그는 그 위에 몸을 던지고 잠이 들었다.

오메 씨는 철학적이긴 해도 죽은 사람을 존중할 줄 알았다. 그래서 그는 가엾은 샤를에 대해 앙심을 품지 않고 저녁에 책 세 권과 메모를 하기 위한 수첩을 가지고 밤샘을 하러 다시 갔다.

부르니지앵 신부가 와 있었고, 알코브 밖으로 꺼내 놓은 침대 머리맡에서 두 개의 커다란 촛불이 타고 있었다.

침묵이 참기 힘들었던 약사는 곧 그 '불운한 젊은 부인'에 대해 판에 박힌 애도의 말을 늘어놓았다. 그러자 신부는 이제 그녀를 위해 기도하는 수밖에 없다고 대답했다.

"그렇지만 둘 중 하나죠. 그녀가 (성당에서 하는 표현대로) 은총의 상태에서 죽었다면 우리의 기도는 필요 없는 것이고, 회개하지 않은 채(성직자들의 표현이라고 생각합니다만) 죽었다면 그때는……." 오메가 다시 말했다.

부르니지앵 신부는 그 말을 가로막고, 그래도 기도해야 한다고 퉁명스러운 어조로 대답했다.

"하지만 신이 우리의 요구를 모두 알고 계신 마당에 기도가 무슨 소용 있습니까?" 약사가 반박했다.

"뭐라고요! 기도가 소용없다고! 그럼 당신은 기독교 신자가 아닌 거요?" 신부가 말했다.

"이런, 실례를 했군요! 저는 기독교를 찬양합니다. 우선 기독교는 노예를 해방시켰고 세상에 하나의 도덕을 도입했는데……." 오메가 말했다.

"그런 건 중요하지 않아요! 성서의 모든 구절은……."

"오! 오! 성서의 구절에 대해서는 역사책을 펼쳐 보십시오. 예수회가 그것을 날조했다는 걸 알 수 있으니까."

샤를이 들어와서 침대 쪽으로 다가가 천천히 커튼을 젖혔다.

에마는 오른쪽 어깨 위로 머리를 기울이고 있었다. 벌어져 있는 입가가 얼굴 아래쪽에 난 시커먼 구멍 같았고, 양쪽 엄지손가락은 손바닥 안으로 접혀 있었다. 눈썹에는 흰 먼지 같은 것이 여기저기 붙어 있었고, 두 눈은 마치 거미들이 그 위에 거미줄을 쳐 놓은 듯 얇은 막과 흡사한 희끄무레한 점액질 속으로 사라지기 시작했다. 그녀의 몸을 덮은 시트는 젖가슴에서부터 무릎까지 움푹 파였다가 발가락 끝에서 들려 있었다. 그래서 샤를에게는 커다란 덩어리들이, 어마어마한 무게가 그녀를 짓누르는 것처럼 보였다.

성당의 시계가 두 시를 쳤다. 어둠 속에 테라스 밑에서 흐르는 물소리가 크게 들렸다. 부르니지앵 신부는 이따금 요란스럽게 코를 풀었고, 오메는 종이 위에 펜을 긁적이는 소리를 내고 있었다.

"자, 보바리 씨! 그만 물러가세요. 보고 있으면 마음만 찢어집니다!" 그가 말했다.

샤를이 나가자 약사와 신부는 다시 논쟁을 시작했다.

"볼테르를 읽어 보세요! 돌바크를 읽고 『백과전서』를 읽어 보세요!" 한 사람이 말했다.

"『포르투갈 유대인들의 편지』를 읽어 보세요! 전직 사법관이었던 니콜라가 쓴 『기독교의 이성』을 읽어 보세요!" 상대방이 말했다.

그들은 흥분해서 얼굴이 빨개졌고, 상대방 말은 듣지도 않은 채 동시에 떠들어 댔다. 부르니지앵은 그 뻔뻔함에 화를 냈고, 오메는 그 어리석음에 경악했다. 그리하여 그들이 곧 서로에게 욕을 할 것 같은 상황이 되었을 때, 갑자기 샤를이 다시 나타났다. 어떤 마력이 그를 끌어당기는지, 그는 계속해서 층계를 올라오곤 했다.

그는 아내를 더 잘 보아 두려고 맞은편에 자리를 잡고 정신없이 바라보았다. 하도 깊이 빠져 바라보다 보니, 그녀를 보는 것이 더 이상 고통스럽지 않았다.

그는 카탈렙시에 대한 이야기나 최면술의 기적이 생각나서, 간절히 원한다면 어쩌면 그녀를 소생시킬 수도 있지 않을까 생각했다. 한번은 심지어 그녀에게 몸을 굽히고 아주 작은 소리로 "에마! 에마!" 하고 불러 보기도 했다. 그가 너무 세게 입김을 내쉬어 초의 불꽃이 벽 쪽으로 흔들렸다.

이른 아침에 보바리 노부인이 도착했다. 샤를은 그녀를 끌어 안고 또다시 한바탕 눈물을 쏟았다. 그녀는 약사가 그랬던 것처럼 장례 비용에 대해 몇 가지 지적하려고 했다. 그가 몹시 화를 내는 바람에 그녀는 입을 다물었다. 심지어 그는 그녀에게 즉시 시내에 가서 필요한 것을 사다 달라는 부탁까지 했다.

샤를은 오후 내내 혼자 있었다. 베르트는 오메 부인에게 맡겨 놓았고 펠리시테는 르프랑수아 부인과 함께 위층 방에 있었다.

저녁에 그는 사람들의 문상을 받았다. 그는 자리에서 일어나 아무 말도 못 하고 악수만 했고, 손님들은 벽난로 앞에 커다랗게 반원을 그리며 둘러앉은 다른 사람들 곁에 앉았다. 그들은 얼굴을 숙인 채 다리를 꼬고 앉아 이따금 큰 한숨을 내쉬면서 다리를 흔들곤 했다. 모두 말할 수 없이 지루했지만, 서로 내기라도 하듯 가지 않고 있었다.

오메는 장뇌, 안식향, 향초를 잔뜩 가지고 아홉 시에 다시 왔다(지난 이틀간 광장에는 오메밖에 안 보였다). 그는 또 악취를 제거하기 위해 염소가 가득 담긴 단지도 하나 들고 왔다. 바로 그때, 하녀와 르프랑수아 부인과 보바리 노부인은 에마 주위를 분주하게 움직이면서 수의를 다 입혀 가고 있었다. 그녀들은 뻣뻣하고 기다란 천을 끌어 내려 에마의 비단 구두까지 덮어 주었다.

펠리시테가 흐느껴 울었다.

"아! 불쌍한 우리 마님! 불쌍한 우리 마님!"

"저것 좀 보세요, 아직도 저렇게 예쁘네요! 금방이라도 일어날 것 같아요." 여관 주인이 한숨을 쉬면서 말했다.

그녀들은 에마에게 화관을 씌워 주기 위해 몸을 굽혔다.

머리를 조금 들어 올려야 했다. 그러자 마치 토하는 것처럼 입에서 시꺼먼 액체가 흘러나왔다.

"아! 어떡해! 이 옷! 조심해요!" 르프랑수아 부인이 소리쳤다. 그리고 약사에게 말했다. "우리 좀 도와주세요! 혹시 무서워하는 거예요?"

"내가 무서워한다고?" 그가 어깨를 으쓱하며 대꾸했다. "아! 이런! 나는 약학을 공부할 때 시립 병원에서 시체를 많이 봤어요! 우린 해부실에서 펀치도 만들어 마셨지요! 철학자는 죽음을 무서워하지 않아요. 심지어 나는, 종종 하는 얘기입니다만, 나중에 과학을 위해 쓰이도록 내 유해를 병원에 기증할 생각이에요.”

신부는 들어오면서 보바리의 상태가 어떤지 물었다. 그리고 약사의 대답을 듣고 다시 말했다.

“아시다시피 충격을 받은 지 얼마 안 되었으니까요!”

그러자 오메는 신부에게 세상 사람들처럼 사랑하는 짝을 잃을 염려가 없어서 좋겠다고 말했다. 그로 인해 사제들의 독신 생활에 대한 토론이 이어졌다.

“남자가 여자 없이 지내는 것이 자연스러운 일은 아니니까요! 범죄도 생기고…….” 약사가 말했다.

“이 사람이 정말! 결혼 생활을 하는 인간이 예를 들어 고해의 비밀 같은 것을 어떻게 지킬 수 있겠소?” 신부가 소리쳤다.

오메는 고해에 대한 공격을 했다. 부르니지앵은 고해를 변호했고, 고해가 인간을 회복시켜 준다고 장황하게 이야기했다. 그는 갑자기 올바른 사람이 된 도둑들의 여러 가지 일화를 예로 들었다. 고해실에 가까이 다가가자 눈을 가리고 있던 비늘이 떨어지는 느낌을 받은 군인들도 있다고 했다. 프리부르에서는 어떤 장관이…….

상대방은 자고 있었다. 이어서 방 안 공기가 너무 무거워 숨이 막히자, 그는 창문을 열었다. 그 바람에 약사가 잠에서 깼다.

“자, 코담배 한 대 하시죠! 해 보세요, 후련해질 겁니다.” 신부가 그에게 말했다.

어딘가 멀리서 개 짖는 소리가 길게 꼬리를 끌며 이어졌다.

“개 짖는 소리 들리세요?” 약사가 말했다.

"개들이 죽은 사람의 냄새를 맡는다더군요. 꿀벌도 그렇지요. 사람이 죽으면 벌들이 벌통에서 날아오거든요." 신부가 대답했다. 오메는 이런 편견에 반박하지 않았다. 다시 잠이 들었던 것이다.

더 건강한 부르니지앵 신부는 한동안 계속해서 아주 나지막한 소리로 입술을 계속 움직였다. 그러다가 자기도 모르게 턱을 내리더니 커다란 검은 책을 떨어뜨리고는 코를 골기 시작했다.

두 사람은 배를 앞으로 내민 채 부어오른 얼굴에 찌푸린 표정으로 마주 앉아 있었는데, 그토록 서로 의견 대립을 보이며 다툰 뒤 드디어 똑같은 인간적인 나약함에서 일치를 본 셈이었다. 그들은 잠들어 있는 듯한 옆의 시체와 마찬가지로 더 이상 움직이지 않았다.

샤를이 들어와도 그들은 깨지 않았다. 그것이 마지막이었다. 그는 에마에게 작별 인사를 하러 온 것이었다.

향초에서는 아직 연기가 나고, 푸르스름한 연기의 소용돌이가 창가에서 안으로 들어오는 안개와 뒤섞이고 있었다. 별이 몇 개 떠 있는 평온한 밤이었다.

촛대에서 촛농이 굵은 눈물방울처럼 침대 시트에 떨어지고 있었다. 샤를은 초가 타는 것을 바라보다 노란 불꽃의 반짝이는 불빛에 눈이 피로해졌다.

달빛처럼 하얀 비단옷 위에 물결무늬가 흔들리고 있었다. 에마의 모습은 그 밑으로 사라져 보이지 않았다. 샤를에게는 그녀가 자신의 몸 밖으로 퍼져 주위 사물들 속으로, 침묵 속으로, 어둠 속으로, 지나가는 바람 속으로, 올라오는 습기 찬 향기 속으로 막연히 자취를 감추는 것 같았다.

이어서 갑자기 토스트의 정원에 있는 가시나무 울타리 앞 벤치에, 또는 루앙의 거리에, 이 집의 문턱에, 그리고 베르토의 안뜰에 있는 그녀의 모습이 보였다. 그의 귀에는 사과나무 밑에서 춤추던 소년들이 즐겁게 웃는 소리가 여전히 들렸다. 신혼 방에는 그녀의 머리카락 향기가 가득했고, 그녀의 옷은 그의 두 팔 안에서 불티가 튀는 소리를 내며 떨었다. 그녀는 바로 그 옷을 입고 있었다!

그렇게 그는 사라져 버린 모든 행복, 그녀의 태도, 그녀의 몸짓, 그녀의 목소리를 오랫동안 떠올렸다. 한 가지 절망 뒤에 또 다른 절망이 밀물이 넘치듯 끝없이 계속 밀려왔다.

문득 그는 심한 호기심에 사로잡혀 가슴을 두근거리며 손가락 끝으로 천천히 그녀의 베일을 들어 올렸다. 그러나 그는 공포에 찬 비명을 질렀고, 그 바람에 두 사람이 잠에서 깨었다. 그들은 샤를을 아래층 방으로 데려갔다.

잠시 후 펠리시테가 와서 샤를이 에마의 머리카락을 갖고 싶어 한다고 말했다.

"잘라 가!" 약사가 대답했다.

그리고 하녀가 감히 나서지 못하자, 그가 직접 손에 가위를 들고 다가갔다. 어찌나 떨렸는지 그는 관자놀이의 피부를 여러 군데 찔렀다. 마침내 감정을 억누르느라 몸이 뻣뻣해진 오메는 무턱대고 두세 번 뭉텅 잘라 냈다. 그 때문에 그 아름다운 검은 머리카락에 허연 자국이 생겼다.

약사와 신부는 다시 각자 할 일에 몰두했고, 이따금 잠이 들기도 했는데 잠이 깰 때마다 잠만 잔다고 서로 비난했다. 그럴 때면 부르니지앵 신부는 방에 성수를 뿌렸고, 오메는 바닥에 염소수를 조금 뿌렸다.

펠리시테가 그들을 위한 배려로 서랍장 위에 브랜디 한 병과 치즈와 커다란 브리오슈 빵을 갖다 놓았다. 그래서 약사는 새벽 네 시쯤 더 이상 참을 수 없어 한숨을 쉬며 말했다.

"솔직히 영양 섭취를 좀 하면 좋겠는데요!"

신부는 기꺼이 응했다. 그가 미사를 올리러 나갔다 돌아온 뒤, 두 사람은 슬픈 광경 이후 찾아오는 막연한 쾌감에 이끌린 듯 까닭 없이 히죽거리며 먹고 잔을 부딪쳤다. 그리고 마지막 잔을 들었을 때, 신부가 약사의 어깨를 두드리며 말했다.

"우리는 결국 서로 이해하게 될 겁니다!"

그들은 아래층 현관에서 막 들어서는 일꾼들과 마주쳤다. 샤를은 그때부터 두 시간 동안 관의 널빤지 위에 울리는 망치 소리의 고통을 견뎌야 했다. 이어서 그녀는 떡갈나무 관에 입관되었고, 그 관은 다시 다른 두 개의 관 안에 넣어졌다. 그러나 바깥 관이 너무 커서 매트리스 양털로 틈을 메워야 했다. 드디어 세 개의 뚜껑에 대패질을 하고 못을 박고 접합시켜 관을 문 앞에 내놓았다. 대문이 활짝 열리자, 용빌 사람들이 모여들기 시작했다.

루오 노인이 도착했다. 그는 검은 천을 보자 그 자리에서 기절해 버렸다.

X

그는 사건이 일어난 지 서른여섯 시간이 지나서야 약사의 편지를 받았다. 그런데 노인이 충격받을까 봐 오메 씨가 어찌나 모호하게 편지를 썼던지 그는 어떤 상황인지 도무지 알 수가 없었다.

처음에 노인은 뇌출혈을 일으킨 것처럼 쓰러졌다. 그다음에는 딸이 죽은 것은 아니라고 이해했다. 그러나 죽었을지도 모르는 일이었……. 마침내 그는 작업복을 걸치고, 모자를 쓰고, 구두에 박차를 걸고 전속력으로 말을 몰았다. 길을 가는 내내 루오 노인은 숨을 헐떡이면서 불안으로 애가 탔다. 심지어 한번은 말에서 내려야 할 정도였다. 눈이 안 보이고 주위에서 여러 가지 소리가 들려 미쳐 버릴 것 같았던 것이다.

날이 밝았다. 나무에서 잠자고 있는 검은 암탉 세 마리가 보였다. 그는 그 불길한 징조에 놀라 몸을 떨었다. 그래서 성당에 제의복 세 벌을 바치겠다고 성모님께 약속했고, 베르토 묘지에서 바송빌 소성당까지 맨발로 가겠다고 맹세했다.

그는 마롬 마을에 들어서자 여관 사람들을 소리쳐 부르며 어깨로 문을 밀고 들어가 귀리 자루로 달려들었고, 여물통에 달콤한 사과주 한 병을 부어 주고 조랑말에 다시 올라탔다. 말은 네 개의 편자에서 불꽃을 튀기며 달렸다.

그는 딸이 반드시 살아날 거라고 생각했다. 의사들이 치료 약을 찾아낼 것이 틀림없었다. 그는 자기가 들었던 모든 기적적인 치유의 예를 떠올렸다.

이어서 딸이 죽은 모습으로 나타났다. 바로 그의 눈앞 길 한가운데 등을 대고 누워 있는 것이었다. 그가 고삐를 잡아당기자 환영이 사라졌다.

켕캉푸아에서 그는 정신을 차리려고 커피 세 잔을 연거푸 마셨다.

그는 편지에 이름을 잘못 썼을지도 모른다고 생각했다. 주머니에서 편지를 찾으니 편지가 만져졌지만, 차마 그것을 열어 볼 용기가 나지 않았다.

마침내 그는 어쩌면 **짓궂은 장난**일지도, 누군가의 앙갚음이거나 술에 취한 사람이 엉뚱한 짓을 저지른 것일지도 모른다고 가정했다. 게다가 만약 딸이 죽었다면, 그것을 알았을 것이 아닌가? 하지만 그렇지 않았다! 들판에는 특별한 것이 아무것도 없었다. 하늘은 푸르렀고, 나무들이 흔들렸고, 양 떼가 지나갔다. 마을이 보였다. 사람들은 말 위에 바짝 엎드려 달리는 그의 모습을 보았다. 그는 있는 힘껏 채찍을 후려쳤다. 말의 뱃대끈에서 피가 방울방울 떨어졌다.

그는 다시 정신을 차리자 눈물을 쏟으며 보바리의 품 안에 쓰러졌다.

"내 딸! 에마! 내 아이! 어찌 된 일인가?"

상대방이 흐느껴 울며 대답했다.

"모르겠어요, 모르겠습니다! 끔찍한 불행이에요!"

약사가 두 사람을 떼어 놓았다.

"그런 끔찍한 얘기를 자세히 해 봐야 소용없는 일입니다. 어르신께는 제가 설명해 드릴게요. 손님들이 오시잖아요. 품위를 지키셔야죠, 제발! 의연하게!"

가련한 남자는 강하게 보이고 싶어 여러 번 되풀이했다.

"네…… 용기를 내야죠!"

"이런, 나도 용기를 내야지, 무슨 일이 있어도! 딸애를 끝까지 보내 줘야 해." 노인이 소리쳤다.

종이 울렸다. 모든 것이 준비되었다. 출발해야 했다.

성가대의 성직자석에 나란히 앉은 두 사람은 세 명의 성가대원이 성가를 읊조리며 앞에서 계속 왔다 갔다 하는 것을 보았다. 뱀 모양의 관악기 주자가 힘껏 악기를 불었다. 제의를 거창하게 차려입은 부르니지앵 신부는 날카로운 목소리로 노래를 했다. 그는 감실을 향해 절을 하고 두 손을 들어 올려 팔을 벌리곤 했다. 레스티부두아는 고래뼈 지팡이를 가지고 성당 안을 돌아다녔고, 보면대 옆 네 줄의 촛불들 사이에 관이 놓여 있었다.

샤를은 일어나서 그 촛불을 꺼 버리고 싶었다.

하지만 그는 자신의 신앙심을 고취시키고 에마를 다시 만날 내세에 대한 희망에 매달려 보려고 애썼다. 그는 그녀가 오래전에 아주 멀리 여행을 떠난 것이라고 상상해 보았다. 그러나 그녀가 저 밑에 있고 모든 것이 끝났으며 사람들이 그녀를 땅속에 묻으려 한다는 것을 생각하자, 그는 비참하고 절망적인 극심한 고통에 사로잡혔다. 그런데 이따금 더 이상 아무것도 느껴지지 않는 것 같기도 했다. 그는 그렇게 고통이 누그러지는 것을 음미하면서 자기 자신을 한심한 놈이라고 자책했다.

쇠를 박은 지팡이가 규칙적인 간격으로 타일 바닥을 두드리는 듯한 메마른 소리가 들려왔다. 그 소리는 성당 뒤쪽에서 들렸는데 옆 통로에서 딱 멈췄다. 두꺼운 갈색 윗옷을 입은 남자가 힘들게 무릎을 꿇었다. **황금 사자**의 하인 이폴리트였다. 그는 새 의족을 착용하고 있었다.

성가대원 한 사람이 헌금을 걷으려고 중앙 홀을 한 바퀴 돌았고, 커다란 동전이 차례차례 은쟁반에 떨어지며 소리를 냈다.

"빨리 좀 해요! 너무 괴로워요!" 보바리가 화가 나서 5프랑짜리 동전을 던지며 소리쳤다.

성당의 남자는 길게 절하며 그에게 감사했다.

성가를 부르고, 무릎을 꿇고, 다시 일어나고, 그렇게 끝없이 계속되었다! 그는 신혼 때 한 번 둘이 함께 미사에 참여했던 일을 떠올렸다. 그들은 반대편인 오른쪽 벽 쪽에 앉았었다. 종이 다시 울리기 시작했다. 의자 움직이는 소리가 요란하게 났다.

관 메는 사람들이 세 개의 막대기를 관 밑으로 밀어 넣었고, 모두 성당 밖으로 나갔다.

그때 쥐스탱이 약국 문턱에 나타났다가 갑자기 새파랗게 질려 비틀거리며 안으로 다시 들어갔다.

사람들은 행렬이 지나가는 것을 보려고 창가에 서 있었다. 샤를은 맨 앞에서 허리를 꼿꼿이 세우고 있었다. 그는 씩씩한 척하면서 골목길이나 문에서 나와 군중 속으로 끼어드는 사람들에게 인사의 몸짓을 했다. 양쪽에서 세 사람씩 여섯 사람이 약간 헐떡거리면서 잔걸음으로 걷고 있었다. 사제들과 성가대원들과 두 복사가 「애도가」를 불렀다. 그들의 목소리는 물결치듯 오르락내리락하면서 들판으로 퍼져 나갔다. 때때로 오솔길 모퉁이에서 그들의 모습이 사라지기도 했지만, 커다란 은 십자가는 언제나 나무들 사이에 우뚝 솟아 있었다.

여자들은 모자가 뒤로 젖혀진 검은색 짧은 외투를 입고 뒤따랐고, 손에는 타고 있는 커다란 촛불을 하나씩 들고 있었다. 그래서 샤를은 밀랍과 신부복의 메스꺼운 냄새 속에서 끊임없이 계속되는 기도 소리와 불꽃 때문에 정신이 혼미해지는 것을 느꼈다. 시원한 산들바람이 불었고, 호밀과 유채는 푸르렀다. 길가에서는 가시나무 울타리 위에서 작은 이슬방울들이 떨고 있었다. 멀리 바퀴 자국을 따라 굴러가며 덜거덩거리는 짐수레 소리, 계속 울어 대는 수탉 소리, 사과나무 밑으로 도망치는 망아지의 발소리 등 온갖 즐거운 소리들이 지평선을 가득 채우고 있었다. 맑은 하늘에는 장밋빛 구름이 군데군데 있었고, 푸르스름한 빛이 붓꽃으로 뒤덮인 초가집 위에 낮게 깔려 있었다. 샤를은 지나가면서 낯익은 안마당들을 알아보았다. 그는 이런 아침 나절에 환자에게 왕진을 다녀온 뒤 바로 그 안마당에서 나와 그녀를 향해 돌아가던 일들이 기억났다.

여기저기 눈물 모양의 하얀 무늬가 찍힌 검은 장막이 이따금 쳐들리며 관이 보이곤 했다. 관을 메고 가는 사람들이 지쳐서 걸음이 느려졌고, 관은 파도가 밀려올 때마다 흔들리는 작은 배처럼 계속해서 불규칙하게 들썩거리며 앞으로 나아갔다.

행렬이 도착했다.

남자들은 아래쪽 잔디밭에 구멍을 파 놓은 장소까지 계속 갔다.

모두 그 주변으로 둘러섰다. 신부가 말하는 동안, 가장자리에 던져 놓은 붉은 흙이 귀퉁이마다 소리 없이 계속 흘러 떨어졌다.

이어서 밧줄 네 개가 배치되자, 그 위로 관을 밀었다. 샤를은 관이 내려가는 것을 바라보았다. 관은 계속 내려갔다.

드디어 바닥에 부딪히는 소리가 들리고 밧줄이 쓸리는 소리를 내며 올라왔다. 그러자 부르니지앵 신부는 레스티부두아가 건네주는 삽을 잡았다. 그는 오른손으로는 성수를 뿌리면서 왼손으로 힘차게 한 삽 가득 흙을 떴다. 작은 돌들이 관의 나무에 부딪히면서 마치 영원의 울림과도 같은 엄청난 소리를 냈다.

사제는 성수채를 옆 사람에게 건넸다. 오메 씨였다. 그는 엄숙하게 성수채를 흔들더니 샤를에게 건네주었다. 샤를은 무릎까지 흙 속에 묻히도록 주저앉아 두 손에 가득 흙을 담아 던지면서 "잘 가요!" 하고 소리쳤다. 그는 그녀에게 키스를 보냈고, 그녀와 함께 묻히겠다고 구덩이 쪽으로 기어갔다.

사람들이 그를 데려갔다. 그는 아마도 다른 사람들과 마찬가지로 일을 다 끝냈다는 막연한 만족감을 느껴서인지 곧 진정되었다.

루오 노인은 돌아가는 길에 조용히 파이프 담배를 피우기 시작했다. 오메는 마음속으로 그것이 온당하지 못한 행동이라고 생각했다. 그는 비네 씨가 얼굴을 내밀지 않은 것, 뒤바슈가 미사가 끝난 뒤 그냥 '가 버린' 것, 그리고 공증인의 하인 테오도르가 '그게 관례인데, 검은색 옷 하나 찾아 입지 못하는 것처럼' 푸른색 옷을 입고 온 것에 대해서도 지적했다. 그는 그러한 자신의 견해를 알리기 위해 사람들이 모여 있는 곳을 여기저기 돌아다녔다. 사람들은 에마의 죽음을 애도하고 있었다. 특히 빠지지 않고 장례식에 참석한 뢰뢰 씨가 그랬다.

"정말 가엾은 부인이에요! 남편분은 얼마나 괴로우시겠어요!"

약사가 말을 이었다.

"잘 아시겠지만, 내가 없었으면 아마 그분은 뭔가 불행한 일을 저질렀을지도 몰라요!"

"그토록 착하신 분이! 지난 토요일에도 우리 상점에서 뵈었는데!"

"시간이 없어서 무덤에 바칠 몇 마디 말도 준비하지 못했네요."오메가 말했다.

집으로 돌아오자 샤를은 옷을 갈아입었고, 루오 영감도 푸른색 작업복을 다시 걸쳤다. 그것은 새 옷이었는데, 그가 오는 길에 여러 번 소매로 눈물을 닦았기 때문에 옷감의 색이 얼굴에 옮겨졌었다. 그리고 얼굴을 뒤덮은 먼지 위로 몇 줄기 눈물 자국이 나 있었다.

보바리 모친도 그들과 함께 있었다. 세 사람 모두 아무 말이 없었다. 마침내 노인이 한숨을 쉬었다.

"자네 기억나나? 자네가 첫 번째 아내를 잃은 직후 내가 한 번 토스트에 갔을 때 말이야. 그때는 내가 자네를 위로해 주었지! 무슨 말을 해 줘야 할지 알 수 있었거든. 하지만 지금은……."

그러고는 가슴 전체가 들어 올려질 정도로 긴 신음을 냈다.

"아! 나는 이제 다 끝났어, 정말! 마누라를 떠나보냈지…… 그 다음에는 아들을, 그리고 오늘은 딸까지!"

그는 이 집에서는 잠을 잘 수 없을 것 같다고 말하면서 즉시 베르토로 돌아가려고 했다. 심지어 손녀딸을 보는 것조차 거절했다.

"아냐! 아냐! 가슴이 너무 아플 것 같아. 그냥 자네가 나 대신 키스해 주게! 잘 있게!…… 자네는 좋은 사람이야! 그리고 이거 절대로 잊지 않겠네." 그가 자기 넓적다리를 치면서 말했다. "걱정하지 말게! 칠면조는 계속 보내 줄 테니."

그러나 언덕 위에 이르자, 그는 옛날 생빅토르 길에서 딸과 헤어지면서 그랬듯이 뒤를 돌아보았다. 들판으로 지는 태양의 비스듬한 광선을 받아 마을의 창문들이 온통 불타오르는 듯했다. 그는 한 손을 눈앞에 갖다 댔다. 지평선 저쪽에 담장으로 둘러싸인 땅이 보였다. 거기에는 여기저기 나무들이 하얀 묘석들 사이로 검은 수풀을 이루고 있었다. 이윽고 그는 조랑말이 다리를 절뚝거려 잔걸음으로 가던 길을 계속 갔다.

샤를과 그의 어머니는 피곤했지만 저녁에 아주 오랫동안 이야기를 나누었다. 그들은 지난날과 앞날에 대해 이야기했다. 그녀는 용빌에 와 살면서 집안일을 해 주겠다고 했고, 다시는 모자가 서로 헤어지지 말자고 했다. 아주 오래전에 자신의 손에서 빠져나갔던 애정을 되찾은 것을 내심 기뻐하면서 그녀는 재치 있고 다정하게 굴었다. 시계가 자정을 쳤다. 마을은 평소와 다름없이 고요했고, 샤를은 잠을 이루지 못한 채 계속 에마를 생각하고 있었다.

기분 전환을 위해 온종일 숲을 휘젓고 다닌 로돌프는 자신의 저택에서 평온하게 자고 있었고, 저 멀리서 레옹도 자고 있었다.

그 시각, 잠을 이루지 못하는 사람이 한 명 더 있었다.

전나무들 사이 무덤가에서 한 아이가 무릎을 꿇은 채 울고 있었다. 흐느낌으로 찢어질 듯한 그의 가슴은 달빛보다 더 부드럽고 어두운 밤보다 더 깊이를 알 수 없는 엄청난 회한에 짓눌려 어둠 속에서 헐떡거렸다. 갑자기 철책 문이 삐걱거리는 소리를 냈다. 레스티부두아였다. 오후에 잊어버리고 두고 간 삽을 찾으러 온 것이었다. 그는 담을 기어올라 도망치는 쥐스탱을 알아보고, 감자를 훔쳐 가는 도둑놈을 알아냈다고 생각했다.

XI

다음 날 샤를은 딸을 다시 데려오게 했다. 아이는 엄마를 찾았다. 엄마는 나가고 없는데 장난감을 가지고 올 거라고 대답해 주었다. 베르트는 여러 번 같은 말을 하다가 나중에는 더 이상 생각하지 않았다. 보바리는 아이의 쾌활한 모습에 마음이 몹시 아팠고, 약사의 지겨운 위로도 견뎌야 했다.

곧 돈 문제가 다시 시작되었다. 뢰뢰 씨가 자기 친구인 뱅사르를 다시 부추겼던 것이다. 샤를은 어마어마한 액수의 부채를 짊어져야 했다. **그녀에게 속했던** 가구를 작은 것 하나도 팔려고 하지 않았기 때문이다. 그로 인해 어머니가 화를 내자, 그는 어머니보다 더 사납게 화를 냈다. 그는 완전히 달라진 사람 같았다. 그녀는 집을 버리고 나가 버렸다.

그러자 모두가 **이득을 보려고 달려들기** 시작했다. 랑프뢰르 양은 6개월의 수업료를 청구했다. 하지만 에마는 단 한 번도 레슨을 받은 적이 없었다(그녀가 서명된 영수증을 보바리에게 보인 적은 있었지만). 그것은 두 여자 사이에 합의를 본 것이었다. 도서 대여업자는 3년 치 구독료를 청구했고, 롤레 아줌마는 20여 통의 편지 배달료를 청구했다. 샤를이 무슨 편지냐고 묻자, 그녀는 조심스럽게 대답했다.

"아! 저는 아무것도 모릅니다! 부인의 일이었으니까요."

빚을 갚을 때마다 샤를은 이제 끝났으려니 생각했다. 그러나 계속해서 또 다른 빚이 튀어나오곤 했다.

그는 예전에 연체된 왕진료를 청구했다. 사람들은 그의 아내가 보낸 편지를 보여 주었다. 그래서 그가 사과를 해야 했다.

이제는 펠리시테가 안주인의 옷을 입었다. 샤를이 그중 몇 벌은 간직해 두고 그녀의 옷방에 가서 그걸 바라보며 틀어박히곤 했기 때문에 모든 옷을 다 입지는 못했다. 펠리시테는 몸매가 에마와 거의 비슷해서, 샤를은 그녀의 뒷모습을 보고 종종 착각을 일으키며 같은 말을 되풀이하곤 했다.

"아! 그대로 있어! 그대로 있어!"

그러나 성령 강림 대축일에, 펠리시테는 옷장에 남아 있던 것을 모두 훔쳐 테오도르와 함께 용빌에서 도망쳤다.

미망인 뒤퓌 부인이 '그녀의 아들인 이브토의 공증인 레옹 뒤퓌 씨와 봉드빌의 레오카디 르뵈프 양의 결혼'을 자랑스럽게 알려 온 것은 바로 그즈음이었다. 샤를은 그에게 건네는 축하 인사 중에 다음과 같은 문장을 써넣었다.

〈가엾은 내 아내가 얼마나 기뻐했을까요!〉

어느 날 그는 목적 없이 집 안을 돌아다니다 다락방까지 올라가게 되었다. 실내화 밑에서 얇은 종이 뭉치가 밟히는 것이 느껴졌다. 그는 그것을 펴서 읽어 보았다. 〈용기를 내요, 에마! 용기를! 나는 당신의 삶을 불행하게 만들고 싶지 않습니다.〉 그것은 로돌프의 편지였다. 궤짝들 사이 바닥에 떨어져 그대로 있다가 천창으로 들어온 바람 때문에 문 쪽으로 밀려온 것이었다. 샤를은 그 옛날 에마가 지금의 그보다 훨씬 더 창백한 얼굴로 절망해 죽으려고 했던 바로 그 자리에서 입을 벌린 채 꼼짝도 하지 않고 있었다. 마침내 그는 두 번째 페이지 밑에서 조그만 R자를 발견했다. 누구였을까? 그는 로돌프가 열심히 찾아오던 것, 갑자기 발길을 끊은 것, 그 후로 두세 번 만났을 때의 어색한 태도를 떠올렸다. 그러나 편지의 정중한 어투에 그는 헛된 환상을 품었다.

'아마 두 사람이 플라토닉한 사랑을 했던가 보군' 하고 그는 생각했다.

게다가 샤를은 깊이 파고드는 사람이 아니었다. 그는 증거 앞에서도 뒤로 물러났고, 모호한 그의 질투심은 무한한 슬픔 속으로 사라져 버렸다.

그는 사람들이 틀림없이 그녀를 무척 좋아했을 거라고 생각했다. 분명히 모든 남자가 그녀를 탐냈으리라. 그러자 그녀가 더욱 아름답게 보였고, 그녀에 대한 격렬한 욕망이 끊임없이 느껴졌다. 그 욕망은 이제 실현될 수 없기에 더더욱 끝이 없었고 절망을 끓어오르게 했다.

그는 마치 그녀가 아직도 살아 있는 것처럼 그녀의 마음에 들기 위해 그녀가 좋아하는 것이나 그녀의 생각을 따랐다. 그래서 에나멜 장화를 샀고 늘 하얀 넥타이를 맸다. 콧수염에 화장품을 발랐고, 그녀처럼 약속 어음에 서명을 했다. 그녀는 무덤 저편에서 그를 망가뜨리고 있었다.

그는 은그릇을 하나씩 팔아야 했고, 다음에는 거실의 가구를 팔았다. 모든 방이 비어 갔다. 그러나 침실, 그녀의 침실은 옛날 그대로였다. 샤를은 저녁을 먹은 뒤 그 방으로 올라갔다. 그는 불 앞에 둥근 탁자를 끌어다 놓고 **그녀**의 안락의자를 가까이 가져왔다. 그러고는 그 맞은편에 앉았다. 도금한 촛대 중 하나에서 양초가 타고 있었다. 베르트는 아빠 옆에서 그림에 색칠을 하고 있었다.

너무도 초라한 딸의 옷차림을 보자 가엾은 남자는 마음이 아팠다. 신발에는 끈도 없었고, 블라우스의 소매가 허리까지 찢어져 있었다. 가정부가 제대로 보살펴 주지 않았기 때문이다. 그러나 아이는 너무도 부드럽고 사랑스러웠다. 풍성한 금발을 장밋빛 뺨 위로 늘어뜨리며 작은 머리를 어찌나 예쁘게 기울이는지 무한한 희열이 그의 마음으로 밀려들었다. 그것은 잘못 만들어 송진 냄새가 나는 포도주처럼 쓴맛이 뒤섞인 기쁨이었다. 그는 아이의 장난감을 수선해 주기도 하고, 마분지로 꼭두각시 인형을 만들어 주거나 인형의 터진 배를 꿰매 주기도 했다. 그러다가 반짇고리나 굴러다니는 리본 또는 탁자의 틈새에 끼어 있는 핀 하나만 보아도 멍하니 몽상에 잠기곤 했다. 그러면 그의 표정이 어찌나 슬픈지 딸도 아빠처럼 슬퍼졌다.

이제는 아무도 그들을 보러 오지 않았다. 쥐스탱은 루앙으로 도망가서 식료품 가게 점원이 되었고, 약사의 아이들도 점점 베르트와 잘 놀지 않게 되었다. 사회적 신분이 서로 달라짐에 따라 오메 씨가 친밀한 관계를 이어 갈 마음이 없어진 것이다.

그가 연고로 병을 고쳐 주지 못한 장님은 부아 기욤 언덕으로 되돌아가서 여행객들에게 약사의 헛수고에 대해 떠들어 댔다. 그 때문에 오메는 시내에 갈 때마다 장님과 마주치는 것을 피하려고 **제비**의 커튼 뒤에 몸을 숨길 정도였다. 그는 장님이 끔찍하게 싫었다. 그래서 자신의 평판을 위해서라도 무슨 수를 쓰든 장님을 쫓아 버리려고 음흉한 계략을 세웠는데, 거기에는 그의 뛰어난 지능과 악랄한 허영심이 잘 드러나 있었다. 그리하여 여섯 달 동안 계속 「루앙의 등대」에서 다음과 같이 작성된 짤막한 기사를 읽을 수 있었다.

⟨비옥한 피카르디 지방으로 가는 사람들은 누구나 틀림없이 부아 기욤 언덕에서 얼굴에 끔찍한 상처가 있는 거지 하나를 보게 될 것이다. 그는 사람들을 괴롭히고 귀찮게 굴며 여행자들에게 진짜 세금을 징수한다. 우리는 아직도 부랑자들이 십자군 원정에서 가져온 문둥병과 연주창을 공공장소에서 드러내는 것을 허용했던 저 끔찍한 중세에 살고 있는 것인가?⟩

또는 이런 글이 실리기도 했다.

⟨부랑을 금지하는 법령에도 불구하고 우리의 대도시 주변에는 계속 거지 떼가 우글거린다. 그중에는 혼자 떠돌아다니지만

마찬가지로 위험한 자들도 보인다. 대체 시 당국은 무엇을 생각하고 있는 것인가?〉

이어서 오메는 여러 일화를 날조했다.

〈어제 부아 기욤 언덕에서 겁이 많아 잘 놀라는 말 한 마리가…….〉 그리고 장님이 나타나는 바람에 일어난 사고 이야기가 이어졌다.

그가 어찌나 일을 잘 처리했는지 결국 장님은 구속되었다. 그러나 다시 풀려났다. 장님은 다시 시작했고, 오메 역시 다시 시작했다. 그것은 투쟁이었다. 오메가 승리를 거두었다. 그의 적이 빈민구제원에 종신 감금되는 형벌을 선고받았기 때문이다.

이 성공으로 그는 대담해졌다. 그때부터 이 지역에서 개 한 마리가 치여 죽거나 헛간에 불이 나거나 여자가 매 맞는 사건만 일어나도 그는 곧 그것을 대중에게 알렸다. 그는 언제나 진보에 대한 사랑과 신부들에 대한 증오에 이끌려 행동했다. 그는 초등교육 기관과 기독교 수사들에 의한 교육을 비교하면서 후자를 비판했고, 성당에 지급된 1백 프랑의 보조금에 대해 성 바르톨로메오 학살 사건을 상기시켰고, 여러 가지 악습을 고발했고, 독설을 퍼부었다. 그의 표현에 의하면 그랬다. 오메는 사회의 토대를 뒤흔들었고, 위험한 인물이 되어 갔다.

그러나 그는 저널리즘이라는 비좁은 한계 안에서 갑갑해했고, 곧 책 즉 저서의 필요성을 느꼈다! 그래서 그는 『풍토적 관찰이 첨부된 용빌 지역의 일반 통계』를 저술했고, 통계학은 그를 철학으로 이끌었다. 그는 사회 문제, 빈민 계층의 교화, 양어

법, 고무, 철도 등 거창한 문제에 몰두했다. 그리고 자기 자신이 일개 부르주아라는 사실에 얼굴을 붉혔다. 그는 **예술가 취향**인 척하며 담배를 피웠다! 거실을 장식하기 위해 퐁파두르 양식의 **멋진** 조각도 두 점 샀다.

그는 약국을 소홀히 하지는 않았다. 오히려 그 반대였다! 그는 새로운 발견들을 잘 파악했고, 초콜릿에 대한 엄청난 유행도 따랐다. 센앵페리외르 지역에 **쇼카**와 **르발렌시아**라는 건강식을 제일 처음 들여온 사람도 바로 오메였다. 그는 퓔베르마셰 수력전기 벨트에 열광해 직접 그것을 차고 다녔다. 그리하여 저녁에 그가 플란넬 조끼를 벗으면, 오메 부인은 그의 몸을 온통 감싸고 있는 금빛 나선 장치에 넋을 잃고 경탄했고 스키타이족보다 더 몸을 졸라매 동방 박사처럼 장엄해 보이는 이 남자에 대한 열정이 배가되는 것을 느꼈다.

그는 에마의 무덤에 대해서도 멋진 아이디어를 내놓았다. 처음에는 장식 휘장이 달린 기둥 토막 모양을 권했고, 그다음에는 피라미드 모양, 이어서 원형 건물의 일종인 베스타 신전 모양…… 또는 '폐허 더미'를 제안했다. 그리고 오메는 모든 계획에서 슬픔의 필연적인 상징이라고 생각하는 수양버들을 빼놓지 않았다.

샤를과 그는 묘비 만드는 집에 가서 묘석 견본을 보려고 함께 루앙으로 갔다. 브리두의 친구인 보프릴라르라는 화가의 안내를 받았는데, 그는 내내 말장난만 늘어놓았다. 1백여 가지 도안을 검토하고 견적서를 요청해 루앙에 한 번 더 다녀온 뒤, 드디어 샤를은 '불 꺼진 횃불을 들고 있는 정령'이 앞뒤 양면에 새겨진 영묘로 결정했다.

비문에 대해서 오메는 **'나그네여 걸음을 멈추라'**만큼 멋진 말을 찾아낼 수 없어 거기서 더 진척이 없었다. 그는 머리를 쥐어짰지만 계속해서 **'나그네여 걸음을 멈추라……'**만 되풀이했다. 마침내 **'사랑하는 아내 여기 잠들다!'**라는 말을 찾아내 그것이 채택되었다.

이상한 것은 보바리가 계속해서 에마를 생각하는데도 잊어 간다는 사실이었다. 그는 그녀를 붙들려고 온갖 노력을 하는데도 그녀의 모습이 기억에서 빠져나가는 것을 느끼며 낙담했다. 하지만 그는 매일 밤 그녀의 꿈을 꾸었다. 언제나 똑같은 꿈이었다. 그가 그녀에게 다가가서 끌어안으려고 하면 그녀는 그의 품에서 먼지가 되어 떨어졌다.

일주일 내내 저녁이면 그가 성당으로 들어가는 것이 보였다. 부르니지앵도 두세 번 그를 찾아오다 그만두었다. 게다가 신부는 비관용적인 광신으로 향하고 있다고 오메가 말했다. 시대정신에 반하는 비난을 퍼붓고, 강론에서는 두 주일에 한 번씩 자신의 배설물을 먹으면서 죽었다는 것을 누구나 알고 있는 볼테르의 임종 이야기를 반드시 꺼낸다는 것이었다.

보바리는 절약하면서 사는데도 도저히 묵은 빚을 청산할 수가 없었다. 뢰뢰는 어음 갱신을 일절 거부했다. 압류가 임박해 그는 어머니에게 도움을 청했다. 어머니는 자신의 재산을 담보로 잡는 것을 승낙해 주었지만, 에마에 대해 심한 욕설을 써 보냈다. 그리고 자신의 희생에 대한 대가로 펠리시테가 훔쳐 가고 남은 숄 하나를 달라고 했다. 샤를은 거절했다. 두 사람은 사이가 틀어졌다.

어머니가 먼저 화해의 물꼬를 트면서, 아이가 집에 있으면 위안이 될 것 같다며 아이를 자기 집으로 데려가겠다고 제안했다. 샤를은 동의했다. 그러나 막상 떠날 때가 되자 용기가 완전히 꺾이고 말았다. 그러자 결국 완전히 결정적으로 절교하게 되었다.

애정을 쏟을 대상들이 사라짐에 따라 그는 점점 더 아이에 대한 사랑에 집착했다. 그러나 아이 때문에 걱정이 생겼다. 아이가 이따금 기침을 하고 뺨에 붉은 반점이 생겼기 때문이다.

그의 맞은편에는 세상만사가 만족스러워서 번창하고 행복해하는 약사의 가족이 있었다. 나폴레옹은 조제실에서 아버지를 도와주었고, 아탈리는 그의 그리스 모자에 수를 놓아 주었다. 이르마는 잼 통 덮을 종이를 동그랗게 오렸고, 프랑클랭은 구구단을 단숨에 외웠다. 그는 가장 행복한 아버지였고 가장 운이 좋은 사람이었다.

그런데 그것은 오산이었다! 은밀한 야망이 그를 괴롭히고 있었던 것이다. 오메는 훈장을 받고 싶었다. 그에게 자격이 없지는 않았다.

첫째로 콜레라가 돌 때 무한한 헌신으로 두드러진 활약을 했고, 둘째로 공익을 위해 다양한 저서를 자비로 출판했다. 예를 들면……. (그는 「능금주, 그 제조와 효능에 대하여」라는 논문을 비롯해 아카데미에 보낸 솜털이 난 진딧물에 관한 관찰, 통계학 저서, 그리고 약사 자격 논문까지 떠올렸다.) "그 밖에도 나는 여러 학회의 회원이지."(실은 단 한 개 학회의 회원이었다.)

"아니, 화재 때 두각을 나타낸 것만으로도 충분하지!" 그가 제자리에서 한 발로 빙그르르 돌면서 소리쳤다.

그래서 오메는 권력을 기웃거리게 되었다. 그는 선거 때 남몰래 도지사를 크게 도와주었다. 그리고 마침내 몸을 팔고 지조도 저버렸다. 심지어 국왕에게 **자신의 공적을 인정해** 달라고 간청하는 탄원서를 보내기도 했다. 탄원서에서 그는 왕을 **우리의 훌륭한 국왕**이라고 부르며 앙리 4세에 비유했다.

그리고 매일 아침 약사는 자신이 훈장 수여자로 지명되는 기사가 났는지 보려고 신문으로 달려들었다. 그런 기사는 좀처럼 나지 않았다. 마침내 그는 더 이상 참지 못하고, 자기 집 정원에 훈장의 별 모양을 본떠 잔디밭을 만들게 하고 훈장에 달린 리본을 흉내 내기 위해 풀을 꼬아 만든 두 가닥의 작은 줄을 꼭대기에서부터 늘어뜨렸다. 그는 팔짱을 긴 채 그 주위를 걸으면서 정부의 무능과 사람들의 배은망덕함을 곱씹었다.

고인에 대한 존중 때문인지, 아니면 조사를 천천히 미뤄 둠으로써 맛보는 일종의 관능적인 쾌감 때문인지, 샤를은 평소 에마가 사용하던 자단 책상의 비밀함을 아직 열어 보지 않았다. 어느 날 드디어 그는 책상 앞에 앉아 열쇠를 돌리고 용수철을 밀었다. 레옹의 편지들이 전부 거기에 있었다. 이번에는 더 이상 의심의 여지가 없었다! 그는 마지막 편지까지 정신없이 읽었고, 흐느끼고 울부짖으면서 이성을 잃고 미친 듯이 흥분해 모든 구석, 모든 가구, 모든 서랍, 벽 뒤까지 모조리 뒤졌다. 그는 상자 하나를 발견하고 발로 밟아 부서뜨렸다. 뒤엎어진 연애편지들 속에서 로돌프의 초상화가 그의 얼굴로 달려들었다.

사람들은 의기소침한 그를 보고 놀랐다. 그는 더 이상 외출도 하지 않고 어느 누구의 방문도 받지 않았다. 심지어 환자들을 왕진하러 가는 것도 거절했다. 그래서 사람들은 그가 집 안에 **틀어박혀 술만 마신다**고 수군댔다.

그러나 때때로 호기심 많은 사람이 정원의 울타리 너머로 발돋움하면, 기다란 수염에 더러운 옷을 입고 사나운 몰골로 크게 소리 내어 울면서 걸어 다니는 남자를 보고 깜짝 놀라곤 했다.

여름날 저녁이면 그는 어린 딸을 데리고 묘지로 갔다. 그들은 밤이 깊어 광장에서 비네의 집 들창 이외에는 불빛이 보이지 않을 때가 되어서야 집으로 돌아왔다.

그러나 그의 고통의 쾌감은 완전한 것이 못 되었다. 주변에 그것을 함께 나눌 사람이 아무도 없었기 때문이다. 그래서 그는 **그녀**에 대한 이야기를 할 수 있을까 해서 르프랑수아 부인을 찾아가곤 했다. 그러나 여관 주인은 그의 이야기를 한 귀로만 흘려들었다. 샤를과 마찬가지로 그녀에게도 근심이 있었던 것이다. 얼마 전 뢰뢰 씨가 마침내 **상점의 애첩**이라는 승합 마차업을 개업했고, 심부름을 잘해 주어 큰 인기를 누리고 있는 이베르가 급료 인상을 요구하면서 '경쟁업체'로 옮기겠다고 위협하고 있었기 때문이다.

어느 날 샤를은 그의 마지막 재산인 말을 팔려고 아르게유의 시장에 갔다가 로돌프를 만났다.

그들은 서로를 보자 얼굴이 창백해졌다. 장례식에 카드만 보냈던 로돌프는 처음에는 몇 마디 변명을 중얼거리다 대담해져 심지어 뻔뻔하게도 샤를에게 술집에 가서 맥주나 한잔하자고 했다(8월이어서 날씨가 매우 더웠다).

팔꿈치를 괴고 샤를과 마주 앉은 그는 이야기하면서 담배를 씹어 댔다. 샤를은 그녀가 사랑했던 그 얼굴 앞에서 넋을 잃은 채 몽상에 잠겼다. 그녀의 것이었던 뭔가를 다시 보는 듯했다. 그것은 경이로운 느낌이었다. 샤를은 이 남자가 되고 싶었다.

상대방은 경작, 가축, 비료와 같은 이야기를 계속하면서 어떤 암시가 끼어들 수도 있는 모든 틈을 그런 시시한 이야기로 막고 있었다. 샤를은 그의 말을 듣고 있지 않았다. 로돌프도 그것을 알아채고, 그의 변화무쌍한 표정 위에 온갖 추억이 지나가는 것을 지켜보고 있었다. 샤를의 얼굴이 점점 붉게 물들고, 콧구멍이 벌름거리고, 입술이 떨렸다. 심지어 어느 한순간 침울한 분노로 가득 찬 샤를이 로돌프를 노려보자, 로돌프도 겁에 질린 듯 말을 멈추었다. 그러나 샤를의 얼굴에는 곧 전과 똑같이 우울한 권태가 다시 나타났다.

"나는 당신을 원망하지 않아요." 그가 말했다.

로돌프는 잠자코 있었다. 샤를은 두 손으로 머리를 감싸고 꺼져 가는 목소리로, 무한한 고통을 체념하고 받아들이는 어조로 다시 말했다.

"그래요, 더 이상 당신을 원망하지 않아요!"

심지어 그는 대단한 말, 그가 평생 한 말 중 유일하게 대단한 말 한마디를 덧붙였다.

"다 운명 탓이지요!"

그 운명을 이끌었던 로돌프는 그런 처지에 놓인 사람이 하는 말로는 매우 유순하고 심지어 우스꽝스러우며 다소 비루하다고 생각했다.

다음 날 샤를은 덩굴시렁 아래 벤치에 가서 앉았다. 철망 사이로 빛이 들어왔다. 포도나무 잎사귀는 모래 위에 그림자를 드리우고, 재스민은 향기롭고, 하늘은 푸르르고, 꽃이 핀 백합 주변에서는 가뢰 떼가 붕붕거렸다. 샤를은 슬픈 그의 심장을 부풀게 하는 어렴풋한 사랑의 향기 아래 사춘기 소년처럼 숨이 막혔다.

일곱 시에, 오후 내내 아빠를 보지 못했던 어린 베르트가 저녁 식사를 하라고 그를 찾으러 왔다.

뒤로 젖힌 머리를 벽에 기댄 그는 눈을 감고 입을 벌린 채 기다란 검은 머리카락 타래를 두 손에 쥐고 있었다.

"아빠, 얼른 와!" 아이가 말했다.

아이는 아빠가 장난치는 줄 알고 살짝 밀어 보았다. 그가 바닥으로 쓰러졌다. 그는 죽어 있었다.

서른여섯 시간 뒤, 약사의 요청에 따라 카니베 씨가 달려왔다. 그는 해부를 해 보았지만, 아무것도 발견하지 못했다.

모든 것을 팔고 나자 12프랑 75상팀이 남았고, 그것은 어린 보바리 양이 할머니 집에 가는 여비로 쓰였다. 노부인도 그해에 죽었다. 루오 노인은 중풍에 걸려 친척 아주머니가 아이를 맡았다. 그녀는 가난해서 생활비를 벌기 위해 베르트를 방적 공장에 보내고 있다.

보바리가 죽은 뒤 세 명의 의사가 차례로 용빌에서 개업했지만 성공하지 못했다. 그 즉시 오메 씨가 맹렬히 공격했던 것이다. 그는 엄청난 고객을 확보하고 있다. 당국은 그를 관대하게 대하고 여론은 그를 옹호하고 있다.

그는 얼마 전 레지옹 도뇌르 훈장을 받았다.

9 **마리 앙투안 쥘 세나르에게** 『마담 보바리』는 단행본으로 출판되기 전에 1856년『르뷔 드 파리』지에 연재되었다. 그런데 1857년 1월, 이 잡지의 편집자와 저자인 플로베르는 공중도덕 및 종교적 미풍양속을 해쳤다는 이유로 피소된다. 세나르는 이 재판에서 피고 측 변론을 맡았고, 결국 무죄 선고를 받아냈다.

13 **5학년** 우리나라의 중학교 2학년에 해당한다.

16 **Quos ego(내가 너희를)** 베르길리우스의 서사시『아이네이스』1편 135절에 나오는 표현으로, 바다의 신 넵투누스가 거센 바람을 위협하며 한 말이다.

22 **아나카르시스** 스키타이(B.C. 8세기부터 B.C. 2세기까지 지금의 러시아와 카자흐스탄 등 아시아 북서부 일대 스텝 지역에 존속했던 유목 민족)의 전설적인 철학자로, B.C. 6세기 초에 흑해 북부를 통해 아테네로 갔다. 그의 저서는 남아 있는 것이 없지만, 그에 관한 저서로는 1788년에 문헌학자 장 자크 바르텔르미가 쓴『젊은 아나카르시스의 그리스 여행』이라는 책이 유명하다.

24 **베랑제** Pierre-Jean de Béranger(1780~1857). 당시 엄청난 인기를 구가한 프랑스의 시인이며 샹송 작가로, 정치적이거나 풍자적

인 상송 가사를 썼다.

29 **왕뽑기 놀이** 1월 초 갈레트 빵을 먹으며 왕을 뽑는 민속놀이. 빵 속에 콩이나 콩 모양의 모형이 박힌 부분을 받는 사람이 왕 혹은 왕비가 된다.

37 **에퀴** 19세기의 5프랑 은화.

39 **수** 1수는 5상팀에 해당한다.

49 **스크롤** 바이올린 줄감개집의 나선형 장식 끝부분, 즉 맨 위쪽에 나무가 소용돌이무늬를 이루고 있는 부분을 말한다.

50 **프리카세** 흰 살코기나 닭고기, 양고기, 생선 살을 소스에 익힌 스튜의 일종.

51 **피에스몽테** 프랑스에서 주로 결혼식이나 성찬식 때 먹는 음식으로 케이크나 빵을 위로 쌓아서 높인 모양이다.

52 **키르슈** 버찌를 증류한 과일 브랜디.
그로그 럼 또는 브랜디에 설탕, 레몬, 더운 물을 섞은 음료.

55 **붙어 있는 페이지** 프랑스에는 여러 페이지가 서로 붙어 있어서 구입한 후 그것을 자르면서 읽게 되어 있는 책들이 종종 있었다.

56 **알코브** 서양식 건축에서 침대 등을 들여놓기 위해 벽의 한 부분을 쑥 들어가게 만들어 놓은 부분.

57 **보크 마차** 보크 마차는 지붕이 없고 말 한 마리가 끄는 이륜마차로 당시 노르망디 지방에서 흔히 사용했고, 틸버리 마차는 지붕이 없거나 개폐식 지붕이 달린 이륜마차로 19세기 초 영국에서 유행했다.

60 **라 발리에르 양** 본명은 프랑수아즈 루이즈 드 라 봄 르 블랑 (Françoise Louise de La Baume Le Blanc)으로 루이 14세의 애첩이었다. 왕의 관심과 애정이 멀어진 뒤에는 궁을 떠나 수도원에 들어가 말년을 보냈다.

61 **프레시누스 사제** Denis Frayssinous(1765~1841). 프랑스의 사제이며 정치가이자 작가로서, 여기서 말하는 책의 원제는 『기독교의 옹호 또는 종교에 대한 강연』이다.

『기독교의 정수』 프랑스 낭만주의 초기 작가인 샤토브리앙의 저서. 기독교를 찬양한 논문인데, 이 작품의 진정한 가치는 신학적, 철학적인 면에 있는 것이 아니라 그 예술성에 있다고 회자된다.

63 메리 스튜어트 Mary Stuart(1542~1587). 스코틀랜드의 여왕이자 프랑스 왕 프랑수아 2세의 미망인으로, 잉글랜드 여왕 엘리자베스 1세의 명에 의해 살해된 비운의 여왕이다. 훗날 잉글랜드와 스코틀랜드의 공동 왕이 되는 제임스 1세(스코틀랜드로는 제임스 6세)의 어머니다.

엘로이즈 Héloïse(1098~1164). 신학자이자 철학자인 피에르 아벨라르의 아내. 아벨라르는 엘로이즈의 가정교사였는데, 사랑에 빠진 두 사람이 비밀리에 결혼한 것을 알고 분노한 엘로이즈의 친족들이 아벨라르를 붙잡아 거세시켰다. 이 두 사람의 비극적인 사랑과 그들이 주고받은 편지들은 두 사람의 관계를 주제로 삼은 방대한 문학의 원천이 되었다.

아녜스 소렐 Agnès Sorel(1422~1450). 샤를 7세의 애첩으로, 왕비를 대신해서 궁정을 주도하는 역할을 하기도 했다.

페로니에르 16세기 프랑수아 1세의 정부 가운데 한 명으로 알려져 있다.

클레망스 이조르 Clémence Isaure. 툴루즈의 문학제 설립에 기여했다고 알려져 있는 전설적인 중세 인물로, 그녀가 남긴 유산 덕분에 15세기 초에 툴루즈시는 훌륭한 시인들에게 매년 금과 은으로 된 꽃을 수여했다고 한다.

성왕 루이 루이 9세(1214~1270)를 말하며, 프랑스 역사상 가장 이상적인 국왕으로 생전에 이미 '살아 있는 성인'으로 불렸다. 그는 떡갈나무 밑에서 친지들과 함께 카펫에 앉아 재판을 했다고 한다.

베야르 Pierre Terrail de Bayard(1475~1524). 많은 전투에 참가해 용맹을 떨친 인물로, '두려움 없고 나무랄 데 없는 기사'라는 별칭으로 알려져 왔다.

63　**성 바르톨로메오 대학살**　1572년 8월 23~24일(성 바르톨로메오의 축일) 밤에 로마 가톨릭교회 추종자들이 개신교 신도들을 학살한 사건.

　　베아른 사람　앙리 4세를 가리키는 별명. 베아른은 피레네산맥 북서쪽에 자리 잡은 지역인데, 앙리 4세가 이곳 출신이었다.

65　**자우르**　터키인들이 신을 믿지 않는 사람, 특히 기독교인을 가리키는 단어.

81　**몇몇 부인이 잔 속에 장갑을 넣지**　정숙한 부인들은 만찬 동안 아무것도 마시지 않아야 했으므로 식사 시중을 드는 하인에게 포도주를 따르지 말라는 뜻으로 자신의 잔에 장갑을 넣는 풍습이 있었다. 그런데 귀족 사회 부인들이 이 절제의 규율에 복종하지 않는 것을 에마가 눈여겨보고 있는 것이다.

90　**측대보**　한 쪽 앞다리와 같은 쪽 뒷다리가 같은 방향으로 동시에 움직이는 걸음.

116　**샌드위치제도**　하와이의 옛 이름.

117　**갈리아 수탉**　프랑스의 비공식적인 상징.

　　벵골 불꽃　신호용이나 조명용으로 사용되는 선명한 청백색의 지속성 불꽃을 말하는데, 이 불꽃의 성분인 질산나트륨의 주요 공급원이 벵골이었기 때문에 벵골 불꽃이라는 이름이 붙은 것으로 추정된다.

124　**사부아 보좌 신부의 신앙 고백**　루소의 『에밀』에 나오는 것으로, 순수한 자연 종교에 대한 루소의 생각이 담겨 있다. 보좌 신부의 입을 통해 루소는 신을 세계 도처에서뿐만 아니라 그의 내부에서 느낀다고 말한다.

129　**열씨**　온도 단위의 하나. 얼음의 녹는점을 0℃, 물의 끓는점을 80℃로 하는 단위다. 1730년에 프랑스의 레오뮈르가 정했으나, 지금은 거의 사용하지 않는다.

138　**혁명력 11년 풍월**　풍월은 프랑스 공화력의 제6월로 해마다 날짜가

약간씩 달라지는데, 혁명력 11년의 경우에는 2월 20일부터 3월 21일까지에 해당한다.

142 **마들렌** 죄지은 여인으로 예수 앞에 참회하고 회개해 성녀가 된 막달라 마리아를 가리키는 프랑스식 이름.

아탈리 『아탈리』는 17세기 프랑스 극작가 라신(Racine)의 비극 작품이다.

146 **『마티외 랑스베르그』** 17세기부터 매년 발행되던 연감으로 다양한 정보가 수록되어 있었다.

177 **몽 리부데** 몽 리부데(Mon Riboudet)는 '나의 리부데'라는 뜻이지만, 같은 발음의 Mont Riboudet는 '리부데산'을 뜻한다.

183 **카리브족이나 보토쿠도족** 카리브족은 남아메리카 동북부와 소앤틸리스제도에 사는 인디언의 한 부족이고, 보토쿠도족은 브라질 동부에 사는 아메리카 인디언의 한 종족이다.

191 **에그노그** 우유를 기반으로 한 음료로 크림, 설탕, 계란, 분말 계피 등으로 맛을 낸다. 럼, 브랜디, 위스키 같은 다양한 알코올을 첨가하기도 한다.

230 **킨키나투스** Lucius Quinctius Cincinnatus(B.C. 519 ~ B.C. 430). 기원전 5세기 로마의 집정관. 그는 위기에 처한 국가를 구해 달라는 공화정의 요청에 기꺼이 나섰지만 소임을 마치면 곧바로 고향으로 돌아가 농사를 지으며 평범하게 살았다고 한다.

239 **로욜라** Ignatius de Loyola(1491~1556). 로마 가톨릭교회의 사제이자 신학자로서 예수회 창립자이기도 하다.

273 **켈수스** Aulus Cornelius Celsus(약 B.C. 25~A.D. 50). 로마의 가장 위대한 의학 저술가.

297 **클래런스 공작** George Plantagenet(1449~1478). 제1대 클래런스 공작으로 잉글랜드 에드워드 4세의 동생이자 리처드 3세의 형이다. 에드워드 4세에게 반역 혐의로 고소되어 사형을 선고받았는데, 본인의 마지막 소원에 의해 당시 인기 있던 달콤한 포도주인

맘지 와인 통에 잠겨 익사한 것으로 알려져 있다.

305 **제노바** 이탈리아 북서부의 항구 도시.

313 **만치닐나무** 플로리다, 카리브해, 바하마 등지에서 자생하는 나무로, 독성이 강해 '세상에서 가장 위험한 나무'로 기네스북에 등재되어 있으며 죽음의 나무라고 일컬어진다.

330 **메스트르** Joseph de Maistre(1753~1821). 프랑스 반계몽주의 대표적 사상가이자 저술가로, 유럽 보수주의에 중요한 역할을 한 것으로 평가된다. 그는 기독교에 대한 합리주의적 거부가 프랑스 혁명이라는 혼란을 초래했다고 논하며 과학의 진보와 프랜시스 베이컨, 볼테르, 장 자크 루소, 존 로크와 같은 철학자들의 자유주의적 신념 및 경험주의적 방법에 반대했다.

343 **카바티나** 아리아보다 짧은 독창곡.

345 **스트레타** 둔주곡의 화려한 종결부.

346 **레시터티브** 오페라나 종교극 따위에서, 대사를 말하듯이 노래하는 형식.

365 『**넬 탑**』 19세기 프랑스의 소설가 알렉상드르 뒤마의 희곡 작품으로 큰 인기를 끌었다.

384 **다모클레스의 칼** 다모클레스는 기원전 4세기 시라쿠사의 참주(僭主) 디오니시오스 2세의 측근이었던 인물이다. 어느 날 디오니시오스는 다모클레스를 연회에 초대해 한 올의 말총에 매달린 칼 아래에 앉혔다. 참주의 권좌가 '언제 떨어져 내릴지 모르는 칼 밑에 있는 것처럼 항상 위기와 불안 속에 유지되고 있다'는 것을 가르쳐 주기 위해서였다. 이 일화는 로마의 명연설가 키케로가 인용해 유명해졌고, 위기일발 상황을 강조할 때 '다모클레스의 칼'이라는 말이 속담처럼 사용되었다.

434 **퀴자스와 바르톨루스** 퀴자스는 16세기 프랑스 법률가이고 바르톨루스는 14세기 이탈리아 법률가다.

461 **리야르** 수(sou)의 4분의 1.

463　**스퇴방**　Charles de Steuben(1788~1856). 프랑스의 화가.

　　쇼팽　Henri Frédéric Schopin(1804~1880). 프랑스의 화가. 보디발은 창세기에 나오는 애굽의 고관으로, 그의 아내가 요셉을 유혹했다.

480　**불**　André-Charles Boulle(1642~1732). 프랑스의 고급 가구 제조인으로, 당대 처음으로 가구에 금박 청동을 박아 넣는 기법을 사용했다.

492　**비샤**　Marie François Xavier Bichat(1771~1802). 프랑스의 해부학자 및 생리학자로, 조직이라는 의학적 개념을 최초로 세운 사람이다.

497　**상스**　피를 뜻하는 'sang[sã]'과 지각 혹은 센스를 뜻하는 'sens[sã:s]'가 음이 같은 것을 이용한 언어적 유희다. 즉 오메의 뻔뻔하고 센스 없는 성격을 풍자한 것이다.

사실주의 담장 너머 피어난 예술의 꽃, 『마담 보바리』[1]

진인혜(목원대학교 글로벌커뮤니케이션학부 조교수)

    19세기 프랑스 소설가 귀스타브 플로베르(Gustave Flaubert)는 우리에게 사실주의 문학의 대표적인 작가로 알려져 있지만, 사실 그의 작품 세계는 간단히 하나의 계열로 분류하기 매우 어려울 만큼 다양하고 풍부한 성격을 보여 준다. 그는 소재나 표현 양식에서 항상 새롭고 독창적인 시도를 하기 위해 끊임없이 노력한 작가이기 때문이다. 수많은 초기 작품을 제외하고 주요 작품만 놓고 보더라도, 예술가적인 신화의 성격을 드러내는 『성 앙투안의 유혹(*La Tentation de Saint Antoine*)』과 『살람보(*Salammbô*)』, 인물의 감정이나 사고가 형성되는 과정을 치밀하게 그린 『감정교육(*L'Éducation sentimentale*)』과 『마담 보바리(*Madame Bovary*)』, 50년간 창작 활동의 최후를 장식

---

1 본 해설은 『시현실』 2006년 봄호(통권 27호)에 발표했던 글을 수정, 보완한 것이다.

하는 우화적 성격의 『부바르와 페퀴셰(*Bouvard et Pécuchet*)』와 『통상 관념 사전(*Dictionnaire des idées reçues*)』, 그리고 당대 비평가가 "천재성이 드러난 세 편의 걸작"이라고 칭송해 마지않았던 유일한 단편집 『세 가지 이야기(*Trois contes*)』 등 그 주제와 양식에서 실로 다양한 스펙트럼을 보여 준다.

이와 같이 풍부한 다양성을 보여 주는 플로베르의 문학 세계에서 『마담 보바리』는 플로베르라는 이름을 세상에 알린 첫 발표작이자 그를 일약 베스트셀러 작가의 반열에 올려놓은 출세작이다. 그것은 물론 『마담 보바리』가 "대중적이고 종교적인 도덕과 미풍양속에 대한 위반"이라는 죄목으로 법정에 섰다가 무죄 판결을 받음으로써 세간의 이목을 끌었기 때문이다. 하지만 『마담 보바리』의 위상은 그러한 세속적 호기심의 대상으로 그치는 것이 결코 아니다. 이 작품은 플로베르를 초기의 낭만적 경향에서 벗어나 새로운 단계로 접어들게 한 문학적 변환점이라는 중요한 의미도 지니고 있다. 사실 플로베르는 낭만주의 시대에 성장해 낭만주의의 영향을 받지 않을 수 없었다. 실제로 플로베르에게는 낭만주의적 기질이 농후해 초기에 집필한 문학적 소품을 비롯해 『마담 보바리』 이전 작품들에서는 에로티시즘, 죽음, 타락과 같은 낭만주의적 특징이 주를 이루며 작가의 개입과 감정의 격함이 많이 드러나는 것을 볼 수 있다. 1849년에 첫 번째 『성 앙투안의 유혹』(『성 앙투안의 유혹』은 세 개의 원고가 있는데 플로베르 생전에는 마지막 원고만 발표되었다)을 친구들 앞에서 낭독한 뒤 불구덩이에 던져 버리라는 혹평을 들었던 것도 바로 그 때문이었다. 원래부터 주제가 모호한데, 플로베르의 감상적이고 서정적인 경향이 그 주제를 더 모호하게 만들었다는 것이다. 친구들은 플로베르가 낭만주의에 빠지지 않도록 막는 것이 자신들의 임무라 생각했고, 서정적으로 다룰 수 없는 주제, 즉 부르주아의 삶 속에 흔히 나타나는 작은 사건과 같은 세속적인 주제를 골라야 한다고 충고했다.

당시 간통을 저지른 의사의 아내가 빚에 쫓겨 음독 자살함으로써 노르망디 지방을 떠들썩하게 했던 들라마르 사건을 소재로 플로베르가 『마담 보바리』를 쓰게 된 것은 이러한 상황에서였다. 그는 1851년 9월 집필을 시작해 1856년 3월에 완성하는데, 4년 반이라는 짧지 않은 집필 기간은 『마담 보바리』가 단순히 들라마르 사건을 그대로 문자화한 것이 아님을 입증해 준다. 플로베르는 아주 평범하고 세세한 부분을 주의 깊게 관찰하면서 다른 한편으로는 거의 읽을 수 없을 정도로 다시 쓰고 고치는 고된 작업을 4년 반 동안 계속했다. 그는 맹렬한 기세로 그 힘든 곡예를 계속해 나가는 자기 자신을 "배에 상처를 입히는 거친 속옷을 사랑하는 고행자"에 비유했다. 그 고행의 결실로 마침내 플로베르는 개인적 감상이 지나치게 드러나는 서정성을 극복했고, 『마담 보바리』는 오늘날 프랑스 문학, 더 나아가 세계 문학의 걸작이 된 것이다.

1. 문체 속에 구현된 현실

1857년 『마담 보바리』가 책방에 선보인 직후, 당시 프랑스에서 가장 존경받던 비평가 생트뵈브(Sainte-Beuve)는 "과학, 관찰 정신, 강하고 다소 냉혹한 특성"으로 인해 새로운 문학을 예고한 작품이라고 평하면서 플로베르는 마치 의사인 형과 부친이 메스를 잡듯 펜을 잡았다고 비유한다. 바야흐로 『마담 보바리』가 사실주의의 대표작으로 자리매김되는 순간이었다. 그러나 정작 플로베르는 사실주의 작가로 평가받기를 끊임없이 거부하며, 오히려 사실주의에 대한 증오로 『마담 보바리』를 썼다고 토로한다.

사실주의에 대한 플로베르의 거부는 특정한 유파에 소속되기를 싫어하는 그의 자유로운 기질에서 비롯된 것이기도 하지만, 근본적으로는 예술적인 차원에서 이루어진 것이다. 그는 당시 대두하던 사실주의의 편협함과 결점을 잘 알고 있었기 때문이다. 19세기 중반 프랑스의 정치적 격변 와중에 생겨난 사실주의는 예술보다 정치적인 요구에 더 부합하는 듯 보였고, 서민 계급과 그들의 삶을 대변하는 사회적이고 대중적인 관찰의 문학을 원했다. 그리하여 사실주의 문학운동에 앞장섰던 1850년대 당시 사실주의자들은 제2제정하에서 권력을 장악한 부르주아의 가치를 거부하는 것만 염두에 두었을 뿐, 예술적인 미는 부차적인 것에 불과하다고 여겼다. 그들은 학자와 같은 태도로 정확하게 사물을 관찰하는 것과 단지 무작위로 사물을 생경하게 기록하는 것을 잘 구별하지 못해, 개인적인 문체나 예술성은 무시하고 현실을 기록하는 것으로 만족했다.

반면 플로베르는 학자와 같은 태도로 정확하게 사물을 관찰하려 했지만, 예술성이 부재하는 당시 사실주의자들의 생경한 기록에는 비난을 서슴지 않았다. 사실주의자들을 괴롭히기 위해『마담 보바리』를 썼으며 세상을 있는 그대로 묘사하면서도 위대한 문장가일 수 있다는 것을 증명해 보이고 싶었다는 플로베르의 말은 바로 그런 맥락에서 나온 것이다. 당시 사실주의자들의 작품에서 문체의 조잡함을 발견하고 보잘것없는 통속적인 주제가 아름다운 언어로 쓰일 수 있다는 것을 보여 주고 싶었던 것이다. 즉 플로베르가 가장 중요시한 것은 미(美)였고, 현실은 예술적 미를 창조하기 위한 도약판이었다.

하지만 플로베르는 묘사된 상황이 심리적이고 사회적인 총체를 표현하는 진실이어야 한다는 것도 알고 있었다. 즉 허구 속에 구성된 총체적인 특징들이 현실에 의해 보증되어야 하고, 작가의 펜에 의해 구체적인 형상을 띠고 나타남으로써 독자가 허구를 거의 실제처럼 느낄 수 있어야 한다. 플로베르가 마치 진리를 탐구하는 과학자처럼 관찰과 철저한 자료 수집이라는 객관적인 집필 태도를 취한 것은 결국 작품 속에 파괴될 수 없는 견고한 현실을 구현하기 위해서였다. 과장되고 거짓된 표현은 독자에게 신뢰를 줄 수 없고 객관적 진리에 바탕을 둔 것이어야만 현실처럼 느끼게 할 수 있다고 생각한 것이다. 그런 까닭에 플로베르는 안짱다리를 수술하는 단 한 장면(2부 11장)을 위해서도 수많은 의학 서적에 몰두했고, 에마의 죽음을 묘사하기 위해 루앙 시립 병원에서 시체를 관찰하기도 했다. 그런 집필 태도는 분명 플로베르를 사실주의 작가로 평가하는 데 기여했지만, 현실의 단편을 단지 기록하는 것으로 그쳤다면 플로베르는 당시 사실주의 작가들처럼 잊히고 말았을 것이다.

플로베르는 예술적 미를 추구하기 위해 잘 쓰려 노력했고, 자신이 추구하는 목표는 "잘 쓰는 것"이라는 점을 여러 번 공표하기도 했다. 4년 반에 걸친 『마담 보바리』의 집필 과정이 처음부터 문체에 대한 어려움에 부딪혀야 했던 것은 당연한 일인지도 모른다. 지극히 평범한 이야기를 가지고 잘 쓰기란 정말 어렵기 때문이다. 유사음이나 단어의 반복을 피하고 다양한 문장 구조를 만들어 내기 위해 플로베르는 끝없는 삭제와 고쳐쓰기를 거듭하며 산문에 시적인 리듬을 부여하고자 했다. 그리하여 그는 문장 속에 단어 하나를 집어넣기가 마치 시를 쓰는 것만큼 힘들다고 하소연한다. 플로베르의 방대한 서간문에는 늘 완벽한 문체를 완성하기 위해 전념하는 그의 고뇌가 고스란히 드러나 있다. 요컨대 플로베르가 위대한 작가로, 『마담 보바리』가 위대한 고전으로 남게 된 것은 현실의 단편을 사실적으로 기록했기 때문이 아니라 견고한 현실의 모습이 뼈를 깎는 고통 속에서 다듬어진 예술적 문체로 구현되었기 때문이다.

일찍이 생트뵈브가 플로베르의 뛰어난 점은 문체에서 비롯된다고 지적했듯이, 플로베르에게 있어서 문체는 사물을 보는 절대적인 방법이었다. 그는 『마담 보바리』를 집필하던 당시,

"주제가 없는 작품, 전혀 외부와 결부되어 있지 않은 작품, 마치 지탱하는 것이 없어도 대기 중에 떠 있는 지구처럼 문체의 내적인 힘에 의해 스스로 유지될 수 있는 작품"(1852년 1월 16일, 루이즈 콜레에게 보낸 편지)을 쓰고 싶다고 피력한 바 있다. 물론 그의 말이 반드시 당시 집필 중이던 작품에 해당한다고 볼 수는 없을 것이다. 더구나 주제가 없는 작품을 꿈꾼다는 이 말은 언뜻 보아 불륜을 저지르다 빚에 몰려 음독자살한 에마의 이야기를 다룬 『마담 보바리』와 무관한 듯 보인다. 하지만 간음의 잘못을 비난하거나 그에 대한 이해와 동정을 바라는 시각에서 묘사하지 않고, 단지 낯설고 잔인한 세상에서 살아가는 한 여인을 냉철한 태도로 묘사한 『마담 보바리』에 과연 뚜렷한 주제가 있다고 할 수 있을까? 플로베르는 에마의 이야기가 도덕적인지 또는 위로가 되는지 묻는 것이 아니라 단지 사실로서 펼쳐 보이고 있을 뿐이다. 작가의 감정이나 판단을 배제한 채 수려한 문체로 현실의 단편을 객관적으로 재현한 그의 작품에는, 엄밀히 말하자면 분명한 줄거리가 있는 것이지 주제의식이 뚜렷이 드러난다고는 할 수 없지 않은가?

소설이란 줄거리만으로도 읽힐 수 있는 법이다. 하지만 『마담 보바리』를 줄거리만으로 읽는다면, 그때 독자가 포착할 수 있는 것은 지극히 통속적인 간통 사건일 뿐 작품의 참모습을 놓칠 수밖에 없다. 따라서 『마담 보바리』를 제대로 감상하려면, 작가가 그렇게도 심혈을 기울였던 예술적 문체의 효과에 주목해야 할 것이다.

2. 시점(視點)의 특이한 구도

『마담 보바리』의 독창적인 문체에서 가장 먼저 눈에 띄는 것은 많은 플로베르 연구자가 주목한 바 있는 시점의 교묘한 효과다. 『마담 보바리』의 유명한 첫 문장은 이렇게 시작된다.

우리가 자습하고 있을 때, 교장 선생님이 들어오셨다. 그리고 그 뒤를 따라 사복 차림의 한 신입생과 커다란 책상을 든 사환이 들어왔다.

여기서 신입생은 주인공 에마의 미래 남편인 샤를 보바리를 가리킨다. 즉 작품의 첫 장면에 등장하는 인물은 주인공인 에마가 아니라 샤를인데, '우리'의 시점에서 샤를이 소개되고 있다. 하지만 '우리'는 단지 눈에 보이는 대로 샤를의 우스꽝스러운 외모와 굼뜬 행동을 독자에게 소개해 주는 눈 역할을 할 뿐, 곧 작품 속에서 자취를 감춘다. 그리고 샤를의 성장 환경과 그의 첫 번째 결혼 등에 대한 서술이 이어지다가 2장에 이르러서야 드디어 에마가 등장한다. 그런데 샤를이 '우리'라는 동급생들의 시점에서 묘사된 것과 마찬가지로, 에마도 샤를의 시점에서 묘사되기 때문에 처음에는 외부로부터 관찰된 객체로서 등장할 뿐이다. 독자는 샤를의 눈으로 관찰된 푸른색 옷, 하얀 손톱, 갈색이면서도 검은 두 눈, 도톰한 입술, 풍성한 쪽 찐 머리, 장밋빛 뺨 등과 같이 에마의 모습을 조금씩 발견하게 되지만,

그녀의 내면에 대해서는 전혀 알 수 없다.

따라서 샤를의 청혼에 대해 에마가 결단을 내릴 때조차 독자는 단지 샤를의 시점에서 샤를과 함께 창의 덧문이 올려지는 신호를 초조하게 기다려야 한다. 에마가 아버지와 어떤 대화를 나누었는지, 어떤 생각으로 청혼을 받아들였는지 독자는 샤를과 마찬가지로 아무것도 알 수 없다. 이와 같은 샤를의 시점은 결혼식이 끝난 뒤 토스트에 정착하는 1부 5장에 이르러 교묘하게 에마의 시점으로 옮겨 가기 시작한다. 그리고 6장 이후부터 본격적인 에마의 시점으로 사물과 사건이 묘사되면서 그녀의 내면과 심리 상태, 환상, 권태, 고뇌 등이 세밀하게 펼쳐진다. 그러다가 에마가 음독자살한 후인 3부 9장에서, 그때까지 마치 내면이 없는 사물과도 같은 존재로 에마 주변에 머물던 샤를이 다시 소설의 전면에 등장하고 그의 시점으로 환원된다. 샤를은 마지막으로 잠시 절망하고 회상하는 주체가 되었다가 죽음으로써 소설에서 퇴장한다. 그리고 소설의 제일 마지막을 장식하는 인물은 그토록 갈망하던 레지옹 도뇌르 훈장을 받는 약사 오메다.

이와 같이 '우리→샤를→에마→샤를→오메'로 이어지는 시점의 변화는 외부로부터 출발해 차츰 중심부로 진입했다가 다시 외부로 빠져나오는 구도를 보여 주고 있다. 플로베르는 에마의 불륜과 자살이라는 중심 사건을 다루면서 그 사건과 무관한 외부의 시점에서 출발해 다시 외부의 시점에서 끝냄으로써 그 사건이 현실의 한 단편에 불과하다는 것을 보여 주고 독자가 주인공의 감정에 몰입하지 않고 거리를 두게 만든다. 플로베르가 겨냥하는 것은 타락의 길로 빠진 한 여자의 비극적인 결말을 통해 도덕성을 강조하는 것도 아니고 그녀의 비극적 운명에 대해 철저한 감정이입을 유도하려는 것도 아니기 때문이다. 그런 점에서 보면, 1857년 재판에서 플로베르의 변호를 맡은 변호사가 "악의 혐오스러움을 보여 줌으로써 덕성을 권장하는" 작품이라고 주장하며 그 도덕성을 역설한 것은 참으로 부조리한 결과를 초래한다고 하지 않을 수 없다. 결과적으로 무죄 판결을 받긴 했지만, 그와 같은 변호 내용은 아이러니하게도 오히려 작품의 가치와 의미를 폄하시킨 셈이기 때문이다.

작가는 자기 자신을 잊고 대상에 몰두할 뿐, 그 무엇에 대해서든 자기 자신의 의견을 표현할 권리가 없다는 것이 플로베르의 신조였다. 그래서 그는 흔히 과다한 감정의 분출로 나타날 수 있는 비극적 연애 사건을 다루면서도 전혀 파토스적인 색채를 부여하지 않고, 단지 객관적인 관찰자의 눈으로 인간의 모습을 관찰하고 묘사한 것이다. 그리하여 간음의 잘못을 덕성과 대조해 비난받을 감정으로 묘사한다거나 그렇게 될 수밖에 없었던 한 여인의 삶에 대해 동정을 표현하지 않고, 그저 사건과 인물에 대해 정확히 관찰하고 객관적으로 표현했을 뿐이다. 사건을 정확히 표현하는 데 성공한다면 모든 사건은 저절로 해석되는 것이며 이러한 해석이 작가 자신의 의견이나 판단을 첨가하는 것보다 더 훌륭하고 완전한 것이라고 생각했기 때문이다. 그리고 그와 같은 철저한 객관성은 감상적이거나 멜로 드라마

적인 성향을 피하고 어느 한쪽으로 치우침 없는 공정한 문체를
통해 완성된다. 『마담 보바리』에서 나타난 시점의 특이한 구도
는 바로 이와 같은 문체의 공정성을 확립시켜 주는 장치라고
볼 수 있다.

3. 장면 묘사의 특성

문체의 힘을 인식하고 문장 하나하나에 시를 쓰듯이 심혈을
기울인 플로베르는 통속적인 줄거리의 『마담 보바리』를 독특
한 문체가 빛을 발하는 탁월한 장면 묘사로 가득 채운다. 때때
로 그의 묘사에는 오감에 호소하는 사물의 이미지가 넘쳐흘러,
『마담 보바리』가 사실주의의 대표작으로 여겨지는 것이 의아
하게 생각될 정도다. 바람둥이 로돌프와 숲속에서 처음으로 통
정하는 장면(2부 9장)을 예로 들어 보자. 미풍양속을 해쳤다는
이유로 법정에 섰던 작품이라는 사실을 염두에 두고, 자극적이
고 사실적인 성적 묘사를 기대하는 독자들은 대단히 실망하게
되리라. "그녀는 온몸의 맥이 빠지고 온통 눈물에 젖은 채 긴 전
율과 함께 얼굴을 가리면서 몸을 맡겼다"라는 서술 뒤에, 저녁
어스름을 배경으로 나뭇가지 사이로 비쳐 드는 햇빛, 빛의 반
점, 순환하는 젖의 강물, 멀리서 들리는 외침 소리 등과 같이 공
감각적인 이미지가 가득한 풍경 묘사가 이어지기 때문이다. 하
지만 이런 묘사는 공허한 미사여구와 같은 기교로 이루어지는

것이 아니다. 거기에서는 인물, 자연의 삶, 육체와 같은 다양한 요소들이 완전한 동질성을 이루면서 인물과 사물 사이에 긴밀한 관계를 형성한다.

"형식과 사상은 분리 불가능한 것"(1852년 5월 15~16일, 루이즈 콜레에게 보낸 편지)이라고 생각하는 플로베르는 인물의 심리를 나타내기 위해 식상한 방법으로 사물을 손쉽게 차용하지 않고, 언어에 대한 부단한 노력을 통해 형식과 내용의 미묘하고 완전한 결합을 추구한다. 그러기 위해서 그의 묘사는 치밀한 관찰을 바탕으로 이루어진다. 이때 관찰은 피상적으로 대상을 인식하기 위한 수단이 아니라, 사물의 심층을 꿰뚫기 위한 "예술적 관찰"(1853년 6월 6일, 루이즈 콜레에게 보낸 편지)이어야 한다. 모든 사물에는 다른 사람들이 포착하지 못한 부분이 들어 있게 마련인데, 예술가는 직관에 의거한 관찰을 통해 사물의 심층에 감춰져 있는 부분을 끌어낼 수 있다는 것이다. 바로 그때, 사물과 인물, 형식과 내용 사이에 불가분의 긴밀한 관계가 수립될 수 있다고 플로베르는 생각했다. 이렇게 해서 그는 매우 사실적인 동시에 풍부한 예술적 효과를 함축한 세부 묘사를 해낼 수 있었다.

『마담 보바리』의 유명한 장면들은 로돌프와의 정사 장면 외에도 진실되고 세심한 시골 묘사로 평가받는 결혼식 장면(1부 4장), 이상적 공간이 현실화된 보비에사르 무도회 장면(1부 8장), 모든 주요 인물의 상호작용과 마을 묘사가 들어 있고 에마와 레옹의 관계가 시작되는 것을 시사하는 용빌의 여관 장면(2부 2

장), 농사 공진회 장면(2부 8장), 로돌프와의 도주에 대한 꿈이 풍부한 이미지를 통해 감각적으로 묘사된 장면(2부 12장), 덧문을 내린 채 루앙 시내 곳곳을 내달리는 삯마차를 철저하게 외부의 시각으로 처리한 장면(3부 1장), 지극히 냉철하게 묘사된 에마의 죽음(3부 8장), 상투적인 어리석음의 파노라마를 연출하는 에마의 장례식 장면(3부 10장) 등 이루 헤아릴 수 없이 많다. 사실 영화의 시퀀스처럼 줄지어 이어지면서 풍부한 예술적 미와 탁월한 문체의 효과를 보여 주는 이런 장면들을 차례로 음미하는 것이 『마담 보바리』의 가장 적절한 독법이 될 것이다. 여기서 그 모든 장면을 일일이 감상할 수는 없으므로, 가장 훌륭한 장면 중 하나로 손꼽히는 농사 공진회 장면만 세심히 살펴보도록 하자.

농사 공진회 장면은 하나의 심포니와 같은 효과를 창출한 것으로 유명한데, 이는 플로베르가 처음부터 의도한 바였다. 플로베르는 "지방 도시의 축제를 자세히 묘사하는 가운데(여기에서 작품의 2차적인 인물들이 모두 등장해 말하고 행동한다), 전면에는 한 여자를 유혹하는 남자의 대화가 계속 이어지게"(1853년 7월 15일 루이즈 콜레에게 보낸 편지) 만들고자 하는 의도를 가지고 있었다. 그는 이 새로운 시도로 이루어진 장면에서 모든 것이 한꺼번에 울려 퍼지는 심포니의 효과가 나타날 수 있을 거라 믿고, 농사 공진회 장면을 세 개의 각기 다른 층으로 구성한다. 먼저 바닥에는 농부들과 동물들이 있고, 연단 위에는 연사들이 있으며, 면사무소 2층 회의실에는 이 광경을 내려다보는 에마와 로돌프가 자리 잡고 있다. 그리고 이들의 이질적이고 상반되는 이야기들이 중첩되면서 묘한 조화를 이룬다. 요컨대 소들의 울부짖음과 농부들의 웅성거림, 연단 위의 행정적인 말, 사랑의 한숨이 모두 한꺼번에 울리며 마치 심포니와도 같은 효과를 초래하는 것이다. 플로베르는 그런 효과를 만들어 내기 위해 농사 공진회 연설 장면을 무려 일곱 번이나 처음부터 끝까지 다시 썼다고 한다. 2부 8장 전체가 농사 공진회를 다루지만, 그중에서도 특히 문제의 연설 장면은 장장 열다섯 쪽(원서로)에 걸쳐 길게 묘사된다.

처음에는 연사의 연설과 로돌프-에마의 대화가 열 줄 넘는 큰 블록으로 서로 교차하며 이어진다. 그리고 그 내용의 이질성으로 인해 서로의 리듬을 방해하는 듯한 인상을 준다. 연사의 연설 내용은 로돌프와 에마의 대화로 인해 끊어지고, 두 남녀의 대화 역시 전혀 무관한 내용의 연설이 끼어듦으로써 독자에게 계속 단절감을 주기 때문이다. 그 때문에 로돌프의 유혹은 아주 느린 템포로 시작된다. 로돌프의 사랑의 술책은 길게 서술되는 연사의 연설을 건너뛰어야 계속될 수 있기 때문이다. 그로 인해 로돌프의 유혹의 말이 쉽사리 에마의 마음을 뒤흔들지 못한 탓일까, 에마의 손 위에 로돌프가 손을 올려놓자 "에마는 자기 손을 뺐다".

하지만 어느 틈엔가 이질적인 내용의 두 이야기는 서로 영향을 미치며 연결고리를 형성하기 시작한다. 이를테면 연사가 "법을 준수하고 의무를 이행"하는 것을 운운하자, 로돌프는 바로 그 말을 받아 의무와 도덕의 편협함과 상투성을 힐난하며 에마의 정열을 자극하는 것이다. 또한 "계속하십시오! 끈기 있게 지속하십시오!"라는 연사의 구호는 마치 에마를 유혹하는 로돌프의 행동을 부추기는 듯이 작용한다. 그리하여 마침내 로돌프가 다시 에마의 손을 잡자, "그녀는 손을 빼지 않았다". 그리고 큰 블록으로 교차되던 상이한 두 종류의 언술은 빠른 템포로 교차하며 클라이맥스로 치닫는다.

"저는 백 번도 더 가려고 했습니다. 그런데 당신을 따라왔고 이렇게 남은 것입니다."

〈퇴비 상.〉

"오늘 저녁도, 내일도, 다른 날도, 아니 평생 이대로 있을 수 있다면 얼마나 좋을까요!"

〈아르게유의 카롱 씨에게 금메달!〉

"어떤 사람과 함께해도 이토록 완벽한 매혹을 느껴 본 적은 없었으니까요."

〈지브리생마르탱의 뱅 씨!〉

"그래서 저는 당신의 추억을 가져갈 것입니다."

〈메리노 숫양 상에는…….〉

"하지만 당신은 저를 잊으시겠지요. 저라는 존재는 그림자처럼 지나가 버리고 말 테지요."

〈노트르담의 블로 씨…….〉

"오! 아니에요. 제가 당신의 마음속에서, 당신의 삶에서 뭔가가 될 수 있을까요?"

〈돼지 부문, 공동 수상. 르에리세 씨와 퀼랑부르 씨, 60프랑!〉

위의 인용문에서 볼 수 있듯이, 빠르게 교차되며 이어지는 두 종류의 언술에서는 더 이상 내용상의 이질성이 문제 되지 않는다. 마치 악기들이 제각각 서로 다른 음을 내면서도 전체적으로 화음을 이루는 심포니처럼, 서로의 템포를 자극하는 가운데 커다란 조화를 이루기 때문이다. 짐승들의 울음소리와 청중의 웅성거림을 배경음으로 연주되는 '사랑의 언술'과 '행정적인 언술'의 이중주가 들리는 듯하지 않은가? 바람둥이 남자가 뻔한 미사여구로 여자를 유혹하는 흔하디흔한 통속적 장면을 플로베르는 탁월한 문체의 힘을 통해 멋진 교향악으로 승화시킨 것이다.

4. '지금-여기'에서 '다른 시간-다른 곳'으로

『마담 보바리』가 소송 사건에 휘말리면서 도대체 프랑스에 그렇게 부도덕한 여자가 어디 있느냐는 비난을 받았다고 하지만, 실제로는 비록 행동으로 옮기지는 못하더라도 그런 심리에 공감하는 여자가 많았던 모양이다. 『마담 보바리』를 "자연스럽고 진실된 걸작품"이라고 평하면서, "가엾은 보바리 부인의 슬픔과 권태와 비참함을 너무나 잘 이해할 수 있었다"(1856년

12월 18일 르루아이예 드 샹트피 양이 플로베르에게 보낸 편지)는 편지를 플로베르가 받게 되니 말이다. 사실 인습과 의무에 얽매인 단조로운 삶에 권태를 느끼고 거기서 벗어나 다른 삶을 욕망하는 것은 비단 여자들에게만 국한된 일이 아닐 것이다. 여자든 남자든 사람은 누구나 그런 심리를 마음속에 품고 있게 마련이다. 에마의 이야기가 보바리즘(bovarysme)이라는 유명한 일반 명사를 탄생시킨 것도 인간에게 근본적으로 그러한 심리가 잠재되어 있음을 시사해 주는 것 아니겠는가?

　보바리즘이란 무엇인가? 프랑스의 비평가 쥘 드 고티에(Jules de Gautier)는 보바리즘을 "스스로를 있는 그대로의 자신과 다르게 생각하는 성향"이라고 정의 내린다. 이런 성향은 이상과 환상으로 채색된 색안경을 끼고 현실을 바라보며 현실을 변형시킨다. 즉 현실의 시공간을 인정하지 않고 다른 시공간을 꿈꾸는 것이다. 그러므로 에마의 현재는 비어 있으며, 그녀의 시간은 언제나 과거와 미래로 향한다. "그 시절은 얼마나 행복했던가! 얼마나 자유로웠던가! 얼마나 희망에 차 있었던가! 얼마나 풍부한 환상에 젖어 있었던가!"라고 과거로 도피하며, 추억에 병적으로 집착한다. 이때 추억은 단지 과거의 사실에 대한 단순한 기억이 아니라, 현재의 모태가 되는 과거를 기억함으로써 현재와 결합해 새로운 것을 만들어 낸다. 예를 들면 에마는 레옹이라는 현재를 통해 보비에사르 무도회의 자작의 모습을 보는데, 그 과거에 대한 추억에 의해 레옹의 의미는 실체보다 더 풍부해진다. 마찬가지로 농사 공진회에서 로돌프가 에마를 유혹할 때도 그녀의 머릿속에서는 자작의 추억과 레옹의 추억이 뒤섞인다. 즉 에마는 로돌프 앞에서 로돌프라는 한 개인을 보는 것이 아니라 과거 연인들의 통합체를 보는 것이다. 결국 에마가 사랑한 것은 레옹이나 로돌프라는 현재의 남성이 아니라, 그녀가 이상화시킨 환상적 존재였던 셈이다. 또한 현재를 끊임없이 거부하는 에마는 비현실적인 미래에 대한 열에 들뜬 몽상에 빠지기도 한다.

> 달리는 네 마리 말에 이끌려 그녀는 1주일 전부터 미지의 고장을 향해 가고 있었다. 그들은 거기서 다시 돌아오지 않을 것이다. (⋯) 그들은 바닷가의 만 안쪽, 종려나무 그늘이 드리워진 평평한 지붕의 야트막한 집에서 살 것이다. 그리고 곤돌라를 타고 돌아다니고, 그물침대에 누워 흔들릴 것이다. 그들의 생활은 그들의 비단옷처럼 안락하고 넉넉하며, 그들이 바라보는 정겨운 밤처럼 아주 따사롭고 별빛으로 빛나리라. (2부 12장)

지면의 제약 때문에 길게 인용하지 못하지만, 미래의 다른 곳을 향해 펼쳐지는 에마의 몽상은 한 페이지 넘게 이어지며 강렬한 환각으로 나타난다. 이 인용문에서는 에마가 꿈꾸는 미래의 다른 곳이 미지의 장소로 설정되어 있지만, 에마는 종종 파리와 같은 구체적인 공간에 대한 몽상에 잠기면서 막연히 파리행을 꿈꾸기도 한다. 사실 베르토라는 시골 마을에서 한없는 권태를 느끼던 에마가 샤를의 청혼을 받아들인 것도 단순히 '다른 곳'에 대한 동경 때문이었다. "샤를이 베르토에 처음 왔을 때, 그녀는 더 이상 배울 것도 없고 아무것도 느낄 것이 없다고 여기며 환멸에 깊이 빠져" 있던 시기였고, 샤를이라는 낯선 남자에 의해 야기되는 다소의 흥분을 책에서 읽었던 경이로운 정열로 착각했던 것이다. 그러나 "사랑이란 요란한 천둥과 번개와 함께 갑자기 찾아오는 것"이며 "인간의 삶을 기습해 뒤죽박죽으로 만들고 인간의 의지를 마치 나뭇잎처럼 통째로 날려 버리고 마음을 송두리째 심연으로 쓸어 가는 하늘의 폭풍우 같은 것"이라고 믿고 있었던 그녀에게 조용하고 단조롭기만 한 결혼 생활은 그녀가 꿈꾸는 '다른 곳'이 될 수 없었다. 그것은 비단 샤를과 함께 신혼 생활을 시작한 토스트만이 아니었다. 이사를 해서 레옹이나 로돌프를 만날 수 있었던 용빌도, 레옹과 감격적인 재회를 한 루앙마저 결국 그녀가 꿈꾸는 '다른 곳'이 될 수는 없었다. 그녀가 설령 몽상의 대상인 파리에 가게 되었다 해도 결과는 마찬가지였을 것이다. 그녀가 꿈꾸는 '다른 곳'은 실현 불가능한 몽상으로 구축된 비현실적 공간이기 때문이다. 비록 '다른 곳'이라고 여겨졌던 대상을 찾아 거기에 이른다 하더라도, 이번에는 그 '다른 곳'이 바로 '지금-여기'가 되어 또다시 '다른 곳'을 갈망하는 악순환이 되풀이되는 것이다. 결국 에마의 보바리즘은 '지금-여기'를 거부하고 끊임없이 '다른 시간-다른 곳'을 추구하는 사이클로 이루어져 있으며, 출구 없는 그 사이클에서 빠져나올 수 있는 길은 죽음밖에 없었다.

플로베르는 이와 같은 보바리즘을 통해 19세기 초반 프랑스를 물들였던 낭만주의를 냉철하게 해부했다는 평가를 받고 있지만, 그것은 단지 특정한 시대의 과다한 낭만주의에 대한 해부만은 아니다. "마담 보바리는 바로 나 자신이다"라는 플로베르의 말을 확대시켜 본다면, 정도의 차이는 있을지언정 현대를 살아가는 우리 모두가 또한 마담 보바리이기 때문이다. 현대의 독자에게 『마담 보바리』가 여전히 읽힐 수 있는 것도, 또한 보바리즘이라는 용어가 사어(死語)가 되지 않고 여전히 생생한 의미를 지닐 수 있는 것도 그 때문이리라.

판본 소개

『마담 보바리(*Madame Bovary*)』는 처음에 잡지『르뷔 드 파리(*Revue de Paris*)』에 1856년 10월 1일부터 12월 15일까지 총 6회에 걸쳐 연재되었다. 연재가 진행됨에 따라 당시 제2제정 당국은 연재를 취소하거나 텍스트를 수정하라는 경고를 편집자에게 보냈고, 이로 인해 5회의 삯마차 장면과 6회의 몇몇 장면이 삭제되거나 수정되었다. 그러나 결국 1857년 1월 29일 플로베르는 대중적이고 종교적인 도덕과 미풍양속을 해쳤다는 이유로 잡지의 편집자와 함께 기소된다. 그리고 2월에 무죄 판결을 받은 뒤, 4월에는 미셸 레비(Michel Lévy) 출판사에서 삭제되었던 부분들을 복원시켜 두 권의 책으로 출판해 큰 성공을 거두었다. 1858년, 1862년, 1869년에 각각 수정판이 동일한 출판사에서 나왔으나, 미셸 레비와의 불화로 인해 플로베르는 1873년에 샤르팡티에(Charpentier) 출판사로 옮겨 소위 최종 결정판『마담 보바리』를 출판했다.

플로베르 사후, 알베르 쿠앙탱(Albert Quantin), 알퐁스 르메르(Alphonse Lemerre), 루이 코나르(Louis Conard) 등을 비롯한 많은 출판사에서 전집을 출판했다. 1936년에는 갈리마르(Gallimard) 출판사의 플레이아드 총서(Bibliothèque de la Pléiade)에서 알베르 티보데(Albert Thibaudet)와 르네 뒤메닐(René Dumesnil)이 편집하고 주석을 달아 플로베르의 주요 작품들이 두 권의 작품집으로 출판되었다. 본 번역본은 1951년에 나온 이 총서의 '작품집(OEuvres) 1'에 수록된 『마담 보바리』를 대본으로 삼은 것이다.

현재 플레이아드 총서는 2001년 플로베르의 초기 작품집이 새로이 출판된 후 새로운 판본으로 정비되어 총 3권의 작품집과 총 5권의 서간집으로 구성되어 있다. 새로운 판본에서는 『마담 보바리』가 '작품집(Œuvres complètes) 3'에 수록되어 있다.

귀스타브 플로베르 연보

1821 12월 12일, 부친이 수석 외과 의사로 근무하는 루앙 시립 병원에서
      출생.

1832 루앙 중·고등학교 콜레주 루아얄에 입학.

1834 콜레주 루아얄에 다니는 동안, 손으로 쓴 잡지 『예술과 진보(Art et
      Progrès)』편찬.

1836 여름에 트루빌 해변에서 슐레쟁제 부인을 만남. 그 후 슐레쟁제 부
      인은 평생 흠모의 대상이 됨.

1837 루앙 문예신문「르 콜리브리(Le Colibri)」에 처음으로 글을 발표함.
      2월과 3월에 각각「장서벽(Bibliomanie)」과「박물학 강의(Une
      leçon d'histoire naturelle)」라는 글을 발표.

1838 「고뇌(Agonies)」를 쓰고,「광인의 회상(Mémoires d'un fou)」을
      완성.

1839 「스마르(Smarh)」,「마튀랭 박사의 장례식(Les Funérailles du
      Docteur Mathurin)」등을 씀.

1840 대학 입학 자격 시험에 합격하고 피레네산맥과 코르시카 여행.

1841~1843 파리에서 법과 대학에 등록하지만 흥미와 열성을 갖지 못한
      채 법학을 공부함.「11월(Novembre)」을 쓰고(1842), 『감정교육
      (L'Éducation sentimentale)』제1고에 착수(1843).

1844   1월에 신경 발작을 일으켜 학업을 중단하고 루앙 교외의 크루아세에서 본격적인 창작 활동 시작.

1845   『감정교육』 제1고를 탈고하지만, 이 작품은 플로베르가 죽은 지 30년이 지나서야 발표.

1846   1월, 부친 사망. 2월에 누이동생 카롤린이 자기와 같은 이름의 딸을 낳고 3월에 사망해 플로베르의 어머니와 플로베르는 카롤린의 딸을 키우게 됨(플로베르는 편지에서 조카딸을 카로, 혹은 루루라고도 부른다). 7월, 프라디에 집에서 루이즈 콜레를 만난 후 그녀와의 관계 시작.

1847   막심 뒤캉과 함께 브르타뉴와 노르망디 지방 여행.

1848   2월, 파리에서 2월 혁명 현장을 목격함. 3월, 크루아세에서 루이즈 콜레에게 결별 편지를 보냄. 5월, 『성 앙투안의 유혹(La Tentation de Saint Antoine)』 제1고에 착수.

1849   9월, 『성 앙투안의 유혹』 제1고를 플로베르의 낭독으로 들은 부이예와 뒤캉은 실패작이라고 단언하며 불구덩이에 던지라고 함.

1849~1851   막심 뒤캉과 함께 동방 여행.

1851   7월, 루이즈 콜레와의 관계가 다시 시작됨. 9월, 『마담 보바리(Madame Bovary)』 집필에 착수. 12월, 나폴레옹 쿠데타 목격.

1854   10월, 루이즈 콜레와 완전히 결별.

1856   4월 30일, 『마담 보바리』를 탈고해 뒤캉의 잡지 『르뷔 드 파리(Revue de Paris)』에 발표(몇 군데 삭제된 채 10월 1일부터 연재). 『성 앙투안의 유혹』 제2고를 집필해 12월에 고티에의 잡지 『라르티스트(L'Artiste)』에 부분적으로 발표.

1857   1월 29일, 『마담 보바리』가 대중적이고 종교적인 도덕과 미풍양속을 해쳤다는 이유로 작가 플로베르와 『르뷔 드 파리』의 편집자가 기소되지만 2월 7일 무죄 판결을 받음. 4월, 『마담 보바리』가 미셸 레비 출판서에서 책으로 출판되어 큰 성공을 거둠. 9월 1일, 『살람보(Salammbô)』 집필에 착수.

1858	4~6월,『살람보』를 위해 튀니지와 알제리 여행.
1859	루이즈 콜레가 옛 애인 플로베르를 공격하는『그 남자(*Lui*)』를 발표.
1862	4월에『살람보』를 탈고해 11월에 발표. 이 작품은 많은 논란의 대상이 되지만 곧 성공을 거둠. 루이 부이예, 도스무아 공작과 함께 요정극『마음의 성(*le Château des cœurs*)』을 쓰기 시작.
1863	조르주 상드와 서신 왕래를 시작. 마니의 저녁 모임에서 투르게네프를 만남. 12월,『마음의 성』집필을 끝냄.
1864	조카딸 결혼. 9월 1일,『감정교육』을 쓰기 시작.
1866	8월 15일, 레지옹 도뇌르 수훈자로 선정. 조르주 상드가 크루아세 방문.
1869	5월에『감정교육』을 탈고해 11월에 발표하지만, 대중과 언론으로부터 혹평을 받음.
1870	보불 전쟁이 발발해 크루아세가 프러시아 군대에 점거됨.
1871	1월 휴전. 5월 모리스 슐레젱제가 죽었다는 소식을 듣고, 11월에는 슐레젱제 부인이 크루아세를 방문.
1872	4월 모친 사망.『성 앙투안의 유혹』(결정고)을 탈고. 20여 년 전부터 생각해 오던『부바르와 페퀴셰(*Bouvard et Pécuchet*)』준비 작업에 본격적으로 착수.
1874	보드빌에서「후보자(Le Candidat)」가 공연되나 4회 공연을 끝으로 처절하게 실패. 4월,『성 앙투안의 유혹』발표.
1875	조카딸 카롤린의 파산을 막기 위해 재산을 양도. 9월,「구호수도사 성 쥘리앵의 전설(La Légende de Saint-Julien l'Hospitalier)」을 쓰기 시작.
1876	1월에「구호수도사 성 쥘리앵의 전설」을 탈고하고,「순박한 마음(Un Cœur simple)」을 쓰기 시작. 3월, 루이즈 콜레 사망. 6월, 매우 두터운 친분 관계를 맺어 오던 조르주 상드 사망. 8월에「순박한 마음」을 끝내고 11월에는「헤로디아(Hérodias)」를 쓰기 시작.

1877 2월에「헤로디아」를 끝내고, 4월에는 세 단편을『세 가지 이야기 (*Trois contes*)』로 묶어서 출판. 6월, 1875년 이후 중단되었던『부바르와 페퀴셰』를 다시 시작.

1880 5월 8일, 파리 여행을 준비하던 중 크루아세에서 뇌출혈로 쓰러짐. 11일 루앙에 묻힘.

1881 3월, 미완의『부바르와 페퀴셰』가 책으로 출판.

새롭게 을유세계문학전집을 펴내며

을유문화사는 이미 지난 1959년부터 국내 최초로 세계문학전집을 출간한 바 있습니다. 이번에 을유세계문학전집을 완전히 새롭게 마련하게 된 것은 우리가 직면한 문화적 상황에 적극적으로 대응하기 위해서입니다. 새로운 을유세계문학전집은 세계문학의 역할이 그 어느 때보다 중요해졌다는 인식에서 출발했습니다. 오늘날 세계에서 타자에 대한 이해는 우리의 안전과 행복에 직결되고 있습니다. 세계문학은 지구상의 다양한 문화들이 평등하게 소통하고, 이질적인 구성원들이 평화롭게 공존할 수 있는 문화적인 힘을 길러 줍니다.

을유세계문학전집은 세계문학을 통해 우리가 이런 힘을 길러 나가야 한다는 믿음으로 만들어졌습니다. 지난 5년간 이를 준비하기 위해 많은 노력을 기울였습니다. 세계 각국의 다양한 삶의 방식과 문화적 성취가 살아 있는 작품들, 새로운 번역이 필요한 고전들과 새롭게 소개해야 할 우리 시대의 작품들을 선정했습니다. 우리나라 최고의 역자들이 이들 작품 속 한 문장 한 문장의 숨결을 생생히 전하기 위해 심혈을 기울였습니다. 또한 역자들은 단순히 번역만 한 것이 아니라 다른 작품의 번역을 꼼꼼히 검토해 주었습니다. 을유세계문학전집은 번역된 작품 하나하나가 정본(定本)으로 인정받고 대우받을 수 있도록 최선을 다했습니다. 세계문학이 여러 경계를 넘어 우리 사회 안에서 주어진 소임을 하게 되기를 바라며 을유세계문학전집을 내놓습니다.

을유세계문학전집 편집위원단(가나다 순)
김월회(서울대 중문과 교수)
김헌(서울대 인문학연구원 교수)
박종소(서울대 노문과 교수)
손영주(서울대 영문과 교수)
신정환(한국외대 스페인어통번역학과 교수)
정지용(성균관대 프랑스어문학과 교수)
최윤영(서울대 독문과 교수)

을유세계문학전집

을유세계문학전집은 계속 출간됩니다.

을유세계문학전집 연표